que uno de estos días
tieran ser de paso
conviene hablar
nada.

Yo pront

hiciera

no te

Domingo = noche. — Segovia.
Llego a las 12 y media.
De noche esta muy fría, pero

Asturias.

eso imaginarme

Esos días azules

ESOS DÍAS AZULES

NIEVES HERRERO

Primera edición: abril de 2019

© 2019, Nieves Herrero
Autora representada por Antonia Kerrigan Agencia Literaria (Donegal Magnalia, S. L.)
© 2019, Penguin Random House Grupo Editorial, S. A. U.
Travessera de Gràcia, 47-49. 08021 Barcelona

Agradecimientos a Alicia Viladomat por el permiso de reproducción
de las fotografías y las cartas del archivo de Pilar de Valderrama.

Agradecimientos a los herederos de Antonio Machado
por el permiso de reproducción de sus poemas.

Printed in Spain – Impreso en España

ISBN: 978-84-666-6581-0
Depósito legal: B-5.343-2019

Compuesto en Comptex & Ass., S. L.

Impreso en Liberdúplex
Sant Llorenç d'Hortons (Barcelona)

BS 6 5 8 1 0

Penguin
Random House
Grupo Editorial

A ti, que todavía crees en el amor.
A mis hijas, Blanca y Ana...
y a Guillermo, ¡siempre!

Amor es un ¡siempre! ¡siempre!

Pilar de Valderrama

Hoy es siempre todavía...

Antonio Machado

Mi último viaje

Enero de 1979

Si estáis leyendo este libro, es que yo he muerto. No quería llevarme mi gran secreto a la tumba y he dejado por escrito mi última voluntad. Deseo reivindicar que Guiomar existió. No fue una entelequia del poeta, no fue un recurso literario para sus poesías. No. Guiomar fui yo. La musa que llenó de luz sus últimos años de vida. La mujer que vivió hasta el final de sus días con el recuerdo del hombre que conquistó su alma.

Siempre que pienso en Antonio, lo imagino con la vista fija en mi balcón, en las horas doradas del atardecer. «Hora del último sol / La damita de mis sueños / se asoma a mi corazón». Lo fijé en la memoria. No tengo nada que corrobore que esos versos existieron. Los quemé junto a tantas cartas que nos comprometían. No importa. Cada una de esas líneas las llevo en mi alma. Las grabé a fuego y me las llevaré conmigo.

Pido perdón al que lea estas lineas y se ofenda. Mi pecado es que amé en silencio. Cuando cierre los ojos definitivamente, estaré pensando en él. Tengo la seguridad de que me estará esperando su figura tranquila, paseando despacio y saliendo a mi encuentro.

¡Pronto estaré contigo! Después de tantos años de silencio y soledad, por fin nos habremos reencontrado. Quiero decirte tantas cosas... Siempre acudí fiel a nuestra cita de las doce de la noche. No he sentido que hayas fallado nunca a nuestro «tercer mundo».

Fue duro conocer tu final, tan lejos. Un día te prometí estar a tu lado, cogida de tu mano, si llegaba ese momento. No lo cumplí. Demasiada distancia entre tú y yo. Las circunstancias me obligaron a irme a Portugal y cuando regresé, tú te fuiste a Francia. La guerra levantó un muro en nuestras vidas. No sabes cómo lloré tu muerte. Creí morir de pena... Vi una luz de esperanza al saber que un verso iba contigo en tu último viaje: «Estos días azules y este sol de la infancia». Quiero pensar que los días azules eran aquellos en los que aparecía yo en tu pensamiento. Tengo la certeza de que mirando al mar, en la playa de Colliure, pensabas en mí. Nos encontrábamos lejos, pero cerca. Escribí un verso que no llegaste a leer: «Y yo estaba muy lejos, / pero estaba a su lado... / En el muro de piedra / medio desmoronado / al que se ceñían, / lentos y silenciosos, / tus pasos... / En el pilón de la fuente/ seco, / repleto de sueños/ de manantiales claros, / de mar azul...». El mar que tanto soñamos navegar juntos. Esos días azules de nuestra ensoñación. Azul era el color de tus recuerdos. Mi traje azul que tanto te gustaba y que no me volví a poner jamás cuando supe de tu último viaje. Era tuyo y solo tuyo. «Yo soy tu mar, / que a veces se revuelve, / se agita.../ yo soy tu mar».

Un día me dijiste que conocías mis penas. «Para conocer las tuyas / me basta saber las mías». ¡Cuánto sabíamos de penas y soledades! Dos almas gemelas.

Ahora que no quiero llevarme el secreto a la tumba, respiro tranquila. ¡Ya está! Tantos disgustos con la escritora Concha Espina por revelar mi secreto sin decir mi nombre. Tantos desmentidos cuando alguien me preguntaba. Tantos silencios. Todo eso acabó. Hoy, en el día de la verdad, a punto de cruzar a la otra orilla, no me falta fuerza para gritar a los cuatro vientos: «Sí, soy Guiomar».

Pilar de Valderrama en vida. Guiomar para la eternidad.

Hoy quiero hacer memoria. Todo empezó así...

PRIMERA PARTE

1

Mi mundo se paró de golpe

Madrid, 1928

Llevaba todo el día gris, como anunciando un mal augurio. Miró por la ventana a la calle y apoyó la frente sobre el cristal frío. Miraba sin ver. La sensación de soledad inundaba su alma desde hacía días, meses o quizá años. Ni ella misma sabría decir cuándo había comenzado la tristeza a desbordarse en su interior. «Todo mi corazón se ha ido llenando de llanto sereno», comentaba en un soliloquio al que no acababa de acostumbrarse. «¿Qué me está pasando? —se preguntaba—. Me siento muy mal pero no estoy enferma. ¿O sí? Lo único que me cura es escribir. Necesito a las palabras como el náufrago que se ciñe a su tabla para no hundirse. Me ahogo. La soledad me pesa. Casi no puedo disimular.» Andaba Pilar con estos pensamientos mientras salía de casa.

—Señora, ¿dónde la llevo? —preguntó Juan, el mecánico de su madre, antes de abrirle la puerta para que se subiera al coche. Doña Ernestina apenas salía de casa y le cedía gustosamente su automóvil para que entrara y saliera de su domicilio sin dar explicaciones a su marido.

—Al Lyceum Club, ya sabe. —Le miró con sus ojos castaños, deseosos de no morir en vida—. ¡A la calle de las Infantas!

—Como mande —respondió Juan, inclinando su cabeza a la vez que cerraba la puerta.

Pilar iba sin carabina ese día. Hortensia Peinador se había quedado con sus hijos. Se movía por Madrid sola en ese comienzo de 1928, aunque no estaba bien visto. De todas formas, eran solo unas horas porque su desafío a la sociedad del qué dirán acabaría justo cuando se reencontrara con su marido para ir a la ópera. Desde hacía dos años pertenecía a ese club de mujeres intelectuales, donde se apoyaban unas a otras. Se trataba de un incipiente feminismo ilustrado. Ciento quince mujeres de la élite sociocultural, lideradas por María de Maeztu como presidenta y Victoria Kent e Isabel Oyarzabal como vicepresidentas, comenzaron reuniéndose con asiduidad para defender los intereses de las mujeres. Fomentaban la igualdad femenina, el espíritu colectivo y el intercambio de opiniones; así como la plena incorporación de la mujer al mundo de la educación y del trabajo. Tuvieron tanto éxito que, en un año, llegaron a las quinientas socias. Pilar fundamentalmente acudía a aquellas reuniones cuando se hablaba de literatura. Lo hacía junto a sus amigas Carmen Baroja y María Calvo.

Pilar de Valderrama a punto de cumplir los treinta y cinco y, a pesar de haber tenido tres hijos prácticamente seguidos —Alicia, Mari Luz y Rafael, de dieciséis, quince y doce años—, conservaba la pequeña cintura que remarcaba sus caderas y su voluptuoso pecho. Llevaba un traje largo de color rosa claro con un encaje que bordeaba su cuello y el remate de sus mangas. El pelo negro y largo lo peinaba siempre con un recogido que remataba con dos adornos florales.

Su marido, Rafael Martínez Romarate, era un hombre bien parecido. Ocho años mayor que ella, delgado y siempre bien vestido. Le gustaba ir con levita y chaleco. El cuello duro de su camisa tapaba su cuello y una fina corbata le daba un aire muy distinguido. El pelo engominado y un pequeño bigote en uve le proporcionaban un aire regio por su cierto parecido al rey Alfonso XIII. Llevaban diecisiete años casados. A Rafael no le gustaba que su mujer perteneciera a ese grupo de «las maridas», como las llamaban sus más fervientes críticos. Tampoco aplaudía sus libros de poesía. Ya había publicado uno donde vertía su alma solitaria, *Las piedras de Horeb*, y estaba concluyendo otro al que ya le había puesto título: *Huerto cerrado*. Buscaba editor para publicarlo. El verso con el que iniciaba el libro decía: «Por fuera la vida / y yo aislada dentro / sobre el viejo mundo / en mi nuevo mundo».

Esa tarde en el Lyceum no se hablaba de otra cosa más que de la muerte de la conocida actriz María Guerrero. La dama de la escena española era admirada por las mujeres del club puesto que había conseguido formar su propia compañía teatral, todo un logro para ser mujer. La puso en marcha junto a su marido, el marqués de Fontanar, a finales del siglo pasado, y desde entonces había cosechado grandes y sonoros éxitos. Igualmente, por iniciativa suya, se había construido en Buenos Aires un teatro que llevaba el nombre de Cervantes. Se trataba de una mujer absolutamente respetada por las socias del Lyceum.

—Es imposible que ninguna actriz pueda superar su personaje de Raimunda en *La Malquerida* —comentaba María Calvo, hermana del actor Ricardo Calvo, gran amigo de los escritores Antonio y Manuel Machado. María, de hecho, iba mucho por la casa familiar de los poetas, en la calle General Arrando de Madrid. La hermana del actor había entablado amistad con Pilar a raíz de dar clase a sus dos hijas, Alicia y Mari Luz, y a su hijo Rafaelito, en su casa de la calle Pintor Rosales. De ahí había surgido la amistad entre ambas.

—Ha dicho Jacinto Benavente que nadie como ella ha pronunciado aquellos tres: «¡Esteban! ¡Esteban! ¡Esteban!» en escala ascendente y sin romperse la voz —añadió Pilar.

—Sonaba aquello a clarín de guerra. A trompeta de juicio final. Solo comparable a los «¡Armando! ¡Armando! ¡Armando!» de *La dama de las camelias* —dijo Carmen Baroja, escritora y etnóloga, hermana de los escritores Ricardo y Pío Baroja.

—Ha podido representar a los grandes de nuestro tiempo: Echegaray, Benavente, Valle-Inclán, Martínez Sierra, Marquina... —volvió a tomar la palabra María Calvo.

—Yo no había visto en toda mi vida un duelo como este por la muerte de nadie —comentó Pilar mientras se levantaba de su asiento tras mirar su reloj—. Me tengo que ir.

—¿Por qué te vas tan pronto? —le preguntó Carmen Baroja—. Los niños están con la institutriz.

—He quedado con Rafael. Me está esperando en la calle Alcalá para ir a la ópera. Os dejo.

—Anima esa cara. Se te ven los ojos más tristes que nunca —se despidió María.

—Sí, lo sé. No sabría explicaros, pero me siento mal. Es como si tuviera un peso profundo en el alma.

—Deberías hacer un viaje sin tu marido a algún sitio. De verdad. Encontrarte a solas contigo misma.

—Sí, reconozco que me vendría bien. Sobre todo, superar las noches. Se me hacen largas...

—Piénsate lo del viaje —insistió Carmen.

—Lo haré.

Se puso el abrigo y salió corriendo del Lyceum Club. Juan estaba ya esperándola para llevarla junto a su marido.

—Siento mucho salir tarde. Me he entretenido más de la cuenta.

—El señor debe de llevar unos minutos de espera pero la tarde no es muy fría. Llegaremos enseguida. Se pasó por aquí hace un rato para recordarme que tienen entradas para la ópera.

—¿Mi marido piensa que me voy a olvidar de algo así? La ópera es para mí algo sagrado.

Pilar se quedó pensativa mirando a través de los cristales. Veía a las personas por la calle y se imaginaba sus vidas. Su mirada se detenía con especial dedicación en las parejas de enamorados y se recreaba pensando lo que podía ser un amor así. Lanzó un suspiro que hizo que el mecánico la observara a través del espejo retrovisor. Pilar siguió con sus pensamientos: «Por fuera la vida y yo aislada dentro».

Cuando llegaron al punto de encuentro con Rafael en la calle Alcalá, vieron que había mucho revuelo de gente en una de las esquinas. También había presencia de la policía. Antes incluso de parar el coche, Pilar se dio cuenta de que algo le ocurría a su marido: tenía la cara desencajada.

—¿Ocurre algo? —preguntó Pilar—. Hay mucho revuelo en la calle.

—Juan, a casa directamente —ordenó Rafael al chófer a la vez que se introducía en el interior del coche.

—¿No íbamos al María Guerrero? —preguntó de nuevo Pilar.

—No estoy para ir a ningún sitio.

Se hizo un silencio. El mecánico cambió de rumbo sin rechistar. Pilar no daba crédito. Miraba de reojo a su marido sin pronunciar una sola palabra. Estaba rabiosa pero sabía que en el estado en el que se encontraba era mejor no llevarle la contraria. Sin embargo, Rafael estaba dispuesto a hablar. Necesitaba contar lo que acababa de suceder delante de sus ojos.

—Se acaba de suicidar alguien importante para mí.

—¡Dios mío! ¿De quién se trata? Por eso había tanta gente arremolinada.

—De una joven que se ha tirado desde la terraza de la casa de sus tíos en la calle Alcalá. Te lo voy a confesar: yo había quedado con ella. Llevábamos dos años viéndonos. No soy capaz de seguir ocultándotelo. Se ve que estaba esperando a verme doblar la esquina para lanzarse al vacío. Estoy abatido. ¡Se ha quitado la vida delante de mí! He tenido yo la culpa. No aguantaba más esta situación tan dura para ella sabiendo que yo estaba casado. Solo tenía veinte años —explicó, tapándose la cara con sus manos.

Pilar se quedó muda, con los ojos muy abiertos. No podía creer la situación que estaba viviendo dentro de aquel automóvil. ¡Su marido le estaba diciendo que su amante se había suicidado delante de él, y pretendía que ella le consolara! Era algo inaudito: hablaba de lo que había sufrido la joven, pero ¿se había parado a pensar en ella con esa confesión? Sentía rabia y dolor, ganas de llorar y a la vez, una aflicción incalificable. Sabía que su marido había sido desleal en más ocasiones, pero esta vez le estaba confesando que la mujer que se había lanzado al vacío formaba parte de su vida desde hacía dos años. «No se sostiene una relación tan larga con alguien que no te importa», pensó Pilar. El engaño de esta ocasión la rompía por dentro. Hacía saltar su vida por los aires. Aquella confesión, al final de la tarde, hacía añicos su corazón. Ahora entendía sus largas noches, su tedio, la frialdad de su marido, su soledad... Todo encajaba de repente. Ella pensaba que tenía una familia, pero se acababa de dar cuenta de que solo formaba parte de una farsa.

Rafael, abatido, esperaba una palabra amable de su mujer, pero Pilar no era capaz de pronunciar una sola frase ni de posar la mano sobre la suya. Solo le entraban ganas de llorar y salir de allí corriendo. No deseaba volver a verle. Si se lo hubiera tragado la tierra, en ese mismo momento, no hubiera vertido una sola lágrima. Su amante estaba más cerca de la edad de su hija Alicia que de la suya. Le miró con desprecio. Giró la cara y dejó de escrutarle.

—Espero que me puedas perdonar. Por favor, dime algo. Pronuncia alguna palabra —solicitó Rafael—. Entenderé cualquier reproche.

Sin embargo, Pilar no tenía palabras. Se había quedado impactada. No salía sonido alguno de su boca. Su vida se había partido en dos, al igual que la de esa chica que se había lanzado por el balcón. Dos mujeres rotas: una muerta en la calle y otra muerta en vida.

El chófer hizo como que no había escuchado nada y aceleró todo lo que pudo para llegar a la calle Ferraz esquina con Pintor Rosales lo antes posible. Aquel hotelito había sido pensado y diseñado por Rafael para crear su hogar. Sin embargo, no era más que una envoltura, pensaba Pilar, porque en su interior solo había falsedades y engaños.

Pilar necesitaba chillar pero su boca parecía sellada. Por más que insistía Rafael, ella no era capaz de articular una sola palabra. Le miraba con rencor y con desilusión. Sus ojos estaban llenos de lágrimas pero las sujetaba como podía. Su orgullo le impedía que la viera llorar.

Nada más llegar a su casa, no esperó a que Juan le abriera la puerta del coche. Salió como una exhalación. Llamó con insistencia al timbre hasta que le abrieron la cancela. Sin saludar siquiera a la joven del servicio, corrió despavorida escaleras arriba y se encerró en su cuarto. Allí salieron las lágrimas a borbotones. No era capaz de poner fin a tanto llanto. Lloraba por la confesión de hoy y por sus soledades de ayer. Era más la frustración que sentía que el dolor de la traición tan prolongada en el tiempo. ¡En qué hora Rafael le pidió casarse! Cogió la foto de su boda, que presidía uno de los rincones de su habitación, y la tiró al suelo. El cristal se rompió en mil pedazos. Se tumbó en la cama y siguió llorando desconsoladamente. Al poco rato, su marido llamó a la puerta con insistencia.

—Pilar, ¡ábreme! —Tocaba con los nudillos.

No hizo ni intención de levantarse para abrir. Se podía escuchar su llanto a través de la puerta pero estaba decidida a no responder. Su marido lo intentó varias veces más, sin éxito. Al cabo del rato, desistió y bajó al salón. Poco más tarde, decidió salir de casa. Pilar, sin embargo, siguió llorando tanto que la almohada se quedó empapada. Aquellas lágrimas parecían no tener consuelo. Sin embargo, poco a poco se fue calmando. Daba la sensación de que sus ojos se habían secado por completo. Se quedó tendida en la cama como inerte, sin vida. No podía pensar en otra cosa más que en escapar. Haría caso a sus amigas. Le vendría bien estar sola y pensar. Sobre todo, debía intentar recomponer su vida porque su futuro y el de sus hijos estaban rotos. Se puso en pie y fue a lavarse la cara con agua fría. Vertió la jarra con agua sobre la jofaina, parecía un ritual para bendecirse y darse fuerzas. Se secó a golpecitos con la toalla, recompuso el traje que llevaba y bajó adonde estaba Hortensia con sus hijos para darles la noticia de su inminente viaje.

—Mañana me iré por la mañana a Segovia. Quiero terminar el libro que estoy escribiendo y me vendrá bien un cambio de aires.

—Pero ¿te vas a ir sola? —preguntó Alicia, la mayor.

—A tu madre le vendrá bien descansar. Tiene mala cara y de vez en cuando conviene desconectar —se adelantó Hortensia, imaginando que no había tenido un buen día.

—¿Nos podemos ir contigo? —comentó Mari Luz.

—Madre, no te vayas —añadió Rafaelito.

—Chicos, ¿no queréis que vuestra madre se encuentre bien? Mirad su cara. Necesita pensar, descansar y escribir —salió de nuevo Hortensia a su rescate.

—Si madre va a estar mejor... Pues claro —dijo entonces el niño.

—Hortensia, venga a mi cuarto en cuanto pueda. Necesito hablar con usted.

Rafael se había ido de casa. Imposible seguir allí intentando que su mujer le abriera la habitación. Su llanto era para él insoportable. Su amante muerta y su mujer destrozada. Necesitaba tomar una copa fuera de aquel lugar que le recordaba la tragedia.

Hortensia siguió los pasos de Pilar sin imaginar lo que le iba a contar. Era una de tantas noches en las que parecía no acabar la actividad de aquella familia. Entró en su habitación y la institutriz vio la foto de boda en el suelo, con el cristal hecho añicos.

—Me tengo que ir después de la confesión de mi marido. Al parecer tenía una amante que se ha suicidado hoy. Dos años ha estado con ella. ¡Dos años, Hortensia! —se echó de nuevo a llorar.

—¡Ave María Purísima! —se persignó—. ¡Pobre niña! —La abrazó y así estuvieron largo rato—. ¡Es que no hay uno bueno! ¡Válgame el cielo! Teniendo a una mujer como usted qué necesidad tenía de...

—Durante dos años esa mujer y yo hemos compartido su lecho. Las dos estamos muertas de distinta forma.

—Usted no está muerta. La veo bien viva. Haga el favor de irse unos días, pero usted debe volver a su hogar y no abandonar la que es su casa. De ninguna manera. Piense fríamente. ¡Cuántas mujeres están como usted! Conozco a pocos hombres que no tengan amantes. Esto es así. Yo desde luego no pienso casarme. No quiero eso para mí.

—Había tenido deslices pero no una amante de dos años. Se ve que no significo nada para él.

—Es la madre de sus hijos.

—Eso para mí no es suficiente. Necesito pensar, Hortensia.

—¿Dónde quiere marcharse?

—Conozco el hotel Comercio de Segovia. Hemos estado varias veces. Creo que iré allí algunos días.

—Debería acompañarla, pero alguien se tiene que quedar con los niños.

—Prefiero ir sola. No quiero hablar con nadie. Me da igual lo que piensen de mí. ¡A estas alturas!

—No se preocupe, yo lo organizaré todo. ¿Cuándo quiere salir?

—Mañana.

—Está bien. Pediré que hagan su equipaje.

Esa noche Pilar no cenó nada. Se acostó todo lo pronto que pudo. Cuando llegó su marido, se hizo la dormida. Lo había hecho muchas veces antes. Poco a poco, le fue venciendo el cansancio. Al despertar al día siguiente, Rafael ya se había ido de casa. Pilar pensó que así sería más fácil: no quería ni cruzar una mirada con él. Se arregló a toda prisa y esperó la llegada de su amiga María Calvo, que madrugaba para dar clase de Bachillerato a sus hijos. La maestra, siempre puntual, se sorprendió al verla.

—María, me voy a Segovia.

—Haces bien en irte y seguir nuestros consejos.

Pilar la cogió del brazo y la sacó de la estancia. Habló en voz baja.

—Me voy por otro motivo. Ayer me confesó mi marido que se había suicidado su amante. ¡Llevaban dos años juntos!

—¿Qué me estás contando? ¡Es terrible! Lo siento mucho, Pilar. Tu instinto te hacía ver que ocurría algo. Tenemos un sexto sentido las mujeres, que siempre nos alerta. No te preocupes por las niñas ni por Rafaelito, seguiré con sus clases. Afortunadamente son aplicados.

—Me llevo poca ropa y muchos folios en blanco. Intentaré terminar el libro.

—Si vas a Segovia, ¿por qué no haces por conocer a tu admirado escritor Antonio Machado? ¡Vive allí! Tiene la cátedra de francés en el Instituto General y Técnico. Sabes que es muy amigo de mi hermano. ¿Quieres que te escriba una carta de presentación?

—Te estaría muy agradecida.

—Los dos sois poetas y vais a poder hablar de todo lo que os conmueve a los escritores. Creo que es una magnífica idea.

—Si tú lo dices... —Aquel posible encuentro con el escritor fue para ella como un rayo de luz en mitad de la oscuridad.

María se fue al cuarto de estudio y al cabo de diez minutos regresó con la carta.

—Aquí está. —Le entregó la misiva—. Espero haberte sido de ayuda. Te he puesto su dirección. Vive en una pensión de la calle de los Desamparados, en el número 11.

—Muchas gracias, aunque no sé si tendré ánimo para conocerle... No es mi mejor momento.

—Tú verás. Antonio ya sabe quién eres. Le hice llegar un ejemplar de tu libro *Las piedras de Horeb*. ¡Haz por verle! ¿Me lo prometes?

—Te lo prometo.

Las dos amigas se despidieron con un abrazo.

El chófer de su madre la llevó hasta la Estación del Norte. Había multitud de viajeros y Pilar parecía perdida.

—Me ha dicho doña Ernestina que no la deje sola. De modo que le pido que me permita acompañarla —dijo el conductor.

—Por supuesto. Dígale a mi madre que necesito reponer fuerzas y que tengo muchos nervios. Ya tuvo que ayudarme hace un par de años cuando en agosto me fui sola a un balneario. Ahí fueron unos cólicos nefríticos. Esta vez mi dolencia no es tan sencilla de curar. Le pido que no le dé ningún detalle de lo que usted escuchó ayer...

—Puede confiar en mí.

El ferrocarril que iba a coger pararía en todas las estaciones. Ella no tenía prisa. Lo que le sobraban a Pilar eran horas. Juan le subió la maleta al tren y esperó a que arrancara. Nunca jamás la había visto con la mirada tan triste.

En el vagón de madera de pino rojizo había otra mujer con varios niños y un señor bien vestido que se presentó levantando su sombrero. Este, durante todo el trayecto, no hizo otra cosa más que leer el periódico. Pilar tampoco pronunció una sola palabra, simplemente observaba a través de la ventana. Apoyó la frente en el cristal y se detuvo el tiempo. Pensaba mientras miraba al horizonte que los afectos no le duraban. Su padre murió cuando ella había cumplido seis años. Desde entonces, tenía la sensación de que todo amor que sintiera por alguien, duraría poco.

El tren hacía su recorrido mientras los viajeros subían e iban hacinándose en aquel vagón. Unos jóvenes vendían tiras de unas rifas: se trataba de que la suerte premiara a los viajeros con una botella de anís o un monito que movía sus manos tocando un tambor al tirar de un hilo. Pilar observaba sin pronunciar palabra ni mover un músculo. Las caras de aquel vagón se renovaban constantemente. Contemplaba todo ese trajín de subidas y bajadas como si ella fuera ajena a la propia vida. Llegó a pensar que ya estaba muerta. Su corazón seguía latiendo pero ella sentía que ya no vivía.

«Por fuera la vida / y yo aislada dentro /sobre el viejo mundo / en mi nuevo mundo». No podía dejar de pensar en los últimos versos que había escrito. Parecían premonitorios.

2

La huida

Cuando llegó a Segovia, un coche del hotel la estaba esperando en la estación. El chófer se encargó de su equipaje. Al llegar a la confluencia de la calle Herrería con la calle Infanta Isabel apareció el cartel anunciando el hotel Comercio con un escudo en el que se podía ver parte del acueducto, que era el principal atractivo de la ciudad.

El día era desapacible y lluvioso. El hotel no era nuevo y la primera impresión, después de años sin ir allí, fue de desencanto. Se había quedado obsoleto y destartalado, igual que su estado de ánimo.

—Bienvenida, señora —saludó el empleado, que llevaba allí tanto tiempo como su uniforme.

—Hace mucho frío. No me lo esperaba.

—El verano es mucho mejor para visitar Segovia, siempre es más agradable la temperatura que en Madrid. Pero en esta época el sol se pone rápido y el frío se nota más. De todas formas, en su habitación hay calefacción central. No creo que tenga ningún problema. Además, pasaremos a abrirle la cama y a calentarle las sábanas.

—Muchas gracias.

—¿Se quedará mucho tiempo?

—Ciertamente, no lo sé. He venido para poder pensar y escribir. Estoy terminando un libro. —No quería explicar los muchos problemas que se amontonaban en su cabeza.

—Aquí seguramente encontrará la inspiración que necesita.

—Eso espero. ¿Le podrían hacer llegar una carta a don Antonio Machado? Vive en la calle Desamparados, 11. —Le extendió el sobre al conserje.

—Todos sabemos dónde vive don Antonio.

—Ya veo. Subiré a mi habitación.

—La acompaño, así la ayudo con el equipaje.

—Muchas gracias.

El conserje subió junto a ella al primer piso y abrió la puerta de la habitación. Finalmente dejó la maleta sobre un asiento situado justo a los pies de la cama de matrimonio.

—Si no desea nada más...

—No, muchas gracias. —Rebuscó en su bolso y le dio una propina.

Al quedarse sola, inspeccionó la habitación. Las cortinas, la colcha de la cama y la tapicería de la silla, que descansaba al lado de la ventana, estaban descoloridas con el uso y el paso de los años. Los quinqués daban una luz tan tenue que parecía estar en penumbra. Sin embargo, todo le daba igual. Solo pensaba en descansar y en encontrar sosiego. Una lágrima se le escapó de los ojos.

Deshizo su equipaje y colgó su ropa en las perchas que se encontraban en el armario. Los folios en blanco los colocó sobre la mesa que hacía las veces de escritorio. Sacó su pluma y se puso a escribir: «¿Dónde poner las ansias de mi vida si es tornadizo y frágil todo amor?... Llama de un ideal que te has deshecho». Una lágrima volvió a recorrer lentamente su rostro. Siguió escribiendo: «¿Y cómo caminar sin que me alumbre la antorcha de la ilusión?». Estaba destrozada por dentro.

A la media hora de estar allí, alguien tocó con los nudillos a su puerta. El conserje le traía de nuevo la carta de presentación que le había dado María Calvo para Antonio Machado.

—Luisa Tórrego, la dueña de la pensión, dice que don Antonio no está. Se encuentra de viaje con su hermano Manuel.

Va a estar un tiempo fuera. Por lo visto andan escribiendo una obra de teatro. Por eso, he pensado que mejor no dejarle la carta. Total, no va a poder venir a verla.

—Ha hecho usted muy bien. Si no está, para qué dejarle una carta de presentación.

—De todas formas, don Antonio no puede irse por mucho tiempo. Da clase aquí a los chavales.

—Seguramente cuando regrese, yo ya no estaré aquí.

—Como usted diga. ¿Quiere que le suba algo de comer o prefiere bajar al restaurante?

—Si no es molestia, preferiría que me subiera algo caliente.

—¿Le parece bien una sopa de ajo?

—Sí, muchas gracias.

Aquella habitación se convirtió en su retiro, en su calvario, en su cárcel y en su liberación. Todos los sentimientos iban y venían por su mente a medida que transcurrían las horas.

Al día siguiente intentó salir del hotel, pero llovía tanto que desistió tras dos intentos de pasear por la ciudad con paraguas. Los adoquines de las calles estaban resbaladizos y ella con tacones se sentía incapaz de dar varios pasos seguidos. El segundo día, aunque dejó de llover, el frío le caló en sus huesos y le impidió ir más allá del acueducto. Siempre le impresionaba ver aquella magistral obra romana. Mientras lo observaba con rendida admiración se le acercó un señor mayor que la abordó sin darle tregua.

—Es impresionante, ¿verdad?

Pilar movió la cabeza afirmativamente.

—Este acueducto traía las aguas a la ciudad. Las transportaba del manantial de la Fuenfría. Se encuentra en la sierra, a diecisiete kilómetros de aquí. Su construcción data del siglo II después de Cristo. Fue a finales del reinado del emperador Trajano o principios del de Adriano.

No sabía qué decir al espontáneo guía que se había acercado a ella de forma altruista.

—Es realmente impresionante, se conserva de maravilla.

—La primera gran reconstrucción la hicieron los Reyes Católicos. Se reedificaron treinta y seis arcos...

—Le agradezco mucho su información, pero tengo que irme. Quizá en otro momento... Muchas gracias.

El hombrecillo se quedó sorprendido de que se fuera aquella mujer tan de repente. Le había parecido que estaba interesada en el monumento romano. Cuando se quiso dar cuenta, Pilar ya se había ido de allí, envuelta en un halo de misterio.

Regresó de nuevo al hotel. No tenía muchas ganas de conversar con nadie. De pronto, comenzó a estornudar y un escalofrío recorrió todo su cuerpo.

—Lo mismo se ha resfriado —le dijo el conserje.

—Puede ser —fue lo único que le contestó mientras se dirigía a las escaleras.

La soledad le pesaba más que nunca. Comenzó a tiritar y llegó a pensar que tenía alguna décima de fiebre.

—Mala época para visitar Segovia, señora —añadió el empleado del hotel mientras la perdía de vista.

—Mala época, sí —musitó ella en voz baja, refiriéndose también al momento que atravesaba su vida.

Una mujer entrada en años y en kilos fue la encargada de calentar aquella cama inmensa que presidía la habitación y que le recordaba a su fracasado matrimonio. El calientacamas que se utilizaba para hacer más agradable su estancia entre las sábanas era de latón con el mango de madera. Después de diez minutos de labor, abandonó la habitación.

Pilar se había quedado muy frustrada porque la carta de presentación no hubiera llegado a manos de Machado. Siempre le había admirado y era una oportunidad para conocerle. Sin embargo, el destino no estaba de su lado. En este viaje no se cumpliría su sueño de estrechar la mano del poeta, que plasmaba como nadie en sus versos las soledades del alma. Cogió papel y pluma y continuó el poema que había empezado al llegar a Segovia. «Llama de un ideal que te has deshecho. ¿Por qué te hice salir del corazón?» Se quedó pensando si debería irse lejos, como lo había hecho la presidenta del Lyceum Club al que pertenecía. María de Maeztu llevaba dos años viajando por América, primero a Buenos Aires y, recientemente, a la universidad de Columbia en Nueva York. A Pilar, tanto Madrid como Palencia —las ciudades en las que se movía— le ahogaban. Soñaba con viajar e irse lejos de donde se encontraba su marido. «El mentiroso de Rafael», se decía una y otra vez. No podía olvidar que durante dos años hubiera compartido su vida con ella y con esa mujer que decidió tirarse por el balcón. ¡Pobre inocente! Dos vidas arruinadas.

Lo único que la hacía salir de aquellos pensamientos negativos eran sus hijos y recordar aquellos viajes que le habían permitido conocer otros mundos. La primera vez que visitó París se quedó deslumbrada. Fue con su madre y con su padrastro. «¡Qué desgraciado y penoso fue aquel matrimonio!», se decía a sí misma. Le impactó la ciudad, con sus museos y monumentos. Tenía algo que la hacía diferente a las demás ciudades. El aire, quizá. La luz. Y sobre todo, la música. Allí asistió por primera vez a la ópera. La dejó fascinada. Aquellas voces y aquella emoción en el escenario nublaron su vista. ¡Era todo tan bello! Los hombres ataviados con sombreros de copa y las mujeres exhibiendo sus mejores galas y sus joyas. Chocaba de lleno con el colegio en el que había estado interna, donde la austeridad era la norma principal. Aquella experiencia le pareció un sueño y aquel mes en la ciudad del Sena le supo a poco. París despertó sus sentidos y su pasión por el bel canto.

—A veces me pregunto si tener sensibilidad es un mal o un beneficio, una desventaja o un don —dijo en voz alta en aquella habitación donde no había nadie más que ella y su tristeza.

Regresó a París en su viaje de novios, tras casarse con Rafael. Fueron a Granada y después dieron el gran salto a Ginebra. De ahí a Montreux, Lucerna, Zurich, Lausanne y, finalmente, París. Realmente volvió a fascinarle la oferta teatral de la capital francesa. Sin embargo, nunca fue la ciudad del amor, pensaba. El calor de agosto les hizo salir de allí y dirigirse a la Costa Azul. Poco pudieron gastar en los juegos de azar porque en el largo viaje de novios habían ido consumiendo todo el dinero que llevaban encima. Una leve sonrisa apareció dibujada en sus labios al recordarlo.

—En aquel momento pensé que podríamos ser felices. ¡Felices! ¡Qué ironía! —volvió a hablar en voz alta.

Hubiera querido irse a París en este viaje de huida, cuando no sabía qué hacer con su vida, pero hubiera necesitado el permiso de su marido y, además, su madre se habría enterado de que algo estaba pasando en su matrimonio. No deseaba disgustarla. Yendo a Segovia había podido disimular. Su madre, Ernestina Alday de la Pedrera, no sabría jamás el verdadero motivo que la había llevado a alejarse de sus hijos. Le había pedido al chófer, Juan, que le explicara que el viaje se debía a un problema de los nervios, que necesitaba sosiego para su espíritu.

El descanso lo justificaba todo si el mal de nervios afloraba. El desequilibrio asustaba sobremanera a doña Ernestina. Más cuando a su primer marido, y padre de Pilar, ese mal, se lo había llevado a la tumba. Francisco de Valderrama Martínez había muerto después de haber ostentado grandes cargos y haber tenido importantes responsabilidades. Un día enfermó y se fue apagando poco a poco. Nunca superó la enfermedad. Por eso, si Pilar sufría de nervios, su madre comprendía que poner distancia era lo mejor que podía hacer. Todo menos caer en el pozo en el que su marido había sucumbido.

Otra vez sonrió al pensar en su madre y en los últimos consejos que le había dado.

—Deberías pensar en salirte de ese club, que no concita más que críticas severas, *ma petite*. No está bien visto. Dicen que las que pertenecéis a ese dichoso club sois *masculines* y que abandonáis a vuestros hijos.

—No somos más que mujeres con inquietudes. Mujeres que queremos tener la capacidad de pensar y actuar sin la ayuda de nuestros maridos.

—Os llaman «las maridas». Es terrible, *ma petite.*

—Lo sé, me lo recuerda Rafael constantemente. No hago nada malo. Solo instruirme y pensar. Ese es mi único pecado.

—Pues menos pensar. A los hombres no les gustan las mujeres más inteligentes que ellos.

—¡Madre, por favor!

Evocaba aquella conversación y volvía a esbozar algo parecido a una sonrisa. Su pobre madre en el fondo sabía que, si tuviera su edad, haría lo mismo. Ella también tuvo su momento de rebeldía después de estudiar en un colegio de monjas en Lausanne. Allí había aprendido a tocar el piano, a bordar y a hablar francés perfectamente. En aquel internado adquirió una gran maestría montando a caballo. Se convirtió en tan buena amazona que llamaba la atención a su vuelta a España. Decían que montaba con más destreza que su hermano. Muchos la tomaban por extranjera por su pelo rubio y sus ojos azules; así como por sus constantes expresiones francesas.

—Me daban de comer canarios. ¡Era terrible!

—¿Canarios? —preguntaban sus hijos.

—Sí, *canard...*

—¡Pato!, madre. ¡Pato!

Recordaba como si fuera hoy esa escena familiar. Su madre mezclaba muchas expresiones francesas y las traducía mal cuando quería decirlas en español. Lo cierto es que nunca olvidó su paso por Lausanne. Llegó a pensar que debería haberse quedado allí viviendo una vida de lujo costeada por su tío.

Los días siguientes, Pilar intentó salir a pasear de nuevo pero la lluvia seguía pertinaz. Tenía miedo a caer enferma. Además, echaba de menos a sus tres hijos. Más bien debería decir a sus cuatro hijos. ¿Cómo hubiera sido mi hija mayor?, se preguntaba.

—Mi niña... Murió tan pronto.

Pilar había tenido una niña prematura que no sobrevivió a su nacimiento. Aquello la había marcado para siempre, igual que la muerte de su padre o la de su hermano pequeño, por un quiste hidatídico. De esta última hacía un año. Entre las ausencias no contaba a su padrastro, cuya muerte no lamentó en absoluto. Su madre había vuelto a quedar viuda y, en realidad, se había liberado. Su segundo matrimonio le había proporcionado más disgustos que momentos felices.

A su hermano Fran le había dedicado una de sus poesías en su libro anterior. Y ahora sentía de nuevo la necesidad de escribir sobre él. Cogió de nuevo su pluma y las palabras salían solas: «El hermano bueno partió hacia las nubes... ¡Qué lejos se ha ido!... Todo el corazón se me va llenando de llanto sereno...». Se echó a llorar desconsoladamente. Le echaba de menos. Cerró los ojos extenuada, agotada, hasta el día siguiente.

Cuando se despertó, se encontraba tan mal que decidió hacer las maletas y regresar lo antes posible a Madrid.

—Por favor, necesito hablar por teléfono. Le pido también que me prepare la cuenta, porque me voy.

—¿Acabó su libro?

—No me encuentro muy bien de salud y no quiero ponerme peor. No lo acabé, no. En Madrid tengo servicio y creo que podré terminarlo más rápidamente que aquí. Volveré más adelante.

—Eso espero. Verá como según van pasando los meses el tiempo mejora. ¿Quiere que le pida a la telefonista una conferencia?

—Sí, por favor.

—Depende de la ciudad tardará más o menos.

—Con Madrid.

—En menos de dos horas podremos conectar.

—Está bien, esperaré.

En cuanto pudo, Pilar avisó a su madre de su regreso y cogió el primer tren a Madrid. Sentía curiosidad por ver la cara de su marido. ¿Le pediría perdón? ¿Estaría afligido y cambiaría su forma de ser?

Cuando entró por la puerta de su casa, los niños se abrazaron a ella, rodeándola. María Calvo se alegró muchísimo de verla, aunque pensó que traía la misma mala cara que cuando se fue.

—No has podido conocer a Antonio, ¿verdad? Me enteré por mi hermano de que estaba de viaje.

—No, no he podido verle. ¿Dónde está Rafael?

—Se acaba de ir. Cuando se ha enterado de que regresabas ha decidido marcharse con su madre, que está en el sur de Francia, en Clermont-Ferrand, tomando las aguas. Ha hecho las maletas en un santiamén.

—¿Cómo?

—Que no está en casa. Se ha ido con su madre.

La cara de Pilar fue de desolación total. Intentó disimular con sus hijos, pero María sabía que la procesión iba por dentro. No tenía hambre y casi no comió ni ese ni los días siguientes. Por acompañar a los niños, movía los alimentos en el plato pero apenas se los llevaba a la boca.

Ella, que volvía dispuesta a perdonar, se encontraba de nuevo sola. Pensó que la soledad había sido en realidad su mejor compañera durante su matrimonio. La ausencia de su marido no parecía presagiar un cambio en su actitud. Cuando regresara se encontraría con dos camas separadas en la habitación. Era la última moda de París pero, en realidad, se trataba de su venganza. No deseaba ni rozarse con aquel extraño en el que se había convertido Rafael.

3

Casada para siempre

Mientras Rafael seguía con su madre en el sur de Francia, Pilar no dejó ni un solo día de acudir al Lyceum Club. Entrar en la Casa de las Siete Chimeneas era como poner el pie en otro mundo mucho más moderno, donde las mujeres se liberaban de todos los complejos que les imponía la sociedad. Sus grandes salones se quedaban pequeños para tantas actividades como desarrollaban. Pilar necesitaba evadirse escuchando conferencias sobre historia, recitales de poesía, charlas sobre literatura. Asistió a una de la vicepresidenta del Club, Victoria Kent, que se salía de la temática literaria. Insistía en la necesidad de la emancipación de la mujer, en la igualdad con respecto al hombre, tanto en el terreno laboral como en el terreno intelectual. También hablaba de la necesidad de que las mujeres dispusieran libremente de sus bienes, así como del acceso a la enseñanza en todos sus grados.

En un determinado momento, habló también del divorcio como salida al desencuentro en la pareja. Pero a Pilar la separación de su marido le parecía algo inconcebible: se había casado con él para toda la vida. La religión había sido su refugio desde niña. Sobre todo, cuando estuvo interna en el colegio del Sagrado Corazón de Chamartín, en Madrid. Se lo contaba a su amiga María Estremera, la hija menor del escritor José Estremera, que había puesto letra a tantas canciones populares de las zarzuelas más famosas. María, antes de su viaje de novios a París, se había convertido en su mejor confidente.

—Me quedé sin mi padre tras su inesperada muerte. Tampoco tuve después a mi madre, ya que cometió el error de volver a casarse. Mi hermano mayor, Fernando, se tuvo que ir a Santander por incompatibilidad con nuestro padrastro. A mí me internaron y a Fran, el pequeño, fue al único que dejaron seguir estudiando en nuestra casa. Privada del cariño de mi padre, forzosamente separada de mi madre y de mis hermanos, solo me quedó la religión.

—Te entiendo perfectamente. Yo tampoco lo he pasado bien. Piensa que mi padre murió cuando yo era adolescente —le contaba María, solo unos años mayor que Pilar—. Tuve un padre que lo era todo en nuestra casa. Resultó duro rehacer la vida sin él.

—Yo era muy pequeña cuando murió. Había sido gobernador civil de Oviedo, de Alicante y, por último, de Zaragoza. Precisamente me llamo Pilar en honor a su patrona, la Virgen del Pilar... Casi no tengo recuerdos de él, y los que me vienen a la mente, todos son tristes.

—Estas muertes tan de golpe nos han marcado a las dos.

—Piensa que mi padre tenía treinta y nueve años cuando murió —le dijo Pilar a su amiga—. Le recuerdo paseando triste y taciturno por el jardín que poseía nuestra familia en Montilla. Nos fuimos a vivir allí, con el resto de los Valderrama. Y un día falleció a causa de un ataque agudo de uremia. Ya ves. Fue mi primer gran dolor. Luego han venido otros...

—Todas tenemos nuestras cruces y nuestros calvarios.

—Victoria nos ha hablado del divorcio, pero eso no está hecho para nosotras. En nuestras familias sería un escándalo.

—Ni se me ocurre pensar en ello.

Se acercaron a ellas María Calvo y Carmen Baroja, que habían estado departiendo con Victoria Kent y un grupo de mujeres del Lyceum tras finalizar la conferencia.

—¿Sabéis quién va a venir a leernos sus poesías?

—¿Quién?

—Federico García Lorca. Acaba de publicar *El Romancero Gitano*.

—Avisadme, me gustaría venir —comentó Pilar.

—Por lo visto, ha compuesto dieciocho romances con temas como la noche, la muerte, el cielo o la luna. Todos ellos dedicados a la cultura gitana.

—No podemos faltar. Debemos estar aquí todas —dijo Carmen Baroja.

—Sabéis que no soy dueña de mi tiempo. Sobre todo ahora, que estoy sola con mis hijos. Mi marido sigue de viaje.

—Mejor sola que mal acompañada —apuntó Carmen.

—Ahora no tengo que dar explicaciones a nadie, eso es cierto. ¿Sabéis? Mi madre, que tanto me ha criticado por venir aquí, me ha dicho que igual me acompaña uno de estos días.

—Pues ten cuidado a ver dónde la llevas, porque la madre de nuestra secretaria, Zenobia Camprubí, fue a una conferencia a la Residencia de Estudiantes y se armó una gorda —explicó María Estremera.

—¿Qué ocurrió? —preguntó con curiosidad María Calvo.

—Que María Lejárraga daba una conferencia y habló de la fidelidad de la mujer española a su voto matrimonial. Sostenía que era solo por motivos económicos. La madre de Zenobia, doña Isabel, saltó en el coloquio verdaderamente enfadada. María Lejárraga, además, añadió que la incultura de las mujeres y el deplorable estado de la instrucción pública contribuían a su inacción natural. Se armó, ya os digo.

—Pero no pasa nada por discrepar —dijo Pilar a sus amigas.

—Doña Isabel defendió a la mujer que se sacrificaba por sus hijos, manteniendo el hogar. Cogió su bolso, se levantó y se fue realmente enfadada.

—Pues será mejor que no venga mi madre —comentó finalmente Pilar—. No se puede denostar a las mujeres, que se han dedicado en cuerpo y alma a sus hijos, llamándolas incultas.

—Por supuesto que no, pero en la crítica se esconde mucha verdad. No nos podemos quedar de brazos cruzados observando cómo ellos entran y salen de casa, se forman en las universidades y viajan adonde quieren. Sin embargo, nosotras vivimos en el universo de nuestras casas sin tener capacidad para obrar y para movernos. Debemos ver mundo e ilustrarnos como ellos —aseguró María Calvo—, pero para hacerlo necesitamos el permiso de nuestros maridos o de nuestros padres.

—Tienes razón —coincidieron todas.

—Por eso, entre otras cosas, estamos aquí. Desafiando a esta sociedad en la que vivimos. ¿Habéis visto lo que pone hoy en el periódico? —preguntó Carmen Baroja.

Todas negaron saber lo que aventuraba el rotativo.

—Pues que somos, por venir aquí, unas criminales y unas indeseables. ¡Se han quedado tan a gusto! ¡Viva la verdad!

—¡Y viva la objetividad! —añadió María Estremera.

—¡Cuando tanto nos temen será porque tienen miedo a que pensemos por nosotras mismas! —Carmen se puso a toser.

—Anda, bebe agua —le ofreció su vaso Pilar.

Carmen estaba muy delgada. Se había recuperado de un tifus recientemente. Desde entonces, ella y todas las amigas llevaban entre el pelo un repelente para ahuyentar al piojo verde.

—Si me ve mi hermano Pío toser, me lleva de nuevo a la sierra de Guadarrama, a El Paular. No sé si hacerlo a conciencia porque ya sabéis que me encanta el campo.

Se echaron a reír. Había mucha complicidad entre ellas.

Pilar se identificaba mucho con Carmen. Las dos estaban casadas, las dos tenían hijos, las dos habían estudiado en un colegio religioso, el Sagrado Corazón, una en Valencia y la otra en Madrid. Las dos tenían inquietudes de hacer más cosas de las que correspondía a su sexo. Y las dos amaban el teatro. Desde hacía tiempo le rondaba a Pilar la idea de hacer un teatro familiar como el que habían puesto en marcha los Baroja en su casa. Le habían dado el nombre de El Mirlo Blanco. Precisamente, Pilar se ofreció esa noche a llevarla a su domicilio. Aprovechó para hablar de esta afición que compartían.

—Me encantaría representar obras de teatro en casa, como vosotros. Me haría mucha ilusión involucrar a toda la familia en una representación.

—Bueno, tú sabes que todo nació en nuestro hogar de forma casual. Un día de difuntos de hace tres años, en casa de mi hermano Ricardo, se encontraban Valle-Inclán, Cipriano Rivas Cherif, Manuel Azaña y más invitados que ahora no recuerdo. Estaban dedicándole la tarde a Zorrilla cuando se les ocurrió representar el *Don Juan Tenorio*. Rivas Cherif se encargó de dirigirles y se repartieron los papeles. Estuvo graciosísimo Valle-Inclán haciendo de doña Brígida. Fue memorable. Así surgió esta «compañía», por llamarla de algún modo.

—Sería mi ilusión realizar algo parecido.

—Te advierto que todo es ponerse.

Aquella tarde, a los diez minutos de dejar a Carmen, llegó a casa. Había mucho revuelo. Al parecer, Rafael acababa de llamar para avisar que llegaría al día siguiente. Pilar sintió un pellizco en el estómago. Ya no era la misma que cuando se fue su marido. Muchas cosas habían cambiado en su interior. Además, ¿cómo encajaría los cambios que había hecho en la habitación? Tampoco sabía cómo dirigirle la palabra. No tenía ganas ni fuerzas.

Al mediodía del día siguiente, Rafael aparecía locuaz y con presentes para todos sus hijos. También le regaló un anillo a su mujer. Aquella joya le parecía a Pilar un intento de tapar su infidelidad. Había situaciones que no se podrían borrar jamás, ni con todas las piedras preciosas del mundo.

Después de dos meses, se volvían a ver las caras. No hablaron del incidente que les había separado. Intentaban aparentar delante de sus hijos que todo seguía igual que antes. Pero ni Pilar ni Rafael eran las mismas personas. Las heridas las habían cerrado en falso.

—Se te ve muy guapa, Pilar.

—Muchas gracias. Pareces descansado.

—Me ha venido estupendamente acompañar a mi madre. Tomar las aguas en Clermont-Ferrand debería ser obligatorio. Te devuelve la vida.

No contestó Pilar. Ella tenía la sensación de haberla perdido el mismo día que él le confesó lo de su amante. Volvía como si no hubiera ocurrido nada.

—¿Qué tal los niños?

—Creciendo sin parar.

—Ya veo...

No tenían nada de qué hablar. Entre ellos había una barrera infranqueable. Un muro que dividía sus dos mundos. Sin embargo, a todos los efectos parecían un matrimonio que había sabido superar el momento más crítico de su vida en común. Los dos intuían que entre ellos ya nada sería igual.

La primera noche fue angustiosa. Como Pilar esperaba, a su marido no le gustaron los cambios que había hecho en la habitación. Las dos camas le recordaban su infidelidad pero no le quedó más remedio que aceptarlo. No tuvo fuerza moral para expresar su desacuerdo. Pilar procuró acostarse antes que él. Cuando Rafael llegó a la habitación ya se hacía la dormida.

«Estoy sola, Señor. —Retumbaban en su cabeza los últimos versos escritos—. Todo es fuera de ti lascivo y vano, / y aunque de todo amor terrenal huyo / ¡llévame Nazareno de tu mano!»

Solo encontraba refugio en la escritura y en su fe. Al día siguiente acudió con sus hijos a misa a la iglesia del Buen Suceso y después pasó a ver a su madre al hotelito en el que vivía

en la calle Tutor, justo a espaldas de la parroquia. Doña Ernestina había rejuvenecido desde que se había quedado viuda
hacía dieciséis años.

—Deberías esforzarte por salir de casa —le dijo Pilar.

—No tengo muchas ganas, *ma petite*. Ya sabes que me fallan las piernas y me da miedo caerme. Parezco una *poupée* de
cristal.

—Si uno no sale de casa, los monstruos del recuerdo acaban comiéndote.

—Mamá, siempre dices que no existen los monstruos. ¿O
es que viven aquí? —preguntó Rafaelito.

Las niñas se echaron a reír. Sonó el timbre y apareció su
hermano Fernando con su mujer, Ángeles Pineda, y sus hijos:
Fernando, Angelines, Ernestina y Antonio, todos de edades
similares a sus primos.

El servicio les sirvió el aperitivo mientras estaban en animada charla. Dos jóvenes ataviadas con traje negro, delantal y
cofia blanca servían el vermut a los mayores y a los pequeños,
limonada con agua. Dejaron también sobre la mesa unos ca-
napés variados, servidos en bandejas de plata.

—Qué bien te veo —dijo Pilar a su cuñada Ángeles.

—Yo a ti, en cambio, te veo muy flacucha y con mala cara.

—Sí, no estoy muy bien.

—Está recuperándose del mal que tanto afecta a esta familia: los nervios —salió al paso doña Ernestina—. Lo que tiene que hacer es salir de vez en cuando del entorno. Tenías que
haber acompañado a tu marido, *ma petite*. Te hubiera venido
bien tomar las aguas en Francia.

—¿Por cierto, dónde está Rafael? —preguntó Fernando.

—Tenía que llevar unos papeles a su madre y nos hemos di-
vidido en la salida de la mañana. Además, sabe que a los Valderrama nos gusta mucho recordar siempre las mismas anécdotas.

—¡Sí, contad cómo os conocisteis tú y la tía! —le pidió la pequeña Alicia a Fernando.

—Pero si lo hemos narrado tantas veces que no sé cómo no os aburre.

—Pues lo cuento yo —comentó doña Ernestina—. Me casé con la persona equivocada, un pariente mío lejano, y Fernando discutía mucho con él. Un día, se escapó nuestro *gros chien* y cuando regresó lo hizo en muy mal estado. Estaba lleno de heridas. Tu padre —se dirigió a su nieto pequeño, Antonio— cogió una pistola que teníamos en casa y quiso darle un tiro de gracia para que no sufriera más. Sin embargo, se interpuso el infausto Gabriel, que en gloria esté, y estuvo a punto de ocurrir una tragedia. Si mi hijo hubiera disparado, no sé lo que hubiera pasado. A partir de ese momento, tomé la triste decisión de que se fuera de casa para poner tierra de por medio y *mon garçon* se fue con mi hermano a Santander. Allí continuó estudiando ingeniería industrial. Su profesor particular tenía una hermana muy bella y *c´est fini*. Aquí está vuestra mamá.

—Pero ¿era tan malo el abuelo? —preguntó Mari Luz.

—No era vuestro abuelo —replicó Pilar—. Mi padre murió cuando yo era más pequeña que tú. Ese señor solo forma parte de nuestras pesadillas porque no fue bueno para ninguno de nosotros.

—Si no llega a ser por vuestro padre, hoy vuestra mamá sería una desgraciada —comentó Fernando—. El mayor de los tres hijos de Gabriel, Lorenzo, estaba empeñado en casarse con ella. Fue acoso y derribo. Tú tendrías dieciséis años y él treinta —añadió dirigiéndose a Pilar—. Te doblaba la edad.

—No me lo recuerdes. Fueron días terribles. Quería casarse conmigo a toda costa y su padre le apoyaba.

—Además espantaba a todos los pretendientes.

—Por Dios, contadnos ese detalle —dijeron las hijas de Fernando.

—*C´est vrai*, empezaban algunos jóvenes a rondar la calle

y al poco tiempo desaparecían. Luego nos enteramos de que Lorenzo les decía que él era su novio y les conminaba a que no siguieran pretendiéndola —comentó doña Ernestina entre risas.

—No tiene ninguna gracia. Fue una situación muy incómoda para mí. Menos mal que te casaste con Ángeles y me presentaste al que era tu compañero de la Escuela de Ingenieros Industriales: Rafael.

—Ganaste con el cambio. Te lo digo yo.

—Nunca te agradecí suficiente que me presentaras a tu amigo, aunque no es tan perfecto como imagináis. —Se produjo un silencio. Era la primera vez que se intuía por sus palabras que las cosas no iban bien entre ellos—. Se me ha hecho tarde. Nos tenemos que ir a casa a comer.

Pilar se despidió de todos sin dar más explicaciones tras su inquietante afirmación y se fue con sus tres hijos a su casa. No quiso decirles, ni a su madre ni a su hermano, nada del suicidio de la amante de Rafael. Les parecería tan increíble como a ella. Mejor que siguieran teniendo buena opinión de él.

Al llegar al paseo del Pintor Rosales, se encontraron con Rafael y su hermana, María Soledad, junto con su marido, el escultor Victorio Macho, esperándoles en los aledaños de la casa. Las niñas y Rafaelito corrieron nada más verles para abrazarles. Vivían bastante cerca, en la calle Ferraz, pero acababan de llegar de Palencia. Compartían con ellos largas estancias en la finca El Carrascal y en San Rafael. Les traían los bizcochos borrachos y las rosquillas que tanto les gustaban a todos.

Victorio Macho salía poco de su estudio. Estaba siempre con algún proyecto entre manos para realizar esculturas en piedra, bronce o cemento. Desde que había hecho el monumento a Benito Pérez Galdós y su primera exposición en el museo de Arte Moderno, había alcanzado mucha fama y éxito. Le faltaba tiempo para realizar todos los encargos que le llegaban.

Su mujer, María Soledad Martínez Romarate, era bellísima, muy fina de rasgos y de maneras. Después de quedarse viuda tras morir su primer marido, no tardó mucho en conocer y en casarse con el artista palentino. Victorio Macho era muy distinto a su difundo marido: era un artista, llevaba la melena larga hasta la mandíbula y, sobre todo, no bebía. El sufrimiento de aquella convivencia desgraciada ya lo había olvidado.

Durante la comida, Victorio les contó el nuevo proyecto que tenía entre manos. Parecía eufórico.

—Finalmente, me han aceptado la construcción de un Cristo de grandes dimensiones para Palencia.

—Estoy muy emocionada. ¿Podéis imaginaros un Cristo, un Sagrado Corazón de veinte metros, en nuestra tierra? —le preguntaba María Soledad a su hermano Rafael, también palentino.

—¿Dónde crees que podrías instalarlo?

—Ahora, en este último viaje, he visto un otero en las cercanías de Palencia. Podría ser allí. Me parece el lugar más idóneo.

—¿Ya tienes pensado cómo lo vas a hacer? —le preguntó Pilar con curiosidad.

—Estoy dibujando bocetos. Todavía no he dado con el definitivo. Sigo buscando. Me gustaría que tuviera los brazos extendidos. El cuerpo lo quiero brillante. Desearía construirlo con azulejos metálicos. Y la cabeza y los brazos, en bronce... O todo lo contrario, sencillo y solo de cemento. Estoy dispuesto a adaptarme al presupuesto que me digan.

No creo que Primo de Rivera quiera gastarse mucho en arte —comentó Rafael.

—No es santo de mi devoción, ya lo sabes. Afortunadamente solo hablo con las autoridades palentinas.

—Ya ves. Miguel Primo de Rivera dijo que iba a ser un régimen temporal, de noventa días, para la regeneración, pero lleva ya cinco años. Y no tiene visos de que vaya a ceder el poder.

—La política no me interesa nada, pero tampoco creo que a ellos les interese mucho el arte.

—Los amores y desamores siempre son recíprocos —dijo Rafael.

Pilar observaba a su marido mientras hablaba con Victorio y pensaba que su amor se había secado y seguramente el suyo también. Tenía razón: el amor y el desamor eran recíprocos. Casi no reconocía a Rafael. Tenía la sensación de estar frente a un extraño. Disimular sus pensamientos suponía para ella un enorme desgaste. Estaba dispuesta a que su familia no supiera el sufrimiento que tenía por dentro, aunque se hacía evidente que la estaba consumiendo.

4

Noches de insomnio y pesadillas

El sol se abría camino cada mañana en la habitación principal que daba a la calle del Pintor Rosales. La luz inundaba la estancia y borraba de golpe las oscuras noches en las que Pilar no lograba conciliar el sueño. Su estado anímico era de tristeza crónica. Sus ojos no brillaban y la sonrisa se había borrado de su boca. No se sentía capaz de hacer frente a la situación tan tensa que vivía durante la madrugada y las primeras horas del día. Su marido y ella parecían dos extraños durmiendo en la misma habitación. Era difícil sobrellevar la noche entre el insomnio y los pensamientos negativos que se acumulaban en su cabeza. Las horas parecían no avanzar y los monstruos de la decepción surgían en cuanto se metía entre las sábanas. Rafael intentó en alguna ocasión acercarse a su mujer, pero ella huía, ponía cualquier excusa: dolor de cabeza, malestar de estómago, somnolencia... Era evidente que se había levantado un muro entre ellos.

Acudió esa mañana a la consulta del doctor Gregorio Marañón, afamado amigo de la familia y eminente médico. Su consulta estaba repleta de revistas con artículos con su firma y de libros cuyo autor también era él. No tuvo que esperar mucho a ser recibida. El doctor se alegró de verla y en cuanto la observó unos minutos, volvió a recomendarle que se alejara de casa y que durante un tiempo cesara en sus quehaceres como madre y esposa.

—Lo mejor que puedes hacer es regresar a Segovia. Ahora hace mejor tiempo que cuando fuiste este invierno. Olvídate de los tuyos. Dedícate todo el tiempo a ti. Lo necesitas si no quieres caer en un pozo del que te costará remontar.

—No tengo fuerzas ni para salir a la calle.

—Acuérdate del final de tu padre. Tienes un *surmenage* que se está convirtiendo en crónico y necesitas aire puro, sol y cambio de aires. Es urgente que te vayas fuera de casa. Se lo diré a tu marido y a tu madre.

—Como quiera.

Salió de la consulta a paso lento. Dudaba si ir o no al Lyceum Club. En realidad, solo tenía ganas de quedarse en la cama. Era consciente de que iba entrando poco a poco en un pozo de aguas oscuras, como le acababa de decir Marañón. Debía hacer caso al médico, aunque tenía pocas ganas pidió a Juan que la llevara a la Casa de las Siete Chimeneas. En el Lyceum esa tarde había más gente que nunca. El salón de conferenciantes estaba lleno a reventar. El flamante premio Nacional de Literatura, José Montero Alonso, apareció por allí para hablar de su antología de poetas y prosistas españoles. Era muy joven, contaba solo con veinticuatro años, pero gozaba de un conocimiento literario que sorprendía a todos. Tras su presentación comenzó un breve coloquio. Pilar se había sentado junto a todas sus amigas. La curiosidad de aquellas mujeres era insaciable.

—¿Con qué intelectuales le gustaría reunirse para cenar? —preguntó Carmen Baroja.

—Lo tengo claro: con Federico Carlos Saínz de Robles, con Gómez de la Serna, con el escritor Manuel Machado y con el pintor Julio Romero de Torres.

A Pilar le sorprendió que no mencionara a Antonio, que era el poeta que más había influido en su escritura. Iba a preguntárselo pero flaqueaban sus fuerzas hasta para levantar la mano. Sus amigas sí que lo hicieron.

—¿Qué día no olvidará nunca? —tomó la palabra María Estremera.

—El día que conocí al escritor Benito Pérez Galdós en su casa. —No lo dudó ni un minuto—. Recuerdo que con él estaba una mujer de extraordinaria belleza, hija del torero Machaquito y ahijada suya. Para mí, don Benito fue el mejor representante de la novela realista del siglo XIX. Se apartó de la corriente romántica y le aportó una gran expresividad.

—Díganos un paseo para conocer el Madrid auténtico —insistió Carmen.

—Meterse por las calles que parten de Mayor hacia abajo, en dirección al río.

—Usted que sabe tantas historias sobre Madrid, ¿cuál es la más increíble de todas las que ha escuchado? —Esta vez fue María Calvo la que preguntó.

—Conozco una muy curiosa. En el lado sur de la Puerta del Sol hay un elegante edificio concebido para servir como oficina central de correos, un encargo de Carlos III que hoy da cobijo al Ministerio de la Gobernación. Pues bien, en los registros de las personas que colaboraron para su construcción figura un sacerdote, el padre López. ¿Qué pintaba el padre López entre picapedreros, ayudantes, supervisores y albañiles? No es normal que su nombre figure en la lista de operarios... Parece ser que la ayuda del «pater» fue requerida porque, cierta mañana, cuando los albañiles y el resto del personal comenzaron a trabajar, se les apareció el mismísimo diablo en carne y hueso, diciéndoles que no debían continuar. Les comentó que el edificio en lugar de ser obra del arquitecto francés, Jacques Marquet, debía ser del español Ventura Rodríguez. Por lo tanto, les caería una maldición fatal si continuaban con su trabajo. Como creyeron a aquel hombre que les dijo que era un ángel caído, se negaron a hacer el edificio y los constructores tuvieron que llamar al cura López para que estuviera durante todas las obras con un crucifijo en la mano, exorcizando cualquier maleficio. Eso les tranquilizó y el edificio se pudo terminar. —Se echó a reír—. Ya ven que hay muchas historias que no son más que cuentos chinos, pero la gente se las cree.

Pilar desconectó del coloquio. Pensaba en su vida. Un futuro incierto que pasaba por estar amarrada para siempre al hombre que la había traicionado. La única luz que vislumbraba al final del túnel era conocer al poeta que tanto admiraba, Antonio Machado. Era un alma solitaria como ella, solo había que leer sus poemas para darse cuenta. «¿Su vida será tan plana como la mía?», se preguntaba. Estaba convencida de que ella no tenía más aliciente que cuidar a sus hijos, visitar a su madre y acudir al club donde la vida se concentraba en las palabras de los conferenciantes.

—¿Qué le sorprende de la vida? —preguntó entonces Carmen Baroja a José Montero Alonso, y Pilar salió de su ensimismamiento.

—Lo inesperado. Nunca sabes lo que te va a deparar la vida —comentó el flamante premio Nacional de Literatura—. Puedes ir tranquilamente por la Gran Vía de Madrid y encontrarte con un toro como el que sembró de pánico entre los viandantes a comienzos de año. Y seguimos con lo sorprendente: aparece un torero como Diego Mazquiarán y sella la faena de su vida con un abrigo y un estoque que llevaba encima. ¿Verdad que si no lo hubiéramos vivido parecería increíble? La vida es así. Nunca sabemos lo que nos va a pasar mañana y seguramente nos encontraremos de bruces con algo inesperado.

Pilar le escuchaba y se decía a sí misma que ella sí sabía perfectamente lo que iba a ocurrir mañana, y pasado, y al otro, y al otro... Su vida no solo era monótona: no tenía sentido. Estaba convencida de que su futuro era tan negro como su presente. No veía ninguna salida a su situación actual.

Los aplausos del final de la conferencia la sacaron de sus pensamientos. Aplaudió por contagio, pero no era muy consciente de lo que había sucedido durante la charla.

—Me voy a ir porque no me encuentro muy bien —comentó a sus amigas. Estaba muy pálida y demacrada.

—Te acompaño —le dijo Carmen Baroja—. Además, así me dejas en casa y hablamos un rato más.

El resto del grupo se quedó haciendo corrillos con las distintas socias del Lyccum. Había sido una jornada brillante y lo celebraban.

Durante el trayecto, Pilar y Carmen hablaron de hacer planes para salir con sus respectivos hijos. La pequeña de los Baroja no sabía cómo animarla. Le recordaba a su madre cuando su padre, Serafín Baroja, falleció. Se vistió de luto riguroso y se apagó su sonrisa para siempre. Carmen pensó que un plan distinto podría sacar a Pilar de aquel estado tan preocupante.

—Se ha presentado un corto en el cine con un personaje animado que puede gustar a nuestros hijos. Se llama Mickey Mouse. ¿Por qué no quedamos? Les encantará, seguro. Necesitas hacer cosas fuera de casa.

—Tienes razón, se me hace muy monótona la vida en casa. Antes salía a alguna representación, a la ópera. Desde que ocurrió... todo, no hemos vuelto a pisar un teatro Rafael y yo.

—Pilar, la vida sigue. Tienes que intentar borrar el pasado de tu mente. Intentar cerrar las heridas desde este momento.

—No puedo, y de verdad que lo intento. Voy a hacer otro viaje a Segovia. El doctor Marañón tiene miedo de que me pase como a mi padre y caiga en un estado de tristeza crónica de la que no salga nunca. De modo que me retiraré sola e intentaré recomponerme por dentro, como dices. Estoy rota, esa es la verdad.

—Pues viaja adonde quieras, pero date tiempo. Tienes que retomar tu vida. ¡Pareces una sombra de lo que eras! Volver a escribir. Acabar tu libro.

—Me falta ilusión, Carmen.

—Tienes que encontrarla. Buscar en ti misma la solución. No regreses a casa hasta que tu mente haya cambiado. Toda la fuerza está aquí —dijo Carmen, señalando su cabeza—. Mi hermano Pío dice que la desgracia hace discurrir más, pensar en todo. Sin embargo, la felicidad quita el análisis: por eso es doblemente deseable. Yo evitaría pensar en tu desgracia, intentaría creer que lo que te ha hecho tanto daño en realidad no ha pasado.

—Imposible olvidar. Está ahí presente.

—No olvides, pero déjalo a un lado. Si quieres sobrevivir, no te recrees en todo lo negativo que tiene tu vida. Hay muchas cosas positivas que ahora mismo no ves.

—Puede que tengas razón.

Se bajó Carmen del coche. El chófer cambió de rumbo y llevó a casa a Pilar. Estaba decidida a regresar a Segovia. Nada más llegar, le pidió a Hortensia que lo preparara todo. Su marido no dijo nada. Tampoco intentó impedirlo. El doctor Marañón había hablado con él y le había comentado la necesidad que tenía su mujer de encontrar paz y sosiego. Estaban todos de acuerdo en que debía recuperar la sonrisa, no podía seguir así por más tiempo. Su salud se estaba resintiendo.

—Ahora el tiempo será más benévolo que cuando fui en invierno.

—Es la época en la que hay que viajar, en mayo. En cuanto regreses nos iremos a Palencia. Mi hermana y Victorio se trasladarán a finales de junio al Carrascal, a la finca. Espero que acabes el libro y mejores pronto. Los niños también necesitan desconectar y estar contigo.

—¡Eso deseo yo también! Me resulta difícil vivir con este estado de ánimo que me supera.

—Después del verano le daremos vueltas a tu idea de hacer teatro en casa. ¡Pienso ayudarte!

Pilar sonrió. Era la primera vez que sonreía desde hacía meses. Por fin, su sueño se haría realidad con la ayuda de Rafael. Era evidente que deseaba agradarla. Se quedó pensativa y finalmente se despidió de todos y se fue hacia el tren. Aquella frase de su marido: «¡Pienso ayudarte!», le hizo albergar al menos la ilusión por un proyecto en común.

Al llegar a Segovia, el mismo conserje la recibió con una sonrisa. Era la dama más elegante que había pisado aquel hotel en los últimos meses. La reconoció nada más verla.

—Doña Pilar, me alegro mucho de tenerla entre nosotros de nuevo. El ticmpo, como observará, es mucho más benévolo que cuando vino en invierno.

—Eso espero.

—¿Terminó ya su libro?

—No, intentaré hacerlo estos días.

—Ahora sí que está don Antonio en Segovia. Lo digo porque si tiene la carta de presentación, se la hago llegar de nuevo.

Pilar se quedó sorprendida de que el conserje se acordara de tantos detalles sobre su última estancia allí.

—Sí, bueno... La tengo por algún lugar de mi equipaje. No hay prisa, se la daré en unos días.

Aún no tenía ánimos ni para conocer al poeta que más admiraba. Debía reponerse antes de conocerle.

—Están a punto de concluir sus clases en el instituto. En cuanto pueda se va con su familia a la capital. Si tarda mucho, ocurrirá como la otra vez, se le escapará.

—Buscaré la carta, muchas gracias.

Pilar subió a la habitación y no esperó a que pasara ni una hora. Rebuscó en su bolso y allí estaba la carta que le dio María Calvo para presentarse al poeta. Estaba nerviosa. Hubiera preferido aguardar unos días, pero si se iba de nuevo, no se lo perdonaría jamás.

Tocaron la puerta de la habitación con los nudillos. De nuevo, era el conserje.

—¿Doña Pilar, desea comer algo?

—No, muchas gracias. Estoy algo inapetente.

—¿Está enferma? La noto pálida.

—Bueno, estoy un poco delicada de salud. Mire, aquí tengo la carta. ¿Se la hará llegar a don Antonio?

—¡Con mucho gusto!

Cuando el conserje abandonó la habitación, Pilar se tuvo que sentar a los pies de la cama. Sintió que su corazón latía a más pulsaciones de las habituales. Intentó tranquilizarse pero no podía. Por fin, iba a producirse algo interesante en su vida: conocer al poeta que tantas veces había leído y releído. De *Soledades* y *Campos de Castilla* se sabía casi todos los poemas de memoria, pero en su cabeza repetía machaconamente: «Caminante, son tus huellas / el camino y nada más; / Caminante, no hay camino, /se hace camino al andar. / Al andar se hace el camino, y al volver la vista atrás / se ve la senda que nunca / se ha de volver a pisar...». Andaba en estos pensamientos cuando volvieron a llamar a la puerta de su habitación.

—Señora, don Antonio dice que vendrá en una hora al hotel.

Tragó saliva y respondió:

—Muy bien. Muchas gracias.

Al cerrar la puerta se tuvo que sujetar a la pared. No podía creer que estuviera a punto de conocer al hombre que mejor reflejaba su estado de ánimo. Esbozó algo parecido a una sonrisa. Tenía una ilusión, después de tanto tiempo de no esperar nada de la vida. Deshizo el equipaje pero se sentía aturdida. Después de muchas indecisiones, se vistió de encaje blanco. ¡Blanco! Le chocaba verse así en el espejo tras tantos días vistiendo de oscuro. Se perfumó y recompuso su moño. Finalmente, bajó al hall del hotel para encontrarse con el poeta.

Estaba hablando con el conserje cuando entró Antonio Machado en el hotel. Iba ataviado con un traje sin raya en los pantalones y llevaba el pelo algo revuelto tras despojarse del sombrero. Tenía la frente ancha y la chaqueta con restos de ceniza en su solapa. También portaba un bastón con el que se ayudaba para caminar. Iba con ánimo de cumplir con la amiga de María Calvo, tan querida para la familia por la cercanía con su hermano Ricardo, que era más que amigo, un hermano.

—Por favor, ¿doña Pilar de Valderrama? —preguntó al conserje con voz profunda.

—Aquí está —respondió el empleado, señalando a la dama que se apoyaba en el mostrador de la recepción.

Aquella mujer de pelo negro, que estaba de espaldas a él, se dio la vuelta y clavó sus ojos castaños en los suyos. Machado sintió como un escalofrío. No esperaba encontrarse con «una diosa», pensó. Se quedó sin palabras mientras ella extendía su mano. Él hizo ademán de llevársela a la boca para besarla y el contacto de aquella pequeña mano en la suya volvió a hacerle estremecer. Pilar finalmente sonrió y le habló.

—Don Antonio, ¿acepta que le invite a un café?

—Por supuesto —dijo él, con voz casi inaudible.

Pilar y Machado dieron unos pasos. Ella le precedía para guiarle hasta el salón de té. El poeta observaba su pequeña cintura y su cimbreo al andar con aquel traje blanco impoluto. El poeta se mesó su cabello despeinado mientras observaba a aquella mujer que parecía una novia antes de ir al altar.

—¿Le parece bien esta mesa? —Pilar señaló la que estaba en el rincón del salón.

—Sí, donde quiera.

Pilar observó que el poeta se mostraba azorado ante su presencia. Tomó la palabra.

—Le estoy muy agradecida por haber venido.

—María es buena amiga de la familia y me ha puesto unas bonitas palabras sobre su persona. No podía no acudir.

—Quiero que sepa que le sigo desde hace mucho. Me gusta su poesía. Expresa exactamente lo que yo siento.

—¿Es usted poetisa también? Algo de eso me ha parecido entender a María en la carta. —El poeta estaba incómodo, se encontraba cohibido ante aquella mujer que se movía con tanta elegancia.

—Sí, escribo poesía desde hace tiempo. De hecho, María le hizo llegar el primero de mis libros: *Las piedras de Horeb*.

—Le pido disculpas. Es que me llegan cientos de manuscritos que no me da tiempo a abrir por mis muchas ocupaciones.

Pilar se quedó frustrada de que no la recordara. María le había dicho que el libro le había gustado, pero ahora se daba cuenta de que había sido solo una frase de cortesía por parte de su amiga.

—¿Puedo preguntar qué la ha traído a Segovia?

—Pues... Tengo que recuperar mi salud, que anda un tanto maltrecha. Problemas personales. Necesito tiempo y distancia. También quiero terminar el segundo libro de poemas que estoy escribiendo.

Machado se sentía incómodo. Aquella mujer le dejaba sin palabras. Él que vivía de expresar su interior en un papel en blanco ahora no era capaz de dialogar con ella. Miró su reloj y se inventó una excusa.

—Sintiéndolo mucho, me tengo que ir. No esperaba encontrarme con alguien tan interesante como usted. Tengo que corregir unos exámenes de mis alumnos. Estamos a finales de mayo y es la peor época para ellos y para los profesores.

—Sí, por supuesto. ¿Aceptará cenar conmigo mañana? ¿Le gustan las perdices?

Se quedó callado. Su corazón le pedía volver a ver a aquella mujer tan fascinante pero se sentía ridículo al estar tembloroso como un adolescente.

—Por supuesto. Dejaré todo lo que tenga que hacer por volverla a ver. —Cogió su mano y la besó de nuevo.

Pilar sintió un escalofrío que recorrió su cuerpo a modo de látigo. Después de muchos meses sin sonreír, estaba feliz de conocer al hombre que más admiraba como escritor. Le acompañó hasta la puerta y le vio marcharse, caminando despacio pero sin apoyarse apenas en el bastón.

Machado no recordaba haber conocido nunca a una mujer tan delicada, gentil y buena conversadora. Lo primero que haría en su desordenada habitación sería buscar su libro por todos los rincones. Le parecía imperdonable no haberlo leído antes de conocerla. Era atractiva, inteligente, menuda. Parecía salida de un cuadro, como una imagen irreal. A la vez, saltaba a la vista su enorme personalidad. Quería saberlo todo sobre ella. En su viaje a Madrid haría todo lo posible por ver a Ricardo y a María para que le contasen la vida de esta enigmática dama. Era una diosa que desconocía serlo.

5

La cita

La luz del nuevo día sorprendió a Pilar con los ojos ya abiertos. Había dormido poco esa noche tras conocer al escritor que más había leído en los últimos años. Se sorprendía a sí misma con una ansiedad más propia de una adolescente que de una mujer madura como ella. En septiembre cumpliría los treinta y cinco años y no recordaba que le hubiera pasado nunca algo parecido.

La cita con el poeta era protocolaria, pero si alguien conocido la veía, no estaba segura de si entendería ese encuentro a solas con él. Había viajado sin carabina una vez más y, sin embargo, no tenía ningún remordimiento. Era plenamente consciente de su transgresión.

El poeta era un hombre diecisiete años mayor que ella. La edad parecía lo menos importante a la hora de compartir con él una cena. «Solo una cena», se decía a sí misma. A fin de cuentas, los dos eran poetas y fundamentalmente hablarían de lo que los dos amaban: la literatura.

De todas formas, decidió no comentarlo con nadie en sus conversaciones telefónicas. No dejaba de ser una mujer casada que se citaba con un viudo. Podría dar pie a muchos comentarios que deseaba evitar. Solo haría una excepción con María Calvo, que le había escrito la carta de presentación para Machado. No deseaba decírselo a nadie más.

Pilar sonreía cuando pensaba en lo azorado que había visto al poeta durante la corta conversación que mantuvieron en el salón de té. Dudaba sobre si su presencia era lo que le había puesto nervioso. Nunca imaginó que en un encuentro con Machado, fuera ella quien llevara el hilo de la conversación. ¿Por qué se había quedado sin palabras al conocerla? Quizá tuviera alguna otra preocupación que ella desconocía. Todo lo que estaba pasando era nuevo para ella. Eso hizo que se levantara con ganas de escribir y plasmara en un papel lo que había significado para ella conocer a Antonio Machado. Cogió su pluma y las palabras brotaron solas: «La canción alegre hoy llama a mi puerta / y yo apresurada descorro el cerrojo; / de par en par dejo la cancela abierta / y a su entrada un ramo de rosas deshojo. / ¡El alba despierta!».

Estaba nerviosa. Por fin, ocurría algo en su vida que la sacaba de la monotonía. Cenar con el poeta significaba para ella que entraba en su vida lo inesperado. Tal y como había dicho José Montero Alonso en su conferencia en el Lyceum Club, «en un segundo todo puede cambiar. Lo inesperado forma parte de nuestro día a día. Se trata de aquello que nos hace vulnerables, en definitiva más humanos, ya que no se puede planificar todo». Efectivamente, en la circunstancia que estaba viviendo había algo de azar, de destino, que había propiciado que ellos se conocieran. Cada uno en un momento vital diferente pero a fin de cuentas, solos.

Durante el día Pilar pidió una conferencia con Madrid. Necesitaba saber cómo seguían las cosas por casa. Sobre todo, le preocupaba Rafaelito, al que por su edad consideraba más indefenso que sus hermanas. Precisamente eran sus hijos los que la mantenían con ganas de levantarse cada día. Si por ella fuera, bajaría las persianas y se metería en la cama, sin ánimo para volver a ponerse en pie. Su cansancio emocional se traducía en una apatía generalizada hacia todo. Sin embargo, la luz que siempre veía al final del túnel, eran ellos.

Pilar no salió ese día de la habitación del hotel. Siguió escribiendo hasta que el conserje la avisó de que su madre ya estaba al teléfono. Bajó a recepción y en una pequeña habitación contigua al hall le pasaron la llamada. Doña Ernestina se encontraba al otro lado de la línea.

—¿Madre? ¿Eres tú?

—Sí, *ma petite*. ¿Cómo te encuentras?

—Un poco mejor. He vuelto a escribir. Creo que eso es una buena noticia.

—*Merveilleux!* Gran noticia que vuelvas a la poesía. Tú tranquila, que todo está bien en casa. No hay novedad.

—Espero no tardar mucho en regresar.

—*Très calme aujourd'hui.* Para curarse del todo no hay que tener prisa. *Tu m'entends?*

—Sí. Gracias por preocuparte por mí. ¿Cómo están los críos?

—*Très bien, très bien.* Preguntan por ti pero saben que estás poniéndote buena antes de regresar con ellos. Rafaelito es el más insistente.

—Espero reponerme pronto. Lo siento mucho por ellos. Volveré a llamar dentro de unos días.

—*Très bien.* Solo debes pensar en curarte, *ma petite*. Lo demás es secundario.

Al concluir la conversación decidió salir a caminar. Un poco de aire no le vendría mal. Pronto se dio cuenta de que no llevaba el calzado adecuado. Era difícil andar por el empedrado de las calles. Sus tacones se metían en todos los resquicios de los adoquines grises de la calle. Había mucho movimiento de personas: aguadores, panaderos, carniceros portando las reses sobre sus espaldas, militares y religiosos. También se cruzó por el camino con algunas mujeres con uniforme de servir y con varias damas que, como ella, se peleaban con las gruesas piedras grises al andar.

En aquel día luminoso deseaba conocer la iglesia de San Marcos que se encontraba a medio camino entre el acueducto romano y la catedral. De pronto apareció ante sus ojos. Comenzaron a sonar las campanas y se quedó quieta observando la torre del campanario. El sobrio estilo románico le parecía una auténtica belleza y durante unos segundos se quedó absorta. Más todavía con el vibrante tañido de las campanas que parecía querer despertarla de aquel letargo en el que llevaba meses sumida. Después de un rato asimilando ese momento, único para sus sentidos, fue hasta la puerta principal. Unos niños jugueteaban por los alrededores con una pelota de papel envuelta en gomas. No pudo evitar acordarse de sus hijos y se quedó unos segundos mirándoles. Pensaba que Alicia, Mari Luz y Rafaelito eran los tres motivos por los que seguía en pie. Ellos se habían convertido en el único motor que movía su vida.

Al entrar en la capilla, tomó con sus dedos agua bendita y después de hacer la señal de la cruz se sentó en uno de los primeros bancos. Antes de ponerse de rodillas se ajustó el velo negro que llevaba en el pelo y se abrochó la chaqueta que cubría sus brazos. Estuvo durante largo rato rezando. Pensaba que no había un lugar donde poder encontrar más paz que en una iglesia. Solo la fe había conseguido que no cayera definitivamente en la melancolía que tan bien conocían en la familia. Pensó en su padre y en cómo su brillante carrera política se había truncado de golpe por esta enfermedad del espíritu. Caer en un pozo sin salida es fácil, se decía a sí misma. El problema estriba en tener suficiente fortaleza para salir de él.

—Dios mío, no veo la salida. ¡Ayúdame! —rezaba para sus adentros—. Haz que mi vida merezca la pena. Ilumina mi espíritu y devuélveme la ilusión por vivir. Una luz. Solo una luz para poder ser la que era. Evita que la tristeza se apodere de mi alma, como le ocurrió a mi padre. —Mantenía un soliloquio desesperado.

Francisco de Valderrama, padre de Pilar, había sido oriundo de Santurce, un pueblo próximo a Bilbao, aunque a muy corta edad se trasladó con toda su familia a Andalucía. Se asentaron en Córdoba. En el pueblo de Montilla compraron tierras de labranza, cortijos y lagares. El joven tuvo claro muy pronto que deseaba estudiar leyes y se fue al convento de San Zoilo, en Carrión de los Condes. Nada más terminar la carrera con los jesuitas comenzó a interesarse por la política, simultaneándola con su trabajo en el bufete del ministro de la Corona, Pelayo Cuesta. Supo moverse en aquel ambiente y el Partido Liberal le convenció para entrar en sus filas aunque no tenía la edad reglamentaria. Finalmente, fue nombrado diputado a Cortes. Era tan brillante que enseguida destacó por sus iniciativas. Antonio Aguilar y Correa, marqués de la Vega de Armijo, liberal y presidente del Consejo de Ministros, entre dos gabinetes presididos por Segismundo Moret y Antonio Maura, solicitó de su colaboración para distintos asuntos. Su carrera política era imparable.

Así es como le conoció Ernestina. Él, hombre brillante, se alojaba en el mismo hotel que ella y su familia en Madrid. Volvieron a coincidir en la ópera, en el Teatro Real, y allí alguien les presentó y comenzaron a hablar. Su relación fue rápida y a los pocos meses se casaron. Enseguida le ofrecieron a Francisco cargos políticos cada vez más relevantes, teniéndose que trasladar de Madrid, donde tenían su residencia, a diferentes puntos de España.

Sin embargo, la salud le frenó en seco. Estando de gobernador Civil en Zaragoza, comenzó no solo a sentir una tristeza endémica sino a perder el sueño y a estar cansado durante todo el día. Luego comenzaron los dolores de cabeza y ya fue cuando el doctor Esquerdo, psiquiatra y político republicano progresista, le aconsejó dejarlo todo y recuperarse. El eminente doctor, con su esplendorosa barba dividida en dos mitades, le dibujó un panorama tan serio para su salud que no pudo por menos que hacerle caso y retirarse a Montilla con su familia. Allí no consiguió mejorar y se fue apagando poco a poco como la luz de una vela. Finalmente murió a los treinta y nueve años por un ataque agudo de uremia. Sin embargo, todos sabían que lo que se le había llevado de este mundo había sido la tristeza que se apoderó de su alma.

Por este motivo, en su familia tenían pavor al mal de nervios, como decían. Cuando la mente se quebraba, sabían que era difícil revertir la situación. Por eso, estaban realmente preocupados con el estado anímico de Pilar. Ella no había contado el hecho que había desencadenado su situación: la infidelidad de su marido. Sin embargo, su madre y su hermano percibían el deterioro de su salud. Había dejado de sonreír y estaba siempre cansada para salir con sus hijos a la calle. No era propio de ella, una madre cariñosa a la que todas las horas le solían parecer pocas para estar junto a ellos.

Pilar sabía que el momento de su regreso a Madrid llegaría cuando notara que la vida volvía a tener sentido. Ahora deseaba estar sola, reencontrarse consigo misma y recuperar las ganas de vivir.

—Señor, ¡ayúdame! —Seguía de rodillas con las manos entrelazadas, rogando a Dios una salida a su estado de salud—. Se me está yendo la vida y tengo tres niños que me necesitan. Te pido por ellos más que por mí. ¡Dame una salida! ¡Solo una!

Después de estar largo tiempo rezando, regresó al hotel. No quiso comer nada: no tenía hambre. Se sentó delante de la mesita donde había comenzado a escribir un poema.

Volver a escribir se trataba sin duda de un buen síntoma. Y parte de esa necesidad de coger la pluma de nuevo tenía que ver con haber conocido al poeta Antonio Machado. Nadie como él podría entenderla, pensaba. Los dos eran espíritus solitarios que habían perdido a sus amores en distintas circunstancias. Él se había quedado viudo pocos años después de haberse casado con una mujer muy joven, Leonor. Y ella se sentía viuda de un hombre que estaba vivo.

Cuando la luz del día comenzó a extinguirse, antes de encender los candiles, miró el reloj y comprobó que ya eran las ocho de la tarde. Se vistió con un traje azul largo muy entallado en la cintura. No tenía tiempo para probar cuál de los que tenía en el armario le quedaba mejor. Fue el primero que alcanzó con su mano. Recogió su pelo negro en un moño que le favorecía pero le ponía más edad. Se colocó dos flores, como siempre hacía, y bajó al hall del hotel. Era la penúltima noche de mayo y todavía refrescaba por la noche, por lo que se puso un abrigo fino, también azul, por encima. Cuando bajó las escaleras, observó que el poeta atravesaba en ese momento el umbral de la puerta. Se quedaron quietos unos segundos cruzando sus miradas y comenzaron a caminar para reencontrarse.

—Señora —le dijo Antonio mientras se llevaba la mano a su boca—. Espero no haberla hecho esperar.

—No, no, en absoluto. Ha llegado puntual. Como ve, bajaba las escaleras justo ahora mismo.

—Por nada del mundo me perdonaría que una dama tuviera que esperarme.

Pilar sonrió y le indicó con su mano que fueran en dirección al restaurante. Caminaron en silencio unos segundos y hasta que no se sentaron en la mesa, no volvieron a cruzar una palabra. Había cierta tensión en el poeta, Pilar lo notaba. Hizo ademán de quitarse el abrigo y Machado la ayudó.

—Espero que le guste la cena que he encargado —dijo Pilar para comenzar el diálogo.

—Seguro que sí. Lo de menos es la cena, se lo aseguro. —Se quedó mirándola durante unos segundos que parecieron eternos. Vestida con aquel traje azul estaba realmente atractiva—. ¿De qué conoce a María? —cambió de tema después de tragar saliva.

—Es la profesora de mis hijos.

—¿Usted tiene hijos?

—Sí, tres. Alicia, Mari Luz y Rafaelito. Son tres tesoros. Tienen dieciséis, quince y doce años el pequeño.

—Nadie lo diría —respondió él, guardándose para sus adentros la coletilla de «con ese cuerpo»—. Yo no tengo hijos pero tengo sobrinos, sé la alegría que dan los niños en una casa.

—¿Y usted, cómo conoció a María? —Pilar no quería hablar de ella, sino conocer más a Machado.

—Es que su hermano Ricardo y yo somos como hermanos. Le conocí cuando mi abuelo fue nombrado profesor de la Universidad Central de Madrid y toda la familia se trasladó desde Sevilla a la capital. Yo tenía ocho años aproximadamente cuando comencé a estudiar en la Institución Libre de Enseñanza. Mi familia tenía amistad con Bartolomé Cossío, Joaquín Costa y Francisco Giner de los Ríos, que fue su fundador y amigo personal de mi padre. No sé si le suenan algunos de esos nombres... —Pilar asentía con la cabeza—. Mi amor por la naturaleza y el paisaje lo adquirí ahí. Estuve rodeado de niños y de niñas, algo que no se estilaba, ni se estila hoy en la enseñanza. Después me enviaron al Instituto San Isidro a estudiar Bachillerato. Para mi desgracia tengo que decirle que allí coseché mis primeros suspensos. Curiosamente en francés y en lengua castellana. Ya ve, en las dos asignaturas en las que yo imparto clase. Luego me matriculé en el Instituto Cardenal Cisneros, pero ya por libre. Era muy fuerte mi inclinación por la poesía, la pintura, el periodismo, las corridas de toros y el teatro. Todo me interesaba.

—A mí también me gusta mucho el teatro.

—Empezamos mi hermano Manuel y yo a aficionarnos siendo unos imberbes. Íbamos con asiduidad al Teatro Español, cuyo director y primer actor era Rafael Calvo, amigo de nuestro padre. Allí conocimos a los hijos del actor y nos hicimos íntimos del mayor, Ricardo. Desde entonces somos inseparables. Perdóneme, porque se lo he dicho del tirón sin dejarla hablar a usted. —Pilar seguía poniéndole nervioso e intentó disimular la ansiedad que tenía por saber todo sobre ella, mientras bebía de su vaso de vino.

—Al revés, me interesa mucho. Le pido por favor que me cuente más detalles de su infancia.

—Pues a este pequeño grupo formado por mi hermano y Ricardo se unió otro poeta, Antonio Zayas.

—¿El diplomático?

—Sí. Y aunque no lo crea, todos hemos intervenido en pequeños papeles en obras de teatro. El padre de Ricardo nos distribuía por las muchas representaciones que ponía en marcha. —Machado sonreía evocando aquellos recuerdos.

—¡Qué interesante! Adoro el teatro. Me gustaría hacer como los Baroja, funciones de teatro en mi casa. Esa sería para mí una gran ilusión. Quizá después del verano pueda hacerlo.

—¿Qué o quién se lo impide? ¿Está usted casada? —Deseaba averiguar cuál era el estado civil de aquella dama.

—Sí, estoy casada. —Se le empañaron los ojos y dejó de hablar. No podía.

—Lo siento si la he importunado. Yo llevo muchos años viudo y no estoy acostumbrado a hablar con una mujer a solas. He perdido la práctica.

—No es su culpa, don Antonio.

—Por favor, dejémonos de protocolos. Llámeme Antonio a secas.

—Está bien, Antonio. No estoy atravesando un buen momento. Me da igual contárselo. María Calvo sabe por qué estoy aquí en Segovia. De modo que, tarde o temprano, sé que iba a enterarse. No sé por dónde empezar... La amante de mi marido se suicidó hace poco. Yo no sabía nada y esa circunstancia me ha dejado totalmente sin ánimo. Ni siquiera para escribir. No levanto cabeza. Por eso me he venido aquí, a pensar, a recomponer mi mente. No sé... —Después de un silencio, dos lágrimas resbalaron por sus ojos.

Antonio Machado se quedó sin palabras. Aquella diosa era mortal y no podía reprimir sus lágrimas. No sabía cómo resolver esa situación.

—Hace falta estar ciego para buscar fuera cuando se tiene un tesoro en casa. Los hombres somos así de estúpidos. Está de moda tener una amante. Yo nunca he sido de esa clase de hombres. —Cogió su mano e intentó calmarla. Sacó de su bolsillo un pañuelo limpio pero arrugado y se lo ofreció.

—Gracias. —Pilar se enjugó las lágrimas en aquel pañuelo que no veía la plancha desde hacía varios lavados.

Antonio había mejorado su aspecto desde la primera vez que se vieron. Al menos no llevaba ceniza por la chaqueta y parecía mejor peinado y afeitado.

—¿No le gusta la comida? —le preguntó Pilar.

—No, es que no suelo tener mucha hambre para cenar. A estas horas se me cierra el estómago... —No era cierto. Estaba nervioso ante esa mujer y no le entraba nada por la boca.

—Yo tampoco tengo mucho apetito. No ha sido buena idea quedar a cenar. —Se quedó pensativa.

—No, no. Se lo agradezco mucho. Ha sido una idea estupenda. Si quiere, podríamos dar un paseo puesto que estamos los dos inapetentes. ¿Le apetece pasear hasta el Alcázar?

—Me encantaría.

Salieron del restaurante y enfilaron la calle hacia arriba mientras seguían hablando en aquella noche de finales de mayo. No hacía frío, aunque soplaba de vez en cuando algo de aire. La noche estaba despejada de nubes y se veía el firmamento cuajado de estrellas. Caminaron varios pasos sin decirse nada. Ella comenzó a resbalarse con los adoquines y Machado le ofreció su brazo.

—Me gusta hacer este paseo y concluir en El Alcázar —dijo Machado—. El castillo-palacio de finales de la Edad Media está en perfecto estado de conservación. Me parece una maravilla. Cuando lleguemos se dará usted cuenta de que su forma es de proa de barco.

—Lo he visto siempre de lejos. Nunca he tenido la oportunidad de llegar hasta él.

—Sería una pena que abandonara Segovia sin conocer esta fortaleza hispano-árabe. Ha sido una de las residencias favoritas de los Reyes de Castilla. La pena es que hace sesenta o setenta años se quemó toda la techumbre de las salas nobles y se perdieron verdaderas joyas.

—El fuego arrasa con todo. Me da verdadero pánico. Tengo menos temor al agua que a las llamas. Es algo que me persigue en mis sueños.

—Yo solo le tengo miedo a la enfermedad. A estar inhabilitado para disfrutar de las verdaderas maravillas que nos ofrece la naturaleza y la propia vida.

—Yo también disfruto de todo aquello que nos brinda la vida. Hace poco escribí: «Quería ser la esencia de las rosas / y ser del ave el silencioso vuelo; / en el brillo fugaz de una centella / llegar donde no llegan los azores...». Bueno, resulta ridículo hablar de poesía junto a usted.

—Le he dicho que me llame de tú, por favor.

—Entonces debes cambiar el usted que me dedicas en cada frase.

—Es cierto, Pilar. Es cierto. La costumbre, ya sabes.

Aquel Pilar pronunciado por Machado le sonó como si la nombraran por primera vez en su vida. El paseo con el poeta al que tanto admiraba, las estrellas más titilantes que nunca, su voz. Parecía un verdadero sueño. Cuando llegaron al Alcázar se sentaron en uno de los bancos y continuaron hablando de poesía.

—Hace tiempo fui a Soria tan solo por conocer la tierra que tanto le inspiró para sus *Campos de Castilla*. Amo el poema «Campos de Soria». «Es la tierra de Soria árida y fría. / Por las colinas y las sierras calvas, / verdes pradillos, cerros cenicientos, / la primavera pasa / dejando entre las hierbas olorosas / sus diminutas margaritas blancas. / La tierra no revive, el campo sueña...»

—Gracias, en su voz parece mi poesía más bella. —No tenía palabras. Se sentía mal por no haber encontrado el libro que la diosa le había enviado a través de María.

—Le admiro mucho. Bueno, creo que eso ya se lo dije ayer.

Machado no era un hombre al que le gustaran las alabanzas y cambió de tema.

—¿Qué le falta para concluir el libro que me dijo que estaba escribiendo?

—Inspiración. Pero creo que aquí la estoy encontrando.

—Me alegra mucho saberlo.

Durante toda la noche, hablaron de literatura. Eran dos poetas con sensibilidades parecidas. Antonio nunca había conversado con una mujer tan intensamente como con aquella dama. Ahora que se iban a separar necesitaba arrancarle otra cita.

—¿Qué tal si mañana nos volvemos a ver? ¿Me deja que la invite yo a uno de los lugares donde yo acudo frecuentemente?

—Por supuesto. Será un placer.

Regresaron caminando despacio hasta el hotel y se despidieron hasta el día siguiente. Pilar no se lo podía creer. Estaba con el poeta al que más había leído en toda su existencia. Y Machado no podía dejar de admirar a aquella mujer de ojos grandes y expresivos que tanto le imponía. Esa noche, cuando regresó a su pensión, a duras penas pudo conciliar el sueño. Algo parecido le ocurrió a Pilar cuando cerró la puerta de su habitación y se puso a escribir: «El sol penetra al fin / en el rincón oculto del frondoso vergel».

6

Una auténtica guerra interior

Antonio Machado no dejó de fumar en toda la noche. Encendía un cigarrillo detrás de otro, sin lograr conciliar el sueño. Estaba nervioso y no deseaba apartar de su mente los ojos, la boca y el pelo negro de Pilar de Valderrama. La percibía como una diosa que había mitigado en un solo encuentro el luto que llevaba en su alma desde que murió Leonor, su joven esposa. Fumar desaforadamente tapaba la ansiedad que sentía. Por un lado, tenía un sentimiento de culpa por aliviarse del sufrimiento de estos últimos quince años de viudedad y, por otro, se veía eclipsado por la personalidad de Pilar. La dama del vestido azul había irrumpido en su vida sin ni siquiera buscarla. Le angustiaba perder su integridad ante los recuerdos que tanto le alimentaban, incluso le parecía traición a su amada Leonor tener este sentimiento de curiosidad hacia esta diosa casada que sufría por el engaño de su marido.

—Leonor, Leonor, Leonor... —repetía en voz alta entre calada y calada—. Siempre estarás en mi corazón. Espero que no te enfade que tenga deseos de conocer a esta dama. Pero tranquila, ella regresará a Madrid y yo me quedaré aquí, solo de nuevo con mis recuerdos.

Después de un rato en silencio dando largas caladas a sus cigarrillos, volvió al soliloquio al que estaba acostumbrado.

—Vivo de tu recuerdo, ya lo sabes. A lo mejor ha llegado el momento de tener un presente. Eso no significa que olvide. Es imposible. Pero creo que debo abrirme a la vida. Sabes que en estos últimos dos años lo he intentado, pero no eran las damas adecuadas. Pilar me parece distinta. Tiene una pena muy honda, como yo. Le gusta el teatro y escribe poesía. Tenemos muchas cosas en común.

A Leonor la recordaba Machado como una mujer menuda, morena de pelo y de tez muy blanca. Tenía los ojos oscuros y profundos. Una y otra vez, el poeta miraba el retrato de su boda. Le daba miedo olvidar sus vivencias. No le costaba evocar cómo la vio crecer siendo una niña. Machado participaba de la vida familiar de la dueña de la pensión de Soria, Isabel Cuevas y enseguida entabló amistad con su hija, la persona más buena que jamás había conocido, se decía a sí mismo. En un principio, la adolescente Leonor le recordaba a su hermana muerta, Cipriana. Había fallecido con catorce años y el golpe había sido muy duro para toda la familia. Pero luego, aquella convivencia con la niña derivó en interés hacia ella y finalmente, aquel sentimiento se transformó en amor. El gran tímido Machado se atrevía a escribir sus sentimientos y dejar sus primeros versos donde ella pudiera leerlos. Tenía miedo al rechazo y lo plasmó en uno de ellos: «Y la niña que yo quiero, /¡ay! preferirá casarse / con un mocito barbero». Sin embargo, Leonor le hizo saber que deseaba contraer matrimonio con él.

El padre de la niña, Ceferino Izquierdo, guardia civil, mostró su oposición ante la diferencia de edad, diecinueve años. Como el trato hacia su hija se transformó en castigos y gritos en los últimos meses, Isabel vio con buenos ojos el enlace. Era una salida para su hija. Finalmente, le pusieron a Machado una condición: que no se celebrara la boda hasta que Leonor cumpliera los quince años. Ese momento llegó el 12 de junio y a finales de julio de 1909 contraían matrimonio. El día 30 tuvo lugar el enlace en la iglesia de Santa María la

Mayor, en la plaza Mayor de Soria. La comitiva llegó a pie por la calle principal. Ella lucía un elegantísimo traje negro de seda, un velo blanco hasta la cintura y un ramo de azahar. El novio iba de rigurosa etiqueta. Aquel enlace destapó risueñas comidillas y malintencionadas chanzas. En ese momento, Machado era vicedirector del Instituto en el que daba clases. El hecho de que se casara un hombre maduro, de treinta y cuatro años, con una niña de quince no lo vieron bien en muchos ámbitos sociales.

Algo más de un año después, en 1911, cayó enferma Leonor cuando se encontraban en París. Machado había conseguido una beca para investigar, pero tuvieron que regresar a España precipitadamente. Intentaron su curación en Soria, pero el 1 de agosto de 1912 la tuberculosis acabó con su vida. Solo tenía dieciocho años. La alegría de recién casados les duró nada más que un año y medio. La enfermedad se prolongó otro año y unos meses. Por eso, Machado desconfiaba de la felicidad. «Es cuestión de egoísmo o de inconsciencia —solía decir—. Siempre tenemos motivos para sufrir.»

Ahora, aparecía Pilar en su vida y se preguntaba si aquella mujer era un espejismo. Estaba acostumbrado a estar solo. Incluso se sentía curtido en que la vida no le diera más placer que la contemplación de la naturaleza y la literatura. De pronto, emergía de forma inesperada esta dama de azul que todo lo iluminaba. Alguien que, como él, parecía que sentía y vibraba con las mismas cosas. Dos espíritus muy parecidos. No tenía nada que ver el afecto que había sentido hacia Leonor, una niña, con el que le provocaba Pilar, una mujer adulta y con hijos.

Ya casi amaneciendo, decidió no darle más vueltas a su cabeza. Esta vez dejaría que el destino hablara por sí solo. Hoy tenía una nueva cita con la dama del vestido azul. Antes se prepararía para acudir a las clases del Instituto que ya tocaban a su fin.

Pilar tampoco pudo dormir esa noche. Se sentía eufórica, algo realmente nuevo para su estado anímico. A la vez, estaba preocupada por el modo en que podría derivar esta amistad con el poeta. Dudaba si regresar a su casa cuanto antes y no acudir a la cita, o dejar por el contrario que esta situación continuara, sin esperar nada más que lo que ya tenían: una sintonía total de caracteres.

—No es nada malo que dos espíritus solitarios se encuentren. ¡Dios mío! No quiero equivocarme. ¡Ayúdame!

Pilar cogió el rosario y comenzó a rezar. Al terminar todos los misterios, volvieron los remordimientos. Era consciente de que estaba jugando con fuego, pero necesitaba volver a ver a Machado. Se decía a sí misma que no hacía nada malo en continuar viéndose con él. Estaba harta del qué dirán y de que las mujeres no pudieran hacer su santa voluntad.

—Rafael ha tenido una amante dos años. ¡Dos! Yo solo he cenado con un poeta que casi me dobla la edad. ¡Ya está bien de convencionalismos! No estoy haciendo nada malo —musitaba entre dientes—. Las mujeres tenemos que andar siempre pidiendo perdón, aunque no hayamos dado ningún paso en falso.

Lo pensó durante largo rato y finalmente tomó la decisión de seguir en su retiro de Segovia. Había quedado con Machado y acudiría a la cita. Se sentía bien en su compañía y estaba harta de hacer solo aquello que la sociedad veía con buenos ojos.

—Ya me da igual lo que piensen o digan de mí. Deseo volver a encontrarme con él y nada ni nadie lo va a impedir.

Se levantó antes de que la luz del sol iluminara la habitación. Encendió un quinqué y se puso a escribir. Necesitaba hacerlo. Parecía que la mano iba sola, como al dictado de lo que sentía su espíritu. «La senda que te espera está llena de emociones, / disponte a recibirlas, disponte a impresionar / en el cristal del alma todas las sensaciones; / serás a veces, roca, serás a veces, mar...»

Su libro *Huerto cerrado* ya estaba cerca del final. Brotaba la inspiración de forma natural, como el agua corre por el río. La vida parecía querer nacer con fuerza, después del crudo invierno por el que había atravesado su mente. «Serás también estrella reflejada en el lago, / serás hiedra en las ruinas de lo que sucumbió, / ara santa de un templo; de un capitel, endriago; serás la bella línea que el Arte nos trazó.»

Cuando la luz del día inundó toda la estancia, se arregló y bajó a desayunar al salón de té del hotel. Después se acercó al conserje y le hizo una pregunta.

—Perdone, ¿me podría decir si hay alguien de su confianza que me pueda confeccionar un par de trajes?

—Sí, señora. Aquí hay una casa de costura a la que acuden muchos clientes que vienen de fuera. Tome una tarjeta, la dueña la atenderá de una manera especial. Nuestro coche la llevará con mucho gusto.

—¡Gracias!

Media hora después llegaba a una tienda con escaparate de madera que exhibía telas para uniformes tanto militares como religiosos, monos de trabajo y uniformes de servicio. Nada más entrar sonó una campanilla. Salió a su encuentro una modista regordeta que inmediatamente se puso a su servicio. Llevaba consigo una cinta métrica colgada del cuello y una pulsera con alfileres prendidos en una almohadillita de fieltro.

—¿Qué desea la señora?

—Quisiera hacerme un par de trajes, pero en el escaparate no he visto que haya las telas que voy buscando.

—No se preocupe. Tenemos todo tipo de telas. Las del escaparate son las que más nos reclaman.

—¿Cuánto tiempo tardan en la confección? Me gustaría que no fuera mucho porque no vivo aquí.

—Dos semanas. Si tiene mucha prisa en ocho días podremos tener sus trajes.

—Sí, tengo prisa porque no sé realmente cuándo me iré a Madrid. ¿Puedo ver las telas?

—¡Claro! Ahora mismo le enseño la variedad que solo sacamos para clientas especiales.

Comenzó a sacar sedas, piqués, algodones... Pilar eligió una tela de seda verde azulada y otra en un color azul intenso. Tenía verdadera predilección por los azules. Lo cierto es que era su color preferido.

—Creo que ha elegido muy bien. Son dos de las telas más hermosas que aquí tenemos. Permítame que le tome las medidas.

Había al final de la tienda una puerta que conducía a un probador pequeñito. Ambas se dirigieron hacia allí. Pilar se despojó de su sombrero y de la chaqueta que llevaba. A su vez, la modista se quitó la cinta métrica del cuello y comenzó a tomarle las medidas de cintura, cadera, pecho, sisa, largo de falda... Todo lo anotaba minuciosamente en un cuadernito que llevaba a todas partes con ella.

—¡Lo tengo!

—Quisiera que la falda deje los tobillos al aire, que es como se lleva ahora, y márqueme mucho la cintura, por favor.

—Lo suyo es a dieciocho centímetros del suelo. Los flecos y los trajes sin cintura han pasado a la historia. Es mucho más femenino que las mujeres remarquen su figura, y más teniendo un cuerpo como el que usted luce. Le diré un secreto: la falda larga estiliza más que la corta. Otra cosa, ¿desea que en uno de sus trajes le dé volumen a las mangas?

—Pues sí, me parece muy bien. Y ya puestos, combine también con encaje el remate del cuello.

—De acuerdo. ¡Menudo tipo! Le doy la enhorabuena por conservarse así.

—Muchas gracias. He tenido cuatro embarazos y eso deja sus secuelas. —Pilar nunca olvidaba a la hija prematura que no sobrevivió.

—¡Nadie diría que tiene usted tantas criaturas! Se lo aseguro. Piense que veo a muchas mujeres a lo largo del año.

—¿Cómo desea que le pague? —Cortó en seco porque tampoco le gustaban los halagos.

—Un adelanto. Lo que quiera, viniendo de la mano de José, el conserje del hotel Comercio, no hay ningún problema.

—Muchas gracias. —Abrió su bolso y sacó dos monedas de cinco pesetas de plata.

—Pase a probarse en cuatro días. —La modista cogió el dinero y lo metió en una enorme caja registradora.

—Aquí estaré sin falta.

Pilar regresó al hotel y pasó revista a los trajes que se había traído en la maleta. Decidió volver a ponerse el blanco de encaje del primer día. Le parecía que los demás eran muy oscuros, excepto el azul que se había puesto la noche anterior. Necesitaba color en sus vestidos, había regresado la ilusión a su vida. No podía evitar estar nerviosa ante la nueva cita con Machado. Pensaba que aunque iba con bastón no le parecía tan mayor como marcaba su calendario. Estaba más vivo que muchas personas más jóvenes. Nada le era indiferente: un paisaje, un día de sol, un limonero, todo le evocaba algo o a alguien. Igual le pasaba a ella. «Que las almas hermanas no conocen fronteras; / ni el rumor de las olas sofocó mis cantares / ni apagaron los tuyos las vastas cordilleras.»

«Somos dos espíritus iguales —se decía a sí misma—. Qué difícil es conectar con alguien en el plano intelectual. Me siento muy a gusto a su lado. Espero no molestarle y que, al menos, mi compañía no sea una carga para él».

Llegó la hora y cuando bajó las escaleras hacia el hall, ya estaba el poeta esperándola. Pensó que Machado se había arreglado especialmente para la ocasión. Hasta los pantalones parecían recién planchados y sin lamparones. La levita no debía de tener muchas puestas. Sin duda, era una de esas prendas que uno guarda para las ocasiones especiales. Quizá esta cita también lo fuera para él, se dijo a sí misma.

—Pilar, qué alegría volver a verla.

—Muchas gracias. Para mí también es un honor haber quedado con usted.

—Por favor, le recuerdo que me llame de tú.

—Perdón, es la costumbre. Un honor haber quedado contigo.

—Eso está mucho mejor. He pensado que la voy a llevar a uno de los sitios más frecuentados por los intelectuales en esta ciudad. Considero que le gustará a usted.

—Ahora soy yo la que me voy a enfadar.

—Perdón, creo que te gustará.

Ninguno de los dos se acostumbraba al nuevo tratamiento de cercanía. Fueron paseando hasta llegar a una casa de comidas. Al entrar en aquel lugar, concitó todas las miradas. No se veía la presencia de una sola mujer entre los comensales a esas horas de la noche. Solo ella. Machado saludaba a un lado y a otro de las mesas. Se situó en el rincón que quedaba libre. Esperó a que se sentara Pilar y finalmente se quitó el sombrero, dejó el bastón a un lado y se quedó fijamente mirándola. Pilar habló nerviosa.

—¿Has podido terminar de corregir los exámenes? —Pilar estaba azorada, observando cómo la miraba el poeta.

—Sí, sí. De momento, ya están corregidos. Me falta entregarlos. Lo haré en los próximos días.

—¿Han aprobado o eres muy duro con ellos?

—Están todos aprobados. Les hago una media con otro examen oral. ¿Quién soy yo para suspender a estos jóvenes? Pero alguno me lo pone difícil, te lo aseguro. El otro día vino el padre de uno de ellos a pedirme que fuera indulgente con él. Me conmovió aquel hombre, al que vi apurado porque su mujer estaba muy enferma, y le dije que su hijo se estudiara la lección primera. Cuando el chico vino al examen oral sacó una bola y antes de que dijera nada le comenté: «Es la primera, ¿verdad?». Él cándidamente me respondió: «No, es la catorce». Le contesté por echarle un capote: «Bueno, es igual, dime la primera». ¿Querrás creer que el pajolero niño no se la había estudiado?

Pilar se echó a reír y no pudo parar de hacerlo durante un buen rato. Machado la observaba con curiosidad porque era la primera vez que veía la felicidad en su rostro. Por fin, la dama de los ojos tristes se reía, y lo hacía con ganas. Continuó con otra anécdota al pensar en lo terapéutico que era para ella.

—A mí no me gusta nada examinar. Yo siempre me pongo en un lateral del tribunal para tener cerca al examinando. Llegó el turno de una viuda que necesitaba el aprobado en el bachillerato para estudiar enfermería. Créeme que le pregunté: «Usted sabe que el río Tajo pasa por Toledo y desemboca en el Atlántico, ¿verdad?». Como vi la cara de no tener ni idea contesté yo por ella. «Sí, por supuesto. ¡Claro que lo sabe! ¿Conoce usted —insistí— que la tabla de multiplicar también se llama pitagórica? Por supuesto que lo sabe —contesté de nuevo yo—. También sabrá usted que los Reyes Católicos fueron Isabel y Fernando, ¿no? Muy bien, ha contestado correctamente. Puede retirarse.»

Pilar no paraba de reírse. Le parecía cómico todo aquello que le contaba Machado. Se imaginaba la situación y regresaban las carcajadas. El público masculino giraba sus cabezas para observar a aquella mujer que tanto se reía.

—No dejé intervenir a ningún miembro del Tribunal y también propuse el aprobado sin previa deliberación. Era un acto de caridad. Esa señora necesitaba el aprobado y sencillamente se lo di. Tenías que haber visto su cara. No sé si era de desconocimiento o de incredulidad ante lo que le estaba pasando.

A Pilar se le saltaban las lágrimas. Le costó tiempo volver a recuperar la compostura. Sin embargo, tras las carcajadas, lo que comprendía por las palabras de Machado es que se trataba de un hombre de una profunda bondad.

—Deberías escribir sobre estas anécdotas. Creo que serían graciosísimas en una obra de teatro. ¿No crees? La bondad es una cualidad que admiro mucho en las personas y tú la tienes, ¿sabes?

Aquel «¿sabes?» de Pilar le dejó sin palabras. No podía contestarla. Con la expresión había hecho algo con la nariz que la hacía tremendamente interesante y graciosa. Le hubiera pedido que repitiera una y otra vez el verbo saber en toda su declinación... Pilar continuó hablando al ver que el poeta solo la miraba.

—Como dices en tus poemas, eres «en el mejor sentido de la palabra, bueno» —se explicó. Pensaba que a lo mejor no le había gustado el elogio.

—Pienso lo mismo —pudo expresar él tras salir de su ensimismamiento—. Pero en este caso, más que bondad es coherencia con mi pensamiento. Creo que las oportunidades no deben estar siempre en manos de las clases pudientes. La cultura debe ser un bien de todos y no un privilegio de la buena sociedad.

—Ese sería un buen argumento para tu discurso de entrada en la Real Academia de la Lengua. ¿Ya lo tienes escrito?

—No, debería hacerlo. Solo ha pasado un año desde mi elección. En realidad no he tenido tiempo. Y te voy a confesar algo, no soy muy proclive a los honores. Te puedo asegurar que no poseo vanidad alguna y me cuesta acudir a estos sitios de tanto oropel y fastos.

—Creo que deberías hacerlo. ¡Cuántos querrían! Vas a ocupar el sillón de Echegaray.

—Es un honor que no había aspirado a tener; mejor dicho, había aspirado a no tener.

—No digas eso. Debes hacer el discurso y ocupar el sillón que te corresponde por derecho propio. Perdona que me inmiscuya en tus asuntos —cambió de conversación—. ¿Vas mucho por Madrid? ¿Sueles ir a los estrenos? —estaba nerviosa y le hizo varias preguntas en cascada.

—Sí, voy todas las semanas a ver a mi madre y a mis hermanos. También acudo a algunos de los estrenos. Sobre todo, de teatro. De todas formas, si tienes a bien avisarme de tus pasos, procuraré ir allí aunque solo sea para verte.

—Muchas gracias. Son muy halagadoras tus palabras.

Hubo un momento de silencio. Pilar estaba ruborizada. A Machado todas aquellas reacciones de su acompañante le llenaban de curiosidad.

—Puede que tengas razón y deba hacer el discurso. Se lo debo también a Azorín, que presentó mi candidatura junto a Ricardo León y Palacio Valdés.

—No te veo muy ilusionado.

—Eso mismo afirmó mi amigo Mariano Quintanilla cuando me felicitó diciéndome: «Ya eres inmortal». Y yo le contesté: «Sí, ya no me parte un rayo si cae cerca de mí». No me gustan los reconocimientos pero considero que son un honor. Mi admirado Unamuno me ha escrito una carta y le he dicho lo mismo: «No aspiré a ello nunca, pero Dios da pañuelo al que no tiene narices».

—¿Tienes idea sobre qué te gustaría hablar en ese importante discurso?

—He pensado que sobre la evolución de la poesía y de la novela. Eso sí, me gustaría dar algún toque de fino humor. Pero no tengo mucho tiempo para hacerlo. Entre las clases y la obra de teatro que estoy haciendo con mi hermano Manuel, no creas que me sobran las horas. Pero háblame de ti.

—¿Qué quieres que te cuente? Adoro Montilla. Nunca fui más feliz que en Córdoba. Me sé todas las coplas y canciones. Soy muy cantarina. Sé que tu padre fue uno de los más activos promotores del folclore español. A mí también me gusta.

—Yo crecí gracias a él entre coplas.

—Mi mundo se volvió oscuro y silencioso cuando murió mi padre. Todo cambió para mí y para mis hermanos. Pero de eso quizá sea mejor no hablar. Me resulta doloroso.

Antonio Machado entendía perfectamente lo que era no querer hablar del pasado. A él le ocurría lo mismo cuando alguien le pedía hablar de Leonor. Hay episodios en la vida que es mejor llorar en silencio. Simplemente compartirlo parecía volver a abrir la herida.

—¿Quieres que demos una vuelta por Segovia de noche?

—Encantada.

Ninguno de los dos comía mucho en sus encuentros frente a un plato. Estas citas culinarias eran solo una excusa para conocerse. Pilar comenzó a canturrear una de tantas coplas que sabía. Machado se sentía todo un privilegiado siendo el único espectador de aquel recital improvisado.

—Me gusta más verte así que con la tristeza del primer día que te conocí.

—Yo ya no sé si soy así o como me conociste. Tengo que descubrirlo. Tampoco sé qué estoy buscando aquí, en Segovia. Probablemente me estoy buscando a mí misma. La vida que tengo en Madrid no me gusta. Mis hijos son mi única tabla de salvación pero ahora mismo estoy perdida.

—¿Crees que yo puedo ayudarte en esa búsqueda?

—Por supuesto. Necesito bondad, lealtad, amistad. No quiero nada más de las personas. No busco más que pureza. Odio la mentira y necesito creer en algo y en alguien. Amo el sol, me encanta la nostálgica luna, soy feliz si me dan la mano y es de verdad.

—Toma la mía. —El poeta extendió su mano.

—Gracias. Muchas gracias. —Pilar le dio la suya y así caminaron durante algunos minutos—. Le agradezco todos los esfuerzos que está haciendo para sacarme de mi estado.

—¿Volvemos al usted? No, no es ningún esfuerzo. Al final, nunca sabremos quién salva a quién. Somos dos almas que se han encontrado cuando estábamos a punto de naufragar. Tristemente tengo que regresar a Madrid pero estaré de nuevo en Segovia en cuatro días.

—Seguramente seguiré aquí, pero tarde o temprano tendré que volver a Madrid también.

A Pilar no le había parecido atractivo Machado en un primer momento, pero según iban pasando las horas a su lado, iba cambiando su percepción. Tenía la frente ancha y se peinaba hacia atrás. Iba con una camisa blanca de cuello duro y una corbata con un gran nudo en el cuello. De uno de los bolsillos de la levita asomaba la punta de un lápiz y algún papel mal guardado mostraba una de sus esquinas. Miraba muy fijamente a los ojos de Pilar cuando se paraban a hablar. Era evidente que sentía una atracción especial hacia aquella mujer de la que quería saber absolutamente todo.

Al regresar de nuevo andando al hotel, le pidió unas señas para poder escribirla.

—Me tengo que ir en el momento más inoportuno y tengo miedo de no saber dónde encontrarte.

—Quizá sea mejor así, Antonio.

—Pilar, usted y yo no hacemos nada malo. Bueno, tú y yo, he querido decir.

—Por si acaso las malas lenguas... pensaré qué señas darte.

—Hace mucho tiempo que no me preocupa lo que digan de mí.

—A mí sí me importa. Piensa que tengo tres hijos.

—Comprendo. De todas formas, espero que cuando regrese sigas aquí. Vendré a buscarte al hotel a la hora de siempre. Imagino que cenarás en el restaurante del Comercio, ¿verdad?

—Sí, por la noche no salgo sola. ¿Sabes? Espero que mis hijas puedan hacerlo algún día. Yo no puedo. No me atrevo.

—Cuento ya las horas para volver a verte. Ha sido un verdadero placer conocerte. Has iluminado mi vida. Te doy las gracias.

Pilar le sonrió y cruzó el umbral de la puerta del hotel muy lentamente. Se giró y le sonrió de nuevo. Sabía que Antonio Machado estaría observándola hasta que la perdiera de vista.

7

Mis hijos por encima de todo

Pilar solo bajaba de su habitación para comer y para cenar. No podía quitarse del pensamiento a sus hijos Alicia, Mari Luz y Rafaelito. Imaginaba su incertidumbre sin entender qué le pasaba a su madre pero sintiendo que la estaban perdiendo, algo parecido al miedo que ella sintió cuando su padre, siendo una niña, comenzó a ausentarse de su vida. Podía sentir todavía el pellizco en el estómago cuando le dieron la noticia de su muerte. Meses antes ya sabía que lo estaba perdiendo para siempre cuando sus ojos dejaron de mirarla y vagabundeaban perdidos en algún punto del infinito. Se decía a sí misma que sus hijos no perderían a su madre. Este viaje a Segovia era una transición mientras ella encontraba su camino. No podía demorar su vuelta al seno familiar.

—No estoy dispuesta a irme de mi casa, mi hogar. Si no me quiere, que se vaya él adonde le plazca. Mi familia y mi casa serán la columna vertebral de mi vida —comentaba a media voz en la habitación del hotel Comercio.

Estaba claro que sus hijos no eran negociables. Por ellos, sacrificaría todo lo que hiciera falta. Deberían tener una vida mejor que la suya. No estaba en su pensamiento abandonarles. ¡Jamás! Tampoco regresar a los brazos de Rafael. No se sentía con fuerzas para perdonarle y hacer como si no hubiera pasado nada. Se había abierto un abismo entre los dos y no se resignaba a una vida en común, solo de apariencia. Incluso a ella que le gustaba el teatro, le parecía difícil mantener una representación de buen matrimonio de por vida.

Simplemente pronunciar el nombre de su marido le generaba rechazo. Sentía un escalofrío que hacía insalvable la distancia que existía entre ambos. Dos años engañándola, fingiendo ser un buen padre y esposo. A la vez, frío como un témpano de hielo con ella. Incapaz de sonreír y de hacerle una caricia. Todas sus dotes amatorias se las había reservado para la pobre chica que se había tirado por el balcón, pensaba.

—Mis hijos, por encima de todo —repetía en voz alta—. Ellos me harán salir de esta muerte en vida. No puedo poner en peligro su futuro. Mi egoísmo no puede avergonzarles. No deseo que sean señalados por culpa de una madre que decidió romper con lo establecido. No puedo. No debo.

Pondría toda su energía en que sus hijos no se enteraran de nada de lo que pasaba por su cabeza. Su corazón le pedía coger a sus hijos, abandonar la casa e irse con su madre. Sin embargo, su cabeza le decía que se diera tiempo. «¡Espera! ¡Un poco más! ¡Todavía no!»

—En realidad no sé hasta cuándo. Aparcaré mis sentimientos, mi corazón. Enterraré a la mujer para que la madre cumpla con su obligación. Es mi deber.

Ese pensamiento le daba fuerzas para salir adelante. No quería pensar en el poeta nada más que como una amistad. Alguien que había obrado el milagro de sacarla del agujero en el que se encontraba. Nada más que una relación amistosa y terapéutica.

—No hay nada malo en que compartamos momentos. Estoy a gusto, sin más. Me hace sentir que no he muerto del todo —se decía mirándose al espejo de la habitación.

Abandonó sus pensamientos cuando se dio cuenta de que llegaba tarde a probarse sus nuevos trajes.

De hecho, llegó con diez minutos de retraso a la casa de costura. Saludó a la modista y esperó a que un matrimonio, al que estaba atendiendo, terminara de departir con ella. Mientras Pilar aguardaba, no pudo evitar escuchar la conversación.

—A este gobierno no le queda mucho de vida. El general Primo de Rivera está en pleno declive de su mandato. No hay nada peor que querer reformarlo todo en este país —decía el hombre de barba prominente dividida en dos mitades.

—Nosotros en la tienda hemos notado una mejoría. La gente parece que tiene un poco más de dinero.

—No, si la economía mejora pero a nivel político me parece un desastre. El partido o movimiento llamado Unión Patriótica es un auténtico fiasco. Además, Primo de Rivera se propuso, tras finalizar la guerra, reformar el Ejército reduciendo la plantilla. ¡Menudo error!

—Mi marido sabe mucho de política —decía la mujer de aquel hombre que no paraba de hablar sobre lo mal que iba el país—. Está muy metido en ambientes militares. Por eso, tiene información de primera mano.

Pilar tomó asiento en una de las sillas que había cerca del mostrador y cogió una de las revistas de moda que tenían sobre una mesita. Se fijó en que todas las damas de las fotos aparecían con el pelo cortado a la altura de la barbilla. Se quedó pensando, mientras la conversación de aquel matrimonio seguía de fondo.

—El golpe más duro que ha sufrido Primo de Rivera no ha sido la Sanjurjada. Mucho peor ha sido que el Tribunal que ha juzgado en Consejo de Guerra a don José Sánchez Guerra, el jefe civil del pronunciamiento en su contra, le ha absuelto. Parece que el general Primo de Rivera ha dicho: «solo me queda prepararme a bien morir». Huele a su final, te lo digo yo.

—¿Y el rey Alfonso XIII qué dice? —comentaba la modista con cara de preocupación.

—¿El rey? Tampoco está con él, tenga en cuenta que ha nombrado jefe de su cuarto militar al liberal Dámaso Berenguer, opuesto a la dictadura y en constante conspiración contra ella.

—¡Madre mía! No le auguro mucho futuro a este gobierno.

Mientras esperaba a que el matrimonio pagase y se fuera de allí después de tan largo mitin sobre el futuro político de la dictadura, Pilar tomó la decisión de cortarse el pelo como las mujeres de las fotos. Pensó que le vendría bien un cambio. Dejar su larga melena que recogía en un moño y regresar a su casa con una nueva imagen. Se decía a sí misma que era lo que necesitaba para que su transformación fuera no solo por dentro sino también por fuera. Deseaba que, cuando regresara a Madrid, quedara patente que ya no era la misma. Evidentemente, su vida había cambiado por completo. Había conocido a un hombre con el que podía conversar y compartir su pasión por la lectura y la escritura. En realidad, era mucho más de lo que podía esperar de este viaje.

—Señora, pase a probarse los trajes cuando quiera —le dijo la modista mientras le sacaba de su ensimismamiento.

—Muchas gracias. Por cierto, ¿no sabrá de alguna peluquera que corte bien por aquí?

—Sí, hay una peluquera que corta el pelo en su casa. Le garantizo que se quedará muy satisfecha. Trabajaba en uno de los grandes salones de Madrid hasta que se casó con un segoviano y se vino a vivir aquí.

—Estupendo. ¿Luego me da la dirección?

—¡Claro que sí!

Los colores verde y azul de sus trajes reflejaban su nuevo estado de ánimo. La modista le pidió cuatro días más para acabar su confección y quedaron en volver a verse tras ese plazo. Nada más salir de allí se dirigió a la casa de la peluquera. Fue preguntando a unos y a otros por la dirección que le había dado la modista, hasta que llegó al portal donde se podía leer en un cartel escrito a mano: SALÓN DE BELLEZA. Llamó con los nudillos y enseguida abrió una mujer agraciada, de ojos claros, que la invitó inmediatamente a pasar.

—Me mandan de la casa de costura. Quería cortarme el pelo.

—Por supuesto. Termino con otra señora que está delante

de usted y enseguida la atiendo. Puede elegir el corte entre alguna de estas revistas.

—Lo tengo claro.

—Deme un cuarto de hora.

Aquella casa modesta se había habilitado por completo para la peluquería. Imaginaba que, tras alguna de las puertas que se veían cerradas, tendría su habitación personal aquella mujer que parecía dominar con maestría su profesión.

Una joven, aprendiz de peluquera, se acercó con varias revistas y le puso un peinador para cubrir sus hombros. Pilar las ojeó todas y dejó una de ellas abierta con el corte que deseaba. Al cabo de los quince minutos fue atendida.

—Señora, dígame qué corte desea.

—Este —indicó señalando una de las fotos, donde se veía a una bellísima joven que lucía una melena a la altura del mentón.

—¿Es consciente de que es un cambio drástico? Tiene usted un pelo muy largo —le dijo mientras la despojaba de todas las horquillas y dejaba caer la larga melena sobre su espalda.

—Sí. ¡Corte sin ningún remordimiento!

—Cuando las clientas me dicen eso, tengo la seguridad de que es por una necesidad de verse distintas. Algo así como querer acabar con una etapa de su vida y comenzar otra.

—No va usted muy desencaminada. —No quiso darle más explicaciones.

—Bueno, pues vamos a empezar.

Después de lavarle el pelo, desenredó con el peine su melena y comenzó a cortar con gran decisión. Las dos dejaron de hablar. Una concentrada en el corte y otra, mientras veía caer al suelo sus largos mechones de cabello, sintiendo que se liberaba del lastre del pasado.

—Ya está. Se lo enseñaré por detrás.

Gracias a un espejo, Pilar pudo comprobar que por detrás se veía perfectamente su nuca.

—Es justo lo que quería.

—Me alegro mucho. Pienso que con el pelo que le he cortado se podría hacer una peluca. ¿Se lo recojo y se lo lleva?

—No, haga usted lo que quiera con él. No quiero saber nada de esos mechones. —Era como si dejara atrás su pasado y comenzara una nueva vida. El corte de pelo había sido como una medicina para el espíritu.

—No sé si sus razones para este cambio vienen motivadas por decepciones amorosas, pero créame: nada es para siempre. Se lo dice alguien que dejó su prometedora carrera en Madrid por un amor que hoy se ha convertido en el padre de mi único hijo. A veces me pregunto si hice lo correcto.

—Las mujeres siempre estamos con estas eternas dudas. Sin embargo, le voy a decir algo: hizo lo correcto. Pero debería recordarle a su marido y a su hijo el sacrificio que usted hizo por formar su familia. No deben olvidarlo nunca.

—Lo que jamás sabré es qué hubiera pasado si hubiera seguido en Madrid. Ya tenía una buena clientela.

—Se ve que usted tiene muy buena mano. Aquí ya tiene una clienta más.

—Espero que no se arrepienta. De todas formas, el pelo crece. Por lo tanto, tiene remedio.

—No lo haré. Me debería haber atrevido antes —afirmó mientras se quedó muy seria mirándose al espejo.

—Piense que hasta hoy usted no estaba preparada para un cambio tan radical. El momento ha llegado. Mi lema es: «Si tiene ganas de hacer algo, ¡hágalo!».

—No me parece mal lema, aunque para las mujeres no resulta tan fácil. Sobre todo si tenemos hijos, como es mi caso.

—Verá la cara que va a poner su marido al verla. ¡Le va a encantar!

—Sinceramente, no esperaré su aprobación. He tomado la decisión y no me arrepiento. Ha llegado en el momento justo. Ya no me importa lo que piense.

—Eso significa que la angustia que usted tenía, por la razón que fuera, ya la ha superado. La decepción con su marido le garantizo que se olvidará con el paso del tiempo.

Pilar sonrió con complicidad pero no le dijo ni sí ni no. La peluquera había dado en el clavo. Se sentía una mujer nueva. Nada tenía que ver con la persona nostálgica y vulnerable que había llegado a Segovia.

—Por lo menos, soy una mujer más fuerte —contestó.

Antes de despedirse, la peluquera volvió a referirse a su pelo.

—Tiene usted un rizo muy bonito, déjelo a su ser y no se preocupe de nada más. El corte le da el movimiento necesario.

Pilar pagó y se fue del salón de peluquería con más ánimo del que traía al entrar. La renovación estética había influido tanto en su humor que no quiso regresar inmediatamente al hotel, sino que dio un largo paseo por la ciudad.

Deseaba ver a sus hijos. Los echaba de menos. Los tres tenían, como ella, inquietudes artísticas. Alicia, la mayor, se aprendía obras de teatro de memoria. Sentía pasión por disfrazarse e interpretar los papeles que había visto representar en escena.

La segunda, Mari Luz, escribía con mucha maestría: había heredado su vocación por la literatura. Y el pequeño Rafael dibujaba muy bien. Hacía divertidas caricaturas de todos los miembros de la familia. Su tío Victorio Macho le insistía en que tenía cualidades para ser un buen pintor. El pequeño pasaba horas viendo a su tío dibujar y esculpir.

Pilar regresó al hotel y pidió una conferencia con Madrid. Llamó por primera vez a su casa. Hasta ahora había llamado siempre a su madre, doña Ernestina, pero hoy quería escuchar las voces de sus hijos. Se cambió para la cena y cuando la avisaron de la comunicación con Madrid, bajó a la pequeña habitación contigua al hall.

—¿Sí? ¿Hortensia? —descolgó el teléfono.

—Señora, sí, soy yo. ¡Qué alegría escuchar su voz! ¿Cómo se encuentra?

—Mejor. Mucho mejor. Espero no tardar mucho en regresar.

—Los niños están deseando verla e ir a la finca a Palencia.

—Lo sé. ¿Los tienes cerca o ya se han ido a la cama?

—Están terminando de cenar, pero están aquí los tres mirándome por si quiere hablar con ellos.

—¡Por supuesto!

Se oyó cierto revuelo y finalmente, se abrió camino la voz de un niño a través del teléfono.

—¿Mamá? ¿Eres tú?

—Sí, cariño. ¿Cómo estás? —Se le saltaron las lágrimas al oír su voz.

—Quiero que vuelvas, mamá...

Se volvieron a oír voces y le quitaron el teléfono.

—Mamá, soy Alicia. No le hagas caso a Rafaelito. Está estupendamente. Tú ponte bien. Eso es lo importante.

—Muchas gracias, hija. ¿Cómo van las cosas por ahí? —Las lágrimas ya le salían a borbotones de los ojos.

—Bien. María nos tiene a raya con las clases y eso que el calor ya aprieta.

—Volveré pronto para liberaros. Ya estoy mucho mejor.

—¡Qué buena noticia! Espera, que quiere ponerse Mari Luz.

—¡Mamá! ¡Mamá! ¿Cómo te encuentras?

—Mucho mejor. Además, me vais a ver muy cambiada.

—¿Y eso?

—Me he cortado el pelo y no parezco la misma.

Estaba más emocionada que nunca hablando con sus hijos pero disimulaba.

—¿Te has cortado tu melena? ¡Estoy deseando verte! Espera que papá dice que quiere ponerse.

Dudó si colgar en ese momento. No deseaba escuchar la

voz de su marido. Era la última persona con la que deseaba hablar. Se enjugó las lágrimas.

—¿Pilar?

No contestó, se quedó callada. No podía pronunciar una sola palabra.

—¿Señora? ¿Señora? La comunicación no se ha interrumpido. Un momento. —La telefonista había escuchado toda la conversación y estaba allí para meter la pata.

—Sí, sí, estoy aquí. ¡Déjenos, señorita! —dijo Pilar, consciente de que la telefonista escuchaba todas las conversaciones.

—¿Pilar, cómo estás? —preguntó Rafael.

—Bien, bien. Mucho mejor. Gracias.

Hubo un silencio. Era evidente que Pilar no tenía ánimo para mantener ninguna conversación con él.

—¿Tardarás en volver?

—No creo. Unos cuatro o cinco días.

—Estupendo. Pues organizaré todo para que en cuanto llegues nos vayamos al Carrascal.

Se oyó que los niños aplaudían la decisión de su padre. A Pilar se le borró la sonrisa del rostro.

—Ya veo que todos tenéis ganas de iros de vacaciones.

—Sí, estamos deseando cambiar de aires.

—Está bien. Nos veremos en Madrid.

Colgó sin más despedidas. Se quedó un rato en el cuartito donde estaba el teléfono, sin hacer ni decir nada. Era consciente de la ansiedad que tenían sus hijos por verla cuanto antes de vuelta en casa.

A punto de concluir su libro ella ya había tomado la determinación de seguir adelante con su matrimonio. No lo hacía por Rafael, sino por sus hijos. Se enterraría en vida y se anularía como mujer. Cuando se puso de pie y abrió la puerta, el conserje le salió al encuentro.

—El señor Machado ha venido a buscarla y me ha dicho que la espera en el restaurante.

—¿Hace mucho?

Se tocó el pelo y olvidó de un plumazo el efecto que le había causado la voz de Rafael a través del teléfono.

—No, no hace ni cinco minutos.

—Gracias.

Apareció espontáneamente una sonrisa en su boca. Había regresado Antonio Machado y estaba esperándola. De nuevo, el corazón se le aceleró más de lo normal. Intentó disimular y fue a paso lento hasta el restaurante. Nada más abrir la puerta, se encontró con la mirada del poeta. Se puso en pie y esperó a que estuviera cerca para coger su mano y llevársela hasta la boca. Pilar notó cómo ese beso protocolario se prolongó más de lo normal. Algo en su interior le produjo como un escalofrío.

—¡Está hermosísima! ¿Qué ha hecho con su pelo?

—Me lo he cortado. Necesitaba un cambio.

—Da igual lo que haga con su pelo. La veo bellísima con el pelo largo y con el pelo corto.

—¿Sabes? Estás incumpliendo nuestro acuerdo de saltarnos el usted.

—Es cierto. No me doy cuenta. Volvamos a empezar.

Se puso el sombrero y se lo volvió a quitar.

—Pilar, ¿cómo estás?

—Muy bien, muchas gracias. —Se echó a reír con la ocurrencia de Machado—. ¿Qué tal te fue con la obra de teatro que tienes entre manos con tu hermano?

—Hemos estado especialmente inspirados Manuel y yo. Se va a llamar *La Lola se va a los puertos*. En estos días le hemos dado un buen estirón.

—Me alegro mucho. Yo también estoy a punto de terminar mi libro. De modo que regresaré a Madrid en cuatro o cinco días.

—Mejor cinco que cuatro... ¿Después podremos seguir viéndonos?

—Lo he estado meditando y no encuentro ningún motivo para que no lo hagamos.

—Me das una gran alegría. ¿Por qué zona vives en Madrid?

—En la calle Pintor Rosales.

—Conozco muy bien esa zona. Podemos quedar en una fuente que hay por allí cerca y, por cierto, no suele estar muy frecuentada. Voy a Madrid los jueves. Si quieres quedamos los jueves a las doce del mediodía.

—¿Todos?

Machado afirmó con un gesto.

—No siempre podré ir. Lo intentaré. Si no acudo será por causa mayor. De todas formas, ahora me iré a Palencia y hasta después del verano no regresaré a Madrid.

—¡Qué terrible es eso que me dices! —Él se quedó pensativo y sin palabras—. ¿Tres meses sin volver a verte?

—A lo mejor un poco menos.

—¿Podré escribirte? —Machado parecía desolado.

—Sí. Te daré unas señas de Palencia. Me podrás escribir si no pones remite. ¡Claro que sí!

—La vida me pone siempre ante una prueba más. No me acostumbro a vivir con un permanente culto al dolor y al recuerdo. No me gusta.

—La vida es siempre una despedida.

—Lo malo no es la despedida sino el olvido. Te confesaré que hace un tiempo olvidé el color de ojos de mi infortunada Leonor. Lo pasé francamente mal. Percatarme de algo tan terrible como perder de la memoria el color de ojos de mi esposa me perturbó y me perturba.

—Conozco el poema que dedicaste a los ojos de tu mujer y la angustia que sentiste al reconocerlos en otra mirada.

—Procuro cumplir mi palabra. Encuentro sosiego en no perder lo único valioso, la palabra. No soy un libertino, cuando amo es para siempre —dijo, mirándola fijamente a los ojos.

Después de cenar, dieron un pequeño paseo por los alrededores del hotel. Quedaron para el día siguiente a la misma hora. Machado estaba dispuesto a no dejar de ver a su «diosa» ni un solo día de los que estuviera en Segovia. Parecía una cuenta atrás. Pilar era consciente de que el poeta tenía un especial interés por ella. Saltaba a la vista. No hizo nada por evitarlo.

8

Despertar a la vida

Pilar acudió a la casa de costura para saber cómo iba la confección de sus vestidos. Uno de ellos, el azul, ya estaba casi listo. Faltaban unos remates. Ante la alegría que mostró Pilar, la modista se ofreció a terminarlo por la tarde.

—No se imagina el favor que me hace. Tengo un compromiso esta noche y no quiero ponerme ninguno de los trajes oscuros que he traído de Madrid.

—El verde hasta dentro de dos días no podré terminarlo.

—No importa, está dentro del plazo que me dio. Lo que no imaginé es que al menos uno podría ponérmelo ya esta noche.

—Se lo llevará el chico de los recados al hotel.

—Se lo agradezco muchísimo.

—No tiene por qué. Es mi trabajo.

Salió de la tienda con una sonrisa. Le apetecía estrenar el traje azul en su cena con el poeta. Mientras caminaba hacia el hotel, pensó en qué diría su marido si se enteraba que cenaba con Machado, y llegó a la conclusión de que le daría igual. Se encogería de hombros, como hacía siempre. Estaba convencida de que nunca le había importado con quién se veía. ¿Por qué se casó con ella? ¿Por pena? Rafael sabía que su situación con Lorenzo, su hermanastro, era insostenible, que la acosaba de día y de noche. «¿Le conmovió eso para pedirme matrimonio?», siguió reflexionando en voz alta.

—Me vería solo como un buen partido. Nada más. La gente no se casa por amor, se casa por conveniencia. Pero yo sí tengo que reconocer que me enamoré de él. Además, enseguida llegaron los hijos y pensé que éramos una familia. —Mantenía Pilar este soliloquio con la certeza de que no había nadie que la pudiera escuchar.

En nada se parecían Antonio y Rafael. No tenían los mismos gustos, no poseían sensibilidades parecidas. Antes incluso de conocer al poeta, Pilar sabía que le unían muchas cosas a él. «Las poesías son retratos del alma», se decía a sí misma. Ella había memorizado casi toda la obra de Machado, al que admiraba mucho.

Le hacía temblar de emoción observar el efecto que al poeta le producía su sola presencia. Por fin le importaba a alguien, pensaba. No era una pieza del decorado, alguien invisible, como para su marido. Cuando se encontraron la primera vez, Machado la había mirado tan fijamente que consiguió ruborizarla. Sus mejillas se enrojecieron cuando él se quedó callado, como absorto, mientras la contemplaba. ¡Quién le iba a decir que el poeta al que más admiraba se quedaba sin palabras al verla! Notaba que él luchaba interiormente contra algunos de sus pensamientos, que parecían sumirle en una pena continua. Necesitaba preguntarle si la pérdida de su mujer todavía le mantenía en una tristeza similar a la que ella padecía, aunque por distintos motivos.

Aunque se decía a sí misma que no había nada más que admiración por el poeta, notaba en ella un algo especial al sentirse observada y admirada por él. Le iba bien a su autoestima, tan maltrecha que no recordaba esa sensación adolescente de sentir mariposas en el estómago. ¡Nada menos que Antonio Machado se encontraba cómodo en su compañía! Era mucho más de lo que esperaba de su encuentro con él. Le llamaba la atención su rostro bondadoso y esa frente tan ancha que resaltaba su inteligencia. Sus ojos se quedaban fijos en los suyos hasta el punto de hacerla perder el hilo de la conversación.

Había algo en el carácter de Antonio que la hacía sentirse a gusto a su lado. Los temas que le preocupaban eran los mismos que a ella, y su interés por la poesía y la literatura eran idénticos. La admiración que le profesaba era total. Nadie podía expresar mejor la soledad del alma que él; nadie retrataba mejor los campos de Castilla que él; nadie sentía tan profundamente como él. ¿Cómo denominar eso que la estaba transformando como persona? «¿Es amor? —se preguntaba—. No, no lo es —se respondía—. Mi atracción hacia él es intelectual.» Intentaba engañarse y reprimir el sentimiento que poco a poco estaba aflorando.

A las seis de la tarde llegó el vestido al hotel Comercio. El conserje se lo subió a la habitación. Pilar lo desembaló y se lo quiso probar inmediatamente. Cuando se vio reflejada en el espejo, comprobó no solo que la favorecía, sino que, con su nuevo corte de pelo, le costaba reconocerse. Se vio más joven y con más ímpetu. El azul un poco brillante de la seda le pareció el color perfecto para su nuevo y emergente estado de ánimo. El azul la tranquilizaba, era como mirar al cielo, al infinito. El azul de lo sagrado, el azul de sus sueños, de las olas del mar que tanto añoraba. Azul era su estado de ánimo. Su vestido y ella iban de la mano.

Dos horas más tarde, bajaba las escaleras con dirección al hall. Antes de llegar, se paró en seco y se encontró en la distancia con los ojos de Machado, que se quedó completamente paralizado al verla. Pilar se tocó el estómago, intentando mitigar el pellizco que sintió al encontrarse con la mirada escrutadora del poeta. Reanudó su descenso.

Cuando el poeta la observó, aún de lejos, casi no podía creer lo que veían sus ojos. Con aquel traje azul de seda parecía la viva imagen de una diosa y pensó que las escaleras de mármol del hotel eran su pedestal.

—¡Oh Dios, Madonna del Pilar! —se dijo a sí mismo.

Cuando ella se acercó, a duras penas pudo decir alguna palabra.

—Pilar, está bellísima. —Machado acercó la mano de ella a su boca y aspiró profundamente el perfume. Después la besó.

—Muchas gracias. Estreno este traje que me han hecho aquí en Segovia.

—Debería quedarse a vivir aquí. Le sientan muy bien estas tierras.

Se apartó el poeta la ceniza de su solapa y se estiró la chaqueta.

—He reservado una mesa en el restaurante.

—Esta vez la invito yo.

—Como quieras, pero quítame el usted.

—No me doy cuenta. En este momento, la verdad, me siento bastante confundido, lo confieso.

Aquel traje azul simulaba para Machado el mar del que ella emergía triunfante. Las aguas que la rescataban del naufragio y la devolvían a la orilla para comenzar de nuevo. Era el vestido que sellaba su salvación.

—Pilar, ¡ya estás curada! Siento que has renacido de tus cenizas y quiero pensar que en algo he contribuido yo.

—Por supuesto. ¿Sabes, Antonio? Tus versos captan tanto mis sentimientos que al leerlos me da la sensación de que has colocado un espía en mi interior.

Machado sonrió. Le encantaban las preguntas retóricas de Pilar. Sus «¿sabes?» le hacían mucha gracia. Los dos compartían la misma sensación de complicidad intelectual.

—Antonio, ¿por qué no volviste a casarte después de la muerte de tu primera mujer?

No hubo ninguna preparación para esta pregunta para la que el poeta no tenía contestación.

—No sé decirte. Hice la promesa de no olvidarla. La vida, además, te lleva por donde quiere, y me he entregado a la literatura para compensar la sensación de vacío que me inundó cuando ella se fue.

—Me enternece que alguien sienta como tú ese amor por su esposa.

—Es difícil de explicar. Hice con ella no solo de esposo, sino también de Pigmalión. Es cierto que ella tenía pocos años, pero poseía una enorme sensibilidad, y yo ya era un hombre maduro al que nunca se le han dado bien las conquistas.

—Tu boda llamó mucho la atención, ¿verdad?

—El canto de los grillos nunca me ha impedido hacer siempre lo que sentía y lo que deseaba. Recuerdo que el mismo día de la boda algunas personas me increparon mientras caminaba junto al cortejo hacia la iglesia. Les parecía todo aquello un escándalo. Se hicieron todo tipo de comentarios: que si esa boda era una tapadera porque en realidad estaba viéndome con su madre; que si cometía una tropelía al casarme con una niña; que si esa unión era la aberración de un vicioso. ¡Qué sé yo! El caso es que, cuantos más argumentos me daban en contra de la boda, más sentía que debía casarme. Es verdad que nuestra felicidad no duró mucho, pero ese año y medio, antes de caer enferma Leonor, lo llevaré siempre en mi memoria. No quiero olvidar ese recuerdo, aunque he de confesarte que se me borran algunas imágenes del pasado y lo paso muy mal. Los meses posteriores, cuando surgió la enfermedad, se convirtieron en un calvario. La vi apagarse día a día y no pude impedirlo, fue un verdadero martirio.

Machado agachó la cabeza y permaneció unos segundos en silencio.

—No pretendía ahondar en la herida. Me interesaba conocer más detalles de Leonor, a la que has inmortalizado para siempre con tus versos. Gracias a ti, no morirá jamás. Estará siempre presente. ¿Te encuentras bien?

—Estoy bien. Estoy bien. Los recuerdos siempre andan cerca de mi cabeza. No hay nada peor que el olvido. Mientras alguien evoque al que se ha ido, no muere del todo. Estoy de acuerdo contigo. También te diré que es la primera vez que hablo de ella. Ninguno de mis amigos se atreve a preguntarme.

—Lo siento mucho. No es propio de mí, no sé qué me ha ocurrido. Es imperdonable.

—Está bien que sientas curiosidad por mi pasado. Tú te has atrevido a preguntar lo que a nadie se le ocurriría jamás.

Tampoco aquella noche tenían hambre. La cena no era más que una excusa para volver a verse. Removían el contenido de los primeros platos y de los segundos sin apenas probarlos. Ambos tenían el estómago cerrado.

—Háblame de tu marido. Me pregunto cómo los hombres podemos llegar a ser tan estúpidos...

—Era amigo de mi hermano Fernando y estaba siempre en mi casa. Sabía que mi situación con mi hermanastro era insostenible. Lorenzo me espantaba a todos los pretendientes, diciendo que ya tenía novio. Viví alguna situación comprometida. Por las noches, me encerraba con llave porque solía venir a visitarme. Todo aquello llegó a ser muy violento y desagradable. De no ser por Rafael y su petición de mano, no sé qué hubiera ocurrido en aquella casa.

—No hizo más que lo que tiene que hacer un hombre. Dar un paso hacia adelante cuando la situación se hace insostenible para una mujer.

—Me hubiera gustado que hubiera sido por amor y no por compromiso o por obligación. No sé cómo fui tan tonta de pensar que no era por conveniencia. En esas circunstancias, no fui capaz de darme cuenta. Solo vi el cielo abierto para poder salir de la casa en la que vivía. ¡Poco a poco fuimos dejando sola a mi madre con aquellos energúmenos! ¡Pobrecilla!

—¡La compadezco!

—No, no... Ya es viuda y no ha vuelto a saber de esos tres lobos que tan mal me lo hicieron pasar. Pienso que mi madre ahora está tranquila y feliz. Su vida tampoco ha sido fácil.

—La vida no es fácil para nadie, querida Pilar. Casi te diría que se viene a este mundo más a sufrir que a gozar. Pero te comentaré algo con respecto al amor: nadie lo elige. Y en el amor, la locura es lo sensato, si no, no es amor.

—Es posible que tengas razón. La lógica está reñida con el amor... —Se quedó pensativa—. ¡Ojalá alguien hubiera sentido por mí lo que tú sentiste por Leonor! ¡Es realmente precioso!

Se le saltaron las lágrimas, y Machado no supo cómo reaccionar.

—Será mejor que demos un paseo hasta El Alcázar. Nos ayudará a despejarnos —propuso el poeta.

—Sí, será lo mejor.

Él pagó la cena y salieron a pasear en aquella noche de luna casi llena. Un olor a lavanda les envolvió nada más salir del hotel. Se levantó un leve viento que removía las plantas que adornaban las casas adyacentes.

—Juraría que huele a cantueso —comentó Pilar, buscando con la mirada las plantas—. Me encanta su color morado y su olor, ¿sabes? Son absolutamente beneficiosas para el reúma y también son muy buenas para combatir el catarro.

—Está bien saber que te gustan las plantas.

—En Palencia no hago otra cosa que observar la naturaleza. Todo el verano lo paso allí.

Pilar se apoyó en el brazo que le brindó el poeta. Necesitaba ayuda para poder pasear sin tropezar con sus tacones por el empedrado de las calles. Antonio sabía que estaba en la cuenta atrás de su estancia allí. En tres días, probablemente no volvería a verla. Esa ansiedad afloró rápidamente.

—Pilar, tengo la sensación de haber vivido antes esta situación contigo. Es algo extraño, no sé cómo explicarte sin que te asustes pensando que he perdido la cabeza.

Pilar se echó a reír. Con una sola frase le hizo olvidar la angustia y las lágrimas de la cena.

—¿Como si me hubieras conocido antes? ¿Eso es lo que quieres decir?

—No exactamente. La sensación de haber vivido todos estos años esperándote, ¿comprendes? No me eres extraña porque yo ya te imaginaba tal y como eres.

Pilar interpretaba que Machado le decía esas cosas para hacerla olvidar el mal trago del final de la cena.

—No es broma lo que te digo. Se trata de algo que he meditado estos días. Tenías que llegar tarde o temprano.

—Es muy bonito lo que me dices, Antonio. Gracias.

—Pilar, tú no puedes llegar e irte para siempre después de haberte esperado toda la vida. Esa pérdida no la podría soportar.

—No tengo más remedio que regresar. Me están esperando.

Machado se paró y la miró fijamente a los ojos. Pilar bajó la mirada y después de unos segundos sin saber qué hacer, siguió caminando.

—Nuestra amistad no tiene por qué empezar y acabar en Segovia —le dijo—. Sin embargo, ya sabes que no puedo hacer lo que yo quiera. No olvides que soy una mujer casada y con tres hijos. A lo mejor para ti es un impedimento esa circunstancia para seguir adelante. Tampoco quiero engañarte.

Machado escuchó lo que no hubiera querido oír nunca. La palabra amistad le sonó como una bofetada. Sin embargo, comprendía su situación.

—No quiero incomodarte, Pilar. Estoy dispuesto a conformarme con lo que sea con tal de volver a verte. No hacerlo, para mí, sería la muerte. ¡Te he encontrado después de tanto tiempo y no estoy dispuesto a perderte! Seguiré el ritmo que tú impongas.

—Me gusta estar a tu lado. Creo que eso es evidente. Has conseguido que salga del pozo en el que me encontraba. Eres como un chorro de aire fresco, algo así como el oxígeno que necesitaba para respirar. ¿Sabes?, deseo ir descubriendo poco a poco quién soy y adónde quiero ir. Ahora mismo estoy hecha un lío. Pero prefiero la confusión a pensar que estaba muerta en vida.

—Tranquila. No tengo derecho a entristecerte. ¡Perdóname!

Fueron caminando unos minutos en silencio hasta que la

fortaleza medieval apareció majestuosa, coronando esa noche tan intensa que estaban viviendo ambos.

—Te he escrito unos versos... Pero he camuflado tu nombre en otro que fonéticamente es igual. Así no tendrás ningún problema.

—¡Has pensado en todo! ¿Y cómo me has llamado?

—Guiomar.

—Pilar, Guiomar... ¡Me gusta! Tiene el mismo número de sílabas y la misma musicalidad. ¿Y qué dicen esos versos?

—Los verás publicados y serás la única que sepa que van dedicados a ti. Será nuestro secreto. Nadie podrá decir que la mujer que me inspira eres tú. Creerán que eres una licencia literaria mía.

—Para mí significa mucho. Nunca pensé que mi persona mereciera un solo verso tuyo. No puedes imaginar la impresión que me causa que alguien como tú se fije en mí.

Machado cogió su mano y la besó. Se quedaron uno frente al otro, mirándose a los ojos. Regresó el viento y movió el pelo de Pilar. Ella lo sujetó con la mano. El poeta se acercó más y la besó en la boca. Fue un beso corto pero intenso. Pilar se quedó inmovilizada. No esperaba algo así del tímido Machado y no supo reaccionar. Se quedó con los ojos muy abiertos sin saber qué decir.

—¡Perdóname! La idea de perderte me ha vuelto loco. Lo siento. Espero no haberte molestado.

Pilar no podía pronunciar una sola palabra. Ese beso rompía la barrera de la amistad que ella había prefijado de antemano. Era la transgresión del poeta, la desesperación de un hombre que se enfrentaba nuevamente a la pérdida.

—Será mejor que volvamos al hotel.

Durante parte del camino de vuelta fueron en silencio. Ella intentó no apoyarse en él a pesar de la dificultad de caminar con tacones. Estaba confundida. Ese beso había sido el primero que le robaban en su vida. Un beso robado que la había dejado inquieta pero que, a la vez, la rescataba de muchos años de indiferencia.

Era un beso de vuelta a la vida. Un beso de un alma solitaria a otra alma solitaria. De golpe la había devuelto al mundo de los sentidos. Ella, que estaba en el abismo, era rescatada por los labios del poeta que más admiraba. Era plenamente consciente de que Guiomar iba a ser mucho más que un escudo para protegerla.

—¿Sabes, Antonio? ¡Gracias! Te doy las gracias por no dejarme morir en vida. —Se le saltaron las lágrimas—. Para ti estoy viva, y te importo.

—Uno nunca sabe quién rescata a quién del precipicio.

La luna iluminaba el paseo hasta el hotel. Se pararon los dos de golpe. Volvieron a mirarse a los ojos. Esta vez lo desearon los dos. Unieron sus labios con tal intensidad que parecían dos adolescentes descubriendo el amor por primera vez. Eran dos almas necesitadas de afecto.

Alguien desde una ventana les llamó la atención. Pilar se puso colorada y continuó caminando a toda prisa hasta el hotel con la cabeza agachada. Era la primera vez que la recriminaban por la calle por su actitud indecorosa.

—Soy una mujer casada. No sé qué me ha pasado. —Estaba avergonzada de lo que acababa de suceder.

—Simplemente eres una mujer que se resiste a morir en vida. Nada más. Tranquila. El que nos ha chistado lo ha hecho por la rabia de no poder besarte a ti. Nada más. ¡Pura envidia!

—¿Sabes, Antonio? No sé si deberíamos volver a vernos.

—No me digas eso, Pilar. Yo estaré aquí a la misma hora. Si no quieres bajar, no te preocupes. Lo entenderé. —Cogió su mano y la besó.

Pilar entró en el hall y subió las escaleras a toda prisa. Machado observaba cómo se alejaba sin mirar hacia atrás. No se paró ni a saludar al conserje. No quería hablar con nadie. Abrió la puerta de su habitación y se tumbó en la cama. Cogió la almohada y comenzó a llorar en silencio.

9

Un regreso precipitado

Pilar se levantó con los ojos hinchados. No bajó a desayunar, pero el conserje le subió un vaso de leche con galletas. Aprovechó para pedir una conferencia con su madre, doña Ernestina. A pesar de las lágrimas tras besarse con el poeta, se sentía viva. Había dejado de ser invisible.

Por otro lado, comprendía que lo que estaba viviendo en Segovia era un espejismo y que su vida seguiría igual de monótona tras regresar a Madrid. Solo había una certeza, y es que estaba casada con Rafael Martínez Romarate. Si no quería montar un escándalo y que sus hijos se avergonzaran de ella, debería seguir junto a él aunque su matrimonio estuviera roto.

Durante la mañana no hizo otra cosa más que escribir. Las palabras brotaban en su mente. Iba a sellar su libro *Huerto cerrado* con un poema que tituló: «Beso de almas». «Tu espíritu poeta, que al mío va buscando, / no piensa en mi figura, si soy joven o vieja, / si viví sin amores o vivo siempre amando, / si soy flor donde extrajo ya sus mieles la abeja... / Mientras dure la vida, que se consume aprisa, / de la atracción gocemos el mágico embeleso; / y en las noches calladas, de aromática brisa, / mi espíritu poeta pondrá en el tuyo un beso.»

Las palabras fluían a una gran velocidad. Parecía que la inspiración no le daba tregua. Esa mañana estaba más concentrada que nunca en terminar su libro. No recordaba haber sentido nada parecido. El sol iluminaba la estancia con una luz especial. El olor a lavanda se colaba por la ventana que tenía abierta de par en par. ¡Estaba viva! ¡Más viva que nunca!

—La vida está ahí, invitándome a compartirla. No estoy muerta. Creía que ya nada me sorprendería ni me haría vibrar, pero me equivocaba.

Evocó el beso nocturno con el poeta y sonrió.

El conserje llamó de nuevo a su puerta para avisarla de que ya tenía a su madre al teléfono. Este par de horas escribiendo le habían parecido instantes, nada más. Bajó a la pequeña habitación colindante al hall y la telefonista le informó de que la conferencia con Madrid ya estaba preparada.

—¿Madre? ¿Eres tú?

—*Ma petite, c'est moi.* ¿Cómo te encuentras?

—Mucho mejor. Cuando me veas, no parezco la misma. Realmente soy otra persona.

—No sabes cómo me alegra oír eso. Tranquila, tú recupérate que *le garçon* está en buenas manos.

—¿A qué te refieres? ¿Le pasa algo a Rafaelito?

—*Mon Dieu!* Pensé que sabías que el niño estaba con escarlatina.

—¿Cómo? Nadie me ha dicho nada.

—Siento haber sido yo. *Merde!* Se ve que Rafael no quería preocuparte.

—¡Este hombre no hace una a derechas!

—¡No digas eso, *ma petite*! Además, al principio creíamos que eran unas anginas, pero luego empezaron a salirle unas manchas rojas en el cuello y en las axilas.

—Ahora mismo hago las maletas y me vuelvo a Madrid. ¡El niño con escarlatina! Es lo suficientemente grave como para que me hubierais avisado.

—No sabemos cómo acertar, *ma petite*. Nos tienes preocupados y no queríamos interrumpir tu recuperación.

—¿Habéis llamado al doctor Marañón?

—¡Claro! El niño está en las mejores manos. Por precaución hay que mantenerle alejado de sus hermanas, pero Rafaelito ya no tiene tanta fiebre y las rojeces del cuerpo van remitiendo. *Grace à Dieu, il se porte bien!*

—¡Dios mío! Si le pasa algo a Rafaelito no me lo perdonaría nunca.

—*Mon Dieu!* Mejor que regreses porque no te vas a quedar tranquila.

Cuando colgó el teléfono, pasó al hall y habló con el conserje para que le hiciera la cuenta de su estancia allí.

—¿Sucede algo? Se la ve preocupada.

—Sí, mi hijo pequeño ha caído enfermo con escarlatina. Debo regresar cuanto antes.

—¿Quiere que le saque un billete para el primer tren hacia Madrid?

—Si es tan amable...

Pilar subió las escaleras muy acelerada. Ya no le importaba su situación personal, solo pensaba en su hijo pequeño. Hizo las maletas todo lo rápido que pudo y recogió sus papeles en el maletín de mano. El conserje la avisó de que en una hora salía el tren para Madrid.

—Señora Martínez Romarate, ¿puedo ayudarla en algo más?

—Pilar de Valderrama. Ese es mi nombre. No me gusta utilizar el de mi marido.

—Está bien, doña Pilar.

—Ya puede bajar mi equipaje. Ahora que me acuerdo, tenía que recoger un vestido de la casa de costura pasado mañana. Si es tan amable, ¿me lo puede enviar a la calle de Pintor Rosales número 58 y allí pago su coste?

—Faltaría más. Tiene a su disposición el coche del hotel.

—Muchas gracias por todo. Me hubiera gustado estar dos o tres días más, pero nadie elige ponerse enfermo y mi hijo sin su madre lo tiene que estar pasando mal.

—Espero verla pronto por aquí.

—Muchas gracias.

Pilar se subió al coche y miró hacia atrás. Era muy probable que no regresara más allí. Observó cómo el hotel iba desapareciendo de su vista. Parecía como si lo recientemente vivido, en realidad, no hubiera pasado; como si todo hubiera sido un sueño del que acababa de despertar.

Le dio un vuelco el corazón cuando se acordó de que no había dejado una nota a Antonio Machado. Quizá era mejor que todo siguiera como estaba, pensó. Inmediatamente cambió de opinión y sacó de su maletín un folio en blanco y puso en su interior unas letras al poeta: «He tenido que regresar con urgencia a Madrid. Mi hijo pequeño ha caído enfermo. Ha sido estupendo conocerte, ¿sabes? Nunca nadie en tan poco tiempo me ayudó tanto. Firmado: Pilar». Lo dobló y se lo entregó al mecánico.

—Haga el favor de entregárselo al conserje. Dígale que es para don Antonio Machado. Vendrá esta noche a buscarme y no estaré.

—No se preocupe. Así lo haré.

Pilar llegó con la hora justa a coger el tren a Madrid. El mecánico le ayudó a subir el equipaje y ella se sentó en uno de los vagones, donde también viajaba una señora con un hijo de corta edad que no quería separarse de su regazo. Pensó en Rafaelito y en lo mal que se sentiría con ella ausente. Le llegó de golpe el complejo de culpa. Debería haber regresado antes. Seguramente, si se hubieran ido a Palencia, no hubiera contraído el niño la enfermedad, pensaba. El viaje se le hizo interminable, con paradas en todas las estaciones y el constante trajín de las subidas y bajadas de los viajeros. Se vendieron rifas de jamones y botellas de anís en las que no participó. Le ofrecieron beber de una bota con vino que rechazó; también agua de un botijo que estuvo a punto de aceptar. Unos y otros viajeros hablaban entre sí. Sin embargo, Pilar iba en silencio.

Recordaba a la mujer que llegó a Segovia necesitada de afecto, a punto de quebrarse su salud, y la que regresaba a

Madrid, cambiada por fuera y por dentro. Sentía que ya no era la misma. Había alguien a quien sí le importaba: Antonio Machado. El poeta la había besado con tanta pasión que no recordaba un beso semejante en toda su existencia. Pensaba en cómo un beso, solo un beso, te podía cambiar la vida. Después de ese momento único, ya no volvería a ser la misma. Los labios de fuego del poeta habían conseguido rescatarla del abismo en el que se encontraba. Nunca le estaría suficientemente agradecida por devolverla al mundo de los vivos. Fue un segundo rescatador que la hacía sentir de nuevo mujer. «Para tales amores huelgan rejas y muros; / van de un alma a otra alma... —se recitaba a sí misma pensando en añadir esos versos a su último poema—. Besos que no manchan, purifican.»

Andaba sumida en sus pensamientos cuando oyó: «Próxima parada, Estación del Norte». La voz del revisor anunciando el final del viaje la despertó de un sueño en el que no hacía más que revivir imágenes de sus charlas y paseos con el poeta. De golpe, regresaba a la realidad. Una mujer casada y madre que regresaba al hogar. ¿El hogar? Tenía claro que volvía a una cárcel sin barrotes donde no podría volver a ser ella misma jamás. Se quedó sentada mientras todos recogían su equipaje y se iban del vagón. Cuando supo que estaba sola, una lágrima resbaló por su mejilla. Un golpe en la ventana hizo que mirara hacia el andén. Allí estaba Juan, el mecánico de su madre. Al poco entró en el tren para ayudarla con el equipaje.

—Me ha costado reconocerla. Parece más joven. Se ve que le ha sentado estupendamente su estancia en Segovia.

—Sí, es cierto —dijo, secándose la lágrima que caía por su mejilla.

—Si no llega a ser por el niño, hubiera descansado un par de días más, ¿verdad?

—Era mi intención, pero la vida te impone otros ritmos y no tenemos más remedio que adaptarnos. ¡Pocas veces hago lo que siento y lo que deseo!

—Lo dice con tristeza.

—Uno no elige la vida que lleva. Es como si la propia vida te eligiera a ti.

Pilar fue siguiendo los pasos del chófer de forma automática. Su mente estaba en el hotel Comercio. A esa hora, debería haber estado bajando las escaleras hacia el hall, encontrándose con los ojos de Machado, que la observarían como si se tratara de una aparición. Era angustioso pensar en su decepción cuando comprobara que no se presentaba a la cita. ¿Qué pasaría por su mente?, se preguntaba. No se habían despedido. Entre ellos quedaba un beso apasionado en la noche de luna casi llena. ¿Se olvidará de ella el poeta? ¿Podría ella olvidarle? Demasiadas preguntas para una sola noche.

Cuando Pilar tocó el timbre de su casa en la calle Pintor Rosales y salió Hortensia Peinador, la institutriz se quedó mirándola en el rellano de la puerta como si no la conociera. Fueron segundos.

—Señora, está desconocida. ¡Qué alegría que esté de regreso en casa!

Enseguida comenzó un gran revuelo entre el servicio, y las adolescentes Alicia y Mari Luz salieron curiosas a recibirla, llenándola de besos y abrazos.

—¡Quiero cortarme el pelo como tú! ¡Qué guapa estás! —le dijo Alicia.

—Yo también. Llevaremos las tres el mismo corte. ¡Qué alegría! —comentó Mari Luz.

Sin hacer ningún aspaviento pero sorprendido con su nueva imagen, apareció Rafael. Intentó besarla en la mejilla pero Pilar se apartó, disimulando con sus hijas.

—¡Que no me puedo ir de casa! ¿Dónde está Rafaelito?

—En su habitación. No le dejamos salir de ahí. Las niñas se pueden contagiar. Nos ha dicho el doctor Marañón que el sarpullido desaparecerá en siete días —le informó Rafael muy serio.

Después de saludar a todo el servicio, entró en la habitación de Rafaelito. Este al ver a su madre, se levantó de la cama y la abrazó. Pilar le correspondió besándole en la cara.

—Señora, han dicho que es muy contagioso —comentó Hortensia Peinador.

—Me da igual, Hortensia. Mi niño está malo y yo ya no vivo. ¡Tienes que curarte pronto para irnos de vacaciones! —le dijo al oído a Rafaelito.

—Sí, verás como ahora me curo enseguida. Me subió mucho la fiebre y me empezaron a salir cosas rojas por todo el cuerpo. ¿Se me quitarán?

—¡Claro que sí! —Volvió a abrazarle y le condujo de nuevo a la cama—. Te pelarás por los deditos, pero no tiene importancia. Ya son muchas sorpresas por hoy. Tienes que descansar.

—Sí, mamá. Pero prométeme que no te volverás a ir.

—Te lo prometo.

Cuando salió de la habitación, el niño se había quedado dormido. Ella no tenía ganas de cenar y solo se bebió un vaso de leche. Comentó a todos que estaba muy cansada del viaje y se retiró a su habitación antes que su marido. Se puso el camisón y se metió en la cama. Cuando apareció Rafael ya se hacía la dormida. Pensaba en Antonio Machado y en si el conserje le habría dado la nota que le escribió en el coche. No podía conciliar el sueño. Estaba segura de que Antonio estaría pensando en ella.

Machado había aparecido en el hotel Comercio media hora antes de lo previsto. Hasta que su reloj no marcó las ocho de la tarde, no entró en el hall para ver descender a «su diosa».

Pasaron los minutos y tuvo un presentimiento: «No va a aparecer hoy. Lo sé. Está enfadada conmigo por lo que pasó ayer», se dijo a sí mismo.

—Seguramente he ido demasiado lejos. Debo pedirle disculpas.

Se acercó al conserje arrastrando una de sus piernas, ayudándose del bastón. Parecía que le habían echado diez años encima. No era la misma persona que veinticuatro horas antes se había atrevido a besar a Pilar. Se sentía realmente mal con la sola idea de perderla después de haberla estado esperando toda la vida..

—Por favor, ¿doña Pilar de Valderrama?

—No, ya se ha ido a Madrid.

Durante unos segundos se quedó sin habla.

—¿Se ha ido a Madrid? —repitió con incredulidad.

—Sí, cogió el último tren. El mecánico que está en la puerta la llevó hasta la estación.

—Está bien, gracias.

Casi no le salía la voz. Tampoco tenía fuerzas para abandonar el hotel. Se sentía a punto de caer al suelo, desmoronado. Aquel dolor era insoportable. Nuevamente la soledad era su fiel compañera de viaje. Todo aquello parecía una pesadilla. ¿Por qué habría salido Pilar de allí corriendo?, se preguntaba. Su precipitación y su impulsividad —se increpaba— le había llevado a cometer el peor de los errores: ofender a la persona que le quitaba el sueño y le inspiraba sus versos.

Salió como pudo del hotel y se fue caminando despacio por la calle que soñaba con volver a recorrer del brazo de Pilar. El conductor, al verle, entró en el hall.

—¿Ese señor es don Antonio Machado?

—Sí. ¿Por qué?

—La señora que llevé a la estación me dio una nota para él.

—¡Corre calle abajo! No estará muy lejos. Anda muy torpemente.

El mecánico no tardó mucho en alcanzarle.

—¡Don Antonio! ¡Don Antonio!

El poeta frenó sus pasos y se dio la vuelta.

—Don Antonio, la señora me dio una nota que escribió en el coche para usted.

—¿Cómo dice? —Se le iluminó la cara.

El mecánico sacó la nota de su bolsillo y se la entregó.

—Me dijo que le diera esto. Perdone, pero no le había reconocido.

—Muchas gracias. No imagina lo importante que es lo que usted acaba de hacer.

De pronto, el poeta ya caminaba sin sentir el peso del fracaso sobre sus piernas. No pudo esperar a leer la nota en la habitación de la pensión. Se acercó a una farola recién encendida y leyó: «He tenido que regresar con urgencia a Madrid. Mi hijo pequeño ha caído enfermo».

Se sintió aliviado al pensar que el motivo de su repentina huida no tenía que ver con su comportamiento de la noche anterior. Continuó leyendo: «Ha sido estupendo conocerte, ¿sabes? Nunca nadie en tan poco tiempo me ayudó tanto. Pilar».

Leyó y releyó este segundo párrafo una docena de veces. Quería analizar su sentimiento en cada palabra. El «¿sabes?» que tanto utilizaba Pilar le volvía loco. Todo lo demás le parecía que era una aceptación, un consentimiento de lo ocurrido la noche anterior. Releía: «Nadie en tan poco tiempo me había ayudado tanto». Interpretaba que quería decir algo así como «tú me has rescatado». Pilar le dejaba claro que no estaba muy lejos de lo que él sentía por ella. Su corazón comenzó a latir con más fuerza. Exactamente igual que cuando Leonor le dijo que con quien quería casarse era con él y no con el barbero que parecía interesarse por ella. Nunca se le dieron bien las conquistas, pero Leonor y Pilar habían sabido entenderle y mirar bajo ese aspecto de hombre prematuramente mayor. En dos líneas interpretó que le estaba diciendo que, si hubiera sido por ella, hubiera seguido en Segovia, en su compañía.

Comenzó a caminar, sin arrastrar ya la pierna, y no paró hasta llegar a la calle de los Desamparados, donde se encontraba la pensión. La calle definía muy bien la sensación que tenía. ¿Y ahora qué? La mujer que tanto había esperado desaparecía de su vida. El siguiente fin de semana iría a Madrid y vería a Ricardo Calvo, su amigo, y a su hermana María. Necesitaba hablar con ella y que le diera todos los detalles de aquella mujer que había ocupado sus sueños durante los últimos días.

—Pilar, Guiomar, Pilar, Guiomar... Mi musa —se decía—. Ya nada será igual sin ella. La felicidad no existe. Son solo ráfagas. La ausencia vuelve a marcar mi vida.

Esa noche, al entrar en su habitación, no se acostó. Estuvo escribiendo sin parar. La echaba de menos.

Los dos arrastraban soledades, los dos se habían rescatado mutuamente. Los dos se resistían a pasar página. Los dos necesitaban volver a verse.

Al día siguiente Machado acudió de nuevo al hotel Comercio y le preguntó al conserje si Pilar de Valderrama había dejado alguna dirección donde poder escribirla.

—Sí, ha dejado unas señas para que le envíe el vestido que le están confeccionando en la casa de costura. ¿Las quiere usted?

—Se lo agradecería mucho. Tengo que mandarle un libro. —No encontró una excusa mejor.

—Paseo Pintor Rosales, 58.

—¡Gracias! Ha sido muy amable. —Levantó su sombrero y salió de allí.

Ya sabía dónde vivía su diosa. Se acercaría a su casa y esperaría a verla, aunque fuera de lejos. Necesitaba contemplarla al menos una vez más.

10

El reencuentro

Después del regreso de Pilar, sus familiares y amigas del Lyceum Club comenzaron a visitarla en racimo. Fueron visitas cortas, para que no se sintiera aturdida. Tenía la sensación de que le daban la bienvenida al mundo de los vivos, porque ella venía de la otra orilla. Todos, incluida su madre, la encontraron cambiada. «*Ma petite*, parece que eres otra persona.» ¿Tanto se notaba su cambio? Los últimos días antes de su viaje a Segovia, no podía ni con su alma. Ahora, sin duda, había dejado atrás las penas derivadas de la infidelidad de su marido. Y guardaba para sus adentros un beso, en realidad dos, que la habían devuelto a la vida. Sabía con seguridad que nada había cambiado aparentemente de cara a los demás, pero sin duda deseaba con todas sus ansias volver a ver a Machado. Ya no era la misma.

La más madrugadora fue María Calvo. Llegaba a la casa temprano para dar las clases a los chicos y fue la primera en verla.

—¡Qué guapa, Pilar! ¡Has cambiado drásticamente de imagen!

—Muchas gracias. Necesitaba dejar patente que no soy la misma. Me sentó bien conocer a Antonio —le dijo, bajando la voz en la última frase.

—¿Sí? ¡Por fin, os habéis conocido! ¿Qué te pareció?

—Una persona muy interesante. Da gusto hablar con él.

Tiene una sensibilidad muy grande y eso hace que a su lado te sientas... especial.

—Y los dos sois poetas. No sabes cuánto me alegra haberte sido útil. Este fin de semana mi hermano Ricardo ha quedado con él y me ha pedido que yo esté también. Le sonsacaré todo lo que pueda.

—Bueno, ya me contarás qué dice de mí... ¿Qué tal mis hijos? —preguntó Pilar para cambiar de tema. Notaba que sus mejillas debían de estar subidas de tono. Sentía mucho calor en la cara. Saber que su amiga iba a ver a Machado durante el fin de semana la había puesto nerviosa.

—Estamos finalizando las clases. Creo que también necesitan un descanso. De todas formas, con Rafaelito convaleciente, me estoy centrando en Alicia y Mari Luz.

—¡Claro! No te preocupes. Espero que pronto esté bien y nos podamos ir a la finca, a Palencia.

Continuaron hablando de cómo los tres hijos estaban avanzando en conocimiento. Volvieron a comentar las virtudes interpretativas de Alicia y las dotes de escritora de Mari Luz, así como el talento especial para la pintura que demostraba Rafaelito. A Pilar le encantaba que sus hijos tuvieran aptitudes artísticas.

Entre visita y visita, intentó organizar sus cosas y estuvo entreteniendo a su hijo durante largo rato. Le leyó libros y fomentó sus muchas cualidades para el dibujo insistiéndole en que dibujara a toda la familia. Rafaelito, como decía María, pintaba muy bien. Hacía con verdadera maestría caricaturas que la madre no dejó de ensalzar durante toda la mañana.

Por la tarde, Carmen Baroja acudió a visitarla. Las dos se echaron a reír al comprobar que ambas habían decidido cortarse el pelo a la vez y sin haber hablado previamente. Carmen lo llevaba todavía más corto que Pilar.

—Por fin te veo sonreír. Me tenías muy preocupada.

—Por lo menos he conseguido salir del pozo en el que estaba. Es verdad que el problema con mi marido sigue, pero veo las cosas desde otra perspectiva.

—No hay nada como alejarse del foco del problema para encontrarse uno a sí mismo. Tienes que venir al Lyceum en cuanto puedas. Estoy pensando en dar una representación del Mirlo Blanco, el teatro de mi familia que tanto admiras, a beneficio del club. Nos estamos quedando sin fondos. No son suficientes las diez pesetas que pagamos mensualmente.

—¿Qué tal van las exposiciones?

—Ahora están exponiendo las hijas del pintor Joaquín Sorolla. María es la que vende algo más. Ya sabes que a nosotras solo nos llega el diez por ciento de las ventas. Por ahí no nos entra mucho dinero, la verdad. Sin embargo, el que hablen sin parar los periódicos de nosotras y del fantasma de la Casa de las Siete Chimeneas ha devuelto a nuestras actividades culturales cierta alegría. Y eso está animando un poco al público a asistir a las conferencias. El aliciente de encontrarse con el fantasma ha hecho que venga más gente.

—No he leído los periódicos. ¿Qué es eso del fantasma?

—Aseguran que alguien ha visto a una joven con una túnica blanca paseándose con una antorcha en la mano, saltando de una a otra chimenea. Otra de nuestras socias dijo haberla visto por los pasillos y, ahora, se están haciendo bromas constantemente, pero reconozco que hay más asistencia de público. De todas formas, ya sabes que con tal de desprestigiarnos todo vale. Si a eso añades que Benavente ha rechazado nuestra invitación...

—¡Qué de cosas han pasado en estos días de mi retiro! ¿Qué ha explicado Benavente para no venir a dar una conferencia?

—Que no quería hablar «a tontas y a locas».

—Parece mentira la cantidad de ultrajes hacia nosotras solo por reunirnos y estar interesadas en todo lo que ocurre en el mundo. ¡Nos consideran bichos raros por querer ser nosotras mismas!

—Quieren que las mujeres no salgamos de casa y estemos a lo que manden nuestros maridos exclusivamente. Lo tenemos difícil, querida Pilar. Muy difícil. Bueno, me voy feliz de verte tan guerrera. Eso es que estás bien. Has regresado al mundo.

—¿Te vas tan pronto?

—Sí, que si no llego a tiempo a la cena, se pone mi marido hecho un energúmeno. Estos días dejo a los conferenciantes nada más comenzar y me voy a la media hora porque a mi marido le ha dado por cenar temprano. De modo que dejo sentados a los conferenciantes que invito y en cuanto empiezan a hablar, me voy.

—Pues vaya faena. ¿Ves cómo al final nuestros maridos sí que nos obligan a cambiar nuestros planes? Solo existen los suyos y los nuestros poco importan. Esto lo debemos solucionar, por lo menos para las siguientes generaciones.

—Sería estupendo poder hacer cada día nuestra voluntad. Hoy lo veo imposible en mi casa. Tú has podido irte a Segovia. Eso ya me parece una proeza.

—Pude irme porque Rafael sabía que el culpable de mi situación era él. También el que mis nervios se quebraran ha ayudado mucho. Fue una recomendación del doctor Marañón. Si no fuera así, tampoco hubiera podido desaparecer de repente, dejándoles a los niños y a él.

—Imagino que estará arrepentido. ¿Te ha pedido perdón?

—No. Ni tampoco lo espero. No piensa que pueda estar ofendida por el hecho de que tuviera una amante durante dos años. Él cree que no he estado a la altura porque debería haberle recibido con los brazos abiertos. No me ha preguntado cómo me siento. Tampoco le importa. Solo piensa en él, y después en él y siempre en él. Todos somos satélites orbitando a su alrededor. En realidad, no le importamos nada, ni los niños ni yo.

—Pues has hecho bien en irte. Es más, si puedes, yo en tu lugar explotaría lo de los nervios cada poco...

—Esto ha sido una excepción. Mi mundo está en esta casa y cerca de mis hijos.

—Como el de todas. Por eso, al menos en el Lyceum tenemos nuestro espacio para resarcirnos de «las cadenas». No te digo nada si conseguimos votar y tener nuestros propios derechos en algún momento.

—Lo veo difícil, Carmen. Las mujeres contamos poco en esta sociedad.

—Tiempo al tiempo. María de Maeztu y Victoria Kent están luchando mucho para conseguir que se oigan nuestras voces.

—Y ya ves cómo nos ponen verdes. Nos llaman tontas y locas. ¡Sorprendentemente la Iglesia no está de nuestra parte! ¡No nos apoya nadie!

—Hemos recibido críticas feroces de algún obispo.

—La incomprensión hacia nosotras es total. Todos creen que somos estúpidas y que no tenemos talento ni criterio. Les da miedo que tengamos voz y que lo que digamos no sea precisamente lo que ellos quieren oír.

Carmen miró el reloj y se despidió de ella.

—Ahora sí que me tengo que ir. Se me ha hecho tarde.

Quedaron en verse en el Lyceum antes de partir de vacaciones. Carmen tenía verdadero aprecio a Pilar y era evidente su alegría al volver a verla con su fuerza y energía de siempre. Pilar, a su vez, se preguntaba si el poeta se acordaría de ella...

Antonio Machado llegó el jueves a Madrid. Sus clases estaban a punto de concluir. Como siempre hacía, se alojaba en el piso familiar con su madre y con su hermano José y su familia. Era un piso modesto en la calle General Arrando, número 4. Al día siguiente madrugó y, sin dar explicaciones, se fue al paseo del Pintor Rosales. Estuvo merodeando por los aledaños de la casa de Pilar sin perder de vista su balcón. Solo deseaba verla una vez más. Lo necesitaba. Fumó sin parar durante un par de horas y, cuando quiso darse cuenta, era ya la hora de comer. Debía regresar a su casa y finalmente se fue con la enorme frustración de ni tan siquiera haber visto su figura de lejos.

Por la tarde, volvió a intentarlo. Su corazón casi se paralizó al observar que la puerta de su casa se abría. Salieron de allí dos hombres bien vestidos. Pensó que uno de ellos sería su marido. «Estúpido. Teniendo a una diosa, ¿cómo no te rindes a sus pies?», pensó. Compró una cajetilla nueva de tabaco a una de las muchas cigarreras que deambulaban por la calle y, de pronto, vio que una dama abría los ventanales de una pequeña terraza que daba a la calle. ¡Era Pilar, que se asomaba vestida de azul! Parecía una ilusión de su pensamiento. Llegó a pensar que era fruto de su imaginación. Pero allí seguía ella, ajena a todo, tocándose el pelo, como si no fuera real. Antonio sintió sus piernas paralizadas, casi no podía caminar pero lo intentó, sin perderla de vista mientras ella se apoyaba en la barandilla. Miraba sin ver. Se iba a meter de nuevo en la casa cuando se dio cuenta de que alguien, desde la distancia, iba poco a poco caminando en dirección a la casa. Esa forma de caminar, ese bastón, esa mirada... Sus ojos se encontraron y durante unos segundos se quedaron los dos contemplándose, reconociéndose, deseándose. Ella solo alcanzó a sonreírle y a hacer un gesto tímido con su mano. ¡Era Machado! ¿Cuánto tiempo llevaría esperando a que ella se asomara?, se preguntó con el pulso ciertamente alterado. Era su casa, su familia, su entorno. No debía arriesgar tanto el poeta, en mitad de la calle mirando hacia el balcón. No sabía cuándo regresaría su marido de hacer un recado. Decidió meterse sin más y cerrar los ventanales. Antes de hacerlo, miró de nuevo al poeta y le sonrió. Llevaba puesto el traje de seda que se hizo en Segovia. A los dos les costó recobrar el aliento.

Antonio, al verla, se sintió como un adolescente. ¡La había vuelto a contemplar en lo alto del balcón! Incluso le sonrió después de quedarse paralizada un rato y le hizo un gesto con la mano. Suficiente, pensó, para poder seguir subsistiendo. «Algo de oxígeno para poder vivir», se dijo a sí mismo. Intentaría ir a esa hora, a la caída de la tarde, siempre que estuviera en Madrid, y al menos contemplarla una vez más.

Necesitaba hablar con ella, oír su voz, sentir su aliento. Besarla de nuevo. Pero en Madrid todo parecía distinto. Ella era una mujer casada y, si les veían juntos, podría verse dañada su reputación.

—¡Qué egoísta soy! Solo pienso en mí —se reprochó.

Cuando llegó a casa, lo primero que hizo fue comenzar a escribir una carta. Necesitaba expresarle lo que realmente sentía por ella. Al poeta le era mucho más fácil escribir que decírselo de viva voz. En su presencia se quedaba sin palabras y, ahora, deseaba plasmar en un papel lo mucho que significaba para él.

Contemplarla de lejos no había calmado su necesidad de volver a estar junto a ella. Deseaba reencontrarse con Pilar, a quien, desde la primera vez que la vio, la consideraba «su diosa». A través de la misiva, le proponía quedar en los jardines de la Moncloa, que pertenecían al Ministerio de Instrucción Pública y estaban abiertos al público. «En un jardín te he soñado...», escribió. El reencuentro proponía que fuera el siguiente viernes a las seis de la tarde, en la fuente que estaba oculta entre granados y rodeada de un banco corrido de piedra.

Esta fuente estaba a un kilómetro y medio de la casa de Pilar, justo a continuación del parque del Oeste. Machado conocía el lugar de algunos de sus largos paseos. Se trataba de una antigua posesión del marqués del Carpio, que databa del siglo XVII. Desde entonces había pasado de mano en mano, hasta que llegó en herencia a manos de María del Pilar Teresa Cayetana de Silva, la decimotercera duquesa de Alba. Al morir esta, el rey Carlos IV adquirió el palacete. Sin embargo, desde comienzos de siglo ya no eran jardines privados sino abiertos al público. Machado pensó que era el lugar idóneo y discreto para verse. Comprendió que la fuente de estos jardines era el lugar correcto para encontrarse otra vez.

Qué mejor sitio para verse que cerca de una fuente como símbolo de vida, se decía a sí mismo. El agua como elemento transformador de lo inerte e impulsor del espíritu hacia la luz, pensaba el poeta. La carta se la daría en mano a María Calvo junto con un ejemplar de la reedición de sus *Poesías Completas*. Esa sería la excusa para que nadie sospechara de su interés por Pilar.

Ese fin de semana en Madrid, cuando Ricardo Calvo fue a comer a casa de los Machado, fue acompañado de su hermana María, como había solicitado el poeta. Se contuvo hasta los postres para hablar con ella. Lo hizo en un aparte, mientras Ricardo conversaba con su madre y con su hermano José.

—María, recibí tu carta de manos de Pilar de Valderrama y acudí al hotel para conocerla.

—¿Verdad que es encantadora?

—Sí, lo es ciertamente.

—Ha vuelto como nueva. La veo distinta en todos los sentidos.

—¿Por qué dices eso? —preguntó curioso el poeta.

—No sé. Es como si hubiera resucitado. Estábamos muy preocupados por ella pero ha vuelto que no parece ni la misma. Conocerte ha debido de ser para ella como un revulsivo.

—Habrá sido por otros motivos. Yo solo soy un viejo poeta al que solo le queda la palabra. Todo lo demás me sobra.

—Has debido de ser para ella como el oxígeno que necesitaba. Todo lo contrario que su mundo, siempre repleto de caprichos. Es de una familia adinerada que lo tiene todo, pero le falta lo esencial: el amor. Es muy desgraciada en su matrimonio. No sé si ella te contó algo.

—Poco. —El poeta quería que María le contara todo lo posible de su musa.

—Parecían un matrimonio bien avenido, pero hace unos meses él le confesó que tenía una amante de veinte años. El suicidio salió en todos los periódicos. El 17 de marzo se tiró por el balcón justo al ver a Rafael doblar la esquina. Una doble tragedia: la muerte de la joven y la decepción de Pilar. Creíamos todos que sus nervios se habían quebrado para siempre, pero ha venido de su retiro en Segovia renovada.

—¿Tan cambiada la ves?

—Mucho.

El poeta se quedó pensativo. Se preguntaba si el motivo de su cambio sería su encuentro con él. En ese momento se acercó Ricardo adonde Antonio y María estaban hablando confidencialmente.

—¿Qué andáis cuchicheando?

—Hablamos de una poetisa que me pidió María que conociera. Ha sido todo un descubrimiento. Se trata de una mujer muy inteligente.

—¿La conozco?

—No creo. Se llama Pilar de Valderrama.

—Es la mujer de Rafael Martínez Romarate.

Machado sintió un dolor en el vientre. Como si le hubieran dado un puñetazo en toda la boca del estómago.

—Un ingeniero al que le gusta muchísimo el teatro —continuó su amigo—. Creo que quiere poner en marcha un escenario en su casa para hacer representaciones. Sabe mucho de luminotecnia. Hace poco estuve hablando con él sobre este tema.

—¡Qué casualidad! —Machado se quedó helado. No le salía la voz.

—Será todo lo inteligente que tú quieras, pero se comporta frío con los niños y con ella. Yo doy clases a sus hijos y me sorprende que no les bese nunca. Ella, en cambio, es todo lo contrario. Se han juntado dos personas completamente distintas, pero ya sabes que lo que Dios ha unido... Ella vive en una cárcel de oro. Lo está pasando realmente mal. Sigue allí por sus hijos. Te aseguro que, si fuera por ella, haría las maletas y se iría con su madre.

—Mira, con todo lo que me estás contando, le voy a dedicar la reedición de mis *Poesías Completas*. Te daré también una carta de cortesía para ella. ¿Me harás el favor de dársela?

—¡Claro! No me supone ningún esfuerzo. La veo todos los días. Aunque debe de estar a punto de irse de vacaciones a la finca que tiene su marido en Palencia. Veranea con Victorio Macho, el escultor, y su cuñada. Vive en un ambiente muy intelectual. Todos en esa casa escriben, pintan o aman el teatro.

—Yo conocí a Victorio en París —dijo Antonio pensativo—. La verdad es que subido a esos andamios por los que anda siempre modelando estatuas ha tenido más de un accidente grave y uno precisamente se produjo allí. No sabía que era cuñado de Pilar.

Apareció de nuevo por la estancia Ana Ruiz, la menuda madre del poeta, con unas pastas para la visita tan entrañable de Ricardo y su hermana María. Antonio seguía con su pensamiento en París. Estaba lejos de allí y, aunque su madre le hablaba, ella se dio cuenta de que había desconectado de la conversación que mantenían. Se lo hizo saber a sus amigos.

—Una tarde, Antonio me acompañó a hacer una visita y lo pasé realmente mal... La buena señora a la que fuimos a ver estaba hablando de los constantes problemas que tenía con la criada. Primero le habían desaparecido todas las cucharillas de plata. Después le había roto toda la cristalería de Bohemia... Antonio, como siempre, iba pensando en sus cosas, y cuando la señora se calló y le preguntó a mi hijo qué le parecía, solo se le ocurrió decir: «¡Ah, señora! Bien. ¡Muy bien! ¡Admirable!». Me quedé helada y ella también. Había desconectado, como hace tantas veces.

Las risas le sacaron de su ensimismamiento.

—¿Qué os está contando mi madre? Bueno, ya sabéis que no me interesan nada algunas cuestiones.

—Doña Ana, no me diga nada. Recuerdo alguna anécdota con su hijo que daría para escribir un libro. No hace mucho, en casa de un académico de la Lengua, se fue de la conversación y se distrajo haciendo bolitas con unos papeles que encontró en el sillón. Cuando más entretenido estaba, apareció el sobrino del señor «Langostín», como le llama su hijo, y preguntó por unas entradas. Cuando nos dimos cuenta, las entradas eran las bolitas que había hecho Antonio durante toda la tarde.

—No tengo remedio. Lo reconozco —confesó el poeta, sonriente entre las risas de sus amigos y su madre.

José se acercó a la animada conversación y aportó algo que les hizo todavía más divertida la tarde.

—Sus distracciones llegan a límites inverosímiles. Cuenta Manuel que tuvo dos novias en la misma calle. Pero le llegó a ocurrir que estando tomando un café con una, vio cruzar a la otra de acera. Aquello debió de ponerle realmente nervioso y decidió cortar por lo sano. Ni con una ni con otra.

—Cosas de chiquillos. ¡Imagínate! ¡Yo con dos novias! Debía de ser un mocoso. Nunca he sido un Bradomín. Todavía va a parecer que yo...

—¡Vaya, vaya con el tímido! Eso no me lo sabía yo —le dijo Ricardo entre bromas.

—Sería cuando yo quería ser actor.

—Sí, en esa época nos conocimos. Yo creo que ha sido la única vez que te he visto vestir de punta en blanco.

Antonio miró su reloj de bolsillo y vio que se le hacía tarde para coger el tren en la Estación del Norte y regresar a Segovia.

—Yo estaría con vosotros todo el día, pero me tengo que marchar... Cada vez me cuesta más irme de aquí.

Se despidió de todos y ya en el tren escribió en un papel: «Hora del último sol. / La damita de mis sueños / se asoma a mi corazón». No podía dejar de pensar en Pilar. Apareció su imagen en cuanto su pensamiento se fue lejos de las vías del tren.

11

«El jardín de la fuente»

El lunes a primera hora, apareció María Calvo a dar sus clases. No se olvidó de llevar el libro de *Poesías Completas* que Machado le había firmado a Pilar, con una dedicatoria aséptica para que pudiera leer cualquiera sin despertar sospecha alguna. La carta, sin embargo, iba cerrada. El contenido solo tenía una destinataria: su musa. Las jóvenes se alegraron mucho de verla.

—¡Nos has traído un libro! —comentó Alicia, la hija mayor—. ¿De quién es?

—Es de un poeta extraordinario pero no es para vosotras. Es para mamá.

—¡Vaya! Pensábamos que nos traías un regalo —añadió Mari Luz.

—Me parece que vosotras tenéis ganas de vacaciones y todo esto son excusas para no dar la clase de hoy. De modo que id abriendo los libros y poneos a estudiar. Voy a entregarle el libro a vuestra madre.

María no tuvo que buscar mucho por la casa. Pilar estaba desayunando sola en el comedor. Un espejo enmarcado en oro reproducía su figura de espaldas y un gran aparador presidía la estancia, lleno con la vajilla y la cristalería que solo sacaban en ocasiones especiales. La cubertería de plata también estaba allí, guardada esperando un acto social o familiar.

—Venía a buscarte porque me dio ayer Antonio este libro para ti. Y una carta.

—¡Ah! Muchas gracias. ¿Le viste ayer? —preguntó Pilar con una gran curiosidad.

—Sí, estaba muy interesado en que le hablara de ti. Te diré que te tiene en alta estima. Le has causado una gran impresión.

—Bueno, no será para tanto. Pero te agradezco mucho tus palabras.

Cogió el libro y miró la dedicatoria: «Con admiración y afecto. Antonio Machado». Cogió la carta y no la abrió delante de su amiga. La dobló por la mitad y la metió en los bolsillos de un delantal que llevaba puesto para coser esa mañana.

—Me voy con las niñas. ¿Cómo está Rafaelito? —le preguntó María.

—Mucho mejor. En unos días se volverá a incorporar a las clases, en cuanto me diga el doctor Marañón que el niño haga vida normal. ¿Por curiosidad, qué te preguntó Antonio sobre mí?

—No entiende muy bien que tu marido no te tenga entre algodones. Dice que eres una persona única, de una gran sensibilidad.

—Se ve que le causé una buena impresión. Me alegra.

—Nunca le había visto tan interesado por la vida de nadie. De ti le interesa todo.

Irrumpió Rafael en el comedor y no logró escuchar más que la última frase.

—¿De quién habláis?

—De Antonio Machado —dijo María. Pilar le hizo un gesto para que no siguiera hablando—. Le he traído una reedición de sus *Poesías Completas*.

—Ya.

No hizo más comentarios mientras el servicio le servía el desayuno, un té acompañado de pan con mantequilla. Después de que María se despidiera de su mujer para acudir a las clases con sus hijas, le habló a la profesora.

—María, ve cerrando el temario de mis hijas porque nos iremos en unos días a Palencia. Estamos demorándonos demasiado este año. Ya no puedo más con estos calores.

—No depende de María, sino del niño —le respondió su mujer—. Estos son imponderables a los que no podemos más que adaptarnos sin más. Tampoco es tan grave que vayamos un poco más tarde.

—Hazte a la idea de que en dos o tres días nos iremos —volvió a decir él, como si no hubiera escuchado a Pilar—. Dile a Hortensia que vaya preparándonos el equipaje.

—Tengo que ir al Lyceum, ya que estrena mi amiga Carmen Baroja. Necesitamos recaudar dinero para que el club siga adelante.

—Bueno, yo me voy con las chicas.

Al ver la cara de Pilar, la profesora se dio cuenta de que se avecinaba una discusión del matrimonio. Lo mejor que podía hacer era salir de allí.

—¡Cuanto antes te vayas de ese club, mejor! ¿No te das cuenta de que me pones en ridículo? Se hacen chistes sobre los maridos de las que vais allí.

—Pues aprende a defender a tu mujer. No hacemos ningún mal con hablar de literatura, de arte, de poesía... Escuchar conferencias...

—Y os ponen la cabeza llena de pájaros. Las mujeres siempre vais a depender de los hombres: de vuestros padres, de vuestros hermanos o de vuestros maridos. No tenéis suficiente criterio para andar solas por la vida.

—Lo que ocurre es que tú y tus amigos tenéis miedo de que las mujeres tomemos decisiones que no os convienen. No queremos ser tan dependientes y eso os asusta. En realidad, el que tengamos conocimiento y nuestro propio criterio os da vértigo.

—Pues de momento, para abrir cuentas bancarias, acudir

al notario o incluso salir fuera de España necesitáis de nuestra firma. De modo que ya basta de tanta tontería.

—Hablar contigo es imposible. —Pilar se levantó de la mesa sin haber terminado de desayunar y sin olvidarse del libro.

—¡No me esperes a comer! —alcanzó a decirle Rafael según salía del comedor.

Pilar se fue corriendo a su habitación y cerró la puerta con el pestillo. La forma que tenía su marido de dirigirse a ella y aquellas palabras tan hirientes le dolieron más que nunca. Después de un rato, se sentó en el borde de la cama, sin poder evitar que se le escaparan unas lágrimas, sacó la carta que le había escrito Antonio. No tenía encabezamiento. Solo ponía «Madrid» y comenzaba la carta sin poner su nombre. Antonio era la discreción personificada. Le hablaba de su sentimiento de enamorado y de cómo le parecía «haberla querido siempre». Insistía en que el amor remueve el presente y modifica el pasado. Eran palabras llenas de afecto, de sensibilidad. Antonio le confesaba su amor hacia ella con palabras hermosísimas. Mucho más elocuente en la carta que cuando estaban juntos. «Cuando nos vimos no hicimos sino recordarnos.» Sostenía que seguramente en otra vida ya se habían juntado sus almas. Era evidente el estado de enamoramiento que le confesaba sin rubor. Todo lo contrario a cuando estaban frente a frente. Pilar sonrió al pensar que esa carta parecía la de un adolescente enamorado más que la de un hombre con la vida hecha.

La pedía que volvieran a verse el próximo viernes en la fuente del palacio de la Moncloa. La hora, a las seis de la tarde. No sabía Pilar dónde estaba esa fuente pero decidió descubrirla una de aquellas tardes paseando a pie. Le decía que se encontraba a un kilómetro y medio de su casa y que era un lugar seguro para ocultarse de las miradas maledicentes. Se quedó preocupada. ¿Debía acudir a la cita o había que acabar con esta situación que la dejaba a ella en un lugar delicado y de difícil explicación si alguien conocido la veía? Era una mujer casada con tres hijos. El peso de su conciencia religiosa le impedía acudir pero, a la vez, estaba viva y no quería sentirse enterrada en vida. No estaba haciendo nada malo, se excusaba. Deseaba verle tanto como él a ella.

Se encontraba en este mar de dudas cuando alguien tocó con los nudillos la puerta de la habitación. Era Hortensia Peinador, la institutriz de los niños y también la modista que le hacía sus trajes. Rápidamente guardó la carta en el delantal y abrió el pestillo.

—¿Por qué tan encerrada? ¿Ha vuelto a llorar?

—No tiene importancia. Estoy acostumbrada.

—Acaba de llegar un envío de Segovia. Me imagino que es el traje que esperaba.

—¡Ábralo! Y pásele la plancha. Por cierto, Hortensia, le voy a pedir un favor. Voy a recibir una correspondencia que prefiero que llegue a su casa y no a esta. No quiero malos entendidos. Ya sabe.

—No hay ningún problema. En cuanto me llegue se la daré a usted en mano.

—Será una correspondencia entre conocidos poetas, pero mi marido no lo entendería.

—¡Para eso estamos las mujeres! ¡Para ayudarnos!

—Muchas gracias, Hortensia. Para mí es importante recibir esas cartas. Por lo menos, me sacan de esta monotonía en la que no puedo apenas moverme, ni hacer nada que no sean mis ocupaciones como madre. Ya sabe que escribir me ocasionó más de un disgusto... Mi marido no lo entiende. Y ya no le digo mis salidas al Lyceum Club.

—¡Estos hombres! Ellos pueden hacer lo que quieran y confiscar nuestras vidas.

—Mi padre no era así, pero murió demasiado joven.

—Ya le digo yo que para uno bueno que hay... Pero dice don Rafael que vaya preparando el equipaje. Dentro de tres días quiere irse.

Pensó que si se iban en tres días sería imposible ver a Antonio Machado el viernes. Debía retrasar la salida como fuera.

—Hortensia, hasta el domingo no estaré lista. Tengo que preparar la edición de mi nuevo libro y asistir a la obra de teatro de Carmen Baroja que será el sábado. Invente lo que sea pero hasta el domingo no quiero irme a Palencia.

—La mejor excusa es Rafaelito. Cuando venga el doctor Marañón le cogeré por banda para que nos dé unos días más en Madrid. Escuchará don Rafael que todavía no puede irse el niño de aquí hasta que pasen unos días. Eso será para él como la palabra de Dios.

—Confío en usted.

—Delo por hecho.

Según se acercaba la cita, afloraban más los nervios y las dudas en Pilar. Sabía que, si le volvía a ver, ya no habría marcha atrás. Sin embargo, había algo mucho más poderoso que su conciencia que la empujaba a ir. Parecía un instinto puro que descubría por primera vez.

El día anterior desaparecieron las dudas y tomó la decisión de acudir a la fuente de la Moncloa. La localizó en uno de los paseos que hizo por la tarde en esa semana. Era un lugar solitario, no transitado y rodeado de maleza y árboles que hacían imposible observar a quienes estaban sentados en el banco de piedra. Eso la tranquilizó.

Decidió también estrenar el traje verde que le habían hecho en Segovia. Se arregló y contó en casa que tenía que ir a los ensayos del Mirlo Blanco, que se estrenaba al día siguiente en el Lyceum Club. Le esperaba el mecánico de su madre, el fiel Juan, dispuesto a llevarla a la Casa de las Siete Chimeneas. Su marido observó por la ventana cómo se subía al coche y este se alejaba.

—Juan en la próxima bocacalle me va a dejar. Quiero dar

un paseo. He decidido no ir al Lyceum. Si le parece, volvemos a quedar aquí en dos horas.

—No tengo ningún inconveniente en acompañarla. No la voy a dejar sola por la calle.

—Se lo agradezco mucho pero deseo pasear y pensar.

—Como usted quiera.

—A todos los efectos me ha dejado en el Lyceum. No se lo diga a nadie porque no les quiero dar un motivo de preocupación y estoy bien. Necesito estar sola.

—No se preocupe.

Pilar se bajó del coche y fue caminando por las calles adyacentes hasta que pudo adentrarse en el parque del Oeste, y de allí hasta los jardines del palacio de la Moncloa. El calor apretaba y sus nervios la hicieron parar de vez en cuando para coger aire y seguir con paso firme hasta la fuente donde había quedado. Cogió del bolso su pañuelo bordado y se secó el sudor de su frente. Bajó las escaleras que la llevaban hasta el lugar de su cita y se paró en seco al ver al poeta de pie observando todos sus movimientos. Se quedaron mirándose durante varios segundos. Parecía que se descubrían después de años sin verse. Pilar sentía que el corazón se le iba a salir del pecho. Antonio pensaba que su presencia era una ensoñación. El sol del atardecer envolvía ese momento con dorados y naranjas que lo hacían más irreal todavía. Pilar continuó bajando hasta encontrarse con él.

Antonio besó su mano reprimiendo sus ganas de besarla como lo había hecho la última vez que la vio en Segovia. Se quedaron frente a frente después de haberse saludado protocolariamente. Pero los dos se fundieron en un beso largo y prolongado. Cuando despegaron sus labios, Machado no podía hablar. Le faltaban las palabras.

—¿Sabes? —comenzó Pilar—. Seguramente esto que estamos haciendo está mal pero es algo puro, sin mentiras, sin rencores, sin verdades a medias.

—Hoy se insiste demasiado sobre el pudor que debe acompañar al sentimiento. Es decir, que el hombre es más hombre cuanto más oculte su sentir. Pero yo proclamo, con Miguel de Unamuno, la santidad del impudor.

—¿Qué quieres decir?

Los dos se sentaron en el banco de piedra mientras de la fuente brotaba agua con un soniquete alegre, compartiendo el momento mágico que estaban viviendo con una música de vida y transparencia.

—Quiero decir que lo que se siente debe gritarse, decirse, verterse. ¿Por qué avergonzarnos de algo tan verdadero como dos corazones latiendo al unísono?

A Pilar se le escapó un suspiro.

—¿Sabes? Tienes razón. No me gustan las representaciones en la vida real. Son terribles las apariencias.

—No hay nada más noble que las palabras. El amor que siento por ti, ya que no lo puedo gritar a los cuatro vientos, tengo que decírtelo una y mil veces. Has irrumpido en mi vida para quedarte para siempre.

Se volvieron a besar y a Pilar se le cayó el pañuelo. Ninguno de los dos hizo ademán de cogerlo.

—Estaremos un tiempo sin vernos. El domingo me iré a Palencia. No puedo estirar por más tiempo mi estancia en Madrid. Mi hijo ya está recuperado de la escarlatina.

—Me alegro de lo segundo, pero ¿qué voy a hacer sin verte? ¿Cuánto tiempo estarás allí?

—Dos meses. Hasta finales de septiembre no creo que regrese.

—Eso es demasiado tiempo. No lo soportaré. Y allí no podré escribirte tampoco, ¿verdad?

—En cuanto llegue te diré por carta a dónde las puedes enviar. Encontraré la fórmula. ¿Qué harás durante todo este tiempo?

—Aprovecharé las vacaciones escolares para venirme a Madrid y escribir con mi hermano Manuel. También quiero asistir a los ensayos de la obra que hicimos hace meses: *Las*

Adelfas. Se estrenará el 22 de octubre en el teatro del Centro, en Madrid, después de haberse representado en Barcelona.

—No me lo puedo perder. Ten por seguro que estaré en el estreno.

—Eso será lo único que me guste de ese día. Espero que vengas a saludar a los actores y a Lola Menbrives en particular. Yo estaré cerca. Así yo, saladita mía, te veré una vez más. Lo de «saladita» espero que no te moleste. Se lo escuché decir a mi padre hace muchos años a mi madre. Hoy he sentido la necesidad...

—Me gusta. Yo también me crie en el Sur... A tu estreno si voy con mi madre, te aseguro que acudiré a saludar a los actores, pero si me acompaña Rafael, lo veo difícil, por no decir imposible. ¿Es la que dicen que habéis hecho en verso?

—Sí, decidimos escribirla en verso aun a sabiendas de que va a chocar. Culmina la trilogía sobre «el donjuanismo». Antes estrenamos *Desdichas de la Fortuna* y *Juan de Mañara*. En esta hablamos de los sueños, del pasado para enderezar el presente y salvar el futuro. El protagonista es un parásito que solo concibe el ocio y el despilfarro. Mis donjuanes nunca saben lo que quieren. Yo me identifico con el personaje de Carlos, que igual que el de Esteban en *Juan de Mañara*, es el enamorado discreto y tímido que siempre da un paso atrás frente a los vividores seductores. Pero dejemos el teatro y los estrenos. Todo eso no tiene importancia si no te voy a ver en dos meses...

Los dos se quedaron mirando la fuente, callados. Sus manos entrelazadas se buscaban. Aquel encuentro sería su alimento durante mucho tiempo. Sabían que tardaría en repetirse y que el próximo no tenía fecha. Machado la abrazó y así estuvieron un buen rato, sin pensar en si alguien les veía o no les veía. Solos ellos dos frente al mundo.

El lugar no podía ser más paradisíaco: de un lado la Casa de Campo; de otro El Pardo y a lo lejos, la sierra de Guadarrama. La puesta de sol parecía una postal irreal. Tuvieron la sensación de que la naturaleza se alineaba con sus sentimientos y prolongaba ese momento en el que el sol comenzaba a dibujar el horizonte en tonos rosas y rojizos. Poco a poco, la tarde se fue transformando en violeta. Había llegado el momento de la despedida.

—Tengo que volver a mi casa —le dijo Pilar separando su mano de la suya—. No me acompañes. Quédate aquí durante unos minutos antes de salir. No quiero despedidas, Antonio.

—«El jardín de la fuente» ha sido testigo de nuestro primer encuentro furtivo. Y este banco frío y de piedra se ha transformado en el «banco de los enamorados». Ahora el surtidor ya no parece tan alegre como cuando nos encontramos y da la sensación de que emana lágrimas en lugar de agua. Todo porque te ve ir.

—No digas eso.

—¡Espera! —Se puso de pie y se volvieron a fundir en un abrazo que acabó en un beso—. ¡No tardes en escribirme!

Pilar se fue rápidamente de allí pero, antes de desaparecer de su vista, miró hacia atrás y le sonrió una última vez.

Machado se quedó pensativo y roto por dentro. Había descubierto a su musa hacía poco tiempo y volvía a desaparecer de su vida con la misma rapidez con la que había aparecido. Pensaba que estaba condenado a vivir de los recuerdos y en soledad.

12

A vueltas con Guiomar

El domingo, Rafael Martínez Romarate se puso en marcha con toda su familia para ir a Palencia. No era capaz de viajar sin un baúl lleno de libros. En Madrid tenía miles de volúmenes. La biblioteca era tan grande que había pensado en hacer allí las representaciones teatrales a la vuelta del verano. Esa idea, que rondaba en la cabeza de Pilar, de hacer obras de teatro donde toda la familia participara de una u otra manera, les mantuvo entretenidos durante todo el largo viaje a la finca El Carrascal, en Villaldavía a cinco kilómetros de Paredes de Nava, en Palencia. Intentando buscar un nombre a su teatro, fueron lanzando ideas al aire hasta que Alicia dio con una que les gustó a todos: «Fantasía». Rafael le cambió el género a la palabra, convirtiéndola en «Fantasio». Igual que el Mirlo se transformó en blanco para los Baroja, ellos habían inventado el Teatro Fantasio. A todos les pareció un nombre estupendo.

Cuando se hizo el silencio y dejaron de hablar en el coche de carrocería de madera —que en el pueblo habían bautizado como «La Rubia»—, Pilar comenzó a cantar zarzuela: *La Verbena de la Paloma*, *La Rosa del Azafrán*... Estaba contenta al ver que su teatro soñado iba cobrando forma. Hacía tiempo que sus hijos y su marido no la veían tan cantarina y tan feliz. Parecía otra mujer diferente. Nada que ver con la enferma que se había ido a Segovia para encontrar sentido a su vida. Los niños aplaudieron sin parar sus canciones. Cercanos ya a Palencia, comenzaron a contemplar una planicie desarbolada, casi dedicada en su totalidad al cultivo de cereales. Amarillos y ocres se sucedían en ese viaje al corazón de la Tierra de Campos. Trigales salpicados de amapolas, mares de girasoles, campos repletos de surcos y un sol de justicia. Solo quedaban veinte kilómetros para llegar a la finca.

—Esta tierra está cargada de historia. Aquí vinieron los romanos y se asentaron donde siglos después nació mi familia —comentaba Martínez Romarate—. Esta noble tierra ha dado grandes hijos: Jorge Manrique, autor de las *Coplas a la muerte de su padre*. Pocos saben que se casó con la joven hermana de su madrastra, doña Guiomar de Castañeda Ayala Silva...

—¡Qué nombre más raro! —dijo Rafaelito.

—Un nombre muy ilustre. Lo tuvieron la mujer del rey Artús; la infanta del romance de Guiomar y el emperador Carlomagno, ella joven y él ya un hombre exhausto; las varias Guiomar que aparecen en las obras de Cervantes...

Mientras Rafael seguía hablando a sus hijos, a Pilar le dio un pellizco en el estómago. Parecía como si la hubieran pillado *in fraganti* en su nueva identidad. Notó que la sangre le hervía y se concentraba de golpe en su cara. Pensó que probablemente estaba colorada e intentó disimular mirando por la ventanilla del coche.

Su marido seguía hablándoles de ciudadanos ilustres de Paredes de Nava: el pintor Pedro Berruguete y su hijo Alonso; el arquitecto Felipe Berrojo... Mientras, ella pensaba en Antonio y en el nombre que había elegido para no comprometerla en sus versos: Guiomar. Le parecía el nombre más bello del mundo. ¿Se estaría acordando de ella?, se preguntaba mientras su ilustrado marido seguía dándoles a sus hijos una clase inesperada de historia.

Para llegar a la finca utilizaban la ruta con más iglesias y monumentos. Atravesaban uno de los márgenes del río Carrión e hicieron una parada en la ribera frondosa de Monzón de Campos, a la vera del castillo bien visible desde la lejanía.

—En el siglo XI fueron quemados vivos a las puertas del castillo tres hermanos que asesinaron al conde García cuando iba a casarse con doña Sancha, hermana del monarca Bermudo III.

—¡Qué historias les cuentas a los chiquillos! —le conminó Pilar.

—Bueno, también dice la historia que se celebró aquí la boda de doña Urraca con el rey Alfonso el Batallador. No todo ha sido malo. Es que insisto en que hay mucha nobleza y leyendas en estas tierras.

—¡Papá, sigue contándonos cosas! —dijo Rafaelito.

Volvieron a ponerse en marcha y continuaron el viaje. Media hora después, llegaron a Villaldavín, una pequeña localidad junto a Perales, al noreste de Paredes de Nava, en la fértil vega del Carrión. Para la familia Martínez Romarate era algo más que su tierra. Representaba sus raíces castellano-leonesas, la continuidad del legado familiar y la obligación de mantener las tierras intactas, por encima de cualquier circunstancia.

—Estas tierras hay que sentirlas con el peso de la herencia de nuestros antepasados. Os tenéis que sentir orgullosos de ser Martínez Romarate. Nuestros ancestros fueron aventureros y viajaron a América, creando el estado de Oaxaca, en el suroeste de México. También viajaron a Cuba y allí vivieron mil aventuras.

—No te olvides de los Valderrama Alday Martínez y de la Pedrera. Que nosotros también estamos orgullosos de nuestros apellidos. Siempre ligados al ejército con altos cargos en la política. Mi padre, que pertenecía al Partido Liberal, fue gobernador de Oviedo, Alicante y Zaragoza hasta que se puso enfermo y regresamos a Montilla con los abuelos y los tíos. Allí vivíamos en la propiedad de los duques de Medinaceli, una casa grandísima con jardín. Mi padre, si no hubiera caído enfermo, habría llegado muy lejos. Está enterrado en la iglesia de San Francisco Solano, patrono de Montilla, en una capilla que pertenece a mi familia. Pero bueno, no vamos a competir a ver qué familia tiene más abolengo. ¡Sería absurdo!

Los tres hijos viajaron muy entretenidos con todo lo que les estaban contando sobre sus familias. Hubo pocas paradas forzosas en esta ocasión. Tan solo pincharon tres veces las ruedas, todo un récord para un viaje tan largo por esas carreteras en las que los caminos eran de arena y no se veían circular muchos automóviles.

Cuando llegaron a El Carrascal, un perro sin raza salió dando ladridos a recibirles. Pilar se quedó mirándole, incrédula. Nada le daba más miedo que los perros, por lo que decidió no salir del coche. No podía evitar pensar en su hermano pequeño, Francisco, que había muerto de un quiste hidatídico que le contagió su perro.

—¡Mamá, si no hace nada! —le decía su hijo Rafael.

—Ni se te ocurra tocarlo, ¿me oyes?

—Pero mamá, si es muy pequeño... —argumentó Alicia.

—No hay pero que valga. Sabéis que les tengo pánico. No quiero que lo toquéis vosotras tampoco.

Salió María Soledad, la hermana de Rafael, a recibirles. El alboroto del perro les había alertado a todos de que habían llegado.

—Pilar, no te preocupes. Debe de ser un perro de alguien de aquí. Lleva varios días con nosotros y no tiene garrapatas. De todas formas lo llevaremos al pueblo. Lo malo es que nos ha cogido cariño. Victorio le ha puesto de comer.

—¡Entonces no nos lo vamos a quitar de encima! —comentó Rafael.

—Tranquilos, que lo vamos a atar para que no moleste.

Pilar bajó del coche, mirando hacia la casa de piedra y la

encina centenaria donde ella solía sentarse. Allí seguía impertérrita, esperándola para cobijarla bajo su sombra. Ese lugar la inspiraba siempre para sus versos.

Después de saludar a su cuñado, Victorio Macho, y al guardés, subió a su habitación y se lavó las manos en una de las palanganas de porcelana que allí había. Tenía la manía de lavarse las manos constantemente, y más después de un largo y polvoriento viaje. Se dio cuenta de que allí solo había una cama de matrimonio. Pensó que esa circunstancia daría pie a más de una situación incómoda con su marido. También tenía un pequeño escritorio que daba a una ventana, donde se veía parte de la extensión de la finca. Ni más ni menos que 250 hectáreas, aunque había llegado a tener 450. Desde su ventana no solo se divisaba la encina centenaria, sino también un palomar grande y redondo lleno de palomas, pichones y codornices que se criaban allí como manjar de comensales. Por aquellas tierras, comer pichón denotaba un alto nivel económico.

Lo primero que hicieron sus hijos fue entrar en aquel palomar de ladrillo rojizo; donde escuchaban el arrullo de las torcaces y simulaban su gorjeo. Sus risas inundaban de alegría aquel campo amarillo, donde los mozos de labranza andaban por allí con carros y los rastreros segaban y trabajaban la era.

Las cigarras parecían excitadas, con sus sonidos estridentes a modo de concierto para los recién llegados.

El servicio les sirvió una limonada fría en el salón, presidido por una ornamentada chimenea, mientras los baúles eran distribuidos por las diferentes habitaciones. A la hora, ya estaba todo colocado en los armarios y los libros distribuidos en las estanterías de la biblioteca estival. Victorio Macho, con su pelo largo y su guardapolvo de trabajo, tenía un aire bohemio que le hacía mucha gracia a Rafael.

—¿Has venido como siempre a trabajar?

—Para mí es algo más que un trabajo. Es una necesidad. No puedo estar un solo día sin hacer bocetos de las esculturas que tengo en mente.

—Victorio confunde afición con trabajo y al revés. Disfruta con lo que hace y aquí se inspira mucho —comentó María Soledad—. Tiene todas las encinas con algún lienzo secándose. Ha puesto cuerdas de una encina a otra y ahí, a modo de tenderete, están expuestas sus pinturas.

—Habrá que ir a verlas —dijo Pilar al incorporarse al grupo.

Rafael dejó a la familia hablando distendidamente y salió de la casa. Del edificio principal a la casita amarilla de los guardeses había un pasadizo, por el que se comunicaban sin necesidad de salir al exterior, pero en esta ocasión, Rafael llamó como si viniera de fuera. Ahí vivían José y Vences, un matrimonio que llevaba años buscando tener unos hijos que nunca acababan de llegar.

—Espero que hayan tenido un gran año.

—No nos podemos quejar —dijo ella.

—Ya estamos aquí otra vez. Veo que hay mucho movimiento en el campo.

—Sí, hemos contratado a más rastreros este año, por doce pesetas al día y si siegan a mano, veintiuna pesetas la obrada —comentó José.

—Madre mía, cada año resulta más caro recoger la siembra.

—El campo es muy duro, señor, y más con estos calores.

—He visto que las mulas tordas están bien alimentadas.

—Sí, señor.

Existía otra casita colindante, la de Ricardo, el obrero que vivía allí todo el año con su mujer Eduvigis. Segaba la cosecha, trillaba el grano y alimentaba a los animales. Tenía mucho trabajo en esas tierras de labranza donde el trigo y la cebada eran los cultivos preferentes.

Pilar, aprovechando que su marido estaba fuera de la casa saludando a los trabajadores, se excusó de nuevo con sus cuñados para organizar sus cosas. Subió las escaleras y se quedó mirando la armadura que estaba en el entresuelo, como dándole la bienvenida. Siempre se sorprendía al toparse con ella el primer día de las vacaciones y se preguntaba por el caballero que la habría portado defendiendo su honor. Continuó subiendo los escalones y se encontró con la puerta que impedía al servicio subir a las habitaciones sin permiso previo. Estaba abierta. Un ventanuco con un rodillo junto a la puerta permitía a las camareras dejar los desayunos por las mañanas sin necesidad de ver las caras somnolientas de los señores.

La primera habitación con la que uno se encontraba era la de Pilar y Rafael. Contaba con un cuartito adyacente con una bañera de zinc.

Pilar tuvo la precaución de cerrar el pestillo de la puerta antes de ponerse con rapidez a escribir a Machado. No había dejado de pensar en él ni un solo segundo. Ella, al contrario que el poeta, sí dató el encabezamiento. Le decía que podía escribirla a la finca El Carrascal, en Villaldavín. El cartero de la localidad le daría la carta en mano. Le pidió que no pusiera remite alguno para que no supiera nadie la identidad del autor de la misiva. En esa primera carta le habló de lo mucho que le echaba de menos y de la anécdota de su marido hablando de Guiomar a los niños.

«Tan solo unas palabras apresuradas son las que puedo escribirte. En la siguiente carta me extenderé más. Queda por delante todo el verano, algo que se me hace especialmente cuesta arriba. Me he traído tus *Poesías Completas*. Cuando cada día lea uno de tus versos será mi momento; me sentiré especialmente junto a ti. ¿Sabes? Podíamos pensar a la vez el uno en el otro a las doce de la noche. ¿Qué te parece la idea? Será nuestro "tercer mundo".» Se despidió de Machado con un «Tuya, Pilar». Cerró la carta y la escondió entre sus libros. No puso la dirección ni el remite. Lo haría a la mañana siguiente, cuando la llevase a casa de Félix Torres, el cartero.

Una de las doncellas subió agua caliente para el baño y

llamó a la puerta. Un pozo de la finca era el que suministraba el agua para el aseo y para beber a diario.

—Voy. Enseguida le abro —dijo mientras ponía a buen recaudo el libro con la carta.

Después de un rato, quitó el pestillo y abrió la puerta.

—Traigo agua recién calentada.

—Sí, échela en la bañera. Y dígale a la gobernanta que se organice para lavar los lunes, que no es día de recibir a nadie, y que tienda la ropa en la parte de atrás. Lo digo por si todavía no está al corriente de nuestras costumbres.

—Descuide, señora. Será como usted dice.

—Iré todas las mañanas a misa. ¡Dígaselo al mecánico! —dijo pensando que después del acto religioso iría a la casa del cartero para darle la carta.

—Muy bien. ¿Alguna cosa más?

—No, muchas gracias.

Se desnudó y se metió en la bañera. Estaba con los ojos cerrados, después de haberse enjabonado. Pensaba en Machado y en los muchos impedimentos que tendrían para verse en el futuro. Repasaba en su mente el último encuentro, en el que se habían besado como adolescentes. Sus palabras de amor eran imposibles de olvidar. Cuando el agua comenzó a enfriarse, salió de la bañera. Iba a coger la toalla para secarse cuando la puerta se abrió. Apareció Rafael y se paró a mirarla como el que contempla una obra de arte. Ella se quedó paralizada, sin poder pronunciar una palabra. Estar desnuda frente a su marido la cohibió. Cuando reaccionó, se tapó rápidamente.

—La próxima vez llama antes de entrar —le recriminó.

—Eres mi mujer. Te he visto desnuda muchas veces.

—Eso era antes...

—Sigues siendo mi mujer. Nada ha cambiado.

—Todo ha cambiado y tú lo sabes. Quizá esta conversación la deberíamos haber tenido hace meses.

—Nunca es tarde. Te pido que no prolongues más mi castigo. Sé que no actué bien, pero eso ya pertenece al pasado.

—Si crees que a mí se me va a olvidar que has mantenido una relación de más de dos años con la pobre chica que se suicidó y aquí no ha pasado nada...

—No seas rencorosa. Cometí un error que se prolongó en el tiempo. ¡No me lo vas a estar recordando toda la vida!

—No te veo arrepentido. Si no se hubiera tirado por el balcón todavía seguirías con esa chica. ¿Te das cuenta de lo que eso significa? No te importo nada. Ahora no pretenderás que yo borre de golpe todo lo que ha sucedido... No podría, sería imposible.

Rafael se acercó hasta donde estaba ella y pretendió besarla. Pilar apartó la cara.

—Veo que tú no haces nada por olvidar. Te recuerdo que soy tu marido. Esta situación tiene que acabar.

Pilar se echó a llorar y se sentó a los pies de la cama, intentando sujetar la toalla. Era una situación muy violenta para ella.

—No te preocupes, que no volveré a intentar besarte.

Rafael se estiró la chaqueta y salió de la habitación. Pilar se vistió lo más rápido que pudo y comprendió que los próximos meses se le iban a hacer muy difíciles. Su marido le generaba mucha tensión y mucho nerviosismo. Procuró enjugarse las lágrimas y bajar al salón lo más rápido posible. Allí estaban sus cuñados en animada conversación con Rafael. Nadie diría que acababan de vivir una situación tensa y desagradable en la habitación. Pilar estuvo callada un buen rato hasta que le preguntó a Victorio por la construcción del Cristo del Otero.

—Se ha paralizado. Estoy realmente decepcionado. Te diría que no menos que Jerónimo Arroyo, que ha buscado el apoyo empresarial y político. Incluso en el mes de abril dio una conferencia en la que daba por hecho que todo seguía adelante con el impulso económico de Agustín Parrado. Desconocemos qué lo ha frenado de nuevo.

—Bueno, a raíz de presentar la maqueta y exponerla cara

al público hubo cierta polémica. Quizá no haya gustado a todo el mundo. El obispo es el que tiene la última palabra —comentó Rafael.

—Ya sabes que las obras de Victorio no dejan indiferente a nadie —dijo María Soledad—. No todas las personas están preparadas para la innovación.

—Acuérdate de que pasó lo mismo con la fuente a Ramón y Cajal instalada en El Retiro. La mezcla del bronce con la piedra rompió muchos esquemas —añadió Pilar—. Todo el que innova es criticado.

—En muchos sectores de Palencia la obra de Victorio es incomprendida —siguió hablando María Soledad—. De hecho, las suscripciones populares para hacerla han caído de manera espectacular.

—De todas formas sigo haciendo bocetos y dibujos. Estoy convencido de que algún día el coloso que he proyectado habrá de ser faro de fe en estas tierras de Castilla. Mi idea es que mi escultura cree la impresión de que Jesús va a repetir en nuestro Otero el maravilloso Sermón de la Montaña. Deseo que su rostro refleje paz y una serenidad profunda.

—Estoy segura de que lo vas a conseguir —afirmó Pilar.

—Sería mejor que cambiáramos de tema —sugirió María Soledad, al ver que Victorio se estaba quedando muy serio.

—En unos días llegará mi prima hermana Concha —dijo entonces Pilar—. El mecánico dejará primero a mi madre en Montilla. Allí recogerá a mi prima y la traerá aquí. No va a estar muchos días.

En el pueblo cordobés de Montilla la familia paterna de Pilar tenía fincas, casonas y palacetes. Su prima Felisa, hermana de Concha, no viajaría en esa ocasión, ya que estaba embarazada. Ya habían perdido la cuenta del número de hijos que había traído al mundo. Concha, que solo tenía uno y estaba viuda, sí se podía permitir visitar a Pilar durante algún tiempo en verano. En tres o cuatro días llegaría a Palencia.

—A Pilar le encanta tener la casa repleta de gente —comentó Rafael.

—Me gusta ver a la familia. Nada más. —No entendía a cuento de qué le hacía ese reproche su marido.

—¿Quieres que demos un paseo ahora que está atardeciendo? —le propuso Victorio a su mujer.

—¡Voy con vosotros! —dijo Pilar.

Rafael se quedó fumando de pie junto a la chimenea. Intentaría acercarse a su mujer durante el verano. Se dio cuenta de que cualquiera de sus comentarios le molestaba. Pensó que Pilar estaba más rara que nunca.

13

La carta de la discordia

Llevaban diez días en la finca cuando el cartero llegó, como siempre, en torno a las doce de la mañana, subido en su mula torda. Esta vez, junto con el periódico al que estaba suscrito Rafael, trajo una carta dirigida a Pilar de un remitente anónimo. La doncella iba a hacerse cargo de ambas cosas cuando Rafael salió a la puerta de la casa y habló con el cartero.

—Deme todo a mí.

—Me dijo la señora que si había una carta para ella se la diera en mano —replicó la muchacha.

—Le digo que me hago cargo yo —respondió Rafael antes de dirigirse al cartero—. Por cierto, Félix, me han dicho que ha tenido usted una cría.

Margarita, la doncella, se retiró con ánimo de avisar a Pilar.

—Sí. Va camino de cumplir un año —contestó el cartero—. No vea lo despabilada que está.

—¿Qué nombre le han puesto?

—Visitación. La llamamos Visi.

—Pues espero que le enseñe su oficio. ¡Tendremos una cartera en Villaldavín!

—Bueno, ya sabe usted que las mujeres no pueden ser carteras. Eso es cosa de hombres.

—Es cierto. Me temo que, como todo, irá cambiando con el paso del tiempo. ¡Las mujeres vienen pisando fuerte!

—¡Qué razón tiene! Debo seguir repartiendo el correo. En el verano hay mucha correspondencia. ¡Con Dios!

Al despedirse del cartero, Rafael miró y remiró la carta sin poder imaginar quién escribiría a su mujer. Se disponía a abrirla cuando Pilar, avisada por la doncella, irrumpió en el salón.

—Ni se te ocurra abrir una carta que no va dirigida a ti. ¿Acaso te llamas Pilar de Valderrama?

—No, pero soy tu marido. Nada me impide mirar tu correspondencia.

—Te lo impido yo. ¿O empezamos a abrir uno la correspondencia del otro? Yo no tengo ningún problema. ¿Y tú? —Pilar sabía que su marido guardaba secretos que no le gustaba compartir con nadie y menos con ella.

—Está bien. Seguramente sea de tu madre, pero no ha puesto el remite.

—Sea de mi madre o de quien fuere, va dirigida a mí y soy yo quien tiene que abrirla. Este hecho significa para mí más de lo que crees. Se trata de mi intimidad. No tienes por qué abrir mis cartas ni husmear en mis cosas. ¡Margarita! —llamó a la doncella.

—Dígame, señora.

—Cuando venga una carta a mi nombre la recoge usted y me la da a mí.

—Pero es que el señor... —dijo la doncella, mirándole a él.

—No hay pero que valga. Viene a mi nombre. Usted me la da a mí. Ni al señor ni a nadie. ¡A mí! ¿Ha quedado claro?

—Sí, señora.

María Soledad, la hermana de Rafael, bajó de su habitación todo lo rápido que pudo al oír voces.

—¿Ocurre algo?

—No, una confusión con una carta —comentó Rafael.

—Mis cartas las abro yo. Y eso no admite confusiones. ¡Espero que te haya quedado claro! —Cogió de las manos de Rafael su carta y se fue escaleras arriba, visiblemente enfadada.

—¿Qué le pasa a tu mujer, que la veo muy rara?

—Últimamente está así.

—¡Se ha puesto como un basilisco por una carta!

—No es por la carta —la justificó su marido—. Está así por todo. Tiene los nervios a flor de piel.

No le contó nada a su hermana del suicidio de su amante.

—Pues es la primera vez que la veo tan fuera de sí.

—Siempre hay una primera vez.

Pilar cerró la puerta de su habitación y empezó a respirar agitadamente. Se había quedado helada al ver la carta en manos de su marido. Solo habían pasado diez días desde que ella enviara la suya y no había estado al tanto de la llegada del cartero. Por supuesto, sabía perfectamente de quién era y había procurado no ponerse nerviosa delante de su marido y apelar a su intimidad con contundencia.

Cuando se tranquilizó, echó el pestillo de la puerta. El corazón le latía más aceleradamente de lo normal. Abrió el sobre con sumo cuidado y se echó en la cama para leer.

No tenía encabezamiento. Tan solo: «Madrid, lunes». El poeta agradecía las líneas que le había dedicado «su diosa». Le contaba la tristeza y la soledad en la que andaba sumida su alma desde que se había ido. También le comentaba que había encontrado, entre los muchos libros que tenía en la habitación de la pensión, el ejemplar de *Las piedras de Horeb* que María Calvo le había entregado antes de que se conocieran en Segovia. Se criticaba a sí mismo por no haber leído el libro antes. La felicitaba por los versos y la sensibilidad allí expresada. Añadió que siempre estaría esperándola sobre la roca de la montaña de Horeb. «Tú has logrado el milagro. ¿Saladita mía, te acuerdas de tu poeta? Ya esta noche me he encontrado contigo en ese "tercer mundo" del que hablas. Me tranquiliza mucho saber que a las doce de la noche estaremos los dos pensando uno en el otro. A esa cita no llegaré tarde jamás. Esté donde esté, a las doce me reuniré contigo. No se me ocurre nada mejor que esperar a que llegues.»

Antonio le contaba que estaba en Madrid, dando larguísimos paseos con su hermano José. Había regresado al «jardín de la fuente». «Necesitaba hacerlo. ¡Imposible olvidar el beso inacabable que nos dimos! Me quedé extasiado mirando el agua y mi hermano me tuvo que sacar del estado de ensimismamiento en el que estaba.» Después de la caminata, le contaba en la carta, solían reunirse con Manuel en un café y los tres hermanos iniciaban animadas tertulias hasta la hora de la cena. De vez en cuando, le contaba, se sumaba a la conversación una recitadora que había recorrido medio mundo como rapsoda. Esto último hizo que Pilar frunciera el ceño, pero siguió leyendo. Al parecer, esta mujer les hacía partícipes de sus múltiples viajes, y esa circunstancia despertó en ella algo parecido a los celos que ya tenía olvidados.

Estas conversaciones de viajes atraían mucho a los Machado. Habían tenido un padre al que las historias relacionadas con la buena gente y las costumbres de los diferentes pueblos le habían obsesionado desde siempre. De hecho, cuando vivían en Sevilla, le contaba Antonio, había fundado la sociedad El Folklore Andaluz, que impulsó la aparición de otras sociedades por toda Andalucía. Con el seudónimo de Demófilo, su padre había publicado *Colección de cantes flamencos*.

En la carta le contaba a Pilar que a los Machado les gustaba cultivar el arte del diálogo, el intercambio de ideas y opiniones. Esto había sido fomentado no solo por su padre sino también por el abuelo, Antonio Machado Núñez, que ganó la cátedra de Zoografía de Articulaciones Vivientes y Fósiles en la Universidad Central de Madrid siendo ya un hombre de edad. Gracias a eso vinieron a la capital todos los Machado, porque el empeño del padre y del abuelo era que sus hijos y sus nietos se formaran en la Institución Libre de Enseñanza, donde daban clase muchos de sus amigos, como Giner de los Ríos. Se acordaba Machado también, en esa primera carta, de su abuela Cipriana Álvarez, que había recibido una formación privilegiada para la época. Escribía y pintaba muy bien, y era una gran conversadora. «De ahí viene nuestra afición a las tertulias. Nos transmitió su pasión por los romances y las coplas.»

Machado iba descubriendo su vida en esta primera entrega, haciéndola partícipe de su familia y de su entorno. Pilar deseaba que le escribiera más sobre su mundo. Todo le parecía poco. Después de unas palabras afectuosas, se despedía de ella con unos versos: «Como dice Julián en nuestra obra de teatro *Las desdichas de la fortuna*: "Nunca la cordura entiende / de amor que de veras arde, / ni, menos, nunca lo enciende, / porque ese fuego no prende / dentro de pecho cobarde...". Ya sabes lo que pienso: en el amor la locura es lo sensato». Finalmente concluía con un «tuyísimo» y su nombre: Antonio.

Releyó la carta una segunda y otra tercera vez. Llevaba mucho tiempo encerrada y le entró la angustia de buscar el sitio idóneo para ocultarla. Llegó a la conclusión de que su marido jamás miraría bajo sus cosas de aseo, y allí la guardó.

Tenía necesidad de plasmar en un papel lo que sentía sobre la diferencia de edad entre Antonio y ella, y tuvo una idea para un futuro poema: «No hay vejez si el alma es joven». Comenzó haciendo una pregunta que contestó inmediatamente. «¿Qué importa la vejez a aquel que siente / en el pecho vigor de adolescente / y se estremece de ilusión y anhelo? / El alma joven en la cárcel vieja / sabe romper los hierros de su reja / cuando le place levantar el vuelo.»

Estaba convencida de que la edad dependía del corazón de las personas. Aquel que siente, siempre será joven, se decía. Aquel que tiene el corazón helado, será un viejo aunque sea joven por la edad del calendario, pensó en su marido. Inesperadamente llamaron a su puerta.

—Señora, ha venido la mujer del notario a saludarla —dijo Margarita desde el otro lado.

—Ya voy, gracias.

Al poco salió del cuarto y se incorporó al salón. Allí su

marido lideraba la conversación que mantenía con su hermana María Soledad y con la vecina, Lola Botas.

—Estaremos aquí hasta septiembre...

—¡Hola Pilar!—interrumpió la mujer del notario—. Venía a verte. Me dijeron que habías estado enferma pero te veo
con muy buena cara.

—Sí, muchas gracias. Ya sabes que las cosas de nervios son
difíciles de curar, pero aquí estoy. Creo que bastante mejor de
lo que estaba. El doctor Marañón dice que ya me encuentro
bien pero, con el precedente de mi padre, todavía no me ha
dado el alta. Tendré que volver a su consulta después del verano.

—Lo mejor que puedes hacer aquí es olvidarte de todo y
participar más de la actividad social que tenemos por estas
tierras. La semana que viene hacemos una fiesta con motivo
del centenario de la botica familiar. Bueno, ya sabes que siempre hay algún miembro boticario en la familia. Son cien años
intentando ayudar a mejorar la salud de la buena gente de estas tierras.

—Nos encantará ir. Será la fiesta de la semana y del mes
porque aquí ya sabes que los días son muy iguales. Parece que
nunca pasa nada.

—Me alegra saber que vendrás.

—No me lo perdería por nada del mundo.

—Yo tocaré el piano y había pensado que tú podrías recitar algunas de tus poesías.

—¡Cuenta con ello!

Rafael frunció el ceño. No le gustaba que su mujer exhi-
biera públicamente sus sentimientos. Seguramente en algunas
de sus poesías, pensó, hablaría de amores frustrados y eso le
pondría en evidencia. Intentó cambiar de tema.

—El año que viene haremos una representación de teatro en nuestra casa. La repetiremos en verano para que la po-
dáis ver.

—Lo vamos a llamar Teatro Fantasio y participaremos toda

la familia. Ya he pensado hasta la obra que podemos representar —añadió Pilar.

—¿Cuál? —preguntó su marido con curiosidad—. Me voy a enterar ahora.

—*El Príncipe que todo lo aprendió en los libros*, de Jacinto Benavente. Pienso que es la más apropiada para nuestros hijos.

—Me parece una comedia muy divertida —dijo Rafael—. La historia de un príncipe que todo lo que sabía lo había aprendido en los cuentos. En su primer contacto con la realidad cree que todo es de color de rosa...

—Yo también creía que la vida era de color de rosa. ¡Pero de eso hace mucho tiempo! —comentó Pilar.

—Eso nos ha pasado a todas —añadió María Soledad para echar un capote a su hermano.

—Las mujeres tenemos siempre las de perder. No tenemos más que aguantarnos —comentó la mujer del notario.

—Si os vais a poner así yo me voy, porque estoy en minoría...

En Madrid, los hermanos Machado cenaban temprano, con su madre presidiendo la mesa de aquel modesto piso en el que se acoplaban hijos y nietos. Esa noche, Ana Ruiz había preparado un gazpacho andaluz y eso les dio motivo para recordar alguna anécdota de su infancia en Sevilla. Cuando comenzaban las risotadas, Antonio torcía el gesto. No le gustaban nada las expresiones estentóreas ni los gritos. Su madre recordó que de pequeño le pasaba lo mismo.

—Cuando la niñera que tenía en brazos a Antonio rompía a reír, él no lo podía soportar y comenzaba a darle manotazos. Entonces la muchacha se reía más y él también se enfadaba más. Era muy gracioso verte —le dijo a su hijo.

—No sabía que la aversión a las expresiones exageradas me venía desde niño. Tengo que decir que esas personas que se ríen sin parar me recuerdan a los burros que veíamos en el campo retozando sobre la hierba. ¡Igual que los asnos!

Esa expresión les hizo reír a todos mientras Antonio les miraba con incredulidad.

—Ya os digo que os apartéis de alguien que se ríe de manera animal, porque el descontrol es absoluto. Se puede salir mal parado en una de esas risas extremas. Además, fijaos si es malo que con el tiempo la cara del que siempre está riendo se arruga como una pasa.

Después de volver a reír todos, Manuel le replicó:

—Lo que te pasa es que si la risa te recuerda a los burros hay que decir que nunca te han gustado demasiado los animales.

—No es eso cierto. Los que no me gustan son los perros, por su servilismo verdaderamente repugnante. Además, ladran a todo por congratularse con su amo. Sobre todo, veo que lo hacen a los más desgraciados. Por eso no me gustan, pero no tengo nada contra ellos. Odio a quien los maltrata.

—A ti siempre te ha aterrado la idea de poder ser mordido por uno —comentó su madre.

—Es tremendo que vayas paseando y te salga el chucho de no sé dónde y el amo por detrás te diga: «¡No tenga usted cuidado, que no muerde!». ¡Qué gracioso! No le morderá a él, pero a los demás...

—Bueno, si tú ves un perro te cruzas de acera. A ti no te morderá nunca.

—Por supuesto. Y más con el miedo que tengo a contraer la rabia. A veces dejo de salir al campo en Segovia por no encontrarme con uno. Les tengo pánico. No me pasa lo mismo con otros animales.

—¿Qué animales te gustan? —preguntó Manuel.

—¡Los delfines! —tomó la palabra al asalto doña Ana—. Por tantas veces como le conté que su padre y yo nos conocimos al ir a verlos a la orilla del Guadalquivir... Los delfines llegaron hasta Sevilla. ¡Fue algo insólito!

—Para que nuestros padres se conocieran, unos delfines equivocaron su camino y a favor de la marea, se adentraron por el Guadalquivir, llegando hasta Sevilla. Entre las damitas y los galanes que fueron a verlos, estaban nuestros padres. Allí se vieron por vez primera. Fue una tarde de sol que yo he creído ver o he soñado alguna vez. Los delfines me atraen, es verdad. Son animales con cierta inteligencia.

—Tu relación con los animales no es muy buena, aunque te gusten los delfines y lo narras de una manera tan poética... ¿O se te ha olvidado ya el episodio del caballo? —le preguntó Manuel.

—No se me puede olvidar.

—Ni a ti ni a ninguno de los que vimos atónitos que te podía haber matado —comentaba Manuel—. Todavía no me explico cómo el coche de caballos no pasó por encima de ti.

—Solo me rozó. Aún recuerdo los gritos de la gente y lo aterrado que bajó el dueño del coche. Pensó que estaba muerto. Yo me puse de pie y salí corriendo a todo meter.

—¡Hijo, con tal de no llamar la atención! —añadió su madre—. Lo que no entiendo es que habiendo tenido un abuelo al que le gustaban tanto los animales y los minerales, ninguno hayáis querido seguir sus pasos. Yo creo que de aves nadie sabía más que él.

—Y de reptiles también tenía mucho conocimiento —apuntó José—. De hecho, catalogó las aves y los reptiles de Andalucía. Bueno, y también lo sabía todo de erizos. Por él supimos que estos, cuando están en celo, braman como bueyes. ¡Era un gran investigador!

Otra vez surgieron las risas. Antonio también sonrió con las ocurrencias de José.

—Madre, nosotros somos más de letras que de ciencias —le dijo Antonio—. De todas formas, al abuelo le interesaba la naturaleza y todo aquello donde el ser humano había dejado su huella.

—Nadie puso más empeño que él en las Ciencias Naturales. Antes de venir a Madrid consiguió en la Universidad de Sevilla un gabinete de Zoología y de Mineralogía, así como otro de Química. Fundó el Museo Antropológico y el Museo Arqueológico —le contaba a José, que era el más pequeño.

—Bueno, yo me retiro a mi habitación que estas cosas ya me las sé —dijo Antonio—. Se me está haciendo tarde.

—Sí, además la luz de los quinqués es tan tenue que casi no os veo —comentó Manuel.

—Nos vamos haciendo mayores... —dijo José sonriendo.

Antonio quería estar a las doce en punto en la cama pensando en su musa. Se preguntaba si ella se estaría acordando también de él. Pilar se había adueñado de su corazón y no se la podía quitar de la mente. Ella, ella y siempre ella. No esperaba, en su madurez, encontrar un amor así, tan fuerte y tan profundo. Todavía podía sentir sus labios en los suyos. El beso de la fuente era su oxígeno y su inspiración.

14

La confesión

La llegada de la prima Concha a El Carrascal supuso todo un acontecimiento familiar. A Pilar le cambió la cara nada más verla descender del coche. Llegó de Montilla cargada de regalos para todos y de vino de todas las bodegas con las que estaba emparentada la familia. Pilar y su prima se querían como hermanas. Solían pasar parte del verano juntas desde que Concha se había quedado tempranamente viuda.

—¡Qué guapa estás, Pilar!

—¡Tú sí que estás guapa! Además, puedes hacer lo que se te antoja sin rendir cuentas a nadie. —Esto último se lo dijo en voz baja.

—¡Te quejarás! Nunca estamos conformes con lo que tenemos. Me cambiaba por ti ahora mismo.

—Querida prima, no sabes lo que dices... Anda, vamos dentro, que fuera hace un sol de justicia.

Después de saludar a los niños, que mostraban gran alborozo abriendo los regalos, se sumó al grupo de adultos de la casa, que tomaban limonada fría para mitigar las altas temperaturas.

—¡Menudo verano está haciendo en Palencia! —comentaba Rafael, pasándose un pañuelo por la cara para secarse el sudor.

—Pues ponle cinco grados más en Montilla. No sé qué ocurre este año que hace más calor que nunca. Las mujeres nos despertamos con el abanico y nos acostamos con él hasta que nos vence el sueño. ¡Es horroroso!

Estuvieron repasando la salud de toda la familia y, en especial, la de Felisa, que volvía a estar embarazada. Le entregó precisamente un paquete de ella, destinado a Pilar y a su familia.

—¿Cómo se encuentra Carlos? —preguntó Pilar con naturalidad por el hermano menor. Nadie se atrevía a hacerlo.

—Estamos muy preocupados porque su salud mental se va perdiendo a pasos agigantados. ¿Sabéis lo último? Salió por el pueblo con una maleta repleta de dinero y comenzó a lanzarlo sobre la gente y, al final, acabó rodeado de paisanos que le jaleaban para que les diera más billetes. No sabemos cuánto pudo dar pero, desde luego, fue mucho.

—¿No podéis hacer nada para que no vuelva a ocurrir?

—Ahora está la familia vigilándole más. No se le puede dejar solo.

—¡Los Valderrama! Nuestro punto flaco son los nervios, la cabeza...

—¡Y la nariz nuestro punto grueso!

Todos se echaron a reír con la ocurrencia de la tía Concha. Los Valderrama se caracterizaban por una nariz prominente.

—Bueno, después de tanto viaje, si quieres darte un baño ya lo tienes todo preparado. Te acompaño a tu habitación.

Subieron las dos por la gran escalinata que conducía a los dormitorios, con la armadura dando la bienvenida a todos los que llegaban de fuera. Allí fue donde Concha le preguntó a bocajarro.

—¿Y a ti qué te pasa? Esos ojos tan llenos de luz hacía tiempo que no te los veía.

—Se me olvidaba que eres medio bruja. No se te escapa nada.

—¿Has hecho las paces con Rafael? —Era la única de la familia que estaba al tanto de lo que le había ocurrido en realidad a Pilar. Las dos se confiaban todos sus secretos.

—No. Lo está intentando pero no puedo ni rozarme con él. Es algo superior a mis fuerzas.

—Pues como no tengáis habitaciones separadas, la situación puede ser realmente incómoda. Pero tus ojos me dicen que estás bien. Diría que feliz. Lo mismo me equivoco.

Después de un silencio, durante el que pensó si contarle la verdad o no, Pilar se decidió a hablar.

—No, no te equivocas. Espera a que estemos en tu habitación. Te ayudo a quitarte el vestido y te cuento.

—Estoy realmente intrigada.

Margarita iba por detrás de ellas, sujetando un gran perol de agua caliente que, al llegar a la habitación, vertió en la bañera de zinc que ya estaba casi llena. Cuando se fue la doncella, Pilar comenzó a hablar.

—Me ha ocurrido algo que es inexplicable. He conocido a un poeta que me ha hecho volver a creer en el ser humano.

—¿Te has enamorado? —preguntó Concha tan incrédula que incluso se le cayó el abanico.

—¡Chsss! —Pilar hizo un gesto con el dedo en su boca para que guardara silencio—. No tengo nada de lo que arrepentirme. Me encontraba muy baja de ánimo y el poeta me ha devuelto la ilusión por vivir.

—Espera un momento. No me has contestado... ¿Te has enamorado, sí o no?

—Concha, estoy casada. Suena muy duro decirte que sí. Por eso te comento que me ha devuelto la ilusión, pero insisto en que no hay nada de lo que tenga que arrepentirme. Sabes que si tuviera que elegir entre el amor y mis hijos, me quedaría con los chicos. Ellos son lo prioritario en mi vida.

Concha se quedó unos momentos pensativa, sin saber qué responder. La más religiosa de la familia le estaba confesando que se había enamorado de otro hombre que no era su marido pero que, aparentemente, todo seguiría igual por sus hijos.

—Pero ¿qué vas a hacer? ¿Hasta cuándo vas a lograr mantener esta situación absurda con tu marido?

—No puedo hacer otra cosa si no quiero provocar un escándalo en Madrid, en Palencia y en Montilla. No puedo hacerles eso a mis hijos, pero evidentemente se trata de la persona más buena y cariñosa que he conocido en mi vida. Me lleva unos cuantos años.

—¿Muchos?

—Diecisiete. Va a cumplir cincuenta y tres y yo casi treinta y seis.

—No te quites años conmigo, que el año que viene cumplirás cuarenta. Te lleva catorce años.

—¡A ti no te puedo mentir! —Las dos se echaron a reír—. Me gusta quitarme tres porque es lo que se quitan el resto de mis amigas. Así todas vamos al unísono.

Pilar la ayudó a desnudarse para que pudiera darse el baño. Mientras se quedaba con los ojos cerrados al sumergirse en el agua caliente, continuó la conversación.

—Querida Pilar, hablando ya en serio, tendrás que acabar esa historia antes de que te arrepientas.

—¡Pero si no hay más que palabras bonitas entre nosotros! Somos dos espíritus solitarios que nos damos compañía.

—Te vas a meter en un lío tremendo. Lo que te faltaba era tener un amante para devolvérsela a tu marido.

—No es un amante. Es... es... No sé cómo definirlo. Alguien con el que me entiendo intelectual y espiritualmente. Se trata de uno de los poetas más grandes que tenemos en España.

—¿Quién es? ¿Le conozco?

—Antonio Machado.

Concha abrió los ojos y se incorporó tan de golpe que el agua de la bañera salpicó el suelo.

—¿Cómo dices?

—Con quien me escribo es con Antonio Machado. La persona más buena y más tierna que he conocido nunca —dijo Pilar en voz baja.

—¡Es uno de mis escritores favoritos junto con su hermano Manuel! «Caminante, son tus huellas el camino y nada más. / Caminante, no hay camino, / se hace camino al andar...» Me dejas sin habla.

—Ha sido todo una casualidad. Yo me retiré a Segovia para recuperarme del mazazo por lo de la amante de Rafael. María Calvo, la profesora de los niños, me dio una carta para el poeta. Sabía lo mucho que le admiraba y yo hice por conocerlo, lo reconozco. Luego le invité a cenar y salimos a pasear bajo las estrellas. Los dos poetas, los dos arrastrando penas y soledades... No sé. Las palabras, la poesía y el amor por la literatura nos fueron uniendo sin darnos cuenta.

—¡Niña, niña, niña! Aprovecha que estás en Palencia para distanciarte. No hagas por contestarle aunque te inunde de cartas. ¡Hazme caso! ¡Ten un poco de cordura!

—Concha, en el amor... la locura es lo sensato.

—¿Son palabras tuyas?

—No, son de él pero las suscribo cien por cien.

—¡Uy! Menos mal que he venido. Intentaré poner un poco de orden en esa cabecita loca.

Pilar ayudó a Concha a salir de la bañera y la dejó sola para vestirse. Oía las voces de Rafael y Victorio en el salón, y decidió ir a su habitación. Se encerró con el pestillo y se tumbó en la cama. Estaba hecha un lío. Sabía que no era lo correcto cartearse con Machado pero, a la vez, había algo en su interior que la empujaba a hacerlo. Se decía a sí misma que no había cometido ningún error. Besarse era algo adolescente, puro, no lo veía pecaminoso. Se secó una lágrima que caía por su mejilla y se quedó muy angustiada. La sensación de que estaba haciendo algo tan criticable como su marido la dejó pensativa. Concha llamó a su puerta.

—¿Pilar, estás ahí?

—¡Sí!

—¡Pues ábreme!

Después de un rato, abrió la puerta. Pilar ya no sonreía y

sus ojos se habían entristecido. Estaba dándole vueltas a la cabeza a todo lo que le había dicho su prima hermana. Después de su madre, era la persona a la que más caso hacía.

—Sabía que estarías preocupada con las cosas que te he dicho. Ya me conoces, soy una burra y no mido las palabras. Lo siento mucho.

—No, haces bien en decirme lo que piensas. Creo que tienes razón. Me estoy comportando como una niña. No lo puedo evitar, ¡nunca nadie me ha hablado como lo hace él! ¡Jamás me ha tratado Rafael con esa ternura! ¡Le importo! Eso es maravilloso, Concha. Es difícil prescindir de alguien que te hace sentir especial.

—¡Vaya! Sí que tenemos un problema... No quiero que te pongas triste, por favor. Después de haberte visto mejor que nunca, no voy a venir yo a estropearte las vacaciones.

—¡Tranquila!

—Vamos a bajar, y te pido que durante estos días en Palencia hagas lo posible por acercarte a tu marido.

—No puedo. ¡Su sola presencia me produce rechazo! He pasado con él del todo a la nada. Me entregué por completo y, al sentirme engañada, ya hay una barrera insalvable entre los dos.

—Creo que, si tu marido intenta acercarse a ti, no deberías rechazarle. Los católicos sabemos perdonar. He conocido a pocas personas tan religiosas como tú y deberías intentarlo. Prométeme que lo harás.

—No puedo prometerlo. Te engañaría. Rafael para mí ahora es un extraño. Todo lo contrario que Antonio.

—Pero tienes más que ver con Rafael, que es monárquico, que con Antonio, que todos sabemos que tiene ideas republicanas.

—No hablamos jamás de política. Para nosotros ese no es ningún problema.

—Solo te pido madurez y que pienses lo que haces.

—Está bien. ¡Vayamos al salón! Llevamos mucho tiempo

juntas. No quiero que Rafael empiece a preguntarnos qué hemos hecho tanto tiempo aquí arriba.

Antonio Machado celebró su cumpleaños, el 26 de julio, en el modesto piso de la familia en la calle General Arrando de Madrid. Su madre y sus hermanos, Manuel y José, le felicitaron por sus cincuenta y tres años con unas pastas que compraron en una pastelería del barrio de Chamberí. El calor era tan sofocante que ese día Antonio se había quedado escribiendo en casa, renunciando a su largo paseo de cada día porque parecía imposible poder respirar por la calle. Era una de esas jornadas calurosas en las que, a pesar de dejar la puerta de la calle y todas las ventanas abiertas, no se levantaba ninguna corriente.

Desde que llegaron las vacaciones escolares, Machado había abandonado su traje para colocarse una guayabera blanca de la que no se desprendía. Parecía su uniforme de verano. Pero ni la guayabera de algodón aliviaba ese día el sudor. Había estado todo el día escribiendo. La antigua y amplia mesa de despacho heredada de su padre, el erudito Demófilo, presidía una habitación en la que incluso las sillas estaban repletas de libros y papeles. Ya no cabía nada en la mesa grande, por eso Machado utilizaba una mesa camilla contigua que tampoco estaba ordenada pero en la que, al menos, cabía un papel donde escribir sus pensamientos. A un lado estaba la papelera atestada de cuartillas rotas, de ideas que se habían ido quedando a mitad de camino. Y en una de las paredes presidiendo la estancia, una foto enmarcada de la joven Leonor vestida de oscuro. Su mujer-niña seguía imperturbable sus soliloquios desde la pared. Había pedido perdón a la foto por la irrupción de Pilar en su vida. Tenía cierto sentimiento de pérdida al crear a Guiomar. Esta «diosa» de ojos grandes lo había trastocado todo. A diferencia de Leonor, su retrato jamás colgaría de la pared. Ella, a todos los efectos, debería seguir pareciendo una invención literaria, un recurso para sus versos. El honor de Pilar estaba en juego. Su secreto no lo conocería nadie. Ni tan siquiera sus hermanos.

Sus pensamientos de hoy estaban centrados en la mujer que había unido sus labios a los suyos y había conseguido despertar una ilusión juvenil a pesar de su madurez.

Apareció Manuel y le obligó a dejarlo todo e ir al salón con la familia. Aprovechó para quedar con Antonio el domingo y seguir trabajando en la función de teatro *La Lola se va a los puertos*. De todas formas se verían al día siguiente en la tertulia vespertina que no perdonaban nunca, con la excepción de hoy.

Ricardo Calvo, a todos los efectos «Ricardito» para la familia, se unió al grupo. Ese día no tenía función de teatro y participó de ese café de celebración junto a todos los Machado.

—¿Qué te pasó ayer? —preguntó Antonio a su amigo—. Te estuvimos esperando en el café hasta que cerraron.

—Tenía pensado ir, pero se me torció la tarde y cambié de planes sin poder avisaros.

—Pues estuvieron a punto de cerrar con nosotros dentro —comentó José Machado—. Tu amigo —señaló a Antonio— no quería moverse de allí porque no reuníamos entre los dos para pagar dos cafés, o al menos eso es lo que yo creía. El camarero empezó a barrer levantando el polvo hacia nosotros. Llegó a apagar las luces hasta que ya no pudimos esperar más y fue entonces cuando comenzó Antonio a sacar las monedas y me dijo: «¡Oh Josef! No nos alcanza para la propina más que cinco céntimos...». Entonces, yo le quise matar. Resulta que habíamos estado toda la noche esperándote para que aportaras algo más al camarero de propina. ¡Ese es tu amigo!

Sonrieron con la anécdota y se tomaron el café hablando de la personalidad de Antonio, pero sin hacer ningún cántico ni celebración especial en torno a su cumpleaños. Todos sabían que sentía la más profunda aversión por los días forzosamente festivos y las palmaditas en la espalda con adulaciones.

Antonio no paró de fumar, como hacía siempre. Los cigarrillos los empezaba y, después de tres caladas, dejaba que se apagasen en el cenicero. Cuando se le acababan los cigarrillos, volvía a los que estaban a medio consumir y los apuraba hasta el final.

—No he conocido a nadie que fume como tú, hijo —comentó doña Ana—. No has acabado un cigarrillo y ya estás encendiendo otro.

—Ricardito tampoco me deja atrás —añadió Antonio mientras su amigo se entretenía haciendo volutas con el humo del cigarrillo.

—En esta guerra entre tu madre y tú, no me metas.

Mientras todos charlaban animadamente, Antonio escuchaba. Hoy se le veía más ausente que otras veces. No había recibido todavía una segunda carta de Pilar. Se preguntaba si la suya habría llegado a sus manos. Esa misma tarde redactó otra, solicitando de ella unas líneas para saber que estaba bien.

—Madre, sírvale otro café a Antonio que parece medio adormilado —dijo Manuel.

—¡Pero si hoy lleva ya ocho cafés!

—No me pasa nada, es que estoy dándole vueltas a un poema. De ahí que os oiga pero esté pensando en otra cosa.

—Quizá pienses en la recitadora del otro día a la que escuchabas con tanto deleite —dijo su amigo Ricardo.

—Me interesaron mucho sus aventuras viajeras pero sabes que a los recitadores en general no los puedo aguantar. Comprendo, sin embargo, que si se ganan la vida con ello, ¡qué se le va a hacer! Ahora, lo que había que prohibir son las recitaciones de mis versos. Las que he escuchado por la radio les dan un sentido que no tiene mi poesía. Siempre apago porque no lo puedo soportar. ¡Degüellan mis versos!

—Cuando uno escribe, los versos ya no le pertenecen, son

de la gente que los lee. Cada uno los interpreta de forma distinta. Hay que aprender a aguantarse y poner cara de póquer cuando los oyes —le comentó Manuel.

—Sabes que el juego no me gusta nada. Los que viven por y para el juego no suelen tener muchas ideas en la cabeza: las cambian por fichas. A mí siempre me verás en la cara lo que siento. No sé poner cara de póquer, por cierto.

—Antonio no sabe mentir —dijo José.

—Tenías que haber seguido en el mundo de la interpretación para hacerlo de forma profesional. Yo vivo mintiendo. Creyéndome durante dos horas que soy en realidad quien no soy —comentó Ricardo.

—Disfruté mucho actuando contigo. Pero el mundo de la interpretación no se ha perdido nada con mi decisión de no seguir acompañándote.

—Lo pasábamos bien, ¿verdad? ¡Qué tiempos!

—Éramos unos niños. Tu padre fue el que nos metió a todos en ese «fregao».

—¡Qué personaje mi padre! Bueno, os voy a tener que dejar. Quiero ir pronto a casa, es mi día libre.

—Te acompañaré un rato a pesar del calor. Hoy no he salido de casa.

—¡Nos sumamos al paseo! —se añadieron José y Manuel.

Durante un buen rato fueron hablando de conocidos que escribían cada vez con más tino contra el gobierno. Surgió el nombre de Miguel de Unamuno, amigo de Antonio, y de su mala relación con el régimen de Primo de Rivera.

—Unamuno siempre se ha llevado mal con el poder. Le comprendo perfectamente. Ahora, desde su destierro, dialogamos por carta de todo lo divino y lo humano, menos de política. Casi siempre hablamos de poesía, de filosofía, del amor, de Dios, de la eternidad, del hombre, de la Verdad, con mayúscula.

—Siempre os habéis entendido muy bien —comentó Manuel.

—Ya sabéis que pienso que toda poesía debe tener detrás una filosofía, y en la mía comparto la de Unamuno.

—Es como si él te planteara los grandes asuntos que te perturban y tú le intentaras encontrar soluciones a través de la poesía —comentó Ricardo.

—Lo que más me preocupa del panorama actual es que no veo claro hacia dónde vamos. Somos hijos de una tierra pobre e ignorante, de una tierra donde está todo por hacer...

—Me gustó mucho el artículo que has publicado con esa idea de la que hablas: «Sabemos que no es patria el suelo que se pisa sino el que se labra». O cuando dices que «hay que acudir con el árbol o la semilla, con la reja del arado o con el pico del minero a esos parajes sombríos y desolados donde la patria está por hacer».

—Todo está por hacer. Tierra y hombre siempre van juntos—añadió Manuel.

—Me emocionó el poema de Unamuno que dice «Bienaventurados los pobres», donde habla del mal reparto de las tierras, de la envidia... —susurró Antonio.

—Lo que no podemos aguantar es esa nueva clase social que tú apuntas en don Guido: el señorito. El que tiene la cabeza vacía, huye del trabajo y mata el tiempo con mujeres o con el juego. Con absoluta falta de interés por todo asunto serio.

—¡Demasiados don Guidos! ¡Esa aristocracia que tanto daño nos está haciendo! —comentó José.

—La educación es lo único que puede salvarnos de la estupidez. Metamos ideas en las cabezas. Eduquemos a nuestros hijos.

Aunque estaban haciendo la tertulia andando, quedaron para continuarla al día siguiente. Nada gustaba más a los Machado y a Ricardo que disertar sobre el mundo de las ideas.

Antonio hizo el camino de vuelta con su hermano José. Este no paraba de recitar la poesía de la que habían estado hablando: «Al fin una pulmonía / mató a don Guido, y están

/ las campanas todo el día / doblando por él: ¡din dan!...». El poeta le escuchaba pero no hablaba. Eran normales en él los grandes silencios mientras paseaban. «Murió don Guido, un señor / de mozo muy jaranero / muy galán y algo torero...» José continuaba recitando. Antonio en cambio pensaba en Pilar y en el «señorito» que tenía por marido. Un don Guido, pensaba, que no tenía ni idea de qué mujer caminaba a su lado. Una mujer sola, sensible, rodeada siempre de esa gente a la que detestaba. Un espíritu maravilloso encarcelado en una jaula de oro. Pilar, Pilar...

De pronto se le escapó un suspiro.

—¿Te pasa algo, hermano?

—Me pasa de todo, Josef. De todo.

15

Y llegó la fiesta

Pilar se encontraba junto a su prima Concha, eligiendo el traje que se pondría para la fiesta del notario que tendría lugar esa misma noche, cuando la doncella llamó a su puerta.

—Señora, ha llegado una nueva carta para usted —interrumpió Margarita.

—Muchas gracias.

Nada más ver la letra, supo que era de Antonio. Concha, a juzgar por su expresión, también se había percatado de quién era el autor. Solo había que ver cómo se le iluminaban los ojos a Pilar.

—¿Qué? ¿Una carta del poeta?

—¡Chist! ¡Concha! ¿Estás loca? Imagina que te oye Rafael.

—Tienes razón, ¡perdóname! Soy una tumba.

—Te he hecho caso y no le he escrito. Seguramente estará extrañado de que no lo haya hecho. Alguna explicación le tengo que dar.

—Pues di que se acabó antes de empezar.

—A lo mejor no es lo que le quiero decir. ¡Necesito tiempo para aclarar mis ideas!

—No te quiero agobiar, pero piensa en las consecuencias nefastas que puede traer para ti que este tema trascienda. Además, ¿quién te asegura que las cartas no las abre el cartero?

—Recibe tantas cartas que no va a abrir una a una entre todo el correo que llega en verano. ¡Te aseguro que no!

—Yo solo quiero que no te hagan daño, y esas cartas seguro que tienen un contenido cariñoso que si cae en malas manos te puede crear la fama de pinturera. Ya sabes.

—Si alguien lo dice, no le creerán. Todo el que me conoce sabe que soy una persona seria y comprometida. Nadie está exento de las habladurías y menos en un pueblo.

Pilar guardó la carta entre los libros que estaban en su escritorio. No quiso seguir hablando del tema y continuó eligiendo la ropa para la fiesta de la noche. Estaba deseando abrir y leer la misiva. Finalmente, seleccionó el traje verde de seda que se había hecho en Segovia. El azul no se lo volvería a poner salvo para quedar con Antonio. Concha también pretendía entrar en alguno de sus trajes, pero no le cerraban.

—No tengo tu tipo. Esa cinturita de adolescente no sé cómo la conservas después de haber traído al mundo tres hijos.

—¡Cuatro! No te olvides... De todas formas, no te quejes que estás estupenda. No tiene ningún mérito. Es otra herencia de los Valderrama. Mi padre era muy delgado.

—Se ve que ahí yo no os sigo. Habré salido a mi madre. Me pondré uno de los que he traído, aunque no sea de tanto fuste como los tuyos. No pensaba que fuera a acudir en Palencia a una fiesta de sociedad.

Se fue Concha a su habitación y Pilar aprovechó para abrir la carta de Antonio. Era más corta que la anterior, pero tuvo la misma sensación al comenzar a leerla: conseguía aislarla del mundo y sus palabras le hacían sentirse especial. El poeta le preguntaba si le ocurría algo. Necesitaba saber de ella cuanto antes. Le expresaba su máxima preocupación por si las cartas no llegaban a sus manos. «Solo unas letras si no quieres, diosa mía, que caiga enfermo.»

Las palabras de amor que le dedicaba las percibía como caricias verbales; las más bonitas que le habían dedicado nunca. Sin embargo, aquello que estaba viviendo no tenía presente y, menos aún, futuro. Su prima le había hecho abrir los ojos. Era una ensoñación que acabaría con la distancia que imponía el verano y la crueldad de lo socialmente correcto. Vivían una irrealidad que tendría un rápido punto y final, pensaba. Fueron solo unos instantes de duda porque, al rato, sacó papel y se puso a escribir:

Querido Antonio:
Siento no haberte escrito antes. Me resulta muy difícil encontrar un momento en el que esté sola para poder dedicarte unas letras sin despertar sospechas. Estoy bien. Bueno, todo lo bien que se puede estar cuando te sientes en una cárcel sin barrotes, pero donde jamás puedo hacer lo que siento y quiero.

A Pilar le costaban más las expresiones cariñosas que a Antonio. En un determinado momento le preguntó por la recitadora que había conocido y que le relataba las aventuras de sus viajes.

Espero que ella no me aparte de tu pensamiento y de nuestro «tercer mundo». Reconozco que estoy un poco mohína con la irrupción de esta señorita que tanto te ha fascinado.

Pilar le decía que haría todo lo posible por regresar a principios de septiembre, y no a finales como quería su marido.

¿Sabes? En el libro que he acabado he añadido unos versos que están dedicados a ti. De un día a otro espero que me lleguen impresos los primeros ejemplares. Ahí va un adelanto:

Quiero cantarte mi canción de amores.
Quiero cantarte mi canción más bella.
Para ello pediré luz a la estrella,
voz a los armoniosos ruiseñores.
Ven entre los aromas de las flores
quiero cantarte mi canción más bella...

Todo sigue aparentemente igual en mi vida, aunque por dentro se está produciendo un terremoto. ¡Necesito verte cuanto antes! En la próxima carta cuéntame cosas tuyas, de tu vida, de esa que yo me he perdido.

Tuya,

Pilar

Cogió un sobre, introdujo la carta y la cerró sin poner el destinatario. Lo escribiría al día siguiente, cuando después de misa se acercara hasta la casa de Félix, el cartero. Para que no se le olvidara, la metió en el bolso que llevaba a diario. Pensó que ahí estaría protegida de los ojos curiosos de su marido.

No hizo caso a ninguno de los consejos que le había dado su prima. Existía algo primitivo que la empujaba a escribir y a pensar en el poeta constantemente. Era superior a lo razonable y a lo correcto. Se trataba de la voz más instintiva de su ser. ¡Imposible de reprimir! La voz que le decía que en el amor todo vale. «Además —se justificaba a sí misma—, esto no habría sucedido si mi marido se hubiera comportado con lealtad.»

Dolores Botas y Alejandro Vallejo-Nágera abrieron las puertas de su casa a todos los invitados a las nueve en punto. El notario y su mujer recibían a los más ilustres del lugar en su casa solariega. Después de un amplio recibidor, se pasaba a un gran salón de cortinas y sillones tapizados en colores ocres y amarillos. Un piano de cola presidía la estancia y los primeros invitados eran atendidos por doncellas perfectamente ataviadas con sus cofias y uniformes.

El matrimonio Martínez Valderrama, junto con la prima Concha, llegó cinco minutos más tarde de la hora prevista. Pilar estaba deslumbrante y esta circunstancia fue destacada por todos, después de un año sin verla.

Lola Botas era una asturiana muy abierta y tremendamente simpática que elogió su nueva imagen delante de todos.

—Solo hace falta ver lo guapa que estás para saber que todo te va bien.

—Muchas gracias, Lola. Eso es que me ves con muy buenos ojos.

—El primer día que llegué aquí, le dije lo mismo a mi prima —comentó Concha.

Las mujeres se fueron hacia una zona del salón donde se servían refrescos, y los hombres bajaron hacia la bodega donde se escanciaba jerez de una pequeña barrica que había instalado el notario para la ocasión. Cerca se encontraban los grandes barriles donde el vino tinto de los Vallejo-Nágera envejecía. Por su parte, las mujeres atendían a las preguntas de Pilar, que era quien llevaba la voz cantante.

—¿Este año no vas a Asturias?

—No, mi mejor amiga, Carmen Polo, se ha ido a Zaragoza. A su marido, no sé si os suena su nombre, el general Francisco Franco, le han nombrado director de la Academia General Militar. El primer curso lo van a inaugurar a la vuelta del verano y no tienen tiempo de viajar al norte. Por eso este año no me escaparé allí. Me quedaré aquí todo el tiempo.

—Sí que he oído su nombre —comentó Pilar—. Dicen que estuvo a punto de morir en África y me parece que leí en un periódico que era el general más joven de Europa, pero no le conozco. Ramón Franco es su hermano, ¿no?

—Sí, el aviador.

—A él sí le conozco por un homenaje al que asistí después

de su hazaña del *Plus Ultra*. Llegar a Brasil a bordo de un hidroavión tiene muchísimo mérito.

—El padre de Carmen Polo dice que todos los Franco están un poco locos. No tienen miedo a la muerte. A Paco le pegaron un tiro del que no se recupera nadie. Y ya ves, se salvó. Dicen que los designios divinos son inescrutables.

—Nunca sabes dónde está tu destino. Mira mi hermano Francisco, murió de un quiste hidatídico que le contagió un perro. La cosa más tonta te puede hacer perder la vida.

Mientras tanto, los hombres llenaban sus copas una y otra vez. Alejandro Vallejo-Nágera les estaba dando a catar alguno de sus vinos más cuidadosamente elaborados. No tardaron mucho en hablar también de política.

—El declive de la dictadura del general Primo de Rivera es ya un hecho constatable —comentaba Rafael—. Su política ha fracasado por completo.

—Uno de sus grandes azotes ha muerto este año, Vicente Blasco Ibáñez. Hemos perdido a una de las mejores plumas de este país.

—¡Una gran pérdida, sin duda! La mayoría de las personas con las que hablo están en total desacuerdo con el gobierno, pero no lo expresan como lo hacía don Vicente. Primo de Rivera con su limpieza de cargos, eliminando el diez por ciento del Cuerpo de Oficiales, se ha equivocado. ¡Tiene a todos los militares soliviantados!

—Sin embargo, tengo que decir que los agricultores están encantados. Se está dando un importante impulso a su trabajo, acompañado de grandes planes hidrográficos. ¡Con la necesidad que tenemos de agua!

Se sumó al grupo Severino Infante, el delegado del Servicio Nacional del Trigo, y los hermanos Dionisio, Vicente y Emiliano Villagra, que tenían unos importantes almacenes de pieles y lanas donde trabajaban muchas de las personas de la comarca.

—¿Qué tal se ha dado este año? —preguntaba el notario.

—No nos podemos quejar —comentaba Dionisio—. Necesitamos mucha mano de obra para tanta oveja que criamos en estas tierras.

—Eso le viene muy bien al pueblo, que va creciendo cada día.

Unos sonoros aplausos interrumpieron la conversación. La curiosidad pudo más que la política y los hombres dejaron sus copas y subieron al salón para saber qué ocurría. Al entrar en la estancia se encontraron a Pilar en mitad de un semicírculo, rodeada de las invitadas, recitando a modo de adelanto algunas de las poesías que había escrito para su último libro, *Huerto cerrado*. En cuanto vio aparecer a los hombres explicó el sentido de la siguiente poesía.

—Esta que os voy a recitar se llama «Canción del ideal roto». Quién de los que estamos aquí no ha sentido frustración tras sentirse traicionado por aquella persona de la que más esperaba... —explicó mirando por el rabillo del ojo a Rafael, que estaba nervioso balanceándose de un lado a otro—. Dice así:

> *» Y puso su ideal en una imagen*
> *que de bronce creyó;*
> *pero era barro débil, vino al suelo*
> *y en mil trozos la imagen se rompió.*
> *Y roto el corazón sintió con ella*
> *y pensó con dolor:*
> *¿dónde poner las ansias de mi vida*
> *si es tornadizo y frágil todo amor?*

Se paró con un nudo en la garganta, y todos en la estancia se pusieron a aplaudir. Rafael también, pero por compromiso. Sabía que el ideal que se le había roto no era otra persona más que él.

—Alguien ha desilusionado a tu mujer —le comentó el notario—. Es estupendo tener una mujer poetisa. En todo momento sabes lo que le está pasando por su cabeza. ¿No habrás sido tú quien la haya decepcionado?

—No, por supuesto —carraspeó, sin saber qué más decir.

En ese momento, Lola Botas se puso al piano y le pidió a su marido que se sentara junto a ella para tocar una composición de Schubert a cuatro manos.

—Señores, se la dedicamos a todos ustedes. Vamos a interpretar «Fantasía» en fa menor.

Y comenzaron a tocar el piano con tanta maestría que los asistentes guardaron un silencio sepulcral y, afortunadamente para Rafael, olvidaron el contenido de la poesía de Pilar. No así él, que se repetía machaconamente: «y en mil trozos la imagen se rompió». Cerró los puños con fuerza. Estaba realmente enfadado. Los aplausos le devolvieron al salón de los Vallejo-Nágera.

Después de esta primera pieza, Lola se quedó sola al piano y anunció que interpretaría «Sueño de amor», de Franz Liszt. Comenzaron a sonar las primeras notas y Pilar tuvo unas inmensas ganas de llorar. Se decía que si realmente a quien amaba era a Antonio Machado por qué no podía pasar el resto de sus días junto a él... La música de Liszt removía sus sentimientos. La canción era tan triste que se le partía el alma pensando en que jamás podrían estar juntos. Su amor estaba condenado. Solo podrían vivir pequeños momentos de felicidad, pero nada más. Rafael y ella serían marido y mujer para siempre. ¡Siempre! Las notas del piano seguían con aquel sueño de amor que la rompía por dentro. Se decía a sí misma que no había mayor condena que no estar con la persona amada. Acabó la interpretación de la anfitriona y todos aplaudieron, menos Pilar, que se quedó absorta sin hacer movimiento alguno. No podía.

Antonio Machado recibió la carta de Pilar cinco días después de que ella la dejara en casa del cartero y, nada más leerla, olvidó de golpe todos sus pensamientos negativos. Su musa iba a hacer todo lo posible para regresar a Madrid a comienzos de septiembre, y esa era la mejor de las noticias.

La leyó de un tirón y volvió a releerla con la misma avidez que lo había hecho la primera vez. En esta nueva lectura le hizo gracia que «su diosa» sintiera celos por la rapsoda de la que le habló en la última carta. No lo había hecho con ese ánimo, pero estaba claro que a Pilar no le había gustado la anécdota que le contó de ese día. Sonrió.

Por sus palabras era fácil percibir que Pilar se encontraba como un pájaro enjaulado, deseando regresar a Madrid y tener algo más de libertad. «A veces, la soledad puede ser la mejor de las compañías», se decía Machado a sí mismo.

Antonio no entendía cómo pasaba Pilar anclada todo el verano en Palencia y no hacía por viajar por España o el extranjero. Si algo odiaba el poeta era la rutina y que un día fuera igual a otro. De haber tenido fortuna, la hubiera gastado en viajar por el mundo. De hecho, se movía todo lo que podía y estaba en su mano. Pero su sueldo de profesor no le permitía realizar su sueño de ir ligero de equipaje por tierras lejanas. Era consciente de que la independencia y no querer pertenecer a ningún grupo, ni a ninguna sociedad de políticos e intelectuales, le tenía alejado de ese mundo en el que el dinero era el epicentro de la vida. Al poeta no le gustaba estar dominado por nada ni por nadie. Era un espíritu libre.

José entró en su habitación y Machado guardó la carta de Pilar en el primer cajón de la mesa. Su hermano le propuso salir a dar una vuelta, y Antonio accedió sin que tuviera que insistirle mucho.

Caminando por calles y plazuelas, los dos recordaban los tiempos en los que la bohemia formaba parte de sus vidas. Hablaba José de la anterior casa donde habían vivido Manuel y Antonio, en el barrio de Fuencarral. Por allí habían pasado desde Valle-Inclán a Maeztu, pasando por Juan Ramón Jiménez, Villaespesa, Rafael Cansinos-Asséns o su buen amigo Antonio de Zayas, duque de Amalfi.

—Era un caserón viejo y destartalado, con un gran patio siempre sombrío. Parece que lo estoy viendo.

—Casi no teníamos muebles. Alguna que otra silla y poco más.

—Y bolitas de papel por todas partes, que unas se te caían al suelo y otras te las comías sin más. A veces rompías tus propios versos cuando decidías comer papel.

—Afortunadamente esa manía se me quitó.

—Juan Ramón decía que se quedó muy impresionado la primera vez que entró en vuestra casa. Había restos de algo que algún día fue una mesa, una palmatoria sin vela y alguna que otra silla ocupada por gatitos, papeles y restos de comida. Bueno, mencionaba que en la silla en la que se quería sentar había un huevo frito seco ¡pegado! —Se echó a reír.

—¡Éramos muy jóvenes y no teníamos un duro! Me traían los amigos los libros dedicados por otros amigos para que los vendiera, porque tenía buena mano para conseguir un buen precio en las librerías de viejo.

—Me acuerdo de cuando te llegó el libro de Gregorio Martínez Sierra, que se titulaba *Sol de la tarde*. Nada más caer en tus manos dijiste «Sol de la tarde, café de la noche». ¡Qué tiempos! —continuó riéndose José con aquellos recuerdos que venían a su mente—. Decían tus amigos que no era un piso, sino un desván de bohemios.

—Pero bien que nos venían todos a visitar. Allí teníamos ambiente creativo, de trabajo. Todo lo material nos sobraba. Teníamos lo principal, las ideas.

Siguieron caminando por Madrid hasta desembocar en el parque del Oeste. A Antonio le gustaba estar cerca de la zona donde vivía Pilar y observar las plantas, mirar a los animales, otear el horizonte. La naturaleza era lo que más le llamaba la atención. Vio una fuente con agua y puso su cabeza debajo durante un buen rato. Esta costumbre la tenía desde niño y seguía haciéndolo, fuera la hora que fuese. Era como si el contacto del agua en su cráneo le devolviera la vida que había ido perdiendo con el paso de los años.

—No cambias...

—Yo lo hago igual en verano que en invierno. Me encanta el agua en contacto con mi piel.

—¡Por el rato que estás debajo del caño se diría que tienes verdadero deleite!

—El agua es vida, José. Es símbolo de anhelos, de ilusiones. El agua es el fluir de la vida, el paso del tiempo.

—Mencionas mucho el agua en tu poesía.

—Tiene mucha carga simbólica, mucha fuerza. Me quedo extasiado mirando el agua en una fuente, en un río, en el mar... Eso me viene de niño, cuando en el palacio de las Dueñas el sonido de las fuentes me acunaba por las noches.

—¿No tienes ganas de volver a Sevilla?

—¡Siempre! Pero hay sitios donde uno sabe que ya no va a volver nunca, pero la imagen te persigue de por vida. De todas formas, regresé hace unos años y todo seguía tal y como lo recordaba.

—¡Qué lugar! Vivían allí muchas familias, ¿verdad? Yo casi no tengo imágenes de todo aquello.

—El duque de Alba dividió el palacio en varios apartamentos y allí se instalaron unas doce familias sevillanas. Entre ellas, la nuestra. Ya sabes: «Mi infancia son recuerdos de un patio de Sevilla, / y un huerto claro donde madura el limonero...». Tú no tienes recuerdos porque nos fuimos a Madrid cuando aún no habías cumplido los cuatro años. Yo, en cambio, tenía ya ocho y a esos años todo se te queda grabado para siempre.

—Recuerdas hasta el último detalle de nuestra infancia.

—Las macetas de nuestra madre con su olor a albahaca y hierbabuena... Un aroma de nardos y claveles que inundaba todo... Los limones en el fondo de la gran fuente del patio central, y esa luz dorada de Sevilla... Sí, lo recuerdo todo.

16

Un paseo por el canal

Para despedir a Concha, después de dos semanas de estancia en Palencia, Rafael organizó una excursión al norte de la provincia, a Frómista. La familia al completo llevaba días proyectando navegar por el canal de Castilla para contemplar desde el agua uno de los paisajes más bellos y bucólicos de la zona. Eso iba unido a la aventura de las esclusas, que permitían solventar los muchos desniveles que se encontraban las barcazas durante la larga travesía. Uno de esos desniveles, el que tenía dieciocho metros de altura, fue el más aplaudido por las dos hijas, Alicia y Mari Luz, y también por el pequeño Rafael.

—Esta es una magnífica obra de ingeniería hidráulica que se pensó para llevar el trigo hacia los puertos del norte de España —comentaba el cabeza de familia en voz alta.

—¡Me parece increíble lo que estoy viendo! —decía Concha mientras se agarraba al asiento de la barcaza.

—No tengas miedo. Esta travesía se hace a diario sin consecuencias —le dijo Pilar.

—Iremos a Calahorra de Ribas y de ahí a Sahagún el Real, Villarramiel y Medina de Rioseco. He leído que fue a mediados del siglo pasado cuando el rey Fernando VII y su ministro, el marqués de la Ensenada, iniciaron este canal para crear una red de caminos y canales de transporte, ya que Castilla era la principal productora de cereales. Por aquí han llegado a pasar hasta trescientas cincuenta barcas al día pero, a partir de la apertura de la línea férrea Venta de Baños-Alar del Rey, con un trazado casi paralelo al del canal, se ha limitado muchísimo su uso. Resulta más barato el transporte por ferrocarril. Las nuevas épocas, que avanzan sin darnos tiempo a asimilar los cambios. Ahora se usa sobre todo para estos paseos de ocio.

Pilar dejó de escuchar a su marido y se concentró en la belleza del paisaje que salía a su encuentro. Los árboles inclinados por toda la ribera parecían querer acariciarla, acompañándola con su sombra por el cauce del canal.

Las mujeres iban con sombrilla y abanico; los hombres, ataviados con sombreros canotier y traje claro. Rafael sacaba una y otra vez de su bolsillo un pañuelo impoluto con el que se secaba el sudor como último recurso para eliminar el efecto del pegajoso calor del mes de agosto. Alicia y Mari Luz se reían por todo y se hablaban mucho al oído. Pilar no tardó en descubrir que había otros jóvenes en la barcaza que las miraban sin pestañear. Se dio cuenta allí, en aquella excursión, de que ya no eran unas niñas. Se habían hecho mujeres sin apenas darse cuenta.

Hacía un día de cielo azul intenso, casi añil, sin una sola nube. Una mañana inolvidable para ese paseo en barca que en realidad era una despedida para la prima Concha. Rafael se sentó al lado de su mujer y comenzó a relatarle alguno de sus muchos viajes. Parecía recuperar la sensibilidad perdida con el paso del tiempo.

—Estoy pensando en escribir mis experiencias viajeras de los últimos años. ¿Qué te parece?

—No sé si realmente te importa mi opinión, pero sabes que todo lo que sea escribir y plasmar un sentimiento me gusta.

—¡Cómo no me va a importar tu opinión! —Le cogió la mano y la besó—. Empezaría con mi experiencia en el barco *Giulio Cesare*. Imposible olvidar aquella noche de luna llena en el Mediterráneo. Parecía como si las sirenas cantasen al paso del gigante de acero. Ya sabes que yo tengo una atracción especial por la luna. Recuerdo que podía estar toda la noche de pie, en la borda, contemplando el haz de su destello sobre las aguas. Era como una guía en mitad de la noche oscura: nos abría un camino de luz, una estela, como para que no cayésemos al abismo... Fue realmente maravilloso viajar en el gran trasatlántico. Deberíamos hacer un viaje largo. ¿Qué te parece?

Pilar no daba crédito a lo que estaba pasando en la barcaza. Daba la sensación de que su marido se acercaba a ella con afán conquistador, hablando de una manera poética. Concha, situada frente a ella, le guiñó un ojo. Estaba encantada de ver a Rafael en esa actitud. Pilar, en cambio, pensaba que ya era tarde. Solo Antonio ocupaba su corazón, por muchos esfuerzos impostados que ahora hiciera su marido. Contestó después de un silencio.

—Viajar es siempre una ilusión para mí. Todavía recuerdo nuestra larga luna de miel. No hemos vuelto a hacer un viaje como ese.

—Fuisteis a Granada, Ginebra y el maravilloso lago Leman... —comentó Concha.

—Allí recordamos a Rousseau, Lamartine y lord Byron —continuó Pilar.

—Más tú que yo, porque a mí los escritores me atraen menos que los paisajes —retomó la palabra Rafael—. La naturaleza es lo que más me llama la atención.

—El romántico Montreux, Lucerna y la visita al lago de los Cuatro Cantones, Zurich, Lausanne... ¡Ya me hubiera gustado hacer a mí ese viaje con mi pobre marido, que en gloria esté! —siguió Concha—. ¡Me lo sé de memoria después de tantas veces que me lo habéis contado!

—De todas las ciudades que recorrimos, me quedo con París —afirmó Pilar—. Siempre ha ejercido un atractivo especial sobre mí. Desde que viajé la primera vez con mi madre, supe que sería mi ciudad para siempre. Una pena que no quisieras, Rafael, estar más tiempo allí...

—Querida, hacía un calor tan insoportable como el de hoy. Por eso, enseguida nos fuimos a la Costa Azul, aunque el dinero flojeaba tanto que tuvimos que ir a un hotel de ínfima categoría. Pero ya que te quedaste con ganas de estar más tiempo en París, ¡vayamos a París! Deberíamos organizar ese viaje pronto. Aunque el que yo repetiría sería a la Toscana. Ese lugar tan especial te aseguro que se ha ganado el nombre de «golfo de los poetas».

—Me encantaría...

—Un lugar único —insistió Rafael.

—Te recuerdo que no fuiste conmigo.

—Te aseguro que iremos. Uno no puede irse de este mundo sin conocer esa zona de Italia. Disfrutarías muchísimo. Aunque para viaje único el que hice a Maguncia. Desde el hotel Hollande se podía ver la placeta del Stad-Hall. Y justo enfrente, el Rhin histórico. La ruta fluvial de Europa que recorrieron César, Carlo Magno, Barbarroja y Napoleón. Allí, contemplando el Rhin, uno es propenso a la melancolía.

Pilar dejó de prestarle atención. Se daba cuenta de que estaba realizando una exhibición de sus conocimientos. Parecía un pavo real mostrando su plumaje delante de todos los que le acompañaban. Rafael era la antítesis de Antonio, pensaba. El poeta era la persona más discreta y sencilla que había conocido. Siempre quería pasar desapercibido. Estaba convencida de que no terminaba el discurso para ingresar en la Academia de la Lengua por no figurar, por no sentir las palmaditas en la espalda y a los aduladores de los que tanto renegaba. A Rafael en cambio, le encantaba hablar en público y ser el centro de atención. Pilar puso cara de aburrimiento, lanzó dos o tres bostezos y decidió contemplar el paisaje sin volver la mirada hacia él, para dejarle claro que no quería seguir oyéndole hablar de sus viajes por el mundo.

Después de la larga travesía regresaron al punto de partida. Alicia y Mari Luz solo llegaron a cruzar unas palabras de cortesía con los jóvenes. A Pilar todo aquel cortejo juvenil le hacía gracia. No le dijo nada a su marido para que no lo cortara de raíz. De regreso a Frómista, aprovecharon para visitar la iglesia de San Martín de Tours.

—Es uno de los prototipos del románico europeo, está situada en el camino de Santiago. Por aquí pasan los peregrinos... —comentó Rafael con su elocuencia de siempre.

Pilar se fue hacia los bancos cercanos al altar y se puso de rodillas. No podía más. Tenía ganas de gritar. No soportaba a su marido en constante demostración de sus conocimientos. Concha la imitó y después de un rato le habló susurrándole al oído.

—No puedes disimular la antipatía que le has cogido. Pero tengo que decir que te entiendo.

—Todo el día con la enciclopedia abierta... Es muy duro. Yo creo que antes no era así o yo se lo disculpaba.

—Debe de estar nervioso y quiere epatarte. En el fondo, me da pena.

—Soy yo la que te tengo que dar pena. No me siento capaz de aguantar esta situación.

—En cuanto vuelvas a Madrid no le notarás tan encima como ahora. Piensa que aquí no tienes escapatoria; no puedes dar un paso sin que él lo sepa.

—Le pido a Dios fuerza para poder soportar todo esto.

Estuvieron unos minutos más rezando de rodillas y finalmente salieron del templo para regresar a la finca. A su regreso, el servicio les había preparado unos pichones y unas buenas ensaladas. Así concluyeron la jornada de despedida de la prima Concha.

—No puedes ni imaginar cómo te echaré de menos. ¿Vendrás en otoño a Madrid? —le preguntó Pilar.

—Si me invitas, iré.

—Estás invitada siempre que te apetezca hacerme una visita.

—Ha sido una jornada muy especial... Te doy las gracias.

—Yo te las doy a ti. Este último tramo del verano se me va

a hacer muy cuesta arriba sin tu compañía. Constantemente con los ojos escrutadores de Rafael, se me hará insoportable...
—A Pilar se le escaparon dos lágrimas.

Concha se acercó y abrazó a su prima. Estuvieron así largo rato.

—Te pido, Concha, que vayas a la iglesia de San Francisco Solano cuando llegues a Montilla y le pongas a mi padre una vela.

—La familia desde que el tío Francisco está allí enterrado no descuida el altar que está cerca de su tumba. Además, tiene la imagen más bella de la iglesia. Siempre hay alguien de la familia rezándole.

—Muchas veces me he preguntado cómo hubiera sido mi vida si él no hubiera muerto tan pronto. Creo que habría sido muy distinta. No hubiera tenido que irme tan pequeñita interna al colegio. Ya sabes que nunca me integré. Las niñas me llamaban rara porque no jugaba con ellas.

—Bueno, hiciste un poema precioso en el que dices que te entretenías mirando la naturaleza mientras ellas jugaban y te cantaban coplas llamándote rara. Tienes que reconocer que las penas de tu infancia te hicieron madurar más rápido que al resto de las niñas. Pero no te quedes con lo malo. Yo me acuerdo mucho de ese día en que te pusiste a dar vueltas con el babi y un águila empezó a girar en torno a ti creyéndote una presa interesante. ¡Menudo susto se llevaron tu madre y la mía!

Pilar se echó a reír recordando ese momento de su infancia.

—¿Te imaginas que me hubiera cogido y llevado quién sabe adónde? —Siguió riéndose.

—¡Bueno, a no regodearse en las penas! ¡Hay mucho de qué alegrarse! —dijo Concha en tono recriminatorio.

—¡Ya estás sacando ese carácter que tienes, hija!

—¡A ti hay que reñirte, es el único lenguaje que entiendes! —Se echaron las dos a reír—. Pilar, procura pasar más tiempo con tus hijos. Te ayudarán a aliviar la situación que estás viviendo. ¡Hazme caso! Además, no saben la suerte que tienen. En nuestros tiempos de niñas, no podíamos salir de casa sin recitar un trocito del Evangelio en latín. Y la primera salida, siempre a misa.

—¡Qué tiempos! —Pilar se quedó con la mirada perdida.

Antonio Machado echó al correo una nueva carta para Pilar aprovechando uno de sus largos paseos en compañía de su hermano José. Ese verano de 1928 se le estaba haciendo especialmente largo. En torno al 13 de agosto procuraban juntarse todos los hermanos para hacer más llevadera la fecha a doña Ana, la mater familia. Era el día de la muerte de Cipriana, la pequeña de los Machado Ruiz, que hubiera cumplido ese año los cuarenta y tres.

En esas tardes de estío en torno a la fecha de la muerte de su hija, doña Ana apenas salía a la puerta de la calle. Todos sabían que volvía a reproducir en su cabeza, año por año, su corta vida. Catorce años que pasaron como un suspiro. Solía decir la matriarca que, cuando llegó al mundo, la casa familiar parecía un hospital: José recuperándose de dos pleuresías, ella misma con otra pleuresía después de dar a luz y su marido, Demófilo, con un catarro monumental. Solo sabía repetir tras un hondo suspiro: «¡Ay hija de mi alma!». Tras esa exhalación que salía de lo más hondo de su ser, se quedaba callada. Todos sabían que, durante esos días, su muerte por una pulmonía asténica estaría muy presente en su corazón y en el de Antonio especialmente. Su pérdida había dejado a toda la familia sumida en una profunda desolación que se fue atenuando con el paso de los años, pero que recobraba vigorosa fuerza en torno a la fecha de su muerte. De alguna manera, Antonio volvía a hacer el luto por su hermana desaparecida y por su mujer Leonor, a la que conoció con trece años de edad. Todos pensaron cuando se casó con ella, que se fijó en la adolescente Leonor en recuerdo de su hermana desaparecida.

Doña Ana mantenía esa teoría con el resto de sus hijos, cuando Antonio no la escuchaba. El recuerdo de Leonor y el de Cipriana se entrelazaban de una manera muy evidente en la cabeza de Antonio. Esos días era menos expresivo y procuraba quedarse en su habitación escribiendo. Por eso, José le forzaba a dar un paseo vespertino para que liberara su pena.

—Hermano, tienes que aprender que los recuerdos no pueden nublar tu presente y anular tu futuro. Deberías considerar rehacer tu vida. Ya sé que estos días no estás para pensar en nada, pero deberías planteártelo seriamente.

—El mes de agosto no me gusta, ya lo sabes. Un uno de agosto expiró Leonor y un trece de agosto se fue Cipriana. No cabe más dolor en un mes. Aunque el calor parece querer tapar nuestras penas, sin éxito. Está claro que las enfermedades nos hieren como rayos, impidiendo eso que llaman felicidad. Como le dije a nuestra madre: siempre tenemos motivos para sufrir, pero los únicos dolores que no denigran y que llevan su consuelo en sí mismos son los que pasamos por los demás. La vida es un continuo sufrimiento por los seres queridos.

—Mira, Antonio, no quiero que te enfades, pero ha llegado el momento de que hagas caso a alguna de las damas que te andan rondando. La que te envió un retrato o la enigmática. A las dos les has dedicado alguno de tus versos. Es igual, pero decídete por una de las dos y cásate de nuevo. No puedes seguir viviendo solo en Segovia. Deja que una dama ordene tu vida y te cuide como mereces. No quiero verte tan alicaído como estos días. Toma una decisión.

—La tengo tomada. No pienso casarme. Esa es mi decisión. No estoy dispuesto a un anodino casorio para que alguien me planche la ropa y me cuide. Ya soy mayorcito, José.

Pilar había irrumpido con tanta fuerza en su vida que había desechado por completo la idea de volver a contraer nupcias que, antes de conocerla, le había rondado la cabeza a fuerza de repetírselo su familia una y otra vez.

—¿Desechas la idea por completo? ¿Por qué? Creíamos que un día nos sorprenderías con la noticia.

—Pues ya ves que estabais equivocados. —Caminó más aprisa sin querer pararse ni mirar a los ojos a su hermano.

—¡Pero si te hemos visto todos con ilusiones renovadas! Estás más inspirado que nunca. Pensábamos que había alguien en tu vida.

—José, a lo mejor hay alguien, pero ten por seguro que jamás me podré casar con ella.

—¿Por qué? Eso no lo descartes. Te digo que debes liberarte de la culpa. No puedes ser eternamente viudo. Leonor, desde donde esté, aplaudiría la idea. Te estás poniendo más cadenas de las que debes. No faltas a su memoria, casándote de nuevo.

—Hermano, ¡déjalo ya!

—Un día voy a ir a tu cuarto y te vas a encontrar con que no está la foto de Leonor. ¡Tienes que seguir hacia delante con tu vida!

—Ni se te ocurra tocar esa foto. Sabes que no me gusta hablar de este tema y menos aún de Leonor. Las heridas nunca están cicatrizadas y todo lo que gira en torno a ella me duele. Lo sabes. No quiero seguir hablando del tema.

—Está bien, no hablemos de Leonor, pero hazme caso. Piensa ya en casarte. Mírame a mí o a nuestro hermano Manuel. Se casó con nuestra prima Eulalia y ahí siguen. Y acabó de un plumazo su vida bohemia.

—No me menciones a Eulalia que solo tengo palabras de agradecimiento hacia ella por cómo trató a Leonor cuando se conocieron. Además, la convivencia con ella era muy fácil cuando estábamos todos en la casa de la Corredera Baja. Con nuestros hermanos Joaquín y Francisco se desvivía por cuidarles. ¡Eulalia es mucha Eulalia! Tú también has tenido mucha suerte con tu mujer. ¡No imagináis lo que es el dolor de perderla!

—No tiene por qué volver a ocurrir. Habla con esa mujer que te ronda por la cabeza y ¡pídele matrimonio!

—Las cosas no son tan fáciles como piensas. ¿Y si la mujer que está en mi cabeza no es libre?

—¿Es un amor platónico o se trata de una mujer casada?

—José, la vida no es blanco o negro. ¿No has tenido nunca la sensación de haber esperado toda la vida a conocer a alguien y cuando aparece ese alguien lo eclipsa todo? Pues a mí me ha ocurrido.

—Ya veo que te has enamorado de una mujer con la que no puedes hacer planes de futuro.

—Me he enamorado de una diosa, que es muy diferente. La mujer se propone atraer, a la diosa le basta ser para dominar. Mira, nada más verla, supe reconocerla porque la había soñado siempre.

—¿La conozco?

—No. No pertenece a nuestro mundo y sin embargo, me une todo a ella. Es poetisa, con soledades digamos que parecidas. Me gusta su cuerpo de mujer y el alma que lo defiende. ¡Todo para mí se ilumina cuando la veo!

—Ya... ¿Cómo se llama?

—Guiomar. Le he puesto ese nombre ficticio porque llamarla por su nombre acabaría generándole problemas. Su identidad es un secreto y seguirá siendo así siempre.

—No sería la primera mujer que se separa de su marido. No renuncies a...

—De esa cuestión no voy a seguir hablando. Es profundamente religiosa y se casó con su marido para toda la vida. Yo respetaré cualquier decisión que tome. Con tal de poder verla... ¡lo que sea!

José no volvió a abrir la boca. Por lo que acababa de decir, Antonio seguiría solo, como hasta ahora. Aquella desconocida de la que solo tenía su nombre ficticio, Guiomar, no le gustaba. Pensaba que su hermano no necesitaba una diosa sino una mujer de carne y hueso.

17

El final del verano

Agosto estaba llegando a su fin. Además de los ensayos para poner en marcha el teatro familiar Fantasio, Pilar tenía que dar mil y una excusas para frenar el constante acercamiento de su marido durante las cálidas noches de verano. Pilar se proponía regresar a Madrid cuanto antes: una situación tan incómoda era difícil de sobrellevar durmiendo en la misma habitación y en la misma cama. Rafael no perdía una sola oportunidad.

—Creo que deberíamos comportarnos como un matrimonio, no solo de cara a los demás, sino también de cara a nuestra intimidad.

—Me tienes que dar tiempo. Entre tú y yo se interpone esa pobre chica que se tiró por el balcón.

—Por favor, no me tortures. Necesito olvidar ese episodio de mi vida.

—Yo también. Además, no me quito de la cabeza su edad. Unos pocos años más que nuestras hijas. Pero ¿cómo pudiste? —Era la primera vez que le reprochaba la infidelidad de un modo tan directo.

—Las cosas surgen, sin más. Ocurrió y ya está. La vida debe continuar.

—¿Dos años con ella y conmigo a la vez? ¿Pretendes que lo borre sin más de mi mente?

—Deberías hacer el esfuerzo. Para mi descargo, te diré que

el tiempo pasa rápido y cuando me quise dar cuenta, habían transcurrido dos años y ella esperaba algo más de mí. No lo supe ver. De todas formas, yo siempre le dije que tenía a mi familia. No la engañé.

—Pero a mí sí. Tu frialdad conmigo, tu desapego, tus muchas ausencias, tus viajes constantes... ¡Y ahora pretendes que yo borre todo eso de un plumazo!

—Lo siento, pero tienes que entenderme... ¡Soy tu marido! Los hombres somos distintos a las mujeres y tenemos necesidades.

—Ha sido uno de los golpes más duros de mi vida, junto con la pérdida de mi padre. Aquí también he tenido una pérdida. El amor entre los dos ha desaparecido. Te confieso que no soy capaz de satisfacer esas necesidades, ¿entiendes? No soy un juguete, ¡soy una persona con sentimientos!

—Somos marido y mujer. Con lo religiosa que eres, debes saber que tienes una obligación para conmigo. En la salud y en la enfermedad...

—¿Obligación? ¿Lo dices en serio?

—Habla con cualquiera de los curas con los que te confiesas.

—No me puedes obligar a algo que no siento. Necesito tiempo. Sé que intentas acercarte a mí, pero no puedo. Ya es tarde. No te amo, Rafael. Esa es la verdad.

Hubo un silencio tenso. Rafael recibía aquellas palabras de su mujer como un golpe bajo. Cerró los puños con ira contenida hasta que pudo hablar.

—No te pido que me ames. Solo te exijo que seas mi mujer en todos los aspectos.

Pilar se echó a llorar. Ella, que no era de lágrima fácil, no se reconocía tal como estaba ahora, con el pañuelo en la mano todo el día. Parecía que las lágrimas brotaban solas. Al escuchar a su marido exigiendo que cumpliera como mujer, solo tenía ganas de escapar de allí cuanto antes.

—Por favor, regresemos a Madrid. Esto que me planteas no

entra en mi cabeza. Te repito que necesito tiempo. Soy de carne y hueso. No sé fingir. Hemos llegado a esta situación no por mí, sino por ti. Por favor, volvamos a Madrid.

—Como quieras. Yo también necesito regresar cuanto antes para ir haciendo el decorado y adecuar nuestra biblioteca al teatro que vamos a montar. Calculo que cabrán entre ochenta y cien personas. Me volcaré en ello. Espero que notes que este esfuerzo lo hago por ti.

—Lo sé. Gracias.

Pilar no fue capaz de añadir nada más. El rifirrafe con su marido la había dejado completamente agotada. Rafael había hecho bien en derivar la conversación hacia el tema del teatro. Se quedó mucho más tranquila al saber que su marido accedía a regresar en los primeros días de septiembre a Madrid: veía ese momento como una liberación. Escribió a Antonio con la buena nueva de su regreso a la capital. También le contó la conversación tan agria que había mantenido con su marido.

Antonio Machado estaba exultante después de recibir la carta de Pilar y conocer su regreso a Madrid. Parecía como si la losa que llevaba sobre sus hombros días atrás hubiera desaparecido de repente. En los encuentros de trabajo que mantenía con su hermano Manuel, hacían largas pausas para conversar sobre distintos temas que luego llevaban a los libros. El amor, en esta ocasión, lo centraba todo.

—Me inquieta la mujer, en general —comentaba Antonio.

—Si somos rigurosos, has de reconocer —le dijo Manuel— que tú has sido muy proclive a la erótica y al canto a la mujer.

—Lo reconozco. Como te digo me inquieta la mujer por presencia y por ausencia.

—El amor se revela como un súbito incremento del caudal de la vida. Así es como yo lo entiendo. ¿Con qué estación del año lo asocias?

—Con la primavera, eso está claro. El amor como comienzo de todo, el inicio del proceso erótico y no al término como en los místicos.

—Estás hablando como nuestro personaje Abel Martín, cuando el amor le lleva al fondo de su propia metafísica.

—Yo, hoy por hoy, te aseguro que renuncio a seguir por los vericuetos de la metafísica y pretendo guiarme nada más que por los sentimientos. El *carpe diem* de los amantes. ¿Recuerdas?

Tejidos sois de primavera, amantes
de tierra y agua y viento y sol tejidos.
La sierra en vuestros pechos jadeantes,
en los ojos los campos florecidos...

—Pero en el imán de los amantes, ¿no encuentras también algo de calvario? —repreguntó Manuel.

—¿Un imán que al atraer repele? Felicidad e infelicidad se dan la mano. Amas y sufres, sufres y amas. Amor y sufrimiento son todo uno. Los amantes, lejos de fundirse, siempre piensan en el otro, en lo impenetrable del amado.

Mientras estaban en estas disquisiciones filosóficas sobre el amor, se abrió de golpe la puerta del cuarto de Antonio y apareció por sorpresa Francisco, recién llegado de Toledo. Francisco, igual que Joaquín, era uno de los hermanos Machado que menos frecuentaba la casa familiar. El quinto hijo de los Machado, el pequeño de los vivos, era oficial del Cuerpo de Prisiones después de haberse licenciado en Derecho y aprobar las oposiciones. Había completado sus estudios en la Escuela de Criminología, donde se hizo adepto a las teorías de Concepción Arenal que sostenían que la pena de los reos debía orientarse hacia la readaptación social del delincuente. Después de haber pasado por el penal del Puerto de Santa María y el de Cartagena, había conseguido el traslado a Toledo como subdirector de la prisión Provincial.

—Muy encerraditos os veo a los dos. —Era el más chistoso de todos los hermanos.

—¡Caray, Francisco! ¿De dónde has salido? —Se levantó Manuel y le abrazó.

—¡Qué alegría me das! —También se levantó Antonio de la silla y se fundió en un abrazo con su hermano—. ¿Cómo está la familia?

—Estupendamente. Las niñas cada día más mayores. Ya sabéis, el tiempo pasa rápido. ¡Vuestro hermano pequeño ya tiene cuarenta y cuatro años!

—¡Quién los pillara! ¿Y Mercedes? —preguntó Antonio. Le encantaba escuchar el acento gaditano de su cuñada.

—Está con mamá. Ha venido conmigo en este viaje relámpago.

—¿Qué te trae por aquí? —le dijo Manuel, curioso.

—Necesito un cambio de aires y he venido a pedir el traslado a Madrid o a Barcelona. Veremos si me hacen caso. También quería presentaros el manuscrito que acabo de terminar. ¡Aquí lo tenéis!

Puso un bloque de folios manuscritos encima de la mesa.

—¡Esa sí que es una alegría! Siempre te he dicho que no dejaras la escritura —le comentó Antonio— y me has hecho caso. ¿De qué trata?

—Con el título ya os doy toda la información: *Leyendas Toledanas*. Versifico las tradiciones más populares de la ciudad del Tajo. En realidad es un homenaje a nuestro padre, que siempre andaba investigando las raíces de todo.

—¡Una gran idea! —afirmó Manuel—. Habrá que encontrar a algún amigo que quiera editarlo. ¡Déjalo en nuestras manos!

Doña Ana y Mercedes entraron a continuación en la habitación, que parecía una auténtica leonera: libros por el suelo, por las sillas, por la mesa, papeles encima de los libros y ningún hueco para sentarse.

—Uff, ¡cómo tenéis esto! —comentó la madre—. Ni sé

cómo podéis trabajar aquí. No me dejan ni pasar la escoba.

—Desde que les conocí han estado siempre rodeados de papeles y de libros. ¡No es nada nuevo! —comentó Mercedes con su marcado acento—. Si no quieren orden, peor para ellos.

—¿Qué tal el trabajo de tu marido, le deja algún tiempo para la familia? —preguntó Antonio.

—Poco. Tú le conoces mejor que nadie. Le encanta estar entre presos.

—¡Seguro que se pasa de bondadoso! —comentó Manuel.

—¡Si yo os contara! Unos presos querían fugarse de la cárcel pero al enterarse de que estaba Francisco de guardia, pospusieron sus intenciones para que no tuviera represalias. ¡Con eso está dicho todo!

—¡Menuda bicoca tienen contigo, hermano!

Antonio permanecía de pie, apoyado en su bastón, observando la escena.

—¿Y tú, hermano? Estás muy callado. ¿Cuándo nos das una sorpresa? Dicen que hay una dama revoloteando a tu alrededor.

—¡Qué cosas llegan a tus oídos! No es verdad, como puedes imaginar. Pero no sigamos todos de pie, ¡vayamos a hablar al comedor!

Estaban todos los Machado presionando a Antonio para que recalara en algún puerto femenino y abandonara su soltería. Esa insistencia no le sacaba de sus casillas, pero le incomodaba. Como pudo, desvió la conversación para que no volvieran sobre el tema.

En su última carta, Pilar le había pedido a Antonio que ya no le escribiera más a Palencia. Las próximas, le indicó, debería enviárselas a Hortensia Peinador. La institutriz estaba avisada de que recibiría unas misivas que, en realidad, iban dirigidas a ella. Hortensia, con su discreción de siempre, no preguntó el motivo de tanto secretismo.

Pilar se sintió aliviada al poner pie en su casa de la calle Pintor Rosales. Podría volver a ser dueña de su tiempo y de sus escapadas, sin tener que dar explicaciones constantes a su marido.

Una de las primeras visitas que tuvo nada más regresar a Madrid fue la de Carmen Baroja. Su amiga la puso al día de todo lo que había sucedido en el Lyceum Club durante el verano.

—Pilar, ha sido terrible... Ha habido algún conferenciante que se ha encontrado con la sala vacía. Hemos sudado tinta para que se moviera la gente de sus casas y vinieran a escucharles. Espero que a partir de ahora sea más fácil.

—No pienso faltar a ninguna. ¿Sabes? Te he hecho caso y ya estamos ensayando para estrenar en casa antes de fin de año. Ya tenemos nombre: Teatro Fantasio. Sigo tus pasos con El Mirlo Blanco. Comenzaremos con una de Benavente.

—¡Vaya! Recuerda que es el único que no ha querido venir a nuestras charlas del Lyceum. Con eso de que no quiere hablar ni «a tontas ni a locas»... Me sentó muy mal, la verdad.

—Bueno, a ver si entre todos le hacemos cambiar de opinión. Rafael tiene pensado acondicionar nuestra biblioteca y que venga todo Madrid. ¡Incluido el rey!

—Sería estupendo que asistiera. No me lo perdería por nada del mundo. Bueno, también vengo para avisarte de que estamos preparando un baile con Consuelo Bastos, la mujer del afamado médico, y las de Gancedo en el Ritz. Hemos pensado que la gente venga vestida con traje de época y que se bailen únicamente rigodones y lanceros.

—¿Cómo se baila? Yo no tengo idea.

—Nuestras madres sí saben, pero nosotras no. En el Lyceum hay varias voluntarias para enseñarnos. Queremos que vayan nuestros hijos e hijas y tendrán igualmente que ensayar. Va a ser muy bonito.

—¿Cuándo tienes pensado hacerlo?

—Para finales de octubre.

—¡Qué poco tiempo para aprender! Entre los ensayos del Fantasio y los del baile, no vamos a parar en esta casa. ¡Cuenta conmigo! ¿Irá tu marido?

—¡A esas cosas no va! Ya sabes que se dedica por entero a las artes gráficas. Desde que dejó Correos y fundó la Editorial Caro Raggio, se pasa el día allí. Por cierto, tu marido le ha llamado para que le publique un libro de viajes que tiene en mente y le ha dicho que sí.

—Sabía que tenía intención de escribir, pero no me ha dicho nada de que había hablado con tu marido. Ya sabes que está lleno de secretos. ¡Me tengo que enterar por ti!

—Lo mismo quería darte una sorpresa. ¡Hazte de nuevas si te dice algo!

—¡Descuida!

Los hermanos de Carmen, Pío y Ricardo Baroja, publicaban en la editorial de su marido. Azorín, por amistad, también confiaba sus libros a Rafael Caro. Carmen, a su vez, estaba volcada en la educación de sus dos hijos: Julio y el pequeño Pío, que aún no había cumplido un año.

—Me voy a casa corriendo. A Rafael no le gusta que me separe del pequeño durante mucho rato. ¡En qué hora me casé! Tú sabes que yo no era muy proclive al matrimonio. Al final, acabas cediendo y haces todo menos lo que quieres. Por cierto, ¡he vuelto a escribir!

—Esa es una gran noticia, Carmen.

—Ya sabes, cuento contigo y con tus hijas para el baile. Debéis ir a ensayar al Lyceum. ¡Ah! No dejes de acudir a la próxima charla que se va a dar sobre el sufragio femenino. Hablará Clara Campoamor. Que sepas que en este verano desde el Lyceum se han formado varias comisiones para estudiar la Reforma del Código Civil y Penal. ¡Te digo que pronto votaremos!

—¡Conque podamos independizarnos de nuestros maridos! Viajar sin su permiso, abrir cuentas bancarias sin su firma, separarnos sin perder a nuestros hijos... —Nada más pronunciar estas últimas palabras, Pilar se arrepintió—. Esto último que he dicho es una tontería. Yo me he casado para toda la vida.

—La vida va cambiando a una gran velocidad. A los hombres no les da tiempo a adaptarse a esos cambios. ¡Nos tienen miedo! Todo lo que pensamos, podremos hacerlo sin esperar mucho. ¡Lo veremos, Pilar! ¿Sabes que término usa mi madre cuando habla de mí y de mis ideas?

—No, dime.

—Que mi manera de ser es «descontentadiza». Ahora, no te lo pierdas, lo repite mi marido.

—Si le preguntas a Rafael, seguro que dice lo mismo de mí. «Descontentadiza». —Se echó a reír.

—Me voy, que tengo muchas cosas que hacer. No te lo he dicho, pero estoy trabajando con el catedrático de Etnografía y Folclore, Luis de Hoyos. Me ha pedido que le ayude a catalogar piezas para el Museo Histórico Textil y lo estoy haciendo.

—Carmen, no sé de dónde sacas tiempo.

—Yo tampoco... Pero me gusta estar ocupada.

Cuando se fue su amiga de casa, supo que lo mejor que podía hacer era imitarla. La forma de no pensar en ella misma tenía una solución: llenarse de actividad, como hacía Carmen. Pensó en agilizar los ensayos con sus hijos y continuar escribiendo.

Ahora que ya se encontraba en Madrid, estaba inquieta preguntándose cuándo sería la próxima cita con Antonio. Esperaba con ansiedad recibir noticias suyas. Nada deseaba más que volver a verle.

18

Un encuentro casual

Mientras Pilar esperaba una nueva cita, Antonio cayó enfermo y no pudo incorporarse al instituto de Segovia para el comienzo del nuevo curso. Sin embargo, lo que más le turbaba no era faltar a su puesto de profesor, sino no poder viajar hasta la capital para reencontrarse con su «diosa». La dueña de la pensión, Luisa Tórrego, le cuidó durante todo el tiempo que estuvo convaleciente.

—Es usted muy mal enfermo, don Antonio. Tiene unas anginas de caballo y no para quieto.

—Necesito ir a Madrid cuanto antes. —Hacía el intento de ponerse de pie pero se mareaba.

—Está usted muy débil. ¿No ve que tiene mucha fiebre? Cuando uno cae enfermo, lo único que puede hacer es sudar en la cama y nada más. Buenos ponches de huevo con coñac y dejar que el cuerpo haga su trabajo.

—Es que no puedo estar en cama, ¿comprende? Debo ir a Madrid para unos asuntos que me apremian.

—¡Pues que esos asuntos esperen! Usted de aquí no se mueve hasta que yo vea que está en condiciones. Solo falta que, con lo débil que está, le dé un mareo y se caiga por la calle.

Antonio estaba convencido de que se había puesto malo ante la llegada de Pilar, por el ansia tan intensa que tenía de verla. También había tomado agua muy fría durante varios días seguidos y notó en la garganta un dolor muy fuerte, como un cuchillo, que le impedía tragar. Las dos cosas hicieron que no pudiera moverse de la cama. No tenía ánimo ni para escribir a su musa. En cuanto la fiebre remitió, ya se sintió con fuerzas para levantarse y explicarle por carta todo lo que estaba sucediendo.

Cuando Hortensia Peinador recibió en su casa, en la plaza de Salmerón número 13 de Madrid, una carta a nombre de Pilar, se la dio al día siguiente. Esta se tranquilizó al saber que la ausencia de noticias se debía a unas anginas, tan imponentes que habían impedido a Antonio salir de casa y venir a Madrid para encontrarse en el que era ya «su rincón de la fuente».

Durante esos días, Rafael Martínez Romarate fue invitado a participar en el homenaje al general Primo de Rivera en el quinto aniversario de su llegada al poder. Alcaldes de los pueblos más relevantes de España le rindieron honores, acompañados de grupos folclóricos ataviados con sus trajes típicos. El lugar de la cita era el parque del Retiro y desde ahí, iniciaron una marcha por la calle Alcalá. Caballos enjaezados a la andaluza y carrozas adornadas con flores vistosas y coloridas hicieron el recorrido hasta el Ministerio de Instrucción Pública, donde se encontraba el general Primo de Rivera. Allí había una recepción de autoridades en la que participaba Rafael.

La marcha con cantantes folclóricos y danzarines hizo una parada en ese punto y Primo de Rivera salió a uno de los balcones a saludar. Miles de personas abarrotaban las calles a su paso. Después de media hora de exhibiciones artísticas, las carrozas continuaron su recorrido hasta la plaza de Oriente, pasando por la puerta del Sol.

Pilar no quiso acompañar a su marido. Prefirió acudir a la clase de baile del Lyceum. Sus hijas, entusiasmadas, fueron con ella para aprender los pasos del rigodón. La profesora les explicaba los detalles de esta danza.

—Es de origen francés. Se baila entre dos o más parejas y se realiza una variedad de figuras que son las que yo les voy a enseñar. El baile es a dos tiempos y se divide en dos retornos al compás de un cuatro por cuatro.

Alicia y Mari Luz acudían muy divertidas a estos ensayos. La profesora distribuyó a los alumnos y les pusieron de parejas a otros dos chicos, hijos de socias del Lyceum, que no mostraban ninguna destreza y que hacían gala de su constante torpeza.

Fue interesante que madre e hijas compartieran este baile, que las jóvenes interpretaron como bienvenida al mundo de los adultos. Hubo mucha complicidad y risas. Pilar las miraba pensando que Alicia y Mari Luz se habían hecho mayores.

Rafael, por su parte, había entrado en una actividad frenética desde que habían vuelto a Madrid para el nuevo curso. Quiso ir a todos los estrenos teatrales de la temporada, porque le servía para fijarse en la puesta en escena y, fundamentalmente, en la posición de los focos y las luces. A mediados de septiembre no se perdieron el estreno de la zarzuela *La mejor del puerto*. Estos acontecimientos sociales eran útiles también para volver a reencontrarse con los conocidos tras las vacaciones estivales. Todo Madrid se dio cita para ver este sainete andaluz en dos actos. Muchos sevillanos residentes en la capital estaban allí. Pilar se volvió a poner su traje largo de seda azul, aunque le gustaba reservarlo para ver a Antonio. Se dejó su pelo negro corto rizado sin recoger y se pintó la boca de rojo.

En el entreacto, mientras departía con sus cuñados, María Soledad y Victorio Macho, sentía cómo unos ojos escrutadores no dejaban de observarla. Fue una auténtica sorpresa reconocer, tras esa mirada impenitente, a Antonio Machado junto a su hermano Manuel. Ambos asistían, como ella, al estreno de la zarzuela. El autor de la música, el maestro Francisco Alonso, les había invitado. Él la hubiera reconocido en cualquier lugar y en cualquier circunstancia. Su pelo, su traje azul y su forma de moverse eran inconfundibles. Se decía a sí mismo que la hubiera hallado entre miles de personas. A Pilar le impactó tanto encontrarse con Antonio en esas circunstancias, y después de tanto tiempo sin verle, que se le cayó la copa de champán que llevaba en la mano.

—Lo siento mucho. No sé qué me ha podido ocurrir —comentó azorada—. ¿Te he manchado? —le dijo a Victorio, que se había llevado la peor parte.

—No, tranquila. Sabes que a mí me da igual lo que piensen los demás. Luciré la mancha sin problemas.

Pilar volvió la mirada adonde había visto a Antonio, mucho más delgado que la última vez que quedaron en la fuente del palacio de la Moncloa, y ya no estaba. Llegó a dudar si en realidad le había visto allí o eran imaginaciones suyas. Comentaba con María Soledad su torpeza cuando sintió la voz inconfundible de Antonio a sus espaldas. Una especie de escalofrío recorrió su cuerpo. La sensación de irrealidad se incrementó cuando vio que Victorio fue a saludar a los hermanos Machado con una gran efusividad. Creyó estar a punto de marearse.

—Pilar, ¿estás bien? —le preguntó su cuñada—. No tienes buena cara.

—No entiendo qué me pasa. Creo que debo de estar incubando alguna enfermedad.

—¿Quieres que nos vayamos a sentar?

—No, tranquila.

Rafael también hizo por saludar a los Machado. Manuel estuvo más hablador y Antonio, como siempre, más callado. ¿Cómo no iba a estarlo? El marido de Pilar en realidad era su rival. Por su culpa no podía estar con la mujer que amaba. Conocedor de lo que había ocurrido entre ellos, no le perdonaba su deslealtad. Por lo tanto, estuvo serio y poco hablador con él. Pilar seguía impasible, sin darse la vuelta, hasta que Rafael la reclamó para que saludara a los dos hermanos Machado. Cuando se dio la vuelta, sus ojos se cruzaron con los de Antonio y la mano de uno rozó la del otro, creyó no poder sostenerse en pie. El poeta hubiera deseado besarla allí mismo, pero se limitó a sonreír.

—Un gusto verla, señora. —Besó su mano.

—Sí, lo mismo digo. Por cierto, enhorabuena por la publicación de sus *Poesías Completas*.

—Muchas gracias.

—Mi mujer es una gran seguidora suya —intervino Rafael—. Tiene todos sus libros y se sabe todas sus poesías.

Pilar enrojeció y no supo qué decir delante de todos.

—Nunca la he visto tan cohibida delante de nadie. Será que le impone estar delante de ustedes —añadió Rafael mientras Pilar le fulminaba con la mirada.

Victorio Macho salió al rescate de su cuñada mientras María Soledad la observaba con asombro.

—Antonio y yo nos conocemos de París. Hemos coincidido en esa capital extraordinaria, donde todo lo que ves y lo que percibes es vanguardia. ¡Qué tiempos, Antonio!

—Sí, Victorio. ¡Qué tiempos! Yo me iría a París hoy mismo.

—Y yo también. —Todos se echaron a reír.

Sonó un timbre que indicaba que el segundo acto iba a comenzar. Se despidieron educadamente.

—¿Está escribiendo algo nuevo? —preguntó Pilar.

—Sí, otra obra de teatro con mi hermano.

—¡No deje de escribir poesía! —le dijo, extendiendo su mano.

—Eso nunca va a suceder. —Antonio la besó.

—Siempre tiene alguna inspiración —comentó Manuel—. Ahora su foco está en Guiomar —añadió—. Tiene mucha facilidad para inventar personajes.

Pilar dejó de respirar.

—En unos meses voy a publicar mis últimos versos en la Revista de Occidente... ¡Espero que los pueda leer!: «En un jardín te he soñado, / alto Guiomar sobre el río, / jardín de un tiempo cerrado / con verjas de hierro frío».

—Son bonitos. Realmente bonitos.

—Un placer haberla visto.

—Lo mismo digo —contestó, mirándole a los ojos.

Rafael observó toda la escena desde la distancia. No entendía el azoramiento de su mujer ante el poeta al que sabía que admiraba desde siempre.

Se fueron cada uno a su sitio para seguir el segundo acto. Sin embargo, ni Antonio ni Pilar consiguieron darse cuenta de lo que sucedía en el escenario. El poeta, desde el patio de butacas, desviaba su mirada constantemente hacia el palco en el que se encontraba Pilar. No podía dejar de observarla. Manuel le preguntó extrañado a su hermano.

—¿Te gusta esa mujer?

—¿Tanto se me nota?

—No apartas tus ojos de ella.

—Es que no es una mujer, se trata de una diosa.

—Está casada con don Langostín. —Les encantaba poner motes a la gente estirada y este era uno muy repetido en esos ambientes—. No deberías fijarte en ella. Te complicará la vida.

—Lo sé, pero puede que tu advertencia llegue tarde.

Manuel no escuchó bien la última frase de su hermano. Continuaron viendo la función del autor andaluz, que era conocido suyo, y con tanto éxito cosechado en el pasado.

Pilar, en un momento del segundo acto, se levantó de su asiento en el palco y se ausentó. Como Antonio no dejaba de mirarla se dio cuenta de que podía ser una oportunidad para hablar con ella. Se levantó él también de su butaca cerca del pasillo central, se excusó con su hermano y le comentó su necesidad de ir al lavabo. Caminando por el pasillo central del teatro con cierta celeridad, se dirigió hacia el palco donde se encontraba Pilar.

Antonio esperó con impaciencia. Al cabo del rato, Pilar apareció por el pasillo para volver a ocupar su sitio. Se sorprendió de nuevo al verle.

—¿Qué haces aquí? ¡Nos pueden pillar! —dijo en voz baja.

—Necesitaba ver a mi diosa sola y decirle lo mucho que la quiero.

Pilar sonrió mientras miraba hacia un lado y otro del pasillo. Su última mirada se posó en la puerta del palco con temor a que se abriera.

—¿Mañana estarás en Madrid? —le preguntó nerviosa.

—Sí. ¿Nos vemos a las seis en la fuente? —Le cogió su mano y la besó varias veces.

—¡Allí estaré! ¿Te encuentras bien? —le observó con sus grandes ojos negros y Antonio solo pudo mover la cabeza afirmativamente. Frente a ella se quedaba sin palabras. Antes de entrar de nuevo en el palco, Pilar le miró una última vez y le sonrió.

Hasta que la puerta del palco no se cerró, el poeta no emprendió el camino de regreso a su asiento en el patio de butacas. El resto de la zarzuela transcurrió con Antonio pendiente de cada movimiento de Pilar.

—Disimula, hermano —le llegó a decir Manuel—. Mira de vez en cuando al escenario.

Verla después de tanto tiempo le ayudaba a pensar que no era una ensoñación, como había llegado a creer estos días atrás mientras permanecía convaleciente en la cama. Pilar le atraía tanto que le resultaba difícil disimular su sentimiento hacia ella. Se alegró de que su hermano le hubiera forzado a ir a Madrid para acudir al estreno de su paisano y terminar de curarse las anginas gracias a los cuidados de su madre.

Al día siguiente, minutos antes de las seis de la tarde, ya estaba Antonio en «el jardín de la fuente» donde habían quedado. Miró su reloj en varias ocasiones: parecía que el tiempo se había detenido. Un leve viento mecía los árboles. La naturaleza envolvía aquella fuente de vida donde los pájaros revoloteaban cerca. Estaba impaciente, moviéndose de un lado a otro, cuando quince minutos después apareció su musa vestida de encaje blanco, como la primera vez que se vieron en Segovia. Sus miradas se unieron desde la distancia. El corazón acelerado de Pilar se desbocó justo al llegar a su lado y unir sus manos. Sus labios se buscaron con deseo. Entrelazados estuvieron largo rato. Afortunadamente nadie fue testigo de su encuentro. Tampoco había quien les llamara la atención por la efusividad de sus abrazos en un lugar público. El cielo azul y el jardín de la Moncloa eran los únicos espectadores silentes de aquel encuentro. Después de mirarse absortos a los ojos, sin poder hacer otra cosa que besarse, se sentaron en el bautizado por Antonio como «banco de los enamorados».

—¿Cómo te encuentras? —preguntó ella.

—Ahora mismo, mejor que nunca.

—Me alegra saberlo. El otro día por poco me desmayo al verte. No sé qué me pasó.

—¡Que hacía mucho que no nos veíamos y que no me esperabas! Mi hermano notó que algo me pasaba contigo al no poder quitar la mirada del palco donde estabas.

—¿Crees que Rafael se daría cuenta de algo? —Antonio dijo que no con la cabeza—. Ha sido muy duro. ¿Sabes? Es mejor la soledad a estar con la persona que no amas día y noche en la misma habitación.

—La ausencia del ser amado también puede ser una tortura. ¿Cómo quieres que nos sigamos viendo? Va a empezar a hacer frío y he pensado en un café lejos de la zona donde vives.

—¿Dónde?

—En Cuatro Caminos, en una de las bocacalles de la calle Reina Victoria. Es un barrio obrero que nada tiene que ver con el círculo en el que te mueves. Allí no habrá a la vista ningún conocido tuyo. Tienes un tranvía cerca de tu casa que te dejará prácticamente en la puerta.

—¿Cómo se llama el sitio?

—Café Continental. Allí nadie se fijará en nosotros. Está lleno de parejas que, por no pasear y coger frío, pasan la tarde tomando un café.

—Espero no perderme y saber llegar.

—¿Quedamos el sábado por la tarde? ¿Podrás?

—Mejor por la mañana. Me resultará más fácil poder escaparme a verte a mediodía. Primero iré a misa a San Ginés, en la calle del Arenal, y después me escaparé a verte.

—Allí está enterrado Lope de Vega. No está nada mal comenzar así el día.

Quedó Antonio en acudir a la cita con parte del manuscrito de la nueva obra de teatro que estaba escribiendo junto a su hermano, *La Lola se va a los puertos*. Ella, por su parte, le dijo que le llevaría una de las últimas composiciones que había escrito. Se dieron un beso inacabable como despedida y volvieron a salir por separado de aquel lugar donde podían expresar sinceramente lo que sentían uno por el otro.

Cuando Pilar llegó a casa, su madre llevaba un buen rato esperándola. Su cansancio, después del largo viaje en coche, era tan evidente que tan solo cruzaron cuatro palabras.

—*Ma petite!* Deseaba verte después de tanto tiempo. ¡Déjame que te mire! —La escrutó de arriba abajo—. *Oh là là! Ce n'est pas possible!*

—¿Qué ocurre? —dijo Pilar extrañada.

—Estás muy cambiada. Tienes ojos de enamorada.

—¡Madre, por Dios! ¡Qué ocurrencias! —Pilar se sonrojó. Era como si su madre le leyera el pensamiento—. Sencillamente estoy mucho mejor que cuando me vio por última vez.

—Tampoco me parece extraño estar enamorada de tu marido.

—Pues si quiere saber la verdad, no estoy enamorada de Rafael. Ya no.

—¿Ha ocurrido algo que yo debería saber?

—No, no, tranquila. Solo es la decepción lógica de llevar tantos años juntos. —No quiso contarle los motivos del desencanto conyugal.

—*Quel malheur!* Por tu cara nadie diría que no estás bien con Rafael. Te encuentro *très jolie*. No sabes cómo me alegro de comprobar que tu salud ha vuelto a ser la que era. ¿Te animas, *ma petite*, este domingo a venir a casa? Estará *ton frère*.

—¡Sí! Tengo ganas de veros a todos. Me apetece mucho ver a mi hermano.

El sábado a las doce entraba Pilar en el café Continental. Un camarero, ataviado con chaqueta negra y pajarita del mismo color, la invitó a que se sentara en cualquiera de las mesas de mármol que aún estaban vacías. Ella miró a un lado y a otro buscando encontrarse con Antonio. Era un salón muy grande, repleto de mesas redondas de pequeño tamaño. Había alguna que otra pareja desperdigada aquí y allá. Pilar estaba tan nerviosa que no reconocía a Antonio en ninguna de las caras que se volvieron a mirarla. Finalmente, en la última mesa del fondo, un caballero con sombrero se puso de pie e intuyó que debería ser él.

—¿Sabes? —le comentó al estar frente a él—. Debería revisarme la vista. No te veía. Te confieso que estoy nerviosa.

—Me he puesto en la mesa más discreta. Si quieres, mi reina, siéntate de espaldas a la puerta. No quiero que lo pases mal mientras estemos juntos.

Le hizo caso y se puso de espaldas a la entrada. El camarero intuyó que aquel encuentro, por la razón que fuera, debía producirse con la máxima discreción.

—Hay una zona arriba donde, si quieren estar a solas, no habría ningún problema en que les encendiera la luz... Ya me entienden.

—¡No, estamos bien aquí! —contestó rápidamente Pilar.

—Es interesante el ofrecimiento que nos hace el joven. ¿Cómo se llama usted?

—Jaime, para servirle a usted y a Dios.

Viendo lo nerviosa que se ponía Pilar, Antonio dio marcha atrás.

—Aquí estamos bien. ¡Pónganos dos cafés con leche!

—Yo quiero un té, por favor —dijo Pilar, quitándose un abrigo ligero para esos primeros fríos.

Había cambiado la estación y el tiempo parecía saberlo, dejando un rastro de viento y bajas temperaturas en esos primeros albores del otoño.

Hicieron lectura de sus trabajos y los dos expresaron su opinión libremente. Antonio tenía en alta consideración sus palabras y escuchaba con atención cuanto le decía, después de haberle leído el primer acto de *La Lola se va a los puertos*. Pilar, por su parte, hizo lo mismo con alguno de los versos que le había dedicado.

—El que más me gusta se llama «Testamento de un amor imposible». Está inacabado pero dice así: «Si yo me muero antes, volverás una tarde / a buscarme en la fronda de aquel viejo jardín. / Te sentarás de nuevo sobre el banco de piedra / junto a la fuente aquella que te hablará de mí. / Si yo me muero antes, recogerás mis versos / y formarás con ellos un breviario de amor / que será tu breviario, como si en él tuvieras / el signo de la vida y la religión. / Si yo me muero antes, como en las noches nuestras / en nuestro "tercer mundo" yo te iré a visitar. / Me sentirás lo mismo que si estuviera viva, / ¡que para ti, esas noches, he de resucitar!». Tengo algunos versos más pero todavía no doy el poema por acabado. ¿Qué te parece?

Antonio no podía hablar. Se le escapaban las lágrimas de los ojos.

—¿Cómo puedes escribir eso, saladita mía? Yo moriré antes que tú. Eso no admite discusión. ¡Son bellísimos, pero muy tristes! ¿Me los das?

—No he acabado el poema, pero tengo una copia. ¡Quédatelos!

—Conseguiré que algunas de las firmas más reconocidas te hagan una crítica de tu nuevo libro. ¡Escribes con una gran sensibilidad!

Pilar estaba muy contenta con los comentarios de Antonio. También le dijo que iría a los estrenos del teatro de la Comedia por si se animaba a encontrarse con ella, como había hecho días atrás en el estreno de la zarzuela. Se había hecho socia de la sociedad cultural de Música por 15 pesetas mensuales y le animaba a que él lo hiciera también.

—¿Sabes? Mi madre me ha invitado de nuevo al teatro Novedades. Iremos a ver una nueva función, *El mejor alcalde, el rey*. Merece la pena que vengas.

—No puedo, mi reina. Tengo un poco de ajetreo en Segovia con varios actos a los que me han invitado. No sabes lo que daría por ir y verte aunque sea de lejos.

Antonio se quedó muy impactado por la lectura del poema. Pilar daba su amor por imposible y además lo hacía en forma de testamento. Era evidente lo que sentía hacia él y el sufrimiento que estaba padeciendo. Leyó otro verso que su musa no había declamado en voz alta:

> *Si yo muero antes... llegarás a mi tumba*
> *a llorar y a llevarme una muda oración.*
> *Y una rosa sangrienta cortarás de su rama*
> *que subirá a buscarte desde mi corazón.*

Aunque hablaron de otras cosas, su pensamiento se quedó atrapado entre sus versos.

Una vez en Segovia, el poeta siguió dándole vueltas al sentimiento y el dolor que había encerrados en la poesía, todavía inconclusa, de Pilar. Los dos protagonizaban un amor que no tenía futuro. Se sintió responsable de complicarle la vida y se preguntaba una y otra vez cómo remediarlo. No tenía solución, no la encontraba. Pasados los días, con la rutina de las clases puso en orden su vida. La noche del 23 de septiembre, la dueña de la pensión entró en su habitación con la cara demudada.

—¿Ocurre algo? —le dijo preocupado al verla irrumpir en su cuarto.

—¿No se ha enterado usted?

—¡No! ¿De qué?

—Un terrible incendio en el teatro Novedades de Madrid. Acaba de venir de Madrid un conocido mío y me lo ha contado. Parece ser que hay muchos muertos y heridos. Dicen que las llamas se ven desde Pinto. Ya ve, antes habían ardido otros cinco teatros en Madrid, pero ninguno de estas dimensiones... —Luisa Tórrego se persignó—. ¡Seguro que habrá allí más de un conocido suyo!

Antonio se quedó con la mirada perdida. Creyó que el pulso se le paraba. Recordaba que Pilar le había dicho que pensaba acudir con su madre al teatro Novedades. No podía respirar. Una fuerte presión inundó su pecho. ¡Entre las víctimas podía estar ella!

—¿Le ocurre algo? —le preguntó la dueña de la pensión—. Se ha quedado usted muy pálido. No sabía que la noticia le iba a impresionar tanto —dijo mientras se persignaba de nuevo—. El teatro ha quedado completamente destruido —añadió mientras salía de la habitación.

Antonio se quedó solo. ¿Y si había perdido a Pilar para siempre? Se derrumbó sobre la cama. Cogió el pañuelo de Pilar que tenía guardado y lo apretó en su mano derecha. Recordaba haberlo encontrado caído tras la primera cita en su rincón de la fuente. Lo guardaba como un tesoro. Todavía conservaba su aroma. Estaba aturdido. No podía pensar. Tampoco pudo sujetar las lágrimas de sus ojos. Si se confirmaban sus temores, sería el peor de los finales para su corta historia de amor.

SEGUNDA PARTE

19

Desde el otro lado del espejo

Mayo de 1979

Antonio creyó durante días que habíamos muerto en el incendio del teatro Novedades. El destino quiso que mi madre cayera enferma y, en el último momento, no fuéramos al estreno. Fue una gran tragedia. Dios hizo que la enfermedad repentina de mi madre nos salvara a las dos. En cuanto supe la noticia, me apresuré a escribir a Antonio para decirle que estaba bien. Imaginaba su angustia pensando que me encontraba entre las víctimas calcinadas. A partir de ese momento, cuando nos veíamos en el salón grande, frío y poco acogedor del café de Cuatro Caminos, se quedaba un buen rato sin palabras. Me miraba como si no fuera real, como si hubiera regresado del otro lado del espejo.

Nuestra historia no había hecho más que comenzar: Antonio me decía una y otra vez que me había estado esperando toda la vida. Tengo que reconocer que no supe lo que era verdaderamente el amor hasta que le conocí. Éramos, como decía mi poeta, dos almas que se buscaban y al encontrarse, se reconocieron. Así de sencillo.

Pilar plasmaba estos pensamientos en unas cuartillas. Les había dicho a sus hijas Alicia y Mari Luz que estaba haciendo un balance de su vida, que querría que publicaran a su muerte. Se pasaba las horas muertas delante de su escritorio. Sus dedos alargados sujetaban delicadamente una pluma que parecía deslizarse sola sobre el papel. Cuando lo diera por terminado, se podría morir tranquila. Le martirizaba que no entendieran su relación con Antonio Machado en el final de su vida.

Con los años se había convertido en una mujer menuda, delicada de salud y gran conversadora. Sabía que su llama se estaba apagando y se daba prisa en plasmar sobre el papel sus años junto al poeta. Deseaba hacerlo antes de que otros, al morir, lo contaran por ella. En los ambientes literarios su secreto ya era un secreto a voces. Desde que Concha Espina sacara el libro *De Antonio Machado a su grande y secreto amor* se especuló mucho sobre si era ella o no era ella el último amor del poeta. La escritora intentó camuflar su identidad con un argumento bastante inverosímil. Además, dio alguna clave desafortunada que hizo a los más cercanos pensar en ella.

Antes de caminar hacia la otra ribera —seguía escribiendo— he conseguido que mis días acaben donde considero que empezó mi vida auténtica: en el paseo del Pintor Rosales, en Madrid. Ya no vivo en aquel maravilloso hotel donde se acumularon mis mejores recuerdos. A los constructores que vendí la casa, les pedí una vivienda, en el cuarto piso del edificio que iban a levantar. Después de ocho años con las obras paralizadas, lo terminaron y conseguí regresar al que considero mi hogar. Aquí vivo con mis dos hijas, el marido de la mayor, el pintor Domingo Viladomat, y mi única nieta, mi preciosa Alicia.

En esta calle tuvieron lugar los mejores episodios de mi vida y también los más desgarradores. La mayor parte de mis poesías nacieron también aquí; así mismo, sucedieron gran parte de mis penas. Tengo que decir que los dolores del alma me transformaron en otra mujer. Aun así, me siento orgullosa de quién soy hoy y de quién fui. No tengo motivo de arrepentimiento.

¡Ansiaba con todas mis fuerzas volver a morir aquí, donde había transcurrido lo mejor y lo peor de mi vida! Ya estoy preparada para volver a encontrarme con Antonio, pero le pido a Dios que me dé fuerzas para acabar mis memorias. Quiero que mi nieta sepa la verdad sobre su abuela y el poeta que la transformó en otra persona. Cuando miro sus ojos tan llenos de vida, me emociono. Deseo para ella, la vida que yo no he tenido y que viva conforme a lo que le dicte su corazón. Nada más.

Ahora paseo por las calles y no reconozco los lugares que tengo grabados en mi retina. Las grandes filas de acacias con parejas de enamorados aquí y allá, vendedores ambulantes, niños corriendo de un lado a otro y tú en «el jardín de la fuente»... Ahora, en cambio, solo veo prisas, caras que me son desconocidas y un inmenso garaje. Demasiados coches para mi gusto, demasiado ruido, demasiadas ausencias. Desde mi ventana diviso el parque del Oeste, la Casa de Campo y en la lejanía la sierra de Guadarrama. No hay día que no me asome con curiosidad y mire a la calle por si veo a Antonio mirando a mi ventana. El día que eso ocurra, sabré que he muerto. Sé que me está esperando por aquí cerca para volver a caminar juntos. Con los ojos del alma casi veo su figura cansina paseando por la vereda más cercana, con la vista puesta amorosamente en mi balcón, en las horas doradas del atardecer. Recuerdo aquel día recién estrenado el año 1929...

El día más frío del mes de enero del nuevo año, quedaron en verse en el café de Cuatro Caminos. Antonio había llegado con media hora de antelación. Jaime, el camarero, le ponía siempre frente a una estufita de petróleo para poder soportar el frío. Ese día había mucho ruido en el interior porque un grupo numeroso de personas celebraban una boda y, algunos de los invitados, se pusieron a bailar al son de las canciones que otros entonaban acompañados de una guitarra.

—Don Antonio, si quiere puedo habilitarle el salón de arriba. Le encenderé otra estufa y podrán estar más tranquilos que aquí, les será imposible hablar.

—Creo que es una buena idea. Muchas gracias.

Cuando Pilar llegó al café muerta de frío y no vio a Antonio, buscó con la mirada al mozo y se acercó a preguntarle por él.

—¿Ha venido don Antonio?

—Señora, le está esperando arriba. Aquí parecía imposible que pudieran hablar ustedes. Ya me entiende —le guiñó un ojo y Pilar no acabó de entender lo que quiso decirle con ese gesto, pero no le gustó.

Subió nerviosa las escaleras. Aquella situación se prestaba a equívocos, pensaba. Entró en la salita del primer piso, y allí, sin el gabán que siempre llevaba encima, le esperaba Antonio.

—¡Mi diosa, ya estás aquí! ¡Qué alegría poder verte a solas! —Le dio un beso que interrumpió al no ser correspondido.

Pilar no se mostraba cariñosa. Estaba cohibida y angustiada. No quiso tomar asiento.

—Antonio, no me gusta que estemos tú y yo, aquí, a solas. ¿Qué crees que pensará de mí Jaime y las personas que me han visto subir? No me gusta este plan. —Se movía de un lado a otro de la estancia.

—Pero, mi reina, siéntate. Nadie va a pensar nada sobre ti. Hay una boda, ¿Crees que se han fijado en ti o en mí?

—Me da igual, pero me siento incómoda. Te dije que entre tú y yo solo puede haber una amistad especial. ¡Estoy casada, Antonio! Sé perfectamente qué va a ocurrir si seguimos tú y yo aquí solos cinco minutos. Para mí también es duro, pero tienes que entenderme. De modo que elige: o verme con mis condiciones o dejar de vernos para siempre. ¡Piénsatelo! No quiero malos entendidos. Tú y yo no podemos estar a solas en un sitio cerrado.

Antonio se quedó callado, confuso. No esperaba esa reacción de Pilar, pero después de un rato en silencio, contestó:

—Está bien, mi reina. Intento entender tus motivos. ¡Déjame que te mire una vez más! —Besó su mano.

—¡Adiós, Antonio! ¡Espero que tengas una buena semana!

Pilar, igual que llegó, se fue. Ni tan siquiera tomó asiento. Estaba verdaderamente molesta. Aquello le había parecido una encerrona y no estaba dispuesta a que hubiera «confusiones» entre ellos. Mientras iba de vuelta en el tranvía se decía a sí misma que, en realidad, habían llegado muy lejos. El amor entre ellos debía ser puro, nada carnal —se repetía— si no querían que fuera un amor más. La pureza de aquella relación conseguiría que perdurara en el tiempo —intentaba convencerse a sí misma—. «Quizá lo más sensato sería no volver a verle más», se dijo finalmente no muy convencida.

Antonio se quedó sentado solo durante largo tiempo. Fumó sin descanso, algo que no hacía en presencia de Pilar. Intentaba averiguar qué es lo que había hecho que tanto le había molestado a su musa. Deseaba amarla, como cualquier hombre que se encontrase con la mujer de su vida, pero era evidente que se había equivocado con ella. Pilar era una mujer muy especial y, aunque le correspondía, había una barrera que se alzaba entre ellos: sus creencias religiosas.

La idea de estar en la salita los dos a solas había sido un error. Pensó en la torpeza que acababa de cometer. Era posible que no volviera a verla de nuevo y ese pensamiento le asustó. Allí mismo le pidió a Jaime un papel y escribió una carta a Pilar pidiéndole perdón. «Prometo volver a ser bueno —le escribió—. Prefiero verte y solo contemplarte, a tu ausencia. Contemplarte para mí es alimento, energía para seguir encontrando sentido a mi existencia.» Firmó la carta con un «Tuyísimo» y se fue al palacio de Correos, en la plaza de Cibeles, a echar la carta. Deseaba que le llegara a su diosa cuanto antes.

Mientras esperaba noticias de Pilar, Antonio se dedicó a sus clases y a escribir la obra de teatro que compartía con su hermano Manuel, *La Lola se va a los puertos*. La trama se basaba en los personajes de José Luis, hijo del cacique don Diego, prometido de Lola, que rivalizaba con su padre a fin de conquistar el corazón de la artista. Antonio, imbuido en lo que acababa de vivir, escribió una escena en donde aparecían Lola y su guitarrista, Heredia, repitiendo la escena que Pilar y él habían protagonizado: «Si tú quisieras ser mi guitarra». A lo que él contesta: «¿No más que un instrumento un hombre? Lola, eso es poco». «Eso o nada. Elige», dice Lola. Respuesta: «Quien elige lo que le dejan, no elige; pero se aviene a la razón». Las reacciones de Pilar y la defensa de su virtud le sirvieron como inspiración para el personaje de su obra de teatro.

Antonio volvió a escribir a Pilar, sin esperar contestación a su carta anterior, y le dijo que su escena en el café le inspiró para la obra de teatro que estaba haciendo con su hermano. «Cuando escribo sobre Lola estoy pensando en ti. Nada me haría más feliz que leerte la escena final para ver qué te parece. No quiero que nadie antes que mi diosa la conozca. ¿No soy tu poeta? Con ese título quisiera yo pasar a la historia. Lo que a ti no te guste se borra y se hace de nuevo.»

Preocupado por la ausencia de noticias volvió a escribirle. Incluso se acercó, cuando estaba en Madrid, a los aledaños de su casa para verla de lejos asomada al balcón. Sin embargo, las persianas de la casa estaban cerradas a cal y canto. Cuando regresó a su domicilio se encontró con la ansiada carta de Pilar que le había llevado en mano Hortensia Peinador. Le dio un vuelco al corazón y fue a su habitación a leerla. Se intranquilizó al saber que la ausencia de noticias era debido a que Pilar había caído enferma.

Pilar, a los pocos días de la experiencia vivida en el café, cayó enferma con mucha fiebre. El doctor y amigo de la familia, Gregorio Marañón, acudió a su domicilio. Le diagnosticó una gripe y le indicó una convalecencia de dos semanas. Pilar oía hablar a su marido y al doctor como si fuera una música de fondo.

—A partir del séptimo día se encontrará mucho mejor, pero con los antecedentes de Pilar, que no salga en dos semanas a la calle.

—Así lo haremos. Ya sabes que a ella le encanta ir a todos los estrenos, conferencias y tertulias. Tenerla en casa va a ser difícil.

—Pues, Pilar —se dirigió a ella el doctor—, tómatelo en serio. En casa también uno tiene muchas cosas que hacer. Más tú, que te gusta escribir.

Rafael y el doctor desviaron la conversación hacia la situación política que se vivía en el país. Pilar no tenía fuerzas ni para dar su opinión. Siempre lo hacía. No le gustaba callar sobre estos asuntos en los que las mujeres no solían participar.

—Después de que el rey diera paso a la dictadura de Primo de Rivera, ha perdido toda la credibilidad entre los intelectuales —aseguraba Marañón—. Ha sido el caldo de cultivo para que las tesis republicanas se hayan fortalecido.

—El rey no podía hacer otra cosa. Creo que estás siendo muy injusto con Alfonso XIII —decía Martínez Romarate.

—Cada vez somos más los que pensamos que se tiene que restablecer la legalidad con la convocatoria de unas Cortes Constituyentes, elegidas mediante sufragio universal. Allí lucharíamos en sede parlamentaria por la proclamación de un nuevo régimen.

—Ya sé que firmaste un manifiesto junto a Unamuno, Pérez de Ayala, Negrín, Blasco Ibáñez, Manuel Azaña y creo que Jiménez de Asúa. Pienso que os equivocáis una vez más los intelectuales con algunos de vuestros compañeros de viaje.

—La idea es unir a personas de ideologías diversas para

consolidar la necesidad de un cambio. La llegada de una república parece la única solución. La gente en estos últimos meses se ha hecho republicana. El problema es cómo llegar ahí.

—Entonces ¿qué promueves?

—¡Que reflexionemos! Solo hay que contar con personas eficaces, que son las que mueven los resortes del país. El liberalismo es ya cosa pasada. Y respecto a los republicanos, te diré que son el mayor obstáculo para traer la república.

—No te entiendo.

—Pues que no cabe otra que traer la república a pesar del republicanismo histórico.

—Me dicen que hay tortas por acudir a tu cigarral toledano donde se dan cita políticos de todos los signos políticos, nacionales y extranjeros. Yo lo único que tengo claro es que los problemas económicos cada vez son más evidentes. Solo te digo que la producción agraria se ha reducido mucho y ese sí que es un verdadero problema.

—Se ha juntado todo. El descontento y la agitación social son un hecho. Yo que me muevo mucho en ambientes universitarios, te digo que son un polvorín contra el régimen. Veremos qué pasa en los próximos días. Junto al rechazo a Primo se une el rechazo al rey. Van de la mano.

Pilar escuchaba sin prestar demasiada atención. No tenía fuerzas ni para abrir los ojos. Solo pensaba en su propia «condena»: vivir con quien no amaba. Tenía la sensación de estar pagando una pena en vida. «¿Qué había hecho ella para tener tantas frustraciones?», se preguntaba. Prestó más atención cuando su marido invitó al médico al estreno del teatro Fantasio.

—No puedes perdértelo. Será un buen momento para evadirte de tantos problemas como tenemos.

—¡Claro! ¡No me lo pienso perder por nada del mundo!

—Ya están a punto de terminarse las obras en la biblioteca. Hemos tirado un tabique para ganar más espacio y hemos levantado un tablado a modo de escenario, con bambalinas y juego completo de luces de batería.

—Esto va muy en serio.

—Y tan en serio. Ahora estamos pintando los decorados. Aquí todos nos están echando una mano. Mi cuñado Victorio, los niños... Mi hermana no ayuda tanto porque está algo pachucha. Quisiera que le echaras un vistazo cuando puedas. No hace más que toser y estamos muy preocupados.

—Con mucho gusto, dile que venga a mi consulta.

—Así lo haré. Muy agradecido.

Tras los días de convalecencia, todo se precipitó y coincidió en el tiempo. De un lado, el baile del Lyceum que, contra pronóstico, fue un éxito. Al principio todo parecía que iba a ser una patochada, por lo mal que lo hacían todos los participantes. Sin embargo, en cuanto ellos se vistieron de frac y ellas de traje largo, aquel salón del Ritz dio un salto en el tiempo y se transformó en un acto realmente hermoso. Al llegar el día, los pasos que torpemente habían aprendido salían de forma natural. Los jóvenes no solo no se equivocaron, sino que simularon ser auténticos diestros del rigodón. Todo el baile fue de cuento de hadas. Las jóvenes Alicia y Mari Luz disfrutaron como nadie y las madres doblemente al comprobar que todavía era posible que no se perdieran las formas.

El Lyceum gracias a aquel baile recaudó mucho dinero para su continuidad, a pesar de sus muchos detractores. Las socias del Club y sus hijos pensaron en repetir. Carmen Baroja recibió todo tipo de enhorabuenas.

El otro acontecimiento que tuvo poca distancia con la celebración del baile fue el estreno del teatro Fantasio. Hasta el último día, Hortensia Peinador estuvo dando puntadas a los trajes, diseñados por Huberto Pérez de la Ossa y el propio Rafael. Se subían por primera vez a un escenario con público: Alicia, Mari Luz, Rafaelito, sus primos, la hija del pintor Darío Regoyos, Pilar y otros jóvenes de familias conocidas que también se sumaron al proyecto.

Llegó el día y se colocaron en la biblioteca todas las sillas de la casa, junto con las que envió la madre de Rafael, doña Rafaela, que vivía cerca de Rosales, y las que mandaron Victorio y su mujer, aunque ellos no asistieron. En total, llegaron a juntar casi a cien personas. Los adultos pudieron tomar asiento sin ningún problema y los niños lo hicieron igualmente encima de almohadones desperdigados por el suelo.

El propio autor de la obra, Jacinto Benavente, asistió al estreno de *El Príncipe que todo lo aprendió en los libros*. Cuando cayó el telón, todos aplaudieron en pie y el autor fue a saludar a los actores muy complacido, animándoles a continuar con su trabajo actoral.

El éxito cosechado les hizo recibir una gran cantidad de regalos y felicitaciones. La mayoría de los asistentes les recomendaron orientar el teatro fuera de la órbita infantil. Y antes de ponerse en marcha con la segunda representación, lo estuvieron meditando.

La alegría no duró mucho tiempo por la enfermedad de María Soledad. El doctor Marañón le diagnosticó tuberculosis y saltaron todas las alarmas. Rafael habló con Pilar.

—Vamos a dejar de ver a mi hermana durante un tiempo. El doctor Marañón le ha pedido que se traslade a la sierra de Madrid. Al parecer, la enfermedad es muy contagiosa, se expande a través del aire no solamente cuando tosen sino incluso cuando hablan. Le ha pedido que no se despida de vosotros porque ha dicho que necesitas recuperarte del todo y porque los niños son adolescentes. ¡Estoy muy preocupado, la verdad!

—Verás como todo se soluciona. En la sierra el aire es curativo —se acercó y abrazó a Rafael. Este no pudo por menos que apoyarse en su hombro y llorar como un niño—. ¡Tranquilo! ¡Está en buenas manos!

Durante largo tiempo Rafael siguió abrazado a su mujer. Era la primera vez en meses que ella no le rechazaba. Así estuvieron hasta que se calmó y cesaron sus lágrimas. Antes de separarse, se quedaron uno frente al otro y Rafael la besó cariñosamente en la boca.

Pilar se quedó inmóvil. Casi no pudo moverse y desde luego no pronunció una sola palabra. Rafael, al ver su reacción, se secó las lágrimas y se fue de la estancia sin decir nada. Con la mirada, los dos se lo dijeron todo.

20

Confiar su secreto

Después de superar el momento crítico donde todos temieron el peor de los desenlaces, María Soledad comenzó a remontar muy lentamente. El aire puro de la sierra de Madrid era evidente que sentaba bien a sus pulmones. Victorio Macho, que dejó todo para estar permanentemente a su lado, empezó de nuevo a pensar en sus esculturas. La mejoría de su mujer le permitió darle vueltas al proyecto del Cristo del Otero, que se había paralizado. Primero hizo una pintura y después modeló en arenisca una escultura de treinta centímetros solo de la cabeza. Como agradecimiento a la mejoría de su mujer, deseaba a toda costa que siguiera adelante la idea de una escultura religiosa de veinte metros de alto. Respecto a las críticas que habían surgido sobre la inestabilidad de las tierras que deberían sustentar al Cristo en Palencia, Victorio había hablado con el arquitecto Jerónimo Arroyo y habían llegado a la conclusión de que sería necesaria la construcción de una base de cemento armado donde descansaría la gran obra.

Un poco más animada por la recuperación de María Soledad, Pilar reanudó las visitas al café de Cuatro Caminos. Se trataba de un barrio más obrero que burgués, por lo que se sentía segura de que nadie de su entorno caminaría por allí. Estaba situado en la calle Doctor Federico Rubio y Gali, muy cerca de donde empieza la avenida de la Reina Victoria. Muchos viandantes se giraban al ver a una dama, vestida con sedas y encajes, deambulando por allí, mezclada entre las personas más modestas —con sus monos de trabajo y los uniformes de servir— que frecuentaban esas calles. Antonio Machado la esperaba sentado fumando sin descanso.

Durante esos días, al verla, siempre le preguntaba por la salud de su cuñada.

—Sé perfectamente el momento por el que está pasando Victorio. Todavía hoy, me viene a la memoria el final de Leonor y me duele como el primer día. Me tuve que convertir en su enfermero, en su sombra. Nuestra vida cambió por completo. Tuve que abandonar todo lo que estaba haciendo y regresar a España ya que estábamos en París.

—La vida siempre nos da sorpresas. Nunca sabemos qué será de nosotros mañana.

—Tienes toda la razón. ¿Qué será de nosotros?

—Como dijo tu hermano Manuel en un poema: «¡Que la vida se tome la pena de matarme / ya que yo no me tomo la pena de vivir!». Solo podemos hacer una cosa y es aprovechar este momento.

Antonio besó su mano. La miró sin decir nada aunque con sus ojos lo decía todo.

—Precisamente fue mi querido hermano Manuel quien removió cielo y tierra para que consiguiera plaza en otro instituto lejos de Soria, después del triste desenlace... Al final, encontramos una vacante en Baeza, la solicité y me la dieron. Allí pasé siete años dando clase de gramática francesa. Tuve que hacer mucha labor pedagógica, solo sabía leer el treinta por ciento de la población: se daba la paradoja de que era la comarca más rica de Jaén pero solo había una librería, donde no se vendían libros sino tarjetas postales y devocionarios.

—Sé que allí volviste a empezar de nuevo. Siempre estamos comenzando. El que se crea que lo tiene todo se equivoca. Si yo pudiera hacer algo para quitarte ese dolor que te ha perseguido siempre.

—Ya lo haces, mi reina. Este es un tema del que nunca se habla en mi casa. Solo me atrevo a hacerlo contigo. Leonor se fue demasiado joven, sin embargo, hay muchas personas que se salvan.

—Afortunadamente, mi cuñada está saliendo de la enfermedad. Eso es lo que nos dice el doctor Marañón.

—Es sin duda la mejor noticia de estos últimos meses. Me alegro muchísimo. Nadie sabe las penalidades por las que tienen que pasar los enfermos y sus familias.

Según giraban las manecillas del reloj que presidía el centro del café, fueron cambiando poco a poco de tema. Pilar le comentaba que había leído varias críticas sobre la obra de teatro que representaba la actriz Lola Membrives: *Las Adelfas*.

—He leído en el diario *El Sol* que hubieran preferido que prescindierais del verso en una obra como esa, de asunto tan actual.

—Era un artículo de Enrique Díez-Canedo, ¿verdad? Insiste en eso una y otra vez, pero el texto está escrito así y no lo vamos a cambiar.

—También dice que al acabar se aplaude más por ser obra de los hermanos Machado que por la propia obra en sí. Me ha parecido muy injusto.

Antonio cogió la taza de café y se la llevó a la boca. Después de dar un trago largo, se inclinó y de su cartera sacó un manuscrito. No deseaba seguir hablando de lo que decían o dejaban de decir los periódicos sobre su trabajo.

—Aquí tienes. —Sacó el acto final de *La Lola se va a los puertos*.

Pilar aplaudió y, con la ansiedad de una niña, le solicitó a Jaime que retirara los cafés de encima de la mesa. Durante largo tiempo, Antonio le recreó allí mismo la escena final. Pilar, después de escuchar la lectura, le preguntó con curiosidad:

—¿Hay algo nuestro en la comedia?

—En todo lo que escribo y escribiré hasta que me muera, estás tú. Todo lo que en *La Lola* respira divinidad, todo lo que en ella rebasa del plano real, se debe a ti. Te recuerdo que cuando nos conocimos solo teníamos escrito el primer acto.

—Gracias, Antonio. Me emocionan mucho tus palabras. Con la confianza que me das... yo haría solo un añadido en el acto final.

—¿Cuál?

—Falta que le pongas que «el corazón de la Lola, / solo en la copla se entrega».

—Me gusta. ¡Has dado con la esencia! Pero solo una curiosidad: ¿lo dices por ti o por la Lola?

—Tú sabes que lo digo por las dos.

Se echaron a reír. Antonio estrechó su mano entre las suyas y no echó en saco roto la sugerencia que le había hecho Pilar. No dudó en incorporarla al texto. La respetaba como escritora.

—Trataré de añadir tu aportación en la escena final. Ya hemos hecho una primera lectura con el actor Ricardo Puga, de la compañía de Lola Membrives, y parece que le ha gustado mucho. Por lo visto Lola quiere que sea el próximo montaje y lo desea programar para antes de fin de año.

—Yo, si fuera Lola, querría todo lo que vosotros escribieseis. Hace bien, convertís en éxito todos sus estrenos. —Pilar miró hacia el reloj que había en la mitad del salón y recogió sus pertenencias de encima de la mesa—. ¡Me tengo que ir, Antonio!

—¿Tan pronto, saladita mía?

—Es que me queda un buen rato hasta que el tranvía me acerque a casa y viene mi madre a cenar. No puedo llegar la última. Me harían demasiadas preguntas. Por cierto, Antonio, evita en varias semanas ir por mi casa. Cada vez que abro el balcón tú estás allí, en la acera mirando hacia los ventanales. Tengo miedo de que te pille Rafael.

—Está bien, está bien. —Antonio se levantó y besó su

mano—. No te olvides de que si no podemos estar juntos todo lo que quisiera, verte, aunque sea de lejos, ya significa mucho para mí. Pero comprendo que, si te puede generar alguna situación incómoda, no debo ir.

—Hazme caso. Tengo miedo. Soy intuitiva y percibo algo raro en los ojos de Rafael. No sabría decirte qué es. Lo mismo te ha visto cerca de casa en varias ocasiones y ha atado cabos. Me está haciendo preguntas muy extrañas.

—No sabes cómo siento que esta situación te traiga problemas. Haré tal y como dices. No te preocupes. —Se quedó pensativo.

Cuando Pilar abandonó el local, sintió el poeta como si le arrancaran las entrañas. «No le he dicho lo mucho que la quiero», se recriminaba a sí mismo. Le pidió a Jaime papel y se puso a escribirle una nueva carta.

El amor tiene más gestos que palabras y cuando se complica con la necesidad del freno... ¡Ay, Pilar!, tú no sabes bien lo que es tener tan cerca a la mujer que se ha esperado toda una vida, al sueño hecho carne, a la diosa... Ahora que estoy solo quiero llorar un poco, de amor, de gratitud. Así no se me romperá el corazón.

—¡Jaime, tráigame la cuenta! —dijo Antonio en voz alta nada más terminar la carta.

—¿Hoy se ha ido la señora más pronto?

—Sí, unos minutos antes.

—¿Ya ha escrito otra obra de teatro? —le comentó al ver las hojas manuscritas sobre la mes—. ¿De qué trata si se puede saber?

—Toda esta historia ha nacido de una copla popular que dice: «La Lola se va a los puertos, la isla se queda sola». Y mi hermano Manuel la glosó diciendo: «¿Y esta Lola quién será / que así se marcha dejando / la isla de San Fernando / tan sola cuando se va?».

—Suena bien. Trata de una mujer, ¿no?

—Sí, una cantaora la protagoniza junto a un guitarrista que siempre quiere algo más de ella, un viejo atrapado por la sensualidad de la mujer y un joven enamorado. Como ve, sobre ella pilota el universo que hemos escrito.

—¡Las mujeres, don Antonio, son nuestra perdición!

Antonio le sonrió, le pagó los cafés y se fue de allí arrastrando la pierna más de lo habitual. En realidad, le pesaban las últimas palabras de Pilar pidiéndole que no fuera por la zona donde ella residía. Simplemente verla ya era suficiente oxígeno para seguir respirando.

Esa noche las circunstancias se conjuraron para que Pilar llegara tarde a la cena. Hubo un problema con el tranvía y, al final, tuvo que andar sola por las calles poco iluminadas hasta que paró a un coche de caballos que la llevó hasta la calle Pintor Rosales. Se quedó una bocacalle antes pero llegó sudorosa y despeinada a su casa. Estaban todos preocupados ante su tardanza. Cuando llamó al timbre, su madre fue detrás del servicio a abrir la puerta.

—¡*Ma petite*, gracias a Dios ya estás aquí! Nos tenías a todos muy alarmados. He prometido un padrenuestro si llegabas sana y salva. *Notre Père qui es aux cieux...* —comenzó a rezar en francés.

—Siento mucho haberos preocupado tanto. —Lo dijo dirigiéndose al salón—. Me he entretenido más de la cuenta en el Lyceum y luego no encontraba forma de regresar. El tranvía estaba averiado y todo se ha puesto en contra para llegar a tiempo.

—Un ejemplo nefasto para nuestros hijos —comentó Rafael muy contrariado—. Una mujer sola, sin carabina, por la calle y sin rumbo. ¡Si te ha visto alguna de nuestras amistades se habrá quedado de piedra! ¡Qué menos que saber dónde estás! Es la última vez que sales así. Como si fueras una cualquiera...

—¡Bueno, ya está bien! No me hables así delante de nuestros hijos y de mi madre. Ha ocurrido una vez y no volverá a pasar. Saldré con Hortensia y le pediré a Juan que vaya y venga a por mí.

—¡Claro, *ma petite*! Ya te dije que utilizaras a mi mecánico. Yo salgo poco de casa. Le estoy pagando un dineral por nada.

Antes de sentarse a la mesa, subió a su cuarto y respiró hondo. Había sido un golpe de mala suerte el que todo se conjurara en su contra para no regresar a tiempo a casa. Rafael estaba con los ojos desorbitados. Nunca le había visto así, tan fuera de sus casillas. Una vez ya en la mesa, el servicio comenzó a servir los platos. Cenaron con cierta celeridad. Los hijos no hablaron nada en toda la cena. Nunca habían visto a su padre hablarle a su madre en términos tan agrios. Solo se escuchaban los ruidos de las cucharas y la voz de doña Ernestina.

—Bueno, afortunadamente todo ha quedado en un susto, *juste une frayeur*. No hay que darle más importancia. Eso de que nosotras tengamos que decir siempre dónde estamos es terrible. Afortunadamente, yo que estoy viuda no tengo que hacerlo. Resulta muy curioso que cuando llegáis tarde los hombres, no pasa nada, *il ne se passe rien*.

—Si no voy a llegar, llamo desde algún hotel para que no me tengan que esperar —comentó Rafael—. Las mujeres, doña Ernestina, no solo tienen que ser honradas sino parecerlo.

—Bueno, ¡ya está bien! Creo que no eres la persona más indicada para decir eso. De modo que cambiemos de tema. —Pilar estaba cada vez más enfadada.

Rafael dejó de recriminarla porque la veía capaz de comentar su relación con su amante y su trágico final en mitad de la cena. La tensión se podía mascar en el ambiente. Doña Ernestina cambió el rumbo de la noche con la noticia que todavía no había salido en los periódicos, pero que ya circulaba por Madrid.

—¿Os habéis enterado de la noticia? Ha muerto la reina madre, doña María Cristina, que aparentemente estaba muy bien de salud. Me han dicho que después de acompañar a sus nietecitas a una sesión cinematográfica en el palacio, se ha puesto mala, *c'est devenu mauvais*. Unos sofocos, una enorme dificultad para respirar... Llamaron al médico pero *quand il est arrivé*, ya estaba muerta.

—No sabía nada —comentó Pilar—. Están las calles engalanadas para alguna visita extranjera.

—Sí, los reyes de Dinamarca han llegado hoy y se han encontrado con que había muerto la reina, que era quien les había invitado. ¡Menudo papelón! —comentó Rafael—. Yo también me he enterado esta tarde.

—¿Dónde será enterrada? —preguntó Pilar sin mirar a su marido.

—Como todos los miembros de la familia real, en El Escorial —contestó.

—¡Pobre Alfonso XIII! —quiso añadir doña Ernestina.

—Pero con más de cuarenta años uno está preparado para encajar cualquier golpe que te dé la vida —añadió Rafael como si la vida le hubiera dado algún revés que los demás desconocieran.

Cuando acabó la cena, Pilar y su madre pudieron hablar a solas. Doña Ernestina le expresó su preocupación.

—¿Qué os pasa? Nunca vi a Rafael tan crispado y con tan malos modales. *Très mal éduqué!*

—Lleva así un tiempo. Le gustaría que estuviera todo el día en casa y sin salir. Y menos aún quiere que vaya a conferencias o exposiciones. Desearía que fuera una burra y que no me preocupara por nada.

—En eso *ton père* era extraordinario. Sabía que por mi formación en Lausanne yo me comportaba muchas veces más allá de lo que se esperaba de una mujer. Montaba a caballo y hablaba de arte con tanto conocimiento y naturalidad que prefería estar más en los corrillos de hombres, que en los de mujeres. Debes hacer lo posible para contentarle estos días. ¿Me entiendes?

—Madre, ¡por favor! No me pidas lo que no puedo darle.

—Es un error, un inmenso error que te pongas en su contra. Las mujeres en esa «guerra» contra el marido, tenemos las de perder.

Pasaron los días y Pilar procuró salir poco de su domicilio, sabía que Rafael controlaba todos sus pasos. Tampoco acudió a las citas que Machado le proponía. Algo le decía que no debía hacerlo.

Por otro lado, las revueltas estudiantiles en la universidad fueron creciendo y no era aconsejable perderse por las calles de Madrid. Era fácil verse envuelto en uno de los muchos desórdenes que se produjeron durante los primeros meses del año.

Rafael hablaba por teléfono con Victorio y le daba su opinión sobre la situación que estaban padeciendo.

—La agitación universitaria va a más. Por las calles cercanas a nuestra casa siempre hay alguna manifestación. La Federación Universitaria Española es la que está detrás de todos estos alborotos. Todos son hijos de papá que no tienen otra cosa que hacer.

—En realidad se están manifestando contra Primo de Rivera. Más que motivaciones académicas son políticas —comentaba Victorio.

—Y de paso, también alzan su voz contra el rey Alfonso XIII. Me preocupa esta agitación. Estáis muy bien en la sierra. Ni se os ocurra bajar a Madrid.

—De momento, hasta que María no reciba el alta, aquí seguiremos, pero tengo mucho trabajo acumulado. Cuando el tiempo sea más benévolo, ¡volveremos!

Pilar se volcó en sus hijos durante esos días y en elegir la próxima obra de teatro que representar en el Teatro Fantasio. Tenía miedo a salir de casa y que Rafael la pillara. Estaba muy raro y la miraba con desconfianza, como nunca había hecho. Le pidió por carta a Antonio que tampoco siguiera escribiéndole a la dirección de Hortensia Peinador. Le dio la de otra amiga que había regresado a Madrid después de estar medio año fuera de viaje de novios: María Estremera irrumpía de nuevo con fuerza en su vida. Era la hija del conocido José Estremera, que tantos momentos de gloria le había dado a la ópera y a la zarzuela. Había escrito grandes obras para el teatro lírico. Aunque hacía casi veinte años que había muerto, seguía su hija acordándose de él como el primer día. Viajaba mucho, allí donde se volvía a representar alguna obra de su padre.

—¡Qué suerte volver a verte por aquí! Tengo que pedirte ayuda, pero te pido que no me hagas preguntas —le comentó Pilar después del reencuentro.

—¡Tranquila! ¿Te ocurre algo? Te noto más delgada que nunca y no precisamente con ojos alegres.

—Tengo mucha angustia, es verdad. Ya sabes que no estoy bien con Rafael. Si me das permiso, daré tu dirección para que te lleguen unas cartas que no quiero que vengan aquí directamente. Ya bastante mal está Rafael conmigo para que se agraven las cosas. ¡Guárdalas! Y me las entregas cuando vengas a verme. ¿Te parece?

—Yo te las traeré en cuanto las reciba. ¡Cuenta conmigo! Si puedo serte útil, aquí me tienes.

—Desde que te fuiste las cosas han cambiado mucho. Nuestro matrimonio se ha ido yendo a pique y estamos tocando fondo. Esa es la realidad. Cada día está más raro y más inquisitorio. Esas cartas, si llegaran aquí, harían todavía más difícil esta situación.

—¿De quién son las cartas?

—María, es mejor que sepas poco. Bueno, de alguien que

es importante para mí. Pero tanto esa persona como yo, sabemos que esto que estamos haciendo no tiene futuro. Sin embargo, no podemos dejar de vernos y de escribirnos.

—Espero que algún día tengas la confianza suficiente para decirme de quién se trata.

—Dame tiempo. Millones de gracias por prestarte a ser mi correo. No sé por cuánto tiempo.

—Lo que haga falta. Somos amigas.

21

La decencia en el vestir

Madrid, 1929

En ese invierno gris y frío del año recién estrenado, la llegada de María Estremera cambió radicalmente el día a día de Pilar. Se veían indistintamente por la mañana o por la tarde. Quedaban con María Calvo y con Carmen Baroja a jugar a las cartas o a tomar el té. Fue también ella quien modificó poco a poco la estética a la hora de vestir de todas las amigas. Les había traído revistas con figurines exclusivos de París. Alicia y Mari Luz, las hijas de Pilar, se unían a esas reuniones y escuchaban también atentamente todo lo que les decía.

—Ha llegado el momento de que las faldas se acorten y los vestidos se peguen a nuestros cuerpos.

—¿Con qué largo debemos ir? —preguntó Alicia curiosa.

—En París algunas lo llevan por debajo de la rodilla, pero eso aquí sería un escándalo; por la pantorrilla me parece más elegante. Es lo que impone la moda para que las mujeres podamos movernos más ligeras. Ha llegado el momento de quitarse años. Vais muy tapadas. ¡Hay que lucir pierna!

—Sí, nosotras queremos ir así —decía Mari Luz—, como viene en las revistas.

—Vamos a llamar a Hortensia —dijo Pilar—. Además de ser la institutriz de mis hijos, tiene buena mano con la costura.

—Cuando vengo a dar clase a tus hijos ella siempre está pendiente de todo. ¡Es un diamante! —comentó María Calvo.

Al cabo del rato, Hortensia entraba en el salón, donde se encontraban todas las amigas muertas de risa con el cambio que le iban a dar al largo de sus faldas.

—¿Me había llamado?

—Sí, Hortensia. Quiero que coja los vestidos de mis hijas y les quite las enaguas y los corte a la altura de la pantorrilla.

—¿Cómo dice?

—Lo que ha oído. Estoy harta de que vistan como yo y como mi madre. Vamos a cambiarlas de estilo poco a poco. No me mire a mí con esa cara, María Estremera tiene la culpa.

—¡Sí! Voy a entonar el *mea culpa*, pero si queremos ir a la moda hay que actualizarse. También os diré que el pelo cada vez se lleva más corto en las mujeres parisinas. Se impone la moda a lo *garçon*.

—Ahí ya me da igual la moda. Prefiero llevar mi melena a la altura del mentón —respondió Pilar—. ¡Ya bastante pelo me he cortado! Hortensia, muchas gracias. Tiene tarea por delante.

—La verdad es que sí. Me retiro. Un saludo a todas.

Tomaban un té con pastas que se alargó más de la cuenta por todas estas transgresiones que planeaban poner en marcha.

—No sé si estamos preparadas para tanta novedad. ¿Lo van a aceptar en nuestro entorno? —preguntó Carmen Baroja.

—En el fondo es algo más que la estética, estamos reivindicando ser nosotras mismas —volvió a tomar la palabra Pilar—. Ya está bien de ocultarnos tras tanto ropaje. En realidad, estamos reclamando más libertad de movimientos, más libertad en todos los sentidos.

—Me apunto. Voy a hacer lo mismo que tú. —Esta vez fue María Calvo la que habló después de un rato callada—. En el Lyceum no se va a sorprender nadie y en mi entorno de actores y actrices, tampoco. Me uno a la iniciativa, pero sabéis que lo mismo recibimos algún improperio por la calle.

Se hicieron varios corrillos distintos hablando de la posible reacción de la gente al ver que mostraban las piernas.

—Pues ya no os digo nada del pantalón. Para montar a caballo o en bicicleta es estupendo. Si os atrevéis a usarlo, que casi parezca una falda para que a los hombres no les dé un soponcio —explicó María Estremera.

—Ya solo falta que les quitemos los pantalones —comentó la profesora de los chicos.

Todas se echaron a reír. Las hijas de Pilar aplaudían todo lo que María sugería. La novedad ejercía una especial atracción sobre ellas.

—¿Y cómo debemos pintarnos? —volvió a preguntar Mari Luz.

—Se imponen los polvos de arroz para conseguir un tono más blanco de cara, como si fuéramos de *biscuit*, de porcelana. El carmín rojo fuerte y hay que perfilarse la boca dándole forma de corazón justo en el centro del labio superior.

—¡Dinos más cosas! Los ojos, ¿cómo hay que llevarlos? —Esta vez era Alicia.

—Con mucha sombra oscura y perfilados.

Al cabo de unos días, las hijas de Pilar acudieron al Lyceum con las faldas más pegadas al cuerpo, a la altura de la pantorrilla y con la cintura baja. No eran las únicas. La gran mayoría de las jóvenes de clase alta iban por la calle con los cánones que imponía París.

Cuando Pilar llegó a casa con ellas, Rafael se quedó estupefacto al ver a sus hijas enseñando la pantorrilla. De hecho, el monóculo que llevaba desde hacía poco tiempo se le cayó.

—¿De dónde vienes con tus hijas así vestidas?

—Del Lyceum. ¡Te has quedado muy sorprendido! ¡Es la nueva moda! Faldas más cortas y menos enaguas.

—¡Ir así por la calle es una desfachatez!

—Como sabía lo que ibas a decir, ¡mira! —le puso encima de la mesa una revista con figurines de París donde la falda todavía era más corta que la que llevaban sus hijas—. Son los nuevos tiempos que imponen otros cánones.

—No todo vale por seguir la moda.

—No lo hacemos por ir a la moda, lo hacemos por nosotras mismas. Este largo es mucho más cómodo para nosotras —le explicó Alicia.

—¿Qué forma es esa de hablar a vuestro padre? ¡No me gusta nada que las lleves a ese sitio donde las confunden! ¿No te das cuenta de que me están perdiendo el respeto?

—¡Pero, papá! —exclamaron las dos a la vez.

—Ni papá ni san pito pato. ¡A vuestra habitación y haced el favor de lavaros la cara!

Las dos se fueron del salón precipitadamente conteniendo las lágrimas. Se quedaron a solas Pilar y Rafael.

—¿Te das cuenta de que pareces un abuelo hablando así a tus hijas?

—¿Y tú te das cuenta de lo que dirá la gente cuando las vea enseñando las piernas por la calle y con tanta pintura en la cara?

—Ha sido un día especial e iban acompañadas por mí. Han ido del coche al Lyceum y del Lyceum a casa. ¡Por favor! ¿Te estás escuchando? ¡Ya son dos mujeres con su propia personalidad!

Antonio Machado, mientras tanto, estaba entregado por completo a sus clases y a la corrección de *La Lola se va a los puertos*. Durante esos días frecuentó más que otras veces las tertulias con sus hermanos Manuel y José y sus amigos, Ricardo Calvo y el joven Pablo González Bueno, que con Antonio venía de Segovia a Madrid los fines de semana. Era también exalumno de la Institución Libre de Enseñanza como los

Machado, pero con veintitrés años de diferencia. Compartía en Segovia la misma pensión que Antonio e igualmente sufría a su casera, Luisa Tórrego. Hablaban de España y de las últimas revueltas en la calle.

—Tengo un gran amor a España y una idea de España completamente negativa. Como le dije en una ocasión a Juan Ramón Jiménez: todo lo español me encanta y me indigna al mismo tiempo —afirmaba Antonio—. Tengo esa dualidad en mis sentimientos.

—Necesitamos un cambio. La situación está llegando a límites insospechados. Al final, los intelectuales tendremos que mojarnos —añadió Ricardo.

—Sabéis que mi vida está hecha más de resignación que de rebeldía; pero de vez en cuando siento impulsos batalladores. Mi pensamiento está generalmente ocupado con lo que llama Kant «conflictos de las ideas trascendentales».

—Antonio, siempre les has dado demasiadas vueltas a las cosas —le respondía su hermano Manuel.

—Bueno, si no lo hiciera así, no sería él —dijo José.

—La realidad es mucho más sencilla de lo que estáis diciendo. Hay demasiados poderes y demasiados intereses. Habría que acabar con eso y todo iría mejor. Tampoco perdáis de vista a la Iglesia —apuntó Ricardo.

—Pues mira, estimo oportuno también combatir a la Iglesia católica y proclamar el derecho del pueblo a la conciencia. Estoy convencido de que España morirá por asfixia espiritual si no rompe con ese lazo de hierro —se puso muy serio—. Hace falta más formación, más cultura.

—En el fondo, todo no es una cuestión de cultura sino de conciencia —apostilló Manuel.

—Estoy de acuerdo contigo. La conciencia es anterior al alfabeto y al pan. Ya sabéis que en este pensamiento mi maestro es Unamuno —afirmó Antonio—. Creo más útil la verdad que condena el presente, que la prudencia que salva lo actual a costa siempre del futuro.

—Como dices, Antonio, en alguno de tus poemas: «Todo llega y todo pasa. / Nada eterno: / ni gobierno / que perdure, / ni mal que cien años dure» —comentó Pablo González Bueno que, hasta ese momento, había estado callado—. Nunca vamos a estar conformes con los gobiernos que tenemos.

—Pues yo prefiero ese otro que escribió mi hermano y que dice: «Caminante, son tus huellas / el camino, y nada más; caminante, no hay camino, se hace camino al andar...», que también viene al pelo.

—Al final —dijo Manuel—, lo verdaderamente importante no es lo que hagan o dejen de hacer los políticos, lo importante es lo que hagamos nosotros.

—Siento interrumpir este diálogo tan profundo pero nosotros, por lo pronto, tenemos que volver a Segovia en nuestro vagón de tercera. Debemos salir ya a la Estación del Norte —apuntó González Bueno, mirando su reloj de bolsillo—. Por el camino podemos comprar unos bocadillos, ya que nos quedan por delante cuatro horas de viaje. Espero que tengamos un trayecto tan entretenido como el de ida.

—¿Qué os ha pasado? —preguntó Ricardo.

—Ha sido muy gracioso. Un niño no paraba de llorar y la madre ya no sabía qué hacer con él. De pronto un viajero con mucho salero le ha dicho: «¿Ha probado a sentarse encima de él?» Y Antonio y yo nos hemos mirado y hemos soltado una sonora carcajada con esa salida del espontáneo.

—Está bien. Vayamos al tren de las Euménides —afirmó Antonio, levantándose y poniéndose su sombrero.

—Regresamos con las profesoras del instituto que vuelven a Segovia como nosotros. Hay que decir que casi todas tienen cara de pocos amigos.

—Nosotros nos vamos al último vagón. Al balcón de los paisajistas. Allí se ve todo diferente. Bueno, hermanos, ¡hasta dentro de unos días! ¡Qué ganas tengo de venir a Madrid!

—Lo conseguirás. ¡Ya lo verás!

El poeta seguía pensando que venir a Madrid le permitiría

ver a Pilar más de lo que podía hasta ahora. Esa era su obsesión y su motor para levantarse cada día. Intuirla detrás de los cristales de su balcón, a veces, calmaba su ansiedad. Pilar le había pedido que no rondara la calle cerca de su casa. Sin embargo, no podía soportar más de dos días sin verla cuando se encontraba en Madrid y siguió haciéndolo, aunque a más distancia para que nadie pudiera sospechar de su interés. No se lo dijo a ella para que no se preocupara.

También en la capital, podía seguir más de cerca los acontecimientos políticos e intelectuales del momento. Pensaba que no quería quedarse de brazos cruzados ante los últimos sucesos provocados por estudiantes y obreros.

Nada más llegar a Segovia le escribió a Pilar una carta «desde su rincón de los Desamparados», como solía decir.

El Eresma no suena, se ha quedado helado el pobrecillo. Pero en la noche vendrá mi diosa —¿se acordará?— a ver a su poeta. Procuraré que la habitación no esté demasiado fría; aunque mi diosa es tan buena y tiene tanto calor en el alma que no le asusta el frío cuando va a acompañar a su poeta.

Antonio era fiel a su cita. Cada noche a las doce en punto procuraba estar tumbado en la cama para pensar en Pilar; a sabiendas de que ella, a esa misma hora, estaría pensando en él. Lo consideraba su momento, su espacio donde libremente podía soñar y expresarse sin ningún tipo de traba. Le escribió:

Lo mejor de la historia se pierde en el secreto de nuestras vidas. Pero Dios, que lo ve todo, lo tomará en cuenta. Cuando pienso en ti, Pilar, vuelvo a creer en Dios.

Dejó de escribir y cerró los ojos. No tardó mucho en comenzar a soñar despierto. Lo hacía cada noche. Se veía saliendo de la iglesia del brazo de Pilar en las primeras horas del día. El entorno era indefinido, podía ser cualquiera de las viejas ciudades «de su destierro», como solía decir. La «diosa» que había irrumpido con tanta fuerza en su vida le sonreía. Él no se cansaba de mirarla. Pilar iba con manto y mantilla de color negro, y en la mano llevaba un libro de misa.

En mitad del sueño, la iglesia comenzó a definirse más, se trataba de Santa María la Mayor de Soria. Se veía dentro arrodillado junto a Pilar mientras sonaba un órgano. Se entremezclaban las imágenes soñadas con las reales ya vividas en su boda con Leonor.

Cuando al día siguiente recordaba lo soñado, se sentía rebosante de alegría. «Se sueña frecuentemente lo que ni siquiera se atreve uno a pensar», solía decir. El caso es que, en esta boda, al contrario que en la real, que fue un auténtico martirio, disfrutaba con todo.

En el sueño —le escribió a Pilar— tomaba yo el desquite de nuestro secreto amor, pregonándolo a los cuatro vientos. El resto del sueño no te lo quiero contar. Era demasiado feliz, aun para ser un sueño.

Pilar estaba leyendo los últimos párrafos de la carta de Antonio cuando llamaron a la puerta de su habitación. Cogió los folios manuscritos del poeta y los guardó precipitadamente en uno de los libros que estaban encima de su escritorio.

—¡Adelante!

—Señora, don Rafael le pide que baje urgentemente al salón —le comentó la doncella.

—De acuerdo. Voy enseguida, gracias.

Cogió de nuevo la carta de Machado y la guardó bajo llave en el pequeño arcón donde iba acumulando todas las que le mandaba el poeta. Las escondía debajo de vestidos que ya no se ponía. La llave se la colgó en una cadena con una medalla que siempre iba con ella a todas partes. Se preguntaba cuál sería el motivo para tener que bajar a toda prisa.

—¿Por qué me llamas con tanta urgencia? ¿Pasa algo? —le preguntó a Rafael cuando estuvo a su lado.

—Mira lo que dice el periódico. —Se lo dio a leer.

—«La Casa de la Villa y la decencia en el vestir», ¿qué es esto?

—Lee, por favor. En voz alta.

—«Llega a la Casa de la Villa la campaña por la decencia en el vestir de la mujer, promocionada por algunos obispos y asociaciones católicas.» ¿Qué me quieres decir con esto?

—Te pido que sigas leyendo, por favor.

—«Una concejala, la señorita Echarri, ha elevado al Ayuntamiento la propuesta de que se prohíba la entrada en la digna casa a las mujeres que lleven vestidos sin mangas, o demasiado escote, o demasiado corta la falda.»

—¿Estás de acuerdo con esto tan absurdo? Es muy fácil, ¡no iremos a la Casa de la Villa!

—Esta noticia me da la razón. Es indecente ir con las faldas cortas, sin mangas y con tanto escote. Las niñas tienen que volver a vestir como antes de que les diera la fiebre por la moda de París.

—No conozco a la señorita Echarri, pero dice poco de ella que ande haciendo este tipo de propuestas. Las mujeres debemos movernos con comodidad. Ya está bien de tener que ir siempre encorsetadas. Se puede ser igual de decente con escote o sin escote, con falda larga o falda corta. Dios mío, ¿te estás escuchando? Creía que ya lo habrías superado.

—Tengo aprecio a mi reputación, Pilar.

—Pues tranquilo, no la vas a perder porque vistamos más cortas o más largas.

Subió a su habitación y mandó llamar a Hortensia. Cuando la institutriz tocó la puerta, tenía todos sus vestidos extendidos en la cama.

—Hortensia, haga el favor de cortarme todos estos trajes.

—¿Igual que los de sus hijas?

—¡Un poco más largos! A media pantorrilla.

—Como quiera.

—Estoy harta de que mi marido se meta también en el largo de mi falda. ¡Es lo que me faltaba por oír!

22

Los desafíos de Pilar

Para el segundo estreno del Teatro Fantasio eligieron una de las obras de Huberto Pérez de la Ossa. Un director escénico, narrador y poeta amigo de la familia, al que le habían dado hacía cuatro años el premio Nacional de Literatura por *La santa duquesa*. Ante este nuevo montaje, previsto para la primavera, Rafael estuvo más entretenido con las luces, la puesta en escena y las invitaciones. Pilar aprovechó la actividad de su marido para volver a quedar con Antonio en el café de Cuatro Caminos.

Había un hervidero de gente por la calle. En el pescante del tranvía —al que la gente llamaba «cangrejo» por la pintura roja que lo caracterizaba— casi había más gente que en el interior. El revisor hacía la vista gorda y dejaba que muchos obreros y estudiantes viajaran asidos a alguna de las barras metálicas que tenía por fuera el receptáculo principal. El trayecto era de una gran lentitud, pero la dejaba muy cerca del café.

Como siempre, el primero en llegar fue Antonio. Jaime, el camarero, sin mediar palabra de salutación, le informó del suceso que tenía consternado a todo Madrid.

—En la estación de Atocha se ha descubierto un cajón depositado en consigna que contenía el cadáver de un hombre descompuesto y aserrado. ¡Hasta dónde va a llegar la crueldad de los seres humanos!

—¡Qué barbaridad! Tiene toda la razón. El ser humano es capaz de lo mejor y de lo peor. No le diga nada a doña Pilar. Se trata de algo terrible y no quiero que se entristezca esta tarde. Digo yo que, sabiendo el remitente del cajón, se sabrá quién lo ha hecho.

—¿Sabe, si yo fuera el investigador, cómo lo tendría claro? Simplemente yendo al velatorio cuando se sepa su identidad. El que más llore de su entorno, ese es.

—Ha equivocado usted su profesión. Hemos perdido un buen criminólogo.

—No he podido estudiar, pero no le niego que me hubiera gustado mucho.

—Le insisto en que será mejor que no le comente nada a la señora. ¿Me va poniendo un café?

—Con mucho gusto.

Al cabo de diez minutos, se abría la puerta de madera y cristal y aparecía Pilar. Le sonrió desde lejos y se fue acercando poco a poco con cierta cadencia en sus andares. Antonio la observaba con verdadera admiración.

—«¡Lo que hace Dios cuando está / de buen humor, y se esmera / una miajita en sus obras!» Eso es lo que dice Heredia cuando ve caminar a la Lola, pero hoy, en este momento, lo suscribo.

—¡Mira lo que te traigo! —le mostró su libro *Huerto cerrado* en su segunda edición, recién impresa.

—¡Vaya! ¡Dos ediciones!, eso es todo un éxito. Pues me lo tienes que dedicar. Yo también tengo para ti buenas noticias.

—¿Sí? ¡Dímelas!

—Ya tenemos fecha para estrenar *La Lola se va a los puertos*. A primeros de noviembre, el día ocho.

—¡Cuánto me alegro! —Pilar le besó en la mejilla—. ¿Tenéis teatro?

—Sí, en el teatro Fontalba.

—Es el teatro más aristocrático. Me encanta su ubicación, en plena Gran Vía... Va a ser un éxito. No me cabe la menor duda.

—He metido en el texto tus versos: «El corazón de la Lola solo en la copla se entrega».

—¿Sí? Me hará mucha ilusión escucharlos.

—¿Podrás ir?

—No me lo perdería por nada del mundo.

—Le mandaré a Victorio cuatro invitaciones y le pondré en una nota que os invite a tu marido y a ti. ¿Cómo se encuentra su mujer?

—Está muy recuperada. En cuanto el tiempo sea más benévolo se vendrán aquí. Calculo yo que en quince o veinte días. Después ya sabes, vuelta a Palencia con la familia al completo.

—Cada vez llevo peor las separaciones prolongadas. Son una verdadera tortura. Te lo aseguro.

—No lo pienses, que el tiempo pasa muy rápido. Mira la poesía que he compuesto para el próximo libro que ya he empezado. Escucha:

Hoy he vuelto a mi jardín
de la Fuente del Amor,
que canta y cuenta sin fin
su dolor...
El mismo banco de piedra
donde los dos una tarde...
Se enrosca a el alma la hiedra
del recuerdo... El pecho arde...
Pero estoy sola —es invierno—
errando en la tarde fría.
Siento un escalofrío interno.
¡No está su mano en la mía!

—¡Es precioso! —Besó sus manos—. Veo que tú estás sufriendo con esta situación tanto como yo. Soy muy egoísta pensando que yo me llevo la peor parte. Debe de ser durísimo estar conviviendo con quien uno no ama.

—Sí, es duro. Tan solo estos ratos me sirven para coger fuerzas y tirar el resto de la semana.

—Saladita mía, no quiero que tus ojos se entristezcan. Me gusta verte reír. Olvídate cuando estés a mi lado de los momentos malos. Esos ya regresarán a nuestras vidas cuando volvamos a nuestra cruda realidad.

—¿Sabes? Tienes toda la razón. Al menos estas horas que estamos juntos, aparquemos nuestras penas.

—Me vuelven locos tus «¿sabes?». Mira, te he escrito una poesía yo a ti también. —Sacó un papel de su gabán—. Escucha:

En un jardín te he soñado,
alto, Guiomar, sobre el río,
jardín de un tiempo cerrado
con verjas de hierro frío...
En ese jardín, Guiomar, el mutuo jardín que inventan
dos corazones al par,
se funden y complementan
nuestras horas...

Pilar comenzó a llorar. No podía contener sus lágrimas. Aquel poema rezumaba amor por todos sus versos.

—No lo he escrito para que llores —continuó Machado—. Los quiero publicar en el número de septiembre de la *Revista de Occidente*. Has conseguido acabar con mi sequía creativa. Tengo ganas de cantar a los cuatro vientos lo que siento por ti.

Unieron sus manos y estuvieron mirándose sin decirse nada pero diciéndoselo todo. Pasaron minutos hasta que Pilar rompió el silencio.

—Dijo Vauvenargues que «en los jardines públicos hay avenidas por las que, frecuentemente, pasean los corazones rotos; parajes umbríos, punto de cita de los lisiados de la vida». Tú y yo somos parte de esos corazones rotos.

—Dos soledades en una. Una diosa y su amante huyendo juntos con la luna jadeante, persiguiéndoles. Estamos condenados a ser dos almas errantes.

—Por lo tanto, vivamos el momento.

Mientras dure la vida, que se consume aprisa,
de la atracción gocemos el mágico embeleso;
y en las noches calladas, de aromática brisa,
mi espíritu poeta pondrá en el tuyo un beso.

»¡Vivamos el hoy! Por la experiencia de ambos no sabemos qué ocurrirá mañana.

—Pilar, siempre tendré en la mente un verso dedicado a ti, siempre mi boca buscará a mi «diosa». ¡Huyamos! ¡Vayámonos lejos!

Estaban los dos compartiendo sentimientos y poesía; añadiendo fuego a sus vidas en una tarde fría a pesar de que la primavera no estaba lejos.

—Nunca pensé que el poeta al que yo más admiraba acabaría escribiendo sobre mí. Es mucho más de lo que yo podría imaginar.

—¡Huyamos!

Pilar se quedó callada ante la insistencia de Antonio. Parecía que se pensaba su propuesta.

—No podría volver a mirar a mis hijos a la cara y eso me mataría en vida.

—Tienes razón. ¡Perdóname!

Pilar cogió su mano derecha entre las suyas. Se la llevó a su cara y así la mantuvo bastante rato.

—Antonio, tengo que irme. Sabe Dios que me quedaría aquí horas y horas. No me canso de hablar contigo, pero ¡qué tarde se me ha hecho! Ya no puedo volver a casa. Me iré a la de mi madre y, desde allí, llamaré a decir que esa noche me quedo con ella. Hoy no podría soportar más preguntas de Rafael. Hoy no. Ha sido una tarde preciosa. Inolvidable.

Se levantó de la mesa con pocas ganas. Miró a Antonio, que estaba sin palabras. Solo la observaba. Besó su propio dedo y lo posó sobre la boca de Antonio.

—Mi poeta, gracias.

Antonio hizo una mueca parecida a una sonrisa y ella se fue del local sin tan siquiera despedirse del camarero. Si alguien le hubiera dicho alguna palabra, hubiera regresado al lado de Antonio. No podía mirar atrás.

Pilar llegó como pudo a casa de su madre. Llamó al timbre y la primera sorprendida fue doña Ernestina.

—¿Ocurre algo, *ma petite*? No son horas de visita.

—Necesito que me dejes el teléfono. Voy a llamar a casa. Le diré a Rafael que no te encuentras bien. Será la única manera de que no le parezca mal que llegue tarde. Incluso le diré que me quiero quedar contigo esta noche.

—¿Qué está ocurriendo? No entiendo, *je ne comprends rien*.

—¡Déjame llamar! Después te lo explico.

—*Oui, oui...* —Le señaló el teléfono y se sentó.

Pilar marcó el número de la centralita y esperó a que la telefonista le pusiera en contacto con su domicilio. A los diez minutos hablaba con su casa.

—¿Sí? ¡Dígame! —Era Hortensia Peinador.

—Hortensia, dígale a mi marido que se ponga. Estoy todavía en casa de mi madre.

—Enseguida. ¿Ocurre algo?

—Mi madre se ha indispuesto. No creo que sea nada grave pero sería mejor que me quedara con ella.

—Por los chicos no se preocupe. Han cenado ya.

—Muchas gracias, Hortensia.

Esperó al teléfono. Su corazón latía con fuerza. Rafael se puso finalmente.

—Ya me ha contado Hortensia, ¿qué le ocurre a tu madre?

—Se ha mareado un poco. No parece nada serio pero, por si acaso, aquí seguiré con ella. Si se me hace tarde, me quedaré a dormir aquí.

—Prefiero que regreses, aunque sea tarde. Voy a buscarte en cuanto tú me digas.

—No, no. En todo caso, me llevaría Juan.

—Está bien.

Colgó el teléfono y se sentó junto a su madre. Parecía agotada. Siempre corriendo para llegar a casa. Sudorosa y despeinada intentó recomponerse mientras hablaba con ella.

—Madre, es largo lo que te tengo que contar.

—*Ma petite*, no me asustes.

—Los problemas en nuestro matrimonio llegaron al poco de casarnos. Su frialdad, sus ausencias prolongadas…, las he llevado más o menos bien. El problema vino cuando me confesó hace poco que había tenido una amante.

—¡No! *Mon dieu!*

—Desde esa confesión, nuestro matrimonio se ha ido a pique. No tenemos ningún tipo de convivencia y se me hace muy duro dormir en la misma habitación.

—Eso tiene fácil solución, *ma petite*. Di que te cambias de habitación porque no duermes nada en toda la noche y no quieres despertarle. Días antes, da vueltas como una peonza en la cama y verás como te dirá que sí. *C'est très facile.*

—No será tan sencillo.

—Todos los matrimonios tienen problemas. No eres diferente a las demás. *Oh, mon dieu!* ¡Qué disgusto! *Une contrariété!*

Sonó el timbre de casa y se quedaron las dos pálidas. La doncella antes de abrir miró por la mirilla.

—¡Es don Rafael! —dijo en voz alta mientras empezaba a girar la llave para abrir.

—¡Madre, sube corriendo a la cama! ¡Métete vestida, por favor! Está vigilando todos mis movimientos. No se ha creído le excusa de tus mareos.

—*Oh, mon dieu!*

Le pidieron a la doncella que abriera con calma. Las dos necesitaban ganar tiempo.

—Las señoras, ¿dónde están? —preguntó Rafael nada más entrar.

Le dio su sombrero y su abrigo a la doncella.

—Están en la habitación. Pase al salón, ¿quiere tomar algo?

—No, subiré a ver a doña Ernestina.

—Muy bien. ¡Ya sabe el camino! ¿No quiere que le sirva nada? —insistió.

—No, gracias.

Rafael subió las escaleras de dos en dos y cuando llamó a la puerta de la habitación de su suegra, Pilar estaba sentada en la cama y su madre metida dentro haciendo la mejor de las interpretaciones.

—¿Has llamado al médico?

—No. Parece que mi madre no está ya tan mareada.

—¿Cómo se encuentra? —preguntó Rafael a su suegra.

—*Comme ci comme ça.* —Movió la mano de un lado a otro.

—Ha debido de ser una bajada de tensión. Puede ser algo de *surmenage* —comentó Pilar intentando disimular.

—Llevo tiempo con vértigos. *Une fatalité.*

Doña Ernestina no inventaba nada. Esos síntomas de vértigos, cansancio y fatiga eran ciertos. Los sentía desde hacía tiempo. Eso iba unido a que cada vez le costaba más conciliar el sueño.

—Teniendo tantos amigos médicos no acabo de entender que no esté permanentemente vigilada por alguno de ellos.

Rafael se creyó toda aquella escena que protagonizaron su suegra y su mujer. Al cabo del rato, decidió irse sin Pilar a su casa.

—Si ves necesario quedarte, pues hazlo por esta noche.

—Sí, será mejor. No quiero que pase la noche intranquila.

—*Merci, ma petite.*

Acompañó a Rafael hasta la puerta de la calle.

—Gracias por el detalle de venir a ver a mi madre.

En realidad, había ido por ver si era cierto que su suegra estaba enferma.

—No tienes por qué darme las gracias. Pero ¿por qué has esperado tanto a llamar? ¿Cómo no lo has hecho antes? Por cierto, un vecino me ha dicho que te ha visto cogiendo un tranvía. Por supuesto que le he dicho que eso era imposible. ¿Qué ibas a hacer tú yendo sola en dirección a Cuatro Caminos? Le he contestado que a ti no se te había perdido nada por allí, ¿o me equivoco?

—No, no te equivocas. Se habrá confundido. Pero alguna vez sí que he cogido el tranvía. Me gusta.

—¡Por Dios, Pilar! ¡No olvides quién eres!

—Te pido que no vuelvas a recordármelo. Sé perfectamente quién soy. Hoy no estoy para reprimendas.

Cuando cerró la puerta lanzó un suspiro. ¿A qué venía lo del tranvía? ¿La habría seguido alguien o sería verdad que un vecino la había visto subirse a uno? Se encontraba muy nerviosa. Subió a la habitación de su madre y esta ya estaba desvistiéndose detrás de un biombo.

—¿Se puede?

—*Oui, oui.*

—Madre, muchas gracias por la buena interpretación que has hecho.

—En realidad, no me ha costado nada. Es cierto que tengo vértigo, me temo que padezco algo del oído. *J'ai plusieurs années.* ¡Tengo muchos años!

—Estás muy bien. ¡Yo sí que me siento mayor! Tengo la sensación de que se me escapa la vida y no puedo hacer nada para evitarlo.

No quiso hablarle de Antonio Machado. Se hubiera llevado su madre otro disgusto. Prefería que su secreto no lo supiera en la familia nada más que su prima Concha. Si tenía algún aliciente el verano en Palencia era volver a verla.

Pilar se quedó en la habitación de invitados. Y por primera vez en meses, durmió de un tirón más horas de las que solía hacerlo habitualmente. No sentirse observada por su marido le dio paz y tranquilidad. Al día siguiente, su madre la dejó dormir. Estaba muy preocupada por ella. Sabía lo que era vivir con el hombre inadecuado, como le pasó a ella con su segundo matrimonio. Aunque, en su caso, quienes enturbiaron la relación fueron los tres hijos de Gabriel. Afortunadamente, desde que murió no había vuelto a saber de ellos. Cuando Pilar, finalmente, se despertó le habló de uno de los tres: Lorenzo.

—*Ma petite*, ¿has vuelto a saber de él?

—No, ni quiero. Te recuerdo que su insistencia por casarse conmigo precipitó mi boda con Rafael. Salí de Málaga y me metí en Malagón.

—Fue mi culpa... Si no me hubiera vuelto a casar... *Dans quel mauvais temps!*

—No tienes culpa de nada. Te viste sola, con tres hijos y sin marido. ¡Cualquier mujer hubiera hecho lo mismo que tú! Ahora, también te digo que nunca me sentí más sola que en ese momento. Padre había muerto y solo me quedabas tú. ¡Cuando te casaste y me llevaste a un colegio interna, lo pasé muy mal! Ahí fue cuando comencé a escribir.

—¡Qué sufrimiento separarme de ti! *Oh, ma petite! Terrible!*

—Fue cuando en el colegio me llamaban rara. Lo escribí en forma de poesía. ¿La recuerdas?:

> *»Cuando yo era niña*
> *me llamaban rara,*
> *porque con las otras niñas, mis amigas,*
> *apenas jugaba;*
> *y en las primaveras y días de estío,*
> *todas las mañanas*
> *salía a los campos, y las flores frescas*

que a mi paso había,
cortaba...

—¡Para, por favor! No puedo soportar la soledad que expresa ese poema. *Pour moi est une torture.*

—La poesía me salvó, madre. Y la naturaleza..., y mi fe. Sí, es verdad que la infancia marca para siempre una vida, y yo, durante esos años, no sentí el afecto que necesitaba. Tenía mucho miedo y mucha soledad.

—¡Yo no estaba mejor pensando en ti, *ma petite*! Y con esos tres energúmenos en casa. Créeme que te evitaste la violencia que se generó con la convivencia de ellos y tus hermanos. *Pardonne moi.*

—Madre, no hay nada que perdonar. ¿Quién ha dicho que sea fácil vivir? Todos llevamos nuestra cruz.

—Solo quiero que ahora seas feliz. *Tu mérites d'être heureux.*

Madre e hija se abrazaron. Ese abrazo llegaba con más de treinta años de retraso, pero Pilar lo agradeció. Su madre no había sido educada en los afectos. Había crecido con la creencia de que los besos y las caricias hacían a los niños blandos. Por eso, ese abrazo a destiempo le alimentó por los que le habían faltado en el pasado.

23

Una brújula para que me encuentres

Después del estreno en el Teatro Fantasio y del éxito de aforo con la asistencia, incluso, del rey Alfonso XIII, transcurrieron unos días de muchas visitas y de elogios a Alicia y Mari Luz. Rafael se mostraba muy satisfecho delante de la familia.

—Nuestras hijas deberían plantearse ser artistas. Lo hacen muy bien. Lo dice todo el mundo —elogió Rafael con orgullo.

—Parecen profesionales, es cierto, pero a mí me gustaría que se formaran en otros conocimientos —comentó Pilar—. El saber no ocupa lugar.

—A mí me encantaría ser actriz —expuso Mari Luz—. Nada me hace más ilusión, mamá.

—Sin embargo, creo que tenemos que seguir estudiando —añadió Alicia— como dice mamá.

—Todavía es demasiado pronto para tomar una decisión definitiva en vuestras vidas, pero creo que subiros al escenario y recibir vuestros primeros aplausos os puede confundir. Debéis seguir con tesón buceando en los libros y sacando de ellos toda la enseñanza posible.

—Yo, más que actor, quiero ser militar —comentó Rafaelito sin que nadie se lo preguntara. Lo dijo en voz baja aunque le escucharon todos.

—¿Militar? Yo creía que querías ser arquitecto o dibujante. Se te da muy bien pintar y hacer caricaturas.

—No quiero dejar de pintar nunca, pero me gustan los militares. ¡Los uniformes! ¡Las armas!

—Por favor, eres muy niño, aunque te sientas ya mayor. Ahora tienes que seguir trabajando y haciendo tus deberes —le dijo Pilar con la seguridad de que el tiempo quitaría a su hijo la idea de ser militar de la cabeza.

Esos días todos estaban muy alterados no solo por el estreno de su teatro, sino por la invitación que les hizo el rey para asistir en Sevilla a la inauguración de la Exposición Iberoamericana. El 9 de mayo, día de la Ascensión, los reyes junto con las infantas Cristina y Beatriz y el jefe del gobierno, el general Primo de Rivera, presidieron los actos de inauguración. Esta se desarrollaba a la vez que la Exposición Internacional de Barcelona. Una y otra situaban a España en el punto de mira para inversores que, durante meses, podrían visitar las dos ciudades españolas. La familia Martínez Valderrama viajó a la capital andaluza junto a las familias más aristocráticas. Aunque el ambiente era festivo, pudieron percibir que el apoyo al gobierno de Primo de Rivera era ínfimo. Incluso por parte de los militares que le habían alzado al poder en 1923 y de las multinacionales del petróleo que estaban también contra el régimen, molestas por la creación del monopolio de petróleos, CAMPSA. Hablando con unos y con otros, llegaron a la conclusión de que había una permanente conspiración político-militar contra la dictadura.

Alejandro Vallejo-Nágera y su mujer, Lola Botas, fueron los conocidos que más cerca estuvieron de los Martínez Valderrama durante el viaje a Sevilla. Hubo mucho flamenco, muchas citas culturales y un largo paseo por la Exposición.

—Nos veremos en Palencia en breve, ¿verdad? —preguntó Pilar en un aparte.

—Sí, por supuesto —se adelantó a contestar Lola—. Antes me pasaré por Zaragoza para ver a mi amiga Carmen Polo. Su marido, el general Franco, sigue muy liado con las primeras promociones de la Academia Militar que dirige. Estaré allí poco tiempo para ir cuanto antes a Palencia y organizar la fiesta de todos los años. No pienso fallar.

—Se está convirtiendo tu fiesta en el gran atractivo del verano. No sabes cómo se agradece después de tanta monotonía. El verano se me hace muy largo fuera de Madrid. Este año iremos un mes a San Rafael, ¿lo conoces? Está situado en la sierra, a pocos kilómetros del alto de los Leones. Le hemos alquilado el hotelito a Ramón Menéndez Pidal. No va Rafael con muchas ganas, pero así los niños respirarán aire puro durante un mes. Será una cura de salud para todos.

—Tienes razón, el verano se convierte en un paréntesis de tres meses en nuestras vidas. Pero para mí vivir en contacto con el campo tiene su atractivo. Cuando se acerca el verano, estoy nerviosa por irme a Palencia. ¡Me encanta!

—Este verano, cuando lleguemos allí, también daremos nosotros una fiesta. No con tanta gente como la tuya, pero sí con algunos amigos para celebrar la curación de mi cuñada María Soledad.

—No sabes cuánto me alegro. Desde luego que es para celebrarlo.

Se despidieron justo antes de partir hacia Madrid después de una opípara comida, repleta de platos típicos andaluces. Pilar se acordaba de Antonio y de cómo hubiera disfrutado ejerciendo de cicerone en su tierra. Antes de coger el tren, se paseó por los diferentes puestos instalados en la Exposición y compró varios regalos para todos. También para Antonio. Adquirió una brújula que estaba envuelta en un paño de terciopelo rojo burdeos y una cajita de madera que le daba más empaque al regalo. Se la guardó en su bolso. No quería que se confundiera con el resto de los regalos.

Nada más llegar a Madrid, su amiga María Estremera se acercó a su casa con una nueva carta de Antonio. No quiso preguntar por el autor de las mismas, pero estaba deseando averiguar de quién se trataba.

—Espero que algún día tengas la confianza suficiente para decirme de quién se trata. ¿Por qué tanto misterio?

—María, es una persona muy especial, pero nada más que en el plano intelectual. No vayas a pensar que estoy haciendo algo de lo que me pueda arrepentir.

—Yo no soy quién para juzgarte. Además, aunque solo sea por la alegría que ha vuelto a tus ojos, creo que te está haciendo mucho bien. Cuando yo te dejé antes de irme de luna de miel estabas en unas condiciones terribles. No tenías fuerza ni para caminar. ¿Ya no te acuerdas? Todas creíamos que ibas a caer enferma.

—Estaba enferma de tristeza. Creí que me pasaría como a mi padre y que perdería la cabeza. Afortunadamente llegó él a mi vida y me rescató.

—Esa forma que tienes de hablar es de una persona que está enamorada. No lo quieres reconocer, pero ese hombre te ha transformado por dentro y por fuera. No eres la misma. ¿Es que no lo ves?

—Puede que tengas razón. Se ha ido enredando en mi vida y ahora sería incapaz de vivir sin sus cartas, sin verle. Es un poeta al que admiro mucho. Jamás pensé que los dos acabaríamos tan dependientes uno del otro. Esto ha sido como la lluvia fina… que al final acabas empapada.

—De modo que es un escritor. Por eso los dos conectáis tanto. ¿Él también está casado?

—No, María. Está viudo. Es libre. También me torturo porque no puedo darle lo que su soledad requiere. ¡Yo estoy casada! Eso me genera un dilema moral. ¿Entiendes?

—Entiendo. Ese dilema te diré que no lo tuvo tu marido. Ha surgido alguien importante para ti y tampoco creo que debas destruirte por sentir algo mucho más fuerte de lo que uno pueda dominar. ¡Eres humana! Yo creo en el Dios que nos comprende y nos perdona.

—Eso mismo pienso yo, pero no podría mirar a mis hijos a la cara si traspasara esa línea roja; es una línea muy fina. Algo me dice que no debo hacerlo. Incluso por respeto a eso que siento por él no puedo ir más allá. Se trata de algo sublime, no puede estar embarrado con algo mundano.

—¿Hasta cuándo vas a poder seguir manteniéndote así? Jugar con fuego y no quemarse creo que es imposible, Pilar.

—Lo sé. Me cuesta mucho, mucho, no ir más allá, pero, a la vez, pienso que esto que sentimos es puro. Y quiero que siga así.

—Y él, ¿no se cansará de esperar y esperar?

—Esa misma duda tengo yo. Por favor, no le cuentes nada a tu marido. ¡Promételo!

—Te lo prometo.

María se quedó sin saciar su curiosidad sobre quién sería el escritor que había cambiado por completo a su amiga. Sin duda, era alguien con una enorme sensibilidad y con una gran inteligencia para poder sobrellevar esa situación.

Pilar no necesitó volver a coger el tranvía para verse con Antonio. Un mes de mayo tan soleado había permitido que las citas volvieran al «jardín de la fuente». Se convirtieron de nuevo en paseantes de sus soledades por los aledaños del palacio de la Moncloa. Cuando se cansaban de dar vueltas se sentaban en el «banco de los enamorados» de piedra que rodeaba al «jardín de la fuente», como decía Machado. En el último encuentro, antes de partir hacia San Rafael, Pilar sacó de su bolso el regalo que le había comprado en la Exposición Iberoamericana de Sevilla.

—Esto es para ti. Ya que no estaré junto a ti cuando cumplas años, aquí tienes mi regalo.

—¡Pero si falta mucho para el veintiséis de julio! ¿Qué es?

Comenzó a desenvolverlo con la misma ilusión que un niño. Primero la cajita de madera, se paró a mirarla por arriba y por abajo. Después el terciopelo de color burdeos y por fin, apareció la brújula.

—¿Para que no me pierda mientras tú no estás? ¡Es preciosa! Muchas gracias por acordarte de mí. —Se acercó a ella y la besó prolongadamente.

Después de un silencio, Pilar tomó de nuevo la palabra.

—Cuando la vi en Sevilla supe que era para ti. Cuando estés perdido, mírala y acuérdate de mí. ¡Búscame!

—No necesito sacar la brújula para hacerlo. Me acuerdo de ti constantemente. No sé si podré aguantar tres meses sin verte. ¿Qué pasaría si me presento en Palencia a ver a Victorio, cuando ya estéis todos allí?

—Que me caería muerta allí mismo. No lo hagas, por favor. Todos se darían cuenta de que entre tú y yo hay algo más que admiración.

—Me condenas a no verte demasiado tiempo. Aunque sea de lejos, me da la vida observarte, contemplarte. ¿Acaso te has dado cuenta de que te miro de lejos cuando vas de la iglesia del Buen Suceso a San Ginés?

—¿Has ido alguna mañana sin decirme nada?

—Si te lo hubiera dicho te habrías puesto nerviosa. Yo te contemplo de lejos y eso, para mí, es suficiente.

—Espero que se te quite de la cabeza la idea de irme a ver a Palencia.

—¿Prefieres que vaya a San Rafael y me haga el encontradizo?

Puso tal cara de sorpresa y contrariedad que no hizo falta que respondiera.

—Está bien, si no quieres que lo haga, no lo haré. Tú no sufras.

—En verano solo salgo de casa para ir a misa. Mi vida social es cero si no fuera por la visita de mi prima Concha y por la fiesta que organiza en Palencia una amiga, mujer de notario y dueña de una botica. ¡Ya ves!

—¿Estarás aquí para tu cumpleaños, *madonna* del Pilar?

—Sí, antes del veintisiete de septiembre habremos vuelto. Lo celebraré también contigo. ¡Cuídate mucho en todo este tiempo que no nos vamos a ver! —le pidió, mirándole a los ojos.

—Procuraré viajar todo lo que pueda. Si me quedo en Madrid me comerá la nostalgia de no tenerte cerca. Iré a visitar a mis hermanos y a mis amigos. Yo me adapto a cualquier lugar, no tengo ningún problema. Donde hay vino, bebo vino; donde no hay vino, agua fresca... Ya lo sabes.

—¿Seguirás escribiendo a Guiomar?

—No he dejado de hacerlo.

>*Tu poeta*
piensa en ti. La lejanía
es de limón y violeta,
verde el campo todavía.
Conmigo vienes, Guiomar,
nos sorbe la serranía.
De encinar en encinar
se va fatigando el día.

>No hay nada de lo que haga o escriba que no te tenga presente.

Pilar posó un beso en su boca. No sabía cuándo volverían a verse. Sin duda pasarían meses sin hacerlo.

—Si vas a escribirme, hazlo a nombre de Hortensia Peinador. Se viene con nosotros todo el verano. Dentro del sobre pon otro cerrado, a mi nombre. Me lo dará sin dudarlo.

—¿No querrá tu marido saber quién le escribe todas las semanas a la institutriz?

—Le quitaré las ganas que tenga de averiguarlo. No creo que sospeche nada. Tus cartas me serán tan necesarias como el aire que respiro. Serán el único aliciente que tenga durante todo este tiempo.

—Tú tampoco dejes de hacerlo. Estaré pendiente de tus cartas. Solo espero que no te olvides de tu poeta.

Se besaron una y mil veces. Aunque la noche se echó encima, no encontraban el momento de decirse adiós para tantos meses. Las despedidas cada vez se hacían más difíciles.

—A las doce de la noche estaré esperándote fiel en nuestro «tercer mundo».

—Yo también estaré siempre pendiente del reloj. No me perdería nuestra cita por nada en la vida.

Mientras Pilar se alejaba y se daba la vuelta para mirar a Antonio, este sentía como si le arrancaran el corazón de cuajo. La sensación de no volverla a ver en meses se le hacía dura e imposible de sobrellevar. La nostalgia pesaba cada vez más.

Ese verano el poeta no dejó ni un solo día de escribir poesía. La víspera de su cumpleaños, Antonio Machado presentó *Canciones* a sus hermanos y a su madre. Esos versos fueron muy aplaudidos por todos. Pensaban que Guiomar no era una mujer real, sino fruto de su imaginación. Tan solo José sabía que se trataba de una mujer de carne y hueso. Antonio quería que la *Revista de Occidente* publicara sus poemas en septiembre. Le hacía ilusión la idea de sorprender a Pilar, a la vuelta del verano, con esta publicación.

Cuando se quedaron solos, José habló con él sin ambages.

—¿Sigues adelante con aquella mujer que estaba casada?

—Sí, sigo con ella. De hecho, todos los versos que os he leído están inspirados en ella. Ha obrado el milagro de que yo vuelva a tener ilusión por escribir. Se ha convertido en mi musa.

—Todo poeta necesita un estímulo. Está bien, pero sería mejor que tu musa pudiera ser presentada a la familia y no permanecer agazapada en un ideal de mujer que todos creen inexistente.

—Mejor que siga así, y no es un ideal, se trata de una «diosa». Si la hubieras conocido como yo, en las mismas circunstancias, hubieras caído en sus redes. No es una mujer normal. Todo en ella es bello e interesante.

—Me parece que se está aprovechando de ti. Ella a tu lado gana fama y notoriedad.

—Pero si nadie sabe de nuestra relación. Ella precisamente solo tiene que perder y nada que ganar. Arriesga mucho cada vez que nos vemos. Si alguien conocido suyo nos viera juntos pondría en peligro su reputación.

—Hermano, eres Antonio Machado y ella una escritora que nadie conoce. A tu lado, solo tiene que ganar. ¿No te das cuenta?

—El que solo puede ganar a su lado soy yo. Es una gran mujer en todos los sentidos.

—Lo que tú digas. No te voy a llevar la contraria.

Durante la estancia en San Rafael, Pilar hizo amistad con la mujer de Menéndez Pidal y su hija Jimena, que residían en el hotel paralelo al que habían alquilado. Dentro de las parcelas había mucho pinar y mucho campo. Allí todos reponían fuerzas después de un invierno duro. Descubrieron ese lugar hacía cuatro años, cuando sus hijos se contagiaron de tosferina. Mari Luz y Rafaelito fueron los más afectados. Llegaron pálidos y salieron llenos de vida y salud, con color en sus mejillas. Desde entonces estaban convencidos de que era un seguro de salud previo a su paso por Palencia.

Pilar pasaba mucho tiempo sola ya que Rafael aprovechaba para ir a Madrid. En el fondo, deseaba que se ausentara varios días. El problema del verano era verse en exceso sin posibilidad de escapatoria. Contaba los días para llegar a Palencia y compartir confidencias con su prima. Antes de concluir el mes de julio hicieron las maletas y se fueron en coche hacia allí. Cuando llegó a la finca El Carrascal ya estaba Concha.

—¡Qué guapa te veo!

El abrazo que le dio Pilar fue largo e intenso. Era la única persona en el mundo que sabía quién era el autor de las cartas: Antonio Machado. Por fin podría abrir su corazón con toda sinceridad.

—Estaba deseando verte. No puedo más.

—¿Sigues con Antonio?

—Sí. Seguimos contra viento y marea. Lo que se me hace más cuesta arriba es la convivencia con mi marido. No soporto sus preguntas, sus dudas, sus celos y sus constantes insinuaciones. No le ha quedado claro que nuestro matrimonio está muerto.

—Él ha pasado página sobre el capítulo de su amante, pero es evidente que tú no.

—Mi vida cambió y ya no hay marcha atrás.

El calor era intenso y las confidencias también. La limonada y el abanico junto con la evocación permanente al poeta marcaron ese verano en el que se empezaba a hablar de una incipiente crisis económica que llegaba de Estados Unidos.

24

Contando los días para el regreso

En pocos días todo estaba listo en la finca para dar una fiesta en honor a María Soledad. Andaba poco y estaba casi siempre sentada ya que, a pesar de haber superado la enfermedad, su salud se había quedado mermada; aunque confiaban en que, con el paso del tiempo, se recuperaría del todo.

Se pusieron farolillos en el jardín. Una gran mesa en el centro del terreno para presidir el festejo. Invitaron al alcalde de Villaldavín y a los amigos de Palencia. Contrataron a dos guitarristas para que amenizaran la noche y Rafael guardaba en secreto una sorpresa final que había preparado junto a su hermana. Pilar estaba feliz de comenzar el verano con esta buena nueva y hablaba con su prima antes de vestirse para el evento.

—Cuando conocí a Rafael, su hermana, que es ocho años mayor, estaba casada con Antonio Fernández Liencres, primo carnal del marqués de Donadio, ambos de Granada. Todo parecía ir bien hasta que la bebida se apoderó de él y enturbió toda su vida.

—La bebida transforma a las personas —le contestó Concha en el mismo tono de confidencia que tenía Pilar—. Se vuelven agresivas y dañinas.

—No te puedes imaginar lo simpático, generoso y dicharachero que era. Gracias a él me enamoré de Wagner. Tenía un palco en el Real y nos invitó a ver *Tristán e Isolda.* Fue maravilloso. Un momento en mi vida que jamás olvidaré. Él se dio cuenta de que estaba muy emocionada y me volvía a invitar cada vez que la reponían. Esta ópera me llegó a lo más hondo de mi corazón.

—¡Qué pena! Siendo tan estupendo, ¡cómo se pudo estropear su vida por el alcohol!

—Bebía cerveza a todas horas y eso, poco a poco, fue haciéndole mella hasta conseguir anular su personalidad. Mi cuñada y él tuvieron que separarse porque la convivencia era imposible. Pocos años después, falleció de una cirrosis. Ya ves, ¡la vida! Al poco tiempo conoció a Victorio y se casaron. Se merecía esta segunda oportunidad.

—Para Victorio conocerla también fue una suerte. Se ha dedicado en cuerpo y alma a su carrera.

—Tienes toda la razón, le organizó una primera exposición en la Biblioteca Nacional a la que asistió hasta el rey Alfonso XIII. Ahí presentó sus bustos de Unamuno, Galdós y del poeta Ramón de Basterra. También expuso la escultura yacente de su hermano Marcelo, que es una auténtica maravilla. Fue todo un éxito.

—Victorio es republicano, ¿verdad?

—Sí, y el rey lo sabe, pero le admira mucho. Y, para Victorio, el hecho de que acudiera el rey a ver su obra fue un gran espaldarazo a su carrera. —Miró el reloj de pared que tenían en la estancia—. Se está haciendo tarde, Concha. ¡Vamos a arreglarnos!

Las dos se encerraron en su habitación y a la media hora ya estaban vestidas de noche. Concha con traje negro y Pilar con uno blanco con ribetes de terciopelo negro y lentejuelas del mismo color por todo el vestido. Le pidió ayuda a su prima para peinarse con un recogido a pesar de su pelo corto. Con horquillas y paciencia, lo consiguió. Cuando bajaron las dos, Rafael, Victorio y María Soledad interrumpieron la conversación que mantenían.

—¿Qué estaréis maquinando para esta noche? ¡Lo lleváis tan en secreto! —comentó Concha.

—Si crees que le vas a sacar algo a Rafael, estás muy equivocada.

—Lo que sí te puedo decir es que esta noche estás especialmente bella —dijo Rafael alzando la voz mirando a su mujer fijamente a los ojos.

Pilar se quedó paralizada ante el comentario y se ruborizó tanto que tuvo Concha que salir al paso.

—Y las demás, ¿somos invisibles?

—Todas estáis guapísimas. —Cogió un vaso y se sirvió una copa—. ¡Hay que ver, no puede uno elogiar a su esposa!

Pilar miró a su prima, agradeciéndole el capote que acababa de echarle.

—¿Alguien quiere una copa? —preguntó Rafael en voz alta.

—No, muchas gracias —contestó Pilar.

El resto también rechazó el ofrecimiento.

La noche era de luna llena y las estrellas se hacían tan visibles que el cielo por sí solo ya era todo un espectáculo. Distintos olores a flores y plantas aromáticas se entremezclaban. Al cabo de un rato, el jazmín que Concha trajo hacía años de Montilla sobresalía sobre los demás. Comenzaron a llegar los primeros invitados y los anfitriones se dedicaron a hablar con unos y con otros hasta que se sentaron a cenar. En honor a su prima se sirvió un gazpacho frío y en homenaje a María Soledad, pichón, su plato favorito. Cuando llegaron a los postres, el secreto que les tenía preparado Rafael se desveló.

—Os voy a presentar a una mujer de gran talento y de magnífica voz. Su maestro fue Juan Goula, el conocido compositor y músico, que esta noche nos honra con su visita. Ha interrumpido su gira por Europa para apoyar a su pupila. Atención porque hoy para todos ustedes va a cantar: María Soledad Martínez Romarate.

Los invitados comenzaron a aplaudir porque no solo celebraban su recuperación, sino su vuelta a los recitales en pequeñas fiestas y en actos benéficos.

—Muchas gracias —dijo María Soledad—. Me siento muy

feliz de estar esta noche junto a vosotros. Hubo un momento en el que pensé que no volvería aquí jamás. Afortunadamente, me equivoqué. Quiero cantaros a vosotros en homenaje a lo hermoso que es vivir.

Era una noche cargada de emociones encontradas. Todos estaban felices de la recuperación de María Soledad pero, en el fondo, observaban que no tenía fuerzas para cantar de pie mucho tiempo seguido. No estaba al cien por cien, con el vigor con el que acostumbraba cantar. Sin embargo, cuando entonó el «Nessun dorma», el aria del acto final de la ópera *Turandot* de Puccini, los invitados no pudieron contener su emoción.

—*All'alba vincerò! Vincerò! Viiinceroò!* —Después de las últimas notas lo cantó en español—: ¡Al alba venceré!, ¡venceré!, ¡veeencereeé!

Tras llegar a la última nota, todos se pusieron en pie y le dedicaron una larga ovación. María Soledad se puso a toser hasta el punto de dar por terminado el recital.

A Pilar se le saltaron las lágrimas. Escuchar de nuevo a su cuñada fue especialmente emotivo. Realmente había vencido a una de las enfermedades que más estragos estaba causando en la población. Parecía mentira que María Soledad estuviera allí desafiando los peores diagnósticos, haciéndose oír de nuevo por todos. Fue la mejor noche de aquel verano. Ni la fiesta posterior de Lola Botas consiguió eclipsar la noche magistral de su cuñada, cantando el «Nessun dorma». «*Il nome suo nessun saprà... E noi dovrem, ahimè, morir! Morir!...*» Pilar lo había traducido en su interior: «Su nombre nadie sabrá... y nosotros, ay, ¡tendremos que morir! ¡Morir!». No podía dejar de llorar. No solo se emocionaba por su cuñada, se le saltaban las lágrimas por su propio desafío a lo establecido con su amor por Antonio Machado. Su imagen había estado en su pensamiento muy presente, como telón de fondo a esa noche estrellada en la que su «tercer mundo» había tenido la música de Puccini. Como dijeron todos: fue una noche inolvidable.

La carta de Antonio llegó al día siguiente a la finca. Hortensia se la dio en mano. Parecía que había leído sus pensamientos de la noche anterior.

Te he sentido a las doce ¡tan cerca! Y tus «¿sabes?» me quemaban el corazón. ¡Qué fuego tan delicioso viene de ti! Y en ese «tercer mundo» ¡qué embriaguez, qué locura, qué orgía! Soñé contigo toda la noche. Recibe, mi reina, un beso inacabable. Tuyísimo.

Pilar después de leerla la escondió entre sus enseres de aseo, segura de que allí Rafael no miraría nunca. Eran preciosas las cartas de Antonio. Sin duda se convertían en una inyección de oxígeno para sobrellevar ese verano caluroso y nostálgico. La hacían sentir viva. Se estaban convirtiendo en necesarias para poder subsistir.

Pilar le escribió inmediatamente y le contó la sensación que tuvo esa noche al escuchar el aria cantada por su cuñada.

Era como si estuvieras a mi lado. ¿Sabes? Ya confundo la realidad con mi pensamiento. Te prometo que estabas allí, a mi lado, cogiéndome de la mano. Fue maravilloso. Sin verte te he sentido como si estuvieras cerca...

Cuando Antonio leyó su carta, la besó. Contaba los días que le quedaba a ese verano del 29; como el preso que mira cada día lo que le queda de condena. Aprovechó el final de agosto para viajar. En uno de esos viajes de ida y vuelta, habló con su hermano José de algunos de los recuerdos de su infancia que se repetían en su memoria.

—¿Te he contado la historia de la caña de azúcar?

—Antonio, alguna que otra vez.

—Bueno, es igual. Tú no habías nacido, pero era costumbre comprar a los niños cañas de azúcar. Tendría seis años

12 - Febrero 1924

Sábado noche

Decididamente iré a Segovia mañana Domingo, pues
las mis temidas anginas fué una falsa alarma, y mi
estado febril desapareció. Como siempre, la visita de mi diosa me trae la alegría y la salud. Además, la compañía de sus "Pruncias" obra también en mí sus milagros. Luego, los recuerdos de unos ojos y de unos labios...
Fiel a tu mandato no he vuelto a poner los pies en
el Parque. ¡Arias altas de mis oraciones donde a mi
manera pagana, tanto peregriné! Compadece a tu
pobre poeta: siempre luchando con la distancia... Es otra
imagen adorada para el recuerdo y solo para el recuerdo:
el balcón de la diosa. Sin embargo, si alcanzo a la próxima
primavera, cuando los árboles tengan hojas, volveré
a mirar, prometido a ser visto... Y también entonces volveremos a nuestro Jardín de la fuente. Oye, preciosa mía,
¿porque no incluyes en tus Pruncias esa poesía? Está hoy
en ella, en verdad, comprometida.
Puse en orden tu libro y lo leo y releo con infinito a-
mor. ¡Cuantas cosas bellas tiene! Como nadas para
mí! porque quisiera, cuando llegue el caso, escribir
de él como se merece. Déjamelo unos cuantos días.

Carta de Antonio Machado a Pilar Valderrama.

Sábado noche

Decididamente iré a Segovia mañana domingo, pues lo de mis temidas anginas fue una falsa alarma y mi estado febril desapareció. Como siempre, la visita de mi diosa me trae la alegría y la salud. Además, la compañía de tus «Esencias» obra también en mí sus milagros. Luego, los recuerdos de unos ojos y de unos labios...

Fiel a tu mandato no he vuelto a poner los pies en el parque. ¡Adiós altar de mis creaciones a donde, a mi manera pagana, tanto peregriné! Compadece a tu pobre poeta, siempre luchando con la distancia... Es otra imagen adorada para el recuerdo, y solo para el recuerdo: el balcón de la diosa. Sin embargo, si alcanzo a la próxima primavera, cuando los árboles tengan hojas, volveré a mirar sin miedo a ser visto. Y también entonces volveremos a nuestro «Jardín de la Fuente». Oye, preciosa mía, ¿por qué no incluyes en tus poesías esa poesía? Nada hay en ella, en verdad, comprometido.

Puse en orden tu libro y lo leo y releo con infinito amor. ¡Cuántas bellas cosas tiene! Tomo notas para mí, porque quisiera, cuando llegue el caso, escribir de él como se merece. Déjamelo unos cuantos días.

Hay en él muchas cosas, engendradas en diversas zonas del espíritu. La riqueza de un libro no se mide por su extensión sino por la cantidad de temas diversos que contiene. Es posible que este amor entrañable que yo te tengo me ayude a ahondar en él. Porque su autora es infinita, inagotable. Ya hablaremos de él, preciosa mía, y de lo que, a mi juicio, debes añadir — suprimir, nada.

¿Estuviste en esa función cinematográfica? ¿Y qué has hecho estos días? ¿No habrás olvidado a tu poeta? ¡Ay, Pilar, no me mientas nunca. Y ahora que nos vamos a ver más de tarde en tarde — porque, al fin, aunque sin hablarnos, nos veíamos a la hora del último sol — necesito mucha fe en tu memoria. Ojos que no ven, dicen, corazón que no siente. ¿Es eso verdad? Para mí no lo es. Mi corazón tiene cada día más amor, y — aunque sea chiquito, — más celos.

> Porque nadie te mirara,
> me gustaría que fueras
> monjita de Santa Clara.

Es un decir, pero tú me comprendes, diosa mía... Tú comprendes a tu loco ¿verdad? ¿Qué secretos tengo yo para ti? Sabes que supe mucho en tu ausencia. Por eso vienes a verme como ahora, en tu tercer mundo. Son las doce de la noche. Siéntate aquí, ya sabes dónde, y óyeme:

> ¿Tengo yo la culpa
> de esta red que tengo?
> Dime, Pilar, ¿nunca? ¡Nunca!

Hay en él muchas cosas, engendradas en diversas zonas del espíritu. La riqueza de un libro no se mide por su extensión sino por la cantidad de temas diversos que contiene. Es posible que este amor entrañable que yo te tengo me ayude a ahondar en él. Porque su autora es infinita, inagotable. Ya hablaremos de él, preciosa mía, y de lo que, a mi juicio, debes añadir —suprimir, nada.

¿Estuviste en esa función cinematográfica? ¿Y qué has hecho estos días? ¿No habrás olvidado a tu poeta? ¡Ay, Pilar, no me olvides nunca! Y ahora que nos vamos a ver más de tarde en tarde —porque, al fin, aunque sin hablarnos, nos veíamos a la hora del último sol— necesito mucha fe en tu memoria. Ojos que no ven, dicen, corazón que no siente. ¿Será eso verdad? Para mí no lo es. Mi corazón tiene cada día más amor, y aunque sea absurdo, más celos.

> *Porque nadie te mirara*
> *me gustaría que fueras*
> *monjita de Santa Clara.*

Es decir, pero tú me comprendes, diosa mía... Tú comprendes a tu loco, ¿verdad? Sabes que sufro mucho en tu ausencia. Por eso vienes a verme, como ahora, en tu tercer mundo. Son las doce de la noche. Siéntate aquí; ya sabes dónde, y óyeme:

> *¿Tengo yo la culpa*
> *de esta sed que tengo?*
> *Dime Pilar, ¿nunca? ¡Nunca!*

Y ahora, lo que repartes:

Amor es un 'siempre, siempre!'
la sed que nunca se acaba
del agua que no se bebe.

¿no piensas tú; fuerte, santo y cruel con tu pobre
poeta. Y nuestros corazones siguen dialogando

Y hablan, hablan, hablan.
¡Ay! no me quites la sed.
¡Ay! no me niegues el agua.

Domingo = Noche. = Segovia.

Llego a las 12 y media, pues el tren ha tenido un largo retraso. De noche está muy fría; pero mi patrona me tiene encendido un brasero y le atiza. Si vienes, diosa mía, un momentito
a ver a tu poeta, no tendrás frío. Solo me temo que hayas llegado
antes que yo y que, no encontrándome en mi sitio, te hayas
ido. Pero no será así, porque en nuestro tercer mundo todo se
adivina, y he creído ver a tu poeta atravesando la niña en el tren
de Asturias. En el tren, solo, y pensando en su diosa, y viéndola
con su traje azul, en su balcón. Porque, al salir se todo...? y
pasar por el paso a nivel donde un día nos despedimos, se
divisan algunas casas de Rosales; las otras se imaginan fácilmente. Y esa imaginación me acompaña ya todo el camino.

Y ahora lo que respondes:

> *Amor es un ¡siempre, siempre!*
> *la sed que nunca se acaba*
> *del agua que no se bebe.*

Eso piensas tú, fuerte, santa y cruel con tu pobre poeta. Y nuestros corazones siguen dialogando

> *Y hablan, hablan, hablan.*
> *¡Ay! no me quites la sed.*
> *¡Ay! no me niegues el agua.*

Domingo-Noche-Segovia

Llego a las doce y media, pues el tren ha tenido un largo retraso. La noche está muy fría; pero mi patrona me tiene encendido un brasero y la estufa. Si vienes, diosa mía, un momentito a ver a tu poeta, no tendrás frío. Sólo me temo que hayas llegado antes que yo y que, no encontrándome en mi rincón, te hayas ido. Pero no será así, porque en nuestro tercer mundo todo se adivina, y habrás visto a tu poeta atravesando la sierra en el tren de Asturias. En el tren, solo y pensando en su diosa, y viéndola con su traje azul, en su balcón. Porque, al salir de Madrid, y pasar por el paso a nivel, donde un día nos despedimos, se divisan algunas casas de Rosales; las otras se imaginan fácilmente. Y esa imaginación me acompaña ya todo el camino.

Y ahora empiezo a recordar a mi diosa, leyendo sus poesías. Leo muy bien — un poquito deprisa — según tu estilo, siempre elegante, que no subraya ni declama.

Una confidencia — con toda reserva — es posible que uno de estos días ocurran graves sucesos políticos. Porque pudieran ser de gran trascendencia, te lo anuncio. Pero de esto, no conviene hablar. También pudiera — y es lo probable — no ocurrir nada.

Sigo trabajando en nuestra "Lola". Ya pronto te leeré la última escena, para que me des tu opinión. Tampoco dejo el discurso de la Academia. Ahora tengo que enviar mi opinión sobre la juventud literaria, a "La Gaceta". Diré lo mejor que pienso de ella; pero defenderé la poesía, la nuestra.

Esta carta va a Hortensia con sello de urgencia para que la recibas el Lunes mismo. Escríbeme, preciosa mía, y no me riñas demasiado; ¿si vieras lo que son para mí tus cartas en Segovia! Y no olvides esos ¡sellos! tuyos que a mí electrizan. Sospecho que ahora me estás escribiendo. ¿Verdad? Sé buena conmigo, piadosa, indulgente, como una diosa con un pobre mortal. ¡Ay! no olvido lo que me dijiste y hasta me juraste en nuestro cinema. ¡Cuando nos veremos? ¿Sabes que se me ilumina la casa cuando te veo? En el fuego de mi corazón esa llamarada. No, no podría disimularlo. No podemos vernos donde nos vean. Por eso hoy no me atreví a entrar en San Ginés. Y estuve cerca. Llévame unos versos que me has escrito. Yo insertaré los míos en tus "Creencias", donde tú me indicas con lápiz. ¡Cuidado! no se te olvide borrarlo. Ya ves que estoy en todo. = No hallamos el título de tu teatro. He pensado algunos, que no me satisfacen. Y ¡adiós! ¡adiós! llévate mi corazón y déjame el tuyo, preciosa mía. ¿Puede ser eso? El infinito abrazo de tu loco en los tres minutos, en respuesta al beso — en el teatro —— Antonio

Y ahora empiezo a recordar a mi diosa, leyendo sus poesías. Lees muy bien —un poquito deprisa— según tu estilo, siempre elegante, que no subraya ni declama. Una confidencia —con toda reserva—. Es posible que uno de estos días ocurran graves sucesos políticos. Porque pudieran ser de gran trascendencia, te los anuncio. Pero de esto, no conviene hablar. También pudiera —y es lo probable— no ocurrir nada.

Sigo trabajando en nuestra «Lola». Ya pronto leeré la última escena, para que me des tu opinión. Tampoco dejo el discurso de la Academia. Ahora tengo que enviar mi opinión sobre la juventud literaria a la Gaceta. Diré lo mejor que pienso de ella; pero defenderé la poesía, la nuestra.

Esta carta va a Hortensia con sello de urgencia para que la recibas el lunes mismo. Escríbeme, preciosa mía, y no me riñas demasiado. ¡Si vieras lo que son para mí tus cartas en Segovia! Y no olvides esos ¿sabes? tuyos que a mí me electrizan. Sospecho que ahora me estás escribiendo. ¿Verdad? Sé buena conmigo, piadosa, indulgente, como una diosa con un pobre mortal. ¡Ay!, no olvido lo que me dijiste y hasta me juraste en nuestro rincón. ¿Cuándo nos veremos? ¿Dices que se me ilumina la cara cuando te veo? Es el fuego de mi corazón, esa llamarada. No, no podría disimularlo. No podemos vernos donde nos vean. Por eso hoy no me atreví a entrar en San Ginés. Y estuve cerca. Llévame esos versos que me has escrito. Yo insertaré los míos en tus «Esencias», donde tú me indicas con lápiz. ¡Cuidado!, no se te olvide borrarlo. Ya ves que no estoy en todo. No hablamos del título de tu teatro. He pensado algunos que no me satisfacen. Y, ¡adiós!, ¡adiós!, llévate mi corazón y déjame el tuyo, preciosa mía. ¿Puede ser eso? El infinito abrazo de tu loco en los tres mundos, respuesta al tuyo —en el tercero—.

Antonio

cuando, sentado junto a la abuela en un banco de la plaza de la Magdalena, miré la caña de un niño que pasaba por allí y luego miré la mía y le dije: «¿no es verdad que mi caña es mayor que la de ese niño?». No dudaba de la contestación afirmativa, pero la abuela dijo todo lo contrario: «hijo mío, la de ese niño es mayor que la tuya».

—Me has contado esa historia muchas veces. Parece mentira que esa contestación te haya marcado tanto.

—Pues sí. Cuánto hay en mí de reflexión se lo debo al recuerdo de mi caña de azúcar. Me quitó la vanidad de un plumazo. Yo me sentía más poderoso que ese niño porque mi caña era mayor. Quería la reafirmación de esa situación de preponderancia, pero la abuela me puso en mi sitio. Nadie es más que nadie en este mundo; aunque tengas la caña más grande que la del vecino. Me dejó muy pensativo para toda la vida.

—Antonio, hay que ver la huella que han dejado en ti determinados pasajes de nuestra vida.

—La de la abuela Cipriana con la caña de azúcar la tengo muy presente. Es verdad. Bueno, José, debo irme que vienen a verme esta tarde varios compañeros de la Universidad Popular. —Dejó sobre la mesa el dinero de dos cafés.

Media hora después, entraba en otro local donde había quedado con Mariano Quintanilla, Blas Zambrano, el marqués de Lozoya y el arquitecto Javier Dodero.

—¡Te sienta bien el verano, Antonio! —le dijo Quintanilla.

—Dedicar todo mi tiempo a la lectura y a escribir me llena por completo. Será eso. ¿Cómo estáis?

Todos contestaron diplomáticamente que bien, sin entrar en detalles.

—¿Has pensado ya sobre tu discurso para ingresar en la Academia? —preguntó Blas Zambrano.

—He pensado dedicarlo al romanticismo. Pero en el fondo, hay algo que me impide encontrar el tiempo que requiere ese discurso de ingreso.

—No te apetece nada. ¡A la vista está! —comentó Quintanilla.

—Es un honor que no aspiraba a tener jamás. Ha recaído en mí como podía haber recaído en tanta gente válida que escribe bien.

Vino el camarero y todos le pidieron un café. Retomaron la conversación con una pregunta.

—¿Qué sabes de Unamuno? —El marqués de Lozoya parecía preocupado.

—Se exilió a Francia después de estar cuatro meses desterrado en la isla de Fuerteventura. Es una enorme injusticia que no esté entre nosotros.

—La isla de Fuerteventura no es mal lugar para irse desterrado y Francia tampoco me parece mal lugar para exiliarse —comentó el arquitecto—. ¿Dónde hay que firmar?

—Cuando es tu elección, bien. Sin embargo, forzado, cambia todo. Me resulta inconcebible que alguien como Unamuno no pueda pisar España. ¡Es dramático! —sentenció Machado.

—A este gobierno le queda poco. En cuanto llegue la república, regresará con honores. ¡Seguro!

—Primero habrá que esperar a ver si cae el régimen.

—Eso es lo primero —añadió Machado—. La república parece la única solución al momento que estamos viviendo.

—Con Primo de Rivera está claro que la cultura no es prioritaria. No paran de cerrar teatros. El último, el Apolo. Con la representación de *La verbena de la Paloma*, *El Santo de la Isidra* y *La Revoltosa*, se acabaron las representaciones. Todos hemos sentido el horror de que a Madrid le quiten un teatro de su entraña.

—Pedro de Répide esa misma noche del cierre comentó que «el vacío no se podrá llenar con nada porque era sangre fluida y carne palpitante de nuestra cultura». Estuvo sembrado.

—Fue patético ver a todo el público en pie aplaudiendo

y el teatro apagando las luces con todos dentro. Federico García Sanchiz también estuvo muy oportuno gritando: «¡Que apaguen! Al fin y al cabo, esto es lo que conviene a una cámara mortuoria». —Zambrano había vuelto a tomar la palabra.

—Al matar al Apolo se ha dado un golpe de muerte a lo más puro del arte escénico —añadió Javier Dodero.

Aparecieron en el café un grupo de conocidos del marqués de Lozoya. Una de las mujeres que iba sin pareja al presentarle a Antonio Machado se quedó muy impresionada.

—Soy una gran seguidora suya. No esperaba encontrarme hoy con usted, si no habría traído algún libro para que me lo firmara.

—Muchas gracias. Es usted muy amable —dijo mientras se levantaba de su asiento—. Si quieren sentarse con nosotros, añadimos más mesas.

—Yo me siento a su lado, si no le importa.

Todos rieron la espontaneidad de la dama y le dejaron una silla al lado del poeta. Era un café donde acudían muchos artistas. De hecho, media hora más tarde, apareció Victorio Macho. Había venido a Madrid para un asunto de trabajo y fue allí a encontrarse con algún colega que estuviera por la capital. Antonio se puso en pie y le pidió a Victorio que también les acompañara.

—Te hacía en Palencia —le comentó el poeta después de hacer las presentaciones.

—Sí, he venido para resolver un asunto, pero regreso mañana.

—¿Cómo se encuentra tu mujer?

—Ya muy recuperada, muchas gracias. ¿Sabías que estaba enferma?

—Sí, me lo habían comentado. Por cierto, te va a llegar una invitación para nuestro próximo estreno teatral de *La Lola se va a los puertos*. Me gustaría que fueran tus cuñados, a los que sé que les gusta mucho el teatro.

—¡Es cierto! Pues se lo diré a los dos. ¡No faltaremos!

Antonio estaba deseando preguntarle por Pilar pero daba vueltas y más vueltas sin atreverse a hacerlo para ocultar su interés. La dama que estaba a su lado no paraba de decirle obviedades. El marqués de Lozoya le apuntó a Victorio.

—Desde que ha llegado la dama no le ha dejado ni a sol ni a sombra. Parece que es muy seguidora de él. No lo disimula en absoluto. Debe de saber que está viudo porque a los demás no nos ha hecho ni caso.

Victorio sonrió y nada más tomarse un café, se despidió de todos.

—Por favor, dile a tu mujer y a tu cuñada que las espero el ocho de noviembre en el teatro Fontalba.

—Por supuesto. Allí estaremos, Antonio.

—¿Pilar sigue escribiendo?

—¡Oh, sí, sí! Siempre la veo debajo de una encina centenaria escribiendo. Allí encuentra la inspiración.

—La verdad es que escribe muy bien. Dile de mi parte que nunca deje de hacerlo.

La dama volvió a interrumpir su conversación.

—Don Antonio, ¿qué está escribiendo ahora?

—Un momento, por favor —le pidió una tregua porque quería seguir hablando con Victorio.

—¡No para! Ahora está más volcado en el teatro que en la poesía —le contestó Quintanilla a la señora ante su insistencia.

Machado seguía conversando con Victorio.

—Ya veo que no te faltan seguidoras. Ha sido un placer encontrarte aquí. Deberías escaparte e ir a vernos a Palencia.

—Muchas gracias por tu ofrecimiento. No lo descarto.

Victorio, después de unos minutos, se fue de allí y Antonio se desinfló en su asiento. Estaba agotado tras intentar sonsacar a Victorio algo nuevo de Pilar. Al menos, el escultor se había comprometido a ir a su estreno junto con sus cuñados. También le había invitado a ir a Palencia. Después de un rato en silencio, regresó mentalmente a la tertulia y a las preguntas de aquella dama tan insistente. Aquella reunión se extendió hasta bien entrada la noche.

Al día siguiente, al llegar Victorio a la hora de la comida de su viaje relámpago a Madrid, se sentó a la mesa y comentó en voz alta que había estado con un grupo de intelectuales entre los que se encontraba Antonio Machado. Pilar y Concha se miraron intentando disimular su interés.

—Nos ha invitado al estreno de su nueva obra de teatro. Tenía mucho interés en que vinierais vosotros también. —Miró a Rafael.

—El interés será por Pilar, no tanto por mí —contestó Rafael.

—¿Por qué dices eso? —le preguntó Concha. Pilar no podía ni abrir la boca.

—Es evidente. Cuando nos encontramos en el teatro solo tenía ojos para ella.

Pilar hubiera vomitado allí mismo, pero intentó beber agua y disimular sin entrar en la conversación. Victorio salió al paso de ese comentario.

—Bueno, Antonio tiene ojos para todas. Había una dama a su lado que no le dejaba ni respirar de las preguntas que le hacía. Me dijo el marqués de Lozoya que no había visto a una mujer tan descarada pero que al ser el soltero del grupo, era lógico.

Ese comentario le dolió todavía más que la insinuación de su marido. Casi se le saltaron las lágrimas. Su prima, por debajo de la mesa, le dio un golpecito con el pie para que reaccionara.

—Me importan muy poco los chismes —fue lo único que alcanzó a decir.

—Antonio es tu poeta favorito. Eso lo saben hasta tus hijos —comentó María Soledad.

—No puedo negarlo. No hay otro igual. Los demás estamos a años luz de él.

Cuando acabó aquella comida, se retiró Pilar a su cuarto y en cuanto se quedó sola, se echó a llorar. Se sorprendió a sí misma con aquel sentimiento mezcla de rabia y de dolor.

—¡Estoy celosa!

Estaba inquieta ante su propia reacción. Intentó serenarse y escribir a Antonio una carta en la que no disimuló su disgusto ante lo que Victorio había contado después de su encuentro en Madrid.

Cuando Antonio recibió aquella misiva, sonrió. Le sorprendió su reacción. Enseguida cogió papel y lápiz y la tranquilizó.

De aquella dama no sé ni su nombre, pero tengo que decir que si has reaccionado así es porque quieres a tu poeta y eso me llena de satisfacción.

Le comentó cómo había sido el encuentro con su cuñado y la circunstancia irrelevante que rodeó el diálogo con aquella mujer.

Solo tengo ojos para ti, saladita mía. Estoy deseando volver a verte.

Cuando Pilar recibió su carta, se serenó. El poeta seguía enamorado de ella. Eso la ayudó a superar el final del verano, que parecía no llegar nunca.

25

Esencias rojas como brasas

A punto de finalizar septiembre, regresó la familia Martínez Valderrama a Madrid. La celebración del cumpleaños de Pilar fue la excusa para adelantar su vuelta. Quería hacerlo con su madre y su hermano Fernando, que ya habían finalizado sus vacaciones. Pero en el fondo, lo que deseaba Pilar era reencontrarse con Antonio y pasar con él unas horas. ¡Verle de nuevo después de tanto tiempo!

Cuando supo Antonio que Pilar estaba de vuelta en la capital, le escribió: «¡Con qué regocijo vuelvo a Madrid!». Al viernes siguiente ya habían quedado en el «banco de los enamorados». A Antonio se le hizo la semana muy larga pero por fin, llegó el día. Cuando el reloj marcó las seis de la tarde y Antonio la vio llegar al «jardín de la fuente» vestida con el traje azul que tanto le gustaba, creyó estar viendo una alucinación. Se abrazaron y se besaron sin poder pronunciar una sola palabra. Los dos lloraban como niños después de tanto tiempo sin verse. Se miraban a los ojos y volvían a besarse. Eran como dos imanes que necesitaban estar juntos, pegados. Después de varios minutos ávidos de afecto comenzaron a hablar.

—El verano te ha sentado muy bien, mi reina.

—Gracias, Antonio. La procesión va por dentro. Yo también te veo mucho más descansado. ¿No me has echado de menos?

—¿Tú qué crees? He pensado en ti a todas horas y he sufrido por no estar a tu lado. Lo que estás viendo ahora es lo feliz que me siento, la alegría de verte de nuevo. Algo así como el perro que ve a su amo después de una larga ausencia. Así me siento yo.

—¿Cómo van tus cosas? ¿Has sacado tiempo para hacer el discurso de entrada en la Academia? Es un honor que muchos querrían.

—Sí, estoy en ello, pero tenía otras cosas prioritarias que verás pronto en la *Revista de Occidente*. Espero que te gusten mis poesías porque van dedicadas a ti.

Pilar volvió a abrazarle y Antonio le dedicó un beso que no tenía final. Acarició su cara y mesó su pelo lentamente.

—¿Sabes? Yo también he escrito mucho. Tu ausencia me ha inspirado los poemas que ya estoy recabando para mi próximo libro, que se va a llamar *Esencias*.

—Tengo que confesarte que he escrito a Unamuno y le he hablado de ti. No lo he podido evitar. Le he dicho que eres una poeta extraordinaria. Un alma que canta y escribe dentro de un cuerpo divino. En serio, le he dicho que eres muy buena.

—¡Muchas gracias, Antonio! Pero se dará cuenta de que sientes algo por mí. ¡Tantos elogios a una pobre escritora!

—No, luego he intentado disimular diciendo que eres muy buena en general, no solo conmigo. Me resulta muy difícil disimular lo que siento. Pero deseaba que Unamuno supiera de ti. ¡Me gusta muchísimo tu trabajo!

—Mira lo que te traigo.

Sacó un papel de su bolso y comenzó a leer:

Cada alma es un cáliz, y en cada cáliz hay dulzor eterno y amargor perenne. La vida hace oscilar los cálices continuamente. Según los vaivenes van ellos vertiendo esencias... en unos rebosa pasión, en otros, el desdén, el idealismo o la sensualidad. Hay cálices plenos de abnegación hasta el sacrificio. Los hay de vanidad, de egoísmo, de envidia. Pero aun en los más colmados de esencias amargas hay siempre, allá en el fondo, unas gotas, una sola siquiera, de licor dulce... como no faltan en los repletos de esencias dulces, unas gotas amargas... Son esencias vivas, ardientes hasta el dolor; rojas como brasas...

De golpe enmudeció. Estaba emocionándose al releer sus pensamientos. No podía continuar.

—Reina mía, qué bella es tu prosa. Suena poética, ¡me gusta!

Antonio la abrazó y así estuvieron en silencio varios minutos. Ese amor sin futuro pesaba en sus almas. Se hacía cada vez más dura esa situación.

—No le des vueltas a tu cabecita. Debemos aceptar la circunstancia que nos ha tocado vivir. Te lo dice alguien que no se rinde a pesar de todo lo que he pasado.

—Gracias, Antonio, por insuflarme tu fuerza y tu energía.

—Ya sabes que por mis venas corre sangre jacobina. Eso no quita para que tenga mis días en los que preferiría no salir de la cama. ¡Soy de carne y hueso!

—Está siendo muy duro. El que crea que estar casada y suspirar por otra persona no es una tortura, se equivoca.

—Sé por lo que estás pasando. ¡Tranquila! ¡Ahora, no! ¡Mira! Espero que te guste.

Antonio sacó del bolsillo de su chaqueta una cajita. Pilar le besó y se apresuró a abrirla. En su interior había una medallita de oro de la Virgen del Pilar con varias piedrecitas azules.

—Te lo he comprado con mis ahorros. Me hubiera gustado comprarte algo más importante, pero los sueldos de los maestros no dan para mucho, como sabes.

—Pero ¿por qué has hecho este sacrificio por mí? ¡No merezco tanto!

Pilar, con disimulo, le dio la vuelta a un anillo de oro que llevaba con un rubí rodeado de brillantes. No quería que se sintiera mal al comparar las piedrecitas del colgante con la joya que llevaba en uno de sus dedos.

—Siempre pienso en ti en azul. Tuvieron que desmontarme algunas de las piedras que llevaba de otros colores y sustituirlas por aguamarinas. Las dos imágenes que tengo sobre ti se unen: los destellos del sol en el atardecer que los representa el oro; y el azul de tus vestidos, las aguamarinas.

—Siempre irá conmigo. No tengo palabras para agradecértelo.

Volvieron a besarse. Las tardes se habían acortado y la noche se iba abriendo paso a gran velocidad. Cuando quisieron darse cuenta ya casi no se veía en aquel rincón. Llegó la hora de regresar a sus respectivas realidades. El verano estaba tocando a su fin y para Antonio comenzaba una época de entrevistas y reuniones previas al estreno de *La Lola se va a los puertos*, lo que complicó sus encuentros posteriores. Manuel Machado hizo una lectura de la obra en el teatro Fontalba, semanas antes del estreno. En el periódico *La Libertad*, donde colaboraba Manuel, les preguntaron a los hermanos Machado si la comedia era andaluza o gitana.

—No se puede establecer una línea entre lo gitano y lo andaluz —comentó Manuel.

—Nosotros somos andaluces. Ser andaluz es una amalgama de apasionamiento y de reflexión —añadió Antonio.

—Es decir, el andaluz piensa y canta a la par; pasión y sentencia van íntimamente fundidas en sus coplas.

—Lo más grande de Andalucía no es lo gitano sino la mezcla de culturas que define las milenarias tierras de España que incluye, a mayor honra, lo gitano —concluyó el poeta.

Después de exponerse a las preguntas de los periodistas, llegó el día del estreno. El teatro Fontalba estaba a rebosar de público y prensa. Antonio no dejaba de mirar a un lado y a otro, por ver si veía a Pilar entre los asistentes. Sonó el timbre y el público tomó asiento. Sintió que su musa no estaba entre toda aquella gente que abarrotaba el teatro. Era muy extraño que Victorio no hubiera hecho por saludarle de haber acudido al estreno. Estaba seguro de que algo serio había ocurrido. Tras la representación, que fue todo un éxito, Lola Membrives y todo su plantel de actores tuvieron que salir a saludar en numerosas ocasiones. También, a requerimiento del público, tuvieron que hacerlo los hermanos Machado.

Al día siguiente las críticas no podían ser mejores, pero para Antonio había faltado su musa, la mujer en la que se había inspirado para escribir la comedia, Pilar.

La misma noche del estreno, en el domicilio de los Martínez Valderrama cenaban sin pronunciar prácticamente una sola palabra. María Soledad había tenido una recaída y Victorio declinó ir a la representación. Rafael, sin su hermana y sin su cuñado, decidió no acudir al teatro. Pilar lo entendía, pero estaba muy enfadada de que ni tan siquiera hubiera tenido el gesto de preguntarle. Allí estaba ella, en el salón de casa, vestida para ir a un estreno y cenando un puré con picatostes en su casa. No paraba de pensar en Antonio y en cómo estaría buscándola entre los invitados. Sentía rabia en su interior porque su marido había decidido por ella sin consultarla. De haberlo sabido con tiempo, podía haber acudido con su madre, pero Rafael dijo que nadie se movería de casa esa noche y así fue. Por eso, no había palabras en la mesa; si hubiera abierto la boca sería para reprocharle su actitud, pero en el fondo subyacía el tema de la salud de su cuñada y hubiera parecido que no le importaba su recaída. Después de los postres, señaló que no se encontraba bien y se retiró a su habitación.

Ese día sabía que, a la hora de su cita nocturna, Antonio

no acudiría a su «tercer mundo». Estaría con los invitados a su estreno. Para él sería una noche muy larga. Pilar se puso a rezar en la cama, no se le ocurrió nada mejor que hacer y así se quedó dormida.

Al día siguiente, fue a ver a su madre y desde allí pidió a la telefonista una comunicación con la casa de Antonio Machado. Una voz femenina saludó al otro lado del teléfono. Por un momento, pensó en colgar.

—Buenos días, ¿podría hablar con don Antonio? —se atrevió a decir.

—Sí, ¿de parte de quién?

—De Pilar. ¿Es usted su madre?

—Sí, para servirle. ¿La conozco?

—No, no tengo el placer, pero Antonio me ha hablado de usted muchas veces. Soy escritora, me llamo Pilar de Valderrama, y quería disculparme con su hijo porque ayer no pude ir al estreno.

—Fue un éxito rotundo. Se lo contará él. Ahora mismo se pone.

Pilar tenía un pellizco en el estómago después de haber hablado con la madre de Antonio. Sabía que era una mujer muy abnegada y absolutamente apegada a su hijo.

—¿Pilar? ¡Qué alegría oír tu voz! Ya me ha dicho mi madre que no pudiste venir al estreno. ¿Pasó algo? —Tampoco podía hablar como deseaba, con su madre escuchando la conversación.

—Sí, María Soledad ayer comenzó a toser de nuevo, no se encontraba nada bien y en casa se alarmaron. Rafael decidió que si ella y Victorio no iban, nosotros tampoco. Te puedes imaginar el enfado que tengo.

—¡Tranquila! Tras el éxito de ayer la compañía hará otro evento a finales de mes. Espero que puedas venir entonces. Necesito que la veas y descubras que la protagonista tiene mucho de ti.

El final de la conversación lo hizo en voz baja para que

su madre no supiera que mucho de *La Lola se va a los puertos* estaba inspirado en ella.

—No me lo pienso perder aunque no vaya con Rafael. No me vuelve a pasar. Te lo aseguro.

—Me hace mucha ilusión escuchar tu voz. ¡Gracias por tu llamada!

A finales de noviembre se celebró un homenaje a los hermanos Machado por el triunfo de su comedia. Hubo una representación especial en el mismo teatro Fontalba solo para conocidos y amigos. De nuevo su marido había decidido por ella no ir esa noche. Se lo dijo a última hora. Sin embargo, Pilar le había pedido a su amiga María Estremera que fuera esa tarde preparada a su casa por si tenían que ir las dos solas al homenaje. Así fue, a media tarde, Rafael dijo que no iban.

—Un conocido de la familia se ha suicidado en Nueva York al perder todo su dinero invertido en Bolsa. Como tantos empresarios ha decidido poner fin a su vida. La noticia ha corrido como la pólvora y me lo han comunicado hace unos minutos. No vamos a ir a esa representación que parece estar gafada.

—Me parece muy bien que no vayas, pero yo no puedo quedar mal con los Machado. Espero que entiendas que debo ir. Está aquí María e iremos las dos.

—Preferiría que no fueras. No es un día para celebrar nada.

—Nunca vas a encontrar un momento para ir a ver la obra de los Machado. Yo no conozco a esa persona que ha puesto fin a su vida, que Dios la tenga en su gloria. A esta función van todos los intelectuales de Madrid. No puedo no ir. Tienes que entenderlo.

—Sinceramente, no sé qué pintas allí.

—A lo mejor todavía no lo sabes pero ¡soy escritora! Algunos me tienen más en consideración por mi trabajo que tú, por lo que se ve.

La conversación iba subiendo de tono y apareció en el salón María Calvo. Aunque había oído el final de la discusión, quiso interrumpirles porque sabía que su decisión ayudaría a Pilar.

—Me voy un poco antes porque tengo que acudir al Fontalba para el homenaje a los Machado. No me lo puedo perder, sabéis de mi amistad con la familia. Mañana vendré un poco antes. Nos vemos allí, ¿no?

—Sí, nos veremos allí, aunque Rafael no me acompañará. Se lo diré a María Estremera, que pensaba estar conmigo hasta que nos fuéramos al teatro.

»Hortensia se quedará con los chicos. De todas formas, ya han hecho todos los deberes.

Pilar no habló más con su marido. Se terminó de arreglar en su cuarto y en compañía de su amiga María acudieron al homenaje. Durante toda la representación tuvo los ojos empañados de lágrimas. Era plenamente consciente de que aquella Lola tenía mucho de ella misma. Tras los aplausos, acudieron Pilar y su amiga a saludar a los dos hermanos Machado. Había dos filas para estrechar las manos de ambos, pero Pilar solo deseaba hablar con Antonio.

—¡Enhorabuena! Nos ha gustado muchísimo. —Como pudo se hizo un hueco entre la multitud.

—¿Sí? Para mí tu opinión ya sabes que es importantísima. Bueno, tú mejor que nadie sabes quién me inspiró el personaje. Gracias por venir. Has iluminado el teatro y... ¡la noche!

María Estremera los observaba. Existía cierto nerviosismo en sus palabras y a la vez, una confianza y complicidad que no alcanzaba a comprender. De pronto, al mirarlos, tuvo claro que había algo más que admiración entre ellos. Nunca había visto a su amiga tan nerviosa y tan feliz al lado de nadie. Lo comprendió todo de golpe. Miró indistintamente a uno y a otra y supo, en ese momento, que el autor de las cartas sin remite no podía ser otro. Procuró retroceder un paso para dejarles hablar. Hizo que buscaba algo en su bolso.

—Hay una fiesta en el Ritz, ¿vendrás? —le preguntó Antonio, volviéndole a coger la mano.

—No, no podré ir a la celebración. No quiero más enfados en casa. Con el de esta tarde es suficiente.

—No sabes cómo lo siento. —Besó su mano con esmero—. Gracias por el esfuerzo que has hecho. Me quedo con tus palabras.

Volvió a besar su mano, que no sabía cómo despegarla de las suyas.

—Debemos irnos, estoy frenando los saludos.

—El único saludo que me importa es el tuyo —le dijo, susurrándole al oído.

Se volvió a despedir de Pilar y disimuló besando también la mano de María. Esta estuvo poco habladora el resto de la noche. De regreso a sus casas no le dijo nada a Pilar.

Esa misma noche, el resto de los invitados se trasladó del teatro al hotel Ritz. Se organizó una fiesta flamenca que se prolongó casi hasta el amanecer. Acudieron no solo amigos e intelectuales sino toda la sociedad de la época, incluido el general Primo de Rivera, cuyo hijo José Antonio tomó la palabra para elogiarles en nombre de la comisión organizadora del evento. Durante toda la noche se sirvió gratis vino de Jerez. Antonio Machado sacó unas cuartillas de su bolsillo y agradeció a los presentes la fiesta por la gran acogida de crítica y público que había tenido la obra.

Dos días después, María Estremera le llevó a Pilar una nueva carta sin remite y se la entregó en mano a su amiga. Se la quedó mirando fijamente y le confesó su certeza.

—No hace falta que me digas de quién se trata porque ya lo sé.

—¿Cómo? ¿A qué te refieres?

—Que sé que el autor de estas cartas no es otro que Antonio Machado. Solo había que miraros a los dos el otro día. No sabría decir si hay más admiración o enamoramiento, o las dos cosas a la vez.

Pilar cogió su carta y se dejó caer sobre el sofá del salón. No tenía fuerzas para negar la realidad que su amiga estaba confesando.

—Sí, se trata de Antonio. ¿Tan evidente te pareció?

—Sí. Al ver vuestro saludo en el teatro lo tuve claro. No sabría decirte si es cómo os miráis, cómo te coge de la mano; la forma de hablarte... No lo sé, pero creo que hasta un niño se hubiera dado cuenta.

Pilar la escuchaba con los ojos muy abiertos. Realmente no se esperaba el comentario de su amiga. Azorada, se justificó:

—No hay más que lo que viste la otra noche. No hemos llevado esto hasta sus últimas consecuencias porque no me lo perdonaría nunca. ¡Pesa mucho mi matrimonio aunque entre Rafael y yo no exista nada!

—Está claro que en quien no puedes mandar es en tu corazón. Siempre le has admirado mucho. Entiendo que te hayas fijado en él. Ayer estaba especialmente atractivo.

—Sí, tienes razón. Creo que es la primera vez que lo he visto de etiqueta, con la chaqueta y el pantalón flamantes. No suele ir así, no suele caer en esos detalles. ¡Caray, María! Me has dejado preocupada. No sabía que se me notaba tanto el afecto que siento por Antonio.

—Yo sí lo he notado, pero te diré que tengo un sexto sentido muy desarrollado.

—Me has dejado sin aliento. Gracias por guardarme el secreto...

Irrumpió Rafael en el salón. Entró con cara de pocos amigos. Tanto Pilar como María se quedaron heladas.

—El suicidio de mi amigo no ha sido un hecho aislado. Está siendo verdaderamente dramático este final de año en Nueva York. Se ha echado la gente a la calle. Cientos de personas lo han perdido todo en la Bolsa en pocos días. ¡Esto nos va a llegar aquí! ¡Un verdadero drama!

María miraba a Pilar sin entender absolutamente nada.

—Pero ¿qué ha pasado? —preguntó María con preocupación.

—Pues que ha habido en Nueva York una deflación, una caída profunda en la producción, la acumulación de stocks, el desempleo masivo, la contracción del comercio mundial, unas pérdidas incalculables en la Bolsa... Una gran crisis generalizada que nos arrastrará a todos. Estoy realmente preocupado. Sinceramente, creo que hay que sacar el dinero del banco si no queremos acabar arruinados. Alemania, Gran Bretaña, Francia están intentando tomar medidas. ¡Puede derivar en algo muy gordo!

—No me asustes. No sabía que podía afectarnos tanto —comentó Pilar mientras guardaba la carta de Machado en un lateral del sillón.

—Pilar, lo que está sucediendo es algo de lo que no nos vamos a recuperar en años. Puede derivar hasta en gravísimos conflictos y no hace tanto de la Primera Guerra Mundial. Están avisando de que una pobreza generalizada nos va a llegar a España. Se está hablando de una gran depresión de efectos devastadores para la población. Veremos la miseria muy pronto en nuestras calles.

—Bueno, Rafael, creo que estás siendo muy pesimista. —Pilar intentó quitar hierro a sus palabras.

—Prepárate para lo que nos va a llegar. Va a venir una gran caída de la renta nacional. El comercio internacional se ha desplomado en un cincuenta por ciento. La industria va a sufrir uno de los grandes parones de nuestra historia. ¡Lo verás a no mucho tardar! ¡Ojalá me equivoque, pero vienen malos tiempos!

—Me preocupa lo que dices —dijo María Estremera—. Las consecuencias de una pobreza endémica pueden ser terribles. También para nosotros que somos apicultores. Ya sabéis que mi marido tiene panales...

—María, te diré que Rafael tiene muy buenos contactos y no suele equivocarse.

—Voy a estar fuera todo el día —comentó Martínez Romarate—. He quedado para reunirme con diferentes empresarios. Me acercaré al banco para ir sacando dinero poco a poco. ¡Malos tiempos! ¡Malos tiempos!

Cuando Rafael cerró la puerta de casa, Pilar volvió a coger la carta. Se quedaron las dos amigas comentando los malos augurios que acababa de trasladarles su marido. Después de un largo rato, María se despidió. Ya no siguieron hablando de Antonio Machado. El mundo parecía desmoronarse a su alrededor y nadie podía hacer nada para evitarlo.

26

Querer es un dolor

A punto de concluir 1929, el malestar económico iba creciendo. El valor de la peseta se estaba desplomando en el mercado. Los salarios se reducían hasta límites insostenibles. La miseria llevaba a mujeres, niños y ancianos a pedir por las calles. A nivel político existía una falta total de confianza en el gobierno de Primo de Rivera. Los complots se sucedían sin éxito. El último, protagonizado por los generales Gonzalo Queipo de Llano y Miguel Cabanellas Ferrer, también fue abortado. En la noche de fin de año no hubo ambiente de celebración por las calles. Fueron unas Navidades grises, preludio del cambio político que se advertía cercano.

A los pocos días de iniciarse 1930, tan pronto alcanzó la cifra de cien representaciones, *La Lola se va a los puertos* concluyó en el teatro Fontalba. Lola Membrives se preparaba para una larga gira por España y por América. Otros dos actores, Carmen Díaz y Rafael Bardem, estrenaban la función en Zaragoza cosechando un gran éxito también. Los Machado, con el inicio de la nueva década, no cesaban de recibir homenajes por toda España.

«Todavía tu poeta se va a hacer rico —le escribió Antonio en una de sus cartas—. Espero dejar de viajar en poco tiempo para poder volver a verte porque hablar contigo ya lo hago cada noche en nuestro "tercer mundo".»

No había un solo día en el que Pilar no escribiera carta a

Antonio y poemas para su libro *Esencias*. Tenía más inspiración que nunca:

> *¡Querer es un dolor!*
> *Es un dolor inmenso*
> *que se arraiga en las fibras de nuestro corazón...*
> *¿Cuánto goza el que quiere?*
> *Muy poco, unos instantes,*
> *pero el dolor es hondo, duradero, cruel...*
> *Sufre siempre el que quiere. ¡Amar es padecer!*

Lograba aislarse para escribir, a pesar de que en su casa se sucedían las reuniones de su marido con personas relevantes que le ponían al día de las maniobras políticas que estaban teniendo lugar a espaldas del gobierno. Por las noches solían cenar en familia junto con su cuñado y su hermana.

—A Primo de Rivera le queda poco tiempo como presidente. Lo sé de buena tinta.

—¿Y se sabe a quién nombrará Alfonso XIII? —preguntó Victorio.

—No lo sé, seguramente será alguien de su entorno más cercano que se abrirá a los liberales para que cesen las conspiraciones.

—Sin duda, son malos tiempos para la monarquía. Me da mucha pena el rey. Siempre se ha portado muy bien con nosotros —comentó Pilar—. Vino a nuestro teatro en el último estreno.

—Y a nuestro taller a ver los últimos trabajos de Victorio —añadió Soledad con la respiración entrecortada. Le costaba hablar—. Eso no lo podemos olvidar. Sinceramente, creo que son malos tiempos para todos.

—No todo es negativo. He leído estos días que casi el setenta y uno por ciento de la población ya no es analfabeta. Me parece todo un logro teniendo en cuenta que hace diez años de cada dos españoles, uno no sabía ni leer ni escribir. Por lo tanto, algo positivo tenemos en este momento. Creo que estamos siendo muy derrotistas —manifestó Victorio.

—Siempre le quieres encontrar el lado positivo a la vida, pero te aseguro que, en este momento, los nubarrones son negros. Se avecinan tiempos muy malos. Tenemos que estar preparados para un cambio radical en la política —sentenció Rafael.

—La sensación de un tiempo nuevo la tenemos todos. Pero eso, insisto, no es malo. Los movimientos artísticos están cambiando, se impone una nueva estética. Mira la radio cómo va llegando a los hogares; el cine ya ha dejado de ser mudo, aunque aquí todavía no esté muy extendido; la telefonía que nos une, el coche, la aviación comercial. Se imponen nuevos tiempos.

—Y espera a que las mujeres tengamos un mayor protagonismo. En el Lyceum nos dicen que pronto podremos votar. Ya lo pueden hacer en Inglaterra, aunque solo aquellas que son mayores de treinta años. Pero algo es algo. La modernidad demanda el destierro de lo viejo, de lo obsoleto —comentó Pilar con cierta euforia.

—Muchos pájaros te han metido en la cabeza en ese sitio. ¡Cada día me gusta menos! ¡Dios nos libre del voto femenino! Cualquier politicucho que os dore la píldora recibirá vuestro voto. Las mujeres os dejáis embaucar por los charlatanes.

—El problema que tiene Rafael es que no confía en nuestro criterio, pero creo que cambiará. Tampoco le gustaba que escribiera y lo ha tenido que aceptar. ¡Como si cometiera un delito! Y ahora, está viendo que su mujer opina, y eso comprendo que le asuste. Pero nuestro voto, de existir, iría exactamente igual que el vuestro: a aquellos que consideremos que puedan hacer las cosas bien y mejoren el futuro de nuestros hijos.

—De momento, no tenéis voto ni firma en el banco. No entiendo por qué hay que cambiar aquello que funciona. Las cosas han sido siempre así y no vamos a modificarlas.

—¿No te indigna cómo piensa tu hermano? —preguntó Pilar a su cuñada.

Esta se encogió de hombros y comenzó a toser. De pronto aquello de lo que hablaban dejó de tener trascendencia. Lo verdaderamente importante era la salud de María Soledad. El miedo a un nuevo brote de tuberculosis se cernió sobre sus pensamientos. Se quedaron callados hasta que la tos cesó y continuaron hablando ya de temas más intrascendentes.

Antonio Machado, después de viajar allí donde deseaban representar su obra o donde le reclamaban para dar conferencias, regresó a Madrid. Aunque estaba visiblemente cansado, llegó a la capital con la idea de quedar con Pilar para volver a verla. Finalmente, el 28 de enero, tuvieron una nueva cita en el café de Cuatro Caminos. Quedaron a las doce de la mañana, de esta forma, Pilar no tendría que volver de noche por esas calles casi sin luz y llenas de personas que salían al asalto de cualquier viandante mendigando alguna moneda.

Esa mañana había mucho movimiento de gente por la calle. Pilar, al subirse al tranvía, iba concentrada en un único pensamiento: reencontrarse con Antonio. No reparó en que había más presencia militar en las calles. Ni tan siquiera escuchó los comentarios de los viajeros. Nada. Solo pensaba en Antonio, al que no veía desde antes de las fiestas. Cuando llegó al café solo se fijó en la mesa del fondo que estaba ocupada por el poeta. Borró de su vista a todos los que ocupaban el resto de mesitas.

—Mi reina, qué alegría verte. Pensé que hoy no vendrías a la cita. ¿Te has enterado?

—¿De qué me tengo que enterar? ¿Qué ha pasado?

—El rey ha cesado a Primo de Rivera de manera fulminante. Se veía venir.

—¿Y ahora qué va a ocurrir? —En ese momento, se fijó en que había corrillos de gente en el café mirando hacia la calle. Se sentó atemorizada.

—Está todo muy revuelto. Cuando salgamos de aquí, debería acompañarte.

—¿Crees que puede ocurrir algo? Esta situación me da miedo, Antonio.

—Ningún miedo. Cada vez somos más los que pensamos que la única solución es la llegada de la República. Los políticos actuales son incapaces de sacar esto adelante, me parecen unos inútiles dispuestos a no propiciar la reforma de nada. Hay que resucitar el republicanismo sacando las ascuas de la ceniza haciendo una hoguera con leña nueva. Esta puede ser nuestra oportunidad.

—Ya sabes que, en mi familia, somos monárquicos. Creo que hay que dejar al rey Alfonso XIII que resuelva este galimatías de la mejor manera posible. Estoy segura de que pondrá al frente a alguien válido. Y ¿qué será de Primo de Rivera?

—Me han dicho que se retira a París para reponerse. Lo mejor que puede hacer es irse lejos. No ha opuesto ninguna resistencia para dejar el cargo, según cuentan amigos míos. No está bien de salud.

—Tengo la sensación de que todo se desmorona a mi alrededor. Nada permanece.

—No digas eso, al menos lo nuestro sí. Es algo real y tangible. —Cogió su mano y la besó—. ¡Huyamos!¡Esa sería nuestra solución!

—Mis hijos están en una edad muy difícil. Me necesitan más que nunca. Tenemos muchos proyectos para el Teatro Fantasio. No pienso abandonarles y, menos aún, dejarles con Rafael como su referente educador. Por ellos me moriría ahora mismo si fuera necesario. No podría vivir sin mis hijos. —Pilar se tapó la cara con sus manos. No quería llorar pero allí estaba sin poder reprimir las lágrimas.

—No tengo derecho a hacerte sufrir de esa manera. Las madres no podéis vivir sin vuestros hijos. Yo también tengo una madre así y siempre nos ha asegurado que, pase lo que pase, ella estará a nuestro lado.

—Solo espero y deseo que mis hijos sean más felices que yo. Por lo menos, que no se sientan tan solos como me he sentido siempre: en mi infancia, en mi juventud e incluso ahora, de adulta, me acompaña esa sensación de desamparo. Bueno, menos cuando tú y yo estamos juntos. Quizá sea este el único momento en el que me siento querida y acompañada.

—¡Gracias, preciosa mía! Al menos, estos ratos nos dan fuerzas a los dos para seguir viviendo y caminando.

Se pusieron al día con respecto a sus proyectos y vicisitudes familiares. Esta vez, cuando llegó el momento de irse, Antonio salió con ella a la calle. Incluso montó en el tranvía a su lado. Se la veía a Pilar algo azorada por si alguien la veía en compañía del poeta. Mantuvieron la distancia de cortesía de las personas que son simplemente conocidas. Durante el trayecto, pudieron comprobar cómo por todo Madrid había un gran despliegue policial y militar.

—No es seguro que vayas sola por la calle. Creo que deberías venir con alguien de tu confianza la próxima vez que nos veamos. ¡Hazme caso! No me gusta lo que veo.

—Tienes razón. Saldré con Hortensia.

Bajaron del tranvía y Antonio la acompañó hasta una bocacalle cercana a su domicilio. Al despedirse, se miraron a los ojos y así estuvieron varios segundos.

—No arriesguemos más de lo necesario. Ya estoy muy cerca de mi casa, Antonio.

Machado cogió su mano y la besó muy despacio sin dejar de mirarla a los ojos. Ninguno sabía cuándo se volverían a ver. Ella se acercó a su mejilla y le besó. El poeta se quedó paralizado tocándose la cara como queriendo retener ese beso para siempre. Finalmente, Pilar se dio la vuelta y se alejó a toda prisa.

El frío en la cara, la ansiedad de llegar a casa cuanto antes, los nervios de la situación del cambio de gobierno. Nada más dar la vuelta a la esquina para enfilar hacia su casa se encontró de sopetón con Rafael que iba de un lado a otro de la calle, con un enfado monumental.

—Ya me dirás qué haces sola por aquí, con la que está cayendo. Que sea la última vez que sales de casa sin decirme adónde vas. ¿No te das cuenta de que no está el horno para bollos? ¿Has visto cómo está todo de militares? Me tenías muy preocupado. Sola y danzando por ahí. ¡La última vez!

Pilar no fue capaz de pronunciar una sola palabra. El destino había querido que no se encontraran Antonio y él cara a cara. De haber sucedido se hubiera desmayado allí mismo. Era consciente de que verse, de ahora en adelante, iba a ser muy difícil. Su marido pondría especial control a sus entradas y salidas. Pilar no se atrevió a contradecirle. Su alteración, en el fondo, le indicaba que estaba preocupado por ella.

Dos días después de la destitución de Primo de Rivera, el rey nombró en su lugar al general Dámaso Berenguer, que hasta ese momento había ejercido como jefe de su Cuarto Militar. El nuevo jefe del Gobierno tenía como misión restaurar el régimen constitucional. Este nombramiento no cayó muy bien entre los militares. Berenguer no tenía el prestigio necesario para ser el nuevo presidente y ministro del Ejército. Después de que anunciara que iba a nombrar un gobierno «apolítico», se esperaba con verdadero interés saber quiénes serían los artífices del nuevo régimen. En casa de los Martínez Valderrama continuaron las reuniones con familias adineradas para intentar dilucidar un futuro que no parecía halagüeño.

—Hay que confiar en Berenguer. Le están apoyando los círculos palaciegos y bancarios. Eso, a nosotros, nos debe dar cierta tranquilidad —comentó uno de los asistentes mientras hacía bolutas con el humo de su puro.

—Sin embargo, en el ejército no ha caído demasiado bien su nombramiento. Lo sé de buena tinta —informó Rafael—. Volverán las conspiraciones, ya lo veréis. Al ejército conviene siempre tenerlo contento.

—Esta vez Berenguer lo ha descuidado. Por ahí pueden

venir problemas. Estoy de acuerdo —intervino Vallejo-Nágera recién llegado de Palencia.

En el salón contiguo, Pilar conversaba con las mujeres de los invitados. Ajenas a todo lo que conversaban sus maridos, hablaban de la dificultad de encontrar a alguien leal para el servicio. Cada una contaba su experiencia. Pilar, sin embargo, estaba callada. Habría preferido estar en el otro salón departiendo con los hombres de temas más interesantes. De pronto, una de ellas hizo un comentario que le sorprendió y le sacó de golpe de su abstracción.

—Pilar, por cierto, el otro día mi doncella te vio en un tranvía. Ella te conoce de las veces que has estado en casa. Le dije que era imposible. Pero me insistió mucho en que eras tú e ibas acompañada de un señor de edad.

Pilar se quedó sin sangre. Después de unos segundos en blanco, por fin, contestó:

—No recuerdo haber cogido el tranvía últimamente. Tengo el chófer de Rafael y el de mi madre dispuestos a llevarme a cualquier parte. Aunque es cierto que alguna vez lo he cogido por puro esnobismo.

Todas se echaron a reír. Sabían que Pilar, de vez en cuando, se permitía hacer alguna cosa extravagante que chocaba al resto de las mujeres, incapaces de hacer algo que no fuera lo que estuviera bien visto.

—Os recomiendo que hagáis alguna vez aquello que no se espera de vosotras. Yo misma, por ejemplo, escribo a todas horas y eso que, cuando empecé, lo tuve que hacer a escondidas porque a Rafael no le gustaba la idea. No espero la aprobación de nadie para realizar aquello que a mí me llena y me da la vida.

—Yo si tuviera tus cualidades también lo haría —comentó Lola Botas, que quiso acompañar a su marido a esa reunión con Martínez Romarate—. Todas tenemos nuestras dificultades para hacer aquello que nos gusta. Me paso las horas muertas en la botica de nuestra casa de Palencia. Opino que no tenemos por qué esconder nuestras aficiones.

Se sumó al grupo María Estremera. Justo escuchó el final de la conversación. Pilar suspiró al verla llegar. Le pareció que sería un bálsamo tal y como iba derivando la tarde.

—No sabes cómo te agradezco que estés aquí.

María Soledad, la hermana de Rafael, se sentó al piano. Intentó cantar un aria pero no pudo. Suponía para ella mucho esfuerzo. Todas observaron su deterioro físico pero intentaron quitarle importancia. María Estremera la ayudó al piano y tocaron a cuatro manos.

—María es la hija de José Estremera —explicó Pilar después de que todas aplaudieran—. Seguro que conocéis alguna de sus obras: *Las hijas del Zebedeo*, *El mesón del Sevillano*...

—Bueno, sobre todo, era mi padre. Pero ya que hablabais de cómo hay que transgredir de vez en cuando, os diré que él era doctor en Derecho y que, un día, decidió escuchar su corazón artístico y dejarlo todo por su vocación de escritor y libretista. Opino como nuestra anfitriona que uno tiene que hacer aquello que le dicte su corazón.

Pilar le agradeció sus palabras. Seguía pensando en lo que acababan de decirle. La habían visto en el tranvía justo el día que le había acompañado Antonio Machado. El señor de avanzada edad que había mencionado la doncella era él. Estaba realmente nerviosa por si otra persona pudiera haberla reconocido. Pensó que era muy peligroso ir en su compañía fuera de aquel café en el que habían creado su pequeño mundo. Deseaba que se fueran todos cuanto antes, temía que alguna metiera la pata delante de su marido.

Se quedó María hasta que todos los invitados abandonaron la casa. Pilar la invitó a sentarse para hacerle una confidencia.

—María, hoy he agradecido que vinieras más que nunca. Resulta que la doncella de una de las invitadas me vio recientemente en el tranvía con Antonio. ¡Figúrate si llega la información a oídos de Rafael! No lo quiero ni pensar.

—Siempre hay unos ojos que te reconocen. Será mejor que no vayáis juntos por ahí.

—No solemos hacerlo. Fue el día de la dimisión de Primo de Rivera. Daba miedo ir por la calle y no me quiso dejar sola.

—Bueno, no le des más importancia. ¿Tú has dicho de quién se trataba?

—No, lo he negado, aunque he comentado que, de vez en cuando, voy en tranvía por esnobismo.

—Como se haya percatado esa doncella de cómo le miras, seguro que habrá llegado a la misma conclusión que yo. Es mejor que no os dejéis ver en lugares públicos.

—Lo sé, lo sé. Cada vez lo tenemos más difícil para quedar y vernos.

María se acercó a su bolso y extrajo la última carta sin remite que había recibido. Pilar despidió a su amiga y le faltó tiempo para subir a su cuarto y leerla:

«Tú no sabes el encanto que tiene tu voz para mí y su virtud aquietadora. Mi cariño es muy grande, Pilar, muy hondo y muy verdadero. Sin verte no podría vivir, por lo menos sin la esperanza de poder hacerlo. ¿Comprendes? Es verdad que tu presencia me enloquece, pero ya me pondré la camisa de fuerza...»

Antonio le decía que hasta que no pasaran estos inquietantes días, no se atrevía a quedar con ella para no exponerla a algún riesgo innecesario. Mientras tanto, a pesar de ser detractor de Berenguer, recibió las últimas medidas del gobierno con satisfacción, sobre todo, la amnistía e inminente llegada de Unamuno a España. El escritor lo hacía después de un exilio igual de largo que la dictadura. Junto a él regresaban Indalecio Prieto, Eduardo Ortega y Gasset, así como otros conocidos disidentes del gobierno anterior. Este gesto, sin embargo, no acalló los cantos por la República, que cada vez se escuchaban más claramente en voces de intelectuales, entre ellos, Antonio Machado.

Hubo en Segovia un banquete para conmemorar el inicio de la I República cincuenta y siete años atrás, el 11 de febrero de 1873. Cuando en aquel lugar apareció Antonio Machado, los aplausos de todos los asistentes puestos en pie llegaron a emocionarle. Incluso, *El Adelantado de Segovia* llegó a hacerse eco del momento. Algunos periódicos de Madrid también lo recogieron. Cuando Rafael lo leyó no tardó en comentárselo a Pilar.

—Vaya con tu amigo Machado. Se ha descolgado como republicano. Deberías abstenerte de ese tipo de amistades. A los monárquicos nos desprecian y tú lo sabes.

—No sé a cuento de qué me dices estas cosas —intentó disimular para que no le temblara la voz—. Yo mis amistades no las mido por lo que piensan o dejan de pensar a nivel político. A las personas les unen otras motivaciones que van más allá de las ideologías.

—¡Vaya! La dama se ha convertido en la defensora de lo indefendible.

27

La peor decisión

Después de ir a misa el domingo junto a sus tres hijos, Pilar fue a visitar a su madre. Allí coincidió con un cura agustino que llevaba meses yendo todas las mañanas a casa de doña Ernestina: don Félix García. En cada una de sus visitas daba de comulgar a su madre y esta, a su vez, realizaba una donación para la orden. Aquel religioso le inspiró confianza desde el primer momento. Era un sacerdote de mediana edad con barba y hábito negro. Al retrasar el sacerdote su llegada ese domingo, coincidió con Pilar y sus hijos.

—¿Por qué lleva ese hábito? —preguntó Rafaelito.

—*Mon enfant*, no es momento para explicar estas cosas. Vamos a tomar un aperitivo.

—No, no. Al revés, me gustan especialmente los chicos curiosos. De las preguntas surge el conocimiento. Llevo esta capilla como símbolo de obediencia —fue mostrándole cada parte de su hábito—; la túnica representa la pobreza en la que vive mi orden; y la correa abrochada a la cintura simboliza la castidad. Son los tres votos que realizamos los agustinos en nuestra ordenación como sacerdotes.

—¿Vive pobre porque quiere?

—Sí. Así también vivió Jesucristo.

—¿Tampoco se puede casar?

—Tampoco.

—Bueno, no más preguntas. Todo en lo que yo pueda ayudarle... —quiso intervenir Pilar para que Rafaelito no siguiera con el interrogatorio—. Vivo bastante cerca de aquí. Mi casa está en Pintor Rosales, puede pasarse cuando quiera. Me encantará poder echar una mano a su orden.

—*Ma petite c'est très religieuse.* Verá que su mano tendida es verdadera. No he conocido a nadie con un corazón más grande.

A los pocos minutos, llegó Fernando con Ángeles, su mujer, y sus hijos, como solía hacer todos los domingos. Tras los saludos se formaron varios corrillos mientras sostenían un refresco o un vaso de vino en la mano. Pilar pudo hacer un aparte con el sacerdote.

—Hace tiempo que no me confieso y lo cierto es que me gustaría hacerlo.

—Cuando quiera. Estoy a su disposición.

—Es que necesitaría tiempo y no solo cinco minutos. Por eso he dejado de hacerlo.

—No hay problema, yo tengo todo el tiempo del mundo para escucharla y proporcionarle la paz que necesite. Debemos tranquilizarnos frente a aquello que nos atormenta. Dios es bondadoso y entiende nuestro corazón pecador.

Pilar se quedó sin palabras. Aquel cura parecía estar escuchando su corazón. Necesitaba liberarse de la culpa de amar a otro hombre que no fuera su marido. Sin embargo, quería justificar cómo había llegado hasta ese extremo. Se veía a sí misma sucia y pecadora. Tenía un dilema en su interior que necesitaba de ayuda espiritual. Aquel hombre con aspecto bondadoso podría ser de gran utilidad para calmar su alma.

—Me encantaría que me visitara el día que pueda de la semana que viene. Yo le explicaría con detalle...

—Por supuesto. A veces, la iglesia nos intimida. Iré a visitarla para que se libere del peso que lleva su alma.

—Y usted, ¿cómo lo sabe? —Miró a un lado y a otro por si alguien le había oído.

—Sus ojos lo dicen todo. Sé leer entre líneas.

Aquel hombre con cara espiritual le había fascinado. Le daba la impresión de que intuía lo que le iba a contar. Quedaron en verse un día de esa semana. Estuvieron tanto tiempo hablando solos que su madre se acercó a ellos con curiosidad.

—¿Ocurre algo, *ma petite*?

—No, no. Simplemente me ha impresionado mucho don Félix y su forma de hablar.

—*C'est vrai*, se trata de una persona muy especial.

Doña Ernestina ya casi no lograba permanecer de pie ni diez minutos. Necesitaba sentarse. El servicio le alcanzó una silla y se sentó al lado de ellos.

—Madre, no me gusta que no salgas de casa. Cada vez te va a costar más andar a fuerza de estar siempre sentada. Yo, si quieres, vengo a buscarte todos los días para que demos un paseo.

—No, no quiero salir de casa. Tengo miedo a caerme. Prefiero estar en mi mundo. No necesito salir más allá de estas cuatro paredes.

—Antes íbamos a algún estreno, pero hace tiempo que no salimos.

—Soy muy mayor, *très vieille*, y tengo asumido que me queda poco tiempo en este mundo.

—¡Qué cosas dice mi madre!

—Sabe don Félix que estoy en paz con Dios. Podría morirme en cualquier momento. Estoy preparada.

—No tenga miedo a la muerte, Pilar —le dijo el sacerdote—. Es la única certeza que tenemos al nacer. Y, efectivamente, debemos estar preparados. No podemos saber cuándo Dios nos llamará a su seno.

Pilar se quedó muy seria mirando a aquel sacerdote que le inspiraba paz y le restaba importancia a la muerte. Lo cierto es que parecía un ángel venido al mundo para calmar la ansiedad de los mortales.

Días después, tal y como habían quedado, apareció don Félix por su casa. Pilar le había citado el día que sabía que Rafael iba a salir temprano por temas de negocios. Estuvo muy nerviosa hasta que llegó el sacerdote y lo tuvo frente a frente. Sus ojos, sus manos, su voz, transmitían paz.

—¿En qué puedo ayudarla, Pilar?

Le invitó a sentarse en un sillón del salón. Con una taza de té en la mano comenzó a hablar.

—En realidad me puede ayudar mucho. No sé por dónde empezar. —Después de dudar comenzó por el final—. Estoy enamorada de un hombre que no es mi marido.

El cura no se esperaba esa confesión. Pensó que se trataría de algún tema menor, pero Pilar no se anduvo por las ramas. Dio un sorbo de té y tosió varias veces.

—¿Se ha atragantado? Como le decía, en esa persona he encontrado el afecto que jamás he recibido de Rafael, mi marido. Sé que no es justificación pero las cosas han sucedido así.

—Dios siempre la va a escuchar y jamás la va a dejar sola —le dijo como pudo, con una voz muy tenue.

—Así es como he estado desde niña: sola. La soledad ha formado parte de mi infancia, de mi juventud y ahora de adulta, lo mismo. Desde que murió mi padre siendo una niña he tenido una sensación de desamparo. Cuando mi marido me confesó que su amante se había suicidado, intenté huir. Me retiré un tiempo a Segovia y allí es donde conocí a un escritor que, como yo, ve la vida desde otra perspectiva. A los dos nos interesan las mismas cosas. Hablamos de la vida desde el mismo plano. Ese es mi pecado, mi calvario. Pero no tengo nada de lo que arrepentirme porque nuestro afecto no es carnal.

—Aun así, el Evangelio dice que no se debe pecar de pensamiento, palabra u obra. No debe seguir viendo a ese hombre por mucho que mitigue su soledad. Llegamos solos a este mundo y morimos solos. Debe asumir que su obligación está al lado de su marido y hacer todo lo posible por volver a sentir aquello que le llevó a unirse a él.

—He llegado a pensar, don Félix, que lo que me llevó hasta él fue la necesidad de salir de mi casa. Mi madre, al quedarse viuda, se volvió a casar con un primo lejano, también viudo, que tenía tres hijos. Uno de ellos me puso muy difícil la convivencia en la casa. Y Rafael, que era amigo de mi hermano y sabía de mi difícil situación, me propuso matrimonio de la noche a la mañana y no me lo pensé. Fui una inconsciente pero vi una puerta, una salida. No hubo amor entonces y no lo hay ahora.

—El amor es secundario, querida Pilar. El afecto y la obligación son más importantes. Tiene que dejar al escritor del que dice estar enamorada porque no es más que un espejismo. Llegó en el momento en el que necesitaba afecto y él se lo dio. Debe parar esa relación antes de que se arrepienta.

—Don Félix, no lo entiende. Nuestro afecto se culmina en un «tercer mundo» ficticio donde uno piensa en el otro a las doce de la noche. No hay más. Hay cartas, hay besos cuando nos vemos..., hay deseo, sí, pero él sabe que yo soy religiosa y que no consentiría que fuéramos más allá.

—Pilar, está jugando con fuego. Debe cortar esa relación inmediatamente. ¿Me entiende? Hoy no hay más entre ustedes, pero mañana, quién sabe.

—Don Félix, no me puede pedir eso. Yo he acudido a usted para encontrar paz y lo que me pide es que viva en una tortura permanente. No puedo cortar con el hombre que lo es todo para mí. Tiene que entender mi situación. No hago nada malo. Estamos juntos espiritualmente. Apenas nos vemos, es una relación epistolar.

—Pero ¿no comprende que se está haciendo mucho daño? Debe intentar conquistar a su marido por su bien y el de sus hijos. Perdonar su infidelidad. Esa es su obligación como esposa.

—Hubo otras infidelidades antes. Pero esta última no fue

una infidelidad sin más, se trató de una relación que mantuvo con una jovencita durante dos años. Y el final fue trágico. Cada vez que le veo, me acuerdo de la joven y de su suicidio. Si ella no se hubiera tirado por un balcón, ¿seguiría mi marido con ella?

—Eso no lo sabremos nunca. Su corazón tiene que tener la capacidad de perdonar. Eso nos convierte en seres humanos más grandes y nos hace sentir mejor. Es la única manera de seguir hacia delante. Mi querida Pilar, yo estoy dispuesto a ayudarla, pero debe dejarse guiar.

—Está bien. Le haré caso. Iré poniendo poco a poco distancia, pero le aseguro que no se trata de algo fugaz o de un capricho. Nuestra conexión es total. Aun perteneciendo a mundos distintos y teniendo ideologías diferentes, coincidimos en todo lo relacionado a nuestro mundo intelectual y afectivo.

—El tiempo y la distancia lo curan todo. Ya lo verá. ¡Debe intentarlo!

Pilar se echó a llorar desconsoladamente. Lo que le pedía el sacerdote suponía para ella un desgarro interior y exterior. Volver al mundo oscuro del que había salido gracias a Antonio. Regresar a la soledad y a la incomprensión.

—Lo haré —dijo en una voz casi inaudible—. Me está pidiendo mucho. ¡Mucho!

—Lo sé, pero su fe la sacará adelante.

—¡Estoy completamente perdida!

—Yo la ayudaré.

La presencia de don Félix, fuera de darle paz, había complicado aún más las cosas. Pensó que contándole la verdad, comprendería su situación y, sin embargo, le dio la peor de las soluciones: romper con Antonio y separarse de él para siempre. Aquella era una decisión muy dura que, de llevarla a cabo, debía comunicársela al poeta de viva voz. Él se merecía que fuera valiente y se lo dijera cara a cara y no por carta. Tenía que hacerlo si quería que su conciencia descansara definitivamente. Sin embargo, su corazón se iba a romper en dos mitades. Durante días escribió el desgarro que sentía en su interior:

> *Querer...*
> *No hallar querer...*
> *Haber querido...*
> *¡La vida gira en torno a ese dolor!*

Antonio, ajeno a esas nubes negras que se avecinaban, estaba contento de que la *Revista de Occidente* fuera a publicar sus versos a Guiomar. Era su último trabajo dedicado por entero a ella. Tenía ganas de verla para contárselo, pero durante las semanas siguientes no logró quedar con ella ningún día.

Se enteró de forma casual de que Pilar estaba enferma en la cama y eso le inquietó más. Le escribió varias cartas: todas en la misma línea de preocupación por su salud. «He pasado días muy tristes —le expresaba—, lleno de presagios, malos sueños, ¡qué sé yo! ¡Cuídate, diosa mía, y no olvides a tu pobre poeta, tan solo, tan triste y tan profundamente desdichado.» Antonio intuía que algo no iba bien y que no solo se trataba de la salud de Pilar. Aquella falta de noticias le iba a volver loco.

En cuanto llegó a Madrid se fue al parque del Oeste a mirar el ventanal de la casa de Pilar por si podía intuir su silueta a través de los visillos. Nada le podía entristecer más que la ausencia de noticias. No verla ya era duro pero no poder leer sus cartas aún lo era más. Se acercaba con sigilo a su casa para que nadie le viera, pero se pasaba las horas muertas mirando al ventanal hasta que el frío le dejaba aterido y sin apenas movimiento en sus articulaciones.

Esos días frecuentó la casa de Ricardo Calvo por si aparecía su hermana María y le daba algún detalle más de Pilar. Necesitaba alguna noticia que pudiera explicar la falta total de sus cartas y ese freno en sus encuentros. Precisamente fue tomando café con su amigo como se enteró de la muerte del general Primo de Rivera en París. Su hermano José acudió a la casa de Calvo para darles la noticia que acababa de escuchar en la radio.

—He venido lo antes posible para contaros que ha muerto Primo de Rivera en París.

Ricardo y Antonio casi no podían creerse la noticia. Desde que dejó de tener la confianza del rey y este había firmado su destitución, había transcurrido tan solo un mes y medio.

—Estaba muy mal de salud, pero parece increíble que haya sobrevivido tan poco tiempo en París —comentó Ricardo.

Antonio estaba callado. Escuchaba lo que hablaban su hermano y Ricardo, pero su mente estaba junto a Pilar. Cuando apareció por allí María disimuló hasta que pudo hacer un aparte con ella.

—¿Qué tal, María? ¿Sigues trabajando con Pilar?

—Sí, claro. ¿No tienes contacto con ella desde hace tiempo?

—Bueno, sé que ha sacado un nuevo libro, *Esencias*, pero poco más —intentó disimular como pudo.

—Está fastidiada. Lleva tres semanas en cama.

—¿Qué le ocurre?

—Primero una gripe que se le complicó un poco. Temían que por su tos fuera algo más serio, como su cuñada. El doctor Marañón lo ha descartado. Yo creo que lo que le ocurre es que tiene un verdadero dilema. No ama a su marido, pero como las mujeres tenemos que aguantar...

—¿Está mal con él? —Quería sacarle información.

—Sí. Son como el agua y el aceite. La pobre no está de acuerdo con sus decisiones y se enfada un día sí y otro también. Ahora que acaba de publicar *Esencias*, no puede celebrarlo por su enfermedad.

—Dile de mi parte que intentaré ayudarla todo lo que pueda. ¿Me prometes que se lo dirás?

—¡Claro! Le hará muchísima ilusión.

Antonio acudía cada día a las librerías preguntando por el libro de Pilar. Lo pedía para que lo tuvieran entre las novedades. También asistía a reuniones y tertulias con intelectuales. Participó en un sonado homenaje a Unamuno —recién llegado de su exilio— en el restaurante Lhardy de Madrid. Se reunieron artistas e intelectuales en el céntrico y afamado local. Colocaron al poeta en la mesa presidencial por expreso deseo del homenajeado. En un determinado momento, cuando ya estaban en los postres, tomó la palabra el escritor y filósofo.

—No os reconozco y no han sido tantos años los que han pasado. Los republicanos tienen miedo a la República. Los socialistas al Socialismo y este miedo que salta a la vista no es más que el deseo de no querer cargar con las más mínimas responsabilidades.

Antonio Machado le escuchaba con mucha atención y, sobre todo, le llamaba la atención que regresara después de seis años de exilio con ganas de volver a la pelea.

—Estoy dispuesto a todo. No nos podemos rendir hasta aniquilar la mayor parte de la podredumbre instalada en nuestra sociedad.

Antonio era consciente de que Unamuno les estaba pidiendo que dieran un paso al frente y él, sin duda, estaba dispuesto a darlo.

—España se está resquebrajando —continuaba Unamuno— y no podemos permitirlo.

Todos los asistentes se pusieron en pie y comenzaron a aplaudir. Antonio también. Comprendía las palabras de Unamuno como una invitación a que ellos se involucraran también en los acontecimientos del país que podían precipitar un cambio inmediato de gobierno.

Cuando llegó a casa esa noche, se encontró con una carta de Pilar. Como no tenía ganas de cenar se retiró a su habitación para leer la misiva. Notó que Pilar se expresaba de otra forma, no con la calidez con la que lo hacía habitualmente. Pensó que se debería a su enfermedad. Le daba las gracias por ayudarla en la difusión de su nueva publicación, se lo había dicho María. Sin embargo, no le ponía ninguno de sus «¿sabes?» ni ninguna expresión cariñosa.

Inmediatamente cogió papel y pluma y le escribió. Lo importante era que se vieran cara a cara una vez que ella estuviera repuesta. Le propuso que quedaran el viernes siguiente en el café de Cuatro Caminos a las doce de la mañana.

Ambos contaron los días, pero Pilar estaba agitada, nerviosa. Iba a ser un encuentro difícil. Cuando se volvieron a ver, Pilar no iba sola. Le acompañaba Hortensia Peinador. Por su cara, se dio cuenta de que algo malo estaba a punto de pasar.

—Hortensia, ¿puede volver en una hora? —Entró en el café cabizbaja y sin saludar a Jaime.

Antonio la esperaba de pie y con el sombrero en la mano. Algo no iba bien, pero no se imaginaba lo que pasaba por su mente.

—Mi reina, por fin te veo. Ha sido para mí la ausencia más dura y más larga desde que nos conocemos.

—Para mí también, Antonio. Ha sido causa mayor lo que me ha impedido verte. ¿Cómo estás?

—Ahora mucho mejor. Pero sé que algo no va bien. ¿Qué te ocurre?

—Sí, un sacerdote amigo de la familia me ha pedido que deje de verte. Le he contado toda la verdad y me dijo que así no podemos seguir. Me confesé con él buscando comprensión, pero me ha pedido que no volvamos a vernos. Creo que tiene razón, aunque para mí sea una de las decisiones más dolorosas de mi vida.

—Mi reina, no verte es la muerte para mí. ¡No lo hagas! Piensa en ti y en mí. ¿Qué mal hacemos? Necesito verte como el comer, como respirar. No me hagas eso. Por favor, ahora no. Vamos a cumplir dos años. ¡Dos hará en junio! Lo más fácil para el sacerdote es decirte, ¡rompe con ese hombre!

—Te pido tiempo. Vamos a irnos mucho antes a Palencia y haremos un largo paréntesis unido al verano para que podamos los dos pensar. Creo que es bueno poner un poco de cordura en esta historia que los dos sabemos que no tiene futuro.

—Pero tiene presente. Sigue a tu corazón. No dejes que nadie te imponga lo que debes o no debes hacer. No hacemos ningún mal a nadie. Nos vemos, nos besamos, nos escribimos... No hay nada más puro.

—Lo sé, Antonio. —Se echó a llorar. La frialdad impuesta se esfumó en cuanto el poeta le cogió la mano y la besó.

—Amor mío, no me dejes. ¡Eres mi vida! Moriría aquí mismo si supiera que no iba a volver a saber de ti.

El poeta, verdaderamente desesperado, acercó su cara a la de ella y la besó en la boca.

—Antonio, estamos en un lugar público. ¡Por favor!

—Estoy desesperado. Perdóname. Haré lo que me digas. Seré bueno, pero no te despidas de mí para siempre si no quieres que me muera ahora mismo.

—Está bien. Démonos una tregua. Entra y sal y conoce a otras mujeres. No soy la persona que necesitas. Te estoy complicando la vida.

—Cuando las cosas suceden ya no hay marcha atrás. Solo así soy feliz. Con verte me conformo. No me prives de hacerlo.

—Separémonos y veamos qué ocurre sin saber uno del otro. Por lo menos, hasta después del verano. Prometo que me pondré en contacto contigo después y veremos cómo están las cosas.

—Haré lo que quieras, pero dime que no es un adiós para siempre.

—No lo es. De verdad. Vamos a darnos espacio. Lo necesito. Pero siéntete libre de conocer a quien quieras. Es lo mejor para los dos.

Cuando vio a Hortensia en la puerta del café, Pilar miró a Antonio.

—Debo irme.

Pilar de Valderrama el día de su puesta de largo.

El matrimonio Martínez Valderrama, poco después de su boda.

Los hijos de Pilar: Alicia, María Luz y Rafaelito.

Alicia Martínez, siendo
estudiante de Filosofía y
Letras con María Calvo.

María Luz Martínez, cuando
concluyó el Bachillerato, un año
antes de estallar la guerra.

Rafaelito Martínez, en sus años
de estudiante de bachillerato.

Rafael Martínez Romarate en su automóvil.

Ernestina Alday de la Pedrera,
madre de Pilar.

Alfonso XIII en el estudio
de Victorio Macho.

Pilar de Valderrama en Hendaya.

Los hijos del matrimonio Martínez Romarate, con sus primos
y otros muchachos amigos, en dos escenas de *El Príncipe*
que todo lo aprendió en los libros.

Lectura de *La Lola se va a los puertos*, en el Teatro Eslava,
con Antonio Machado (el segundo por la izquierda).

Pilar de Valderrama con su nieta Alicia.

Fuente del Palacio de la Moncloa, lugar de encuentro entre
Pilar y Antonio Machado en los inicios de su relación.

Carta de Antonio Machado al General Rojo,
poco antes de salir de España camino del exilio.

Ilustre y admirado general:

Después de leer su admirado discurso de ayer, veo que el cumplimiento del deber más estricto es, al par, el mérito de la más alta satisfacción para un español de nuestros días, porque sus palabras hablan al corazón de todos los españoles, son la voz de España misma en expresión de sus valores más esenciales. La suerte ha querido que en la más alta cumbre del Ejército apareciese en su persona una representación integral de nuestra raza. No es poca fortuna para todos.

Mi más respetuoso saludo militar; la expresión más sincera de mi admiración y mi entusiasmo.

Antonio Machado
Barcelona, 19 de enero de 1939

DESPEDIDA
———

(A mis hijas)

"Inquieto estará mi
corazón hasta que des-
canse en Tí"
(San Agustin)

Ya estoy cerca de Dios,mi vida entera
fué el anhelo de un bien jamás logrado:
pugna de lo vivido y lo soñado
en ansiedad constante de la espera.

Al llegar a mitad de mi carrera
Él me llevó consigo al Hijo amado.
En el árbol herido,desgajado,
no volvió a florecer la primavera.

Ahora el gozo de hallarle en la otra orilla
se une con el dolor por los que dejo
y los dos forman apretado haz .

No lloreis,frutos hoy de mi semilla,
que es un soplo de tiempo él me alejo
y el alma,al fín,encontrará la paz.

Pilar de Valderrama

1.958

Poema de despedida de Pilar a sus hijas.

—Mi reina, mi vida... Dime que no olvidarás a tu poeta.

—Imposible.

—Estaré esperando a que te pongas en contacto conmigo. No lo dejes de hacer. En septiembre te escribiré para volver a quedar. ¡Falta mucho hasta que pasen la primavera y el verano!

—Está bien. Démonos ese plazo. Quiero saber si estoy haciendo lo correcto. —Cogió la mano de Antonio y la estrechó entre las suyas.

—Amor mío, ¡cuídate! ¡Aquí estaré siempre esperándote! Yo seguiré viniendo a este café por si cambias de opinión.

Pilar se levantó con un enorme esfuerzo y se fue del café con paso lento. Jaime, el camarero, le dijo adiós, pero ella no lo oyó. Era como si el mundo se oscureciera de golpe y se quedara sin sonido alguno. Sintió un pellizco en el estómago que le hizo encogerse. No podía ni abrir la puerta del local.

Hortensia imaginaba que estaba sucediéndole algo.

—Deberíamos coger un taxi —le dijo viendo su desolación.

—¡Párelo usted! ¡Tengo la sensación de estar muerta!

28

Morir para renacer

La finca El Carrascal estaba en primavera más bonita que en cualquier otra estación del año. La vida se abría paso en la naturaleza con cientos de hojas brotando en las ramas antes yermas de los árboles. Pilar observaba ese espectáculo bajo la milenaria encina donde le gustaba sentarse hasta que el sol se ocultaba. Si no se encontraba ahí, se escapaba al palomar viendo cómo las torcaces empollaban sus huevos. Escuchar su arrullo le aliviaba las penas. Tenía algo así como un efecto terapéutico que la devolvía a su infancia. Siempre fue una niña que se podía pasar horas mirando una flor o un pájaro. Entendía que las amigas la llamaran rara. Desde siempre la naturaleza le hacía olvidar sus desdichas. Podía estar horas con la mirada curiosa observando todo a su alrededor hasta que sus ojos se anclaban en un punto, mientras su pensamiento volaba lejos de allí.

Su marido la llevó hasta Palencia junto a su doncella y parte del servicio. María Soledad, su cuñada, se encontraba también en la finca para recuperar la salud que cada día parecía más quebrada. Victorio la acompañaba. El Carrascal tenía más aspecto de hospital que de finca de recreo. Por las mañanas, con el primer sol, Victorio se instalaba bajo uno de los árboles más retirados de la casa y comenzaba a pintar y a colgar en un cordel sus pinturas como si fuera ropa recién lavada. Eran bocetos de sus nuevas esculturas. María Soledad le miraba en silencio, sentada cerca de él y siempre con un libro en la mano.

Pilar no podía sincerarse con nadie y callaba su pena. Ninguno comprendía qué le pasaba. Era el espíritu mismo de la tristeza y comprobaron que la alegría que la caracterizaba parecía haberse apagado para siempre. No tenía fuerzas para entonar los cánticos que todos estaban acostumbrados a escuchar salir de su garganta cuando venía el buen tiempo. Solo observaba con curiosidad todo a su alrededor.

Alicia, Mari Luz y Rafaelito no fueron con ella, ya que debían seguir un tiempo en Madrid hasta terminar el curso que estaban estudiando y del que se tenían que examinar en el Instituto Cardenal Cisneros. No les hablaron del estado de salud de su madre, pero se lo pudieron imaginar al necesitar cambiar de aires. Estaba muy mal, así se lo dijo el doctor Gregorio Marañón a Rafael: «Es más grave de lo que parece. Cuanto antes debe irse de aquí». Su extrema delgadez, la ausencia de color en sus mejillas y unas ojeras muy marcadas evidenciaban su tortura interior. El médico le dio hipnóticos para que recuperara el sueño que había perdido. «Debes descansar. No se puede estar sin dormir. Me preocupa mucho tu estado físico. Intenta comer bien y dormir mucho.»

Nadie sabía que el origen de todos sus males estaba en la penitencia que le había impuesto don Félix García tras su confesión: «Debe dejar de ver a ese hombre que la perturba y ofrecer su sufrimiento al Todopoderoso». Era también el único que sabía la razón de todos sus males. «Es necesario morir para volver a la vida. Todo saldrá bien», le dijo antes de salir camino de Palencia.

Aunque había puesto todos sus sentidos en no pensar en Antonio Machado, sus pensamientos se iban al lado del poeta. Sobre todo, por la noche al llegar la hora del «tercer mundo». Podía dominar sus actos, pero le era imposible controlar sus pensamientos. Y puntualmente a las doce de la noche ya estaba junto a él.

Al cabo de unos días, llamó con tal desesperación a su prima Concha que esta no tardó ni una semana en hacer las maletas y acudir a su lado. Se sentía hondamente sola, como siempre. El servicio se daba cuenta de su estado de ánimo. «La señora no es feliz —decía la doncella al resto de los empleados de la finca—. Llora muchos días delante de mí y lo terrible es que no puedo hacer nada para consolarla.»

En cuanto llegó su prima de Montilla, dejó de derramar lágrimas en público. Enseguida, cuando estuvieron frente a frente, a solas, no tardó en hablarle de Antonio.

—Ya ves, ahora que íbamos a celebrar dos años desde que nos descubrimos uno al otro en Segovia, he tenido que poner distancia. Tal y como me pide el sacerdote agustino que va a diario a casa de mi madre.

—Creo que tiene razón. Era una locura seguir viviendo así, con dos vidas paralelas.

—En realidad son tres los mundos en los que vivo.

—¿Tres?, ¡qué dices Pilar!

—Todos vivimos en tres mundos diferentes, no solo yo. Uno, el que contemplamos con los ojos abiertos. En él no elegimos el papel impuesto por la familia donde nos ha tocado nacer. Vivir en ese mundo es llevar la máscara todo el día puesta. Otro, es el de nuestros sueños. Ese es más nuestro que el mundo real porque empieza a ser nuestra obra. Los sueños nos emancipan de la lógica. Nos liberan de un mundo que nos ha sido impuesto. Eso sí, se esfuma en cuanto abres los ojos. Y el tercero. Ese es totalmente nuestro. Por eso es el mejor. Y, en cierto sentido, el más real de los tres. Lo vivido y lo soñado son allí materia blanda, dócil a nuestra voluntad creadora. En ese tercer mundo ya no somos ni espectadores ni farsantes, sino plenamente autores. En ese tercer mundo somos, sencillamente, lo que queremos ser.

—Deberías plasmar ese pensamiento en un papel. Me parece muy interesante.

—Estoy pensando en hacer una obra de teatro que se llame así: *El tercer mundo*. Creo que, durante estos meses aquí, debo escribir ese drama en tres actos. ¡Como mi vida! ¡Mi propio drama!

—Pilar, no deberías pensar tanto. Te vas a volver loca.

—No me menciones esa palabra que me hace mucho daño y tú sabes el motivo.

—Ha sido una forma de expresar que no debes dar tantas vueltas a las cosas.

—El tercer mundo: ese lugar donde somos, sencillamente, lo que queremos ser. Un mundo que nos revela la honda voluntad de nuestra vida, nuestros más íntimos afanes, nuestros amores verdaderos. Es allí donde nos conocemos a nosotros mismos, porque quien logra averiguar lo que quiere ya sabe lo que es.

—¡Dios mío! ¡No puedes dar tantas vueltas al molino! Pilar, primero se vive, después se sueña y finalmente se despierta.

—Eso es, ¡despertar! Me gusta lo que acabas de decir: despertar. Yo le añadiría la palabra «renacer». Despertar y renacer, las dos cosas.

—Me tienes muy preocupada. Durante estos meses deberías dejarte llevar y no pensar nada más que en reponerte.

—Teniéndote cerca ya me encuentro mejor.

Concha estaba nerviosa al ver el estado de su querida prima y se dedicó por entero a hablar de la familia para distraerla. La puso al día de cómo estaban las cosas por Montilla.

—¿Te acuerdas de María Engracia, esa mujer tan fea que vivía soltera en el pueblo? Pues se ha casado con un viudo con cinco hijos.

—¿Sí? Pobrecilla, será la sirvienta de los cinco chicos. ¡Ya lo verás!

—En el pueblo no se comenta otra cosa... A veces es mejor estar soltera y no enfrentarte de golpe a la voluntad de cinco zangolotinos. Bueno, ¡háblame de tu madre! —le pidió Concha—. ¿Qué tal se encuentra?

—Ha decidido no salir de casa. Dice que tiene miedo a ir más allá de su mundo y su mundo son sus cuatro paredes. Este año no irá a Montilla. La veo regular. Me ha dicho que está preparada para morirse; que está en paz con Dios. Sus palabras me han impactado.

—Bueno, tu madre tiene muchos años y es lógico que esté mentalizada de... ya sabes. Todos nos tenemos que hacer a la idea de que nuestra vida se va acortando. Es ley de vida y encuentro lógico su pensamiento.

—Puede que tengas razón. Al final, mi madre ha sido siempre la más coherente de la familia. Si no se hubiera casado con su primo, a su vida no le pondría ningún reproche. Después de morir mi padre, fue un golpe fuerte que me metiera interna en un colegio y me separase de ella. Lo pasé muy mal, como sabes. No te puedes imaginar lo que necesitaba un abrazo o un beso.

—Con esos años, me hago cargo. La vida te cambió con la muerte de tu padre. Además, recuerdo que estabas muy unida a él. Siempre andaba contándote fábulas y tú solo le sabías pedir otra y otra, sin saber parar.

—Era un hombre muy brillante. Su fulgurante carrera política se truncó de golpe, pero, de no haber enfermado, hubiera llegado muy lejos. Cada uno tiene su destino. Solo Dios sabe cuál será nuestro final.

—Queda mucho para eso.

Las dos se quedaron unos segundos en silencio. Pilar fijó la mirada en un punto de la habitación y comenzó a desahogarse.

—Me torturo al pensar que Antonio debe de estar tan mal como yo. «Tu poeta / piensa en ti. La lejanía / es de limón y violeta, / verde el campo todavía. / Conmigo vienes Guiomar; / nos sorbe la serranía...» Es terrible estar separados porque digan que es lo mejor, se supone, para todos. ¿Y para nosotros? Enterrarnos en vida sabiendo que no podemos vivir el uno sin el otro.

—Creo que el consejo del sacerdote a la larga te hará bien. ¡Confía!

—No hacemos nada malo. Somos dos seres solitarios que se hacen compañía. Es el único aliciente que tengo en la vida: volverle a ver, leer sus cartas... Ahora ya ni eso porque debo hacer lo correcto.

—Por lo menos hasta que alcances una paz espiritual. Lo necesitas. Te aseguro que no te conviene la amistad con el poeta. Te complica la existencia.

—Le da sentido, Concha. Sin él todo mi mundo se viene abajo. Caigo enferma, muero de tristeza. ¿Es que no me ves? Antonio tiene la virtud de llenar mi mundo de palabras, de ideas, de ímpetu... Él me ha confesado también muchas veces que tiene la ilusión de un joven de veinte años cuando me ve. Seguro que estos días no tiene fuerzas ni para mover sus piernas. Uno sin el otro, nos convertimos en seres de mármol, ancianos, espíritus errantes.

—Está claro que estás enamorada y no haces por recomponerte por dentro. Durante estos días deberías evadirte, no pensar. Juguemos a las cartas. Salgamos al pueblo. Debes airearte y no estar siempre pensando en lo mismo.

—Lo voy a intentar para que mi conciencia no me pese, pero ya te digo que es un fracaso. Hay algo que no me deja vivir. No sé cómo denominar mi sentimiento: ¿nostalgia?, ¿una pena muy honda que no soy capaz de dominar?, ¿un sentimiento verdadero que no me deja vivir?... No sé qué me pasa pero estoy muy mal.

—Vamos a intentar distraernos: leeremos, jugaremos a las cartas, pasearemos... Todo eso te hará bien. Lo primero que debes hacer es dejar de repetir que estás muy mal. ¡Prométeme que lo vas a intentar!

—Te lo prometo.

Lejos de allí, en Segovia, Antonio llegó como pudo a los exámenes finales de su cátedra de francés. Su aspecto se deterioró mucho en pocos días. Se le veía pasear por las estrechas y empedradas calles y acudir cada tarde al hotel Comercio con la esperanza de ver por allí a Pilar; como aquel día que cambió su vida. Encendía un cigarrillo detrás de otro y también tosía más de la cuenta. Las cenizas del tabaco se acumulaban en sus hombros y en su pechera. Le daba igual su desaliño, no estaba su musa para motivarle y arreglarse más. Se sentía atrapado en Segovia ya que cada rincón que recorría le recordaba a su musa. Dos años cerca de ella habían transformado su vida y la habían puesto del revés. No sabía si era su perfume, sus ojos, su forma de pensar o su soledad manifiesta lo que la hacía más diosa que terrenal.

Por otro lado, los exámenes y las correcciones le tenían ocupado todo el día. Además, por si fuera poco, le obligaron a formar parte del tribunal de oposiciones que tanto aborrecía.

Su madre, doña Ana, vio el evidente deterioro físico de su hijo en pocas semanas. Se lo verbalizó en su último viaje a Madrid. No podía seguir callada, como procuraba hacer siempre.

—¿Hijo, te pasa algo?

—Madre, ¿qué me va a pasar? ¡Estoy harto de exámenes y harto de no estar cerca de los míos gran parte de la semana!

—¡Tienes que sentirte muy solo!

—Ya empiezo a acostumbrarme a mis soliloquios. Converso con el hombre que siempre va conmigo, ya sabe. Aburrirme no me aburro. ¡Me falta tiempo para escribir! Ando siempre enredado con correcciones y más correcciones de exámenes.

—Le diré a Manuel que toque otra vez todos los palillos para que te vengas a Madrid. Parece que no, pero esa soledad te va minando por dentro. Leonor se fue demasiado pronto. ¡En la flor de la vida! Hubierais sido tan felices...

Antonio comenzó a toser tanto que se vio obligado a apagar el cigarrillo que tenía encendido. Su madre le trajo un vaso de agua y poco a poco se fue calmando.

—Deberías ir al médico para que miraran tus pulmones. Tanto tabaco no debe de hacerte bien.

—Es lo único de lo que no me pienso quitar. ¡No iré al médico! Siempre le encuentran algo a uno.

—Deberías fijarte en alguna mujer para que se te pasaran tus males. ¿Qué fue de aquella mujer que te llamó?

—¿A quién se refiere?

—Creo que se llamaba Pilar.

—Madre, Pilar está casada. Por ahí no vaya.

Su madre tenía la virtud de dar en la diana con respecto a todo lo que les ocurría a sus hijos. Solo había cruzado unas palabras con Pilar, pero ver la expresión de su hijo cuando le dijo que estaba al teléfono, le bastó para saber de su interés por ella. Antonio pensaba que su madre era capaz de leerle el pensamiento. Efectivamente, la ausencia de su «diosa» tenía la culpa de su lamentable estado de salud.

—Tanto que te gusta viajar, ¿por qué no proyectas un viaje este verano para ir a ver a alguno de tus hermanos?

—Este verano no tengo muchas ganas de hacer planes. Me gustaría encerrarme a escribir. Nada más que eso.

—Los veranos en Madrid son muy calurosos. Deberías plantearte una salida lejos de aquí.

—Ya veremos, las cosas a nivel político andan muy revueltas y a nivel económico no pueden ir peor. No se crea que me gustaría irme muy lejos y dejarla a usted aquí. Además, Manuel y yo hemos vuelto a escribir juntos. Aprovecharemos el verano para concluir otra obra de teatro.

—Siempre escribiendo, siempre trabajando... En algún momento hay que descansar. Un día te va a explotar la cabeza.

—Madre, le agradezco su preocupación. —Se acercó y le dio un beso en la frente.

Apareció José y la conversación madre e hijo cesó de golpe. Le invitó su hermano a salir con él a la calle y visitar la tertulia de Ricardo Calvo. No tuvo que insistirle mucho; ir a ver a su amigo no le costaba ningún esfuerzo. Al llegar al café ya estaban conversando varios actores y un crítico de teatro del deterioro del gobierno de Berenguer en pocos meses.

—La política del ministro de Hacienda, Manuel Argüelles, es peor que la del gobierno de Primo de Rivera —dijo Ricardo.

—Un auténtico fiasco. De esta nos vamos a quedar todos tocados —comentó el crítico.

Antonio y José saludaron a todos y antes de participar les escucharon mientras seguían fumando sin parar.

—Ha reducido el gasto público, pero ha causado una honda depresión. La peseta no vale nada y nuestros sueldos tampoco.

—No me habléis de sueldos, que los maestros estamos siempre a la cuarta pregunta —se quejó Antonio, entrando de lleno en la conversación—. A mí lo que me preocupa es que todavía haya muchas personas que no sepan ni leer ni escribir. No me gusta que la gente ponga su huella porque no haya aprendido ni a hacer su firma. La educación es básica para que un pueblo avance, pero los políticos andan preocupados en otras cosas.

—Esto solo lo va a arreglar la República —aclaró Ricardo.

—Sí, es cierto que hay una sensación de que hemos tocado fondo y de que estamos a punto de un tiempo nuevo que reclama también un nuevo modelo social y político —respondió Antonio.

—No podemos seguir quejándonos. Ha llegado el momento de la acción. Los que estamos aquí debemos tomar conciencia de que no podemos quedarnos quietos y de brazos cruzados.

Todos asintieron y dieron sus opiniones sobre lo que habría que hacer. Ricardo quiso derivar la conversación hacia otros territorios y mirando a Antonio le contó algo que se estaba fraguando en Sevilla a modo de homenaje.

—Antonio, alguien me ha dicho que se está preparando un acto muy bonito en la que fue tu casa: el palacio de las Dueñas. No debes perdértelo y nosotros tampoco.

—No tengo ni la más remota idea.

—Sí, me ha comentado un conocido que quieren ponerte una lápida en el palacio de las Dueñas por haber pasado allí tu niñez. Me ha preguntado si irías.

—¿Una lápida? ¡Que me pongan la lápida cuando haya muerto! Pero qué ocurrencias.

Todos se echaron a reír y tocaron madera para evitar el mal fario.

—Los reconocimientos siempre son buenos —dijo José.

—Mira, quiero que me dejen en paz e incluso que se olviden de mí. —Estaba realmente bajo de ánimo. Pensó que la única persona que deseaba que no le olvidara era su «diosa», Pilar.

—Siempre te pones así por estas fechas. Lo que no te gustan son los exámenes y estás agobiado. Espera a las vacaciones. Lo mismo lo ves con otros ojos —insistió Ricardo.

—¡Que no! ¡Que no voy a ir a Sevilla a lo de la lápida! Dales las gracias y diles que le pongan la lápida a otro.

Se volvieron a reír y se hicieron varios corrillos. Aprovechó Antonio para hablar con el crítico para pedirle que leyera el último libro de Pilar.

—Me gustaría que leyeras el libro que acaba de publicar una escritora que me gusta mucho. Se llama Pilar de Valderrama, no sé si la conoces.

—No tengo el gusto.

—Está realmente bien su libro y me parece injusto que no se hagan más reseñas en la prensa.

—No te preocupes que me ocuparé de que algo se diga de su libro.

—Te lo agradezco mucho. Estoy en contacto con ella y tiene varios libros publicados. Pienso que tiene mucho talento.

—¿De quién habláis? —interrumpió la conversación Ricardo.

—De una conocida que ha publicado un libro y que necesita un empujoncito. Cansinos Assens ya ha hablado de ella y la ha puesto por las nubes.

—¿Está soltera? —preguntó Ricardo con sorna.

—No, está casada —salió su hermano al rescate. Imaginaba de quién estaba hablando. Es amiga de la familia—. Antonio con la mirada se lo agradeció.

—¿Sí? ¿Cómo decís que se llama? —preguntó extrañado Ricardo de no conocerla.

—Pilar de Valderrama. Está casada, pero su marido es para echarle de comer aparte. Me confesó que estaba viviendo con él por piedad.

—A mí no me gustaría que estuvieran conmigo por piedad —comentó Ricardo.

—A mí tampoco. Yo no quiero que nadie esté junto a mí por compasión. Solo entiendo el amor, el afecto... para poder aguantar los avatares que nos depara la vida. Las personas deben ser libres para estar junto a quienes deseen. La libertad es la clave. Sin libertad solo hay posesión. No hay nada comparable con el amor sin compromiso, el amor en el que descubres a tu otra mitad, el amor generoso que te complementa, el amor en azul...

—Será en rojo —comentó Ricardo.

—No, el amor yo lo asocio al azul.

—Es cierto, tu musa Guiomar va vestida de azul, según reflejas en los poemas que acaban de publicar en la *Revista de Occidente*. ¿Existe esa mujer? —preguntó Ricardo.

—Es una diosa, no es de este mundo. —No le mintió, pero tampoco le dijo que existía.

—Antonio asocia el azul a lo mejor que le ha pasado en su vida. Lo tiene sublimado —añadió su hermano.

—Puede ser, pero ya sabéis que solo recuerdo la emoción de las cosas y se me olvida todo lo demás.

29

Volver a la vida

Llegó a la finca una carta sin remite a nombre de Pilar de Valderrama. La trajo en mano el cartero que subió a lomos de una mula por las numerosas cuestas empinadas que conducían hasta El Carrascal.

—Señora, señora... el cartero acaba de traer una carta sin remite a su atención. Me he permitido molestarla por si pudiera ser importante.

Al cabo de unos segundos, la puerta de su habitación se abrió. Pilar iba descalza y en camisón sin haberse puesto encima una bata. Al oír las palabras de la doncella le había dado un vuelco al corazón y solo pensó en abrir la puerta cuanto antes.

—Lo siento si la he despertado.

—Ha hecho bien. Muchas gracias. —Cogió la carta—. Puede retirarse.

Cerró la puerta y echó el seguro. Después se sentó en la cama y tras observarla durante un rato, se atrevió a abrirla. El corazón se le salía del pecho y las manos le temblaban al romper el sobre. En el fondo de su alma, agradecía que Antonio la hubiera escrito a pesar de que ella le había pedido que no lo hiciera. Era una carta desesperada de alguien que amaba generosamente y estaba atormentado. No soportaba la ausencia de noticias y le pedía nada más que una carta, unas letras. El poeta le dejaba claro que se ahogaba con su ausencia y que prefería morir a no saber de ella. Pilar se echó a llorar como una niña.

Al cabo de un rato subió la persiana de la habitación y abrió la ventana... necesitaba aire, le costaba respirar. Tardó tiempo hasta que su respiración recuperó una cadencia normal. Pensó seriamente en regresar a Madrid. Allí seguían sus hijos y también necesitaba verlos. No soportaba más la condena impuesta por el padre Félix.

—¡Antonio!, ¡Antonio!, ¡Antonio! —dijo en voz alta como si gritando su nombre él pudiera oírla.

Se fue dejando caer poco a poco al suelo hasta quedar en posición fetal. Lloraba de impotencia y de rabia. No entendía que tuviera que estar encarcelada en su matrimonio hasta el final de sus días. Se había equivocado con Rafael y vivir a su lado se había convertido en su condena. Una condena de por vida.

Volvieron a tocar la puerta con los nudillos. Esta vez la llamada era más insistente.

—Pilar, soy yo, ¡Concha! ¿Estás bien? Me ha parecido escucharte llorar. ¡Ábreme! No hay nadie más que yo en las habitaciones. ¡Tranquila!

Como pudo se puso de pie y, sin esconder la carta que estaba encima de la cama, abrió la puerta. Tenía los ojos rojos y el pelo revuelto sobre la cara.

—¡Pilar! —Se abrazó a ella—. Imaginaba que la carta que había subido la doncella era de Antonio.

—¡Necesito verle! ¡Besarle! ¡Escuchar su voz! ¡Dios no puede ver mal esta amistad tan pura!

—Pilar, no es amistad. Te has enamorado de un hombre y estás casada. ¿Entiendes lo que te dijo el cura? No puede ser. Debes aceptarlo.

—No, no lo acepto. Mi matrimonio está roto completamente. Rafael no me ha escrito ni me ha llamado. Le doy igual. Ni frío ni calor. ¡Nada! No ha preguntado por mí ni tan siquiera cuando ha hablado con su hermana. A ella sí le llama, pero a mí, ¿para qué? —Se echó de nuevo a llorar.

—Las cosas son así. Las mujeres no tenemos otra que aguantar.

—Me niego. Eso es morir en vida. ¡Quiero vivir! Me da igual lo que me haya dicho don Félix. Voy a escribir a Antonio porque no puedo permitir que se apague su vida como le ocurre a la mía. No hacemos nada malo, ¿entiendes? ¡Nada!

Concha no volvió a decirle nada. Su prima estaba fuera de sí. En el fondo, entendía que se hubiera enamorado de un hombre que manejaba el lenguaje como nadie. A Pilar se la conquistaba a través del arte y del significado de las palabras.

—Tranquilízate y quítate el complejo de culpa. Respira hondo. Haz el favor de arreglarte y salir al campo.

—Primero voy a escribirle. No quiero que caiga enfermo. Su carta es la de alguien desesperado.

Su prima se encogió de hombros. Aquello que estaba ocurriendo no había forma de pararlo. Pilar había pasado del letargo a la actividad. Sus ojos de nuevo tenían un rayo de luz que había desaparecido estos días atrás.

—Dios es justo. Lo entenderá —le dijo eso para tranquilizar su torturada alma.

Concha se dio cuenta de que ya nada ni nadie podría frenar esa relación. Cuando Pilar bajó al salón, le dio a su doncella la carta que le había escrito.

—Baje al pueblo y désela al cartero. Sea discreta y no le diga nada al resto del servicio.

—¡Descuide!

Pilar en la misiva se extendió en decirle que le echaba de menos y que deseaba verle tras su regreso de Palencia. «Cuento los días hasta volver a encontrarnos en nuestro rincón.»

Intentó regresar a Madrid pero cuando tuvo todo organizado, Alicia, Mari Luz y Rafaelito llegaron allí. Su plan de volver a ver a Antonio se frustró una vez más.

Pilar llenó su tiempo de paseos y de actividad literaria. Escribió una obra de teatro, un drama en tres actos —dos en prosa y uno en verso— que tituló *El tercer mundo*. La protagonista se llamaba Marta, pero en realidad era ella camuflada en un personaje de ficción que no era feliz y que reclamaba ternura, amor, atención... El marido de la protagonista, José Miguel, era frío como un témpano de hielo y se parecía a Rafael. El amante, Héctor Malvezzi, en realidad era Antonio Machado convertido en un rico solitario de padre italiano y madre americana. Cuando sufre un atropello, le acoge el matrimonio en la casa malherido. Y el doctor Roig, que como el doctor Marañón era una persona importante en la familia, les daba sabios consejos que seguían al pie de la letra. Lo escribió en poco tiempo porque tenía en su cabeza todos los diálogos. Pilar no hizo más que reproducir los de su propia realidad. El marido, en la obra de teatro, se enteraba por casualidad de que Marta y Héctor eran amantes y justo cuando él la esperaba a ella a las puertas de su casa para huir, resultaba atropellado de gravedad. Un drama muy parecido al que ella estaba viviendo. Cuando se lo dio a leer a su prima Concha, esta se quedó helada.

—Pero Pilar, estás desnudando tu situación actual. ¿No temes que Rafael ate cabos cuando lo lea?

—Lo único que puede asemejarse es que el marido de la protagonista no tiene corazón. Es puro hielo.

—¿Y si le da por pensar que estás retratando una situación real?

—Mejor, así sabré si tiene sangre en las venas.

—Veo cierto riesgo en la obra de teatro. ¡Tú verás! El marido que describes es escritor y tu marido acaba de publicar un libro de viajes. La situación que el protagonista describe en un papel, en realidad, es la verdad entre su mujer y su amante. No lo veo, Pilar. Hay mucho paralelismo entre lo que escribes y tu vida.

—Es pura ficción. Nada más. Los escritores no podemos escribir condicionados por nada. Debemos ser libres.

—Si tú lo dices...

Durante el verano, Pilar volvió a escribir poesía y disfrutó mucho con sus hijos haciendo excursiones al campo. Estos comprobaron cómo su madre recuperaba su estado de salud en poco tiempo. Parecía que los beneficios de Palencia no se habían hecho esperar. María Soledad también dejó de toser y todos hablaron durante días de las bondades de vivir alejados de la ciudad.

—Está claro que cuando el hombre se acerca a la naturaleza, su estado físico mejora —explicó Rafael.

—Quizá, aquí tenemos más tiempo para hacer lo que queremos y estar con quienes amamos. El problema de las ciudades es la prisa y no tener tiempo para lo importante —comentó Victorio.

—El invierno es duro en todas partes. Ten en cuenta que aquí solo venimos cuando hace buen tiempo —aclaró Pilar escéptica de que fuera el campo lo que las había mejorado. En su caso, no había obrado el aire el milagro, sino las cartas de Antonio.

A finales de julio llegó un telegrama para Pilar anunciando que había sido elegida miembro de la Real Academia Hispanoamericana de Cádiz. También le llegaron en cascada buenas críticas de su libro *Esencias*. Familiares y amigos le escribieron cartas de felicitación. Su prima seguía con ella y lo celebraron.

—Concha, te diré un secreto. Para este libro le pedí a Antonio dos coplas en justa reciprocidad por mis breves versos insertos en *La Lola se va a los puertos*. Me los sé de memoria: «No sé lo que pienso / ni sé lo que digo. / Que ya no es mía mi voz, / ni es mi pensamiento, mío. / El día que no te veo / caminando voy a tientas, / como caminan los ciegos».

—¿Esos versos son suyos?

—Sí, es nuestro secreto. Uno más. —Se echó a reír.

—¡Habla bajo! Yo estoy en vilo. Un día se va a enterar Rafael y miedo me da su reacción.

—No sufras. Le da igual lo que yo sienta o deje de sentir. Por eso no te inquietes.

A los pocos días, su hermano Fernando le mandó una carta con una crítica de Antonio Machado a su libro publicada en *Los Lunes de El Imparcial.* «Te envío esta magnífica crítica del gran poeta Antonio Machado. ¡Enhorabuena! ¡Sigue así, hermana!» Pilar volvía a sonreír. Estaba loca de contenta. Había vuelto a la vida...

Antonio Machado, al recibir la carta de Pilar, se encerró en su desordenada habitación de Madrid y la leyó una decena de veces. Su musa le volvía a decir que no soportaba la condena impuesta por el sacerdote de su madre y que necesitaba sus cartas para sobrevivir. Estaba en la misma situación que él. Pilar le decía que le quería y que deseaba verle. La ausencia de noticias de su musa se le había hecho muy dura, pero volver a saber de ella, le devolvía a la vida.

Cogió pluma y papel y le escribió desde el sentimiento que compartían: «Fuera de estos momentos en que te leo o cuando te veo, mi vida no vale nada; ¡nada!, diosa mía». Las cartas de ida y vuelta eran como candiles que le iluminaban hasta que llegara la siguiente. Vivía pendiente del correo.

Durante esos días regresó su amigo poeta y aristócrata, Antonio Zayas-Fernández de Córdoba, de un largo viaje. Se había ido a recorrer medio mundo en compañía de su mujer, tras su destitución como agregado diplomático en Buenos Aires. Lo primero que hizo nada más llegar a Madrid fue quedar con los hermanos Machado: Antonio y Manuel; así como con el actor Ricardo Calvo. Volvían a verse después de muchos meses. Se saludaron efusivamente y se sentaron como si el tiempo se hubiera detenido en uno de los cafés del centro de Madrid que solían frecuentar.

—Os encuentro a todos prácticamente igual que cuando os dejé.

—No seas diplomático en esto también. Estamos más viejos, querido amigo —replicó Antonio—. El tiempo no pasa en balde, va dejando su rastro. Yo me muevo más torpemente que cuando te fuiste. Me ayudo de un bastón.

—Lo veo estéticamente muy elegante. Aunque he estado de viaje, he procurado saber de España y ya sé que nos encontramos en una «dictablanda» que no nos conduce a ninguna parte.

—El nuevo Gobierno no ha cesado de publicar amnistías e indultos, pero la oposición reclama más avances —explicó Manuel—. Bugallal, el nuevo jefe del Partido Conservador, defiende la vuelta a la Constitución de 1876. En cambio, el conde de Romanones aboga por una reforma de la misma.

—Lo que me ha sorprendido es que todo un monárquico como Miguel Maura afirme que cuando vea a un hombre de prestigio elevando la bandera republicana, se unirá a él y si ese hombre no apareciese, la levantará él mismo.

—La llegada de la República no tiene vuelta atrás —expuso Antonio—. Lo malo es que algunos están dispuestos a tomar el poder con las armas. ¡Son tiempos difíciles! Deberías haber seguido de viaje.

—Tenía que regresar para saber si con Berenguer me dan un nuevo destino. Además, quiero ordenar mis papeles porque he vuelto a escribir en este tiempo.

—Digo yo que seguirás en tu línea de aborrecer la retórica y el academicismo.

—Mi querido Antonio, hay cosas que uno no debe abandonar nunca.

—¿Has vuelto a saber algo del aviador del *Plus Ultra*, Ramón Franco? —preguntó Manuel.

—No, desde que nos purgaron a los dos, no he vuelto a saber nada de él.

—¡Qué haríais! —dijo entre risas Ricardo.

—Oponernos a una línea regular entre Francia y Argentina, ya que dejaba a España en un segundo lugar... Defender nuestros intereses, ya ves. Y, por eso, ¡nos purgaron!

—¿Adónde te gustaría ir destinado después de Estambul,

Estocolmo, San Petesburgo? Seguro que me he olvidado de algún destino —dijo Antonio.

—Sí, Bucarest, Berlín, México y, finalmente, Buenos Aires. Pues me apetecería conocer el reino de Rumanía. No he estado nunca.

—Un poco más cerca no estaría mal, por si se nos ocurre ir a visitarte —pidió Ricardo.

Los amigos continuaron hablando como si no hubieran pasado los años. Se conocían desde niños, de cuando iban a ver al padre de Ricardo al teatro y les hacía actuar encima del escenario. Habían mantenido desde siempre la amistad intacta.

—¿Por qué no le seduce al duque de Amalfi volver a traducir algún texto? —preguntó Ricardo con sorna, dirigiéndose a su amigo aristócrata.

—Porque eso me llevó mucho tiempo. Ya tuve bastante con *Los Trofeos* de José María de Heredia. No, prefiero escribir yo. Bueno, me han dicho que habéis tenido por aquí y por Argentina un éxito arrollador.

—Sí, no nos podemos quejar —explicó Antonio—. Ya estamos escribiendo otra, *La prima Fernanda*. Manuel y yo mano a mano.

—¡Esa es una buena noticia, dejemos el café y brindemos con vino!

—¡Brindemos! —repitieron todos.

Al cabo del rato, Antonio Zayas les preguntó por sus familias y por doña Ana en concreto.

—Nuestra madre está estupendamente. Nos va a enterrar a todos —informó Manuel.

—Me acercaré a verla uno de estos días.

—¡Cuando quieras! —le dijo Antonio.

—Oye, ¿y tú no has pensado en volver a casarte? Tengo que presentarte a una viuda que está como un tren —comentó Antonio Zayas.

—No quiero saber nada de viudas, amigo. Prefiero estar solo que mal acompañado.

—Ha pasado ya mucho tiempo... Deberías pensar en rehacer tu vida.

—¡Eso son palabras mayores!

—Mi hermano está estupendamente. Siempre hay señoras a su alrededor cuando estrenamos o cuando da alguna conferencia. No será por oportunidades. Lo he visto yo con mis propios ojos.

—Bueno, no se vive mal solo. No hay que dar ninguna explicación a nadie —concluyó finalmente el diplomático.

Ese verano Antonio se movió mucho por Madrid, Segovia y Toledo. Estuvo tentado de ir a visitar a Victorio a Palencia con cualquier excusa. Necesitaba volver a ver a Pilar. Todos le creían solo y él guardaba silencio sobre su amor por ella. Su «diosa» le había pedido discreción y él era un hombre de palabra. El único que sabía de su existencia era su hermano José y tenía la seguridad de que él no abriría la boca. Precisamente cuando este se enamoró de la muchacha que servía en casa, él lo supo antes que nadie y se calló. Los dos sabían mantener los secretos. Después, José se casó con ella y formó su propia familia. Todos vivían en la casa familiar y quizá por eso, eran las dos personas que mejor se conocían.

José no quiso decirle nada. Veía que se encerraba mucho en su habitación y se imaginaba que era la forma que tenía su hermano de paliar la ausencia de la mujer casada de la que se había enamorado. No le gustaba a Antonio hablar de estas cuestiones relacionadas con su corazón y José lo respetaba. Por eso, todas las tardes le obligaba a salir a dar una vuelta y a acudir a alguna de las muchas tertulias donde solían arreglar el mundo.

A finales del mes de agosto recibieron en la finca El Carrascal una llamada de Fernando Valderrama. El hermano de Pilar no solía hacerlo. Por eso, al coger el teléfono y escucharle, sabía que no serían buenas noticias.

—¿Ocurre algo, hermano? —preguntó Pilar.

—Se trata de madre. La veo muy mal. Respira con mucha dificultad. Estoy muy preocupado. Don Félix me ha dicho que te llame.

—Hago la maleta y me voy a Madrid. Mientras tanto, llama al doctor Marañón.

—Ya lo hemos hecho, pero está en el extranjero. Volverá la semana que viene.

—Tiene que haber algún médico amigo que se acerque a verla.

—Todos los que he llamado se encuentran de vacaciones.

—Se lo diré a Rafael. Seguro que él o su familia conocen a alguien que nos pueda echar una mano.

—Está bien.

Pilar y su prima Concha hicieron la maleta y el mismo Rafael las llevó en coche hasta Madrid. Los chicos se quedaron en Palencia con sus tíos. Durante el viaje, Rafael le habló del doctor Calandre.

—Le conozco mucho y sé que veranea cerca de Madrid. Es el médico que trata a mi madre. No te preocupes, que daré con él. —Parecía realmente interesado en ayudar.

—Gracias, Rafael.

Pilar apenas abría la boca. Pensaba en su madre y en que, desde que decidió no salir de casa, no se encontraba bien. No había sabido verlo. Se recriminaba por dentro. A la vez, le sorprendió cómo el gélido Rafael no había dudado ni un segundo en acompañarlas.

—Tranquila. Tu madre siempre ha tenido una salud de hierro. Seguro que se repone. El verano sienta muy mal a la gente mayor. —Concha no encontraba las palabras para animarla.

—Debería haberse venido a la finca. La culpa es mía por no haberle dicho nada. No tenía la cabeza en su sitio.

—Bueno, ahora no te eches la culpa por la salud de tu madre. Las personas se hacen mayores y las enfermedades forman parte de la vida —sentenció Rafael.

—Mi madre es muy importante para mí. Es mi soporte, el brazo en el que siempre me he apoyado. No puedo perderla, ¿entiendes? Ahora, menos que nunca. No sabría vivir sin ella.

—Pues tienes que hacerte a la idea. —Volvía el hombre frío a decir la frase menos apropiada.

—Tu madre se va a poner bien. Estoy segura, Pilar. —Concha le hubiera hecho un gesto a Rafael para que se callase, pero iba conduciendo.

El viaje se les hizo a todos muy largo, quizá más largo que nunca. Pilar lloraba sin consuelo. Solo pensaba en llegar a tiempo y poder ver a su madre con vida.

30

A caballo de los recuerdos

Cuando doña Ernestina vio a su hija entrar en su habitación sonrió levemente, pero no pudo pronunciar una sola palabra. Intentaba hablar pero no podía, se lo impedía la falta de aire.

Don Félix rezaba en voz baja con un rosario en la mano y Fernando estaba sentado a los pies de la cama de su madre. Pilar se puso cerca de su regazo y le cogió una mano.

—Madre, tranquila. ¡Ya estoy aquí! Te vas a poner bien. El verano está siendo muy caluroso y para las personas con problemas de respiración puede ser especialmente duro.

Concha entró también en la habitación, pero no quiso decir nada. Se situó al lado del sacerdote y se puso a rezar con él. Rafael tardó en aparecer en la estancia, pero llegó con buenas noticias.

—Ya he localizado al doctor Calandre. Está viniendo para acá desde la sierra de Madrid.

Al oírle hablar, doña Ernestina volvió a abrir los ojos. En ese momento, pensó que debía de estar muy mal de salud. Con la mirada agradeció a su yerno que hubiera acercado a su hija hasta allí, interrumpiendo sus vacaciones. También miró hacia el fondo de la habitación y al ver a su sobrina Concha al lado de don Félix tuvo la certeza de que se estaba muriendo.

Volvió a alterarse su respiración. Intentaba coger aire por la boca, pero parecía que no entraba en sus pulmones. Se agitó mucho y Pilar intentó calmarla mientras le hablaba.

—¡Tranquila! Rafael ha localizado al médico de su madre y vendrá aquí lo antes posible. Te pondrás buena enseguida, pero tienes que intentar respirar más pausadamente. Cierra los ojos y piensa en cuando eras pequeña, en tu infancia en Santander. Esas tardes de verano en la playa con tus hermanos. Seguro que sientes ese calor apacible e incluso puedes oír la fuerza de las olas llegando hasta la orilla y verte a ti misma jugueteando con la arena. Si te esfuerzas, hasta podrás escuchar la voz de tu madre, Joaquina, y ver a tus hermanos a tu lado.

Aquellas palabras de Pilar tuvieron un efecto casi inmediato. La agitación fue desapareciendo a medida que la hija despertaba sus recuerdos.

—¡Y tus viajes y tu larga estancia en Lausanne! ¡Qué feliz a orillas del lago Leman, frente a la ciudad que tanto paseaste, Évian-les-Bains. Y lo libre que te sentías al montar a caballo. Imagínate a lomos de tu corcel, trotando por las verdes praderas, libre. Probablemente más libre que nunca.

Pilar paró de golpe. Se le quebraba la voz rememorando los recuerdos del pasado de su madre. Esta le pidió con el dedo índice que siguiera. No tenía voz, solo la fuerza suficiente para indicarle a su hija que continuara.

—Está bien, sigo. A lomos de tu caballo te sentías la mujer más afortunada del mundo. Nada te gustaba tanto como galopar. ¡Qué felicidad! Seguramente puedes sentir ahora mismo la sensación del viento en tu cara y tu pelo rubio ondulado y suelto reclamando libertad. Siempre has sido una buena amazona, cabalgando por la costa al regresar a Santander. Madre, llamabas la atención por tu destreza. Todos creían que eras extranjera. Ninguna mujer hacía lo que tú: galopar con tanta maestría junto a tu hermano. ¡Qué días tan felices!

Pilar volvió a hacer un alto. Necesitaba coger aire. Fernando le acercó un vaso de agua. Después de beber continuó el relato.

—¡Y cómo te enamoraste de nuestro padre! Fue lo que llaman un auténtico flechazo. Los dos coincidisteis un invierno en Madrid. Pasabas largas temporadas en la capital y te hospedabas en el mismo hotel. Cuando os descubristeis saltaron chispas. Tú nos contaste que estabais hechos el uno para el otro. Era lo que se dice tu media naranja. Tus ojos, sus ojos... y el amor. Así de sencillo. Bueno, y la música. La ópera del Teatro Real que ambos amabais... Puccini os unió definitivamente. *Turandot* tuvo la culpa: «*Dilegua, oh notte!!! Tramontate, stelle! Tramontate stelle! All'alba vincerò! Vincerà! Vinceró!*» ¡Oh, madre! ¡Tienes que ponerte bien!

Su madre no tuvo fuerzas para pedirle con el dedo que continuara. De hecho, en su cabeza casi podía escuchar la ópera entera. Fernando observaba la escena con los ojos humedecidos. Concha lloraba sin hacer ruido. La situación era verdaderamente dramática.

Don Félix se acercó a la cabecera de la cama y sacó una pequeña cajita con los santos óleos y le dio la extremaunción.

—Con esta unción de los enfermos, querida Ernestina, le es concedida una gracia especial para superar la enfermedad o para ayudarle a preparar el encuentro con Dios.

Doña Ernestina volvió a abrir los ojos y sonrió. Estaba preparada para el largo viaje. Se lo había dicho a todos antes del verano. Parecía más tranquila aunque seguía respirando con mucha dificultad.

De pronto, el médico irrumpió en la habitación donde todos aguantaban las lágrimas menos Concha que, al estar lejos, seguía llorando sin emitir un solo ruido.

—Por favor, les pido que me dejen a solas con la enferma. Si quiere puede quedarse usted —le dijo a Pilar.

Todos se levantaron y abandonaron la estancia en silencio. Pilar ayudaba al médico a desabrochar el camisón de su madre. El doctor Calandre la auscultó sin decir nada. Su semblante era serio aunque no resultaba antipático. Su cara no dejaba traslucir ningún tipo de información a Pilar y menos aún a doña Ernestina.

—¿Cómo está mi madre, doctor?

—Es pronto para decirlo, pero haremos todo lo posible para que supere esta crisis.

Escribió en una receta el tratamiento y dijo que, con los medicamentos que le había prescrito, se sentiría más aliviada. Cuando salió de la habitación, Rafael habló con él.

—Muchas gracias por haber venido tan rápido, doctor.

—Es mi oficio. Los enfermos no saben de vacaciones ni de días libres.

—¿Se pondrá bien? —interrumpió Fernando la conversación entre el médico y su cuñado.

—Eso es pronto para decirlo. El problema de su madre es la edad. Frente a eso, poco podemos hacer los médicos. Hay que asumir que el ser humano tiene fecha de caducidad. Tan natural es nacer como morir.

Les estaba diciendo que el problema que tenía su madre era irreversible aunque mejorase algo. Había comenzado un camino de no retorno. Menos mal que Pilar no oyó ese diagnóstico por boca del médico.

Las vacaciones terminaron para los Valderrama. Rafael regresó a Palencia para recoger a sus hijos. Tardó algunos días en hacerlo. Mientras tanto, Pilar, desde la casa de su madre, donde se instaló en una de las habitaciones para invitados, llamó a Antonio Machado. No tardaron mucho tiempo en conectarla con su domicilio.

—¿Sí, dígame? —Era la voz de doña Ana Ruiz.

—Buenos días, soy Pilar de Valderrama. ¿Podría ponerse al teléfono don Antonio, por favor?

—Sí, claro que sí. Espere un momento.

Tuvo que esperar un par de minutos hasta que escuchó la voz de Antonio al otro lado del teléfono.

—¿Pilar?

—Sí, soy yo, Antonio.

El poeta antes de hablar creyó que sus piernas le iban a fallar. ¡Era ella!

—¿Pilar? ¡Qué alegría volver a escuchar tu voz! —Antes

de seguir conversando se aseguró de que su madre no estuviera por allí—. Tú no sabes el encanto que tiene tu voz para mí, ¡diosa mía! ¡Anhelaba escucharte!

—Antonio, ¿sabes? Ya estoy en Madrid. He tenido que regresar a toda prisa. Mi madre está muy grave. Me temo que no tiene solución.

—¡Cuánto lo siento, amor mío! ¿Cómo puedo ayudarte? Quisiera verte y abrazarte, mi reina.

—Yo también necesito verte, pero está complicado. Si quieres mañana me podría escapar a la hora de la comida. Podemos quedar en nuestro rincón de la fuente a las tres. ¿Te parece bien?

—Por supuesto. Lo que tú me digas. Allí estaré mañana. Recibe desde la distancia un abrazo infinito y un beso inacabable.

Para Antonio las siguientes horas hasta su encuentro pasaron muy lentas. Miró tantas veces el reloj que tuvo la sensación de que el minutero no avanzaba. Comenzó a escribir en un papel lo que sentía al saber que volvería a ver a Pilar. Creía que, en realidad, la había estado esperando toda la vida: «Nadie sabe lo que es tener cerca a la mujer que se ha soñado siempre. Cada día que pasa la quiero más».

José llamó a la puerta y él guardó las reflexiones que estaba escribiendo, debajo de otros papeles. Cuando su hermano entró, Antonio disimuló leyendo.

—Hermano, nos pide Ricardo que vayamos sin falta esta tarde a su tertulia. Ha venido un mozalbete con el recado. Creo que algo gordo se está cociendo.

Antonio no lo dudó y ambos hermanos se pusieron en marcha rumbo al café que solía frecuentar el actor. A la media hora ya estaban allí. Esa tarde los dos anduvieron ligeros por las céntricas calles de Madrid. Antonio parecía que había rejuvenecido diez años. Su amigo y el grupo de intelectuales con el que habían quedado no estaban a la vista, habían cogido un reservado. La tertulia, esa tarde, tenía otro cariz. Nada más llegar los Machado, comenzaron a informar.

—Hace unos días tuvo lugar en San Sebastián una reunión secreta con Niceto Alcalá-Zamora y Miguel Maura por un lado y Alejandro Lerroux por otro. Pero acudieron también otras muchas personalidades: Manuel Azaña por Acción Republicana, de la cual eres tú miembro, Antonio.

—Sí, desde su fundación hace cuatro años.

—Pero había mucha más gente conocida: Marcelino Domingo, Álvaro de Albornoz del partido Radical Socialista; Santiago Casares Quiroga por la Organización Republicana Gallega, y de los partidos catalanes: Matías Mayol, Jaime Anglada, Manuel Carrasco. También acudieron Sánchez Román, Eduardo Ortega y Gasset e Indalecio Prieto... Como veis mucha gente de distintas ideologías y todos llegaron a un pacto. Por supuesto, secreto. No ha quedado constancia por escrito.

—¿Qué pacto es ese? —preguntó Antonio.

—De triunfar la República, si fuera necesario incluso con la fuerza, se instaurará un Gobierno Provisional bajo la presidencia de Niceto Alcalá-Zamora que garantice las libertades. El objetivo será convocar elecciones para tener un Parlamento democrático. También se prevén estatutos de autonomía para las regiones que lo deseen. Esto ya no tiene vuelta atrás.

—La monarquía, entonces, tiene los días contados —concluyó José—. ¿Qué será del rey?

Nadie quiso contestar y siguieron adelante con la conversación como si no hubieran oído la pregunta.

—Apuntaos esta fecha: veintiocho de septiembre en la plaza de toros de las Ventas de Madrid. Hemos convocado un acto republicano. Ahí, Antonio, los dos tenemos que estar.

—Sí, claro. Allí estaremos. No daremos un paso atrás con el compromiso que hemos adquirido con la sociedad y con nosotros mismos.

—Se calcula que acudirán en torno a quince mil personas.

Todos tenían la sensación de que un cambio político se iba a producir de un momento a otro. Quedaron emplazados para el acto de finales de septiembre. Se despidieron con un «¡Viva la República!», y se fueron yendo del local poco a poco.

Los hermanos Machado regresaron a casa caminando. La noche se prestaba para el paseo después de un día muy caluroso y tremendamente sofocante. Sabían que venían tiempos turbulentos. Antonio pensó que tenía que prevenir a Pilar puesto que era monárquica y su familia estaba muy implicada también políticamente. Una vez que llegaron a casa, se metió en su habitación y se tumbó vestido encima de la cama. Iba a ser una noche larga. Se preguntaba si Pilar correría algún peligro ante todo lo que se estaba fraguando. Debería advertirla para que estuviera alerta.

Al día siguiente su madre le preguntó por el viaje que tenía previsto a Soria. Antonio ya no hablaba de él. Sus preocupaciones eran otras.

—Madre, quiero hacer una escapada. Ya lo sabe. No soporto el calor que exalta mi neurastenia y en Soria, además, he dejado muchos amigos. Mi intención es ir, pero lo que no sé es si podré ir en estos momentos.

—Si Soria está en el aire, ¿lo de París?

—No, no voy a ir a París. Están sucediendo muchos acontecimientos y conviene que no me vaya demasiado lejos. Creo que la República está muy cerca, madre. Lo veo más claro que nunca.

—Yo lo único que quiero es que no haya violencia.

—Yo también deseo que no la haya. —Le dio un beso en la mejilla—. ¡Me voy a escribir, se me acumula el trabajo!

—¡Deberías trabajar menos, Antonio!

—No tengo derecho a perder el tiempo porque tal vez no me quede mucho. Debo aprovecharlo para mi discurso de entrada en la Academia, la comedia que estamos haciendo Manuel y yo, así como un libro de poesía que tengo en la cabeza y colorín colorado.

—Colorín, colorado, de momento. Surgirán nuevos proyectos.

—Madre, no creo que la salud me dé mucha tregua.

—Pues entonces, ¿a mí? ¡Es ley de vida y yo me moriré antes! Así lo deseo.

—Usted sabe que no me he cuidado nada y la vida tampoco me ha tratado demasiado bien. Asumo que el tiempo corre en mi contra. Por eso le digo que no puedo desperdiciarlo.

Doña Ana se quedó preocupada ante aquel comentario. Pensó que había mucho pesimismo en el ambiente y que su hijo se había contagiado.

A las dos y media ya estaba Antonio en el «banco de los enamorados». Paseaba sin ayuda del bastón de un lado a otro de la fuente, custodiada por cuatro ángeles de piedra y rodeada de granados en flor. Consultaba el reloj y parecía que el minutero no avanzaba. Cuando se iba a cumplir la hora de la cita, fijó la mirada en el lateral del parque por donde solía aparecer Pilar. Efectivamente, a las tres y cinco minutos vio a su musa vestida de azul, con un sombrero del mismo color para resguardarse del sol que a esas horas apretaba. Caminaba lentamente hacia él, sonriéndole.

Se quedó paralizado, como si hubiera visto una aparición. Por fin estaban a solas. Tenía miedo de que fuera una ensoñación y se desvaneciera la imagen al cabo de un rato. Pero no, allí estaba ella con su sonrisa y su ímpetu. Se quedaron a un palmo el uno del otro. Se lo decían todo con la mirada. Entonces, Antonio la rodeó con sus brazos y la abrazó. Volvieron a mirarse y se besaron. Fue un beso sin final. Ninguno de los dos quería despegar sus labios de los del otro. Pilar fue la primera en hablar.

—Ha sido muy duro no saber de ti. Gracias por no hacerme caso y volver a escribirme. Me dio la vida tu carta.

—Cada día te quiero más, saladita mía. —Volvieron a besarse.

—No tengo mucho tiempo, Antonio. Mi madre me echará en falta enseguida. Parece que hoy está un poco mejor. Estoy deseando que pase el calor para que vuelva a ser la que era.

—Sí, es cierto. A las personas mayores el calor nos sienta muy mal.

—Tú no serás mayor nunca. Pocas personas tienen tu jovial corazón.

—Gracias, mi diosa. ¿Sabes? —Los dos se echaron a reír. Era la muletilla de Pilar—. Me ha pasado estos días que después de dormirme pensando en ti, me he despertado oyendo tu voz. Te aseguro que podía escucharte perfectamente. ¿Has visto hasta dónde llega mi locura?

Después de besarse una vez más, Pilar le preguntó qué estaba escribiendo.

—Una obra entre cómica y satírica con mi hermano. Se trata de un ambiente de banca y política, cuyos personajes tienen algo de caricatura. La protagonista es una mujer un tanto demoníaca que destruye toda la farsa del mundo en el que vive. Se va como la Lola pero dejándolo todo patas arriba. En la función reinará el caos donde existía antes un orden ficticio.

—Suena muy bien. ¿Cuándo me podrás enseñar algo?

—Cuando tú quieras, mi reina. Todavía estamos con borradores. De todas formas, ahora pararemos porque mi hermano se va unos días de vacaciones con su mujer y yo quería hacer una escapada a Soria. No contaba con verte hasta finales de septiembre. Ahora veré qué hago. Sin duda cambiaré todos mis planes porque prefiero estar a tu lado.

—Sí, ya no me moveré de casa de mi madre hasta que mejore o hasta que..., no lo quiero ni pensar. La necesito a mi lado, Antonio.

—Lo sé. Comprendo tu dolor.

Se abrazaron y estuvieron un rato así sin decirse ninguna palabra. Sobraban. Fue Pilar quien sacó el tema político.

—Están las cosas muy revueltas, ¿no crees?

—Sí, Pilar. Tú y tu familia debéis tener cuidado. Son malos tiempos para la monarquía. No queda mucho para que llegue la República. No te puedo decir más, pero debéis estar alerta. ¿Me comprendes?·

—Me da miedo lo que me dices.

—Hay personas que solo entienden la violencia como medio para alcanzar un fin. Yo solo creo en la palabra, como bien sabes.

—Ahora lo único que me preocupa es que mi madre está enferma. Afortunadamente, el doctor Marañón está al caer. Ha sido nuestro médico toda la vida. Me tranquilizará saber su diagnóstico.

—Deseo de corazón que mejore tu madre. Por cierto, Marañón es republicano, como yo.

—Lo sé. Me lo recuerda siempre que nos ve.

—¿Cuándo quedamos de nuevo?

—Yo te lo diré por carta o por teléfono. ¡Seguro que será pronto! Necesito verte tanto como tú a mí.

—¿Y el padre Félix?

—No le he dicho nada. Si además de todo lo que me está pasando, no supiera de ti, te aseguro que me moriría. ¡Yo te necesito cerca! El padre Félix deberá comprender que, en estos momentos, no puedo seguir sus consejos.

Volvieron a besarse. Después de despedirse varias veces, Pilar tuvo que irse a toda prisa. Antonio se quedó junto al «jardín de la fuente» con la mirada perdida. Sacó un cigarrillo y se puso a fumar. Era una manera de alargar el momento más gratificante y enriquecedor de todo el verano. Su musa le quería tanto como él. ¿O quizá menos? Pensó que era imposible que sintiera tanto fuego como él sentía por ella.

31

Presentimientos de un final cercano

El final del verano estaba siendo especialmente caluroso. En las horas en las que el sol apretaba más, no se veía a nadie por la calle, pero en cuanto aflojaba la temperatura, el parque del Oeste se llenaba de niños, institutrices, soldados y parejas de enamorados. Pilar no tenía mucho tiempo para pasear, pero salía a dar una vuelta cada día con sus tres hijos. Ese era el momento en que los veía un rato porque llevaba días sin aparecer por casa.

Nada más llegar a Madrid, el doctor Gregorio Marañón se fue a ver a doña Ernestina. Estaba mejor que días atrás, pero seguía teniendo mucha dificultad para respirar. Fue recibido en la casa con todos los honores. Estaban convencidos de que, con su presencia, acabarían todos los males de la matriarca. Nadie la conocía como él. La estuvo reconociendo exhaustivamente y, finalmente, le habló.

—Doña Ernestina, tiene que ponerse bien cuanto antes, no le vaya a pillar en la cama el acontecimiento más importante de los últimos años.

—*Ce qui va arriver?* —dijo la enferma con un hilo de voz.

—¡Que va a llegar la República! De modo que la quiero a usted bien para que podamos ir del brazo por la calle.

Doña Ernestina sonreía, pero no podía hablar. Pilar la miraba e intuía que la medicina no tenía respuestas para su padecimiento. De tener remedio, Marañón lo encontraría.

—¡Siento no haber podido regresar antes! He estado terminando un libro y me ha entretenido mucho. Mañana volveré y ¡seguro que estará ya mucho mejor!

Mientras Pilar acompañaba al médico hasta la salida, le pidió que hablara con claridad.

—Pilar, no hay respuestas. Intentaremos que no tenga dolores y que no sufra. Con la tranquilidad de verme por aquí, lo mismo repunta.

—¿Cuánto tiempo le queda?

—No te puedo decir. Tampoco sé cuánto vamos a vivir nosotros. Eso no está en mis manos. Sabes que no hay pacientes sino enfermos. Depende de las ganas que tenga tu madre de seguir luchando, pero tiene el corazón muy débil.

Se despidió Pilar del doctor Marañón y volvió de nuevo al lado de su madre. No tardó mucho en llegar Rafael junto con sus hijas mayores, Alicia y Mari Luz. Querían ver a su abuela. Las dos ocuparon cada lateral de su cama para abrazarla.

—Estamos preparando un nuevo estreno para el Fantasio. No se lo puede perder, abuela.

Doña Ernestina sonreía y movía sus manos intentando decirles algo, pero no la comprendían. Resultaba desesperante ver cómo se quería comunicar y no entenderle nada.

—Se trata de una obra de teatro que ha hecho papá —explicó Alicia.

Pilar se quedó sorprendida porque no le habían dicho nada y miró a su marido.

—Bueno, ya que lo han destripado, te diré que era nuestro secreto, pero se les ha escapado. Se titula *El cinto rojo*. Espero que te guste. Ya estamos ensayando.

—Me parece estupendo. Estoy deseando veros. ¡Qué callado os lo teníais!

—Pero mamá, si no te vemos el pelo. Estás aquí siempre.

—Nos vemos todos los días en el parque del Oeste. Es cierto que es un ratito muy corto. De todas formas, hasta que la abuela no esté bien, espero que no se estrene. Lo mismo tarda un mes o dos en recuperarse. ¿Verdad que será pronto, madre?

Doña Ernestina decía que sí con la cabeza pero ella contaba su vida por días. Pensar en meses, le parecía una eternidad.

El domingo 28 de septiembre se celebró el tan esperado acto republicano en la plaza de toros de las Ventas. La asistencia de público desbordó las previsiones: quince mil personas. No cabía ni un alma. Era un acto político reivindicativo. Tomaron la palabra Azaña, Martínez Barrio, Marcelino Domingo y Lerroux, entre otros. Este último llegó a decir que «la solución a la crisis era la revolución y la abdicación del rey en la soberanía del pueblo». Hubo muchos aplausos y vítores. Era difícil escuchar lo que decían los políticos entre tantas proclamas y canciones entonadas por los asistentes.

Durante semanas, los hermanos Antonio y José Machado hablaron de los ecos de ese acto en sus tertulias. En concreto, se explayaron en la de su amigo Ricardo Calvo.

—El apoyo a la República es de escalofrío —dijo Antonio—. Han acudido miles de personas al acto.

—No había visto nada igual desde que tengo uso de razón. La monarquía está en la cuerda floja —alcanzó a comentar José.

—El rey lo sabe —afirmó Ricardo—. Tengo un amigo cercano a Alfonso XIII y me ha dicho que la preocupación en palacio es enorme.

—Si no se acelera este proceso es porque falta dinero.

—También porque resulta necesaria una coordinación general. Pienso que hay que esperar para que las cosas salgan bien —afirmó Antonio.

—Tú sabes que nuestros amigos están nerviosos y están dispuestos a tomar el poder, aunque sea por las armas.

—Las prisas nunca son buenas y menos con violencia.

—Nos han tocado vivir tiempos muy convulsos, mis queridos amigos.

Ricardo se despidió de Antonio y de José. No se verían hasta comienzos del año siguiente. El actor se iba a Sevilla junto a la actriz Carmen Díaz a estrenar precisamente la obra de los Machado, *La Lola se va a los puertos*.

—Espero que te vaya bien, Ricardo. Me hace especial ilusión que protagonices nuestra obra.

—Sabemos que será un éxito. No arriesgamos nada.

—Ha escrito Lola Membrives, desde Montevideo, contando que la representación de nuestra obra allí está yendo muy bien. Cuando te sientas a escribir nunca sabes cómo va a funcionar. Sin duda, esta ha desbordado nuestras previsiones.

Se dieron un abrazo y cada uno se fue andando hacia su casa. La calle estaba muy revuelta. Antonio y José se cruzaron esa noche con muchos grupos de jóvenes enarbolando banderas republicanas.

Las reuniones y tertulias fueron incrementándose en los días sucesivos. No se hablaba de otra cosa. A principios de noviembre, un artículo de Ortega y Gasset centró los debates y las opiniones de los más intelectuales. Hablaba de los errores de la dictadura: con un poder omnímodo y sin límites. También se mostraba muy crítico con la monarquía, llegando a decir que esta institución «se había hecho una idea errónea del modo de ser de los españoles [...], gente mansurrona y lanar, que lo aguantan y lo sufren todo sin rechistar». Comentaba igualmente que la frase más repetida en los edificios del Estado español era «¡En España no pasa nada!». Pero, esta vez, «se ha equivocado el Régimen... Nosotros, la gente de la calle, personas de tres al cuarto y nada revolucionarias, somos quienes tenemos que decir a nuestros conciudadanos: "Españoles, vuestro Estado no existe. ¡Reconstruidlo! *Delenda est Monarchia*"».

Los Machado, durante días, hablaron de la trascendencia del artículo de Ortega y de su final: «*Delenda est Monarchia*».

—Para construir, hay que destruir —comentaba José.

—Ha querido Ortega y Gasset rememorar la frase «*Delenda est Carthago*» que pronunció Catón el Viejo y que venía a decir que Cartago debía ser destruida.

—El reloj de la monarquía ya ha empezado la cuenta atrás, hermano.

—Vienen irremediablemente tiempos de cambio. —Esta última frase la dijo mirando al infinito y pensando en Pilar.

El doctor Marañón, a comienzos del mes de diciembre, pidió que entrara poca gente a la habitación de doña Ernestina ya que seguía muy delicada.

—He vuelto a detectar —informó— un repunte en los casos de gripe. Si tu madre se contagia, se nos va irremediablemente.

—¿Y qué podemos hacer? —preguntó Pilar visiblemente preocupada.

—Evitar la entrada de los más pequeños y de gente de la calle que no sea estrictamente del núcleo familiar. Hay que hacerles ver que su estado es extremadamente frágil. Solo los más cercanos deberían venir a verla. En cuanto pase el invierno nos relajaremos un poco más pero ahora, no.

—Y los que estemos junto a ella, ¿qué hacemos para que no empeore?

—Extremar la higiene, Pilar. Tenemos que lavarnos las manos constantemente. Eso, aunque parezca increíble, es lo más eficaz. Antes de entrar en la habitación, ¡que se laven las manos!

—Está bien. Se lo diré a todos, doctor.

—Voy a despedirme de ella.

Volvieron a entrar en la habitación y doña Ernestina, con una voz casi inaudible, le preguntó:

—*Quand vais-je me rétablir?*

—Madre, ¡siempre le preguntas lo mismo al doctor!

—No, está bien la pregunta porque así yo aprovecho y le

doy la misma respuesta: cuando llegue la República, doña Ernestina. ¡Cuando lleguen los míos se pondrá usted buena!

Doña Ernestina sonrió y cerró los ojos. Así se pasaba prácticamente todo el día. Pilar aprovechaba esos momentos, cuando su madre parecía desconectar de la vida, para ir a misa a la iglesia del Buen Suceso y hacer algún recado fuera de casa. De hecho, Antonio Machado algunos días la observaba desde lejos. La veía entrar en la iglesia, la contemplaba rezando, pero no se atrevía a acercarse a ella. Siempre iba acompañada. Su marido no la dejaba ir sola como antes. Antonio, solo con verla, ya sentía que se le arreglaba el día.

Desde la enfermedad de doña Ernestina, quedaban en el café de Cuatro Caminos los miércoles y los viernes por la mañana. Hortensia la acompañaba hasta la misma puerta y la recogía una hora después. La última vez que se citaron antes de cambiar de año, Pilar encontró a Antonio muy pálido. Quizá excesivamente blanco de tez.

—¿Te encuentras bien, Antonio? —le dijo Pilar nada más verle.

—Ahora ya me encuentro mejor porque estás a mi lado, pero mi estado de ánimo se viene abajo y me siento mal cuando te vas. No estoy bien, diosa mía. No te puedo engañar.

—Deberías visitar al médico. Prométeme que irás. Ya tengo bastante con lo de mi madre como para que tú ahora te pongas malo.

—No hace falta que vaya al médico para que me diga cuál es mi padecimiento. Solo a tu lado me siento vivo y fuerte. Después, cuando te vas, empiezo a caer en mi abatimiento de siempre.

—¿Tienes algún médico de confianza?

—Sí, cuando estamos enfermos vamos al doctor Carlos Jiménez Encina. Conoce a la familia desde hace muchos años.

—Pues dime que irás.

—Te lo prometo. De todas formas, sé que me tengo que dar prisa para hacer todo lo que deseo. Te confieso, mi diosa, que la vida me pesa mucho. Gracias a ti, lo llevo con resignación.

Pilar se quedó seria y pensativa. Sabía que estaba exigiéndole al poeta un permanente sacrificio que, a veces, ni ella misma lograba entender. La imposición de una amistad pura sin ningún futuro estaba haciendo mella en Antonio.

—Estoy siendo muy dura contigo, ¿verdad?

—Creo, Pilar, que somos demasiado buenos. Quizá algún día nos arrepintamos, ¿no crees?

—¿Arrepentirse de la virtud? —preguntó Pilar un tanto contrariada.

—Las verdades vitales son siempre paradójicas y un poco absurdas. Solo tú, con tu gran talento, comprendes lo que te quiero decir. Todo es amor, diosa mía: lo que te digo y lo que me callo.

—Antonio, lo sé. —Le cogió sus manos.

—El amor así es un poco cruel y requiere una cierta ceguera. ¡Cuántas veces he renegado de mis ojos! Me resulta muy difícil verte, diosa mía, y quedarme quieto.

—Me preocupa lo que dices... Además, no tienes buena cara.

—Prométeme ahora tú que si caigo enfermo vendrás a verme. Será para mí un gran consuelo que cojas mi mano. Lo sabes, pero te lo repito, tú eres, no lo dudes, el gran amor de mi vida.

Pilar se echó a llorar. El desconsuelo era tal que Antonio no sabía qué hacer ni qué decir para que sus lágrimas cesaran de brotar tan a borbotones. Jaime, el camarero, los miraba de lejos. Sabía que algo ocurría pero no se atrevía a acercarse a la mesa. Hortensia apareció en la puerta del café. Antonio la vio y se lo dijo a Pilar.

—Ya han venido a rescatarte. Toma mi pañuelo.

Pilar lo cogió y se enjugó las lágrimas.

—¡Quédatelo! Así, además de la medallita del Pilar, tendrás otra cosa mía. Bueno, eso y mis versos. Tristemente no te puedo dar nada más.

—Antonio, no digas eso. Parece una despedida. Me dejas muy preocupada.

Pilar besó su mano, se levantó y se fue de allí sin dejar su cara a la vista. No quería que nadie la viera con los ojos enrojecidos.

En la casa de los Martínez Valderrama no se podía celebrar un final de año más triste. Cenaron temprano el día 31 en su casa de Pintor Rosales. Estaban sus cuñados María Soledad y Victorio. Rafael intentaba hablar de otros asuntos que no fueran la salud para que Pilar cambiara su semblante.

—Brindo porque, en el año que está a punto de entrar, los españoles sigamos ganando nuestra particular carrera por los aires. ¡Por Juan de la Cierva y su autogiro! Ha dejado a todos boquiabiertos en Nueva York. ¡Viva el mejor inventor de todos los tiempos!

Todos chocaron sus copas y bebieron champán, con excepción de Rafaelito, que protestó.

—¿Por qué mis hermanas pueden beber y yo no?

—Todavía eres un niño, aunque no lo parezcas por tu altura —le explicó su padre.

—¡Déjale mojar un poco los labios! —le pidió su madre.

—Pilar, eres una blanda. Así sabes que no se forjan los caracteres.

—¡Un día es un día! —llegó a decir María Soledad.

Pilar intentaba sonreír pero estaba como ida. Todos pensaban que era por la abuela Ernestina, que estaba esa noche siendo velada por su hermano Fernando. Después de las uvas, sería ella quien iría a relevarle.

—Yo brindo por que no se vaya nadie relevante este nuevo año. No me acabo de creer que nos haya dejado el gran pintor Julio Romero de Torres —comentó Victorio—. Probablemente nadie ha sabido pintar como él, no solo a la mujer morena, sino ese halo misterioso que tenéis todas las mujeres.

Una vez más chocaron sus copas. Rafael había bebido esa noche más de la cuenta y volvió a pedir un nuevo brindis.

—Que la monarquía sepa lidiar con este momento tan convulso que tenemos. ¡Que vuelva el orden y la tranquilidad!

—Yo no puedo brindar por eso, Rafael. Sabes que soy republicano. Estoy ansioso de que por fin llegue un gran cambio a nuestro país. Ya no hay nada que pueda frenar eso.

Rafaelito quitó hierro al momento de tensión que se estaba produciendo entre su padre y su tío con su comentario.

—¿Con la República no habrá que estudiar?

Todos se echaron a reír. No era un día para discutir de política. A las doce, apareció una de las doncellas con una cacerola y comenzó con la ayuda de un cucharón a dar doce golpes sobre su base. Al llegar al último, Rafael se fue al lado de Pilar y la besó en la boca con todas sus fuerzas. Pilar, que todavía estaba tragando la última uva, se quedó tan sorprendida que comenzó a toser atragantada. Le miró extrañada y Rafael disimuló besando a su vez a sus hijos. Al cabo del rato, Pilar les dijo que tenía que irse a sustituir a su hermano. Cogió su abrigo y cuando Juan, el chófer, llegó a las doce y media, ya estaba preparada para acudir al domicilio de su madre.

Aquel beso robado de su marido la mantuvo gran parte de la noche en vela. «¿A cuento de qué ha tenido que besarme así?», se preguntaba. Un beso que le pilló por sorpresa y que no pudo eludir. Con la boca llena de uvas, ni tan siquiera pudo reaccionar. Estaba indignada de la puesta en escena de ese beso delante de sus hijos y de todos los demás.

—Madre, feliz año nuevo. ¡Ya estamos en 1931! Verás cómo todo va a ir mejor —comentó nada más ver a su madre.

Doña Ernestina abrió los ojos, pero tenía la mirada perdida. Pilar no sabía si era consciente de lo que acababa de decirle. Los ojos de su madre parecían inexpresivos. Volvió a cerrarlos y así se mantuvo durante el resto de la noche.

Se puso a pensar en Antonio y se preguntaba qué estaría haciendo, si se habría acostado ya. ¿Estaría pensando en ella?

Recordaba las últimas palabras del poeta confesándole que sentía que le quedaba poco tiempo. Ella, pensándolo bien, tenía un sentimiento similar. Recordó los versos que le dedicó a Antonio hacía meses:

Si yo me muero antes, como en las noches nuestras,
en nuestro Tercer Mundo, yo te iré a visitar.
Me sentirás lo mismo que si estuviera viva,
¡que para ti, esas noches, he de resucitar!
Si yo me muero antes, llegarás a mi tumba
a llorar y a llevarme una muda oración.
Y una rosa sangrienta cortarás de su rama,
que subirá a buscarte desde mi corazón.
... Y al fin, irás un día a tenderte en el suelo.
¿Cerca o lejos? ¡Qué importa! Por la vida pasó
este amor sin marcharse, y al reencontrarnos luego,
con mi mano en tu mano, te llevaré hasta Dios.

Pilar, recordando sus versos, se echó a llorar. Era insoportable estar enamorada de otro hombre que no fuera su marido. Deseaba huir lejos de allí con él y perderse en algún lugar del mundo donde nadie les pudiera reprochar nada. Pero ¿qué sería de sus hijos? Volvían los remordimientos. No, no podría jamás seguir la senda de su corazón. Por encima de todo, se sentía madre. «No les puedo fallar. A ellos, no», se repetía una y otra vez.

32

La evidencia

Rafael supo esa noche de fin de año que su mujer no le perdonaría jamás su infidelidad. El beso con el que él quiso sellar la paz en su matrimonio le supo amargo. Fue la inexpresiva actitud de Pilar lo que le llevó a pensar que detrás del rechazo de su mujer podría haber algo más. Nunca se le había pasado por la mente que pudiera existir una tercera persona hasta esa noche. Algo le decía que el corazón de su mujer estaba ocupado.

Aprovechando que ella no estaba en casa, buscó y rebuscó en su habitación. Necesitaba una prueba, algo que le confirmara que sus sospechas no estaban desencaminadas. Leyó sus últimos escritos, que se encontraban encima del escritorio, y comprobó que sus versos estaban inflamados de amor. Era evidente que no era por él. Sus ojos fríos y sorprendidos por su beso se lo decían sin necesidad de palabras. Durante el último año había estado ciego, pero ahora lo veía con claridad:

> *Hoy he vuelto a mi Jardín*
> *de la Fuente del Amor,*
> *que canta y cuenta sin fin*
> *su dolor...*
> *El mismo banco de piedra*
> *donde los dos una tarde...*

Se enrosca a el alma la hiedra
del recuerdo... El pecho arde...

«¿Cómo he estado tan ciego?», se preguntaba Rafael. Nunca había estado con ella en ninguna fuente ni sentado jamás en ningún banco de piedra. ¿Qué pasó esa tarde y con quién? Estaba herido. Su mujer, delante de sus narices, estaba contando lo que sentía por otro hombre. Le estaba bien empleado por no leer nunca sus poemas. «¡Idiota! ¡Eres un idiota!», se reprochaba.

¿Por qué tantas salidas y por qué llegaba siempre tarde? ¿Adónde iba cuando salía sola de casa? ¿Sería verdad que la habían visto yendo sola en el tranvía? Pero ¿qué hacía una mujer de su clase yendo por ahí a algún destino para él desconocido? Últimamente iba con Hortensia a todas partes. María Calvo, la profesora, pasaba también muchas horas conversando con ella.

Ofuscado se fue adonde estaban sus hijos estudiando y se dirigió a su profesora.

—¿Le importa que hablemos un momento?

María les dijo a sus alumnos que volvería enseguida y que no dejaran de hacer los deberes. Salió fuera de la habitación donde le esperaba Rafael.

—Quiero saber qué hace mi mujer fuera de casa cuando sale por las mañanas o por las tardes. Usted debe de tener conocimiento porque es con quien más habla.

—Solo hablamos de sus hijos. No hay otro tema que le preocupe más a su mujer. ¿Es que ocurre algo o está usted descontento con mi trabajo?

—No, no. Es que quiero saber las actividades de Pilar. Nada más.

—Bueno, nadie mejor que ella para decírselo. Pilar es una persona muy activa intelectualmente. Se mueve siempre en ambientes literarios. Va al Lyceum, como yo, y a alguna tertulia literaria, donde se ven pocas mujeres, por cierto.

—No sé qué pinta ella en esos ambientes. Las mujeres deben estar en casa y dejarse de tonterías.

—Bueno, yo precisamente no soy de esas mujeres. Me gano la vida fuera de mi casa. En este caso, dando clase a sus hijos. Tampoco soy de estar en casa.

—En su caso es distinto. Usted es soltera y maestra vocacional.

—Pilar es escritora, también vocacional, y de las buenas.

—¿Sabe usted a qué escritor admira más mi mujer?

—Su mujer lee a muchos autores. No sabría decirle. Lo siento.

—Bueno, muchas gracias. Perdone mi intromisión.

Rafael estaba dándose la vuelta para irse cuando María Calvo volvió a hablar.

—A Machado. A Antonio Machado lo admira mucho su mujer. Me acabo de acordar.

Rafael se paró en seco y se dio la vuelta. Se quedó pensativo pero le dio las gracias. María se dio cuenta de que había metido la pata.

Volvió a subir a la habitación para ver si encontraba alguna evidencia que comprometiera a su mujer. Solo encontró libros y más libros. El autor del que más volúmenes tenía era precisamente de Antonio Machado. Al no hallar nada más, llamó a su despacho a Hortensia Peinador. No tardó mucho en tocar la puerta con los nudillos.

—Señor, ¿me ha llamado?

—Sí, tengo la curiosidad de saber adónde va mi mujer en su compañía.

Hortensia se puso colorada como un tomate y no sabía qué decirle. Rafael no se había andado por las ramas.

—No le entiendo, señor.

—Dígame adónde van todos los días.

—Señor, vamos a misa y siempre hay algún recado que hacer.

—¿Qué tipo de recados?

—Vamos a comprar telas, a visitar a algunos conocidos... En fin, lo normal.

—¿A qué conocidos?

—No sabría decirle sus nombres. También visitamos a algún editor, le acompaño a alguna conferencia... No sé, lo normal.

Hortensia no estaba dispuesta a decir nada de la visita de los miércoles y viernes; ni tampoco de las cartas que recibía.

—¿Quién es la mejor amiga de mi mujer?

—María Estremera, Carmen Baroja, Matilde Ras...

—¿Quién es Matilde Ras? Nunca había oído su nombre.

—Es escritora, traductora, ensayista y estudiosa de la escritura. Sí, últimamente se pasan libros una a otra.

—¿Es esa loca por los rasgos de las letras? ¡Ah, sí, sí! Algún artículo he leído de ella en la revista *Blanco y Negro*. Me ha sorprendido su nombre. Pertenece al Lyceum, imagino.

—Sí. Es del grupo de mujeres que acuden allí.

—¡Menudo grupo! ¡Qué barbaridad! ¡Deberían cerrarlo!

—Señor, no hacen nada malo.

—Bueno, no voy a discutir con usted. Puede retirarse.

Hortensia se quedó muy preocupada y, en cuanto pudo, se escapó hasta el domicilio de doña Ernestina para informar a Pilar de lo que estaba ocurriendo. Era consciente de que algún terremoto se estaba preparando en la cabeza de su señor. En cuanto llegó, bajó Pilar de la habitación de su madre para hablar con ella. Intuía que algo no iba bien.

—¿Ocurre algo, Hortensia?

—Sí, nada bueno. Se trata de su marido. Me ha hecho un montón de preguntas: que adónde salía usted, que adónde íbamos en nuestras salidas. También que quiénes son sus amistades. Me ha preguntado con muy malas pulgas por todo lo que yo hago con usted.

—Sí, nada bueno se cuece. No le habrá dicho nada del café al que voy.

—¡Nada! Está muy raro. Nunca le había visto así. Temo por usted.

—¡Tranquila! Peor de lo que estoy ahora, no voy a estar. Ahora mi madre es mi única preocupación.

Hortensia regresó a la casa del Pintor Rosales a toda prisa para que nadie notara su ausencia. Pilar se limitó a esperar sin dejar de rezar. Una hora después apareció Rafael con rostro amable. No imaginaba que ella ya sabía lo del interrogatorio.

—¿Qué tal está tu madre?

—Sigue sin hablar y cada vez abre menos los ojos. No sé si me oye cuando le hablo.

—Estoy leyendo tu libro *Esencias*.

—Me alegra saber eso. Nunca te ha interesado nada de lo que yo hago.

—Intento comprenderte y me pregunto quién es la persona a la que le dedicas tus poesías de amor. Doy por hecho que no soy yo.

—¡Qué ego tienes! Hablo de la naturaleza, de Dios, de la soledad. De la soledad del alma, ¡la más horrible de las soledades! ¡La más aterradora! El alma en soledad llora sangre, y en cada gota de sangre que el alma llora, hay caudales de vida. El alma en soledad va regando el mundo con su propia vida... Eso también lo habrás leído. ¿Te has fijado en la que hablo del desamor? No se puede amar aquello que se niega, aquello en que no se cree. El desamor es muerte, lo contrario de la vida. El desamor genera esterilidad. El desamor acarrea la inapetencia de vivir y vivir en desamor es como vivir muriendo. Eso también está en mi último libro. No sé qué habrás leído pero no tienes ni idea de lo que pasa en mi interior. ¡Eres completamente insensible! Solo estás tú, luego tú y mucho después, tú.

Pilar le dejó sin habla y se fue a la habitación con su madre. Estaba furiosa y Rafael decidió irse de allí. Tenía la sensación de haber hecho el ridículo y antes de coger su sombrero pensó que le quedaba una habitación por registrar. Se fue al cuarto de invitados donde se quedaba a dormir su mujer. Entró en ella furtivamente y echó un vistazo rápido. Abrió el cajón de su mesilla y encontró un pañuelo de hombre sin planchar. Dos iniciales «A.M.» bordadas en azul. Se quedó durante segundos con el pañuelo en la mano. Decidió quedárselo. Al salir de la habitación se topó con la doncella de doña Ernestina.

—¿Le puedo ayudar en algo?

—No, muchas gracias. Ya me voy.

Salió de allí como alma que lleva el diablo, sin despedirse de nadie. Iba como loco. Su mujer había desviado la conversación, pero ahí tenía la constatación de que había un hombre de iniciales «A.M». Era un pañuelo sin plancha. No debía de pertenecer a un caballero de su clase. ¿De quién sería? Al rato, pensó que se estaba volviendo loco. A lo mejor ese pañuelo se lo habría dejado alguna persona en un momento determinado y no tenía mayor importancia. Su cabeza estaba completamente descontrolada.

Los hermanos Machado al completo: Manuel, Antonio, José, Joaquín y Francisco comentaban en la casa materna los últimos acontecimientos políticos. Era muy difícil que todos se reunieran en torno a su madre, pero Joaquín y Francisco, los dos pequeños, habían pedido días libres en sus trabajos y se habían acercado a Madrid. Celebraban que el más pequeño de los Machado se trasladaba como funcionario de prisiones de León —su último destino después de Toledo y Barcelona— a Alicante.

Habían despedido el año con los sucesos de Jaca en los que el pronunciamiento militar contra la monarquía promovido por los capitanes Fermín Galán y Ángel García Hernández, y la posterior proclamación de la República desde los balcones del ayuntamiento, les había costado la vida, siendo fusilados tras un consejo de guerra. Ahora, comentaban la casualidad de que la última crisis del Gobierno Berenguer con el nombramiento de su sucesor, el almirante Aznar, hubiera tenido lugar el mismo día que su hermano Antonio presidía un acto público de mucha trascendencia en el teatro Juan Bravo de Segovia. El gobernador civil de esta ciudad estuvo a punto de suspenderlo, pero pudo más la presencia de los intelectuales de renombre que allí se dieron cita: Ortega, Marañón y Pérez de Ayala, entre otros.

—Hermano, te estás significando mucho políticamente y pensamos que eso te puede traer problemas —avisó Francisco.

—Si creéis que no estamos implicados ya, os equivocáis. Nuestro abuelo y nuestro padre hicieron ya mucho en su día. Los dos eran republicanos y eso la gente no lo olvida. Yo he decidido dar un paso hacia delante. Los escritores no podemos quedarnos de brazos cruzados. Esta situación es insostenible.

—Nosotros somos dialogantes, nos gusta el intercambio de opiniones y las respetamos todas —aclaró Joaquín—. Es sorprendente que muchos republicanos estén hablando de justificar la violencia. Esa actitud nada tiene que ver con nosotros.

—Vuestro padre tenía muchos defectos —comentó Ana Ruiz, la matriarca—, pero la violencia la rechazaba. Acordaos de que era un idealista. Igual que el abuelo Antonio, que siempre andaba estudiando. Me impresionó mucho que consiguiera la cátedra de Zoografía en la Universidad Central de Madrid con sesenta y ocho años. Nosotros somos estudiosos y dialogantes.

—Bueno, mis palabras en este acto han ido en esa dirección.

—Es cierto, Antonio ha dicho que la revolución no es volverse loco y levantar barricadas. Es algo menos violento pero más grave. Eso es lo que dijiste —apuntó José.

—Comenté que solo había un camino que requiere el concurso de mentes creadoras porque si no la revolución se convierte en una catástrofe. Yo saludé a los allí presentes como los verdaderos revolucionarios, como los hombres del orden, de un orden nuevo. Hice hincapié en eso.

—Ortega también está en tu misma línea —comentó Joaquín—: «España está asistiendo al triunfo de la Generación del 98. Desde aquella fecha hasta hoy, todo ha sido una simple anécdota». Y el doctor Marañón y Pérez de Ayala señalan que solo cabe el camino del cambio.

—Y lo del aviador Ramón Franco sobrevolando Madrid dicen que dispuesto a bombardear la capital aunque, finalmente, inundó todo no de metralla sino de pasquines en favor de la República.

—A nosotros nos está pillando todo este revuelo con el estreno de nuestra obra *La prima Fernanda*. Llegará con la resaca de las elecciones previstas para el doce de abril. Menos mal que se celebrarán antes del estreno.

—¿Cuándo es?

—Está previsto para el veinticuatro de abril en el Teatro Reina Victoria. Ahora están los actores en plenos ensayos.

—¿Qué actores? —preguntó José con curiosidad.

—Lo van a protagonizar Irene López Heredia en el papel de Fernanda, Mariano Asquerino en el papel de Leopoldo e Irene Barroso como Matilde. Estos últimos interpretan al matrimonio que sufre la presencia de Fernanda, que lo pone todo del revés. Nuestra obra de teatro parece que está pensada para este momento. Tenemos un político fantoche, Román Corbacho, un matrimonio convencional y la prima Fernanda que altera el orden ficticio.

—Parece que estáis retratando el momento. Ojalá tengáis tanto éxito como con *La Lola*. ¡Estáis en racha, hermanos! —celebró Francisco.

—Y tú, ¿sigues escribiendo? —le preguntó Antonio.

—Imposible dejar de hacerlo en esta familia de escritores en la que hemos nacido.

Ana Ruiz estaba feliz de ver a sus hijos juntos. Solo faltaba Cipriana, que se murió tan joven y a la que añoraba cada día entre tantos varones. Se acordaba especialmente estos días de su marido y de las muchas vivencias que le venían a la memoria de cuando todos eran pequeños.

—Madre, ¿en qué está pensando? —la sacó Antonio de su ensimismamiento.

—Que si estuviera aquí vuestro padre se sentiría tan orgulloso como yo ahora de veros tan comprometidos. Cómo echo de menos el trajín que siempre había en casa con escritores, cantaores de flamenco, filósofos, artistas, políticos... Nuestra casa parecía la Posada del Peine.

—Madre, ¿lo añora? Pues antes se quejaba —le dijo Manuel y todos se rieron.

—Yo de lo que me acuerdo es del sentido del humor que tenía el abuelo. Le sacaba punta a todo, hasta hablando del padrón señalaba «que podría haber alguna inexactitud en la edad de las hembras, que siempre se quitaban años».

—Madre. Tenía razón. Es imposible saber sus años —comentó José.

—¡Mira que sois tontos! No pienso deciros mi edad porque siempre pensaréis que me quito años. Y no es verdad. Como todas las personas mayores me paso el día recordando muchos pasajes de vuestra infancia como si fueran hoy. En cambio, las cosas de ahora mismo, en un rato, se me olvidan.

—¿Qué momentos son los que rememora, madre? —preguntó Antonio con curiosidad.

—El día que conocisteis el mar poco antes de salir para Madrid. Fue un día inolvidable. Fuisteis a Huelva. Os llevó vuestro padre.

—Tanto nos impresionaron aquellas playas que queríamos ser capitanes de navío.

—Bueno, todos mis parientes son marineros —informó doña Ana—. No resultaba nada extraño que os atrajera ese mundo.

—El abuelo nos hablaba mucho de sus andanzas y sus viajes por América. Nos desvivíamos y soñábamos por conocer todos los detalles de esos puertos de los que nos hablaba —dijo Manuel.

—Lo cierto es que, en tu poesía, Antonio, el mar está muy

presente: «Mis viejos mares duermen; se apagaron / sus espumas sonoras / sobre la playa estéril. La tormenta / camina lejos en la nube torva» —recitó José.

—Os sabéis mis versos mejor que yo... Tengo ganas de volver a ver el mar. Este año no he salido de Segovia y de Madrid. Tenía planes de regresar a Soria y luego ir al sur. Todo se ha truncado. Trabajamos demasiado.

—Eso es verdad. Un día os va a explotar la cabeza —les riñó la madre.

Manuel les puso a todos un vaso y sacó vino. Quería brindar por el futuro de todos.

—Como el mayor de los Machado, os propongo vernos al menos una vez al año. No podemos estar tanto tiempo sin saber unos de otros. Sellemos esta intención con un brindis.

—Sí, brindemos por nuestra madre y por todos vosotros. Sería bueno juntarnos más a menudo —dijo Antonio con el vaso en alto.

—Sí, me encanta veros a todos juntos. Soy muy vieja y pronto no estaré aquí. Me habéis dado una gran alegría.

—Madre, nos va a enterrar a todos. Pero sí, quedemos al menos una vez al año.

Los hermanos sabían que la situación social iba a poner muchas trabas a que pudieran juntarse con facilidad. Todos intuían que tras las elecciones municipales, se avecinaba un gran cambio.

33

El corazón, de luto

La doncella la previno de que había visto salir a Rafael de la habitación de invitados. Pilar temió que pudiera haber visto algo que la comprometiera.

De pronto, tuvo una corazonada y se fue a la mesilla de noche. Abrió el primer cajón y se dio cuenta de que faltaba el pañuelo de Antonio, con el que esas noches dormía entre sus manos. Supo entonces que se lo había llevado su marido y que estaría intentando averiguar a quién pertenecía.

Pilar se enfureció muchísimo y se puso a caminar de un lado a otro de la habitación sin saber qué hacer. Pensaba que un pañuelo, en realidad, no la comprometía. Se lo podía haber dado cualquiera en un momento determinado. Lo malo eran las iniciales que señalaban a Antonio. Finalmente, decidió esperar acontecimientos.

En los días siguientes, Rafael parecía más amable de lo normal. Pilar no entendía el porqué de su actitud, pero tampoco le preguntó por el pañuelo. Daba la sensación de que las aguas habían vuelto a su cauce, pero ella le conocía bien y no se fiaba. Y estaba en lo cierto, Rafael no había olvidado el tema, seguía erre que erre a sus espaldas, intentando averiguar a quién pertenecía el pañuelo.

El doctor Marañón iba a casa de doña Ernestina por la mañana y por la tarde. No fallaba nunca y eso que le requerían para asistir a numerosos actos en favor de la República.

La madre de Pilar había empeorado tanto que solo se comunicaba moviendo sus dedos.

—¡Doña Ernestina! Mañana vamos a las urnas. Necesitamos su voto para la causa.

La mujer hizo una leve mueca con su boca, pero no pudo ni abrir los ojos ni decir una sola palabra.

—Va a ser un gran día y, además, hace un tiempo estupendo. ¡La primavera ya está aquí! Verá cómo enseguida se encontrará mejor.

Pilar sabía que el doctor intentaba animar a su madre, que se apagaba como una vela pero entendía perfectamente lo que se le decía.

—Doctor, veo mucho revuelo en la calle. Estoy francamente preocupada. La gente está muy nerviosa.

—Tranquila, lo que va a ocurrir será bueno para todos. Como dije en Segovia en el acto que presidió Antonio Machado...

A Pilar le dio una especie de pellizco en el estómago, pero siguió escuchando sin decir nada.

—Cualquier hombre moderno y libre, aun cuando profese la emoción monárquica de la mejor buena fe, siente la supremacía del régimen republicano. Lo esencial es el deseo de renovación individual y colectivo, debemos poner el interés de todos antes que el personal y aplicar a la cosa pública el mismo criterio de honestidad que debe regir en nuestra vida privada. Bueno, creo que te estoy aburriendo.

—No, no, en absoluto. Le escucho atentamente, doctor. Admiro a todos los que se dieron cita en el teatro Juan Bravo de Segovia.

—Pérez de Ayala invocó la necesidad de un régimen de libertad y justificó que los intelectuales se posicionaran junto a la República.

—Yo solo quiero vivir en paz. Sabe que nuestra familia es monárquica, pero le respeto. De todas formas, mañana se eligen a los ediles, a los poderes locales. ¡No entiendo tanta euforia!

—Pilar, porque en realidad la jornada de mañana será como un plebiscito sobre el Régimen. Mañana se deciden muchas cosas. Entre otras, si habrá monarquía o república. De hecho, hoy, junto a Ortega y Pérez de Ayala, he firmado un manifiesto en el que nos dirigimos a los electores de Madrid. Hay que acabar con la hegemonía que han tenido siempre la Iglesia, el ejército y la aristocracia. Hay que terminar con el Estado oligárquico y caciquil de las últimas décadas.

—¿Qué será de nosotros, doctor? No somos aristócratas, pero somos monárquicos y muy significados.

—¡Tranquila! Somos amigos desde hace muchos años. No os va a pasar nada. Además, no adelantemos acontecimientos.

Al día siguiente, a las ocho de la mañana, los colegios electorales abrieron sus puertas y los hombres, los únicos que podían ejercer el voto, acudieron masivamente a las urnas. Había cierta euforia por las calles que se traducía en grupos de personas entonando cánticos en favor de la República.

Pilar dejó el domicilio materno un par de horas para comer junto a sus hijos y la familia. Estaba muy preocupada. Rafael y Victorio, cuando ella llegó, ya habían ido a votar. María Soledad departía con ellos.

—¿Qué puede ocurrir, Victorio? —le preguntó su mujer.

—Primero, hay que esperar. Había tanta gente en el colegio electoral al que hemos ido que no sabría decirte quién va a ganar.

—Yo solo te digo —comentó Rafael— que si las cosas se ponen muy feas, nosotros hacemos las maletas y nos vamos a Portugal.

—¿A Portugal? ¿Qué se nos ha perdido allí? —dijo Pilar—. Yo tengo a mi madre enferma y no la puedo abandonar en estos momentos. Tampoco podemos llevárnosla en su estado. ¿Corremos algún peligro? ¡Piensa que tenemos tres hijos!

—No, pero es verdad que conviene que no salgáis demasiado a la calle. Anda la gente medio loca —comentó su cuñado.

—¿Qué hará el rey Alfonso XIII? —preguntó de nuevo su mujer—. Recuerdo su presencia cuando inauguraste tu penúltima exposición en Madrid, en el museo de Arte Moderno. Benlliure era entonces director de Bellas Artes y director del museo. Periodistas y fotógrafos se ocuparon de ti con verdadero interés. La estatua del *Hermano Marcelo* producía una gran impresión en cuantos la veían. Fue una gran sorpresa que los reyes fueran a visitar la exposición.

—Yo estaba allí. Os acompañé y también recuerdo perfectamente que te dijo: «oiga, amigo Macho, ¿por qué no va usted a Palacio como otros artistas? ¡Vaya! Además, créame que soy tan republicano y galdosiano como usted». ¿Os acordáis?

—Fue muy generoso el rey —comentó María Soledad—. Me pareció espléndido. También tu padre estuvo muy gracioso cuando se sorprendió de que a él Alfonso XIII le llamara de tú y a ti de usted.

—Creo que le dije a mi padre: «Si a mí me hubiera llamado de tú, le hubiera contestado con el mismo tratamiento. Por eso, me llamó de usted».

Sonó el timbre insistentemente y la doncella fue rápidamente a abrir. Al cabo de un rato, apareció en el salón un joven escritor amigo de Victorio.

—¿Qué ocurre? ¡Traes muy mala cara!

—En la plaza Mayor he presenciado cómo un grupo de exaltados tiraban la estatua de Carlos III. Echaron una soga al cuello del caballo y acabaron tumbándola con la ayuda de un grupo numeroso de republicanos. He pasado por la plaza de Oriente y he visto a otro grupo de fanáticos que están intentando derribar la estatua ecuestre de Felipe IV. ¡No sé adónde vamos a ir a parar!

—Pero si es una auténtica joya: está diseñada por Velázquez y realizada por el escultor italiano Pietro Tacca. ¡Es una de las obras que más estimo! ¡Hay que impedir que cometan una tropelía! Soledad, pide que me hagan engrudo en la cocina. Voy a por un papel grueso para escribir unas letras e impedir que sigan adelante.

Al cabo de un rato escribió en el papel con letras grandes: «Camaradas, esta es una verdadera obra de Arte. Respetémosla. ¡Viva la República!». Dejó que se secara y se fue con su joven amigo camino de la plaza de Oriente a impedir que tiraran la estatua.

Los hermanos Rafael y María Soledad, así como Pilar, se quedaron comentando las horas de desconcierto que les estaba tocando vivir.

—¿Y qué piensas que ocurrirá con el Cristo del Otero? No deja de ser una imagen religiosa. Lo mismo la quieren tirar también después de lo que ha costado hacerla y ponerla en pie —afirmó Pilar.

—Es de una belleza impresionante. Victorio se ha dejado en ella media vida. Mientras yo estaba recuperándome en El Carrascal, tiró hacia delante para construirla. Tuvo que solventar problemas políticos, burocráticos, monetarios y de ingeniería. Acordaos de que él quería que el Cristo tuviera los brazos abiertos y al final no pudo ser. Sin embargo, la posición actual me gusta más: con los brazos levantados a medias como para bendecir al peregrino que llega. No sería justo que, ahora que la acaban de poner en pie, la derriben por fanatismo. Es la obra que más le ha cambiado por dentro. Justo antes de terminarla hace unos meses, una señora le preguntó: «¿Es usted el que ha hecho el Cristo del Otero?». Y contestó Victorio: «No, es él quien me ha hecho a mí». Hay que reconocer que mi mejoría y haber sido capaz de terminar de construirla le ha llevado por derroteros muy espirituales. Se tuvo que leer y releer los Evangelios para inspirarse. Te aseguro que no es el mismo.

—Hermana, tranquilízate. No creo que a nadie se le ocurra ir a tumbarla. Son veintiún metros de escultura. Probablemente sea una de las estatuas de Jesucristo más altas del mundo. ¡Estarían locos si lo hicieran!

—Estoy deseando ir a Palencia para verla. La inesperada enfermedad de mi madre me hizo venir sin verla terminada.

—Ahora, ir a Palencia o ir a cualquier lado resulta complicado y peligroso.

A media mañana del 14 de abril, dos días después de las urnas, por la calle crecía por momentos el número de gente con banderas republicanas. Se supo gracias al boca a boca que el triunfo republicano era un hecho —y eso que en los núcleos rurales habían ganado los ediles monárquicos—. En las ciudades, en cambio, habían arrasado los seguidores de la República.

En casa de los Machado estaban eufóricos. Se daban abrazos unos a otros. Había llegado el día que tanto habían ansiado. Manuel había escrito un himno de la República con la música de Óscar Esplá y les recitó lo que acababa de crear: «Es el sol de una mañana / de gloria y vida, paz y amor. / Libertad florece y grana / en el milagro de su ardor. / ¡Libertad! / España brilla a tu fulgor / como una rosa de Verdad y Amor...». Su madre fue quien más lo aplaudió. Ana Ruiz miró por las ventanas del comedor y comprobó que la calle estaba enfervorecida.

—Madre, no se asome. Ahora en la calle puede ocurrir cualquier cosa. ¡Puede ser peligroso que la vean asomarse! —le previno Antonio.

—Pues tampoco bajéis vosotros. Mira que si ocurre algo y os pillan en la revuelta.

—Tranquila. No nos ocurrirá nada, pero hoy tenemos que salir a la calle. Yo, además, debo regresar a Segovia.

—Hijo, prométeme que no te meterás en líos.

—Madre, tranquila. Soy ya mayorcito para saber cómo cuidarme. ¡Descuide!

Antes de salir a la calle, Antonio se fue a su cuarto y escribió a toda prisa unas letras a Pilar. Tenía la amarga sensación de que la llegada de la ansiada República les iba a poner trabas, más de las que ya existían, para verse en su rincón.

«Diosa de mi alma, procura en estos días no salir ni andar por el centro de Madrid. Como el triunfo antidinástico parece que ha sido abrumador, temo disturbios graves. Ahora que veo cerca el triunfo de la República, pienso en formar partidos lo más alejados del poder. ¡Ten mucho cuidado, mi reina! Tengo que irme a Segovia. Sabrás pronto de mí.»

Metió la carta dentro de un sobre y le pidió a su hermano José, que salió con él a la calle, que le hiciera el favor de llevársela en mano a Hortensia Peinador.

—¡Con el lío que tenemos! ¿Es una carta para ella?

Antonio asintió.

—Es increíble que te acuerdes en estos momentos de esa mujer casada.

—Nunca dejo de pensar en ella, José. Es importante para mí que me hagas el favor de llevarla. La familia de Pilar es monárquica. Tengo mis miedos.

—Está bien. No voy a decirte lo que pienso. Eres muy listo y ya lo sabes.

Antonio llegó a la capital segoviana unos minutos antes de las ocho. A esa hora estaba prevista la celebración de una manifestación que saldría desde la Casa del Pueblo. En la cabeza de la misma estaban Rubén Landa, Antonio Ballesteros y el propio Machado. Al llegar a la altura del acueducto, fueron recibidos por la multitud con aplausos. Desde allí, se dirigieron a la plaza Mayor. La gente no dejaba de unirse y cada vez eran más los que se manifestaban junto a ellos. Poco después entraron los tres en el Ayuntamiento y aparecieron en el balcón intentando tranquilizar los ánimos de la gente. También se pidió un minuto de silencio por Fermín Galán y García

Hernández que, tras su fusilamiento, se habían convertido en los mártires de la causa republicana.

Pilar no tuvo más remedio que regresar en compañía de Rafael y de su cuñado a casa de su madre. Llevaba todo el día sin estar junto a ella. Antes de salir de su casa, Hortensia le entregó la carta que le había llevado en mano el hermano de Antonio. Ella la guardó en el bolso sin leerla y salió de casa. Estaban tan cerca que llegaron sin problemas, a pesar del gentío que se había echado a la calle. Pasaron a ver a doña Ernestina e inmediatamente todos menos Pilar regresaron a la calle Pintor Rosales con Soledad y los tres hijos del matrimonio.

Pilar estuvo toda la tarde rezando. Don Félix, el cura, no se movía de los pies de la cama de su madre. Después de dos rosarios seguidos, hicieron un alto.

—Son malos tiempos para usted también, padre. No estamos bien vistos ni los monárquicos ni los religiosos. ¡Yo soy ambas cosas!

—Es cierto, ahora entrar en la iglesia se va a convertir en un acto de heroicidad. Todavía no sabemos lo que nos tocará vivir.

—Aquí siempre tendrá una habitación. De modo, que si por alguna circunstancia no pudiera regresar a su congregación, aquí nos tiene.

—Muchas gracias. Se lo agradezco muchísimo. ¿Logró solucionar aquel «problema» del que hablamos?

—Don Félix, delante de mi madre no me gustaría hablar. No le puedo mentir. No, no está solucionado. Hay cosas que no se superan nunca y esta es una de ellas. Uno no puede dominar su corazón aunque eso sea lo correcto.

—Uno no puede hacer solo lo que le dicta el corazón. Se debe a sus circunstancias.

—¿Aunque vaya perdiendo la vida poco a poco? Estoy cansada de hacer lo conveniente. No siempre uno tiene la posibilidad de dar con la persona que ha estado esperando siempre. —Utilizó las palabras de Antonio.

—Usted no es una irresponsable y se debe a su familia.

—Lo sé, no tiene que recordármelo porque eso lo tengo grabado a fuego.

No cenaron ninguno de los dos. No tenían hambre, podían más las preocupaciones. Bien entrada la noche, regresó el doctor Marañón para ver a su paciente y les contó lo que todavía no sabía el pueblo.

—El conde de Romanones, como saben, ministro de Estado, me ha mandado un coche al hospital para que acudiera a su casa donde ya se encontraba con Niceto Alcalá-Zamora. Quería que fuera testigo y avalista de una salida cívica y una transición de la monarquía a la República. Para mí ha sido importante estar allí y dar mi opinión sobre cómo se tenía que llevar a cabo la marcha de Alfonso XIII de España; así como asegurar la salida de su familia al exilio.

—¿Se va el rey de España?

—Sí, Alfonso XIII ha aceptado su derrota sin oponer resistencia alguna. De hecho, ha escrito un manifiesto en el que explica que suspende el ejercicio del poder real y se aparta de España, reconociéndola como única señora de su destino. Con gran altura de miras, ha dicho que quería apartarse de lanzar a un compatriota contra otro, en una guerra civil. A estas horas ya está camino del exilio. La condición que puso Niceto Alcalá-Zamora es que esta salida se produjera antes de que se pusiera el sol y es lo que ha hecho.

—¡Dios mío! ¡El rey se va y nos quedamos aquí los monárquicos sin saber qué hacer! ¿Cómo logrará salir de España?

—En coche. Ha rechazado ir escoltado por el jefe de la Guardia Civil, el general Sanjurjo. Ha escogido conducir él mismo su automóvil. Va junto a su sobrino el infante don Alfonso de Orleáns, el almirante Rivera y el duque de Miranda. Va en su Hispano-Suiza camino de Cartagena y allí embarcará en el crucero *Príncipe Alfonso* rumbo a Marsella.

—¿Y el resto de la familia real? ¿Siguen aquí?

—Sí, la reina, el príncipe de Asturias y las infantas tomarán un tren a Francia mañana a primera hora. Partirán desde El Escorial, para evitar encontrarse en la Estación del Norte con el tren que trae desde París a algunos miembros del Gobierno Provisional que todavía no están en España. Pilar, ¡ya está aquí la II República!

—Doctor, usted está eufórico, pero yo estoy aterrada.

En cuanto se fue el médico, que intentó tranquilizarla, Pilar se retiró a la habitación de invitados que ocupaba desde que su madre cayó enferma. No lo pudo evitar y se echó a llorar. Era consciente de que tanto ella como su familia corrían peligro. Deseaba hablar con Antonio, pero ¿dónde estaría? «Seguro que igual de eufórico que el doctor Marañón», pensó. Se acordó de que en su bolso estaba su última carta todavía sin abrir y se tumbó en la cama para leerla. Le hizo sonreír complacida el que estuviera tan preocupado por su destino como ella. Le pedía que no saliera de casa y eso es justamente lo que haría. Después de releer las pocas líneas escritas por Antonio, se quedó dormida no tanto por sueño como por agotamiento.

Cinco días después, tras las clases a sus hijos, María Calvo se acercó a verla. Nada más hacer la visita a su madre, pudo hablar con ella en privado sin la presencia del sacerdote, que no se apartaba de los pies de la cama de doña Ernestina.

—Me ha pedido expresamente Antonio que te convenza para ir al estreno de su nueva obra de teatro. Me dice que quiere que estés allí. No sé, me ha insistido tanto que te pido que hagas el esfuerzo. Nunca antes le había visto así de interesado en que fuera nadie.

—En estas circunstancias en las que estoy, no me veo con las fuerzas necesarias para acudir al estreno.

—He hablado con María Estremera y con Carmen Baroja. Te acompañarían sin problemas. Todo el mundo sabe que es tu autor favorito. ¡Hasta tu marido! Se lo dije yo.

Pilar se quedó sin habla. Parpadeó varias veces porque no se podía creer lo que estaba escuchando.

—¿Y eso? —finalmente se atrevió a preguntar.

—Bueno, un día que estaba muy raro me preguntó por el autor al que más admiras y, un poco extrañada de que él no lo supiera, le dije que sin duda: Antonio. ¿Hice mal?

—No, no... Tranquila. Con mi marido nunca se sabe por qué hace esas preguntas.

—¿Entonces irás?

—Solo si mi madre no empeora.

El día 24 de abril, las amigas acudieron al Teatro Reina Victoria junto con Pilar. Había mucha expectación. Los hermanos Machado, el día del estreno, hicieron unas declaraciones en *El Heraldo de Madrid* en las que insistían en que retrataban un momento político corrompido y al borde del colapso, previo al que estaban viviendo. Hacían esta aclaración para que nadie pensase que se habían inspirado en alguna personalidad del momento.

Victorio Macho y María Soledad también fueron invitados y acudieron. Rafael insistió en que no tenía ningún interés, aunque manifestó que se pasaría al final para ver la puesta en escena y las luces que, en realidad, «era lo único que le interesaba».

María Estremera, según lo acordado, fue a casa de Pilar a ayudarla a vestir. No tuvo que pensar. Su amiga le dijo qué traje ponerse y la doncella la peinó como quiso, más sofisticada de lo que a ella le gustaba. Pilar se dejaba hacer. No tenía ánimo para llevar la contraria a nadie. Llegaron puntuales y ocuparon un palco.

Los hermanos Machado estaban en el patio de butacas y nuevamente, la mirada de Antonio no se iba al escenario sino a contemplar a su musa desde la distancia. José y su mujer, Matea Monedero, estaban justo detrás. Su cuñada se percató de cómo el poeta miraba a uno de los palcos sin pestañear. Fue José quien le habló al oído.

—Es una dama que persigue a mi hermano. Está casada.

—¿Ah sí? No me habías dicho nada.

—Mi hermano no quiere que hablemos de ella. ¡Olvídalo!

—Parece una dama de esa alta sociedad que tanto odia tu hermano. —Matea no se había quitado el complejo de ser la chica de servir que enamoró al tercero de los Machado.

—Sí, son esas cosas que nadie entiende. ¡No le digas nada, por favor! Tampoco lo comentes con nadie. Antonio se podría enfadar mucho.

—No hablaré, pero... nada tiene que ver con nosotros.

El estreno fue un éxito y los autores, Manuel y Antonio, tuvieron que salir repetidas veces al escenario. Pilar acudió junto a sus amigas y sus cuñados a saludar a los autores. Rafael, que había visto el final de la obra, observaba desde la distancia.

—¡Enhorabuena, Antonio! —felicitó Victorio—. Muy divertido el papel del político. Los actores han estado espléndidos.

—¡Estarás contento con la llegada de la República!

—Sí, mucho. Aunque han querido echar abajo mi estatua del Cristo del Otero. Menos mal que a quien lo iba a hacer de noche le pareció que era el Anticristo y decidió declinar la «operación derribo» porque les dio miedo. Ya ves, el miedo es lo que ha salvado a mi estatua.

—Son estas cosas con las que no contábamos los que hemos luchado por que llegara este día.

Antonio, después de este aparte con Victorio, saludó a todas las amigas de Pilar y dejó su mano para besarla al final. Se miraron de tal forma que Rafael, desde la distancia, tuvo la clarividencia de que las iniciales A. M. eran las de Antonio Machado. Había desechado esa idea por la edad del escritor, pero cuando vio la expresión de su mujer, no tuvo ninguna duda. Le parecía increíble lo que estaban viendo sus ojos. Decidió salir de allí y esperarles en el coche. Se preguntaba si entre ellos había solo admiración o algo más.

Pilar no realizó ningún comentario del estreno y volvió a su rutina. Durante días, no hizo otra cosa más que rezar y abrazar a su madre, que ya no movía ni los dedos de la mano. Se tumbaba con ella y le hablaba al oído.

—Madre, ¡aguanta! No te vayas. No me dejes. ¡Sé que me escuchas! ¡Haz todo lo posible para estar conmigo!

El doctor Marañón, que sabía que estaba asistiendo al final de su paciente, siguió visitándola mañana y tarde a pesar de sus muchos compromisos en ese inicio de la II República. Un día, oyendo a Pilar hablar a su madre, se dirigió a ella seriamente.

—Pilar, a los enfermos también hay que saberlos despedir. ¡Déjala partir! Está sufriendo mucho.

—¿Cómo dice? Yo quiero que se quede conmigo. ¡La necesito!

—Ahora ella necesita oír que su familia está bien. El oído es el último sentido que se pierde. Hay que dar paz a los enfermos.

—¿Cree que resulta egoísta por mi parte pedir que se quede?

—Lo entiendo, pero lo mejor que puedes hacer por ella es no decírselo.

—Ha llegado el final, ¿verdad?

—Sí.

Pilar le hizo caso al doctor y le dejó de pedir a su madre que no se fuera, que se quedara con ella. El 8 de mayo, murió. Fue de madrugada, en una de las noches más largas y más tristes de su vida. Antes de que el sol saliera, doña Ernestina dio su último suspiro. Pilar volvió a sentir esa sensación de orfandad que le acompañó en su infancia, en el colegio de los Sagrados Corazones. Pero esta vez era real, ya no vivía ni su padre ni su madre. Estaba sola frente al mundo.

Después de los oficios religiosos y de vestirse de luto riguroso, cayó en la más profunda tristeza. Tuvo la sensación de que desaparecía el color en su vida y todo se volvía negro. Durante días, no tenía fuerzas ni para salir de su habitación. Todos volvieron a temer por su salud.

TERCERA PARTE

34

Verano de 1979

Ahora que estoy a punto de cruzar a la otra ribera, recuerdo como si fuera hoy aquel día en el que mi madre nos dejó para siempre. Ahí me di cuenta de la enorme fragilidad del ser humano y de lo corta que es la vida.

Nunca nada volvió a ser como cuando ella vivía. De hecho, las reuniones familiares se espaciaron hasta ir, poco a poco, desapareciendo. Ella nos aglutinaba a todos y, en torno a ella, las cosas tenían sentido.

¡Dios, qué golpe más duro! Me acostaba llorando y me levantaba con ansias de ir al teléfono para oír su voz. Me costó asimilar que ya no estaba entre nosotros. Nunca más escucharía aquel cariñoso «*ma petite*» con el que se dirigía a mí.

Heredé parte de sus joyas y de su ropa. Todo lo dividimos al cincuenta por ciento entre mi hermano Fernando y yo. Alguna vez vi a mi cuñada con vestidos de mi madre y con alguna de sus joyas y me hacía sentir mal. Yo lo hubiera cambiado todo por un día más junto a ella. Su ausencia se me hizo insoportable y la salud se me quebró una vez más. Siempre he dicho que la sensibilidad excesiva es un mal para quien la posee. Y aunque hace vivir más intensamente, también hace morir no pocas veces; casi nos condena a vivir muriendo. ¡Vivir muriendo!, parece una contradicción. Para mí tanta sensibilidad ha sido como una enfermedad incurable que me ha acompañado siempre.

Antonio se preocupó mucho por mí. Era consciente de que algo se había roto en mi interior. Me dedicó muchos poemas para paliar mi pena. Bueno, más que a mí, a mi otro yo: Guiomar. Ahora que intuyo que estoy en la cuenta atrás, me pregunto: ¿qué nombre perdurará más, si es que alguno lo hace, cuando muera? ¿El de Pilar de Valderrama o el de Guiomar? ¿Mi nombre de pila o el que hizo universal Antonio? Yo creo que ambos van estrechamente unidos. Pilar fue el íntimo, con el que me nombraba el poeta en nuestros encuentros y el que utilizaba cuando me escribía sus maravillosas cartas. Guiomar fue con el que me nombraba en sus versos para no despertar sospechas y el que alguna vez también deslizó en sus cartas. Nunca utilizó mi nombre salvo en aquel soneto: «Perdón, *madonna* del Pilar, si llego / al par que nuestro amado florentino, / con una mata de serrano espliego, / con una rosa de silvestre espino...». Me lo sé de memoria. Tengo grabados todos sus versos en mi cabeza... La misma que olvida lo que ocurre en el presente. Bueno, no todos. Algunos quedaron para siempre entre las llamas, junto a las cenizas de sus cartas, que me vi obligada a quemar. Hoy daría mi vida por recuperarlas. Había tanto amor en ellas, ¡tanto!

Mi único aliciente es recordar esos ocho años junto a él y ver sonreír a mi nieta Alicia. Salvo ella y mis hijas, nada me une ya a esta vida. Me pesa el pasado, me duele demasiado en el pecho. Noto que me ahogo, me cuesta respirar. Ya tengo en el más allá a más personas queridas que en el más acá. Nunca pensé que la vida se me hiciera tan cuesta arriba. Vivo de mis recuerdos porque no tengo futuro y se me acaba el presente. Por eso, quiero darme prisa en escribir estas vivencias, porque mi nieta tiene que conocer la verdad. Cada vez que la miro, me emociono. Todos estos recuerdos guardados en mi memoria los saco a la luz por ella.

Estoy en paz con Dios y con mi vida. No me arrepiento de nada. Echo de menos al hombre que marcó mi existencia. No ha habido ni un solo día desde que nos conocimos que no haya pensado en él. Recuerdo como si fuera hoy aquellos días en Hendaya, a veintiún kilómetros de San Sebastián. Tuvimos que pagar un peaje para traspasar el puente fronterizo que separaba las localidades de Irún y Hendaya. Yo estaba nublada de dolor por la pérdida de mi madre. El doctor Marañón le pidió a Rafael que me llevara todo lo lejos que pudiera. Y nos fuimos toda la familia allí, a la playa de arena fina donde Antonio se atrevió a seguirme... Su presencia, dentro de aquel dolor, me hizo sentir el afecto que me profesaba. Nadie me quiso tan generosamente como él. Comenzaba el verano de 1931...

1 de julio de 1931

Después de hacer el largo trayecto de Madrid a Hendaya en tren, con múltiples paradas debido al mal estado de las vías, un coche les esperaba en la estación para llevarles directamente al hotel. Este se encontraba frente al río Bidasoa, en la misma carretera que conducía a la playa. Aquel paraje con unas vistas preciosas al mar impresionó mucho a todos cuando llegaron al atardecer. Alicia, Mari Luz y Rafaelito estaban deseando que llegara el día siguiente para poder pasar todo el tiempo en la playa. Era un paraje de ensueño donde el mar chocaba con dos grandes rocas, «las gemelas». No parecían reales, pero allí estaban como guardianas del horizonte. Se encontraban en el medio del mar, entre la playa y el agua. El primer día que las vio Pilar, pensó en Antonio y en ella. Dos amores zarandeados por el oleaje de la vida, dos amores imposibles en mitad de la nada. La familia Martínez Valderrama rompía la tradición de ir a Palencia en verano por prescripción médica. «Lo más alejado que puedas de su entorno habitual», le dijo Marañón al cabeza de familia. Y eso es lo que hizo.

En el tren había muchas caras conocidas, pertenecientes a la alta sociedad, que veraneaban en San Sebastián. Se había puesto de moda ir allí desde que la reina María Cristina se hizo construir un palacio a finales del siglo pasado, el palacio de Miramar. Recordaba algo a las casas de campo de la nobleza inglesa. De hecho, había sido diseñado por un arquitecto inglés. En la playa de Ondarreta te podías encontrar tanto a franceses como a toda la aristocracia y burguesía de Madrid. Por eso, ellos decidieron ir un poco más lejos, hasta Hendaya. Era un lugar idílico para pasear y perderse contemplando la naturaleza. Pilar podía estar horas sentada, mirando al horizonte. La dejaban pasear sola, algo que le gustaba hacer de siempre.

Pilar se mostraba inapetente y mustia como una planta que va muriendo poco a poco por falta de agua. Hortensia Peinador viajó junto a la familia Martínez Valderrama al completo, incluida la madre de Rafael. Todos temían que Pilar cayera en una enfermedad nerviosa de la que no remontara nunca. Pero lo cierto es que el cambio de aires le sentó bien y comenzó a comer algo más. Como siempre, el doctor Marañón había acertado una vez más.

Después del primer día de playa, se fueron a tomar un té con pastas al café del hotel, mientras un pianista tocaba melodías conocidas. Rafaelito se puso al lado del músico y no se despegó de él hasta la hora de la cena. Le gustaba la buena música tanto como a la madre.

—Este niño tiene madera de artista. Pinta muy bien y seguro que se le daría bien aprender piano —le comentó Hortensia.

—Este hijo..., parece mentira que se parezca tanto a mí en sus gustos y en sus aficiones.

Rafaelito, a pesar de estar ensimismado, escuchó el comentario de la institutriz.

—Sí, mamá, quiero aprender solfeo —dijo en voz alta—. Me gustaría mucho saber tocar el piano.

Cuando se levantaron para irse, el pianista le dijo que podría darle alguna clase durante las vacaciones y a Pilar le pareció una magnífica idea.

Alicia y Mari Luz conversaban con otras jóvenes también alojadas en el hotel; se hicieron amigas rápidamente. Estaban juntas a todas horas y madres e institutrices, siempre vigilantes, las dejaban más a su aire que en Madrid. Rafael y doña Rafaela aprovechaban cada día para tomar las aguas en el balneario, que estaba pegado a la estación de ferrocarril. Mientras, Pilar escribía cartas, poemas... Le gustaba perderse paseando por algún paraje. En una de las misivas tranquilizó a Antonio diciéndole que se encontraba mejor, aunque le faltaba él para que el lugar fuera perfecto.

Antonio, tras leer su carta, decidió sorprenderla y, sin decirle nada, se presentó en Hendaya. El poeta se alojó en un hotelito más modesto que el de ella y comenzó a observar, desde la lejanía, la playa. No tuvo que esperar mucho. Al segundo día, ya por la tarde, la reconoció entre los veraneantes. Iba con un traje blanco y una sombrilla del mismo color. Estaba sentada en una silla de playa, mirando cómo sus dos hijas y su hijo jugueteaban en el agua. Una señora estaba también sentada junto a ella. Aunque no le veía la cara, intuía que debía de ser Hortensia. Al que no encontraba por ningún sitio era a Rafael. «Estoy quedándome cegato. Seguro que está allí pero no lo veo», se decía a sí mismo.

Antonio Machado se quedó extasiado observando, para lujo de sus ojos, la más bella de las estampas. Pilar caminaba descalza por la orilla de la playa, incluso jugueteaba con sus hijos a la pelota... Por fin, la veía sonreír después de tanto tiempo. No sabía cómo hacerse notar para que ella supiera que él estaba cerca. Llevaba una guayabera blanca y unos pantalones beige claros. Había cambiado su sombrero de invierno por otro de verano que no se quitó en toda la tarde. Cuando estaba decidido a hacerse el encontradizo en la playa, apareció un hombre delgado, ataviado con chaqueta de rayas azules, pantalones claros y un gorro canotier. ¡Era Rafael! Antonio se paró en seco. Prefirió no moverse de donde estaba para no crear ninguna situación incómoda a su musa.

Antonio cerró los ojos y por un momento se vio sentado junto a Pilar. Los dos leían poesía mientras el mar acunaba sus sentimientos. Deseaba besarla por encima de cualquier otra cosa e incluso se la imaginó sin ropa adentrándose en el mar. Parpadeó y observó que todo aquello flotaba entre nubes y gaviotas en su imaginación.

Después de media hora, los jóvenes abandonaron la playa junto a su padre. Imaginaba que a prepararse para estar adecuadamente vestidos para la cena. Pilar, en cambio, apuraba con Hortensia los últimos rayos de sol del día. No se atrevió a acercarse. Tan solo cuando observó que Hortensia recogía las sillas y Pilar emprendía el camino hacia el hotel, le salió al paso. Pilar tuvo que parpadear para comprobar que Antonio realmente estaba allí y que no, como pensó en un primer momento, se trataba de una imagen fruto de su imaginación.

—Mi diosa, necesitaba verte. —Se levantó el sombrero como si fuera un encuentro formal.

Pilar abrió los ojos sorprendida y le costó hablar con claridad.

—¡Antonio! ¿Qué haces aquí? —Le dio su mano para seguir con los formalismos. Él besó su mano mirándola a los ojos y reteniéndola entre las suyas.

—No sabía qué hacer para saber de ti y decidí seguir tus pasos por si tenía la fortuna de verte. Dios así lo ha querido.

—Esto que estás haciendo es muy peligroso. —Pilar miraba hacia un lado y otro del camino.

—Estoy deseando besarte y verte a solas, mi reina.

—El hotel tiene al final del camino un mirador, que no suele frecuentar casi nadie y menos si quedamos a primera hora de la mañana. Antes de que desayunen puedo hacer lo que desee sin despertar sospechas.

—Valdrá la pena madrugar por verte a solas.

—Quedamos a las siete y media, ¿te parece? —Antonio dijo que sí con la cabeza—. Pues... ¡hasta mañana! —Extendió de nuevo su mano y Antonio la volvió a besar—. Me has dado un gran susto, pero luego me he llevado una gran alegría.

Antonio observó, con su sombrero en la mano, cómo se alejaba caminando Pilar con esa cadencia en el andar que tanto le gustaba.

Durante la cena estuvo como ida. La madre de Rafael, que había estado toda la tarde dormitando en el hotel, le daba con el pie a su hijo por debajo de la mesa.

—Tu mujer no anda bien. ¡Mírala! No parece estar aquí.

—Sí, suele estar en su mundo y pocas veces nos deja participar en él —le comentó entre dientes.

—¡Acabará como su padre!

Después de cenar, las hijas se fueron con sus amigas al salón, donde había chicos jóvenes. Rafaelito se subió a la habitación con Pilar. Rafael y su madre se fueron a jugar a las cartas. La presencia de su suegra era una bendición, pensaba. Le daba mucha más independencia. A las doce en punto, estaba ya en la cama. El poeta y Pilar tenían una cita en el «tercer mundo».

Antonio se acostó también temprano y cuando cerró sus ojos vio a Pilar tumbada en la arena. Morena y sensual esperando su llegada a la cita. Los dos solos y el mar. Antonio por fin podía abrazarla sin que nadie lo impidiera. Eran libres para amarse al sol de aquel verano. Su diosa reía y él la seguía. Solo tenía ojos para observarla celoso de aquella arena que reposaba en su piel. Por fin, los dos a solas y con el cielo azul de Hendaya como decorado de aquel lecho improvisado. Se abrazaron con tanta pasión que cayeron tumbados a la arena. Volvían a besarse... y poco a poco fue desabrochando su vestido. Tantas veces se había imaginado la escena que estuvo nervioso y poco atinado a la hora de quitarle el último botón... Por fin, se fundían en la llama de la pasión que sentían uno por el otro. Era real... ¿Había sido todo un sueño? Se habían amado a plena luz del sol, su piel morena al descubierto y la arena como alfombra de aquel momento único, deseado y anhelado...

El poeta se levantó al día siguiente eufórico y, antes de acudir a la cita con Pilar, escribió: «Y en la tersa arena / cerca de la mar, / tu carne rosa y morena / súbitamente, Guiomar». Se acicaló más de lo normal en él y salió al camino del mirador para encontrarse con ella.

Pilar le pidió a Hortensia que le ayudara a vestirse. Se arregló también más de la cuenta para estar de vacaciones en la playa y salió a pasear sola a esas horas intempestivas. Todos dormían mientras ella andaba deprisa y respiraba agitada por el camino de arena hacia arriba. Iba a encontrarse con él. Aquella cita desafiando lo establecido le hacía recordar la frase de su poeta: «En el amor, la locura es lo sensato».

Al final del camino vio la figura de Machado. ¡Estaban solos! Al llegar a su altura, le besó. Antonio reaccionó abrazándola y besándola de nuevo.

—Busquemos un lugar más discreto, Antonio. Estamos demasiado a la vista.

—Como quieras, mi diosa. —La cogió de la mano y así anduvieron unos metros—. A estas horas de vacaciones está todo el mundo en la cama.

Encontraron un alto, un malecón desde el que veían el mar pero desde el que resultaba difícil ser vistos. Se sentaron en la roca para ver salir el sol. Pilar se quitó el pañuelo que llevaba al cuello y lo extendió para apoyarse en él y no mancharse.

—Mi diosa, cualquier esfuerzo que hagamos por vernos me da la vida. Luego, ya sabes que mi imaginación se dispara. Te diré que esta noche no he sido bueno y, por fin, nos hemos amado lejos de la mirada de todos, con la arena como lecho.

—En el «tercer mundo» somos libres para hacer aquello que deseamos. No hay pegas, ni razones religiosas, ni morales que nos impidan amarnos. ¡Es nuestro mundo y de nadie más!

—Me alegra que no te parezca mal. ¡Ahora mismo no sé en qué mundo me encuentro porque parece irreal esto que estamos haciendo! Acabaré loco de atar.

El poeta comenzó a besarla por cada rincón de su cuello y de su cara. Su boca se paró en su oreja y jugó con su pendiente hasta quedarse entre los dientes con el zarcillo que llevaba. El sol salía a lo lejos inundado de una luz dorada toda aquella escena que ambos protagonizaban. Antonio la invitó a apoyarse en la arena y Pilar no le rechazó. Aquello parecía más irreal que real. Se abrazaron como solo lo hacen los amantes desesperados... Las gaviotas sobrevolaban sus cabezas. Solo se oían sus respiraciones, el sonido del mar a lo lejos...

—¡No hagamos nada de lo que luego nos arrepintamos! —dijo Pilar con una voz muy tenue.

—Diosa mía, te deseo. No puedo arrepentirme de algo que he imaginado una y mil veces. —Guardó el pendiente de Pilar en su bolsillo del pantalón.

—Antonio, temo volverme loca. Ya no distingo mis ensoñaciones de la realidad. Estoy con mi familia y mi pensamiento se escapa a tu lado. A todas horas pienso en ti. No estoy centrada y me tienen que repetir las cosas porque no me entero.

—Me pasa igual. ¿Dónde empieza la realidad y dónde acaba? Me tortura la idea de que la distancia destruya esto... Te pido que no me olvides, diosa mía. Sería para mí la peor de las condenas, peor incluso que morir.

Volvieron a besarse, a abrazarse... Pilar cerró los ojos. Aquello en realidad no estaba ocurriendo, ¿o sí? El sol de esas horas de la mañana iba cobrando fuerza. Se escuchaban las primeras voces en la playa y sus besos y caricias no tenían fin. Estaban solos frente a frente, sin testigos, sin prisas, pero con un solo miedo...

—¡Prométeme que no me olvidarás nunca!

—¿Sabes? Ten la seguridad de que mi pensamiento lo tienes secuestrado. Miro al mar y te veo. Voy caminando y te siento cerca... Por eso, ayer, cuando apareciste por sorpresa, pensé que era mi imaginación y que me había vuelto loca de remate. Pero estabas allí. ¡Imposible olvidarte!

—He grabado para siempre tu imagen junto al mar. Jugueteando con tus hijos y esquivando las olas. Te amo como jamás he amado a nadie. ¡Has tardado en llegar, pero al fin, estás aquí! ¡Siempre te he esperado!

Se miraron a los ojos sin decir nada más. No hacía falta. Se abrazaron y se besaron de nuevo largamente. Se olvidaron de quienes eran, de los condicionantes sociales y hasta de su vida. Eran un hombre y una mujer que se amaban... No había más que caricias, besos, un «te quiero» en el aire, un «no te vayas nunca de mi lado» en el oído, un «jamás amaré a nadie como a ti...». El sol, como testigo de aquel amor imposible, irrumpió con brío en esa mañana medio real medio imaginada.

Pilar tenía el pelo enmarañado y el vestido lleno de arena. Se medio incorporó e intentó recomponerse.

—Cualquiera que venga y me vea así, no sé qué pensará... Nada bueno.

—O nos mirarán con envidia diciendo: mira, ahí están dos amantes.

—Antonio, imagina que nos pilla Rafael. ¿Qué hora es?

—Mejor no mirar el reloj.

—Por favor, dímelo, no vayan a estar preocupados. Me fui sin decir nada. Bueno, Hortensia cree que me fui a pasear.

—Son las diez. Estas dos horas y media se me han pasado volando.

—¿Nos vemos mañana a la misma hora? Estamos jugando a un juego muy peligroso.

—Aquí no hay ningún juego, todo lo que hacemos y decimos es verdad. ¡Yo no juego con la verdad!

—Está bien. ¡Hasta mañana!

Pilar le dio un beso y se fue por el camino abajo, andando despacio. Volvió su cara dos veces y le dijo adiós con la mano. Antonio no podía ni moverse. Se quedó allí clavado durante horas. Miraba el mar azul y se le ocurrían mil versos: «Estos días azules...». Todavía podía oler su perfume. Incluso podía sentir sus besos y sus palabras. Nunca imaginó que un amor así, en la madurez, pudiera hacerle perder los sentidos de esa manera. Se incorporó muy despacio y se fue caminando por el mismo sendero por el que había descendido Pilar. Al llegar a su hotel, ya no quiso salir hasta la cena. Estuvo escribiendo toda la tarde. La poesía surgía sola de su pluma: «[...] en el nácar frío / de tu zarcillo en mi boca, / Guiomar, y en el calofrío / de una amanecida loca; / asomada al malecón / que bate la mar de un sueño, / y bajo el arco el ceño / de mi vigilia a traición, / ¡siempre tú! / Guiomar, Guiomar [...]».

Cuando Pilar llegó al hotel, todo el mundo la estaba buscando. La primera en verla fue su suegra Rafaela.

—Pero ¿dónde te has metido, muchacha? No podíamos irnos al balneario sin saber de ti.

—Pero si yo estoy bien. No entiendo por qué no se han ido.

—¡Hombre, no sabíamos nada de ti y tal y como estás! ¿Te has mirado el pelo que traes y el vestido manchado y lleno de arena? Pero ¿dónde te has metido? Además, te falta un pendiente.

—Sabe que me gusta tumbarme en la arena y observar la naturaleza. Quizá, lo haya perdido allí. —Se tocó la oreja.

—¡Vete a cambiar porque vas hecha un cristo!

No replicó a su suegra. Le apetecía darse un baño y Hortensia le ayudó a hacerlo en la bañera de la habitación. Sentía cómo el agua caliente caía por su pelo y por su espalda. Hortensia vertía una jarra y otra... Cuando estuvo llena la bañera, se sumergió completamente en el agua con sales y jabón espumoso. Venía una y otra vez a su mente la escena que acababan de protagonizar. No se la podía quitar de la cabeza. Tampoco quería. Antonio estaba allí, le podía sentir todavía...

35

¿Vivencias soñadas o vividas?

El sol comenzaba a asomar tímidamente por el horizonte y reflejaba sus primeros haces de luz sobre el mar en calma. Mar y cielo compartían el azul hasta el punto de no saber dónde acababa uno y dónde comenzaba el otro. Antonio contemplaba ese espectáculo, que le brindaba el mes de julio, en solitario, desde lo alto del camino que llevaba a la playa. Recordaba a Pilar entre sus brazos el día anterior, sus besos y, sobre todo, sus palabras. Quedaría para siempre en su memoria esa mañana que entre realidad y sueño, había sido la más feliz de los últimos años.

Antonio estaba tan impaciente por ver a su musa de nuevo que había madrugado para anticiparse a su llegada. Cuando el reloj marcó las siete y media de la mañana, se impacientó. Media hora después, apareció en el final del camino una mujer que no era Pilar y que fue directa a su encuentro.

—¿Don Antonio? —Machado asintió—. Me manda doña Pilar. Un contratiempo le ha hecho imposible acudir a su encuentro.

—¿No le ha dado ningún recado para mí?

—Sí, me ha dicho que a las seis de la tarde le espere aquí mismo.

—¿Puedo saber cuál es el contratiempo?

—Se ha puesto enferma su suegra. Un cólico que la ha tenido toda la noche en danza. Están esperando la llegada del médico.

—Entiendo...

De golpe, el día se llenó de oscuridad para Machado. El sol parecía que se había ocultado tras unos nubarrones inesperados. Todo el ímpetu y la energía del día anterior desaparecieron con tan solo escuchar una frase: «doña Pilar no podrá venir». La mañana, que prometía ser tan única como la anterior, se transformó en una larga espera cuyo final era incierto. Estuvo durante un largo rato inmóvil con la vista perdida en el mar. Frente a aquella inmensidad, se sintió un ser pequeño, tan diminuto como su estado de ánimo. Entonces reaccionó, bajó el camino con la mente lejos de allí y se paseó por el casco antiguo de la localidad fronteriza sin apreciar aquello que veían sus ojos. Cuando se quiso dar cuenta estaba perdido, dando un largo paseo junto al mar, por el bulevar del Txingudi. No pensaba en nada. La decepción le dejó la mente en blanco. De regreso a su hotel, el poeta realizó todos los trámites para partir al día siguiente hacia Madrid. Se sintió ridículo ante aquella desesperante situación. Además, Pilar estaba muy expuesta y su presencia allí la comprometía. Debía volver cuánto antes. Su hermano Manuel le esperaba para seguir escribiendo juntos una nueva obra de teatro, mitad en verso, mitad en prosa, aprovechando el verano y el parón en sus clases.

Pilar se quedó más tranquila cuando Hortensia le dijo que «el señor lo ha entendido». Agradecía mucho que la institutriz jamás le hubiera preguntado por sus citas con Antonio. Ella veía y callaba. Le estaba muy agradecida.

Por fin, llegó el médico al hotel y les dijo que la razón del mal de doña Rafaela estaba en la ingesta de algún alimento en mal estado. Repasaron su cena y, efectivamente, había ingerido ostras y alguna, seguramente, no estaría fresca.

—En dos o tres días se encontrará bien. Deberá seguir una dieta. No tiene mayor importancia.

—Nos habíamos asustado. Pensamos que podía tratarse de algo más grave —dijo Rafael.

—Afortunadamente no ha sido así. ¿Son ustedes de Madrid?

—Allí residimos, sí.

—Menudo panorama tienen ustedes. Hasta aquí nos llegó la noticia de la quema de conventos en la capital. Me parece que esta República no es lo que muchos esperábamos.

—Ha sido terrible. Tenemos un conocido de una orden religiosa que ha tenido que esconderse en nuestra casa —comentó Pilar.

—Pues ustedes se han expuesto mucho.

—Hemos hecho lo que teníamos que hacer ante la impasibilidad de nuestras autoridades. Es una quiebra evidente del Estado de Derecho.

Se referían a don Félix, el sacerdote que acompañó a doña Ernestina hasta el final de sus días. Se afeitó la barba y le dieron ropa de paisano para que pasara desapercibido.

—El ambiente es de confusión y de extrema intransigencia con las iglesias, los conventos y los colegios religiosos —continuó disertando Rafael—. La mayoría ardió en llamas en el mes de mayo. Se han destruido esculturas, objetos de culto, pinturas religiosas, decenas de miles de libros, algunos incunables, que acabaron convertidos en cenizas junto con ediciones especiales de los clásicos del Siglo de Oro.

—Es muy preocupante lo que me cuentan —añadió el médico.

—Aquí a ustedes no les llegan las noticias veraces. Pero tienen un tesoro que nosotros quisiéramos: la seguridad de la que gozan. Piense que la violencia ha sido indiscriminada; tampoco han salido mejor parados aquellos edificios que albergaban a profesorado religioso como la Escuela de Artes y Oficios de los jesuitas de la calle Areneros y el colegio Nuestra Señora de las Maravillas de los Hermanos de las Escuelas Cristianas. Ambos han estado formando en oficios y dándoles un futuro a chicos de origen humilde. ¿Usted entiende algo? Yo, desde luego, no. Le daría una lista interminable de tropelías que se han hecho en estos últimos meses: se ha quemado el monasterio de las monjas bernardas de Vallecas —una joya del siglo XVI—; el convento de la mercedarias de San Fernando y el convento de las salesianas; la iglesia parroquial de Bellas Vistas, la iglesia de Los Ángeles... ¡Un verdadero desastre!

—Lo que aquí nos ha llegado es que en los conventos y en esas instituciones había munición y arsenal para una guerra. Decían que los disparos comenzaron allí y no les quedó otra que replicar.

—¿Usted se imagina a un cura o a una monja disparando? Es la propaganda y la mentira por la mentira. Mire, han cerrado periódicos durante días como el monárquico diario *ABC* y *El Debate*, ligado a Acción Católica. Así es como estamos. Resulta increíble que las víctimas de la violencia de estos primeros días de la República sean, a su vez, los responsables de la misma.

—Yo que ustedes, me quedaría aquí el mayor tiempo posible.

—Después del verano, no nos queda otra que volver. Allí están nuestras propiedades y nuestro dinero. ¡Ya veremos lo que nos duran!

—Lo mismo las cosas vuelven a su ser y todo se normaliza.

—¡Dios le oiga! —Pilar zanjó así la conversación porque no se sentía a gusto con ese médico desconocido al que le habían contado que habían escondido a un cura en su casa. Tuvo miedo y le hizo un gesto a su marido para que no siguiera hablando.

Machado comió temprano en el mismo hotel donde se alojaba. El camarero no hizo ni amago de darle conversación. No se le veía con ganas de hablar. Antonio miraba su reloj constantemente. Deseaba que los minutos pasaran rápido para que llegara la hora de ir a ver de nuevo a Pilar. Tenía la sensación de que el tiempo se había parado y que su sentimiento se había quedado suspendido en el aire, pendiente de que le devolvieran de nuevo a la vida. Pensó que ya no tenía edad para estas cosas de adolescentes, pero allí estaba, siguiendo la estela de su diosa a la que necesitaba para respirar.

No tenía mucho apetito y dejó todos los platos a medias. Nada más terminar, se fue a su habitación. Lo mejor que podía hacer era cerrar los ojos para que el tiempo pasara lo más rápido posible y para seguir pensando en ella.

No tardó mucho en aparecer Pilar en su pensamiento. Lo hacía vestida de blanco, como una novia, bajando las escaleras del hotel Comercio. Ese primer impacto que sintió al verla por primera vez no lo había podido olvidar. ¿Qué le ocurrió en realidad? Fue como la aparición de una diosa en mitad de la oscuridad. Cuando su vida hacía aguas surgió ella de entre la gente para rescatarle y darle oxígeno en el último tramo de su vida. Y el primer beso robado... Y el primer beso compartido en respuesta al anterior. Ella convertida en su guía. «¿Qué hacía allí solo, en Hendaya?», se preguntaba. Esperar lo que hiciera falta para que su corazón siguiera latiendo:

> *Dos corazones al par,*
> *se funden y complementan*
> *nuestras horas. Los racimos*
> *de un sueño —juntos estamos—*
> *en limpia copa exprimimos,*
> *y el doble cuento olvidamos...*

Le brotaban los versos en su cabeza y se levantó a escribir-
los... ¡Pilar, Guiomar! Por ella todo tenía sentido.

> *Por ti la mar ensaya olas y espumas,*
> *y el iris, sobre el monte, otros colores,*
> *y el faisán de la aurora canto y plumas,*
> *y el búho de Minerva ojos mayores.*
> *Por ti, ¡oh Guiomar!*

Cuanto más miraba el reloj de bolsillo más le parecía que
las manecillas no avanzaban. Le daba golpecitos por si se hubiera parado. Pero no, tan solo era la sensación del tiempo detenido. A las cinco ya no pudo más con su ansiedad y se fue
otra vez caminando despacio hasta el final del sendero. Al mismo lugar donde se encontraron sus soledades el día anterior.
Encendía Antonio un cigarrillo detrás de otro. No sabía cómo
amortiguar su nerviosismo. Un poco antes de las seis, apareció Pilar con la respiración entrecortada. Había subido la cuesta todo lo rápido que le dejaban sus fuerzas. Vestida de azul
con una sombrilla blanca, volvió a iluminarlo todo.

—Diosa mía, por fin estás aquí.

Se besaron como los amantes que se ven después de mucho tiempo. Allí estaban ellos entrelazados, sin palabras. Decidieron sentarse como el día anterior, apoyados en una roca.
Se miraban y volvían a besarse.

—Pilar, mañana me voy a Madrid...

—¿Te vas?

—Sí, esta situación en insostenible para ambos. Estás arries-
gando mucho por mí y no puedo tolerarlo. A fin de cuentas,
a mí me da igual lo que digan sobre mi persona, pero no puedo consentir que nadie diga nada malo de ti.

Pilar le besó y apoyó la cabeza sobre su hombro. Miraban
al mar desde lo alto del camino.

—¡Qué pena no habernos conocido antes! Puede que entonces nuestra historia hubiera sido distinta.

—No hay que martirizarse —le respondió el poeta—. Las cosas son como son y no se puede hacer nada para cambiarlas. Yo con este ratito ya vivo por un tiempo.

—Eres la persona más generosa que he conocido nunca.

—No, soy la más egoísta porque te quiero solo para mí. ¿Cuándo regresarás a Madrid?

—A primeros de septiembre. Rafael quiere construir una casa de vecindad en el terreno que tiene su madre lindando con nuestro jardín. Deberá hacer muchos papeleos antes de iniciar las obras. Espera poder comenzarlas el año que viene. Ya sabes que uno sabe cuándo empieza pero no cuándo acaba.

—Me alegra saber que no os va mal. De todas formas, debéis andaros con cuidado. Sois una familia muy significada y más desde que hacéis teatro y recibís a tanta gente. Muchos saben que en vuestra casa estuvo Alfonso XIII y eso hoy no está bien visto. Debéis cambiar alguna de vuestras costumbres...

—Ya lo hacemos. Hemos dejado de ir a la iglesia. El padre Félix suele venir a casa vestido de paisano, sin sotana, y da misa para nuestra familia. Al menos, no hay cien ojos observando lo que hacemos o dejamos de hacer.

—Eso está muy bien. No quiero que te pille ninguna revuelta estando tú sola o con tus hijos en una iglesia o por la calle. De momento, desde las elecciones del veintiocho de junio y la constitución de las Cortes, me parece que las aguas están volviendo a su cauce. Se está redactando una nueva Constitución y verás cómo, cuando se apruebe, la tensión desaparecerá de nuestras calles. Confío en que nos podremos seguir viendo, sin problema alguno, en nuestro rincón.

—¡Ojalá podamos seguir haciéndolo! Nos lo están poniendo cada vez más difícil.

—A lo mejor, la República resuelve nuestro problema. —Dio una calada al cigarrillo—. Se va a legislar sobre las familias y el final de la convivencia entre esposos... ¿Imaginas que tengamos una oportunidad?

—Antonio, la Iglesia ya ha hablado y ha dicho que eso no lo aprueba. Incluso para los que vuelvan a casarse por lo civil, han comentado que caerá un estigma sobre los hijos de aquellos que lo hagan, ya que serán declarados ilegítimos. No podrán participar de los sacramentos. Yo no puedo hacer eso a los míos. ¿Verdad que me entiendes?

—A ti, mi reina, siempre te voy a entender. Ya me cuesta más hacerlo con la Iglesia y las autoridades eclesiásticas.

—Por favor, debemos conformarnos con estar juntos. Miremos la maravilla que nos presenta la vida ante nuestros ojos. Este mar, este cielo, este clima, ¡tú!

—Ahora nos podremos ver más a menudo. ¡Quería darte la noticia primero a ti antes que a nadie!

—¿Qué noticia? ¡Dímelo ya!

—Me han concedido el traslado a Madrid para el año que viene. Voy a dar clase en el Instituto Calderón de la Barca. De modo, que solo nos queda un curso con esta separación absurda. Iré cerrando mis asuntos en Segovia, despidiéndome de mis amigos y mentalizando a la dueña de la pensión de que me voy definitivamente. Doña Luisa Tórrego me ha tratado como a un hermano durante todo este tiempo. Le estoy muy agradecido. No se lo tomará bien, te lo aseguro.

—¡Tener a un inquilino como tú es un honor! Imagino que se llevará un gran disgusto..., pero no sabes la alegría que siento en este momento. ¡Podremos vernos más a menudo!

Se besaron y estuvieron callados sin decirse nada con las manos entrelazadas mirando al mar.

—¿Quieres que vayamos a mi hotel? Allí nadie preguntará quién eres, ni tan siquiera se fijarán en quiénes somos. No nos conocen. Merecemos estar a solas.

—¿Sabes? Nada me gustaría más que estar contigo sin la intranquilidad de que alguien nos pille juntos. Pero... satisfecho el deseo, ¿qué nos quedará?

—Amor. No subestimes al amor. Es mucho el que yo siento por ti y te aseguro que no se haría más pequeño.

—Pienso que la sensualidad o dar rienda suelta al deseo entierra el verdadero amor en una fosa común. Este amor nuestro es mucho más profundo, somos buscadores de belleza, gozadores silenciosos, voluptuosos de espíritu... ¿No te das cuenta? Estamos cerca del Arte, de la luz, del perfume de la naturaleza, rozamos lo sublime porque estamos alejados del abismo, de la oscuridad, de la decepción.

—Respeto lo que dices, pero amarte no puede ser nunca una decepción. Todo lo contrario. No todos los hombres somos témpanos de hielo. A muchos, como a mí, nos gusta ser generosos a la hora de amar. ¿Te arrepientes del día de ayer? Lo guardaré para siempre en mi memoria.

—¿Ayer? Lo que vivimos fue un espejismo. Unimos los dos mundos en los que nos movemos: el primer y el «tercer mundo»... Tampoco sé si fue realidad o sueño. Estuvimos juntos y con eso me basta.

—Yo soy más malo que tú y quiero más. Entiéndeme. No me extrañaría que mi imaginación fuera más allá de la realidad, pero es que me estoy volviendo loco. ¿Estás aquí a mi lado o estoy soñando?

Antonio la besó largamente, sin querer separar sus labios de los suyos.

—Esto es real, Antonio. Y lo peor es que está llegando a su fin y ya no te veré hasta septiembre.

—¿Tienes que irte?

—Sí, estarán echándome de menos y espero que a Rafael no se le ocurra salir a buscarme. Si nos viera juntos, con las manos entrelazadas, como dos enamorados, no sé qué sería capaz de hacer.

—¡Qué suerte tiene! Estás enamorada de mí pero vives con él. No sé qué es peor, lo mío o lo suyo.

—Lo peor es estar con alguien y, a la vez, soñar con otra persona. No hay nada peor que eso.

—Tienes razón, prefiero el afecto a la indiferencia, el amor a la compasión.

Volvieron a besarse. Pilar se puso en pie y se quitó con las manos todos los vestigios de haber estado sentada junto a la roca.

—Cuando vuelvas por Madrid espero que la situación en las calles esté más controlada. ¿En nuestro rincón?

—Sí, o en nuestra fuente. No sufras mucho con la distancia que nos separa. Cuando te quieras dar cuenta, ya estaré allí.

—¡Descansa! ¡Coge fuerzas, mi reina!

Un beso más prolongado y una mirada.

—¡Cuídate tú también! ¡No trabajes tanto! Dile a Manuel que te deje descansar. Y puestos a trabajar, prioritario es tu discurso de ingreso en la Academia.

—No olvido lo importante que es para ti. Lo haré. Pero escribir junto a Manuel se ha convertido hoy en mi única medicina mientras tú no estás. Ya tenemos en la cabeza la nueva obra de teatro: *La duquesa de Benamejí*. Volveremos a recrear Andalucía como telón de fondo de un drama en los tiempos de Fernando VII.

—Benamejí es un pueblo del sur de Córdoba, no muy lejos del mío: Montilla.

—Lo sé. A lo mejor es un guiño a tu persona...

Pilar le besó por última vez con los ojos repletos de lágrimas. Se fue camino abajo. Le miró una última vez y siguió andando con pasos lentos. Esa separación volvía a desgarrarles por dentro a los dos. Antonio se quedó fumando apoyado en la roca, observando el mar ya con reflejos de plata. Aquel atardecer se había quedado de golpe sin poesía. Todo el embrujo se lo había llevado ella.

En el camino de regreso a Madrid, acompasado por el traqueteo del tren, Antonio comenzó a escribir:

¡Solo tu figura,
como una centella blanca,
en mi noche oscura!...

Asomada al malecón
que bate la mar de un sueño,
y bajo el arco del ceño
de mi vigilia a traición,
¡siempre tú!
Guiomar.

36

La religión, el primer escollo

Antes de finalizar el verano del 31, los Machado volvieron a reunirse —a excepción de Francisco que estaba destinado en Alicante—, en torno a la figura materna, doña Ana Ruiz. Joaquín, el único soltero, había solicitado ese encuentro informal con sus hermanos.

Después de invitarles a una horchata con barquillos, Joaquín les comentó que en su nuevo empleo en el Ministerio de Trabajo había conocido a una joven que deseaba presentarles.

—Hermano, eras el único que no había sucumbido a la tentación femenina. Nos tenías ya preocupados —comentó Manuel entre risas—. ¡Seguro que vas a dejar la soltería! ¡Bienvenido al club!

—No le hagas caso a tu hermano que siempre ha sido muy faldero. ¡Demasiado! —salió doña Ana en su defensa—. ¿O si no por qué crees que le tuvimos que mandar con vuestro tío Rafael a estudiar a Sevilla? ¡Danos la noticia!

—No le falta razón a Manuel. Me he enamorado de una compañera de trabajo. Se llama Carmen López Coll y me gustaría casarme con ella a principios del año que viene. ¡Bueno, ya lo he soltado! Nos vamos a dar unos meses para ahorrar y para que Carmen pueda hacer el ajuar.

—Ahora, te has quedado solo, Antonio. Tendrás que decidirte por alguna de esas señoras de tanto relumbrón que vienen a nuestros estrenos —dijo con sorna Manuel.

—¿Quieres dejar en paz a Antonio? ¡Menuda tarde! —volvió a recriminar doña Ana a su hijo mayor.

—¡Déjele madre! Me entra por un oído y me sale por otro.

—Además, si no quiere estar con nadie, mejor. ¡Se quita de problemas! ¿O es que el matrimonio no nos da quebraderos de cabeza? Antonio es el más listo de todos.

José le guiñó un ojo a su hermano. Salió en su ayuda ya que conocía de primera mano su padecimiento y le había sabido guardar el secreto. El estado civil de la dama le impedía al segundo de los Machado presentársela a la familia.

—Pues Joaquín, ¡que sea para bien! Nos encantará conocerla antes del enlace —le dijo Antonio.

—Sí, por supuesto. Haremos otra reunión con vuestras esposas para presentárosla.

En ese momento, Antonio se sintió inmensamente solo. Su vida junto a su musa no tenía ninguna proyección de futuro. Estaba condenado a la soledad. Todos podían traer a sus mujeres menos él. Su relación con Pilar permanecería siempre en secreto.

Los días siguientes, Antonio tuvo que ir al médico. Se encontraba realmente mal. Desde la reunión con sus hermanos no había vuelto a levantar cabeza. Incluso cogió un catarro que le obligó a estar en cama. El médico fue muy sincero con él.

—Don Antonio, su enfermedad se llama «soledad». No ha superado la muerte de su mujer. Me temo que usted necesita abrir su corazón a la posibilidad de enamorarse.

—Le aseguro que no puedo, doctor. Mi corazón ya está ocupado.

El médico creía que se refería a su tristemente fallecida mujer.

—Lleva viudo muchos años. ¿No se da cuenta de que ese

recuerdo le está haciendo mucho daño? Debe superarlo. Ha pasado ya mucho tiempo.

—Doctor, no se trata de eso. Se lo aseguro. Es que me encuentro muy mal. Me siento muy viejo y no es por miedo a la muerte. Lo que no me gusta es el dolor, el deterioro, la vejez...

—Debería hacer las maletas y viajar adonde usted vivió con ella y despedirse de sus recuerdos. Un «hasta aquí he llegado». Pienso que eso le haría mucho bien.

—No lo había pensado, pero quizá regresar a Soria me sentaría bien, como usted dice. Es cierto que me pesan mucho los recuerdos... —Pensaba en Pilar.

—Don Antonio, tiene motivos para alegrarse. Es usted un hombre de éxito, con talento... La gente le sigue y disfruta de su poesía, su teatro... ¡Por experiencia sé que no se puede tener todo en la vida! La felicidad absoluta es inalcanzable. A todos nos falta siempre algo para conseguirla.

—A mí, me falta lo esencial. ¡Que esté cerca la persona a la que amo!

El médico viendo su estado anímico, le diagnosticó unas pastillas que le harían dormir mejor. No podía seguir sin conciliar el sueño un día tras otro. Y le insistió en que se fuera a cerrar, a sellar la etapa de su juventud junto a Leonor. Aquella sugerencia no le pareció mal. De alguna manera, le debía una explicación a su joven esposa ante todo lo que estaba sucediendo en su vida. Iría a Soria después de tantos años. El alcalde de la ciudad se lo había pedido muchas veces y nunca encontraba el momento adecuado. Estaba claro que este había llegado y por prescripción médica.

Pilar supo del bajo estado de ánimo de Antonio por sus cartas y aceleró todo lo que pudo el regreso de toda la familia a Madrid. Una vez en la capital, no fue fácil volver a verle. Se sentía vigilada por Rafael que, además, la llevaba en coche a todas partes. Visitó con más frecuencia que nunca el Lyceum.

Las socias del Club estaban muy alteradas ante la posibilidad de que Clara Campoamor consiguiera convencer a una mayoría de diputados para que las mujeres pudieran ejercer el derecho al voto, y que así lo recogiera la Carta Magna. Había muchas discusiones en las Cortes y en el Lyceum. Lo chocante era que la mayor oponente en el hemiciclo de la Carrera de San Jerónimo, era la subdirectora del Lyceum y directora general de Prisiones: Victoria Kent. Eran solo dos diputadas en las Cortes y las dos no se ponían de acuerdo, lo que provocaba chanzas entre los hombres.

Victoria Kent se manifestaba en contra del voto femenino por pensar que estaría influenciado por la doctrina de la Iglesia. Igual que sus compañeros de filas del Partido Radical Socialista, temía que la mujer tachada de regresiva y de falta de espíritu crítico, pusiera en peligro a la joven República.

Entre las socias del Lyceum había quien defendía a Clara y quien defendía a Victoria. Pilar lo tenía claro.

—Las mujeres tenemos el mismo derecho al voto que los hombres. ¿Es que nos tiene miedo Victoria por ser católicas?

—Habla bajo —le dijo Carmen Baroja—. Las cosas han cambiado mucho desde que te fuiste. Cree Victoria que no es tanto cuestión de capacidad como de oportunidad. Dicen que esa cuestión del voto hay que aplazarla. No le parece que sea el momento... Sin embargo, yo pienso que es ahora o nunca. Resulta paradójico que sí podamos ser elegidas diputadas pero no podamos votar. Si valemos para una cosa, también para la otra.

—Clara Campoamor en contra de su propio partido, el Radical, ha dicho que hay que respetar a la mujer como ser humano y que, por lo tanto, debe votar, igual que el hombre. ¡Es increíble que se cuestionen nuestras capacidades! —replicó María Estremera—. Somos buenas madres, buenas enfermeras, buenas maestras, buenas abogadas... y ¿no podemos votar por falta de criterio?

—Espero que Campoamor lo consiga. Dejaríamos de oír

muchos comentarios ofensivos sobre las mujeres. ¿No os resulta curioso que no podamos votar ni las mujeres ni los curas? ¡Parece que somos de otro planeta! —exclamó Pilar.

Después de un rato disertando sobre lo mismo, empezaron a llegar socias a las que Pilar y María Estremera no veían desde antes del verano. Carmen, al no haber salido de Madrid en los meses estivales, estaba al tanto de todo.

—Chicas, ¿sabéis quién viene por aquí todos los días? La mujer de Eusebio Gorbea, Encarnación Aragoneses. La de los cuentos de Celia que firma con el pseudónimo de Elena Fortún.

—Me encantan sus historias —dijo Pilar—. Está teniendo mucho éxito.

—No le pongo cara... —dijo María.

—Sí, la pequeñita de ojos grandes y negros que os pidió que participarais en la última subasta que hicimos. Es muy simpática, excelente persona. Un tanto chiflada por su tendencia al ocultismo y al espiritismo —continuó Carmen Baroja—, pero es la excepción entre tanta extremista. Se puede hablar de todo con ella. Ahora vienen muchas mujeres a poner verdes a las amas de casa. Margarita Nelken nos llama burguesas, nos pone tibias y encima nos tenemos que aguantar. Da la sensación de que guarda mucho rencor a las españolas de clase media.

—No puede tragar a las que formamos parte del Lyceum. Dicen que es porque ella no puede entrar por las muchas aventuras que ha tenido con distintos hombres y, como sabéis, aquí no se tolera la conducta *non sancta*.

—Eso me parece una tontería. A saber qué hay de verdad en la conducta verdadera de las que dicen ser *sanctas*. Aquí debería entrar cualquier mujer que lo deseara —intervino Pilar—. De todas formas, aunque no forme parte del Club ha venido aquí muchas veces invitada. Creo que está a punto de entrar en las Cortes. Será la tercera mujer entre tantos hombres.

—¡Pues vamos apañadas con la manía que nos tiene!

—¿Jugamos una partida de *bridge*? —propuso María.

Todas aceptaron. Se había puesto de moda jugar una partida de cartas antes de acabar la jornada. Lo malo de esas partidas es que estaban capitaneadas por una mujer gruesa y pedante, Georgina Porrúa de Peinador que les decía con quien tenían que sentarse y con quien no.

—No sé quién es más fea, si la madre o la hija —comentó Carmen.

—¡Cuidado, que os va a oír! —añadió Pilar.

Hasta que no comenzó la construcción del solar colindante a su jardín, Rafael no dejó de acompañar a su mujer en todas sus salidas. A partir de ese momento, Pilar y Antonio pudieron volver a verse. El mismo 1 de octubre por la tarde quedaron de nuevo en su rincón de Cuatro Caminos. Jaime, el camarero, al verla después de tanto tiempo, la saludó con efusividad. Incluso les invitó al primer café. Antonio estaba muy desmejorado. Como pudo, forzó una sonrisa.

—¡Cuánto me alegra volverte a ver! Estás cada día más guapa.

El poeta cogió su mano y la besó. Olió el perfume que desprendía su piel y volvió a besarla. Aquel momento, parecía que le devolvía a la vida.

—Me preocupa tu salud. Antonio, no te veo bien. ¿Qué te dice el médico?

—Que estoy enfermo de soledad y que me vaya a Soria a despedirme de Leonor. Algo así como hacer borrón y cuenta nueva. ¡Si supiera que en realidad me estoy muriendo de no verte a ti a mi lado!

—No depende de mí poderte ver, lo sabes. Rafael ha estado pendiente de mis movimientos. Me ha llevado a todas partes sin dejarme sola ni a sol ni a sombra. Ha sido mi guardián durante todo este tiempo. ¡Menos mal que han empezado antes de tiempo las obras de la casa de la que te hablé! De no ser así, ¡habría sido imposible que nos viéramos! Entiendo lo dura que es para ti esta situación.

—Lo es, pero aquí estás. —Se quedó callado mirándola fijamente a los ojos.

—Desde ahora nos veremos más. ¿Sabes? Justo al salir de casa he oído en la radio que las mujeres ya podremos votar. Ha ganado la postura de Clara Campoamor y, por fin, tendremos nuestro derecho al voto recogido en la Carta Magna. Ha ganado el sí por 161 votos frente a 121.

—Me alegra mucho verte tan contenta. ¿Ves cómo la República no es tan mala? Al final podréis votar las mujeres, aunque creo que hasta el 33 no se podrá materializar vuestro derecho. Por lo que me cuentas, hoy se ha dado un paso histórico. Ha sido una reparación de una injusticia cometida durante años, durante siglos. Ha ganado la ética.

—No todo el mundo aplaude lo que acaba de suceder. Me alegra saber que tú sí. La verdad es que no me gusta el mundo que estamos dejando a nuestros hijos. Tenemos que esconder que somos religiosos. Si hasta nos han recomendado que no hagamos ostentación de nuestras posesiones. Tengo miedo, Antonio. Incluso de que me vean aquí.

—No tienes por qué tener miedo. Solo deben temer a la República los masones, los ladrones, los que se han dejado corromper por el maldito dinero... pero tú, diosa mía, no. Pero dejemos la política. No quiero que sea una barrera entre los dos. Tú y yo estamos por encima de ideologías, de gobiernos, de los hombres y de sus mezquindades.

—¿Irás al estreno del teatro Pavón?

—No estamos invitados. ¿Qué van a representar?

—La revista *Las Leandras*. Aseguran los que han ido a los ensayos que hay dos números excepcionales. Te lo preguntaba por si te iba a ver de refilón.

—Mi hermano y yo estamos ultimando *La duquesa de Benamejí*. Durante estos meses no podremos ir a nada. Margarita Xirgu nos ha pedido la obra de teatro y quiere estrenarla a finales de marzo del año que viene. Por eso, nos encerramos todas las tardes que estoy en Madrid, menos hoy, que he puesto una excusa muy burda.

—¿Qué has dicho?

—Que había quedado con una dama. Así mis hermanos se quedan tranquilos y yo no miento.

—Tranquilos, ¿por qué?

—Me ven muy mal y están deseando que me ennovie con cualquier mujer.

Pilar puso un gesto mohíno. Eso le hizo mucha gracia a Antonio. Por fin, sonreía. Su musa le volvía a sacar de ese letargo en el que llevaba meses. De hecho, cuando volvió a casa, percibió una pequeña sonrisa cómplice de su madre. El poeta regresaba al mundo de los vivos después de varios meses durante los cuales no tenía fuerzas ni para comer.

La correspondencia entre ellos se incrementó durante esas semanas. Más aún cuando Manuel Azaña, flamante presidente del Gobierno, acababa de pronunciar en su primer discurso en el Parlamento, una frase de enorme repercusión: «España ha dejado de ser católica». Pilar se asustó mucho y Antonio la calmó por vía epistolar: «Eso no significa que no puedas seguir practicando tu religión. ¡Tranquila! La Constitución lo que deja claro es que España no tiene una religión oficial. Nada más». Pilar le contestó más intranquila aún: «Lejos de calmarme, me preocupas. ¿Te parece normal que se prohíban los colegios religiosos y que se quiten los crucifijos de todas las instituciones escolares?». Y es que en casa de los Martínez Valderrama aquella sentencia del flamante presidente, y los decretos posteriores, sentaron como un tiro.

Don Félix en la cena con la familia les expresaba su temor frente a un futuro que se presentaba tan incierto.

—Se trata de una auténtica persecución a los católicos. Nunca pensé que se atrevieran a disolver la orden de los jesuitas y lo han hecho. Incluso, han nacionalizado la mayor parte de sus bienes, que han pasado a ser gestionados por un patronato.

—Afortunadamente, han recurrido y el abogado y líder de Acción Nacional, José María Gil Robles, les está defendiendo en los tribunales. Si se quedan con los bienes eclesiásticos, como poco, les tendrán que indemnizar. ¡Es una tropelía! —replicó beligerante Rafael—. A lo mejor hay que hacerse a la idea de que tenemos que irnos fuera de España.

Pilar se dio cuenta de que su marido llevaba dándole vueltas a esa posibilidad desde hacía tiempo, pero no tenían dinero suficiente para empezar una nueva vida en Portugal. La casa que estaba construyendo les proporcionaría buenos emolumentos, pero ¡acababan de empezar!

Rafaelito, con su predisposición a la pintura y a la música, comenzó a recibir clase de ambas artes en el domicilio. Alicia se preparaba para empezar en la Universidad de Filosofía y Letras. Mari Luz, sin embargo, no tenía claro hacia dónde encaminar sus pasos más allá del teatro y de la escritura. Pilar estaba muy preocupada por el futuro de sus hijos. Hablaba muy a menudo con María Calvo.

—No sé qué será de estos chicos. Su futuro es hoy más incierto que ayer.

—Pienso que irá todo bien. Se trata de un nuevo régimen y tenemos que adaptarnos poco a poco.

—Sus primeras medidas van en contra de nuestras creencias. De un día para otro, los católicos somos unos apestados.

—Yo creo, Pilar, que exageras. Verás como las cosas se serenan.

A pesar de las bajas temperaturas de final de año y de comienzo del nuevo, siguieron las tiranteces entre los partidarios de acabar con cualquier vestigio religioso y los que querían dar un lugar preferente a la Iglesia.

En las tertulias de los Machado, empezó a aflorar el desánimo por esos primeros pasos de la II República. De hecho, el artículo de Ortega y Gasset publicado en el diario *El Sol* bajo el título «Un aldabonazo» y su frase «no es esto, no es esto», estaba siempre presente al final de cualquiera de sus conversaciones.

—Mira, Ricardo, algo no está yendo bien. Eso está claro —dijo Manuel.

—No, si te doy la razón. El malestar no solo se da entre los católicos también entre los militares. Creo que ha sido un error que se hayan reducido de dieciséis divisiones del Ejército a ocho —comentó Calvo.

—Demos tiempo al tiempo. Se necesita dinero para cultura. Y en eso, se está invirtiendo —añadió Antonio—. En los niños está el futuro. Necesitamos que sepan leer y escribir. Eso es más prioritario que cualquier división del Ejército.

—Tú siempre tan idealista. Al Ejército, te digo yo, conviene tenerle bien atendido y alimentado para que no dé problemas y se vaya todo al traste. Hablando de otra cosa, ¿me ha dicho un pajarito que ya tienes el discurso de la Academia?

—No, mis hermanos te han informado mal. Estoy en ello, pero dista mucho de estar acabado.

—¿Sobre qué lo estás haciendo?

—Versa sobre la literatura contemporánea en general y la poesía en particular.

—Algo has avanzado en la *Gaceta Literaria*... Hablabas de los jóvenes literatos actuales.

—¡Sí! Por ahí irán los tiros.

Antonio les anunció que abandonaría Segovia en junio del 32. El secretario del Patronato de las Misiones Pedagógicas ya le había autorizado para residir en Madrid.

—Brindemos por ello —celebró Ricardo—. ¡Aquí hacen falta unos vasos de vino!

El camarero, rápidamente, sirvió vino a los presentes.

—Quieren que les ayude a la organización del Teatro Popular. Por otro lado, seguiré dando clases de francés en el Calderón de la Barca. ¡Tenía ganas de no pasar media vida metido en el tren!

—Es cierto, se te ha ido el sueldo en tus idas y venidas.

Machado asintió. Pero más que en el tren, pensaba en Pilar. Tendría más ocasiones de verla estando en Madrid. Le era imposible quitársela de la mente; formaba parte de sus sueños y de sus pensamientos.

37

El descubrimiento de Rafael

Comenzó el nuevo año, 1932, con una ola de frío que dejó a Madrid a siete grados bajo cero. Las bajas temperaturas y las malas condiciones en las que vivían muchas personas hicieron que ese mes de enero se convirtiera en una trampa. No había día que no recogieran de la calle a personas muertas de frío y de hambre. Mientras que las temperaturas no fueron más benévolas no hubo revueltas callejeras ni manifestaciones. Solo duró un mes la tranquilidad en las calles porque en febrero, subieron las temperaturas y volvieron las movilizaciones. Las mayores protestas se hicieron en contra de la retirada de los crucifijos de las escuelas. Una medida que cristalizó en esa fecha y que destapó verdaderas trifulcas entre partidarios y no partidarios.

Antonio y Pilar espaciaron sus encuentros, por el frío y por la salud de Antonio. Cuando pudieron regresar al café Continental, el escritor ya tenía *La duquesa de Benamejí* lista para ser estrenada; esta vez, la actriz que haría el papel principal sería Margarita Xirgu.

Jaime, el camarero, les puso cerca de una de las estufas que más calentaba. Antonio acababa de superar un cólico hepático, que le mantuvo por fuerza en la cama varias semanas. Se quedaron frente a frente mirándose, hasta que Pilar rompió el silencio.

—¿Cómo te encuentras? —Le dio la mano, que él rápidamente besó.

—Un poco mejor. Sobre todo, desde que te he visto entrar por la puerta. Yo creo que me pongo a morir cuando llevo tiempo sin verte.

—Espero que el resto del año no vuelvas a tener ningún episodio como este. Ha sido el peor desde que te conozco.

—Vomitar bilis no es plato de gusto para nadie. Mi madre también ha caído enferma. Pienso que le ha impresionado verme tan mal. Debía de creer que me iba para el otro barrio, pero aquí estoy.

Pilar le cogió de la mano. Si no hubiera estado en ese café, rodeada de gente, le hubiera besado.

—Me siento mal por no haber podido ir a verte y estar a tu lado. Esta situación nuestra es demasiado cruel para los dos.

—Ya ves que estoy bien. No hay razón para sufrir... Sería más interesante hablar de teatro que de mis achaques. No me gusta regodearme en mi mala salud.

—¿Qué te han parecido las críticas de los ensayos generales?

—Los críticos no siempre están a la altura de su misión. Hay quien ha dicho que la obra de teatro parecía una zarzuela a la que solo le faltaba incorporar la música y a otros les ha gustado.

—¿A qué te refieres cuando dices que no han estado a la altura?

—Pues que durante mucho tiempo las críticas han tomado la posición de un espectador excepcional, indulgente o avinagrado, pero siempre arbitrario, pretendiendo imponer su criterio al público. Sin embargo, de lo que no hablan y deberían hacerlo es de los actores. Copian estereotipos de la realidad. Se lo digo muchas veces a mi amigo Ricardo. ¡Cuántas veces los actores degüellan las obras!

—Por cierto, he oído que tu amigo Ricardo va a volver a estrenar *La Lola*. ¿Es cierto?

—Sí, regresa la obra al teatro de La Latina. Ha sido por demanda popular. Un triunfo más de la «Lola que solo en la copla se entrega» —se lo dijo fijando sus ojos en los suyos—. Te diré que el público ha salvado en el teatro muchos valores que los críticos doctos no siempre aciertan a distinguir.

—Al final, el público es quien decide si un montaje merece la pena o no.

—Mi diosa, ¿sigues adelante con tu teatro?

—Sí, seguimos adelante con el Fantasio. Vamos a repetir, a petición de nuestras amistades, la obra que estrenamos el año pasado: *Sonido 13*, de Mario Verdaguer. Ha encontrado Rafael un ardoroso colaborador que apenas conocíamos, el marido de mi amiga María Estremera. Como siempre estaba en el campo con sus abejas (es apicultor), no le conocíamos mucho. Sin embargo, hace relativamente poco tiempo, María se lo presentó a Rafael y desde entonces se han hecho uña y carne. Ya ves, no tenía nada que ver con nuestro mundo y está entregado en cuerpo y alma al último montaje.

—Sabes que yo soy más de moscas que de abejas. —No le hacía ninguna gracia saber de Rafael y de sus amistades—. ¿Recuerdas?:

> *»Vosotras las familiares*
> *inevitables, golosas*
> *vosotras moscas vulgares*
> *me evocáis todas las cosas...*

»Definitivamente, prefiero a mis viejas amigas...

—Perdona, he mencionado a Rafael sin darme cuenta.

—Tranquila. Me encanta la miel, pero ni la abeja reina en sus panales llegará a ser tan dulce como tú.

Antonio besó su mano y Pilar, después de darse cuenta de que al hablar de Rafael, el poeta sufría, cambió de tema.

—¿Sabes? Mañana voy con mis hijos al Museo del Prado. Están entusiasmados. Voy a empezar a salir más con ellos a actividades culturales.

—Muchas mañanas, después de pasearme por el parque

del Oeste y mirar hacia tu ventanal por si te descubro, me voy al museo. Suelo dedicar mi atención a una única sala. Un día me centro nada más que en El Greco, otro en Velázquez o recalo en Goya. Son mis pintores favoritos. Nunca veo todo de golpe... Daría cualquier cosa por acompañaros mañana. Encuentro altamente educativa la contemplación del arte. Los pintores nos enseñan a ver con otros ojos los colores del mundo.

—Yo también amo la pintura. Quizá ahora más, al saber que te gusta tanto.

—Me gusta más que la fotografía, incluso. El espíritu del retratado si es alguien poco fotogénico como yo, jamás saldrá reflejado en una instantánea. En las fotos solo se ve la cáscara de la que estamos revestidos. Con la pintura, se puede ver el alma del que ha sido observado y pintado.

—A mí también me gusta más la pintura. Tampoco es que salga bien en las fotos.

—Yo creo que en la placa fotográfica ocurre como en la escultura, del original a la obra de arte, se pierde un no sé qué... que lo es todo. Pasa como cuando nos graban la voz en un disco. La última vez que me lo propusieron, les sugerí que lo grabara cualquier otro por mí y que dijeran que soy yo. ¡Para el caso es lo mismo! ¡No me voy a parecer en nada!

Después de hablar de temas culturales, Antonio le hizo partícipe de un pensamiento al que llevaba tiempo dándole vueltas en su cabeza. Se iban a cumplir cuatro años desde que sus soledades se encontraran en mitad de una noche de verano. Se puso solemne y le dio un sobre que contenía una rosa disecada y unos versos:

¡como una centella blanca,
en mi noche oscura!

—Tú eres mi centella. Este es mi sencillo y modesto regalo de aniversario. El próximo mes de junio cumpliremos cuatro años juntos. Diosa mía, quizá podrías escaparte a Segovia. Tan solo unos días, al hotel Comercio, con cualquier excusa y así podríamos rememorar nuestro primer beso.

—Mi querido Antonio, gracias por acordarte de esta fecha tan importante en nuestras vidas.

Le besó en los labios sin importarle lo que dijeran los ocupantes de otras mesas. Fue un beso rápido, casi infantil.

—Me encantan tus versos y me chiflan las flores. ¡Gracias de corazón! Antonio, no podré ir a Segovia porque no tendría una excusa solvente. Se acercan las sesiones del Teatro Fantasio y lo mismo recibimos en casa a cien personas en cada pase. No puedo ausentarme de mi casa. No lo entendería nadie. Me darían por loca definitivamente.

—Pues yo rememoraré nuestro encuentro paseando por el camino que lleva hasta el Alcázar. ¡Inolvidable! Me conformaré con seguir escribiéndote y queriéndote cada día más. Esa será mi condena de por vida. Por cierto, ¿qué haces con mis cartas?

—Voy guardando todas tus cartas en paquetitos, por meses. Son tantas que tengo que tener cuidado para que nadie las encuentre. Las guardo en el baúl que tengo en mi habitación cerrado con llave y esta siempre la llevo encima. —Le enseñó la cadenita donde descansaba la llave.

—¡Lo que daría por estar escondido donde guardas ahora mismo la llave!

Pilar sonrió y miró hacia abajo un tanto avergonzada...

—¿Las mías las tienes a buen recaudo? —De repente se asustó.

—Sí, no te preocupes.

—Las últimas deberías romperlas. Estaba con mucha nostalgia de verte y a lo mejor me comprometen mucho. ¡Prométeme que lo harás al llegar a casa!

—No puedo prometerte algo que no quiero cumplir. Mi diosa, ni mi madre ni ninguno de mis hermanos se atreve a entrar en mi habitación y menos a husmear entre mis cosas. Al revés, me obedecen cuando les digo que dejen la habitación tal y como está. Sé que ni entran por no ver todo mi cuarto desordenado.

—Pero prométeme que, si ves algún peligro, las destruirás.

—Eso sí que estoy dispuesto a hacerlo, con tal de que nadie te pueda relacionar conmigo. Pero ese momento, no ha llegado. Las tengo bien guardadas.

Apareció Hortensia Peinador y se apoyó en la puerta de cristal del café sin hacer ni un solo ademán de entrar. ¡Ya había pasado una hora y media! Se quedó discretamente en el exterior y Pilar tuvo que despedirse.

—Espero que pronto nos podamos ver en nuestra fuente. Allí somos un poco más libres que aquí.

—El buen tiempo nos permitirá regresar a nuestro camino y a nuestros besos… La fuente para mí es vida. Nada me gusta más que el sonido del agua. Me quedo como extasiado. Hace tiempo escribí:

> »*La fuente de piedra*
> *vertía su eterno*
> *cristal de leyenda…*

»La fuente hoy y mañana continuará vertiendo su agua aunque nosotros ya no estemos. La amargura de la eterna rueda…

Pilar le besó en la mano. Después de esas palabras, le miró fijamente y se dirigió hacia la salida. Antes de abrir la puerta, se giró y volvió a mirar al poeta. Nunca sabían a ciencia cierta cuándo volverían a verse.

En casa de los Machado seguían con mucha atención la respuesta de los intelectuales a la deriva de la República. Las discusiones les gustaban por igual a todos los hermanos. Miguel de Unamuno había pasado de ser defensor de la República a su más implacable crítico. «No se hable de ideología que no hay tal. No es sino barbarie, zafiedad, suciedad, estupidez, estupidez... Cada vez que oigo que hay que republicanizar algo me pongo a temblar, esperando alguna estupidez inmensa. No injusticia, no, sino estupidez.» Ortega y Gasset también se desilusionó al año de comenzar el nuevo régimen y así lo expresó en un artículo en el periódico *Luz* que tituló: «Antimonarquía y República». En él expresaba que «España es antimonárquica casi en su totalidad pero todavía no ha empezado a ser republicana».

Manuel Machado comentaba este ambiente de desilusión al calor de un chocolate caliente en la casa materna junto a sus hermanos Antonio y José. Conversaban animadamente antes de salir camino de alguna de las muchas tertulias que frecuentaban. Si un día se les agregaba alguien que no les gustaba, al día siguiente trasladaban su reunión a otro café. Los amigos sabían que si se acercaba algún pesado, al día siguiente los hermanos cambiarían de lugar.

—Al final la política siempre desilusiona. ¿Os dais cuenta? Se están empezando a bajar del carro muchos intelectuales, muchos de nuestros amigos y conocidos.

—Hay que dar más tiempo a que se corrijan errores —afirmaba Antonio—. Muchas cosas están cambiando, pero no se puede hacer todo con prisas. Por ejemplo, ahora podemos ir a la Casa de Campo cuando antes era para uso exclusivo de la familia real y de cuatro aristócratas. Hoy la pueden disfrutar los ciudadanos. Quedan todavía muchas injusticias que corregir pero hay que dar tiempo.

—Lo que percibo es un descontento generalizado que no quieres ver, pero está ahí —insistió Manuel.

—Lo que ocurre es que tienen que estar apagando fuegos constantemente. Se suceden las conspiraciones contra el Gobierno, intentos de golpe de Estado. Así es difícil gobernar —saltó José, apoyando a su hermano Antonio.

Doña Ana les miraba y les escuchaba con cierto temor a

las revueltas que tenían lugar en la calle. Ella solo observaba y escuchaba.

Antonio tampoco recibía mejores noticias a través de las cartas de Pilar. Esta le relataba cómo su familia se estaba resintiendo económicamente debido a las primeras medidas que estaba adoptando la República.

> Querido Antonio:
> Confío en que estés mucho mejor de salud. Rezo todas las noches, después de nuestro encuentro en el «tercer mundo», para que te recuperes del todo. Corren malos tiempos para mi familia. Nuestra finca, que da a los pueblos de Perales y Becerril, se va a ver más mermada. Nos expropian algunos terrenos para que los cultiven los agricultores. Eso, unido a las revueltas de los obreros que están retrasando la obra de Rafael en Rosales, nos está llevando a la peor situación económica que hemos vivido nunca. Probablemente, nos veamos obligados a arrendar parte de nuestra casa. Tendremos que reformar nuestro hotelito para poder tener un inquilino que nos alivie los gastos. ¡No sé adónde nos va a llevar esta República que tú ansiabas y que yo temía tanto!
> Tengo que dejar aquí la carta. Ha llegado una visita.
> Tuya,
>
> Pilar

Antonio estaba preocupado por la situación que le describía Pilar. Eran malos tiempos para las familias pudientes que pertenecían a la burguesía, como era su caso. No sabía cómo protegerla ni cómo ayudarla, sin pertenecer a ese mundo de fincas y propiedades. Antonio no poseía nada, tan solo una habitación en una pensión de Segovia y otra habitación en la casa de su madre.

Lo que le contaba Pilar en sus cartas, lo estaba viendo en la calle: un malestar que se traducía en importantes disputas entre quienes añoraban la monarquía y quienes abrazaban la República.

En las Cortes también se abrió otro debate no menos acalorado: Cataluña y el poder que debía adquirir a través del Estatuto. En la casa de Pilar de Valderrama también se intercambiaban pareceres sobre la nueva política. Rafael organizaba reuniones con amigos y familiares que veían, igual que él, cómo su economía se iba resintiendo de mes en mes. A Pilar le gustaba estar presente, aunque lo normal era dejar a los hombres hablar a solas, sin presencia femenina. Uno de los días que estaba su hermano Fernando, su marido y Victorio Macho, se quedó con ellos.

—Ortega ha estado sembrado —informó Rafael—. Ha dicho que «intentar resolver el problema catalán y hacerlo para siempre, como dicen algunos, es tan absurdo como pretender resolver de golpe el problema de la cuadratura del círculo».

—Hay que reconocer que Azaña estuvo brillante también al responderle que la palabra «siempre» no tiene valor en la historia y por consiguiente no tiene valor en la política. El problema es mucho más viejo que los diputados de la cámara —replicó Victorio Macho.

—Cataluña está descontenta e impaciente, por lo que se ve —comentó Fernando.

—Como dijo el filósofo: «no se puede resolver el problema catalán sino conllevarlo. Es decir, no solo que los españoles se conlleven con los catalanes sino también al revés, que los catalanes se conlleven con el resto de los españoles» —volvió a tomar la palabra Victorio.

—Mira, la culpa la tienen los intelectuales que nos han sorbido el seso con las bondades de la República. A ti te excluyo, aunque seas intelectual y republicano. Pues aquí la tenemos y es todo un desastre —se quejó Rafael—. Entre tu amigo Gregorio Marañón —miró a Pilar—, el mismo Ortega que ahora dice «no es esto, no es esto», Unamuno y Antonio Machado, se ha cocido lo que hoy nos va a arruinar y a echar de nuestras casas.

—¿Por qué metes a Machado en este debate de ahora? No es más que un poeta decepcionado con la política y con todo, en general. Los intelectuales tienen la obligación de buscar porque son la conciencia del mundo. Antonio es un ser privilegiado que narra lo que ve y lo que siente como nadie —replicó Pilar.

Rafael escrutó a su mujer mientras fumaba y se dio cuenta de que su defensa de Antonio Machado estaba fuera de lo razonable. Fue entonces cuando recordó que el pañuelo de hombre, que ella ocultaba en su mesilla de noche, tenía las iniciales del poeta. De repente, la venda se le cayó de los ojos. Estaba claro que pertenecía a Antonio Machado. Sus invitados y Pilar hablaban mientras Rafael reflexionaba... Le cambió la cara y su silencio llegó a pesar tanto que todos pensaron que estaba indispuesto.

—Rafael, ¿te encuentras bien? —le preguntó Victorio—. No tienes buena cara. Te has quedado muy pálido de repente.

—No, no. Ya me encuentro mejor. He debido de tener un corte de digestión.

—Voy a pedir que te traigan una manzanilla. —Pilar se fue del salón.

—Todo esto que estamos viviendo te está poniendo muy nervioso —le dijo Fernando.

—Tienes que estar tranquilo, verás cómo la República no es como tú crees —le dijo Victorio mientras le daba aire con una revista.

Rafael no hablaba. Pensaba hasta dónde habría llegado esa relación entre su mujer y Machado. «¿No estaré equivocado?», se preguntó hecho un mar de dudas.

Entró Pilar de nuevo en el salón junto a la doncella que traía la infusión en una bandeja. Pilar se la alcanzó a Rafael.

—Algo te ha sentado mal. ¡Tómate poco a poco la manzanilla! Te encontrarás mejor enseguida.

Pilar no se podía ni imaginar el motivo de todos sus males. El caso es que no entendía por qué su marido la miraba de una manera tan extraña.

—¿Llamo al doctor Marañón?

—No. Sé perfectamente qué me ha sentado mal. ¡Pasará!

38

Emotiva despedida

Rafael estuvo indispuesto toda la semana. Rebuscó entre sus cajones hasta encontrar el pañuelo que le había quitado a su mujer de su mesilla. Allí estaba: arrugado como el primer día y con las iniciales A. M. bordadas en azul. Lo olió y pensó que no guardaba el perfume de un caballero. Es más, no olía a nada. Un pañuelo burdo, sin plancha y sin aroma. Debía de ser del poeta al que tanto admiraba su mujer. Recordó lo azorada que estuvo cuando él mismo le hizo saludar a los hermanos Machado en aquel estreno de la zarzuela *La mejor del puerto* al que asistieron. Después, Pilar había acudido a otras representaciones de los poetas sin él, en compañía de sus amigas María y Carmen. «¿Hasta dónde llegaba esa amistad?», se torturaba. De golpe, vino a su mente cómo se había puesto cuando llegó una carta sin remite a El Carrascal y él fue a abrirla. Pilar parecía estar fuera de sí. «Seguramente sería una carta del poeta», se dijo a sí mismo. ¿Qué tipo de relación podía tener su mujer con un hombre que le sacaba tantos años? ¿Qué existiría entre ellos: admiración, amor? ¿Sería el motivo de sus muchas salidas y entradas a deshoras de casa? Le venía a la mente la última imagen de ellos dos saludándose efusivamente en el teatro. Se estaba volviendo loco.

Su hermana María Soledad y su madre, doña Rafaela, fueron a visitarle a su domicilio. Resultaba inexplicable que su salud de hierro se viera quebrantada sin motivo aparente.

—Hijo, deberíamos ir a Francia a tomar las aguas en Clermont-Ferrand. Todos nuestros males se curarían allí.

—No puedo irme de aquí, madre. Recuerde que tengo las obras de una casa en construcción y las reformas de esta paralizadas. Necesitamos alquilar una parte, no tenemos liquidez para los gastos que generamos.

—Pues dile a tu mujer y a tus hijos que hay que apretarse el cinturón. Mira, menos clases de piano, menos personal en esta casa y más mirar por tus finanzas.

—El problema es que tenemos muchas propiedades, pero el dinero ha volado. Necesito vender, construir y obtener emolumentos, pero con este Gobierno que tenemos, no es el mejor momento.

María Soledad comenzó a toser sin parar. Todos esperaron en silencio a que se recuperara. Sobre ellos planeaba la sombra de la enfermedad que había mermado tanto su salud.

—Ya pasó. Ha sido un simple ataque de tos. ¡No pongáis esa cara!

—Tienes razón. Tose todo lo que quieras —le dijo su hermano.

Entró Pilar en la estancia y se callaron. Desde que se había puesto malo Rafael, no había salido a la calle.

—Me alegra veros. Aprovecharé que estáis aquí para contestar el correo que tengo atrasado. No os importa, ¿verdad?

—No, aprovecha —le dijo su suegra—. Ya le he dicho a mi hijo que si hay que restringir gastos habrá que empezar por el servicio.

—¿A qué viene esto, Rafael?

—Bueno, le he contado a mi madre que tenemos problemas de liquidez y, sabiamente, nos sugiere que prescindamos de alguien del servicio.

—¿Y no me lo puedes decir tú directamente? ¿Tiene que ser tu madre?

—Hija, ha sido pura casualidad. Hablábamos de eso ahora mismo —salió al rescate María Soledad.

Pilar abandonó la habitación enfadada. ¿Quién era su suegra para decirle lo que debía hacer? No obstante, realizó una lista de las personas que vivían con ellos y de cuales se podría prescindir. Además, al dividir su casa en dos mitades, para poder acoger un inquilino, tarde o temprano tendrían que redistribuir el personal contratado. De las nueve personas de servicio pensó que cinco eran imprescindibles y las cuatro restantes podían ser despedidas o recomendadas a otras casas de sus amistades. Seguirían trabajando para ella: Áurea, la cocinera; Margarita, la doncella; Hortensia, la institutriz y modista; su amiga y profesora de sus hijos, María, y Juan, el mecánico que pasó a formar parte de su servicio al morir su madre. Se fue al salón y le presentó la nueva lista de empleados.

—Aquí tienes. Podemos prescindir de cuatro. El resto los necesitamos.

—¿Ves, hija? Cuando uno quiere, puede —le dijo doña Rafaela—. Además, quiero regalaros vuestra estancia en San Sebastián, si me acompañáis este verano.

—Por supuesto, madre. A los chicos les encantó Hendaya. Este año nos vamos a San Sebastián con usted.

Rafael, sin consultarla, había decidido por ellos dos. Estaba deseando irse a la playa para que Pilar no pudiera dar un paso sin que él lo supiera.

—¿Ya no vamos a ir a El Carrascal?

—No te preocupes por eso. Yo mantendré la finca abierta. Victorio y yo sí que iremos —comentó María Soledad—. Me sienta muy bien el clima de Palencia.

—Lo decía porque me habría gustado ver a mi prima Concha. Siempre, menos el año pasado, se ha venido una temporada conmigo.

—Pues en San Sebastián ya somos demasiados —le dijo la madre de Rafael.

—Claro, comprendo. Pues nada, iremos al norte. —Torció el gesto.

—Nos vamos la semana que viene.

—Pero ¿por qué tan pronto?

—Necesito recuperarme. No me encuentro bien. ¿Tienes algún inconveniente?

—Sí..., bueno, nada que no pueda esperar a mi vuelta. —Pilar se dio cuenta de que su marido estaba muy raro y alterado. Prefirió dejar de hablar del tema en presencia de su suegra y de su cuñada.

Sorteando la vigilancia constante a la que la tenía sometida Rafael, pudo escribir a Antonio y avisarle del cambio de planes para el verano. ¡No volverían a verse hasta septiembre!

Antonio, antes de abandonar Segovia, se despidió de sus amistades. Se trataba de un grupo heterogéneo compuesto por universitarios que había ido conociendo en la pensión, poetas jóvenes y antiguos alumnos de la Universidad Popular; así como profesionales de otras actividades que residían en la ciudad. Con todos ellos había compartido tertulia en el Círculo Mercantil, en el café de la Unión, en el bar Juan Bravo y en el Café del Norte, pegado a la estación. Con la mayoría había dado largos paseos hablando de poesía, de pintura, de arquitectura y de la belleza del paisaje de la ciudad. Sabían de su querencia a no encerrarse en la pensión las noches de luna llena y el que más y el que menos, había compartido madrugadas con él hablando y caminando. Durante su última semana paseó desde el Azoguejo, hasta el melancólico paseo de la Fuencisla; visitó el río y se despidió a su manera, recitando poemas junto a los jóvenes poetas que le tenían como abanderado de una nueva forma de sentir y de contar; fue al Santuario de la Virgen y también al barrio bajo de San Millán con el acueducto al fondo; a la Casa de la Moneda; a Santa María la Real de Nieva, al arroyo Clamores... Y, por supuesto, al Alcázar, donde empezó todo, su nueva vida junto a Pilar, cuando creía que su existencia estaba agotada y perdida. Fue un rayo de luz entre tanta oscuridad. Una diosa que le socorrió de la falta de ilusión. Se despidió de todo y de todos durante días. Los poetas jóvenes le regalaron sus nuevas composiciones y el último ejemplar de la revista *Manantial* de la que fue impulsor.

—Don Antonio, nunca olvidaremos lo que ha hecho por la cultura en nuestra ciudad y le damos las gracias por habernos regalado tanto de su valioso tiempo.

—Lo que habéis aprendido ahora no lo malgastéis. Seguid soñando, jamás os apartéis de aquellas locuras que deseéis hacer. ¡Que no os mueva el dinero! ¡Que nada ni nadie os aleje de la poesía! Amad con vuestros cinco sentidos y recordad que «en el amor, la locura es lo sensato». Hoy sois muchos los interesados en la poesía y en lo que representa, pero mañana seguramente quedaréis unos pocos. ¡Que esos pocos mantengan la llama encendida!

Dejó para el final a Luisa Tórrego, que se llevó un gran disgusto al perderle como huésped. Le había cogido cariño después de tantos años allí, en la pensión de la calle de los Desamparados, después de haberle ayudado a superar tantos problemas de salud y de tantos avatares de la vida que habían compartido. Le ayudaron entre todos a llevar sus bultos y paquetes hasta el tren. Regaló muchos libros y tiró todos los papeles que tenía con frases y versos inacabados... Cuando el tren se puso en marcha, era consciente de que dejaba atrás un periodo importante de su vida. Casi todos sus conocidos fueron a despedirle. Antonio les miró uno a uno durante largo rato y sonrió cuando el tren anunció su salida. Todos sabían que si querían volver a verle, tendrían que ir a la capital. Madrid, se convertía en su último refugio.

El trayecto se le hizo cortísimo pensando en lo que dejaba atrás. Al llegar a la Estación del Norte, sus hermanos ya estaban esperándole en el andén para ayudarle a cargar con sus recuerdos.

—Bueno, hermano. Ya estás en Madrid. ¡Lo has conseguido! —le felicitó Manuel, dándole un abrazo.

—Ya era hora de poder verte todos los días en casa —añadió José—. La que está más contenta es nuestra madre. Te está preparando una cena especial.

—¡Cómo se nota quién es su ojito derecho! —exclamó con sorna Manuel—. ¿Qué te pasa? No se te ve muy feliz.

—Bueno, me he dejado atrás a muchas amistades y recuerdos.

—Ellos sí que han tenido que sentir tu pérdida. Gracias a ti, han pasado por allí los intelectuales más importantes del momento. La Universidad Popular debería haberte puesto una alfombra para despedirte. Y el obispo, debería haber rezado por ti varias novenas. Todavía no me explico cómo le convenciste para que la iglesia de San Quirce fuera cedida para un uso laico.

—Hablando y escuchando, siempre se llega a buen fin.

Al llegar a su casa, su madre le estaba esperando asomada a la ventana. Después de subir las escaleras, le recibió en el umbral de la puerta con un abrazo largo. Le costó descolgarse del cuello de su hijo.

—Hijo, por fin ya tendrás un poco de tranquilidad y no, como hasta ahora, siempre de aquí para allá. No sabes lo feliz que me siento.

—Madre se le cae la baba con Antonio. Disimule algo, que estamos los demás aquí —comentó jocoso, Manuel.

—Eso, deje algo para los demás —le siguió José.

—No les haga caso madre, ya sabe que son unos envidiosos.

Esa noche se reunieron todos los Machado que vivían en Madrid. La familia de José al completo con su mujer, Matea y sus tres hijas —Eulalia, María y Carmen—, que compartían también habitaciones en la casa familiar, aunque no aparecían en el comedor si no se las llamaba; así como Manuel y su mujer, Eulalia Cáceres, y Joaquín y su flamante esposa,

Carmen López Coll. Brindaron por su nueva vida como profesor del Instituto Calderón de la Barca, ubicado en el Instituto Católico de las Artes y las Industrias de la calle Areneros. Era uno de los edificios que habían sido incautados a los jesuitas; como tantos edificios religiosos a los que, ahora, las autoridades daban otros usos.

Antonio, una vez instalado, lo primero que hizo fue escribir a Pilar. Le comunicaba que ya estaba en Madrid dispuesto a verla a cualquier hora...

> Muy emotiva la despedida de Segovia pero ya estoy aquí, impaciente por volverte a ver. No dejaré de visitar nuestros rincones para sentirte más cerca. Ahora intento almacenar todos los recuerdos que tengo de la que ha sido mi ciudad de acogida durante estos últimos años. Quizá son demasiados pero no deseo olvidarlos. Echo de menos tus «¿sabes?».
>
> Espero que no olvides a tu poeta, que acude fiel todas las noches a nuestra cita.
>
> Tuyísimo,
>
> Antonio

Sin ganas de más traslados, el único viaje que no fue capaz de rechazar fue el proyectado, desde hacía meses, a Soria. «La segunda capital de provincia más alta después de Ávila», como solía decirle su madre. Allí frente a todos los congregados al acto de homenaje afirmó que nada le debía Soria, muy al contrario: «Creo que si algo me debiera, sería muy poco en proporción a lo que yo le debo: el haber aprendido en ella a sentir a Castilla, que es la manera más directa y mejor de sentir a España».

Fue un momento cargado de emotividad. Hacía veinte años que Antonio no pisaba tierras sorianas y le sorprendió que sus recuerdos en nada se pareciesen ya a la realidad. Estaban las calles, las plazas y los jardines muy cambiados. Al llegar al puente, sin embargo, allí seguía el río. «Mira, José, este es mi Duero.» En su discurso frente a las autoridades y a la ciudad entera que le rendía honores, habló del buen castellano que allí se hablaba, de la luna que recordaba hasta con los ojos cerrados, y de la frase que había hecho suya y que oyó a un humilde pastor: «Nadie es más que nadie». Toda una máxima que se había convertido en su faro. Apeló finalmente a Soria como «síntesis de Castilla y corazón de España».

El alcalde descubrió el busto del poeta. En la peana se podía leer la frase : «Rincón del poeta Antonio Machado». Y el público comenzó a aplaudir. Antonio parecía muy emocionado. No pudo contener las lágrimas.

—Demasiadas sorpresas. Son muchas emociones las que siento en este día. Significa mucho para mí estar aquí.

Todo el mundo sabía que se refería a su joven esposa Leonor, que estaba allí enterrada. Por un lado se le juntaba la emoción y por otra, la pena. Tras finalizar el acto, compartieron media hora de charla informal con los allí presentes, finalmente, el poeta se despidió.

José le indicó al alcalde que había llegado el momento de llevarles en coche hasta Madrid. El conductor les recogió y antes de abandonar Soria, Antonio le pidió al chófer una cosa más.

—¿Le importaría llevarnos al cementerio?

—No faltaba más, don Antonio.

José iba callado. En esos momentos era mejor dejar a su hermano con su pena. Al llegar al camposanto, el coche se detuvo.

Antonio miró a través de la ventana del automóvil y se quedó observando a lo lejos.

—¡Podemos irnos! —ordenó Antonio.

—Puedes despedirte de Leonor —le dijo su hermano.

—No, no puedo. En este momento, me tiemblan las piernas. Por favor, ¡vayámonos!

El coche dio la vuelta y tomó la carretera que les llevaría hasta la capital.

Fueron en silencio todo el camino. José sabía que había momentos que era mejor no hablar. Y ese era uno de ellos. El poeta se sentía mal. Su corazón ahora latía aceleradamente por Pilar y en el fondo, sentía que eso era una especie de traición a la memoria de su joven esposa. Le había dicho tantas veces a Pilar que era la mujer que había estado esperando siempre, que no le parecía honesto presentarse ante la tumba de Leonor. Durante todo el camino quiso recordar algunos de los muchos versos que había escrito a su mujer, pero ahora irrumpían con fuerza los que le había dedicado a Guiomar. No se perdonaba haber ensombrecido la memoria de su esposa-niña.

Durante los días siguientes, Antonio estuvo raro. No quiso salir de su cuarto ni para asistir a una tertulia ni para conversar con nadie. Prefirió quedarse en su habitación junto a la foto de Leonor, que parecía decirle: «te perdono. Tienes derecho a ser feliz». Pasada una semana comenzó a estar más comunicativo... Días después, empezaron sus clases en el nuevo instituto.

En San Sebastián, el grueso de veraneantes ya había regresado a Madrid. Una ligera brisa aparecía todas las tardes aliviando el calor de los últimos días del verano. Durante todas las vacaciones Rafael estuvo tentado de decirle a su mujer que sabía por quién suspiraba cuando se quedaba con la mirada fija en el paisaje, pero prefirió callar. Todos notaban a Pilar ausente, lejos de todo y de todos.

—Alegra esa cara. ¡Regresamos a Madrid! Parece que los obreros están dispuestos a acabar la obra. Son buenas noticias.

Pilar sonrió con la buena nueva y, a la mañana siguiente, ya tenía recogidas todas sus pertenencias y se había despedido del personal del hotel. Su suegra todavía se quedaría unas semanas más allí, en la playa.

Después de abandonar el hotel, Pilar fue todo el camino

canturreando diferentes zarzuelas. Tenía motivos para estar alegre... Muy pronto volvería a ver a Antonio.

Nada más llegar a Madrid, sus amigas fueron a verla a su casa. Le comentaron aquello de lo que más se hablaba en el Lyceum: había sido aprobada la ley del divorcio. Las mujeres podrían elegir su propio destino y no tendrían que estar casadas para toda la vida.

—Es un paso de gigante —comentó María— que jamás podremos dar nosotras. No estaría bien visto por nuestro entorno.

—De hecho, los partidos de la confederación española de las derechas autónomas han dicho que llevarán en su programa la revocación de esta ley —continuó Carmen.

—Esa ley no es para mujeres religiosas como nosotras —siguió insistiendo María—. No te imaginas las arengas de los sacerdotes en misa. Hablan de este tema en casi todas sus homilías. En San Sebastián, ¿no?

—La verdad es que allí no me he enterado de nada.

—Bueno, a más de un sacerdote su homilía le ha costado la cárcel. Por hacer proclamas en contra de la decisión del Gobierno —siguió detallándole, María.

—El divorcio... Si pudiéramos, ¿cuántas nos acogeríamos a él?

—¡Chissss! ¡Habla bajo que te va a oír Rafael! ¿No querías dar un paseo? ¡Pues tenemos que irnos! —Le guiñó un ojo María.

Pilar aprovechó la cita con sus amigas para escaparse al «jardín de la fuente». Con la complicidad de su amiga María Estremera, puso una excusa a su amiga Carmen y se fue al encuentro de Antonio. Habían quedado a las seis de la tarde para volver a verse después de meses comunicándose solo por carta. De hecho, cuando accedió hasta los jardines de la Moncloa y vio a Antonio a lo lejos se apoderó de ella la misma sensación de los últimos encuentros: no discernía si se trataba de una ensoñación o de la realidad.

Cuando estuvieron frente a frente, se dieron un abrazo tan largo y tan intenso que no pensaron en quién les podía estar viendo. Se miraron y se besaron como si fuera la primera vez que se descubrían. No tenían ganas de hablar sino de abrazarse y permanecer así, en silencio.

39

Nunca estás solo

En casa de Pilar se vivieron meses de auténtico zafarrancho mientras los obreros dividían la casa en dos mitades, tal y como había diseñado Rafael. Finalmente, se hizo una distribución en la que el primer piso tendría el uso del jardín y el segundo, se quedaría con la mayoría de las habitaciones y la azotea donde se había construido un estudio.

La parte de arriba tendría más estancias, por lo que Pilar prefirió prescindir del jardín y quedarse con las vistas a través de los ventanales, a las que no estaba dispuesta a renunciar. Así vería a Antonio pasear por los alrededores y de ese modo también, si ella se asomaba al balcón, su poeta podría verla desde la distancia. Al menos, se podrían contemplar de lejos aunque las circunstancias se pusieran en su contra y no pudieran quedar en ninguno de sus rincones.

Fue una dura decisión porque a sus hijos les costó asimilar que un extraño entrara en su casa y se adueñara del primer piso y del jardín. No quisieron explicarles las muchas dificultades económicas que sufrían para poder mantener el mismo nivel de vida y que ellos no se percatasen de que nada era igual que años atrás.

—No entiendo que venga aquí otra familia que no sea la nuestra —comentaba Rafaelito.

—Cariño, no son buenos tiempos para las ostentaciones. Nos conviene que la casa sea de dos familias. Corremos menos riesgos provocando menos envidias. Confía en tus padres, que siempre hacen lo mejor para ti y para tus hermanas. Tú no vas a notar cambio alguno en tu vida. Seguirás con tus exámenes en el Cardenal Cisneros y con tus clases de piano con el maestro José María Franco.

—Sí, pero ya no podré jugar en el jardín.

—Tampoco lo haces cuando viene el mal tiempo. Casi no damos uso al jardín. Ahora, en cambio, los tres vais a estrenar la habitación-estudio que hemos hecho tan especial para vosotros. Cuando esté pintada y amueblada, te encantará. Tienes que seguir adelante con el piano... Dice don José María que posees un talento muy especial. Céntrate en eso y en tus dibujos.

—He compuesto varias piezas para piano...

—¿Qué me dices? Las quiero oír inmediatamente.

—No, cuando me diga el señor Franco que están perfectas.

—Está bien, como tú digas.

Pilar admiraba mucho a sus tres hijos, pero Rafaelito parecía que era un hijo no de la carne sino del espíritu. Estaba convencida de que estaba llamado a grandes retos artísticos. Intuía que daría a la familia muchas satisfacciones. Era un sexto sentido de madre el que le decía que el destino le tenía reservado algo especial a su hijo.

Pensaba igualmente que sus dos hijas, Alicia y Mari Luz, cada día se desenvolvían mejor encima de un escenario. Incluso no sería descabellado proyectar para ellas una carrera como actrices. Al menos, María Calvo estaba convencida de ello. Alicia, además, tenía ganas de continuar con sus estudios y este año comenzaba ya en la Universidad de Filosofía y Letras. Mari Luz, sin embargo, deseaba volcarse en su vocación de escritora, como ella. Estaba decidida a escribir su primer libro. Algo que apoyaba Pilar enardecidamente.

Estaban empezando a salir de lo que ella llamaba «el cascarón». Les decía que no tuvieran prisa por formar una familia y que no abandonaran sus vocaciones.

—Elegid bien con quién queréis compartir vuestra vida.

No os precipitéis aunque la sociedad os empuje a contraer matrimonio cuanto antes. A vosotras os ha tocado vivir otro tiempo donde no hay prisa por cambiar de estado civil. Es necesario que antes os forméis y elijáis vuestro propio destino.

—Madre, no nos gusta nadie —replicó Alicia—. De modo que tranquila, porque no ha llegado ese momento.

—Bueno, nos caen bien muchos chicos, pero no hay nada serio.

—La fama que una tenga, en nuestro mundo, es más importante que todo lo demás. Sé que es terrible, pero es así. Frente a la sociedad hay que protegerse. Acordaos del dicho: «crea buena fama y échate a dormir».

Llegó el año 1933 y antes del verano ya tenían el primer inquilino. Se trataba del doctor José Alberto Palanca Martínez-Fortún y su familia. Un flamante miembro de la CEDA, de la Confederación Española de Derechas Autónomas, coalición de reciente creación con la que simpatizaba Rafael; también pertenecía a la Real Academia Nacional de Medicina como académico de número. Era un gran experto en combatir las fiebres tifoideas. De hecho, ese fue el tema que eligió para su discurso de ingreso.

A sus nuevos vecinos les dieron un sencillo recibimiento con la entrega de llaves. El doctor Palanca apareció vestido de uniforme, ya que pertenecía al cuerpo de Sanidad Militar, con la pechera llena de cruces al mérito por su labor de asistencia humanitaria en diferentes campañas de África. Había sido incluso director general de Sanidad tres años antes. El doctor y su familia tomaron posesión de la parte baja de su casa con la máxima discreción y sin apenas hacer un comentario sobre el momento político que vivían.

Durante los primeros días, a Pilar le costó adaptarse a su casa partida en dos, pero reconocía que, con ese ingreso de dinero, podrían paliar muchos de los gastos familiares. Por otra parte, en los terrenos de su suegra, seguían las obras. Cuando acabaran obtendrían otra buena inyección de dinero. Estaba orgullosa de cómo, poco a poco, se habían ido adaptando al ritmo que imponían los nuevos tiempos.

Las cenas familiares se hicieron cada vez más frecuentes y a una hora temprana se daban cita en la parte de arriba del hotelito: Victorio, María Soledad y la madre de Rafael junto con la familia Martínez Valderrama al completo. Allí hablaban relajadamente de todo lo que acontecía a nivel político y a nivel social.

—A este Gobierno le salen conspiradores por todas partes. A los intentos de golpe de Estado de Sanjurjo y compañía, hay que añadir ahora los levantamientos anarquistas aquí y allá. Lo de Casas Viejas fue tremendo; nada menos que quinientos braceros hartos de su vida miserable proclamando el comunismo. Ahí, la Benemérita y la Guardia de Asalto no se anduvieron con chiquitas y acabaron con el levantamiento de los campesinos a tiro limpio. Bueno, hay que decir que ellos antes dispararon contra las fuerzas del orden matando a tres agentes.

—Aun así, creo que fue completamente desproporcionado. Incendiaron la choza donde estaban los cabecillas y dispararon a matar a los que intentaban escaparse. Dicen que estaba al mando un capitán de Artillería de lo más sanguinario. Fue quien mandó fusilar al día siguiente a otros doce cabecillas —comentó Victorio.

—Sí, pero es la única manera de restablecer el orden. En eso creo que Azaña ha actuado bien y con contundencia, pidiendo que les dispararan a la barriga.

—Eso no es cierto. Es uno de tantos bulos que la derecha ha hecho circular. De hecho, al director general de Seguridad y al capitán que disparó a destajo les van a condenar y se espera que tengan que estar el resto de su vida en la cárcel.

—Mira, la derecha siempre ha impuesto más orden que la izquierda. —Rafael fue elevando el tono de su voz.

—No vamos a discutir, pero la libertad que se respira en la República no puedes decir que existiera con la dictadura.

—Pero si era una «dictablanda», sobre todo la de Berenguer.

—Bueno, creo que deberíais cambiar de conversación —salió al paso Pilar—. Escuchar cómo discutís no es lo más apropiado para nuestros hijos

María Soledad comenzó a toser y todos hicieron un silencio. Fue tal el ataque de tos, que Victorio se puso de pie e intentó asistirla. Puso su servilleta sobre su boca y cuando se calmó, su marido observó que había un poco de sangre en la misma.

—Vamos a llamar al médico inmediatamente —dijo Victorio—. Nos tenemos que ir a casa. —Se puso más nervioso que otras veces.

—Yo llamo a Marañón ahora mismo —afirmó Pilar—. Espero que siga sacando tiempo para sus pacientes porque a sus muchas obligaciones ahora hay que añadir que es académico de la Lengua. Acaba de ser elegido.

—Dinos cuanto antes si puede venir a casa.

—¡Claro!

Doña Rafaela se quedó sin habla. Sabía lo que suponía la sangre en la servilleta. Otra vez, su hija debería pelear contra la tuberculosis. Cuando se fueron, expresó sus temores en voz alta.

—¡Dios quiera que lo supere como la otra vez!

—A lo mejor no es necesariamente la misma enfermedad. Lo mismo se trata de otra dolencia más benévola del pulmón —comentó Rafael para calmar su ansiedad, pero todos temían que se tratara del mismo diagnóstico.

Antonio Machado tenía más actividad social que cuando residía a caballo entre Madrid y Segovia. Fue con Manuel y José a ver la última obra de Federico García Lorca, *Bodas de sangre*, al teatro Infanta Beatriz. La compañía que la representaba era la de Manuel Collado y Josefina Díaz. Muchos de los intelectuales de la época habían asistido el día del estreno y aplaudieron su puesta en escena, entre ellos: Unamuno, Benavente, los hermanos Álvarez Quintero, Pedro Salinas, Jorge Guillén, Luis Cernuda, Vicente Aleixandre, Gerardo Diego... Tres días después, asistían los hermanos Machado, que se quedaron completamente impactados con esta tragedia realizada en verso y en prosa, inspirada en un crimen que había tenido lugar en Níjar, en 1928. Al día siguiente de ver la función, Antonio se vio en la obligación moral de escribir al joven poeta para darle la enhorabuena: «[...]He tenido la satisfacción de unir mi aplauso al de un público tan numeroso como entusiasta. ¡Bravo y otra!».

Antonio amaba el teatro y le gustaba charlar sobre lo que había visto en los escenarios, en las tertulias de las que formaba parte. En esos meses no tenía la suficiente inspiración para escribir, pero sí para observar lo que otros autores hacían. Andaba nervioso y algo alterado al comprobar que pasaban los días y Pilar no se ponía en contacto con él para quedar en alguno de sus rincones. Intuía que algo estaba pasando, pero desconocía si tenía que ver con él o con algún problema familiar. La escribió a diario pidiéndole una cita. Pasados unos días, por fin, llegó la respuesta de su musa.

Mi querido Antonio:

No he tenido un solo momento para contarte lo que está pasando. María Soledad ha vuelto a caer enferma de tuberculosis, como le ha diagnosticado Marañón. ¡Qué te voy a contar a ti que no sepas de esta maligna enfermedad! Ha desbaratado de nuevo nuestra vida familiar. El doctor le ha recomendado que vuelva a la sierra y hemos tenido que ayudar a Victorio y a mi cuñada a trasladarse a la primera casa que han podido alquilar. En el seno familiar hay muchos nervios y muchos malos pensamientos porque se la ve más débil que la otra vez. No paramos de rezar y de pedir por ella. Esta circunstancia nos ha alterado a todos. Si puedes, creo que podríamos quedar el sábado por la mañana en el café de Cuatro Caminos. Espero que estés bien y sepas perdonarme esta ausencia de noticias.

Todo mi amor,

Pilar

Cuando Antonio leyó la misiva y se quedó pensativo antes de contestar afirmativamente en otra carta a Pilar. Le vino de nuevo a la memoria el final de su joven esposa: «Leonor. ¡Cuánto sufrimiento!». Imaginaba el calvario por el que estaría pasando de nuevo su amigo Victorio. Pensó que morirse no era lo terrible del caso, sino el largo camino de sufrimiento hasta que llegaba ese momento.

Acudió Antonio con tiempo al café Continental. Jaime, el camarero, se alegró de verle por allí de nuevo. Aquel espacio le hacía sentir cerca a Pilar y acudía en numerosas ocasiones, incluso sin haberse citado con ella. Pasados unos minutos del mediodía apareció, por fin, su musa. Ese día había algunos alborotadores dentro del café y al pasar ella cerca vestida con encajes, le hicieron un corrillo. Jaime les tuvo que recriminar y ella se zafó como pudo de ellos hasta llegar a la mesa donde la esperaba el poeta.

—¡Qué falta de respeto! —Se sentó Pilar indignada—. Nunca me había pasado esto al entrar aquí.

—¿Quieres que les diga algo a esos energúmenos?

—No, no, tranquilo. No ha pasado nada. Simplemente me han dicho que si me había equivocado de barrio. Enseguida ha salido Jaime en mi ayuda.

—¡Qué difícil se nos está poniendo todo, mi reina! Si no es aquí, vayamos a tu barrio. Yo no tengo ningún problema.

—Pero yo sí, Antonio. Por mi zona no me puedo dejar ver contigo. Siempre habrá unos ojos que me observen y se lo digan a mi marido. Sería el remate porque está muy raro. Yo creo que intuye que se trata de ti. El pañuelo, tus iniciales y mi admiración reconocida públicamente hacia tu trabajo y hacia tu persona. Lo que no sabe es hasta qué punto ha llegado mi relación contigo. No se atreve a preguntarme, pero me siento observada constantemente.

—Mi reina, yo no quiero hacerte padecer ni tampoco exponerte a que vayas por la calle y te pase algo.

—Nunca hasta hoy me había sentido mal por este barrio. Ha sido una excepción. No debemos darle más importancia. ¡Cuéntame qué planes tienes!

—Estamos valorando hacer una nueva comedia bajo el título: *El loco amor*. Si la llegamos a hacer, ya te consultaré sobre ella porque de eso sabes algo. ¡Más locura que esta relación!

—¿De qué va? El título suena bien.

—Del eterno drama de un amor imposible, Calixto y Melibea. —Miró a Pilar con complicidad—. Él cae por casualidad locamente enamorado de ella y urde una trama para que ella se rinda a sus pies...

—¿Qué trama estás urdiendo para que yo caiga a tus pies? —le dijo riéndose.

—Saladita mía, todo lo que esté en mi mano para que huyamos juntos lejos de aquí... pero no logro convencerte.

—La vida, y tú lo sabes, no es tan sencilla como se narran en las obras de teatro. Tampoco quiero que acabemos como Calixto y Melibea. No deseo ese drama para nosotros. Yo también estoy escribiendo una comedia dramática en tres actos. También planean en ella nuestras vidas y preocupaciones. Por lo que se ve, los dos estamos imbuidos en este drama que vivimos y del que no podemos abstraernos ni en nuestros escritos.

—Es curioso que ahora me asalten muchos recuerdos de mi infancia en Sevilla. Los veo con total claridad, como si hubieran ocurrido ahora mismo. Es lo único que me desconecta de la realidad. Necesito paz, Pilar. Vivo en una permanente angustia y estoy agotado, te lo confieso.

—¿Me estás sugiriendo que deberíamos acabar con esto?

—Eso nunca. Tu olvido me acabaría matando más rápido que esta angustia que tengo por verte. Te necesito cerca, Pilar. No quiero morirme sin que estés a mi lado. Me tortura no poder coger tu mano para cruzar a la otra orilla.

—Aunque las evidencias se impongan y las críticas también, mi mano estará con tu mano, si llegara ese momento. Pero ¿te encuentras tan mal? Me asusta lo que me dices.

—No, saladita mía. No quiero que tu corazón cargue con más preocupaciones de las que ya tienes. Ha sido un momento de debilidad... ¡Ya pasó!

Pilar le pidió a Jaime un papel en blanco y este le trajo una cuartilla. Antonio la observaba sin decir nada y ella se puso a escribir.

—¡Toma! —Dobló el escrito—. Para cuando tengas un momento de debilidad. Solo cuando llegue ese momento lo abres y espero que lo que te digo sea terapéutico.

—Así lo haré, mi reina. —Besó su mano y se guardó su escrito en el bolsillo de la chaqueta, donde se veían sobresalir otros muchos papelitos—. Estoy haciendo unos versos como si los creara Abel Martín, mi apócrifo.

—También me gusta mucho cuando escribes como su alumno, Juan de Mairena. ¿No habías matado a Martín? Recuerdo que Mairena a modo de epitafio recordaba una reflexión de su maestro: «La filosofía, vista desde la razón ingenua es, como decía Hegel, el mundo al revés. La poesía, en cambio, es el reverso de la filosofía, el mundo visto del derecho».

—Sí, y añadía una conclusión: «para ver del derecho, hay que haber visto antes del revés». Ese es el espíritu de Abel Martín.

—Y tu propio espíritu, Antonio.

Hortensia Peinador apareció por la puerta del café y Pilar no quiso hacerla esperar ya que la calle estaba llena de grupos exaltados. Cada vez que Antonio y ella se separaban, resultaba más dramático. No sabían a ciencia cierta cuándo podrían volver a verse.

—Mi reina, ¡cuida ese cuerpecito salado!

—Y tú, no le des vueltas a la cabeza. No te tortures. ¡Prométemelo!

—No puedo prometer lo que no me siento capaz de cumplir. Tú estás a todas horas en mi pensamiento.

Pilar besó su mano y se puso en pie. Le miró una última vez y salió a toda velocidad del local. No se atrevió ni a mirar hacia atrás para que ninguno de los jóvenes alborotadores volviera a meterse con ella. Antonio, nada más perderla de vista, sintió un pinchazo terrible en el estómago. Estaba roto de pena y no habían transcurrido nada más que segundos desde que se había ido. Las separaciones de su musa cada vez eran más duras. Se quedaba noqueado, sin sentido. Se tocó el bolsillo de su chaqueta y rebuscó el papel que Pilar acababa de darle. «Para cuando tengas un momento de debilidad», le había dicho y horas más bajas que estas, donde se sintiera más débil y solo, no existían. Cogió el papel y lo leyó.

Mi amor, si estás leyendo esto que te he escrito, es porque te sientes mal. Ten por seguro que, aun estando separados, caminamos siempre de la mano. Somos un mismo espíritu, tú y yo somos parte de la misma estrella. Hay muchas personas a nuestro alrededor, pero eso no nos hace sentir mejor. Yo me siento siempre conectada a ti. Voy a tu lado, camino de tu brazo, te hablo al oído... ¡Siempre juntos! Por eso, cierra los ojos y ¡siénteme! Nunca estás solo, yo permanezco a tu lado en espíritu. ¿Recuerdas nuestros días azules en Hendaya? ¡No desfallezcas! Si tú estás bien, yo me encuentro bien. No olvides que somos uno.

Te quiere...

Pilar

Apretó el escrito entre sus manos. Cerró los ojos para frenar las lágrimas que estaban a punto de escaparse. «*Madonna* del Pilar, ¿qué otra flor de tu poeta si no es la flor de su melancolía?», recitó entre dientes. Pidió a Jaime una cuartilla y le escribió a su musa:

Compadéceme, diosa mía. Solo verte me cura y me infunde ánimos para seguir viviendo. ¡Estas ausencias tan largas las mitigan tus hermosas palabras! ¡Las llevaré siempre conmigo junto a esos días azules de donde saco fuerzas! ¡No olvides nunca a tu poeta!
Tuyísimo,

Antonio

40

La vida rota

Antonio y sus hermanos acudieron al teatro Español, en Madrid, al estreno de la obra *Divinas palabras* de Valle-Inclán. Por fin, todos los hermanos recalaban en la capital. Solo faltó Joaquín, el recién casado, porque a Francisco le habían trasladado justo antes de acabar el año, cuando le nombraron director de la cárcel de mujeres de Madrid. De modo que esa noche, asistían cuatro de los hermanos Machado a la representación teatral de la obra que escribiera Valle-Inclán en 1920 y que ya había sido traducida al francés, al inglés y al ruso. Con la personalidad que le caracterizaba, Valle se había negado a hacer una crítica de la adaptación de su propia obra, argumentando que «después de tantos años existen muchas críticas y juicios que excusan el mío».

Cipriano Rivas Cherif, amigo de los Machado, era el encargado de dirigir la función que tenía como protagonista a la famosa actriz Margarita Xirgu. Tanto los finales de cuadro como la caída de telón tras acabar la obra, fueron calurosamente aplaudidos.

Los cuatro hermanos fueron a saludar a Valle-Inclán, que estaba exultante, y a felicitar a Rivas Cherif por la puesta en escena. Manuel y Antonio entraron dentro del camerino de Margarita Xirgu, quien, después de escuchar sus elogios, les volvió a pedir que escribieran una obra de teatro para ella.

Cuando pudieron salir de allí, se fueron los cuatro a tomar un café antes de regresar a casa.

—Me ha gustado mucho la obra, tiene una estética muy cercana a los esperpentos —comentó Antonio.

—Nos lleva a situaciones de crueldad, pero tratadas en tono de tragicomedia. Lo trágico y lo grotesco se dan la mano —apuntó Manuel.

—No sé qué personaje es más sórdido y más miserable —apuntó Francisco, al que le gustaba escribir tanto como a sus hermanos, pero su trabajo no le había permitido ser tan activo y reconocido como ellos.

—Quizá, como la vida misma. —José habló el último—. Oye, hablando de otra cosa, ¿os habéis enterado de que el hijo del general Primo de Rivera, José Antonio, el que os organizó una fiesta en el Ritz después de un estreno, ha fundado un partido político que se llama Falange Española?

—Su discurso me ha parecido bien estructurado y os diré que hasta poético: «[...] Que todos los pueblos de España, por diversos que sean, se sientan armonizados en una irrevocable unidad de destino [...]» —recitó Manuel.

—A mí no me gusta lo que dice, aunque se exprese bien. Me parece increíble que promueva la desaparición de los partidos políticos —apostilló Antonio—. ¡Con lo que nos ha costado llegar hasta aquí! Por cierto, iremos todos a votar con nuestra madre el diecinueve de noviembre, ¿no? ¡La primera vez que podrá hacerlo! Debe de estar muy emocionada.

—Yo no iré —comentó Francisco—, piensa que todavía estoy empadronado en Alicante. No he tenido tiempo de hacer el cambio y no me voy a ir a allí para votar.

—Son las elecciones generales y nos jugamos mucho —añadió José—. A lo mejor sí deberías ir.

—¿Tú estás loco? ¡No pienso hacerlo!

Llegó el día de las elecciones generales y doña Ana Ruiz se vistió con su mejor vestido para acudir junto a sus hijos a votar. Lo mismo pasó en casa de los Martínez Valderrama. Acudió toda la familia al completo, aunque solo votó el matrimonio.

—Es un momento importante para las mujeres —comentó Pilar a sus hijos—. Por fin, lo que pensemos, cuenta. Vosotras, cuando cumpláis veintitrés años podréis hacerlo también.

—¿Y yo? —preguntó Rafaelito.

—Igual, con veintitrés, con la mayoría de edad.

—¿A quién vais a votar?

—A alguien de las derechas... Yo a José María Gil-Robles —le contestó Rafael—. Nuestra familia está alejada del pensamiento de izquierdas. Eso se lo dejamos a tu tío Victorio.

—Pues yo no voy a decir mi voto —replicó Pilar—. ¡Debe ser secreto!

—Vuestra madre votará con sensatez y a algún partido que apoye a la Iglesia católica. No tengo ninguna duda.

—Por encima de a quién vote, está el hecho en sí de que podamos votar las mujeres. Este día no lo olvidaré nunca. Algo está cambiando en nuestra sociedad. Por fin, las mujeres contamos.

—Vuestra madre, desde que va al Lyceum, se ha vuelto feminista.

—Si estar de acuerdo con que se nos tenga en cuenta es ser feminista, entonces lo soy. El paso siguiente es que consigamos ser autónomas y que no necesitemos de vuestro permiso para todo, hasta para salir del país. ¡Nos han tratado siempre como a niñas!

—Bueno, hubo un médico que dijo algo sobre vuestro cerebro. Creo que fue el doctor Novoa Santos el que dio argumentos muy solventes asegurando que a la mujer no le acompaña ni la reflexión ni el espíritu crítico, que os dejáis llevar por la emoción.

—¡Padre! Lo que dice ese médico son tonterías —intervino Alicia.

—¡Es un estúpido! —añadió Mari Luz.

—Por favor, esas formas. Nunca hay que perderlas, aunque nos estén pinchando para que saltemos —las recriminó Pilar—. Molesta que las mujeres tomemos decisiones. Eso es lo que pasa.

—Si no fuerais tan influenciables...

—Ese argumento, Rafael, dice poco de ti. No te pega.

Guardaron una larga cola y finalmente, votaron. Ese día lo celebraron comiendo fuera de casa, en Lhardy. Por el restaurante apareció más tarde doña Rafaela con las últimas noticias sobre María Soledad.

—Hijo, tu hermana se va a venir a Madrid. No parece que mejore y aquí, por lo menos, estaremos nosotros para echarle una mano a Victorio y a ella.

—Por supuesto que les echaremos una mano.

—Pienso acompañar a Rafael cuando vaya a visitarla. Tomaré precauciones para no llevar la enfermedad a casa. Lo primero son mis hijos.

—No sé yo si hacéis bien yendo...

—Madre, pienso ir —insistió Rafael—. Lo estoy pasando muy mal con la enfermedad de mi hermana.

Poco importaron los resultados de las segundas elecciones generales en casa de los Martínez Valderrama y eso, que la derecha se impuso a la izquierda por mayoría. El flamante inquilino del primer piso estaba eufórico y aún más porque había salido diputado a las Cortes por Jaén. José Alberto Palanca Martínez-Fortún que se había mantenido prudente hasta ese día, rompió su silencio y salió al encuentro de Rafael cuando sintió que llegaba a su domicilio.

—Don Rafael, corren buenos tiempos para corregir todos los desaguisados de Azaña y compañía.

—Sí, pero Alcalá-Zamora se ve que no confiaba en Gil Robles y le ha pedido a Alejandro Lerroux que forme gobierno y que sea presidente del Consejo de Ministros. Este líder del partido republicano radical va a gobernar con el visto bueno de la CEDA. No acabo yo de entenderlo...

—Don Rafael, la derecha tiene la mayoría en las Cortes. De modo que Lerroux tendrá que hacer lo que nosotros digamos. Nosotros tenemos ciento quince diputados. Somos la mayoría.

—Sí, pero no la mayoría absoluta. Perdóneme, pero me parece una alianza cogida con pinzas.

—Todo es política. Hemos logrado desbancar a las izquierdas y eso es lo importante. Está claro que la gente ha mostrado su decepción por los primeros compases de la República.

—Más que eso, les ha favorecido que los anarquistas aconsejaran el abstencionismo. Y, por supuesto, que las mujeres votaran por vez primera. Eso, como temían algunos de la izquierda, nos ha favorecido. Bueno, resulta irónico que Clara Campoamor, que ha llevado a las mujeres a las urnas, se haya quedado fuera del nuevo Parlamento.

—Bueno, le habían colocado sus compañeros de partido que no estaban de acuerdo con ella en un puesto infame en las listas. ¡Era muy difícil que saliera! Usted quédese con lo importante: habrá cambios, incluso revocaremos algunos de los decretos de Azaña. Por lo pronto, dejaremos de estar mal vistas las personas religiosas y de orden.

—Si usted lo dice... A mí la política me ha interesado siempre mucho, pero, en estos momentos, mi hermana está muy grave y todo me parece superfluo. En cualquier caso, le doy la enhorabuena.

Rafael no tenía ninguna gana de seguir hablando del nuevo gobierno surgido tras las elecciones. Se despidió educadamente de su inquilino y los días siguientes procuró evitarle.

Su hermana, recién inaugurado diciembre, regresaba a Madrid. No iban a ser unas Navidades especialmente alegres, ni para ella ni para el resto de la familia. Después de año nuevo, Rafael y Pilar intensificaron las visitas a María Soledad.

—Parece que tienes mejor cara. Comenzar el nuevo año te va a traer suerte. Ya lo verás —le comentó Pilar a su cuñada.

—Prefiero que no me engañéis... Tengo cara de muerta. Lo sé porque me miro en el espejo. Estoy enferma pero no estoy tonta.

Pilar no supo qué decir ante el comentario de María Soledad. Rafael siguió por la misma senda que su mujer.

—María, no seas así. Intentamos animarte porque realmente te vemos mejor.

La enferma comenzó a toser. Victorio se levantó y fue a su lado.

—Lo mismo deberíamos irnos a Palencia. El clima te sienta bien —le dijo su marido.

—No, deseo seguir aquí. Se lo pongo más fácil a los médicos. Allí estamos aislados del mundo. Además, si empeoro, todo será más sencillo en Madrid. Después de tantos meses, ya estoy preparada para lo que venga. Estoy cansada de luchar.

Hubo un silencio que nadie se atrevió a romper. Doña Rafaela apareció en casa de su hija con unos bizcochos borrachos, completamente ajena a lo que acababa de decir María Soledad.

—Hija, te he traído unos dulces. ¡Verás que ricos están! ¿Por qué estáis tan callados? Parece que tienes mejor cara...

—Madre, por favor —volvió a responder con malos modos—. Me estoy apagando como una vela. Debéis iros haciendo a la idea de que me queda poco tiempo. Yo ya lo he asimilado.

Doña Rafaela miró a su yerno y Victorio no supo qué decir.

—Hija, no nos tortures —replicó su madre—. Queremos lo mejor para ti y estamos convencidos de que lo superarás.

—Lo que usted diga, madre.

A María Soledad se le había agriado el carácter estos días

de convalecencia. Ya no tenía fuerzas ni para andar. Pilar, acordándose de Leonor y de lo que le había contado Antonio, sugirió que había que sacarla al sol.

—Un conocido me ha dicho que habilitando un cochecito de niño se puede mover muy bien a las personas enfermas. La casa aplana mucho, debería salir más allá de estas cuatro paredes.

—No tengo muchas ganas de salir a la calle, pero si te reconozco que me encantaría sentir el sol en mi cara.

—Saquémosla a la terraza. ¡Qué buena idea! —exclamó Victorio.

En febrero no lucía el sol con toda la fuerza necesaria para que María Soledad lo sintiera en su cara y en su cuerpo. Tampoco se atrevían a sacarla a menudo preocupados como estaban porque no cogiera frío y más en su estado: era un puro hueso. Según pasaban los días, no tenía fuerzas ni para llevarles la contraria. Había dejado de sentarse al piano desde que regresó de la sierra. Tampoco intentaba entonar ninguna canción. La voz no le salía de la garganta.

Una de esas mañanas de febrero de 1934, Victorio fue a despertarla... pero estaba fría e inerte. Había fallecido mientras dormía.

Fue un duro golpe para él y para toda la familia. María Soledad sabía que ese año moriría, y se cumplió su pronóstico. El funeral se celebró en la iglesia del Buen Suceso. Allí se dieron cita personas de la alta sociedad, artistas e intelectuales. Era difícil dar el pésame a Victorio y hablar con él. El escultor estuvo como ausente durante toda la ceremonia; daba la mano a los asistentes como un autómata con la mirada perdida. Doña Rafaela no dejó de llorar en toda la misa y Rafael, recibió con más entereza que los demás, las condolencias de cuántos pasaron por la iglesia.

Antonio había cogido la costumbre, antes de ir a clase al Instituto Calderón de la Barca, de bajar al café que se encontraba al lado de su casa, en General Arrando. Mientras le servían un frugal desayuno, procuraba leer los periódicos y alternar las noticias con la observación. Le gustaba mirar a la gente que pasaba por la calle e imaginarse sus vidas. En uno de esos vistazos a la prensa, vio una esquela de media página en el diario *ABC* que le llamó la atención: «María Soledad Martínez Romarate de Macho ha muerto habiendo recibido los santos sacramentos. Ruegan una oración por su alma: su marido, Victorio Macho, su madre, su hermano y su hermana política, Pilar de Valderrama, así como sus sobrinos, Alicia, Mari Luz y Rafael». Se quedó por un momento sin aliento. «¡Ha muerto!», se dijo a sí mismo y cerró de golpe el periódico. Por eso, no había recibido carta de Pilar durante días. Estaba intranquilo porque no sabía cómo ayudarla en esos trágicos momentos. Cogió una cuartilla de su cartera y le escribió unas líneas:

> Martes.
> Diosa mía, acabo de conocer la triste noticia que ha golpeado vuestra casa y mi corazón. Me gustaría poder darte en persona mi más sentido pésame. ¿Quedamos este sábado en nuestro rincón del café? No sabes la tristeza que me ha embargado. Todos mis recuerdos de golpe en mi cabeza. Como me decían a mí y me consolaba poco: «por fin, ha descansado». Estoy muy triste. Solo verte me podrá curar.
> Tuyísimo,
>
> Antonio

La metió en un sobre cerrado y la guardó en la cartera. Después del instituto su intención era llevársela en mano a Hortensia Peinador. Salió del café caminando con dificultad. Desde hacía un tiempo, tenía la sensación de que una de las piernas no le respondía. Caminaba con la ayuda de su bastón mientras cavilaba que, en realidad, su dificultad no estaba en caminar, sino en lo que le pesaba la propia la vida. «Este año que voy a cumplir cincuenta y nueve años... me siento muy mayor. La vejez se ha instalado en mi cuerpo para no irse», se decía a sí mismo.

A punto de llegar al instituto, se acordó de que su madre este mes teñido de negro iba a cumplir ochenta años. Nunca la había oído quejarse, ni tan siquiera un «¡ay!» por un dolor de cabeza o de muelas. ¡Nada! «Esta trianera va a acabar con todos nosotros», mascullaba entre dientes. Mientras llegaba a su clase de lengua francesa decidió organizarle una reunión familiar.

El 28 de febrero, le pidieron al dueño del café de General Arrando que les hiciera una merienda especial para que toda la familia festejara el ochenta cumpleaños de su madre. Se juntaron allí hijos, nueras y sobrinos. Doña Ana estaba feliz con su vestido de domingo y con su familia al completo. En torno a unas patatas, unas croquetas y unos embutidos, pasó una de las tardes más felices de su vida. Se acordaba de Cipriana, su hija fallecida, a la que tanto echaba en falta. «Se fue demasiado pronto», solía decir. Le hubiera gustado que su marido la hubiera acompañado también en este cumpleaños. «¡Antonio, no te perdono que me dejaras siendo tan jóvenes nuestros hijos!», decía para sus adentros. De vivir Demófilo, como firmaba sus crónicas, se sentiría orgulloso de todos ellos. Habían logrado forjarse un futuro y, casi todos, con inquietudes artísticas como él.

En la fiesta familiar, Manuel y Antonio, en calidad de hermanos mayores, tomaron la palabra.

—Vamos a hablar de esta guapísima mujer que nació en la zona más bonita de Sevilla, el número once de la calle Betis. Hija de confitero, se convirtió en la joven más dulce de todo el barrio, e hija de una mujer con arrestos que no quería ir a Sevilla porque su mundo estaba en Triana —discurseó Manuel.

—A ver qué vais a decir de vuestra pobre madre.

—Precisamente yendo por la calle en dirección al Guadalquivir a ver a los delfines que habían recalado en el río, equivocando su camino, se cruzó la damita con un galán. Allí se descubrieron por primera vez. Como siempre os digo, fue una tarde de sol que yo he creído o he soñado recordar alguna vez. Nuestro padre, que demostró una gran inteligencia al fijarse en ella, al verla sintió como si la conociera, como si siempre la hubiese amado. —Utilizó la misma frase que solía decirle a Pilar—. Nunca nos han querido contar qué se dijeron o cómo fue esa mirada que tanto les sedujo, pero el caso es que se enamoraron y contrajeron matrimonio.

—Querida madre, estuvo usted muy acertada al enamorarse de Antonio Machado Álvarez, doctor en Letras y abogado por la Universidad de Sevilla. Ya gozaba por entonces de cierta fama de escritor. Como único hijo del gran Antonio Machado Núñez y de Cipriana Álvarez Durán, no le interesaba la riqueza...

—¡Qué verdad es esa! Pero no nos habría venido mal algo de querencia al dinero.

—Ese desapego por la fortuna siempre nos contaba que se lo debía a su padre que fue muy viajero, yendo muy joven a Guatemala. Allí se dio cuenta de que la riqueza no le hacía feliz, regresó al viejo continente y se fue a París. De allí regresó convertido en médico.

—Se le fue la vocación —continuó Antonio— cuando vio que sus conocimientos no impidieron que muriera una de sus más apreciadas enfermas. Toda su ilusión se marchitó en un instante y se prometió a sí mismo no volver a estar en la cabecera de un enfermo en calidad de médico. Cambió de nuevo de rumbo y se dedicó a las Ciencias Naturales, consiguiendo una cátedra y entregándose a la política que le llevó a ser gobernador progresista de Sevilla. Como sabéis ahí no paró y emprendió a la vez un camino hacia los estudios prehistóricos, de los que antes nadie se ocupaba.

—¡Qué bisabuelo más interesante! —dijo una de las hijas de Francisco, Leonor.

—¡Qué familia tan extraordinaria! —añadió José—. Se lo cuentas a alguien y no se creen que nuestras raíces sean tan peculiares. Les dices que nuestro tatarabuelo, el padre de Cipriana, era un ilustre combatiente de las luchas contra Napoleón y, además, gran filósofo, y piensan que te lo estás inventando.

—Pero hoy es el cumpleaños de nuestra madre —cortó Antonio—. Ella es la que nos ha criado con verdadero mimo y ternura. Meciéndonos al arrullo del sonido de la fuente del patio de Las Dueñas y a la sombra de los limoneros.

—Eso, los que habéis nacido en Sevilla, que otros hemos nacido aquí. No somos tan palaciegos como vosotros —dijo jocoso Francisco. Y todos se echaron a reír.

—Bueno, estamos aquí toda la familia porque queremos darle las gracias por haberse dedicado en cuerpo y alma a sus hijos y ahora a sus nietos. Gracias, madre —acabó finalmente un emocionado Antonio.

—Madre estamos en deuda con usted por darnos tanto amor a cambio de nada... —sentenció Manuel, como hijo mayor.

A doña Ana se le saltaron las lágrimas. No podía contestarles y solo sonreía. Antonio le dio un abrazo y un sonoro beso a su madre.

41

¡Más salario y menos horas!

El mismo día que Pilar y sus amigas acudían por la mañana a una ceremonia religiosa, para conmemorar que una aristócrata contemporánea, María Micaela Desmaisières, vizcondesa de Jorbalán, había subido a los altares, quedó con Antonio en Cuatro Caminos. Las que no habían podido ir a Roma a presenciar la canonización, se habían dado cita en la iglesia de San José.

—Aquí fue bautizada la santa que desde niña ya la llamaban «el ángel de la caridad» —comentó Pilar.

—Siempre haciendo el bien: cuando no era reeducando a las prostitutas, era ayudando a los más necesitados —añadió Carmen Baroja mientras se ponía el velo para seguir el oficio religioso.

—De hecho, murió contagiada de cólera mientras asistía a los enfermos de una epidemia. —María Estremera fue la última en hablar con voz susurrante.

En la iglesia no cabía ni un alma. Durante toda la ceremonia, Pilar estuvo rezando a la santa para pedir por su familia y por ella misma. No sabía cómo resolver el conflicto interior al que se enfrentaba cada día. Era una lucha sin cuartel en la que siempre se sentía insatisfecha y con complejo de culpa.

Pilar iba vestida de color marrón oscuro, evitando el luto que tan poco le gustaba llevar. Asociaba el negro a la muerte y ella se sentía muy viva. Tampoco seguía las normas sociales que imponían un calendario en el vestir tras el fallecimiento de un ser querido.

Después de desayunar con sus amigas, se fue hasta la glorieta de Cuatro Caminos. A las doce en punto entraba por la puerta del café. Al fondo, como siempre, la estaba esperando Antonio. El poeta, salvo un día que se despistó, jamás se había retrasado. Siempre, impaciente, llegaba antes que ella.

—Pilar, amor mío. Por fin estás aquí. —Se quedaron los dos mirándose a los ojos—. Te doy mi más emocionado y sentido pésame. —Besó su mano sin dejar de mirarla—. Siempre estás bella, hasta cuando te embarga la tristeza.

—Gracias, Antonio. Se me ha juntado todo. Vengo de un acto religioso en honor de la nueva santa, Micaela, y allí también me he emocionado. Estoy muy afectada con la muerte de María Soledad.

—Mi reina, tenía ganas de estar cara a cara contigo. Espero en este rato hacerte olvidar tus penas. Mira, llevo varios días sufriendo alucinaciones; me pareció haberte visto subir a un tranvía en la calle Alcalá y, en otra ocasión, entrando en una casa de la calle de Leganitos. Me estoy volviendo loco y te veo en todas partes. ¡Ha sido la falta de cartas lo que me ha trastornado!

—No he podido escribirte, Antonio. Puedes imaginarte cómo han estado y cómo siguen las cosas por mi casa. Le hemos dicho a la madre de Rafael que venga unos días con nosotros porque tememos que caiga enferma después de lo que ha ocurrido. Ver morir a un hijo es algo terrible.

—Me puedo hacer una idea por lo mucho que llora mi madre a mi hermana Cipriana. La única chica entre tanto hombre...

—Sin embargo, otras madres son dañinas y acaban con sus hijas como el caso Hildegard. Va a empezar el juicio a esa loca, Ana Rodríguez, que quiso educar a su hija con un odio patológico a los hombres y resulta que se enamoró de uno; y eso, no entraba en los planes de su madre. ¡Espero que le caigan muchos años de cárcel! No se puede dar la vida y luego quitarla.

—La hija tenía una carrera prometedora dentro del partido socialista. ¡Una pena! Pero, a pesar de las ideas que su madre le había inculcado, el amor por un joven tuvo mucha más fuerza que cualquier ideología. La fuerza del corazón... De eso, nosotros sabemos un rato. Pero ¡háblame de ti! Quiero saberlo todo.

—Me ha hecho un estudio de mi letra mi amiga del Lyceum, Matilde Ras. ¿La conoces? Es grafóloga.

—¿Y qué te ha dicho que ya no sepas?

—Aunque no te lo creas, me ha retratado cien por cien. Parece medio bruja porque me ha dicho que guardo un gran secreto que no quiero compartir con nadie. Al parecer, lo ha visto en alguno de los rasgos de mi letra.

—No ha dicho nada nuevo. Todas las mujeres guardáis grandes secretos que jamás conoceremos los hombres. A veces, los grafólogos lanzan eso de forma intuitiva y luego empiezan a tirar del hilo...

—No, no, todo está en mi letra. Cómo siento y hasta cómo soy. Me encantaría enseñarle alguna de tus cartas para que me diga tu personalidad. Pero no lo haré jamás.

—¿A estas alturas no sabes cómo es tu poeta? Un hombre enamorado de su musa. Deseoso de estar contigo a todas horas. Ese soy yo. Por cierto, ahora, a partir de las seis y media podremos quedar las tardes que quieras. Será para mí mucho más fácil que a esta hora de la mañana. Lo único que te pido es que me avises con tiempo. Me encierro los próximos días con opositores. No sabes lo endiabladas que son estas oposiciones porque me tienen ocupado el día entero. Parece que lo han hecho a posta mis enemigos para robarme el tiempo y el humor. No te puedes imaginar cómo me llueven recomendaciones y compromisos por todas partes.

—Este país no tiene solución, lo del enchufe es algo que existe y existirá con el gobierno anterior y con este. ¡Somos así!

—¡No sabes cuánta razón tienes! ¿Cuándo volveremos a vernos, mi reina?

—Lo antes posible. Dependerá de mi suegra y de cómo supere la pérdida de María Soledad. Ahora me resulta más difícil salir de casa sin motivo. De todas formas, Rafael está terminando la casa de vecindad y ella se quedará con un piso para estar más cerca de nosotros. Su hotelito es demasiado grande para ella. Con la muerte de su hija, le han caído encima todos los años del mundo.

—Esperaré tus noticias. Y si me pierdo, ya sabes...

Antonio sacó del bolsillo de su gabán, una cajita de madera. Dentro, envuelta en terciopelo burdeos, llevaba la brújula que le había regalado Pilar tiempo atrás. Últimamente iba con ella a todas partes.

—Me alegra mucho saber que la llevas cerca. Mira, para que no te pierdas. Yo siempre estaré esperándote al norte.

—En el norte te imagino siempre que cierro los ojos... ¡Ojalá pudiéramos revivir los dos días de Hendaya! El sol, la arena... tu zarcillo en mi boca...

— A veces estoy soñando y no quiero despertar. Me gusta más lo que vivo por las noches que la realidad que me espera. —Miró al reloj que presidía el local—. ¡Uy, me tengo que ir! Hoy no viene Hortensia a por mí. No le he dicho a nadie que venía aquí. Creen que estoy con mis amigas.

—Regresa con cuidado, que la gente anda muy loca por la calle. ¡Tanto o más que la madre de Hildegard! —Besó su mano dos veces.

—¡Cuídate mucho, Antonio!

—Eso haré. ¡Tú también, mi reina!

Pilar se puso en pie lentamente sin apartar su mirada del poeta. Antonio, en las despedidas, se quedaba siempre sin palabras. Sus ojos de pena lo decían todo, al observar cómo su musa se alejaba de allí corriendo. Si el poeta le hubiera dicho algo, ella se hubiera quedado paralizada, inmóvil. Para ella también era el momento más duro. Al traspasar la puerta de madera y cristal, una lágrima se deslizó por su mejilla. Era muy triste dejarle así de desvalido. Fue todo el camino recriminándose mantener en el tiempo una relación que estaba minando la salud del poeta y la suya.

Se vieron un par de veces más antes de la separación del verano. Pilar le contó que este año no irían ni a San Rafael ni a la playa, se quedarían en la finca de Villaldavín, en Palencia. Victorio Macho iría allí todas las vacaciones y no querían dejarle solo. Su cuñado necesitaba trabajar cerca de aquellos parajes que le recordaban a su mujer. Le gustaba perderse entre las encinas dibujando. De alguna manera, sentía la presencia de María, como él la llamaba, en aquella tierra teñida de oro y verde. Fue un verano muy duro, donde no acudieron a ninguna fiesta, ni tan siquiera a la que todos los años organizaba el notario y su mujer.

Estaban tan ajenos a las noticias y a la actividad del propio pueblo que se enteraron, una semana después, de la muerte en la plaza de uno de los toreros que más admiraba Rafael, Ignacio Sánchez Mejías. No se hablaba de otra cosa en el bar al que acudió, en la capital palentina, después de hacer algunas gestiones para vender parte de sus terrenos.

Los Machado se enteraron el mismo día en que ocurrió la tragedia. La noticia corrió como la espuma. De hecho, Antonio y sus amigos tenían al torero en alta consideración por ser un hombre ilustrado, con conocimientos de medicina y de teatro. Había pertenecido a la cuadrilla de Belmonte y estaba emparentado con Rafael *el Gallo*. Se quedaron muy impactados con el elogio fúnebre que le había dedicado el poeta Federico García Lorca:

> *Eran las cinco en punto de la tarde.*
> *Un niño trajo la blanca sábana*
> *a las cinco de la tarde.*
> *Una espuerta de cal ya prevenida*
> *a las cinco de la tarde...*

O con ese otro verso en el que hablaba de la sangre derramada:

¡Que no quiero verla!
Dile a la luna que venga,
que no quiero ver la sangre
de Ignacio sobre la arena...

Aquella forma trágica de morir, a la vista de todos, había inspirado a García Lorca. También a Antonio y a Manuel Machado.

—Recuerdo que, cuando éramos pequeños, vibrábamos con el relato de nuestro abuelo sobre cómo se daba un brillante volapié. Los seguidores de Lagartijo, Guerrita y Espartero estaban divididos y nosotros éramos demasiado pequeños para saber el porqué de las disputas de sus seguidores —contaba Manuel—. Hay que ser muy valiente para plantarse frente a un morlaco. Ignacio era un fuera de serie.

—Este año es como si la muerte estuviera rondando sobre las cabezas de todos. Parece incomprensible que un hombre con tanta técnica haya muerto como un gladiador. Federico lo ha contado en toda su profundidad. La poesía debe ser así: natural, breve, seca, que brote del alma como una chispa eléctrica que hiere el sentimiento con una palabra.

—Hoy me acuerdo especialmente de Rubén Darío. ¿Cómo habría narrado él esta muerte tan trágica? ¿Él, que gestó el movimiento literario del modernismo? Seguramente nos hubiera seducido con su musicalidad tan honda y vibrante.

—Nunca le estaremos suficientemente agradecidos a Rubén por emprender la destrucción del verso alejandrino tradicional para así ayudarnos a comprender que en la poesía podíamos encontrar nuevos efectos. Yo siempre intenté buscar caminos bien distintos, y con ello no me jacto de éxitos sino de propósitos. Para mí, ya sabes, el elemento poético no es la palabra por su valor fónico, ni el color, ni la línea, ni un cúmulo de sensaciones... Para mí la poesía es una honda palpitación del espíritu.

—Si viviera nuestro buen amigo Rubén, te volvería a decir:

> *»cantaba en versos profundos*
> *cuyo secreto era de él.*

»Le fascinaba tu mundo interior. ¡Hermano, tenemos motivos para alegrarnos de estar vivos y con salud! ¡No podemos dejar la poesía!

—No la pienso abandonar nunca. Otro tema es que no se aprecien señales como para ser optimistas. Hay que reconocer que la literatura está renqueante por los malos negocios de los editores. La poesía está como siempre en las nubes, mientras la vida española discurre cada día más a ras de suelo.

—Ahora la actividad intelectual se encuentra en los periódicos. Ahí es donde más se nos ve a los escritores. Sinceramente, no está mal que nos permitan ser testigos de nuestro tiempo.

—Yo prefiero que quién evalúe este momento que nos ha tocado vivir sea mi hijo literario Juan de Mairena, hablando de temas eternos en sus disquisiciones filosóficas, dando consejos que ha oído a su maestro Abel Martín. Prefiero no ser yo, sino mi *alter ego*.

Manuel y Antonio quedaban cada día para hablar, en una tertulia o a solas, de todo aquello que les afectaba. Se solían unir a ellos: el pintor Ricardo Baroja, muy aficionado a los inventos y escritor como su hermano Pío; el político municipal García Cortés, que conservaba su ímpetu batallador; Ricardo Calvo, el amigo incondicional; el médico Giménez-Encinas y por supuesto, José Machado, que siempre estaba por allí sin querer hablar mucho, pero muy atento a todo lo que decían. Eran tertulias con el sonido de un piano de fondo, como ocurría en El Español o en el local un tanto oscuro al que también iban en la calle Preciados, el café de Varela.

Precisamente en los cafés y en la calle, se barruntaba que algo grave iba a ocurrir tras el verano. Había una crispación en el ambiente como nunca habían visto antes. En el primer semestre se habían producido en la capital treinta y siete huelgas diferentes. El descontento en los campesinos y en los obreros, crecía en toda España.

Recién llegada Pilar de su largo veraneo en Palencia no pudo quedar con Antonio inmediatamente. No fue hasta primeros de octubre cuando regresaron al café de Cuatro Caminos. Era un día gris, plomizo, que amenazaba lluvia. En el tranvía tuvo miedo cuando vio a grupos de obreros por la calle pidiendo a gritos una huelga general, mientras obstaculizaban el paso de los vehículos. Las fuerzas de asalto tuvieron que intervenir y así, pudo el tranvía seguir su camino. El ambiente estaba tan cargado y tenso que pensó que no había sido una buena idea quedar en el café. Llegó como pudo, sorteando por la calle manifestantes que no paraban de lanzar proclamas en contra del gobierno. Al entrar, sintió alivio al ver a Antonio al final del salón. Se saludaron, ante la mirada curiosa de cuántos estaban allí. Pilar le dio la mano, aunque Antonio hubiera preferido darle allí mismo un abrazo. Jaime acudió solícito a su mesa.

—Señora, me alegra mucho verla por aquí. ¡Ya la echábamos de menos! Al señor, afortunadamente, le veo con más frecuencia.

—Sí, muchos días vengo y aprovecho para escribir al calor de un café. ¡Pónganos dos, Jaime!

Se quedaron mirándose con las manos cogidas. Pilar pensaba mientras le observaba que su poeta tenía cara de cansancio. Los surcos de sus arrugas se habían pronunciado y sus ojeras también. Antonio, sin embargo, solo podía admirar el bonito color de su piel y sus ojos tan expresivos y grandes como siempre. ¡Cómo la había echado de menos este verano!

—Mi reina, nuestra separación este año ha sido cruel.

—Sí, a mí también se me ha hecho muy larga. ¿Cómo te encuentras?

—Ahora que estás cerca, me encuentro mejor, pero tengo que confesarte que por las noches me resulta muy difícil conciliar el sueño. Después de acudir a nuestra cita nocturna, me desvelo y ya no hay forma de dormir.

—Mi doctor me ha recetado Verenal, un somnífero. Yo tampoco puedo dormir por las noches si no es con la pastilla. Me va muy bien. Deberías pedirle al médico que te las recetara.

—Ahora ya no las necesito. Esta noche verás cómo duermo bien. —Volvió a besar sus manos y aspiró su aroma—. Lo único que llevo mal es no verte en meses. Eso me intranquiliza y, según pasa el tiempo, voy a peor.

De pronto, en el café entró un grupo de manifestantes dando gritos a la vez que lanzaban un montón de pasquines en el interior. Finalmente, se fueron con el mismo ruido con el que habían llegado. Todos los que estaban en el café se quedaron con la mirada puesta en la puerta.

—Están las cosas peor que cuando me fui. Viniendo para aquí, un grupo de obreros ha bloqueado la calle, impidiendo que pudiera pasar el tranvía. No imaginaba que estaba todo tan revuelto. Allí en Palencia estábamos aislados de todo y no nos enterábamos de nada.

—Se está preparando un paro general para mañana; lo mismo ha sido imprudente quedar hoy. ¡Tenía tantas ganas de verte que no he sopesado el peligro!

—Tienes los ojos tristes, Antonio...

—Los tuyos también tienen menos brillo. Comprendo que no estar con la persona que uno ama, acaba siendo algo dañino. Noto que la vida se me va y no estoy a tu lado.

El poeta acercó su cara a la de Pilar y la besó en los labios. Fue un beso rápido que no llegó a apreciar la gente que estaba desperdigada por el salón del local.

—Si, al menos, no tuviéramos que estar pendientes de lo que piensen de nosotros. Si pudiéramos ser libres para hacer lo que sentimos.

—La libertad hay que conquistarla, mi diosa. Nadie nos la va a regalar.

Irrumpieron de nuevo varios obreros al grito de «¡más salario y menos horas!». Tiraron más pasquines sobre el suelo del salón. Cerraron tan fuerte la puerta que uno de los cristales se rajó de arriba abajo.

—Mi reina, sintiéndolo mucho, creo que deberías regresar cuánto antes a casa. No me parece prudente que estés aquí. Aunque no te guste, te voy a acompañar al tranvía. No pienso dejarte sola.

—Sí, será lo mejor; se están poniendo las cosas muy feas, Antonio.

—¡Hazme caso y en cuanto llegues a tu casa enciérrate y no salgas en varios días!

Pagaron a Jaime y salieron del café. Se veía el movimiento normal de la gente por la calle haciendo recados y de vendedores ambulantes ofreciendo desde agua en un botijo a cigarrillos. Al llegar a la altura del tranvía y después de estar esperando un largo rato, unos viandantes les informaron.

—¿No se han enterado? ¡Ya no habrá tranvía! Ha comenzado la huelga.

—Pero ¿no era mañana? —preguntó Antonio desconcertado.

—Sí, pero los conductores han decidido empezar ya.

—¿Qué hacemos? —le preguntó Antonio a su musa—. Sería mejor que cogieras un taxi o un coche de caballos.

—Tampoco se ve a ninguno por la calle.

Esperaron un rato, pero por allí no aparecían vehículos ni taxis. Los grupos de obreros, que deambulaban de un lado a otro por las calles, cada vez eran más numerosos.

—Volvamos al Continental. Hablaremos con Jaime por si nos puede ayudar de alguna manera —sugirió Antonio.

—Si me deja el teléfono del café, llamaré a mi mecánico para que me venga a buscar.

—Sí, creo que es lo mejor.

Jaime les dejó llamar y al cabo de media hora, el mecánico estaba en la puerta del café. Los obreros que se encontraban dentro del local al ver a un chófer vestido con uniforme y gorra, le increparon.

—¡Eh!, ¿tú no vas a ir a la huelga? ¡Aquí no se te ha perdido nada!

—Mi reina, sal cuanto antes. Todavía lo van a pagar con tu chófer. Siento mucho todo lo que está pasando.

Pilar le miró con los ojos empañados en lágrimas y salió de allí corriendo sin escuchar el coro de voces que gritaban proclamas contra la opresión y a favor de la huelga general.

Llegaron como pudieron a casa, sorteando barricadas y altercados por las calles.

—A todos los efectos me ha recogido en el Lyceum. Le pido por favor que no diga a mi marido dónde me ha tenido que venir a buscar.

—¡Descuide! Pero no debería salir sola por la calle. Es demasiado peligroso, señora.

—Lo sé.

Se quedó callada y pensativa antes de salir del coche. Cuando entró a su casa, Rafael la estaba esperando con el monóculo puesto y una copa de jerez en la mano.

—Pilar, estás siendo absolutamente irresponsable. ¿Se puede saber qué haces por la calle? Han recomendado que si no es estrictamente necesario no se salga. Pero tú tenías que estar por ahí. ¡Como siempre!

—Solo puedo darte la razón. La calle está muy peligrosa. —Sin decir nada más se fue a su habitación.

Rafael no se esperaba que ella reaccionara así y se quedó sin saber qué decir. No volvieron a verse hasta la hora de comer. Pilar procuró permanecer en la habitación. Rafael les dijo a todos que no volverían a salir de casa «hasta que las aguas se calmaran». Durante varios días, todos los miembros de la familia estuvieron enclaustrados. No se asomaron ni a los balcones, ya que se oían tiroteos. A la semana se quedaron sin pan, sin prensa, sin suministros, sin la visita de la profesora, María Calvo, o de la institutriz, Hortensia Peinador. Nadie transitaba por la calle. Por la radio supieron que hubo un intento de asalto al Ministerio de la Gobernación a manos de las milicias socialistas dirigidas por el capitán Condés, que fracasó. Se lanzaron bombas de mano al depósito de máquinas de Las Peñuelas y se frustraron nuevos ataques a Correos y a la Dirección General de Seguridad. Hubo hasta trifulcas de guerrillas callejeras.

—No sé cómo va a acabar esto, pero no tiene buena pinta —comentó Rafael.

—Como sigamos así muchos días, solo tendremos para comer arroz y legumbres, ¡nada más! Estamos tirando ya de las reservas de la despensa.

Victorio Macho sí salió a la calle para ir a ver a sus cuñados. No le daba ninguna importancia a lo que estaba sucediendo. Cuando los obreros le pararon al cruzar la calzada, se unió a ellos en sus proclamas. No tuvo problemas en llegar al hotelito de Pintor Rosales. Todos se alegraron de verle.

—¿Te has atrevido a venir? —le preguntó Pilar.

—¡Por supuesto! Debemos acostumbrarnos a que la gente proteste contra los opresores.

—Mira, Victorio, aquí se está cociendo algo mucho más gordo. Hemos escuchado por la radio que la minería de Asturias está en pie de guerra. Las columnas mineras incluso han logrado entrar en Oviedo y se han apoderado del Ayuntamiento. Y claro, las autoridades gubernamentales han reaccionado y se han hecho fuertes en el Gobierno Civil, la Telefónica, la catedral y el cuartel de Pelayo. El puerto de Pajares, que estaba ocupado por una patrulla obrera, ha sido finalmente franqueado por la columna gubernamental. Esto va a acabar muy mal, Victorio.

—Pues a mí lo que me han contado otros amigos, y me parece mucho más grave, es que, en Cataluña, Lluís Companys, el presidente de la Generalitat, ha proclamado el «Estado Catalán».

—Pero ¿qué estás diciendo? ¿Se quieren separar de España?

—Su intención es establecer en Cataluña un gobierno provisional de la República. El Ayuntamiento de Barcelona se ha adherido a esa declaración. Pero el jefe de la División orgánica, el general Batet, a las órdenes del gobierno de Lerroux, ha proclamado el estado de guerra. Parece ser que a estas horas están bombardeando la Generalitat. Sabes que soy republicano, pero todo esto me parece que es sembrar el caos.

—¿Crees que deberíamos huir de España con los niños? —preguntó Pilar muy preocupada por lo que estaba oyendo.

—No, hay que esperar a que las cosas se serenen.

Victorio pasó el día con ellos. Antes de irse supieron, escuchando diferentes emisoras de radio, que la artillería estaba lanzando cañonazos contra la Generalitat. Se libraba una verdadera batalla campal entre las fuerzas de Infantería, la Guardia Civil y los mozos de esquadra.

Rafael, cuando se quedó solo, siguió escuchando la radio en el salón. De madrugada logró captar la noticia de fuentes del Gobierno que aseguraba que Lluís Companys había sido arrestado y el Estatuto suprimido. Sin pegar ojo en toda la noche también supo que la insurrección obrera extendida por toda España... había tocado a su fin.

Varios días después, bajó Rafael a hablar con su inquilino. Quería tener información de primera mano y, a la vez, asegurarse de si ya podían salir de casa. Después de llamar varias veces, le abrieron la puerta.

—Don Rafael, ¿ocurre algo? —le preguntó el doctor Palanca.

—No, en realidad, quería solamente información. Llevamos días sin salir y quería saber si el Gobierno ha controlado la situación.

—Afortunadamente, sí. El punto más conflictivo ha sido Asturias. Ha tenido que intervenir el ministro de la Guerra, aconsejado por Francisco Franco y Godded, con la Legión Extranjera y la presencia de los Regulares. Se ha logrado restablecer el orden a costa de imponerse por las armas. Ha habido miles de muertos y heridos. Ha sido una auténtica rebelión contra el gobierno establecido. Ahora, tenemos otro problema y es que hay más de treinta mil personas encarceladas.

—Entre ellos numerosos políticos... Largo Caballero, Companys y el mismísimo Azaña.

—Sí, ahora habrá que saber su grado de participación. Se está defendiendo Azaña con uñas y dientes.

—No me extrañaría que al final no pasara nada. Niceto Alcalá-Zamora no se atreve a rematar con mano dura todo esto.

—Yo no diría tanto... Pero, afortunadamente, todo ha acabado.

Rafael regresó al primer piso un poco más tranquilo gracias a todo lo que le había contado el doctor Palanca. De todas formas, no había forma de quitarle la idea de la cabeza de que salir de España, posiblemente, era la mejor opción.

Los intelectuales, frente a todos estos acontecimientos, alzaron su voz en contra de cómo había acabado el Gobierno con las revueltas obreras. Sobre todo, cuando tuvieron conocimiento de algunos fusilamientos y ejecuciones. En concreto, no pudieron reprimir su indignación con la ejecución de un periodista, Luis de Sirval, a manos de un oficial extranjero del Tercio, el teniente Dimitri Ivanov. Antonio Machado, junto a Unamuno, Valle-Inclán y Besteiro fueron los primeros en protestar: «No se puede consentir esta represión y estos asesinatos. ¿Dónde está el Estado de Derecho?», se preguntaba el poeta en la prensa.

Rafael habló en voz alta al leer la reacción de Machado en el periódico. Su comentario iba dirigido a Pilar.

—Tu amigo, el poeta, está en contra del orden establecido. ¡Qué barbaridad!

—¿A qué amigo te refieres?

—A quién va a ser, ¡a Antonio Machado!

Pilar se quedó sin habla y sin sangre en las mejillas. No supo qué responderle. Tampoco quiso saber por qué utilizó la palabra «amigo». Disimuló como pudo y se fue a su cuarto. Se quedó preocupada, no por el comentario sobre Antonio, sino por el tono en el que se lo había dicho. Se preguntaba qué sabía en realidad su marido sobre Antonio y ella.

42

La última vez

Tras los sucesos del mes de octubre, a Pilar le resultó muy difícil encontrar una excusa para salir de casa sin ser sometida, bien por Rafael o bien por la madre de este, a un cuestionario de preguntas difíciles de resolver. Cuando la venía a buscar Carmen Baroja o María Estremera, resultaba mucho más sencillo. Con ellas fue al Lyceum varias tardes, para escuchar alguna conferencia interesante o bien para jugar a las cartas. Se empezaron a extremar los posicionamientos de las socias dependiendo de si estabas a favor de las tesis republicanas o no. Cuando jugaban a las cartas procuraban hablar de todo menos de política pero, de vez en cuando, alguna socia se hacía oír. La más drástica era la que llamaban «La suegra de la República», la viuda de Mesa. Antes de que ella misma decidiera cómo se disponían las partidas de cartas, lanzaba sus proclamas.

—¡Qué sería de nosotras sin los avances de la República! Estaríamos sin votar y sin la ley de divorcio y tantos logros que se han conseguido... Aunque por nuestra culpa, me refiero a las mujeres, se ha votado más a la derecha que a la izquierda. Las que votasteis en favor de la CEDA, ¿no os dais cuenta que si por ellos fuera, volveríamos a la caverna?

Pilar y sus amigas no abrían la boca, se limitaban a sentarse donde ella les autorizaba. La fortuna quiso juntarlas con la compañía de Encarnación Aragoneses, la escritora que firmaba como Elena Fortún. Tenían la confianza suficiente para hablar con ella de la organizadora de la partida.

—¿No pensáis que sus dientes están más blancos que nunca? ¿Qué se habrá hecho? —preguntó María.

—A mí me encantaría hacer con ella una sesión de espiritismo para saber cuál de sus maridos aparecería antes, si el bueno de Ibáñez Marín, el militar y montañero; o el poeta Enrique de Mesa —comentó la escritora—. ¿Sabéis? Al parecer, conoció a su segundo marido, que en gloria esté, cuando este intentó suicidarse por su incomprendido amor por la cupletista La Fornarina. Carmen le cuidó tan bien que se acabó casando con ella... Me gustaría hacer esa sesión.

—Porque me da miedo, pero ya tengo suficientes personas en el más allá como para que me interesara hacer una sesión... —dijo Pilar completamente en serio—. Lo que daría por oír la voz de mi madre. ¡La echo de menos!

—No todo el mundo está preparado para algo así. Muchos han acabado un poco tocados... —apuntó Carmen Baroja mientras hacía un gesto con su dedo índice apoyado en la sien.

—Eso es verdad. No todo el mundo reacciona del mismo modo y hay quién no lo supera nunca —aclaró Encarnación—. A mí, sin embargo, no me afecta en absoluto. Convivo con los espíritus como con los vivos. Cuando quieras Pilar, lo intentamos.

Las dos amigas miraron a Pilar queriendo quitarle la idea de la cabeza.

—Hablando de otra cosa —intervino Carmen Baroja en voz baja—, se está haciendo imposible expresar libremente nuestra opinión sin que no haya alguien que nos mire mal. Pienso que el pensamiento se está radicalizando entre las que formamos parte del Lyceum.

—Muchas cosas, tristemente, están cambiando —sentenció Pilar—. Solo se admite un pensamiento. Todos los demás, se menosprecian.

En otra de las mesas, Matilde Huici, otra de las socias, después de ganar una partida, exclamó sin importarle lo que pensaran las demás.

—¡Vivan las mujeres! ¡Viva la República!

Otra de su mesa le contestó:

—¡Hijos, sí! ¡Maridos, no! —Alzó su puño derecho.

Una gran mayoría de las allí presentes la siguieron.

—¡Hijos, sí! ¡Maridos, no!

Pilar, Carmen, María y Encarnación pusieron punto final a su partida y decidieron irse.

—Tenemos que escoger muy bien qué día volvemos —sugirió Carmen.

—Sí, las cosas se están poniendo muy feas —comentó María Estremera.

Antonio Machado acudía paseando al Instituto Calderón de la Barca, así aprovechaba para ordenar su pensamiento. Había un único momento en que Pilar no acaparaba sus recuerdos y era, precisamente, cuando daba clase. Sus alumnos tomaban buena nota de lo que el poeta les contaba. No tenían libros de texto y hacían sus propios cuadernillos. Sus clases eran extraordinarias y, aunque aparecía en el aula con un aspecto desaliñado, le profesaban una gran admiración. A ningún alumno le chocaba que su chaqueta tuviera las solapas cubiertas de ceniza ni los bolsillos llenos de papeles con anotaciones. Otro profesor, Rafael Lapesa, les había puesto al día de la calidad literaria de su profesor y de su gran fama como escritor. Eso hizo que su torpe aliño indumentario fuera de lo menos importante de aquellas clases que se convertían en magistrales. Todos sabían que era, además, un hombre muy comprometido con el momento político que se vivía.

—No estoy de acuerdo con Ortega y Gasset y su concepto de las masas —les decía—. La clase proletaria reclama sus derechos. Y las masas buscan no ser masas, en el sentido que se da a este nombre, y lo conseguirán.

—Don Antonio, ¿es usted marxista? —le preguntó un alumno avezado.

—Pues le voy a decir lo mismo que he contestado en el diario *El Sol*. Yo no soy marxista ni puedo creer que el elemento económico sea lo más importante de la vida: es importante pero no es lo más importante; oponerse a que las masas accedan al dominio de la cultura y de lo que en justicia les corresponde, me parece un error.

—Don Antonio, ¿usted escribe para la gente de su edad? —le preguntó otro.

—Ya veo que no tienen hoy ganas de dar clase. Pues bueno, contestaré a su pregunta. La poesía, estimado alumno, no tiene edad cuando es auténtica poesía.

—¿Es cierto que ha vivido usted en París?

—Sí, he estado en la capital francesa en varias ocasiones. La primera vez que uno pisa París se siente abrumado por el derroche de lujo en los grandes bulevares y por la grandiosidad de sus edificios. Pero yo prefiero la belleza de los atardeceres, sentado en una plaza cualquiera alejada de los transeúntes. También disfruté mucho de la actividad cultural.

—Señor profesor, ¿allí conoció a alguien que le impactó?

—La verdad es que no me perdía una sola conferencia dada por el filósofo y escritor Henri Bergson. Especialmente interesantes son sus teorías sobre la materia y la memoria. Bergson decía que no recordamos el pasado desde el presente sino al revés, vamos del pasado al presente, del recuerdo a la percepción. Según él, hay dos tipos de memoria: la memoria breve que es fugaz y dura apenas unos segundos; y la memoria duradera que abarca periodos de tiempo más largos, a veces, toda la vida. Pero bueno, acabó por hoy la charla. Vayamos a nuestra clase de francés...

Precisamente, gracias al interrogatorio de sus alumnos, pensó que su colaboración para el *Diario de Madrid*, que le había pedido su director Fernando Vela, la haría bajo el paraguas del catedrático Juan de Mairena, que él había creado años atrás. Podría así hablar de todo desde la reflexión. El objetivo de Mairena sería que sus alumnos pensaran por sí mismos. Y el objetivo de Machado era el mismo, que sus lectores pensaran, que reflexionaran, que se lo cuestionaran todo.

Sus artículos llegaron a alcanzar en poco tiempo un gran éxito. Juan de Mairena poseía un escepticismo extremo, parecido al del propio Machado. En uno de ellos, zarandeaba a la clase media «entontecida»; en otro proponía crear una Escuela Popular de Sabiduría Superior y, en algunos, hasta le podía dedicar a Guiomar unos versos:

Escribiré en tu abanico:
te quiero para olvidarte,
para quererte, te olvido.

Durante esos días, se convenció de que, para amar, había que olvidar. Desde el olvido, pensaba, surgía el recuerdo. Estaba desanimado, convencido de que Pilar no le escribía porque había empezado a olvidarle, quizá para recordarle en el futuro... Suplía las ausencias de su musa con su actividad para el periódico, con su hermano Manuel con quien escribía su primera comedia en prosa, con su compromiso político y con las tertulias a las que acudía bien por la tarde o bien por la noche. Su hermano José le veía cada vez más desmejorado.

—Estás adelgazando mucho, Antonio. ¿Estás comiendo bien? ¿O como vas de tertulia en tertulia, te pasas el día a base de cafés?

—Lo cierto es que no tengo hambre. Pico algo de pan y me tomo un café a cualquier hora. Y sí, se me pasa la hora de la comida. Tengo mucho que hacer.

—¿Sabes algo de la dama?

—Muy poco y eso me preocupa. No sé qué puede estar

ocurriendo en su casa. Me pregunto si estará enferma... Cuando tarda tanto en escribirme es que algo ocurre.

Antonio acertaba, desde hacía un par de semanas, doña Rafaela se había quedado postrada en la cama, sin habla. Pilar llamó a su amigo Marañón y le diagnosticó una parálisis cerebral que le había dejado medio cuerpo sin ningún movimiento. Ahora su suegra necesitaba atención mañana, tarde y noche. Aunque la suplían Hortensia y Margarita, la enferma se ponía nerviosa si no la veía cerca. Por si esto fuera poco, Rafael no salía apenas de casa y estaba siempre supervisando lo que hacía o dejaba de hacer. Para Pilar aquello era como vivir encarcelada.

A su marido tampoco le gustaba que, de todos los periódicos, solo leyera *El diario de Madrid* por el artículo de Machado. Pilar, en respuesta a las indirectas que le lanzaba sobre Machado, decidió no disimular su interés por el escritor.

—Siempre leyendo al republicano ese que tienes por amigo.

—¿Me vas a decir lo que tengo y lo que no tengo que leer? ¡Esto ya es el colmo!

Era la única manera que tenía Pilar para saber qué pasaba por la cabeza de su poeta y, a la vez, de testar su estado de ánimo. Su marido, siempre a sus espaldas, también lo leía y no podía soportar la crítica que hacía a la clase social a la que ellos pertenecían.

—Siempre que puede nos insulta diciendo que estamos entontecidos.

—Pero ¿por qué te das por aludido? —le increpaba Pilar.

—Desprecia a la clase a la que perteneces, ¿es que no te das cuenta?

La semana que Juan de Mairena evocaba los versos de amor de su maestro, también ficticio, Abel Martín, su marido la observaba mientras ella leía sin pestañear. Eran versos en los que hablaba del olvido: «Te quiero para olvidarte, / para quererte, te olvido». Esas mañanas de poesía, Pilar caía enferma y todo le sentaba mal. Una de ellas, encerrada en el baño, le escribió una carta llena de sentimiento:

Mi querido Antonio:
No imaginas desde dónde te escribo. Me siento vigilada mañana, tarde y noche por mi marido. No se mueve de aquí y tampoco me deja moverme. Estoy cuidando a su madre, que ha sufrido un derrame y está postrada en la cama. No ha soportado la pena de perder a su hija. Estoy atrapada sin poder hacer otra cosa que no sea pasar el tiempo junto a ella. El otro día, me pareció verte pasear a lo lejos por el parque, pero es posible que no fueras tú, sino mi imaginación.
No quiero que me olvides... Tus últimos versos a Guiomar me han dejado muy preocupada. Eres lo único verdadero y permanente que tengo. No desfallezcas con mi ausencia. Estoy siempre a tu lado. No fallo nunca en nuestro «tercer mundo».
Yo no sé olvidar ni quiero. Para mí, el recuerdo es más que lo vivido... Recordar es más que vivir, porque es revivir exprimiendo la esencia de lo vivido... no se agosta, ni desvirtúa... todo lo contrario, se vigoriza, se condensa. Tu recuerdo es para mí algo luminoso, necesario para seguir existiendo. ¿Intentamos quedar el viernes de la semana que viene? No sé cómo lo haré, pero allí estaré. ¡A las seis!
Tuya,

Pilar

Rafael empezó a tocar con los nudillos insistentemente, en la puerta del lavabo.
—¿Estás bien, Pilar? Llevas mucho tiempo encerrada y como no te encuentras bien...
—Estoy bien, Rafael. Intento reponerme. ¡No te preocupes! —Hizo un gesto de rabia con las manos.

—Date prisa que mi madre te reclama...

—¡Voy en un minuto! ¡Por favor, dile a Hortensia que venga!

—Está bien...

Se guardó la carta dentro de la falda y en cuanto Hortensia le habló desde fuera, abrió la puerta y la hizo pasar.

—Pase y ayúdeme, que no me encuentro bien...

Cerró la puerta y le susurró al oído.

—Llévela en mano a la calle General Arrando, 4. No le diga a nadie adónde va. Tome dinero y disimule comprando cualquier cosa.

—No se preocupe, así lo haré.

Hortensia se fue a hacer el recado y Pilar se quedó toda la tarde cuidando de su suegra. Estaba intranquila, deseosa de que Hortensia regresara y le dijera que le había visto. Una hora después, la institutriz estaba ya de vuelta a casa.

—Se la he podido dar en mano al señor. Se le ha iluminado la cara al verme.

—Muchas gracias, Hortensia.

Por fin, Antonio volvía a tener ganas de comer después de haber leído y releído la carta de su musa. Sabía que alguna razón de peso estaría detrás de su prolongada ausencia, pero le asaltaban las dudas sobre si seguiría sintiendo lo mismo por él. Esa misma tarde se acercó hasta el parque del Oeste. Vigiló los balcones por si se abrían en algún momento y así poder verla. Paseaba de un lado a otro del parque siempre con la mirada puesta en la casa de Pilar. De pronto, la vio asomada a los ventanales. Estaba bellísima o eso le pareció porque su vista iba de mal en peor. Incluso le pareció que ella le hacía una señal con su mano. Era como si quisiera saludarle. Antonio elevó su mano derecha en justa correspondencia. Y aquella imagen real o irreal, desapareció tras las cortinas. Antonio, se fue caminando hasta su casa. Pensaba que ese día ya tenía sentido. La había visto de lejos y ella le había saludado. ¡Se acordaba de su poeta!

Llegó el viernes en el que habían quedado en volver a verse en el café de Cuatro Caminos. Habían pasado dos meses desde el nuevo año y la vida les había puesto mil y un obstáculos que, por fin, hoy dejaban atrás. Pilar le pidió a Juan que le acompañara, pero su marido, al enterarse que salía de casa, se ofreció a hacerlo él mismo. Se quedó sin aire, parecía que iba a ahogarse, pero pensó rápidamente en una solución.

—Voy a comprar unas telas para hacerme unos vestidos. Me dejas en la tienda y no me esperes.

—Dime una hora y volveré a por ti.

—¿Por qué tanto interés en acompañarme? No es propio de ti.

—Pues acostúmbrate, porque así será a partir de ahora.

—Está bien. Vuelve en dos horas y media. Aquí siempre me encuentro con alguien conocido y hablando se pasan las horas rápidamente.

—A las ocho en punto, que es cuando cierra la tienda, estaré aquí.

—Me parece bien.

Pilar entró en la tienda que se encontraba en la Gran Vía a la altura de la Red de San Luis. A toda prisa, compró dos largos de tela y pidió salir de la tienda por la puerta trasera, la del servicio.

—Quiero ir a ver a una amiga que está enferma, pero a mi marido no le gusta que frecuente su barrio. De modo que volveré aquí en hora y media. Si entrara, le dicen que me están tomando medidas... No tardaré mucho.

—¿Quiere que le preste mi coche? —Se ofreció el dueño que la conocía desde hacía años.

—Sería para mí de gran ayuda.

Al poco, el chófer del dueño la dejaba en la glorieta de Cuatro Caminos.

—Si me hace el favor de esperarme. Solo voy a ver a una persona y regresaré a la tienda. Es cuestión de vida o muerte. —Pilar estaba completamente desesperada.

Solo tuvo que andar unos metros para entrar en el café. Allí todo seguía igual, parecía que dentro de aquellas cuatro paredes el tiempo se detenía. Antonio, fiel a su cita, la esperaba en el rincón de siempre.

Pilar sonrió a Jaime al pasar, pero se fue directa a saludar a Antonio. Este estaba tan nervioso como cuando se conocieron en Segovia. No le salían las palabras.

—Mi diosa...

—Tengo solo dos minutos. Me he escapado de una tienda donde me ha dejado Rafael y tengo que volver rápidamente porque me viene de nuevo a buscar. Antonio, vivo secuestrada.

—¡Siéntate, aunque solo sean esos dos minutos! —Cogió sus manos y las besó.

De nuevo, todo volvió a tener sentido. Pilar cerró los ojos y respiró hondo. Se olvidó del coche que la estaba esperando.

—Se te ve más delgado, Antonio.

—Es posible, no tengo hambre. Cuando te conocí me dio por comer. Ahora, con poca cantidad, mi estómago se conforma y eso que vuelvo a disfrutar de los guisos de mi madre... ¿Cómo estás, mi reina?

—Estoy mal, Antonio. Mi casa se ha convertido en mi cárcel. Es increíble que Rafael esté tan pendiente de mí. No me deja sola ni un instante. Hoy he estado a punto de no poder venir.

Pilar respiraba agitadamente. En realidad, para verlo se estaba jugando que su marido la pillara en un rosario de mentiras.

—Diosa mía, menos mal que has hecho lo posible por ver a tu poeta. Y tu suegra, ¿mejora algo?

—Nada en absoluto. Ya no hace esfuerzos ni por señalarme las cosas con una de sus manos. La otra la tiene paralizada; igual que la pierna. No se puede mover de la cama.

—Otra vez te ha tocado asistir como enfermera a alguien de tu familia. Pronto seré yo el que necesite tu mano. ¿Y vendrás?

—No digas esas cosas que dan mal fario.

Se acercó Jaime y les dio un ejemplar de un nuevo periódico: el *Ya*.

—Regalo de la casa... —Les sirvió dos cafés.

Antonio echó un vistazo a la portada. Venía una entrevista de Gil Robles a cuatro columnas.

—Se ve que nace con vocación de exaltar a las derechas.

Pilar no quiso seguir por ahí la conversación. Ellos dos estaban por encima de las derechas y las izquierdas; aunque fuera del café volviera cada uno a sus respectivos ambientes sociales y con sus diferentes ideologías.

—¿Estás escribiendo teatro otra vez?

—¡Sí! Esta vez en prosa: *El hombre que murió en la guerra*. Hemos claudicado, la gente ya no quiere verso. Hablamos de un soldado aristócrata que vuelve a casa con otra identidad, diez años después del final de la guerra.

—Suena muy bien. Me alegra que no dejes el teatro.

—Mi hermano y yo siempre tenemos algo entre manos. Nos gusta trabajar juntos. Queremos ahondar en las verdaderas causas que amenazan la paz en el mundo y en la ideología militar de la burguesía. En el fondo, deseamos hacer una reflexión sobre la falta de amor fraterno.

—¡Me encantará! Antonio, ¿por qué hiciste esos versos hablando del olvido? ¿Iban dirigidos a mí?

—Todo lo que escribo va dirigido a ti. He llegado a la conclusión de que para amar hay que olvidar. Todo amor, en realidad, es fantasía porque él inventa el año, el día, la hora y su melodía, inventa el amante y, más, la amada. No prueba nada contra el amor que la amada, en realidad, no haya existido jamás.

—Yo sí existo. Soy de carne y hueso. ¡No me borres de tu vida!

Pilar se quedó callada de golpe y al rato, no pudo evitar que las lágrimas brotaran de sus ojos. Antonio se quedó paralizado.

—¿Qué he dicho que te haya podido herir, mi diosa? ¡Qué lejos de mi intención! Estoy obsesionado contigo y, a veces, tengo que pensar que en realidad eres una creación mía para no sufrir. Tengo el corazón roto, Pilar.

—Lo sé... —No había forma de tranquilizarla y seguía llorando.

Antonio le dio su pañuelo y le cogió una mano. La besaba una y otra vez.

—No llores más. ¡Qué torpe tu poeta que te pone triste en lugar de hacerte reír! Prometo no volverlo a hacer. Te pido que no dejes de escribirme. Con eso me conformo y con tus versos, junto a una de esas flores que me envías.

Poco a poco se fue calmando. Se enjugó sus lágrimas en su pañuelo y se lo devolvió.

—Toma, gracias. Me lo quedaría para devolvértelo limpio, pero puedo tener problemas... Quiero que sepas que Rafael pensaba en irse de España en las revueltas de octubre y que aún no se le ha quitado la idea de la cabeza. De momento, lo único que le retiene aquí es la enfermedad de su madre.

—¡Dios mío! Eso para mí sería el peor de los castigos. Espero que puedas convencerle de lo contrario. Mi reina, sin ti cerca, me moriría.

—No lo pienses, pero quería que lo supieras. Si tardo en escribirte no te preocupes, que ni te olvido ni dejo de pensar en ti. ¡Tengo que irme, Antonio!

—¿Tan pronto?

—No imaginas lo que he tenido que hacer para venir aquí. Creo que va a ser muy difícil, como no cambien las cosas, que podamos seguirnos viendo.

—¡Encontraremos la forma! Si no, siempre estaré esperándote en el «tercer mundo».

—Ahí estaré, como siempre.

Pilar que estaba de espaldas a los clientes del café, acercó su cara a la de Antonio y le besó. El poeta se quedó sorprendido y le devolvió el beso. Se dio cuenta de que aquello era una despedida en toda regla.

—Mi reina, ¿es posible que no nos volvamos a ver?

—Te volveré a ver esta noche... ¡Te quiero!

Se levantó de la mesa y esta vez sí miró hacia atrás mientras caminaba hasta la salida. Quería retener en su recuerdo la imagen de Antonio. Incluso le dijo adiós con su mano, antes de cruzar la puerta de su café. El coche, seguía esperándola en el mismo punto donde la había dejado. No tardaron más de quince minutos en llegar a la parte trasera de la tienda. Cuando salió por la puerta principal, Rafael estaba ya esperándola. Pilar no podía respirar de angustia y de pena...

43

Preparando la partida

Antonio no acudió a dar clase los días siguientes, no podía moverse de la cama. Intuía que aquel encuentro con Pilar, podía haber sido el último. La forma en que se había despedido. Su beso, su mirada hacia atrás, la mano diciéndole adiós. No se podía quitar la imagen de su mente. Era como si alguien hubiera echado el telón a su vida. Como si su corazón se hubiera parado de golpe. Nada tenía sentido.

Su madre y sus hermanos se preocuparon mucho por su apatía y falta de apetito. Ocurrió lo mismo cuando murió Leonor. Costó en aquel entonces que volviera a la vida. Ahora, de nuevo, pero con más años y pocas ganas de seguir adelante, sufría una crisis existencial. Su madre le preparaba caldos que le intentaba dar cucharada a cucharada.

—Hijo, tienes que levantarte. La cama quita mucha energía. Tus hermanos y yo estamos muy preocupados. ¿Ha pasado algo que no sepamos? ¿Tienes demasiado trabajo? Dinos cómo podemos ayudarte.

—Estoy cansado, madre. No tengo ganas de salir de la cama. Solo quiero cerrar los ojos.

Era la única manera de estar con Pilar. Al menos, en sus sueños aparecía ella, con su energía, sus ojos grandes y su boca cálida. Con los ojos cerrados se veía bajo el cielo azul, en pleno verano, besándola y amándola. Ella tumbada en la arena, con su piel tostada, su pelo suelto y su zarcillo... en su boca. Evocaba una y otra vez su verso:

¿Qué es amor?, me preguntaba
una niña. Contesté:
Verte una vez, y pensar
haberte visto otra vez.

Los ojos cerrados le permitían «verla» a su lado constantemente. Como le había dicho en alguna de sus cartas: «Acaso, ¿tú y yo nos hayamos querido en otra vida? Si fuera así, estaba claro, que cuando nos vimos en realidad no hicimos sino recordarnos. Es muy posible —se decía—, que en otras vidas nos volvamos a querer y eso, daría un gran encanto al más allá...».

—¡Hermano! ¡Hermano!

José le zarandeaba a la vez que repetía su nombre. Su voz le trajo de vuelta al presente con lo a gusto que se encontraba en esa especie de limbo.

—¡Hermano, despierta! No voy a consentir que sigas en la cama. Te necesitamos en esta vida.

Antonio abrió los ojos, pero no supo qué decirle. Estaba más a gusto antes que ahora, viendo su triste realidad.

—Yo soy el único que sé qué te pasa. Esa dama ha debido cortar la relación que nunca debió de existir. Haz el favor por tu madre y por las personas que te queremos de regresar a la vida. ¡No seas egoísta! También te necesitamos o ¿crees que solo existe en el mundo esa dama? Tienes que reaccionar. Si no lo haces por ti, hazlo por nosotros.

—Esa dama está libre de toda culpa. Son las circunstancias las que han provocado que no nos podamos ver, ¿entiendes? Si por ella fuera...

—¿A que ella sigue vivita y coleando y tú eres el que estás aquí muriéndote en vida? ¡Vamos! ¡Levántate a comer que te estamos esperando!

Su madre oía los gritos que le profería José a su hermano y se le saltaban las lágrimas.

—¡Pobre Antonio! ¡Cuánto ha sufrido en la vida! ¡Y siempre tan solo!

Manuel callaba y daba vueltas a su sopa sin probarla. Al cabo de diez minutos apareció Antonio en el comedor con el pelo revuelto y el pijama sin quitar.

—¡Hijo! ¡Qué alegría que te hayas puesto en pie! ¡Poco a poco! Verás cómo tus preocupaciones se arreglan. Han llamado muchas veces del instituto. Quieren saber si te encuentras mejor y preguntan cuándo vas a volver. Al parecer, los alumnos te reclaman. Eso me ha dicho el director.

—¿Pensáis que me echan de menos?

—Sí, como nosotros echábamos de menos a los profesores que nos importaban. No les puedes fallar, hermano. Debes volver a tus clases —le dijo Manuel.

Ese mismo día, después de comer, estuvo más animado. Manuel y José le obligaron a vestirse y se fueron al café en el que solían sentarse a hablar con los amigos. Ricardo Calvo celebró mucho verle. El doctor Giménez Encinas nada más observarle, le recetó un reconstituyente, que José fue a comprar inmediatamente a la botica más cercana.

—Debes cuidarte, amigo mío. No puede ser que tu hermano mayor parezca más joven que tú. Se te han echado todos los años encima: los tuyos y los que nos sobran a los demás.

—La vida, doctor, no me ha regalado excesivas alegrías. Y las que sí he tenido, han sido demasiado breves para que me hicieran mella.

—Antonio, pasas demasiado tiempo solo —comentó su hermano Manuel.

—Ya sabes que solo no, converso con el hombre que siempre va conmigo.

Después de un rato de estar allí hablando apareció, sin previo aviso, el escritor Miguel de Unamuno. Era la última persona que esperaba ver Antonio en aquel café, pero causó un efecto extraordinario sobre su estado de ánimo.

—Venía a saludar al hombre más descuidado de cuerpo y más limpio de alma de cuántos conozco, don Antonio.

—¡Cuánto bueno por aquí! ¡Siéntese entre nosotros! —le dijo Antonio.

Rápidamente se le hizo sitio entre los dos hermanos. El escritor les contó que estaba de paso por Madrid y que quería aprovechar para saludarles y dialogar con ellos de la situación que estaba viviendo España.

—Nosotros no podríamos vivir en otro paisaje que no fuera este. Se lo digo que he estado, muy a mi pesar, forzosamente fuera. Y eso, queridos amigos, que no me gusta la deriva de esta República que con tanta euforia saludamos el catorce de abril. Ya vuelvo a estar instalado en mi descontento habitual. Nada de lo que esperaba de esta nueva España, está llevándose a cabo.

—Los dos sentimos España muy hondo en nuestros afectos y nos duele todo aquello que nos parece injusto y, tristemente, se están cometiendo muchas injusticias.

—Hermano, tú definiste perfectamente nuestro gran drama cuando escribiste: «Españolito que vienes al mundo, te guarde Dios. Una de las dos Españas ha de helarte el corazón» —recitó Manuel

—De España, lo mejor son sus gentes. En los trances duros, los señoritos invocan a la patria y la venden; el pueblo no la nombra siquiera, pero la compra con su sangre.

—Me uno a sus palabras. Antes de irme, me quería pasar para felicitarle por la última edición de sus *Poesías Completas* y la inclusión de su apócrifo, Juan de Mairena, al final del volumen. ¡Un acierto! ¡Todo un acierto! Bueno, señores, tengo que irme, ha sido un verdadero placer. Le veo más desmejorado, Antonio. ¡Cuídese! —Se despidió Unamuno.

—¡Descuide! ¡Eso haré!

La visita de Miguel de Unamuno animó al poeta. Si había

alguien al que admiraba, era a él. Podría suscribir todas y cada una de sus palabras.

Pilar estuvo durante varios días enferma, sin poder entrar en la habitación de su suegra con el fin de no contagiarla de lo que todos creían una gripe. Tenía escalofríos y un malestar general que la tuvo «secuestrada» en su cuarto por prescripción médica. Hasta Rafael se fue de la habitación, y sus hijos tenían prohibido verla para que el virus no siguiera circulando por la casa. Aprovechó cuando tuvo fuerzas para escribir y también para llorar. Pensaba en Antonio y en lo desmejorado que le había visto. La pluma volaba sobre el papel:

Las penas que yo te doy
son las penas que yo tengo,
y es el puñal que te clavo
el mismo con que me hiero.
Quiero querer y no quiero.
Dejar de querer quisiera.
Y en querer y no querer
se me va la vida entera...

Pilar, entre verso y verso, tenía que secarse las lágrimas. Estaba condenada para siempre a vivir sin la persona que amaba. Continuó escribiendo:

Y va el corazón mío
navegando en el mar de ausencia tuya,
náufrago de sí mismo.
Tengo en el alma un dolor
que no sé de dónde nace,
si de querer que me quieras
o de querer olvidarte.

Recogía la teoría de Antonio de que para amar, primero había que olvidar. Entre friegas de alcohol y paños de agua fría en la frente, Pilar pudo sobrevivir a los peores seis días de su vida. Sentía como si le hubieran arrancado el corazón y tuviera que seguir condenada a vivir sin él. Tenía la sensación de que la sangre se le había congelado en el cuerpo y nada de lo que ocurría a su alrededor podía alterarla.

En su convalecencia, Rafael le pidió que hiciera un inventario de sus joyas y objetos de valor, por si tenían que salir de España, lo que llevó a cabo como un autómata. También, le pidió que todo aquello que considerara imprescindible, en caso de tener que viajar, lo fuera guardando en arcones. Cuando salió de la habitación, Rafael la encontró extraña.

—Tú todavía no estás bien. Seguiré en la habitación de invitados, no podemos caer los dos enfermos.

—Entiendo y comparto tu decisión.

Lo único bueno que había traído esta situación de desolación en la que se encontraba, era que Rafael se había decidido a abandonar la habitación. Por fin, dormiría tranquila, sin sentir sus movimientos en la cama y sin tener que hacerse la dormida.

Comenzó a ver a sus hijos y a asistir a alguna de sus clases. Poco a poco regresó a los cuidados de su suegra y a pasar las horas muertas junto a ella. Así se fue incorporando a la vida familiar. Algunas personas, amigas de Rafael, comenzaron a ir por la casa, ofreciéndoles alimentos y productos que eran difíciles de encontrar en el mercado. Era un incipiente comercio ilegal al que muchos empresarios venidos a menos se apuntaron. Sin estar presente, procuraba escuchar lo que hablaban desde la habitación contigua.

—El indulto a todos los golfos que pusieron el país patas arriba nos va a costar muy caro.

—Se empeñó Alcalá-Zamora y al final, lo ha conseguido —contestó Rafael.

—Los tribunales también han hecho lo suyo. Fue el Supremo el que puso en libertad a Azaña por falta de pruebas respecto al tema catalán. ¡No lo olvide!

—Yo de lo que me alegro es de que las Cortes hayan aprobado la Ley de Contrarreforma agraria. Se suprime el inventario de propiedad expropiable y las indemnizaciones se tendrán que estimar caso por caso. La ley agraria era un despropósito.

—Lo malo es que los campesinos están de huelga un día sí y otro también; por reivindicaciones salariales y como protesta por el paro. Menos mal que la Guardia Civil tiene órdenes de reprimir cualquier alboroto. Algo hemos ganado desde el controvertido tema de octubre del año pasado.

—El que está sembrado es Calvo Sotelo que pide exterminar el marxismo si no se quiere que el marxismo destruya España —insistió Rafael.

—Pues mucha atención a la reciente creación de un Frente Popular que se denomina: Concentración Popular Antifascista. No es otra cosa que una amalgama de partidos políticos extremos para dar la batalla a los partidos moderados.

—A la tal Pasionaria habría que atarla en corto, solo oírla da miedo.

—De todas formas, la situación política es terrible, Lerroux se pliega a todo. Menos mal que el ministro Gil Robles lo tiene claro. Ha dicho que no cabe diálogo ni connivencia con la anti-España.

—Lo que me preocupan son las palabras de varios políticos hablando de Guerra Civil. El último, José Antonio Primo de Rivera, en la reunión de su Junta Política en Gredos, ha dicho que «nuestro deber es ir con todas sus consecuencias a la Guerra Civil». Después del verano, me plantearé si irnos de España o si seguir soportando este despropósito y este ambiente de huelgas y alborotos —concluyó Rafael.

Pilar, desde la habitación contigua, tomó nota. Sabía que más tarde o más temprano, abandonarían el país.

Contra todo pronóstico, doña Rafaela mejoró con el tratamiento que le puso el doctor Marañón. Movía algo la pierna derecha y un poco más la mano del mismo lado. Lo que no recuperó fue el habla. Cada día sus balbuceos se volvían más ininteligibles.

Ese verano Rafael decidió salir de la capital e ir a Palencia para ver *in situ* cómo estaban las cosas por la finca. Fueron todos, incluida doña Rafaela y Victorio Macho, que seguía pensando que aquellas tierras le devolvían el recuerdo de María Soledad.

Fue un verano atípico donde no había fiestas ni ostentaciones por parte de ninguna de las familias más adineradas de Villaldavín, de Perales y de Palencia. Cada una se dedicó a sus tierras y a la siega del trigo. Por supuesto, ese verano de 1935, no dejó de ir la prima Concha que tanto alegraba a Pilar.

Las cartas a nombre de Hortensia Peinador llegaban a cuentagotas, pero al menos, sabía algo de Antonio y eso le calmaba la ansiedad durante un tiempo. El poeta seguía dándole vueltas a sus teorías sobre el amor y el recuerdo. También comenzó a hablar de la angustia que va siempre unida al amor. «El amor verdadero, mi querida Pilar, empieza con una profunda amargura. Quién no ha llorado por una mujer, no sabe nada de amor. El amante, al enamorarse, recuerda a la amada y llora por el largo olvido en que la tuvo antes de conocerla. Aunque parezca absurdo. Yo he llorado cuando tuve conciencia de mi amor hacia ti, por no haberte querido toda la vida.» A Pilar se le saltaban las lágrimas con cada misiva del poeta. Era consciente del afecto que sentía por ella. Nadie la había amado tanto como él. Pensaba que pocas personas podrían llegar a tener una sensibilidad como la suya.

Concha ya no le recriminaba nada. La veía excesivamente delgada y demacrada. Solo sonreía cuando Hortensia le daba una de las cartas que llegaban sin remite. Ese año, pasearon mucho por la finca. No era consciente de ello, pero parecía como si quisiera despedirse de todo aquel entorno. Estaba convencida de que acabarían yéndose a vivir fuera de España.

—Estamos preparados para coger nuestras pertenencias de valor e irnos. Ya estamos todos mentalizados y aquí las cosas se nos están poniendo muy feas.

—Sí, es cierto que las familias que poseemos algo de patrimonio no estamos bien vistos. Hay que tener mucho cuidado con decir que tienes esto o aquello. También son malos tiempos para las envidias. Yo no dejaría que mi doncella colocase mis joyas, como tú haces con Margarita.

—Lo ha hecho siempre. Pondría la mano en el fuego por ella y por Hortensia.

—Yo no diría tanto. Ten mucho cuidado. Hortensia es como de la familia, pero Margarita puede estar influenciada por estas nuevas corrientes en las que la señora, se convierte en la opresora. ¿No lees las cosas que se dicen por ahí?

—Solo leo lo que publica Antonio en el periódico. Lo demás no me interesa.

—Ten mucho cuidado y todo lo de valor empieza a esconderlo o a quitarlo de la vista.

—Te haré caso...

A la vuelta a la capital, tras el verano más caluroso de esos últimos años, puso en práctica los consejos de su prima. Retiró todas las bandejas de plata así como todos los cubiertos de plata y de oro. Los envolvió en paños negros y, con la ayuda de Rafael, los llevaron a la leñera. Bajo un lecho de leña y astillas, descansarían sus objetos más valiosos hasta que consideraran que este delicado momento ya había pasado.

Lo mismo hizo con sus vestidos más valiosos, los guardó uno a uno con delicadeza. Esta vez, con la ayuda de Margarita y Hortensia, en fundas de tela, al fondo de los armarios empotrados que tenían en la buhardilla del hotelito. Ahí jamás pasaban si no era para cambiar la ropa de verano por la de invierno. Poco a poco, las piezas más valiosas, incluidos los cuadros, fueron desapareciendo de las paredes de su casa. El servicio estaba extrañado, intuían que cualquier día, les dirían que se iban de allí.

El mes de octubre fue especialmente movido en política. Pilar y sus hijos ya no salían para nada a la calle. Los vendedores ambulantes venían a la casa a ofrecer todo tipo de productos. Cuando el comercio ilegal estaba más extendido, Alcalá-Zamora recibió una denuncia de un holandés, Daniel Strauss, que aseguraba que había conseguido que se implantase el juego de la ruleta, por él inventado, en varias ciudades de España gracias a la mano de alguno de sus políticos. Aseguraba que solo le habían «regalado» quinientas mil pesetas y quería más. Fue un escándalo de primer orden. Había muchos hombres conocidos del Partido Radical implicados en esa corrupción. Cuando sus nombres salieron a la luz, se vieron obligados a dimitir. Entre ellos, Lerroux, y la vieja guardia Radical. Rafael lo comentaba con Victorio, completamente escandalizado.

—Esto es lo que nos ha traído tu tan cacareada República. Ya ves que el dinero todo lo corrompe.

—En eso estamos de acuerdo. Pero al final, todos deberíamos reflexionar porque ese comercio ilegal ha llegado a nuestras casas. Todos, de alguna manera, contribuimos a su existencia comprando todo lo que se nos ofrece de forma ilegal. Ahora lo llaman «estraperlo» a cuento de ese listo holandés, el tal Strauss.

—No vayas a comparar lo que nosotros hacemos cuando compramos a unos pobres hombres, con lo que han hecho algunos miembros del Gobierno.

—Es distinto, pero estamos contribuyendo a que ese comercio se extienda como la pólvora. Eso deberíamos corregirlo.

—Victorio, siempre has sido un idealista y veo que, con los años, no cambias.

Rafael, ante el gesto contrariado de Victorio, cambió de tema. Con todos los periódicos en la mano, había leído en el *Diario de Madrid* que un grupo de intelectuales habían escrito un manifiesto en contra de la invasión de Mussolini del imperio etíope conocido como Abisinia. Los nombres en los que se fijó fueron: Antonio Machado, Federico García Lorca y el penalista y padre de la Constitución de 1931, Luis Jiménez de Asúa.

—Pero ¡qué tendrán que decir estos intelectuales de tres al cuarto! ¿Has leído? Pero ¿qué les importa a ellos lo que pase allí? —Se quejó Rafael.

—A mí no me gusta ni lo que hace Hitler ni lo que hace Mussolini. Ambos son un peligro. Si me hubieran dado el manifiesto, yo también lo habría firmado —respondió Victorio.

No había forma de encontrar una conversación en la que no discreparan. Victorio, con la excusa de que se le había hecho tarde, se fue de allí. Se dio cuenta de que, al no vivir su esposa, ya no le unía nada a su cuñado con el que discrepaba en ideas y del que cada día se sentía más distanciado.

44

Cartas de ida y vuelta

En la tertulia del día 6 de enero del 36, el director y productor teatral Cipriano Rivas Cherif, acompañado por Ricardo Calvo, les daba a los hermanos Machado toda la información sobre la muerte del escritor gallego, Ramón María del Valle-Inclán.

—Genio y figura hasta la sepultura. Ya en el lecho de muerte, la familia quería llamar a un sacerdote y ¿sabéis lo que dijo? —les preguntó el director—. «No quiero a mi lado ni cura discreto, ni fraile humilde, ni jesuita sabiondo.» Y se ha cumplido su voluntad. Ha sido enterrado esta mañana en el cementerio civil de la Boisaca.

Sonrieron al escuchar las palabras de Cipriano, que conocía bien al escritor fallecido.

—Era muy mayor, ¿verdad? —preguntó Antonio, que tenía la sensación de que la muerte últimamente rondaba en su entorno.

—En octubre de este año hubiera cumplido los setenta, pero parecía que tenía muchos más por su pelo y larga barba blancos; y por su humor de perros —comentó Manuel—. ¿No os acordáis de que estuvo encerrado quince días en la cárcel Modelo de Madrid por negarse a pagar una multa debida a unos incidentes en el estreno del Palacio de la Música?

—¿Y qué me decís de cuando se encontró en la Carrera de San Jerónimo con Pío Baroja y Miguel de Unamuno? Acabaron gritándose e insultándose. No se reconocían ningún mérito entre ellos —añadió Ricardo.

—Ramón María era un hombre de gran talento. La última vez que hablé con él, fue en el estreno de *Divinas palabras*. Nunca pensé que sería su despedida del público —dijo Antonio.

—Le van a preparar un homenaje —informó Ricardo Calvo— el mes que viene. Estas cosas siempre llegan tarde pero peor sería que no se celebrara nunca.

—¿Se sabe cuándo y dónde?

—Sí, será el catorce de febrero en el Ateneo de Madrid. Asistirán un montón de amigos suyos —aclaró Cipriano—. Desde mi cuñado, Manuel Azaña, que como sabéis le apreciaba mucho, a María Teresa León; pasando por Federico García Lorca, Luis Cernuda... e imagino que tú, ¿no?

—Cuenta conmigo —afirmó Antonio—. Bueno, os voy a dejar. —Se levantó y puso sobre la mesa de mármol el dinero de un café—. Necesito dar un paseo... a solas. Estas muertes tan repentinas me afectan mucho.

Todos le disculparon. Sabían que las noticias luctuosas necesitaba asimilarlas en solitario... Se fue a pasear en dirección al parque del Oeste. Aunque era imposible que pudiera ver en persona a Pilar, pensó que lo mismo podría contemplarla asomada a la ventana. Con eso, ya le bastaría para poder sobrellevar el día.

Pilar, ese atardecer, se asomó al balcón. No supo muy bien por qué. Simplemente, sintió la necesidad de abrir los ventanales y salir a coger aire. Desde lejos, fumando un cigarrillo tras otro, contemplaba Antonio la escena. No tenía claro si aquella imagen era real o fruto de su imaginación, sin embargo, se levantó el sombrero e hizo un gesto de saludo. Sus miradas se cruzaron un instante. Pilar sonrió finalmente y se metió de nuevo en casa.

Desde que no se veían, recibía casi a diario una carta del

poeta. Al menos, la falta de encuentros en alguno de sus rincones la habían suplido con un mayor diálogo epistolar...

Madrid

¿No me has olvidado en estos días, diosa mía? En algún momento, he creído sentirte cerca, en visita de «tercer mundo». «De ilusión se vive», dirás tú. Y he soñado que estábamos juntos en Segovia, paseando de noche por los claustros de El Parral. Allí nos encontrábamos a don Miguel de Unamuno vestido de fraile cantando *La Marsellesa*. ¿Qué te parece el sueño? Después nos cogió de la mano, nos llevó al altar mayor, nos echó una bendición y desapareció. El resto del sueño no puedo recordarlo bien, pero era sumamente grato. No creas que me invento nada, diosa mía.

Adiós, mi reina y que Dios te acompañe. Y no olvides a tu pobre poeta, cada día más triste y más loco... ¡Adiós!

Antonio

Pilar, tras la lectura de la carta que le remitía el poeta, se encerraba en su cuarto y le contestaba. Sentía que debía hacerlo inmediatamente para no perder el contacto entre ellos...

Madrid, 1 de febrero de 1936

Mi querido Antonio,

¡Cuánto echo de menos nuestros encuentros! A la hora del atardecer, procuro asomarme a la ventana por si te veo. Casi siempre estás ahí, observando desde lejos mi balcón. Da lo mismo que la vida nos haya puesto esta prueba, porque cada día te siento más cerca. ¡Cuídate! Observo que andas con dificultad. ¿Has ido al médico? ¡No dejes de hacerlo!

Por casa está todo muy revuelto con las próximas elecciones del dieciséis de este mes de febrero. Tenemos todas las esperanzas puestas en que las cosas vuelvan a su ser y no haya tantos desmanes por la calle. Imagínate, han sido detenidos algunos amigos nuestros acusados de conspiración. Entre ellos, el padre Félix, al que acogimos por un tiempo cuando las cosas se pusieron muy mal para los curas. ¡Es todo un despropósito!

¿Sabes, Antonio? Espero y deseo volver a nuestro rincón. ¡Cuánto lo echo de menos! Ojalá no tengamos que irnos fuera de España. ¡Eso sería terrible para los dos! Solo de pensarlo se me quita el sueño. No se me ocurre cómo podríamos comunicarnos si ese temor se hiciera realidad. Yo sí te podría escribir, pero tú a mí no. ¡Prefiero no pensarlo!

Te espero en el «tercer mundo». ¡Nuestro mundo y de nadie más!

Tuya,

Pilar

En cuanto Antonio recibía la carta, la leía varias veces seguidas. Saboreaba y analizaba cada una de las palabras de su musa. Después, se tumbaba en su cama y soñaba con todo aquello que la realidad le negaba. Pasado ese ensimismamiento, se volvía a levantar y escribía a Pilar desde lo más profundo de su corazón...

Sábado

Después de pasar un momento —a la hora del último sol— por el parque, con la esperanza puesta en poder verte, tuve la inmensa suerte de adivinar tu figura mirándome desde la ventana. ¡Tuve ganas de gritarte tantas cosas! Pero la distancia hizo imposible que te dijera lo guapa que estás, reina mía. Es muy honda la tristeza y la soledad de mi alma. Bueno, de hondura también sabe mi cariño hacia ti. Se diría que mi amor ha estado arraigando en mi corazón toda la vida. Eso tiene el enamorarse de una mujer, que nos parece haberla querido siempre. ¿Cómo te explicas tú esto? Yo me lo explico pensando que el amor, no solo influye en nuestro presente y en nuestro porvenir, sino que también revuelve y modifica nuestro pasado...

Como ves, no quiero hablar de tu partida. Espero que las circunstancias propicien que te quedes. Moriría si te fueras, créeme diosa mía. Sin ti, la vida no tiene sentido. Los ojos que no ven agravan las inquietudes del corazón. ¡Yo solo deseo verte!

Diosa, gloria, reina mía, no olvides a tu pobre loco. Hasta pronto. ¿Sientes mi corazón? Envíame otro de tus «¿sabes, Antonio?». Adiós, adiós.

El abrazo infinito (y el beso inacabable)

Antonio

En cuanto Hortensia Peinador le daba la carta, Pilar la leía a solas en su cuarto y le respondía. Era la única manera de no sentirse atrapada en la distancia.

Mi querido Antonio:

Te escribo con la ansiedad de no saber si esta será o no mi última carta antes de partir hacia Portugal. Rafael está decidido a salir de España, salga el resultado que sea de las elecciones. Estoy abriendo y cerrando arcones. Dejaremos aquí la mayoría de nuestras cosas. Nos llevaremos solo lo imprescindible con la voluntad de regresar en cuanto este ambiente tan crispado y lleno de odio, pase. Anoche se presentaron un grupo de obreros a preguntarnos cuántas personas vivíamos aquí. No me gustaron sus caras y las maneras con las que se dirigieron a nosotros. ¡Tengo miedo, Antonio!

Si no sabes más de mí, ten por seguro que estaré

pensando en ti allá donde vaya. La distancia no existe en nuestro «tercer mundo». Siempre juntos, siempre cerca... Amor mío, ten fe en que nuestra separación no será definitiva. Volveremos a vernos muy pronto. Rezaré por ello, ya es lo único que me reconforta. Por favor, ¡cuídate! Recuerda lo que un día me dijiste: «en el amor, la locura es lo sensato». ¡Bendita locura! No dejes de amarme... ¡No me olvides! ¿Sabes, Antonio? Te amo. Te amo...

Tuyísima,

Pilar

P.D. *Te esperaré siempre al atardecer...*

Cuando Antonio leyó aquella carta de despedida se tuvo que tumbar en su cama. El día se oscureció. Se quedó con la mirada suspendida en el techo sin parpadear. Aquello era el final, lo sintió así y se le resbalaron varias lágrimas. Era como si la vida se interrumpiera de golpe. Su diosa se iba y no podía hacer nada por evitarlo. Con ella, se marchaban también las ganas de vivir y aquello que daba sentido a levantarse cada día. Su alma parecía igual de rota que cuando murió Leonor. Se fue sin que tampoco pudiera impedir que abandonara este mundo. ¡Qué tragedia! Como pudo, se levantó y cogió su pluma...

Sábado

Te escribo roto de dolor. Mi diosa, si esta es mi última carta quiero que te quedes con que el último pensamiento de mi vida será tuyo. Siempre tuyo. Me recrearé una y mil veces en el primer día que te vi bajando las escaleras del hotel Comercio, como una diosa vestida de azul. Elegante y soberana. Reina siempre de mi corazón.

Aquí me tendrás esperando tu regreso. No quiero pensar que este es un adiós definitivo. ¡Esperaré tu vuelta sin moverme de donde estoy! Afortunadamente, tenemos nuestro «tercer mundo», al que acudiré siempre fiel a nuestra cita y con el deseo de convertirlo en el primero. Todo se vuelve negro y gris sin tu presencia. ¡No sé qué será de mí, pero me preocupa qué será de ti! ¡Cuídate por esos caminos y no te olvides de tu poeta! Viviré con la ilusión de volver a verte. Como Anteo, que al tocar tierra recobraba su fuerza, recobraré la mía al pensar, ¡bendita ilusión!, que tú me quieres.

Diosa mía, haz por escribirme. Acudiré al «banco de los enamorados» y a nuestro rincón del café. Allí te sentiré más cerca. Si tienes alguna dificultad para ponerte en contacto conmigo, puedes enviarle a Jaime cualquier nota o recado que, sin duda, él me lo hará llegar. ¡Ay! Pilar, vida mía, ahora que ya no se estila el corazón, ¡cómo siento el mío! ¡Y el tuyo! Y qué placer tan grande, si fuera verdad eso de que ya el amor pasó de moda y nadie lo siente. Porque eso equivaldría a que estuviéramos tú y yo solitos en el mundo...

No cejaré en el empeño de escribirte versos. Los publicaré en revistas para que te lleguen más allá del mar de Camoens. ¡Llévate mi corazón y déjame el tuyo! No olvides a tu poeta y llévate el infinito abrazo de este escritor loco por ti en los tres mundos...

Adiós, adiós, diosa mía. ¡Qué duro! No me olvides... Tu

Antonio

Pilar leyó y releyó la carta sin poder dejar de llorar. Se le desgarró algo por dentro. Sintió un dolor tan hondo que, por un momento, se preocupó al pensar si se estaba muriendo. ¿Por qué la vida era tan injusta con ellos? Guardó la carta apresuradamente y salió de su habitación al oír sonar más de una vez el timbre de su casa.

Al saber de su partida, no paraban de llegar amigos y

conocidos a despedirse de los Martínez Valderrama. Distribuyeron objetos y enseres entre aquellos que no tenían pensado abandonar Madrid. Hubo llantos y lágrimas al despedirse de Carmen Baroja y de María Estremera, especialmente.

—Os he dejado varios libros míos empaquetados. No me puedo llevar tanto peso. El resto los dejaré aquí.

—¡Cuídate mucho! ¡Ojalá volvamos a vernos pronto! —afirmó María mientras la abrazaba.

—¡Aquí estaremos a tu regreso! —Carmen apenas podía hablar.

La espera del momento oportuno para abandonar España se hacía especialmente dura. El problema surgía, sobre todo, con la abuela Rafaela y su estado de salud. Era lo único que, en realidad, les retenía en España. Bueno, eso y los exámenes oficiales de Rafaelito.

—Le he preguntado a mi madre que si, llegado el momento, se querría venir con nosotros y ha movido la cabeza afirmativamente. De modo, que estoy buscando una silla de ruedas que se fabrica en el extranjero para que nos permita desplazarla con facilidad.

Pilar se quedó callada durante unos minutos, pero finalmente se atrevió a preguntarle.

—Pero ¿no vas a esperar por si las cosas se calman? Lo mismo el resultado de las elecciones es mejor de lo que imaginas. Además, no podemos dejar solo a Rafaelito. Si no se examina, perderá todo el curso. Sería injusto.

—Está bien, está bien... No me digas nada más. Pero júrame que cuando te diga «¡Nos vamos!», no perderás un solo minuto en salir de casa.

—Te lo juro. Ya tengo todo empaquetado y listo para cuando tú lo desees.

—Está bien, está bien... Solo te digo que no me gusta lo

que estoy viendo ni lo que estoy oyendo. Las cosas se están poniendo muy feas. Hay caldo de cultivo para una guerra civil.

—Rafael, no creo que las cosas deriven en algo tan terrible como una guerra entre hermanos. Confía en la Providencia. Vamos a esperar un poco más.

No tuvieron que esperar demasiado. Cuatro días después de votar en las urnas, se reunieron las juntas electorales de las distintas provincias y se supo definitivamente el resultado. Para Rafael supuso una auténtica conmoción saber que la derecha había perdido. La información oficial se la dio el doctor Palanca, su inquilino.

—Don Rafael, le aviso. Vienen malos tiempos. Ha ganado de forma aplastante la izquierda.

—¿Qué me dice?

—Sí, ha ganado el Frente Popular en treinta y siete circunscripciones y en todas las grandes ciudades. Nos han doblado en votos a la derecha. ¡Ha sido un auténtico fiasco, sobre todo en Madrid y Barcelona! ¡Solo en Castilla y León hemos demostrado tener todavía mucha fuerza!

—Me temo lo peor, doctor.

—Sé de buena tinta que el jefe del Estado Mayor Central, Francisco Franco, ha llamado al general Pozas, director general de la Guardia Civil, y le ha pedido que declarase el estado de guerra. Sin embargo, este se ha negado. Son muchos los que hacen semejante petición. El último, el mismísimo Gil Robles. ¡Le aconsejo que saque su dinero y lo ponga debajo de un ladrillo si fuera necesario! El futuro es realmente inquietante.

—Tengo decidido irme de España a no tardar. Se lo digo por si quiere ocupar con su familia toda mi casa.

—No, muchas gracias. Nosotros también nos iremos, a Granada, probablemente. He dejado de ser diputado. ¿Adónde piensa ir usted?

—A Portugal. Estoy buscando un alojamiento para tantos como somos. Vendrá mi madre también, a pesar de estar impedida. ¡Me cuesta, me resulta muy doloroso tomar esta decisión!

Pilar se dijo a sí misma que debía actuar rápido. ¡Tenía más de doscientas cartas de Antonio en su arcón! Ante la salida inminente no sabía cómo desprenderse de ellas. No podía llevárselas a Portugal y tampoco podía esconderlas como había hecho con la plata. ¿Y si no regresaban nunca y se quedaban al albur de que alguien las encontrara y supiera de su idilio con el poeta? Se fue a su habitación y la recorrió de un lado a otro durante media hora. De pronto, se paró en seco y pensó que lo mejor sería dárselas a su amiga María Estremera. Sería la perfecta guardiana, pero... ¡eran muchas! Y algunas preferiría que no las leyera nunca a nadie. ¡Debía hacer una selección!

Se aseguró de que la habitación estuviera bien cerrada y abrió el arcón con la llave que llevaba colgada. Estaban mezcladas entre su ropa. Empezó a abrirlas una a una y al releerlas, tuvo la sensación de que el tiempo se detenía en ese mismo instante. ¡Cuántos recuerdos! ¡Cuántas poesías intercaladas en medio de tantas palabras hermosas!... Después de unos segundos con su mente en blanco, tomó una determinación: ¡debía destruirlas! Cuando se le pasó esa idea por su mente, le dieron pinchazos tan fuertes en el estómago que a punto estuvo de vomitar. ¿No iba a quedar ninguna certeza de la existencia de ese amor?, al preguntárselo de nuevo a sí misma, no pudo contener el llanto. Tenía la sensación de lanzarse al vacío. Borrar todo rastro de su amor con Antonio era algo parecido a morir en vida. «¡Tengo que destruirlas!», insistía su cabeza mientras su corazón decía lo contrario. «¡Son muy comprometedoras!», continuaba con su lucha interna. «No quiero que mis hijos se avergüencen de mí», se repetía. Volvió su llanto, esta vez con mucho desconsuelo.

—¡Ya está! —se dijo en voz baja—. ¡Dejaré solo algunas!

—Cogió al azar las primeras que le envió el poeta—. El resto las quemaré para que no dejen rastro.

Cuando se cercioró de que su marido se había ido de casa, cogió el grueso de las misivas enviadas por Antonio y las echó a la chimenea. El corazón se le salía del pecho. Encendió el fuego y rápidamente comenzaron a arder. Mantenía la vista fija en ellas. Era como si su amor se redujera a cenizas. Notó que algo se le rompía por dentro. Arrepentida, intentó rescatar algunas, pero las llamas las devoraron en segundos. Estaba inmóvil, con la mirada fija en el fuego. Así la encontró Rafael al regresar a casa.

—Huele a quemado...

—Sí, he avivado el fuego con alguna de mis poesías.

—¿Y eso?

—Sé que no voy a poder llevármelas si sigues con la idea de irnos. Prefiero que no las lea nadie.

—¿Estás loca? No destruyas tu trabajo. Dejaremos tus papeles junto a los manuscritos. Por favor, no creo que los libros corran ningún peligro. ¿Quién va a querer destruirlos? ¡Y los manuscritos menos!

—Yo me temo... lo peor.

—En cuanto me llegue la silla de mi madre... ¡Nos iremos!

Al día siguiente, en compañía de María Calvo y su hijo Rafaelito, salieron en dirección al Instituto Cardenal Cisneros. Iban con la intención de solicitar que le adelantaran los exámenes. La profesora había quedado con uno de los catedráticos que le iban a examinar.

—Gracias por recibirnos. Mire, es para pedirle su ayuda ya que mi alumno —comentaba María— se va de España. Aquí está su madre para darle los motivos. Y es que si no se examina antes del viaje, este curso habría que darlo por perdido. Y todo su futuro se quedaría en el aire.

—Se trata de un viaje imprevisto que debemos realizar toda

la familia. No es decisión del chico, sino de su padre. Le rogamos que nos haga este favor, aunque solo sea para que mi hijo pueda seguir estudiando.

—¿Qué quieres hacer, chico?

—El curso preparatorio para ser arquitecto.

—Ya veo... Intentaremos adelantarlo, pero no les prometo nada. No depende de mí. Les informaré en cuanto el resto del tribunal tome una decisión.

—Muchas gracias por intentarlo —dijo, finalmente, María.

Antes de regresar a casa, Pilar pidió que la acompañaran a casa de María Estremera. La esperaron en el coche mientras le subía un paquete con la intención de que se lo guardara hasta su vuelta. Subió corriendo las escaleras y, al oír que llamaban al timbre tan insistentemente, salió su amiga extrañada.

—¡Tú por aquí! ¿Ocurre algo?

—Sí, María. Me temo que en cualquier momento nos iremos y no quiero viajar con estas cartas. Bueno, te pido discreción y que las guardes bajo siete llaves, por favor. Son solo unas cuantas de las muchas que me ha enviado Antonio. El resto las he quemado, eran muy comprometedoras.

—No te preocupes. Las pondré en los baúles que están en la buhardilla con la ropa vieja. Estarán seguras. ¡Cuídate mucho!

Pilar abrazó a su amiga y la miró detenidamente antes de darse la vuelta y bajar las escaleras a toda prisa. Era difícil hablar y contener el llanto. De hecho, cuando se subió al coche tenía los ojos llenos de lágrimas.

Al cabo de unos días, el catedrático le comunicó a María Calvo que no podrían hacer una excepción con Rafaelito. Debería examinarse con los demás en el mes de junio.

Aquella noticia, sin embargo, no le hizo cambiar de opinión a Rafael...

—Se quedará Rafaelito con Hortensia Peinador, en su casa de la plaza Salmerón. Juan le traerá y le llevará para que no ande solo por la calle. Y en cuanto se examine se reunirá con nosotros en Lisboa.

—¡Entendido! Sí, mamá, marchaos. Soy un hombre y no tengo miedo. Puedo quedarme solo.

—Pero es que...

—Mamá, ten confianza en mí. Hortensia me cuidará estupendamente y María seguirá preparándome para el examen.

Comprobó Pilar que para su hijo era importante que le trataran como un adulto y que le diera la oportunidad de demostrarlo.

—¡Está bien! Haremos lo que dices... Nos iremos sin ti.

45

Dejar toda una vida atrás

Al día siguiente de llegar la silla de ruedas de doña Rafaela, se pusieron en marcha. Antes de partir hacia la estación, Pilar preparó cuatro bolsitas negras para ocultarlas en el pelo y poder pasar las joyas de la familia a Portugal. Hortensia ayudó a la madre y a las hijas a hacerse unos aparatosos moños donde fue escondiendo una a una cada bolsita con algunas de las joyas. El resto las ocultaron en los bajos de los abrigos. Hortensia las cosió y recosió para que fuera imposible perder ninguna de esas piezas familiares. Dinero en metálico no podían sacar, pero se tranquilizaron con los valores que tenía Rafael en el extranjero y que estaban disponibles, para poder transformarlos en moneda de curso legal en el país vecino.

Su llegada a la estación de Las Delicias fue muy aparatosa con tanto baúl como llevaban con ropa de verano y de invierno, así como con aquellos enseres de los que no querían desprenderse. Doña Rafaela tuvo que subir en volandas al tren, con la ayuda de su hijo Rafael y de Juan, el mecánico. Estaba muy nerviosa y movía una mano como intentando hablar, pero nadie entendía lo que quería decir. Alicia y Mari Luz llevaban cada una un maletín de mano y Pilar, dos. También estaban nerviosas. Dejaban atrás los recuerdos de toda una vida. «¿Qué será de Antonio?», se preguntaba Pilar mientras subía al ferrocarril que los llevaría a Cáceres y de allí a Portugal. Se sentó al lado de una de las ventanillas en el compartimento que ocupaban al completo.

Tardaron en colocar todos los bultos que llevaban hasta el punto de que el revisor conminó a Juan a abandonar el vagón si no quería viajar a Portugal. Pilar se tocó la hombrera del sujetador y se tranquilizó al tocar con sus dedos la medalla de la Virgen del Pilar con aguamarinas azules que le había regalado Antonio. De alguna manera, era como sentirle cerca.

Cuando el jefe de estación tocó el silbato y subió el banderín rojo para dar la salida, Pilar cerró los ojos. Sintió que el tren se ponía en marcha sin atreverse a volverlos a abrir. Fue su hija Alicia quien la tocó en el hombro y le preguntó:

—¿Mamá, te encuentras bien? Estás muy pálida.

—Sí, sí... Siento pena por dejar a tu hermano y tantas cosas aquí... —Abrió los ojos y miró cómo el ferrocarril salía de la estación con destino a una nueva vida.

Rafael la observaba e imaginaba lo que le ocurría. Seguramente, pensó, le costaba separarse del poeta del que intuía que estaba enamorada. Nunca se atrevió a decirle nada de aquel pañuelo y de todas las evidencias que le señalaban a él. Prefirió callar y retenerla en casa sin dejarla salir con la excusa de los desmanes que se producían por la calle.

—Vas muy callado, papá —comentó Mari Luz.

—Sí, pero os diré que me alegro de emprender esta nueva aventura que nos ha tocado vivir. Seguramente, nos unirá más. ¡Estoy seguro! —lo dijo mirando a Pilar, que no se dio por aludida.

Después de un rato en silencio, escucharon balbucear a doña Rafaela. Quería preguntarles qué hacían allí...

—Madre, no se preocupe. Allá donde vaya la familia estará nuestro hogar. No se preocupe por más. Nos vamos de viaje por un tiempo a Portugal. No hay que entender nada. En Madrid corríamos peligro...

No hacía ni unas horas que se habían ido de Madrid cuando apareció un grupo de hombres armados en los aledaños de la casa. Tocaron insistentemente el timbre y salió Margarita para atenderles. Era la única que seguía allí, haciéndose cargo del mantenimiento.

—¿Qué desean?

—¡Entrar!

La empujaron y los hombres comenzaron a ir habitación por habitación tirando todo lo que encontraban a su paso y quedándose con aquello que consideraban de valor.

—¿Dónde están los acaudalados que viven aquí?

—Se fueron ayer de viaje. —Mintió para que desistieran de ir tras ellos.

—¿Adónde se han ido?

—No me lo han comunicado, no puedo decirles nada... —Se echó a llorar.

Uno de los hombres sacó algunos vestidos del cuarto principal y se los dio a Margarita.

—¡Quítate ese uniforme! ¡Ponte los trajes que te corresponden! ¿Me has entendido?

Margarita movía la cabeza afirmativamente. El que dirigía todo aquel saqueo mirando las fotografías de la familia, habló en voz alta.

—¡Lástima que se nos hayan escapado!

Y como vinieron, se fueron. No sin antes preguntar a Margarita por el piso de abajo.

—¿Hay alguien ahí?

—Ya no. También se han ido.

—¡Vámonos! Aquí no hay nada que hacer —dijo el cabecilla—. Y tú, aprovecha que ahora eres el ama de esta casa.

Margarita cerró la puerta muerta de miedo y en cuanto pudo se escapó hasta la casa de Hortensia para informarla de lo que había pasado y para que Rafaelito no tuviera la tentación de ir por allí.

Después de tantas horas de tren, a punto de llegar a Portugal, el revisor les pidió que tuvieran a mano las cédulas para viajar con el fin de agilizar el trámite. Pilar y sus hijas se retocaron los moños y comenzaron a ponerse nerviosas. La única que seguía como si nada era la abuela. Ni tan siquiera se dio cuenta de que le habían puesto una bolsa también en su peinado. No notaba el peso de las joyas que llevaba encima. Tampoco era consciente de que en su abrigo era la que transportaba más piezas de valor. Pilar, sin embargo, decidió a última hora sacar la bolsita de la cabeza de su suegra. Cogió los anillos y pendientes que iban dentro y los metió en las cremas que llevaba en el maletín de mano.

Irrumpieron en el tren los aduaneros españoles, que fueron vergonzosamente exhaustivos.

—¿Tienen ustedes algo que declarar?

—No, señor —dijo Rafael, aparentando tranquilidad.

—¿Y ustedes? —Las señaló a ellas tres.

—¡Nada!

Se acercaron varios jóvenes y comenzaron a cachearlas.

—Oiga, por favor, un poco de respeto, que son unas damas —protestó Rafael.

—No parece que lleven nada. ¿Y la vieja?

—Esta señora, es mi madre y viene con nosotros a reponerse. ¿No ven en qué estado se encuentra?

Doña Rafaela empezó a mover una mano y a señalarse la cabeza. Se la veía enfadada. No le había gustado nada que la llamaran vieja y que su nuera la hubiera hurgado en su moño.

—Madre, ¡tranquilícese! Estos señores están haciendo su trabajo y enseguida van a terminar.

Como la abuela no dejaba de señalarse el moño, uno de los jóvenes comenzó a registrar su pelo hasta deshacer el peinado y comprobar que no llevaba nada.

—Pero ¿cómo se atreven a esta tropelía? Es algo vergonzoso.

Los jóvenes de la aduana decidieron irse y dejarles continuar el viaje. Cuando se bajaron del tren en Portugal, Pilar y sus hijas se abrazaron. Doña Rafaela no entendía nada. Es más, cuando llegaron a Lisboa y se instalaron en el hotel de la plaza del Rossio, creía que estaban disfrutando de unas vacaciones...

El joven Rafaelito no salió de casa hasta el día del examen. Estaba amarillento de no darle la luz durante días. María Calvo le acompañó hasta el instituto. El examen no fue difícil y salió contento después de las tres pruebas que tuvo que hacer.

Hortensia y María le llevaron, el mismo día que acabó los exámenes, hasta la cochera de la casa del paseo del Pintor Rosales. Hubo un contratiempo y Juan, el mecánico, no pudo llevarle en el coche, había sido detenido la noche anterior. Finalmente, de madrugada, Rafaelito pudo salir en uno de los coches de la familia conducido por el arrendatario que se había hecho cargo del garaje. Un hombre joven, de enorme simpatía, que se prestó a llevarle hasta Portugal.

—¡Tranquilo, Rafael! Estarás con tus padres en un par de días...

Antonio Machado había dejado de salir de casa. No tenía fuerzas ni para bajar las escaleras. Los amigos y su hermano Manuel fueron a su domicilio a verle pensando que estaba enfermo y también para informarle de cómo estaban desarrollándose los últimos acontecimientos.

—Antonio, después de llegar nuestro amigo Azaña a lo más alto como presidente de la República y Casares Quiroga como presidente del Consejo, seguro que las cosas van a ir a mejor. ¡Tienes que animarte!

—Eso deseamos todos, que todo vaya a mejor, siempre que cesen los rumores de los militares descontentos. Eso no sé cómo podría atajarse —comentó Manuel Machado.

—Sanjurjo desde su exilio en Portugal siempre está preparando planes para levantarse contra la República, eso lo sabemos todos —informó Ricardo.

—Los generales que mi cuñado quiere atar en corto son: Varela, Goded que fue expulsado del Estado Mayor Central; Emilio Mola y Francisco Franco. Por eso, ha decidido separarles. A Franco lo ha mandado a Canarias, a Goded a Baleares. A los demás, les ha mantenido en sus puestos —apuntó Rivas-Cherif.

Días después, obligado por su hermano José a salir a la calle para dar un paseo, se vieron inmersos en diferentes revueltas callejeras. Cuando llegaron a Pintor Rosales y contemplaron el abandono del chalet de su musa, el poeta se quedó helado. No podía creer que hubieran ocupado su casa instalando una bandera republicana en el balcón.

Coincidieron en la calle con grupos de jóvenes de diferente ideología que comenzaron a increparse. De ahí, rápidamente, pasaron a las manos. Antonio y José tuvieron que refugiarse en un portal hasta que todo pasó. Antes de salir, oyeron a algunos jóvenes comentar entre ellos que José Castillo, el teniente de la Guardia de Asalto, había sido asesinado.

—Tiene toda la pinta de que hayan sido jóvenes falangistas —dijo José.

—No sabemos. Hay que mantener siempre la cabeza fría.

—Sí, pero ya no es seguro caminar por la calle. Habrá represalias. Tenemos que llegar a casa cuanto antes. Están los ánimos de los falangistas muy exaltados desde que fue declarada ilegal su formación política y su líder, José Antonio Primo de Rivera, encarcelado.

—Esto acabará en algún momento —dijo Antonio que no comprendía cómo la situación política cada día se volvía más peligrosa.

Al día siguiente, se enteraron por el chico que les traía la leche y los huevos a casa de que las fuerzas del orden público habían detenido a José Calvo Sotelo, líder de Renovación Española.

—Dicen que el capitán de la Guardia Civil, Fernando Condés y el socialista Victoriano Cuenca han ido a su casa y se lo han llevado a la Dirección General de Seguridad.

Horas después, la radio daba la noticia de que había sido asesinado y que su cuerpo había aparecido en el cementerio.

—Esto se pone feo. Aquí no estamos seguros, hermano. Deberíamos irnos de Madrid como está haciendo tanta gente —dijo José.

—Yo no me voy de aquí —respondió Antonio. Seguía con la esperanza de que le llegara alguna carta de Pilar. Necesitaba saber si había llegado bien y si podía escribirle a alguna dirección de correos.

—Mira, está diciendo la radio que han sido detenidas ciento cincuenta personas sospechosas de intentar provocar un movimiento subversivo.

Manuel se pasó por la casa familiar a despedirse. Se iba con su mujer a pasar unos días a Burgos. Querían visitar a la hermana monja de Eulalia, Carmen, que era también prima de los Machado. Se iban al convento de las Esclavas del Sagrado Corazón.

—Dale muchos recuerdos y llévale este tapete que he hecho a ganchillo pensando en ella —pidió doña Ana—. Dile que rece por nosotros que se está poniendo muy feo todo.

—Así lo haré, madre. Bueno, Antonio, a la vuelta seguiremos escribiendo. En unos días, espero que te encuentres mejor y sigamos con lo nuestro.

—Descansa tú también y coge fuerzas, que las vamos a necesitar.

Manuel se despidió de él con un fuerte abrazo. Igual hizo con José.

—No creo que estemos fuera más de una semana, todo lo más, dos. ¡Cuidaos hasta mi vuelta!

—Vete tranquilo. Seguro que Antonio se pondrá mejor. Y si no, aquí estaré yo para reñirle... —apuntó José.

El 18 de julio por la tarde, se presentó en su casa Ricardo Calvo en casa de las Machado para advertirles de lo que estaba ocurriendo.

—Creo, Antonio, que deberías moverte de esta casa. Se están poniendo las cosas muy mal para todos. Sé de buena tinta que varios militares han iniciado una rebelión en Melilla que se ha extendido a Tetuán y al resto del Marruecos español. El gobierno teme que se pueda extender a la península en las próximas horas. Si esto sigue adelante, España se quedará partida en dos mitades.

—Hermano, te anticipaste a estos acontecimientos cuando dijiste lo de que «una de las dos Españas, ha de helarte el corazón».

Apareció doña Ana por el cuarto de Antonio con la cara desencajada.

—He oído por la radio que estamos en guerra.

La madre se echó a llorar. Sus hijos Antonio y José se levantaron para abrazarla.

—Tranquila madre, no permitiremos que a usted le pase nada malo.

—¿Y vuestros hermanos? Hay que avisarles. ¡Manuel! ¡Ay! ¡Mi Manuel, que no va a poder regresar a Madrid!

—Madre, Manuel es muy listo y seguro que se las arreglará.

Los temores de doña Ana se cumplieron. Manuel fue detenido cuando intentaba regresar a Madrid con su mujer. No llegaron a tiempo y perdieron el último autobús de vuelta a la capital. Burgos estaba en manos de los sublevados y se había iniciado una dura represión contra todos aquellos que se habían declarado de izquierdas y republicanos. Manuel y su hermano Antonio, lo habían hecho público en numerosas ocasiones.

Eulalia no se quedó quieta y con la ayuda de su hermana Carmen, lograron convencer a las autoridades que era un hombre de letras que no había hecho daño a nadie. Le pusieron en libertad pero vigilado estrechamente, sin poder moverse de

Burgos. Le recomendaron que se inscribiera en las filas de Falange y eso fue lo que hizo.

En casa de los Machado, alguien les contó que había sido encarcelado y que, tras ser liberado, se había unido a la Falange.

—¡Pobre hermano! —Fue lo único que alcanzó a decir Antonio.

Después de un verano lleno de escaseces y con la propia familia Machado dividida en los dos frentes, Antonio se unió a la Alianza de Intelectuales Antifascistas. Precisamente estando reunido con ellos, saltó la noticia del asesinato de Federico García Lorca en Granada. Se quedaron sin palabras. Antonio no podía creer hasta dónde podía llegar el odio y el fanatismo de las ideas. Y escribió: «Un pelotón de fieras lo ha acribillado a balazos, no sabemos en qué rincón de la vieja ciudad del Genil y el Darro... ¡Pobre de ti, Granada! Más pobre todavía si fuiste algo culpable de su muerte. Porque la sangre de Federico, tu Federico, no la seca el tiempo. Sí, Granada, Federico García Lorca era tu poeta. Lo era tan tuyo que había llegado a serlo de todas las Españas pulsando su propio corazón».

A los pocos días el poeta Rafael Alberti se presentó en casa de Machado y le advirtió del peligro que corría.

—Antonio, el Quinto Regimiento se está encargando de salvar la cultura viva de España. Se acercan a Madrid los que han fusilado a Lorca y estás muy significado. Deberías salir de Madrid junto a otros intelectuales. Si no lo haces, corres un serio peligro de ser fusilado.

Doña Ana se echó a llorar y animó a su hijo para que se pusiera a salvo.

—Yo no me voy sin mi familia. O todos o ninguno.

Al cabo de tres días, Antonio y su familia partían en un convoy hacia Valencia. Fue muy doloroso desprenderse de sus libros y de sus recuerdos. Cogió el poeta ropa de quita y pon y guardó las cartas de Pilar en el fondo de la maleta; quizá era lo que más abultaba en su interior. Antes de salir de Madrid, el Quinto Regimiento les dio un almuerzo de bienvenida en el barrio de Cuatro Caminos. Aprovechando que estaba allí, Antonio se acercó a despedirse de Jaime, el camarero al que tantas confidencias había hecho. Estaban abiertas las puertas del café pero no había nadie dentro.

—Don Antonio, ¡qué alegría verle por aquí! —dijo nada más verle.

—No ha tenido noticias de la señora, ¿verdad?

—No, no sé nada de ella. ¡Malos tiempos, don Antonio!

—Malos tiempos, Jaime. Me evacúan a Valencia.

—¡Vaya usted con Dios!

Se abrazaron. Eran conscientes de que quizá no volverían a verse nunca más.

CUARTA PARTE

46

Una ausencia que mata

1 de octubre de 1979

Me quedé rota al separarme de Antonio. Tuve la sensación de que mi alma se quedaba en Madrid y era mi cuerpo el que se instalaba en el corazón de Portugal. ¡Qué días tan duros aquellos! ¡Lo recuerdo como si hubiera ocurrido hoy! Nos alojamos durante un tiempo en un hotel de la plaza del Rossio, en Lisboa, probablemente la zona más animada de la ciudad. Hacíamos mucha vida en los cafés y restaurantes. Era muy fácil encontrarse con otros españoles en esta zona de la Baixa, como la llamaban. Familias enteras que habíamos salido huyendo de la barbarie, nos juntábamos alrededor de la columna que sostenía la estatua de Pedro IV, el primer emperador de Brasil y rey constitucional portugués. Allí compartíamos la información que nos llegaba de España. Y toda era muy preocupante.

Hasta que no se reunió con nosotros Rafaelito no descansé. Después de sus exámenes, le trajo el joven que nos tenía alquilado el garaje. Le contamos las noticias que nos llegaban de España, los fusilamientos indiscriminados, «paseos» hasta los cementerios que acababan a tiros, sacas ingentes de detenidos de la cárcel Modelo, que luego aparecían muertos en las cunetas, vecinos que se denunciaban unos a otros, envidias, muertes y muchísimo dolor. Le aconsejamos que se quedara con nosotros en Portugal, pero desatendió nuestras advertencias. Quería regresar a toda costa a Madrid. «Allí tengo mi negocio», repetía una y otra vez. Supimos que, poco después de regresar, quisieron llevarse sus coches y al tratar de impedirlo, lo detuvieron y lo fusilaron.

De quién no sabía nada era de Antonio... Le había enviado dos cartas donde le indicaba un apartado de correos de Lisboa para que me pudiera escribir. Aunque iba a mirar cada día con la esperanza de encontrarme unas letras suyas, jamás llegó ninguna carta. Me torturaba pensando en si le había ocurrido algo; luego pensé en la censura, que era muy férrea. Me convencí, con el paso del tiempo, de que las dos misivas se habían quedado en algún despacho, antes de llegar a Madrid. Le escribí una tercera al café de Cuatro Caminos rogándole que me contestara. Pero tampoco recibí respuesta alguna.

Un día, alrededor de la estatua de Pedro IV, alguien mencionó de pasada a Antonio Machado. Decía que había salido de Madrid en un convoy con otros intelectuales que corrían peligro en la capital. Supe que se encontraba en el grupo de catedráticos, académicos, poetas y científicos que la Junta de Defensa había querido salvar de una muerte segura. He de confesar que respiré aliviada. Luego, alguien nos contó que Antonio había hablado en nombre de todos: «Mi gusto hubiera sido morir en Madrid, luchando al lado del pueblo que tanto amo». Cerré mis oídos y no escuché las críticas al hombre al que tanto amaba. Sé que Rafael no me perdía de vista cuando se mencionaba a mi poeta y yo procuraba apartarme discretamente para poder llorar a solas.

Supimos que las familias de los intelectuales realizaron el viaje en dos autobuses, escoltados por cuatro tanques. Junto a Antonio y su madre, viajaban José y su esposa Matea, así como sus tres hijas: Eulalia, Carmen y María. Su hermano Francisco se sumó a la expedición en compañía de su mujer y sus tres hijas —Leonor, Ana y Mercedes— y también su hermano Joaquín junto a su mujer, Carmen. Todos los Machado salieron de Madrid.

Probablemente éramos los mejor informados de Portugal. Conocíamos tantos pormenores gracias a que Rafael comenzó a trabajar en la estación de radio Club Portugués. Allí tenían medios para captar las señales radiofónicas de los dos bandos. Se las ingenió para trabajar de locutor y enseguida fue felicitado por la comunidad española afincada allí; así como por las autoridades, que estaban en Burgos.

La noticia que nos llegó *sotto voce* en diciembre, aunque se había producido el 20 de noviembre, fue la del fusilamiento de José Antonio Primo de Rivera en la cárcel de Alicante. Un correo urgente, enviado desde Burgos, les prohibió a los locutores dar la noticia de su muerte. Por lo tanto, Rafael siguió hablando de él y de sus discursos, pero no dijo nada de su trágico final.

Justo cuando nos íbamos a ir de Lisboa a Estoril, porque el dinero se nos iba a chorros en la capital, se produjo «el terremoto familiar» que nos dejó a todos angustiados. ¡Rafaelito quería ir a la guerra! Recuerdo perfectamente sus palabras.

—No puedo seguir desde la distancia el transcurso del conflicto, mientras mis compatriotas están dando su vida. Me siento un cobarde. ¡Quiero ir a la guerra!

—Pero si eres un niño. ¿No te das cuenta de que no tienes la mayoría de edad? —Yo trataba por todos los medios de quitarle la idea.

—Acabo de cumplir diecinueve y sé que se está admitiendo a jóvenes hasta de dieciséis años. Mamá, soy un hombre. Mi decisión está tomada.

—Sin autorización de tu padre no podrás ir a ningún lado. ¡Es una auténtica locura! ¡Te faltan cuatro años para la mayoría de edad!

Cuando llegó Rafael esa noche a la que se convirtió en nuestra casa, una villa de Estoril que se llamaba, ¡qué casualidad!, Santo Antonio, tampoco pudo quitarle la idea.

—Sabes que puedes morir y que las balas son de verdad.

Esto no es un juego. Vamos a meditarlo con calma. Después de las Navidades, hablamos.

Pero Rafaelito ya tenía la decisión tomada y no había forma de hacerle ver que era una locura. Quería ir al frente a toda costa. Fue la peor Navidad de mi vida. Con el corazón roto por la ausencia de Antonio y por la angustia de que mi hijo partiera a la batalla y pudiera perderlo, pasé todas las fiestas llorando.

En la Nochevieja del 36, Rafaelito nos pidió asistir al Casino para celebrar la salida y entrada de año de una manera especial. Todos fuimos de etiqueta acompañándole a modo de despedida. Cuando le vimos vestido de esmoquin nos quedamos sin habla. ¡Qué guapo estaba! Fue una noche agridulce. Él disfrutó como nadie del baile; pero sus hermanas, su padre y yo le mirábamos con preocupación conscientes de su determinación.

Por fortuna, un conocido de Rafael, el escritor Antonio de Obregón, que estaba en Salamanca, nos dijo que velaría por él y le asignaría las misiones menos peligrosas. Al final, le vimos partir hacia España junto a otros muchachos que también se habían ofrecido voluntarios. Parecía el hombre más feliz sobre la faz de la tierra. Y yo imagino que, como todas las madres, la mujer más desgraciada del mundo.

Una vez instalado en su nuevo destino, en Salamanca, nuestro contacto no le permitió enrolarse en la primera columna de voluntarios que partieron para el Alto de los Leones, donde casi todos perecieron. Esta familia siempre le estará eternamente agradecida al escritor por no haberlo enviado a una muerte segura.

En el transcurso de la guerra, tuvimos que vender las joyas y las monedas de oro que habíamos sacado escondidas en nuestro pelo y en el forro de nuestros abrigos. El dinero se nos iba a manos llenas. Y por otra parte, desde el bando nacional, se nos pedía todo el oro que pudiéramos dar generosamente a la causa. Dimos varios doblones de oro de la época de Isabel II; varias monedas francesas también de oro; dos pares de pendientes y dos medallas de la Virgen del Pilar de mis hijas. Rafael donó también una sortija que tenía de oro con dos rubíes. Todo lo recogió la Junta Nacional de Lisboa con destino al ejército nacional. El que firmó como notario y dejó constancia de esas donaciones fue el marqués de Quintanar.

No pudimos aguantar muchos meses más en esta situación de precariedad en la que vivíamos. Además, las cartas de Rafaelito nos llegaban muy espaciadas. De modo que el 14 de enero de 1937 regresamos a Palencia. No fuimos a la finca de Villaldavín sino a la casa de mi suegra en la misma plaza de San Pedro número 4. Allí, quiso Dios que regresara nuestro hijo con un permiso de cinco días. Durante todo el 37 había estado en la retaguardia del frente de Aragón y se había cansado de no haber escuchado ni un solo tiro. ¡Deseaba ir al frente a toda costa y así nos lo expresaba en todas sus cartas!

Cuando volvimos a verle, después de un año, ya no era el mismo. Apareció por la casa de mi suegra, convertido en un hombre, vestido de militar, el día 1 de enero del recién estrenado 1938. Nada tenía que ver con aquel Rafaelito que partió hacia la guerra. Era otra persona...

—Al saber que tocaba el piano —nos contaba—, mis compañeros me han hecho dar un recital delante de todos mis altos mandos. Ha sido muy bonito. Quienes más me lo han agradecido han sido las enfermeras y los heridos. Pero yo quiero algo más que tocar el piano y hacer recados. Me ha dicho mi general que, tras estas vacaciones, por fin iré al frente.

—Pero ¿por qué? Uno se queda muy traumatizado disparando y matando a jóvenes como tú —le expuse.

—Madre, por favor. Estoy defendiendo a mi patria de sus enemigos.

—¡Oh, Dios mío! ¡Eres muy cabezota!

Nada más irse con destino a Belchite, todos lo pasamos muy mal. La noche que se fue, mi suegra, que se había resfriado días atrás, moría de una bronconeumonía. Ocurrió el 6 de enero por la mañana. Pensamos que su salud se quebró al darse cuenta de que su nieto se iba al frente, a la primera línea de fuego. No lo pudo soportar.

Fue un año duro para todos. Tuvimos noticias de nuestro cuñado Victorio Macho, que se encontraba en la zona republicana. Un viejo conocido que se pudo pasar a la zona nacional nos informó de que se encontraba bien junto con otros intelectuales. Nombró a Antonio Machado de pasada, como uno de los que estaba junto a él en Valencia. Gracias a esa información pude saber que mi poeta se había trasladado con su familia de la Casa de Cultura, a la finca de unos conocidos que le ofrecieron un lugar más apacible en el campo. A veinte minutos de Valencia, en Rocafort, se habían instalado los Machado.

Yo me volvía loca pensando en lo que nos depararía el destino a los dos. No falté ni un solo día a nuestra cita en el «tercer mundo». Le imaginaba paseando por el mar y disfrutando de los naranjos y limoneros que tanto le debían recordar a su infancia. ¡Qué crueldad la de la guerra! Esta separación tan impuesta a los dos, me iba matando poco a poco...

Enero de 1938, Rocafort, Valencia

Antonio Machado escribía sin parar, desde la finca Villa Amparo, para aquellos medios que le pedían un artículo. Aparte de por su compromiso con el momento que le había tocado vivir; necesitaba hacerlo para aliviar su angustioso pensamiento centrado en Pilar y en su ausencia. Tenía el alma cansada de tanta nostalgia y recuerdos. «De mar a mar entre los dos la guerra...». Repetía constantemente en su cerebro el verso que había compuesto hacía unos meses...

Tú asomada, Guiomar, a un finisterre,
miras hacia otro mar, la mar de España
que Camoens cantara, tenebrosa.
Acaso a ti mi ausencia te acompaña,
a mí me duele tu recuerdo, diosa...

Su hermano José sabía que sus largos silencios estaban cargados de añoranzas, de recuerdos. No le quería preguntar por ella pero intuía que no podía quitársela del pensamiento.

—Hermano, estás más cansado. ¿No deberías ir al médico?

—Sabes que mi única cura sería que todo acabara y poder regresar a Madrid. Esa capital que resiste frunciendo el ceño y eliminando al señorito. Como escribí hace poco: «el enemigo son los traidores de dentro y los invasores de fuera». José, deseo que acabe esta guerra sin sombra de espiritualidad, hecha de maldad y rencor, con sus ciegas máquinas destructoras, vomitando la muerte de un modo frío y sistemático sobre la ciudad. Una ciudad que debería ser sagrada para todos los españoles, porque en ella tenemos todos alguna raíz sentimental y amorosa... —pensó en Pilar—. Los asesinos están ahí, pero no pueden entrar porque Madrid no lo consiente.

Antonio llevaba tantos meses alzando su voz a favor del bando republicano que se había convertido en todo un referente. Estaba decidido a no callar y a seguir «disparando» con la palabra. Era su contribución a la causa. Su hermano le miraba con una honda preocupación.

—Nunca pensé que llegáramos hasta estos extremos. Dicen que en Madrid la escasez de alimentos es tan grande que se están comiendo hasta los perros y los gatos. ¡Qué están cocinando las mondas de las patatas! Estoy preocupado, la verdad, sobre todo por el futuro de mis hijas.

—Con nosotros, siempre estarán a salvo. A mí lo que me quita el sueño es el sonido de los primeros cañonazos disparados sobre Madrid cuando estábamos allí. Supuso para mí una de las emociones más angustiosas y perfectamente demoníacas que pueda el hombre experimentar en su vida. Allí estaba la guerra testaruda, embistiendo...

—Deberías pasear más y quitarte de la cabeza esta y otras guerras que llevas encima. Te encuentro muy desmejorado. Lo dice todo el mundo.

—No es mi mejor momento, tienes razón.

Antonio Machado recibía visitas constantemente de todo aquel intelectual que pasara por Valencia. Le gustaba dar clases a sus sobrinas, a las que dedicaba gran parte de su tiempo en Rocafort. Y también atendía todas las peticiones de discursos, artículos y palabras de aliento para el ejército. La última llegó de parte de los altos mandos del V cuerpo del ejército. Necesitaban elevar la moral de los soldados y el poeta no dudó en escribirles:

> Camaradas, os envío un saludo a esas trincheras cavadas en el suelo de nuestra patria, donde defendéis la integridad de nuestro territorio y el derecho de nuestro pueblo a disponer de su futuro. Ayer, obreros de la ciudad y los campos consagrados a las santas faenas de la paz y de la cultura; hoy soldados todos, cuando esta paz y esta cultura peligran... Espero que nadie pueda arrebataros el triunfo; nadie puede privaros de la gloria de merecerlo.

Días después, apareció un conocido por Rocafort, con un telegrama que le avisaba de que debía prepararse para un nuevo traslado. Antonio se lo comunicó a sus hermanos muy contrariado y estos le explicaron los motivos.

—Se han intensificado los bombardeos en los últimos días e incluso, nos han recomendado que apaguemos la luz de los quinqués de madrugada.

—Antonio, todo indica que Valencia no tardará en caer en manos de Franco. ¡Hay que mudarse! —le comentó Francisco.

—Yo de aquí no me muevo. Nuestra madre es muy mayor y yo estoy muy cansado. ¡Si vienen, que me encuentren aquí!

—Piensa en la familia, Antonio —le dijo su hermano José—. ¡Hazlo por tus seis sobrinas! Debemos irnos adonde nos digan. Lo hacen por nuestro bien.

—De acuerdo, lo haremos por ellas. ¿Adónde nos llevan?

—A Barcelona. Hay que irse antes de que quede el camino interceptado por las tropas franquistas. Nos han pedido que en una hora estemos listos.

Antonio, antes de recoger sus cosas, se fue a uno de los miradores de la finca y desde allí divisó por última vez la franja azul del mar. Estuvo solo, despidiéndose de aquellas tierras que les había acogido con tanto afecto. El frío del invierno no había impedido que se quedara hasta la madrugada soñando y escribiendo en aquella villa creada más para el disfrute del verano que para soportar el húmedo invierno. Regresó a paso lento y al llegar a la casa, ya estaban todos preparados esperándole. No pudo llevarse los libros y revistas que había ido acumulando durante este año largo. Metió las cartas de Pilar, que tantas veces había releído en este tiempo, y su escasa ropa en una pequeña maleta. Como siempre, iba ligero de equipaje, tampoco podían llevar mucho peso en el coche oficial que les llevaría hasta Barcelona. Durante el camino, al pasar por Sagunto se quedó el poeta muy impresionado al comprobar que el pueblo estaba medio destruido por los constantes bombardeos de las últimas horas. Durante el viaje, el poeta dejó de hablar ensimismado en sus pensamientos. La caída de la tarde era el momento en el que solía ir al parque del Oeste para ver de lejos a Pilar asomarse al balcón: «la damita de mis sueños...».

Al llegar a Barcelona después de tantas horas, el coche se dirigió al Ministerio de Instrucción Pública. Antonio fue recibido por las autoridades. Desde allí le trasladaron junto con su familia al hotel Majestic del paseo de Gracia. Nada más llegar, se cruzó con un grupo de escritores y muchas caras conocidas que deseaban hablar con él. Aquella exposición constante a los visitantes le perturbó de tal manera que apenas bajó de la habitación el resto de los días.

Los únicos que lograron entrevistarse con él fueron: el escritor José Bergamín, el malagueño Fernández Canivell y el americano Waldo Frank. Pero con el que más habló en ese tiempo fue con el poeta León Felipe. Podía compartir con él confidencias hasta bien entrada la madrugada en los sillones del descansillo.

José tuvo que interrumpir una de esas charlas porque tenía buenas noticias para él que no podían esperar.

—Hermano, nos llevan a una vieja casa donde tendremos más privacidad y estarás más a gusto.

—¿Adónde?

—A una casa del siglo dieciocho que se llama Torre Castañer, ha sido incautada al parecer a una marquesa, la marquesa de Moragas, a las afueras de Barcelona, al pie del Tibidabo. Hay que volver a hacer las maletas. Nos vienen a buscar a primera hora de la mañana.

El poeta estaba sin fuerzas, extenuado y su madre, doña Ana Ruiz, intentaba animarle, sacando también fuerzas de flaqueza. José y Francisco veían cómo ambos estaban más cansados que cuando llegaron. El éxodo les pesaba cada día más.

—Veo muy mal a nuestro hermano. Esta situación va a acabar con él. ¿Te has dado cuenta de que está en los huesos? —le preguntó José a su hermano.

—Pero ¿cómo no va a estar delgado si ha dejado de comer? Es como si hubiera perdido el interés por la vida. Sin embargo, parece que lo único que le mantiene en pie es escribir. Tiene prisa por plasmar su pensamiento en un papel. Da la sensación de que estuviera luchando contra lo inevitable. Nuestro hermano está muy mal. Peor que nuestra madre que sigue sonriendo a pesar de estas circunstancias —comentó Francisco.

—Antonio no solo pena por la situación de España, nuestro hermano está enamorado de una mujer. Un amor imposible. No debía haberte dicho nada. Se lo prometí. Pero es para que entiendas que también está sufriendo por la dama que está lejos. Creo que no debe saber nada sobre ella y eso también le está consumiendo.

—¿No podemos hacer algo nosotros?

—No. Solo acompañarle en su soledad. Ella está fuera de España y no debe saber nada de su paradero. Esa ausencia de noticias le está matando. Lo único que puede sacarle adelante es seguir escribiendo.

—El último libro que ha publicado con la recopilación de todos sus artículos, el que tituló *La Guerra*, está siendo muy elogiado por pensadores y críticos. María, la hija de Zambrano, compañero de sus clases en Segovia, ha dicho algo con lo que estoy de acuerdo: «Machado ha cobrado una enorme relevancia no solo como poeta, sino como pensador comprometido con su pueblo». Nuestro hermano es todo un referente de la República.

—Tienes razón. Se ha convertido en todo un símbolo...

47

Camino del exilio

6 de octubre de 1979

Aquí sigo con mis recuerdos. Me cuesta llegar al final de mi relato. Cuando termine, ya me podré morir tranquila.

Queridas hijas, en ese verano del 38, enviaron a Rafael, ya no era Rafaelito, a la batalla del Ebro, la más larga y una de las más sangrientas de aquellos meses. Cuando me dieron la noticia volví a tener la sensación de que me quedaba sin sangre. La separación de Antonio y la intervención de mi hijo en el frente me echaron años. Yo solo sabía rezar y rezar a todas horas. Dejé de escuchar la radio por un tiempo; tenía la sensación de que mi corazón no resistiría una mala noticia relacionada con los dos hombres a los que tanto amaba: mi poeta y mi hijo...

El resto de esta historia, vosotras la conocéis en parte y deseo contárosla al completo. También quiero que sepa toda la verdad mi única nieta: Alicia. Mi querida niña, de sonrisa sincera y de corazón transparente, a la que voy a dedicar el final de esta historia.

Mientras tuvieron lugar los días más trágicos y cruentos que jamás habían vivido los españoles, nosotros en Palencia empezamos a aportar nuestro granito de arena a la causa: tu madre y tu tía Mari Luz se apuntaron como enfermeras en el hospital de la Cruz Roja. Y tu abuelo Rafael, pendiente de los avances de la guerra, solo sabía despotricar contra los que consideraba enemigos de la nación y de su hijo.

Apareció por allí, un joven amigo de la familia que amaba el teatro tanto como nosotros: Luis Escobar Kirpatrick, marqués de las marismas del Guadalquivir, director del Teatro Nacional que convenció a Rafael para participar en la puesta en escena de unos Autos Sacramentales. Su intención era entretener al pueblo, mientras la guerra seguía tiñendo de muerte y de dolor todo a su paso. De modo que empezamos a viajar y a recorrer toda la zona nacional con aquella obra. Tanto veíamos disfrutar a Alicia y a Mari Luz que, en paralelo, comenzamos a ensayar otra obra de teatro: *El hospital de los locos*, de José Valdivielso, que, finalmente, estrenamos en la catedral de Segovia. Muchos jóvenes quisieron colaborar con nosotros: Ana Mariscal, José María de Seoane, Manolo Morán, Ángela Plá... Todos con verdadera vocación artística.

Rafael disfrutó mucho con los preparativos. Sus conocimientos de ingeniería hicieron que las representaciones nada tuvieran que envidiar a los teatros profesionales de antes de la guerra. Estar tan ocupados nos hizo sobrellevar el dolor que cargábamos sobre nuestras espaldas. Yo intentaba averiguar alguna noticia sobre Antonio, por pequeña que fuera, en todas las ciudades que visitábamos.

En Salamanca, me puse muy nerviosa al ver a Manuel, su hermano queridísimo. Sabía que le había pillado el alzamiento en la zona nacional y había convertido su republicanismo en una adhesión incondicional a Franco. Me acerqué a él.

—Manuel, soy Pilar de Valderrama, amiga de Antonio. Nos conocimos en uno de vuestros estrenos, nos presentó tu hermano. ¿Lo recuerdas?

—¡Ah, sí! ¡Por supuesto! Eres familiar de Victorio Macho, ¿verdad?

—Sí, es mi cuñado. ¿Qué noticias tienes de tu hermano?

—Poca cosa, está mi familia en algún lugar de la zona roja y, según me cuentan, creo que Antonio no anda muy allá de salud. Me han dicho que tiene mucho cansancio, que parece extenuado.

—¿Sabes si sigue escribiendo?

—Sí, pero mi hermano está equivocado con su peculiar visión de lo que está ocurriendo. Está convencido de que España ya no es nuestra. Dice que se la hemos vendido a los alemanes. Al tomar por verdad lo que no es, Antonio está cometiendo muchos errores en sus escritos.

Las palabras de su hermano me dejaron muy preocupada. Sabía que, sin noticias mías, estaría muy bajo de ánimo. Los dos nos necesitábamos para seguir adelante con nuestras vidas. Esa falta de comunicación nos iba matando a los dos sin darnos cuenta.

Recuerdo aquellos meses como una larga agonía. Aliviaban esa tortura las cartas que nos llegaban de Rafael con algunas anécdotas suyas del frente. Todavía sonrío cuando pienso que mi hijo fue feliz con sus compañeros. Me contaba que llegaron a una casa abandonada donde había un piano y que comenzó a tocar para alegría de su compañía. Cuando tuvieron que partir al día siguiente, cargaron con el piano en el camión, pero al enterarse el capitán, les hizo regresar y devolverlo a la casa de donde lo habían cogido. Fue arrestado Rafael y su círculo más allegado.

En otra ocasión, nos contó que corrió la voz de que era buen dibujante y el capitán le encomendó las panorámicas de la línea del frente para que el mando, a su vista, decidiera por dónde debía atacar. El problema es que los méritos se los llevaban los mandos. Nunca le reconocieron ni su valor ni su valía.

El frío y la humedad fueron mermando la salud de Rafaelito, bueno, de Rafael. Tuvo que ser atendido en el hospital de campaña y el médico le dijo que un riñón no le funcionaba bien. Al enterarme, me causó tanta impresión que caí mala unos días.

Yo solo deseaba que aquella sinrazón acabara cuanto antes. Rezaba todos los días pidiendo lo mismo, el final de la guerra y que mi hijo recuperara la salud. Lo único que nos aliviaba tanto sufrimiento era el teatro. Llegamos a estrenar varias obras a la vez: *La vida es sueño, La verdad sospechosa* y *Las bodas de España*. Podíamos representar una u otra dependiendo del lugar al que fuéramos. Alguien, no recuerdo quién, me dijo que Antonio había sido trasladado a Barcelona y cuando me enteré del asedio a la ciudad, estuve rezando a todas horas...

Barcelona, 18 de enero de 1939

Escaseaba la comida pero Antonio y su familia se habían acostumbrado a compartir lo poco que hubiera. Después de un incesante bombardeo sobre la ciudad por parte de las tropas rebeldes, se extendió la voz de que el general Vicente Rojo, jefe del Estado Mayor del Ejército republicano, iba a hablar por la radio. Los Machado, reunidos en torno a un gran aparato radiofónico, escucharon atentamente sus palabras:

«Con emoción profunda, como pocas veces he podido sentir, alzo por primera vez mi voz ante el micrófono de la radio para dirigirme a mis compatriotas de uno y otro lado del frente, a mis compañeros de ayer y a los de hoy [...]».

—Empieza bien —comentó Antonio—. Muy inteligente este preámbulo...

Seguía la voz saliendo de aquel aparato que concitaba la atención de todos:

«No pretendo exaltar la moral de mis camaradas, pues no lo necesitan; tampoco quiero arrojar sobre mis enemigos una maldición que puede frenar sus ímpetus; sería inútil [...]. Si como hombre apolítico y bueno, cristiano y español, supiera encontrar la clave de este nudo gordiano para deshacerlo y encauzar esas dos corrientes de españolismo que, por una brutal incomprensión, se estrellan y destruyen [...]. Sabed que soportamos la ofensiva con entereza, que le hacemos frente con decisión; que la contrarrestaremos como sabemos hacerlo, con audacia y con valor, y que haremos cuanto esté en nuestra voluntad y en nuestro talento para que [...] queden enterrados para siempre los últimos criminales intentos de dominación extranjera en España. [...] Os digo que no venceréis ahora ni nunca. [...] Nuestra guerra no se gana venciendo en batallas campales sino conquistando la voluntad popular [...] He ahí un trágico e incomprensible panorama que ofrecemos al mundo: el de una España destruyendo a otra España [...] La de Franco contra la de la Ley [...] La lucha está planteada entre la España caduca, corrompida y venal, y el pueblo español que aspiraba y aspira a redimirse [...] Lo que nos estamos jugando es la independencia y la libertad de España.»

Cuando acabó el general Vicente Rojo, por la mejilla de Antonio Machado caía una lágrima. Estaba muy emocionado. Tanto, que cogió una cuartilla y le escribió inmediatamente una carta a aquel hombre que había expresado lo que él sentía con palabras que no podría mejorar. Encabezó su misiva con un «Ilustre y admirado general». Después de hacer referencia al discurso dado por la radio, le quiso decir: «Sus palabras hablan al corazón de todos los españoles, son la voz de España misma en expresión de sus valores más esenciales... La suerte ha querido que en la más alta cumbre del Ejército apareciese en su persona una representación integral de nuestra raza. No es poca fortuna para todos. Mi más respetuoso saludo militar; la expresión más sincera de mi admiración y de mi entusiasmo. Antonio Machado. Barcelona 19 de enero de 1939». Cuando puso el punto y final, tenía la mano tan fría que casi no podía moverla.

Durante el día y la noche se oían las bombas caer sobre Barcelona. El frío en aquella gran mansión calaba hasta los huesos. Tampoco había mucho que comer. Acudían cuando ya no había nada en la despensa algunos conocidos del Socorro Rojo Internacional con algo de comida. Se repartía entre todos los miembros de la familia y engañaban al estómago mirando las pinturas que cubrían las paredes del comedor donde aparecían grandes langostas y grandes fuentes con patos y cabezas de jabalí... Con el hambre que todos tenían cuando se acercaba algún visitante, se abstraían de la conversación admirando esas viandas que parecían salidas de un sueño de Gargantúa y Pantagruel.

La situación era tan insostenible para las seis sobrinas que se planteó a nivel familiar si las niñas deberían salir a Francia o a la Unión Soviética, donde recibirían mejor atención que en esta España en guerra.

—Nosotros no nos vamos a separar de nuestras hijas —comentó Francisco—. Además, estoy bien en mi trabajo en el Ministerio de Justicia. No me va mal. Igual que a Joaquín en el de Trabajo. De aquí no nos moveremos de momento. En el hotel España, estamos mejor que vosotros, pero comprendo que hay demasiado ir y venir de gente para Antonio.

—Yo, sin embargo, creo que mis hijas, Eulalia, María y Carmen, tienen que irse de España. Lo digo por su seguridad. Todas las noches estamos oyendo cómo caen las bombas cerca de nosotros. Eso nos ha hecho reflexionar a Matea y a mí —explicó José— y hemos llegado a la conclusión de que las niñas deben salir cuanto antes.

Antonio que había estado callado, tomó parte en la conversación.

—Te agradezco, José, el sacrificio que estás haciendo quedándote a mi lado. Te has convertido en mis manos y en mis pies. Mi amigo Rubén Landa, que anda por Barcelona, se ha ofrecido a llevarnos a todos a Rusia. Yo, como podéis imaginar, no me puedo mover de aquí. Si queréis le hablamos de las niñas. Estoy seguro de que nos hará este grandísimo favor. Pienso que si van de la mano de un conocido, será mucho mejor que si se van solas. Le conozco desde mi época de maestro en Soria. Son muchos años de amistad y estarán bien cuidadas.

—Esa idea me gusta más que el hecho de que vayan solas —dijo José mirando a Matea.

Al cabo de una semana, las niñas salían camino de Rusia. La despedida fue desgarradora. Ninguno pudo evitar las lágrimas. Con ellas, desaparecieron los juegos, las risas y hasta la vida en aquel palacete viejo y destartalado.

Hasta la Torre Castañer se acercaban los domingos personas a las que Antonio admiraba, como el profesor de fonética, Tomás Navarro, y el maestro de música popular, Torner. En el viejo salón presidido por un piano, tenían lugar sesiones musicales que les hacía olvidar que estaban en guerra. A veces, les acompañaba una joven que cantaba con voz de ángel. Ese paréntesis en el horror casi siempre era interrumpido bruscamente por los cañones antiaéreos. José le decía a Matea que habían tomado la mejor decisión al separarse de sus hijas: «No correrán el peligro que nosotros sufrimos aquí».

—Cualquier día caen esas bombas de los aviones sobre nuestras cabezas —dijo doña Ana asustada por las sordas detonaciones.

—Tras esos sonidos hay muerte y destrucción; dolor y estelas de odio —comentaba Antonio, dando por terminada la sesión de música.

A punto de irse a dormir, el poeta le pedía a su madre que leyera algún pasaje de *El Quijote* y así, ateridos de frío, en la voz de su anciana madre, ponían fin al día. Antonio disfrutaba con ese cierre de cada jornada. Las aventuras del Quijote y de Sancho Panza le hacían olvidar que estaban inmersos en una guerra que todos intuían que se iba a perder.

Cuando tenía que acudir a la cita del «tercer mundo», se excusaba acompañando cuidadosamente a su madre hasta su dormitorio. Atravesaban los largos pasillos de aquel palacio a paso lento. El tiempo parecía que se había detenido entre esas cuatro paredes.

El decano de la Universidad de Barcelona apareció por allí a una hora bien temprana y le dijo al poeta que debía salir de inmediato.

—Hemos organizado varios coches para que les saquen a ustedes de aquí, junto con otras personalidades, porque corren peligro. Les llevaremos hasta Francia. Las tropas enemigas están a punto de entrar en Barcelona.

Antonio se quedó muy impresionado al saber que la guerra estaba perdida. Terminó un artículo sobre el general Rojo que le habían pedido para *La Vanguardia* y dedicó todo su esfuerzo en meter de nuevo las cartas de Pilar y sus últimos escritos en un maletín que le habían regalado. Su poca ropa y sus enseres de aseo bailaban en otra pequeña maleta que siempre le acompañaba. Cuando tuvieron que partir no se paró a mirar a aquel palacio mientras lo iban dejando atrás. Su pensamiento estaba al lado de Pilar, su musa...

«¿Qué estarás haciendo, mi reina? —se decía a sí mismo—. Tan lejos de mí cuando más te necesito a mi lado. Me voy de España, seguramente para no volver. Aquí dejo todo, mi vida, mis recuerdos y nuestra historia de amor... Mi diosa, ¡cuánto te he amado! ¡Qué injusta ha sido la vida con nosotros! Un día me dijiste:

»*Si yo muero antes, llegarás a mi tumba*
a llorar y llevarme una muda oración.
Y una rosa sangrienta cortarás de su rama
que subirá a buscarte desde mi corazón...

»¿Te acuerdas qué te contesté? "Por ese camino iré yo antes que tú". Y me temo que ese día no está lejos, diosa mía. Estoy cansado, muy cansado... Tan solo me mantiene en pie, la ilusión de volverte a ver un día. Pero sé que no me queda mucho tiempo... ¿Dónde estás, saladita mía? Hoy te necesito a mi lado más que nunca. ¿Te habrás olvidado de tu poeta?»

—Hermano... —José le sacó de su ensimismamiento—, podemos salir a estirar las piernas. ¿Te encuentras bien?

Le costó a Antonio abandonar sus pensamientos y volver a la triste realidad.

—Estoy bien, estoy bien...

—Nos llevan a Gerona y desde allí hasta Francia. Serán muchas horas de coche. Cuando quieras parar, no tienes más que decirlo.

El 23 de enero llegaban a Gerona. La carretera estaba colapsada por vehículos y gente que quería salir a toda prisa de España. Cataluña iba a pasar a manos nacionales.

—La gente sabe que estamos perdiendo la guerra —comentó José.

—En esta guerra todos hemos perdido... De todas formas, confío en el valor de nuestro pueblo.

Al llegar a las afueras de Cerviá del Ter, a diez kilómetros de Gerona, pararon para ser agasajados por el alcalde que les dio una comida caliente en su honor. Allí no se oía ni un tiro, ni ningún avión sobrevolando sus cabezas. Parecía que la guerra era una pesadilla que se había quedado atrás. Después les trasladaron hasta una masía, Can Santamaría, instalada frente a un campo verde con montañas al fondo.

Antonio casi no podía sostenerse en pie y su madre parecía desfallecida.

—Estamos agotados, necesitamos echarnos, por favor. En cualquier sitio —les rogó Antonio.

La administradora les mostró una habitación donde podrían descansar. Antonio le pidió que ocultara su maletín en algún lugar seguro.

—Temo perderlo. Regresaré yo mismo o mi familia a por él. Le estaría muy agradecido si pudiera guardármelo.

—No, señor Machado. Sería para mí una enorme responsabilidad. ¿Y si viene alguien y me lo quita? ¿Usted me creería?

—No se preocupe. —El poeta se quedó cabizbajo.

Finalmente, pudieron descansar más de unas horas. Estuvieron esperando la llegada de más refugiados, procedentes de Barcelona, durante varios días.

—¿Vendrán Joaquín y Francisco? —preguntó doña Ana.

—No sabemos por dónde habrán sido evacuados —le explicó José.

En ese ir y venir de intelectuales, médicos, astrónomos, naturalistas, cantantes, poetas..., se encontraron con el periodista, escritor y aristócrata, Andrés García de la Barga, al que todos conocían por su pseudónimo, Corpus Barga. Este se volcó en ayudar a la familia Machado y en mantenerles informados sobre cómo se desarrollaba la contienda. Después de cuatro días, les dio la noticia de que tenían que volver a movilizarse.

—Antonio, Barcelona ha caído. Al parecer, pueden venir hacia aquí los aviones cargados de bombas. ¡Debemos salir inmediatamente!

Antonio ya no sentía ni los pies ni los brazos. Su madre parecía un suspiro de lo pequeña y encogida que se había quedado en los últimos días.

Una camioneta llegó para recoger los equipajes. Mientras que un camión ambulancia les transportaría a todos hasta la frontera.

—Yo no me separo de mi maletín —le comentó Antonio a su hermano.

—Hermano, no podemos ir en la ambulancia con equipaje. En esta situación no caben excepciones.

—Ahí van mis últimos escritos y algunas cosas que no quiero perder. —Pensaba en las decenas de cartas que llevaba de su musa.

—Tranquilo, nadie te va a quitar tus papeles. Podrás recogerlo cuando lleguemos.

Cerró Antonio sus ojos durante varios segundos. Sintió un dolor inmenso en su pecho. No podía desprenderse de lo único que le mantenía unido al mundo: las cartas de su diosa. Leerlas le resultaba terapéutico en medio de aquel infierno.

En la madrugada del 27 de enero, partieron tres ambulancias con todos los refugiados de la masía. En el puente del río Fluviá tuvieron que detenerse debido al gran número de coches y de personas que huían. Se desviaron por caminos secundarios y en Torroella de Montgrí pararon para reponer aceite. De ahí, llegaron hasta La Escala. En ese momento, al oír el zumbido de los aviones, muchos salieron despavoridos de los vehículos y se refugiaron parapetados en las rocas. Antonio y su madre se quedaron en la ambulancia. No tenían fuerzas para moverse. Esperaron a que pasara el peligro con las manos entrelazadas. Al cuarto de hora se pusieron en marcha de nuevo las caravanas y consiguieron llegar hasta Figueras. Sorteando el camión ambulancia a la mucha gente que se movía de un lado a otro de la carretera, Antonio creyó ver a Joaquín.

—José, nuestro hermano va andando con un paquete en la mano.

—No puede ser. Es imposible.

—Por favor, ¡paren el coche! Un segundo nada más.

José bajó del vehículo y gritó el nombre de su hermano. Este se giró y se produjo un emotivo encuentro.

Bajaron entonces Antonio y doña Ana del vehículo.

—¿Ves como era Joaquín? Todavía no me he vuelto loco. ¿Qué haces por aquí?

—Llevo algo de comida para nuestro coche. Vamos tan apiñados como vosotros. ¿Vais a pasar por La Junquera?

—Creo que iremos bordeando el litoral, por Port Bou. Todo está atestado de gente. ¿Sabes algo de Francisco?

—Está en otro vehículo intentando llegar a la frontera.

—¡Que Dios os bendiga! —Fue lo único que dijo su madre entre lágrimas.

Se dieron un abrazo y cada uno regresó a sus respectivos vehículos.

Al caer la noche, la lluvia hizo acto de presencia. Estaban solo a quinientos metros de la frontera. Los vehículos ya no avanzaban, estaban parados sin poder recorrer ni medio metro.

—¡Habrá que salir a pie! —dijo Corpus Barga—. Tenemos que intentarlo. Ya sabemos que si nos detienen aquí, nuestro futuro es el paredón.

Antonio miró a su madre y esta se salió del coche con más agilidad que cuando entró. Temía por su hijo, que tanto se había significado por la República.

—Vamos hijo, hay que salir de España.

—¡Mi maletín! —le dijo Antonio a su hermano.

—Hermano, salvemos el pellejo, es más importante que ninguna otra cosa.

—Pero ¿dónde están los equipajes?

—Hermano, en uno de tantos coches que están atorados en la carretera.

Comenzaron a sonar las sirenas y empezaron a sobrevolar los aviones.

—¡Salgamos de España! —Aquello fue lo último que dijo José mientras empujaba a su hermano y a su madre a caminar entre la multitud. Doña Ana con su pelo fino y blanco empapado por la lluvia no alcanzaba a decir ni una sola palabra.

Eran arrastrados a empellones por la marea humana que quería alcanzar la frontera. Antonio pensaba en las cartas de Pilar pero no decía nada. No podía más de dolor. Al llegar al puesto fronterizo, unos militares de origen senegalés les pararon. Fue Corpus Barga, mostrando sus papeles de periodista, el que les hizo ver que Antonio era un afamado escritor al que había que proteger. Le dejaron pasar junto a su madre. No así a José y a Matea que tardaron en reunirse con ellos.

Pensando en llegar a Cerbère andando, otro buen amigo les interceptó con un coche y les ofreció el único sitio libre que le quedaba. Machado se metió en el vehículo y sentó a su madre, que pesaba como una pluma, en sus rodillas. Los hermanos quedaron en verse en la cantina de la estación.

Allí, camuflados entre el gentío, asistieron al terrible espectáculo de ver cómo en los andenes, los gendarmes separaban a los hijos de los padres y a los maridos de las esposas. Les metían en trenes distintos con destino a diferentes campos de concentración. Cuando llegaron José y Matea, decidieron refugiarse en un vagón de tren abandonado, y esperar a la mañana siguiente. Ateridos de frío y calados hasta los huesos, pasaron quince horas sin poder dormir y sin tener nada que comer. Corpus Barga, al día siguiente, consiguió un coche y pudo rescatarles, aunque en unas condiciones pésimas. Les trasladó después de superar curvas y revueltas de la carretera hasta un pueblo cercano, Colliure. Un lugar de veraneantes donde no correrían peligro. Cogió en brazos a doña Ana, que ya no podía ni moverse, y sacó a Antonio, junto a su hermano y su mujer, de aquella pesadilla.

48

Y llegó el final

Sin dinero y sin pertenencias pasaron unos primeros días en Colliure de auténtica pesadilla. El secretario de la embajada española en París, amigo de Antonio, le hizo llegar recursos económicos para sus necesidades más apremiantes. El poeta intuía que su final se acercaba a pasos agigantados.

—Cuando ya no hay porvenir por estar cerrado el horizonte a toda esperanza, es ya la muerte lo que llega —le dijo a su hermano José.

—Tienes que levantar ese ánimo, hermano. Al menos, hemos salvado la vida.

—Es difícil sobreponerse a la angustia del destierro... Te pido un favor: ¡Vamos a ver el mar!

Era la primera vez que Machado desde que dejaron España y habían llegado al modesto hotel Casa Quintana, quería salir de la habitación.

—Por supuesto, iremos dando un paseo.

Salieron desde la plaza principal donde se encontraba el hotel y caminaron despacio hasta alcanzar la playa. El corazón de Antonio estaba agotado y él lo sabía.

Cuando llegaron al mar, a trescientos metros del hotel, había varias barcas reposando sobre la arena. Antonio se apoyó en una de ellas y se dedicó a observar las olas. Dejó la vista perdida y así estuvo mucho tiempo... El viento arreciaba y se quitó el sombrero apoyándolo en su rodilla derecha mientras la otra mano reposaba en su bastón. Cerró los ojos y aspiró el olor a mar... Su mente se trasladó a Hendaya. No hacía tanto de aquel episodio, el que más se repetía en su memoria, vivido junto a Pilar. La risa de su musa, su piel morena, su zarcillo en la boca, la arena en su pelo... «¡Cómo te echo de menos, diosa mía! ¡Tu poeta se está muriendo! Mi reina de azules vestida... tus ojos llenos de vida. Tus labios siempre cálidos. Necesito antes de partir uno de tus besos y respirarte. Perderme en tu aroma y volverte a besar. Pilar, mi amor. ¡Tan lejos! Me prometiste estar a mi lado cuando partiera en la nave que nunca ha de tornar... ¡Diosa mía! ¡No me olvides!» Una lágrima cayó por su mejilla. Abrió los ojos y siguió en silencio. Parecía que estaba ella cerca, casi la podía sentir. Volvió a cerrar los ojos... «Me duele tu recuerdo, mi diosa..., "Y la soñada miel de amor tardío, y la flor imposible de la rama..." ¡Oh dulce Guiomar!, en dorado ovillo, tu boca me sonreía... Nuestra fuente transparente, nuestro rincón. "El mutuo jardín que inventan dos corazones a la par... dos soledades en una." Necesito oír una vez más tus "¿sabes?". ¡Pilar no me abandones! ¿Pilar dónde estás? "Por ti la mar ensaya olas y espumas... / La lejanía es de limón y violeta..."». El poeta volvió a abrir los ojos y sacó de su gabán uno de los muchos papeles que llevaba. En el otro bolsillo buscó un lápiz y torpemente escribió... Volvió a guardar su pensamiento elaborado con pulso inquieto. Cerró de nuevo sus ojos: «¡solo tu figura, / como una centella blanca, / en mi noche oscura! ¡Pilar! ¡Pilar! ¡Pilar!».

El poeta siguió en silencio... José no quería interrumpirle, pero el viento cada vez era más fuerte... y él cada vez más débil.

—Antonio, deberíamos volver. Sabes que no te conviene coger más frío. Ya tienes bastante con el que te trajiste de España.

—Está bien. ¡Volvamos!

Antes de hundir sus pies sobre la arena, miró las casitas de colores de los pescadores que estaban allí cerca.

—¡Quién pudiera vivir ahí tras una de esas ventanas, libre ya de toda preocupación!

Se levantó con mucha dificultad y regresaron al hotel...

Como los hermanos no tenían camisas limpias que ponerse, a Matea se le ocurrió lavar la de Antonio y, mientras, pedirle a José que le dejara la suya para que bajara a comer. Después, cuando subió el poeta, este se quitó la camisa y se la cedió a su hermano. Así pudieron bajar José y Matea más tarde. No tenían nada más que lo puesto, sin un duro en el bolsillo y sin ningún recuerdo al que aferrarse para seguir viviendo. «¿Quién tendrá las cartas de Pilar?», Antonio se desesperaba pensando. Cuando Juliette Figuères, la dueña de la tienda de al lado del hotel, supo por José que el motivo de no bajar todos juntos era por la falta de ropa limpia, inmediatamente les hizo llegar un par de camisas a cada uno, así como ropa interior. También les regaló tabaco y vestidos para su mujer y su madre.

Antonio, cansado y enfermo, bajó a hablar con la dueña del hotel, Pauline Quintana. Le aseguró que le pagaría los gastos en unos días y le entregó una pequeña caja que llevaba en su mano.

—Señora, le quiero pedir un favor. Si muero en este pueblo, quiero que me entierren con esto... ¡Tierra de España! ¡Mi tierra!

—*Señog* Machado, usted se pondrá bien, *segugo*.

—Mis días, señora, están contados.

Antonio le entregó la cajita y los días posteriores dejó de bajar a comer; se quedaba en la habitación sentado cerca de donde su madre yacía muy enferma. Así pasó varios días. Una noche, Matea se acercó a comprobar si su suegra seguía con vida... y vio que Antonio no se movía. Le tocó la frente y estaba frío. Corrió a la habitación contigua donde se encontraba su marido.

—Pepe, Antonio está muy mal. Debería venir un médico.

A la media hora regresaba José Machado con el doctor Cazaben y con madame Figuères.

—Es que mi hermano es muy asmático y ha cogido mucho frío en Cerbère, saliendo de España.

El médico le auscultó y después de examinarle habló en voz baja.

—Está muy mal. Tiene una congestión pulmonar de caballo.

Antes de irse se fijó en doña Ana Ruiz y les advirtió:

—Esta señora está en coma. ¡Tan grave como el hijo!

Durante varios días, Antonio deliraba. Constantemente se despedía de todos: «¡adiós!, ¡adiós madre! ¡adiós hermanos!». Se estuvo despidiendo de todos y del mundo inconscientemente. Mejoró algo el día 20 y parecía que recuperaba la consciencia. Incluso, sacó fuerzas para dictar una carta a su amigo Luis Álvarez Santullano para agradecerle su ayuda incondicional. Ahora era el secretario de la embajada en París. Le costó poner su rúbrica. Cerró los ojos y cuando regresó el médico, les comunicó a todos que había entrado en coma.

—La ciencia ya no puede hacer nada por él.

A las tres y media de la tarde del miércoles 22 de febrero, Antonio moría...

La noticia corrió como la pólvora. Un par de horas más tarde ya no se cabía en el hotel. Todos los españoles que se encontraban allí y en los alrededores, fueron a darle su último adiós. Tuvieron que sacar el cadáver del poeta alzándolo entre varios hombres sobre la cama de su madre, que continuaba en coma a pocos metros. Le velaron en la habitación contigua. José quiso que le amortajaran en una sábana, en honor a la voluntad de su hermano: «para enterrar a una persona con envolverla en una sábana, es suficiente». Antes de cerrar la humilde caja de pino que alguien llevó hasta el hotel, madame Figuères introdujo la arena de España, tal y como le había pedido el poeta que le enterraran.

Mientras le velaban, alguien les avisó de que doña Ana había salido del coma y no paraba de preguntar por su hijo. José fue corriendo hasta su habitación e intentó tranquilizarla.

—Madre, a Antonio se lo han llevado al hospital. Sabe que estaba muy malo.

—¿Qué ha pasado? —preguntó angustiada.

—Tranquila madre. Se va a curar.

Doña Ana miró a su hijo y rompió a llorar desconsoladamente. Cuando se tranquilizó volvió a cerrar los ojos. Solo tuvo tres minutos de lucidez en aquel día tan triste para todos. En las horas siguientes, comenzaron a llegar autoridades. El alcalde de Colliure dio su apoyo para la organización del entierro. Algunos telegramas que llegaron hasta el hotel, le pedían a José que lo trasladase a París. Jean Cassou, le solicitaba en nombre de los escritores franceses que el entierro tuviera la solemnidad que merecía. Pero José, que conocía bien a su hermano, le pidió al alcalde que permitiera que fuera enterrado allí.

—Mi hermano era un hombre austero y sencillo. Por favor, le pido sobriedad por puro deseo de mi hermano. También nos gustaría que fuera estrictamente civil.

Al día siguiente, a las cinco de la tarde, salió el féretro del hotel Casa Quintana, envuelto en la bandera republicana. Entre las muchas personalidades que allí se dieron cita, se encontraba el general Vicente Rojo. Había cruzado la frontera para preocuparse por el futuro de sus soldados; a la vez que solicitaba a las autoridades francesas que les trataran con dignidad. El general llevaba en la guerrera de su uniforme, la carta con las últimas palabras escritas por el poeta tras su discurso radiofónico. Vicente Rojo se despidió de todos y regresó a España para intentar llegar a Madrid. La guerra no había terminado.

José no pudo dirigirse a los allí congregados, lo hizo en su nombre el alcalde de Banyuls. Todavía estaba conmocionado. Cuando llegó al hotel, se encontró entre los telegramas y cartas de pésame, la del hispanista John Brande Trend con el ofrecimiento de un puesto para Antonio en el Departamento de Español en la Universidad de Cambridge. «Si esta carta hubiera llegado antes...», se dijo a sí mismo arrugándola entre sus manos.

Doña Ana Ruiz murió a los tres días justos de fallecer su hijo. Fue enterrada junto a él, en una ceremonia íntima pero llena de dolor. Cuando José recogía las cosas de su hermano, encontró en su gabán varios escritos. Uno reproducía el dilema de Hamlet: «ser o no ser». Había leído y releído a Shakespeare en esos últimos días. Otro de los papeles encontrados, contenía un verso a Guiomar:

> *Y te daré mi canción:*
> *Se canta lo que se pierde*
> *con un papagayo verde*
> *que la diga en tu balcón.*

Y el tercero que pensó que era el que había escrito el día que le acompañó a despedirse del mar y de la vida:

> *Estos días azules y este sol de la infancia.*

Entre lágrimas lo guardó todo como si se tratara de un tesoro. Era consciente de que toda su obra, incluidos estos versos, ahora tenían una especial relevancia.

49

Sí, soy Guiomar

Madrid, 10 de octubre de 1979

Noto que me fallan las fuerzas. Revivir el final de la vida de Antonio, me duele en el alma. En aquellos días, en los que el corazón del poeta dejó de latir por no soportar estar lejos de España y lejos de mí, yo caí enferma sin saber su final. Creo que hay algo inexplicable que nos une a las personas y que, a pesar de la distancia, nos permite sentir e intuir que algo no va bien. Eso noté yo a finales del mes de febrero.

De camino hacia Palma de Mallorca, recalamos en Barcelona para la última representación teatral contratada. La ciudad acababa de ser liberada por el bando nacional y, gracias a eso, pudimos pasar sin ningún problema.

Rafael se quejaba de que Barcelona era un caos e intentaba encontrar algo de comida para toda la compañía. De repente y sin explicación alguna, empecé a encontrarme mal. No comprendía qué me estaba pasando. Sentí una punzada en el estómago que me hizo doblarme hacia delante y perder el equilibrio. Parecía como si me hubieran clavado un puñal en el vientre. Tuvimos que hacer una parada en Barcelona y alojarnos en el hotel Majestic. Un médico acudió enseguida a la habitación para atenderme.

—Señora, ¿qué le pasa? —dijo mientras comenzaba a auscultarme con el fonendo.

—No sabría decirle, me encuentro muy mal —le respondí—. Me ha dado un dolor muy fuerte en el estómago. Siento que me voy a morir.

El médico me exploró y al terminar le dijo a Rafael que necesitaba descansar.

—Su señora tiene una pena muy honda. Y está agotada. No se morirá de esto, pero hay que estar muy atentos porque puede derivar en una enfermedad peligrosa.

Rafael le contestó que yo había tenido algún episodio en el que, sin motivo aparente, había caído en una profunda tristeza. Le explicó que ahora, con un hijo enfermo tras luchar en el frente, tenía más explicación.

—Pues si pudiera acercarla a verle, sin duda que su estado mejoraría. Tiene una angustia y un *surmenage*, difícil de tratar.

Lo que tenía era una pena muy honda. No sabía explicarlo, pero no sentía a Antonio ni en el «tercer mundo». Nos volvimos a poner en marcha y fuimos a Palma de Mallorca. Yo me quedé en el hotel sin poder acudir a las representaciones. Escribía y repetía versos antiguos sin parar...

La noche... La despedida...
Sigue la fuente cantando.
Se ha detenido la vida...

Acudían a mi pensamiento, los versos más tristes. No lo podía evitar...

No es temor a la muerte, es temor al olvido...
A morir en el alma de los que tanto amé.
Que se borre del todo mi paso por la vida
En la vida de aquellos que en la tierra dejé...
Que el silencio me envuelva...Que no suene mi nombre
En la voz temblorosa de aquel ser tan querido...
¡No es temor a la muerte, es temor al olvido.

No podía llorar, no brotaban lágrimas de mis ojos. Deseaba hacerlo estaba seca, sin vida. Sabía que algo terrible había pasado pero no tenía ninguna certeza, simplemente lo sentía. Mi pluma seguía vertiendo palabras sobre el papel...

Amor... Ausencia... Dolor...
Hoy se han soltado las cuentas
del collar de los recuerdos,
y han empezado a rodar
por los peldaños del tiempo...

Cuando terminó la representación y vino Rafael a la habitación, decidió que fuéramos a Zaragoza a toda costa para que viéramos a Rafaelito. Creía que el origen de todos mis males estaba en la salud de nuestro hijo y nos fuimos a verle. Durante todo el camino me sentí la mujer más desgraciada del mundo.

Cuando llegamos al hospital de campaña lo encontramos en un camastro junto a otro soldado moribundo. Rafael sonrió al vernos. Su cara se iluminó y verle alivió algo mi malestar. Durante varios días, hablamos con los médicos y nos dijeron que lo mejor que podíamos hacer era trasladarle hasta San Sebastián. Nos hablaron del doctor Oreja, el más adecuado para la operación que necesitaba. Mientras Rafael cumplimentaba todo el papeleo, escuchábamos la radio Rafaelito y yo. Mi hijo pintaba, yo no tenía fuerzas ni para hablar. De pronto, sentí que el mundo se hundía bajo mis pies. Me pareció entender la peor de las noticias: «El poeta Antonio Machado ha muerto a los sesenta y tres años de edad, en un pueblo de Francia, Colliure». Me tuve que sentar. Me temblaban las manos y no podía ni moverme. Volvió la punzada en el estómago. Ahora sí me brotaban las lágrimas. Ahogaba mi sufrimiento en silencio. Rafaelito no entendería qué me estaba pasando si se diera cuenta. «¡Antonio! ¡Antonio!», gritaba por dentro... Y, de pronto, dejé de sentir nada. Me desmayé. Cuando volví en mí, Rafael y los médicos estaban a mi alrededor.

—¡Menudo susto nos ha dado! ¡Está usted más débil que su hijo! Será mejor que antes de realizar la operación, los dos se repongan —dijo el médico militar que me atendió.

Me quedé varias horas sin habla. Lo achacaron al desmayo, pero yo no podía dejar de pensar en la muerte de mi poeta. Antonio, que siempre me había pedido que si algún día estuviera enfermo, no dejara de ir a verle; le había fallado. Recordaba que me había repetido en varias ocasiones que sería para él un gran consuelo que estuviera cerca, cogiéndole de la mano cuando se fuera de este mundo. «Mi diosa, porque tú eres, no lo dudes, el gran amor de mi vida». Ahora esas palabras retumbaban en mi cerebro. No había cogido su mano para acompañarle en su último viaje.

En ese momento, quise morir. Me quedé sin fuerzas. Me hubiera gustado escaparme a Colliure, pero no pude. Estaba tan lejos y, sin embargo, le sentía tan cerca... Nos llevaron a mi hijo y a mí hasta Palencia en un camión-ambulancia. Rafaelito me daba ánimos y yo le sonreía sin hablar. No me salían las palabras. Después de coger fuerzas en Villaldavín, nos trasladamos a San Sebastián.

Pero la vida aún me tenía reservado otro gran padecimiento. A Rafael le operó el doctor Oreja, el mejor doctor en urología, y eso que no sabíamos si podríamos pagar la minuta del médico. Rafael le pidió que tuviera en cuenta que habíamos perdido todo nuestro patrimonio durante la guerra. El doctor le operó y salió muy satisfecho de la intervención. Era cuestión de días que nuestro hijo abandonara el hospital. Pero, inexplicablemente, comenzó a tener fiebre y comprendieron que algo se había complicado. Pasaron los días y no mejoraba. Otra vez la radio nos dio la noticia más esperada, el final de la guerra. Todos nos abrazábamos en el hospital. Rafaelito sonreía, pensando que todas sus pesadillas ya se habían acabado. Nosotros, más optimistas aún, también lo creímos. Pero la fiebre no remitía y el médico no le daba el alta. Intuíamos que algo no había salido bien de la operación por la cara del médico y las enfermeras. Rafaelito, al empezar el verano, se fue debilitando. Sus ojos se fueron quedando sin brillo y su sonrisa desapareció. Se fue apagando poco a poco, como la luz de una vela. A comienzos del mes de agosto, la fiebre se disparó y se puso gravísimo. Al comenzar el día 8, mi hijo del alma moría en mis brazos. No puedo explicar qué pasó por mi cabeza. Deseé morirme de nuevo allí mismo. Mi hijo con veintitrés años dejaba este mundo cuando tenía toda la vida por delante... Era tan grande mi desolación y mi desconsuelo que el doctor Oreja nos dijo que no teníamos que pagar ningún gasto, después de tanto tiempo en el hospital. El médico nos dio el pésame sin entender lo que había ocurrido.

—Es la primera vez que, en una operación como la de su hijo, pierdo a un paciente. Estoy desolado.

No fui capaz de articular palabra. Regresamos a Palencia en silencio con mi hijo muerto y con el mundo en blanco y negro. Todo se ensombreció. Desapareció la luz de mi vida. No encontraba motivo para seguir adelante. No tenía ganas de seguir viviendo...

50

Epílogo

Madrid, 14 de octubre de 1979

Todavía no me explico cómo sobreviví a ese nefasto año 1939 en el que perdí a los dos hombres que más quería en el mundo: a mi amor, Antonio, y a mi hijo querido, Rafael. Me vi tan entre tinieblas que solo sabía escribir y cantar a mi tristeza:

> *Yo ya no sé reír, se me apagó la risa*
> *en una tarde tibia como se apaga el sol.*
> *Mariposa dorada que revoloteaba*
> *entre mis labios, ¡ay!, para siempre huyó...*
> *Se fue con él en busca de los ángeles.*
> *Se fue con él detrás de su canción...*
> *Sólo sé sonreír —sonrisa triste—*
> *Formada de nostalgia,*
> *Hecha de evocación...*
> *Pero la risa alegre.*
> *Pero la risa clara.*
> *Pero la risa fresca,*
> *¡en una tarde tibia se apagó!*

Me llevaron a la finca de Palencia y allí más que vivir, sobrevivía. Mi prima Concha se vino conmigo para intentar sacarme de ese estado en el que me encontraba. Me obligaba a levantarme de la cama, que se convirtió en mi refugio. No quería ni ver la luz... Todo mi mundo se había derrumbado como los edificios y las casas tras la guerra. Estaba tan en ruinas como nuestro país, que había que reconstruirlo y poner cimientos nuevos.

Rafael no me dejó ir a nuestra casa de Madrid. Nuestro hotelito, al parecer, estaba hecho una ruina con restos de obuses en todas sus ventanas, la escalera había desaparecido y la biblioteca, con miles de ejemplares valiosísimos, quemada y reducida a cenizas. Habían utilizado los libros y la madera de la librería y la escalera para hacer hogueras y calentarse. Todos nuestros recuerdos se habían convertido en pasto de las llamas. Era como si nuestro pasado hubiera desaparecido y nuestra vida se hubiera borrado de un plumazo.

En los bajos de la leñera encontró Rafael la plata que habíamos escondido. Yo me puse en contacto con María Estremera para saber si se encontraba bien después de la guerra y si seguía custodiando las cartas del poeta, que eran mi única prueba de que ese amor había existido.

—Cuando regresé a casa —me dijo— lo primero que miré fue en el desván y allí seguían tus cartas entre mi ropa vieja que, afortunadamente, nadie había tocado.

Me eché a llorar. Al menos, sus cartas me ayudarían a recordar sus palabras y su amor por mí. Además, durante esos días asistía atónita a conferencias donde se hablaba de Antonio y se decían tonterías como que Guiomar no había existido nunca y que era fruto de su imaginación.

Hablé con Concha Espina que era ferviente defensora y admiradora de la obra de Antonio Machado y le confesé mi secreto. Se quedó atónita y me pidió pruebas. Cuando le enseñé las cartas, me insistió en que le permitiera publicarlas. Después de pensarlo mucho, le dije que sí pero le pedí que no me mencionara y que mi nombre, lo sustituyera por Guiomar. Pasaron los meses y cuando Concha publicó el libro: *De Antonio Machado a su grande y secreto amor*, me llevé un gran disgusto. Dio claves, en esa nebulosa que había dibujado, que temí que alguien pudiera señalarme como su último amor. Sufrí mucho por si Rafael se enteraba y si llegaba a sus oídos mi nombre ligado al del poeta; pero lo cierto es que no me volvió a decir nada sobre él. Desde que supo que había muerto, un mes antes de que acabara la guerra, mantuvo un silencio que a veces pesaba entre los dos.

Siempre me dio la impresión de que conocía que mi corazón le pertenecía a Antonio, pero no me hizo ni un solo reproche. A veces, le encontraba mirándome fijamente sin decir nada. Nunca me explicó qué pasaba por su mente cuando me veía llorar y yo tampoco le pregunté.

Mi hija Alicia se casó el 6 de diciembre de 1953 con un pintor al que yo admiraba mucho, Domingo Viladomat. Se conocieron mientras Alicia seguía interpretando papeles protagonistas y él pintaba e ideaba los decorados de las obras de teatro que seguía representando la familia junto a Luis Escobar. Había creado la revista *Arte y Hogar* y se hizo un nombre decorando interiores. Posteriormente, Domingo dio el salto al cine cuya industria creció mucho al finalizar la guerra. Rafael fue el padrino de la boda pero ya estaba muy enfermo y meses más tarde, murió. En el año 54 enterré a mi marido y las crónicas de los periódicos alabaron su amor por el teatro y le reconocieron como «el precursor del teatro moderno». Me quedé sin el compañero de viaje de toda mi vida. Sentí no haber sabido amarle después de todo. No supe hacerlo, no pude... Mi corazón se lo quedó Antonio y no me lo devolvió nunca.

Mi hija Mari Luz se casó el 1 de junio de 1955 y ¡en qué hora lo hizo! Justo Urquiza era un viudo con cinco hijos, que le dio muy mala vida. Cuando pudo escaparse de aquel infierno se vino a vivir conmigo. Nosotras cogimos un tercer piso en la calle Ferraz, y Alicia ocupó el ático hasta que terminó de construirse la casa de vecindad de la calle Pintor Rosales, mi calle.

Fue una bendición de Dios que naciera mi única nieta, Alicia. Cambió nuestra vida con su llegada al mundo. Me devolvió poco a poco la risa que ya tenía olvidada. Incluso, la alegría de verla crecer y reconocerme en muchos de sus gestos y muecas. Me pedía siempre que le cantara y procuraba recrearme en *La verbena de la Paloma* o en *La Rosa del Azafrán*, pero cuando me pedía más... entonaba el preludio del drama de *Tristán e Isolda* de Wagner. Ella sabía que era el final de mis cánticos porque acababa llorando por el amor imposible de los protagonistas. Era un amor extraordinario que escapaba a todas las normas y a todo convencionalismo. ¡Como el que yo había sentido por Antonio y seguía sintiendo!

Siempre he procurado disimular mi tristeza cuando mi nieta se encuentra delante de mí. Nunca superé que Antonio ya no estuviera entre nosotros, aunque siempre formó parte de mi vida, de mi ser. Solo encuentro paz en la oración. No hay día que no rece por las almas de los seres queridos que un día se fueron. No hay día que no me acuerde de mi poeta. De vez en cuando, me escapo al mar porque allí también le siento cerca. En Polop de la Marina me paso las horas muertas mirando al horizonte. Cada tarde me bajan a ver el mar y allí pienso en esos días azules... que compartimos.

Ahora que ya ocupo el piso que se construyó donde antes tenía mi hotelito, no dejo de mirar a la calle. Tengo la impresión de que Antonio no está muy lejos. A veces, incluso, me parece verlo.

Sé que me queda poco y he querido dejaros mis pensamientos y mi secreto narrado por mí y por nadie más. Esta ha sido mi vida y esta es mi verdad. Sigo con la pena de pensar que Antonio me tuvo en su cabeza hasta el final de sus días. ¡He leído tanto su poema!

> *Y te daré mi canción,*
> *Se canta lo que se pierde.*
> *Con un papagayo verde*
> *que la diga en tu balcón.*
> *La vi un momento asomar*

en las torres del olvido.
Quise y no pude gritar.
Tengo un olvido, Guiomar,
todo erizado de espinas,
hoja de nopal.

Te torturaba pensar que me hubiera olvidado. Mi querido Antonio, ¿cómo iba a olvidar al hombre más bueno y más sincero que había conocido nunca? Nada más saber tu partida te escribí unos versos...

Ahora que tú te has ido
y que yo me he quedado.
Que te hallas más distante
que nunca estuve yo,
allí donde no llega
el canto de los pájaros,
ni el rumor del mar,
ni la luz del ocaso.
Ahora que tú te encuentras
en la otra ribera
aguardando,
y tan lejos... tan lejos...
¡Cómo estás a mi lado!

Te sentía cerca... Te soñaba en el primer y en el «tercer mundo», hasta el punto de creer que me decías al oído tu último verso. Ese que escribiste mirando al mar... «Estos días azules y este sol de la infancia.» Tu infancia la dejaste plasmada en forma de verso: «recuerdos de aquel patio de Sevilla y huerto claro donde madura el limonero...» pero los días azules, fueron los nuestros. El azul de nuestros sueños, de nuestras manos entrelazadas, de nuestros besos infinitos, de nuestras risas y de nuestros rincones. El azul de mis trajes y el azul de las puestas de sol cuando la «damita de tus sueños se asomaba al balcón de tu corazón». Al menos, así lo quise interpretar yo. Y así se lo conté a mis amistades. No quería que conmigo muriera nuestro secreto.

Ahora, lo comparto con vosotras, mis hijas y mi querida nieta: Guiomar, existió... y fui yo. Quiero que estas palabras mías se publiquen y sin ningún rubor, dejadme gritar: ¡Sí, soy Guiomar! Dios os guarde y proteja siempre.

15 de octubre de 1979

No sé qué me ocurre pero no siento ningún dolor. Es extraño. Parece como si hoy tuviera treinta y pico años. ¿No es un sueño, verdad? Me voy a vestir pero no encuentro ninguno de mis vestidos. En el perchero solo tengo uno. Uno nada más. El azul que llevé hace ya tantos años cuando conocí a Antonio. ¡Esto es rarísimo! No creo ni que quepa en él. Por curiosidad lo voy a intentar. Aparece este traje de pronto, cuando no sabía ni dónde estaba. Agradezco que me lo hayan dejado aquí, a la vista. Lo malo es que no tengo a nadie que me ayude a vestirme, pero estoy ágil para hacerlo sola. No recordaba esta sensación de levantarme y que no me doliera nada. ¡Es maravillosa!

Estoy nerviosa, noto que algo importante va a pasar hoy. Los mismos nervios que cuando había quedado con Antonio. ¡Qué tonta soy! ¡Antonio no puede venir! ¡Se fue un día sin que yo estuviera a su lado! ¡Sin que pudiera cogerle de la mano!

Debe de ser un sueño. ¡Alicia! ¡Mari Luz! ¿Dónde estáis? Me está entrando esa angustia que me da antes de que ocurra algo. No puedo seguir entre estas cuatro paredes. Necesito calmarme. Voy a bajar a la calle.

¿Qué día hará hoy? Miro a través de la ventana y veo que está muy soleado a pesar de ser octubre. Pero ¿quién está allí abajo? ¡No puede ser! Juraría que es Antonio. ¡Es él! ¡Me sonríe! ¡Ha vuelto! ¡Ha vuelto! ¡Sabía que lo haría! ¡Antonio, amor mío!

Cuando pude bajar a la calle, el sol casi me cegó. Una luz blanca muy intensa nos envolvió a los dos... Nos hemos quedado quietos el uno frente al otro. ¡Tanto tiempo sin verte, amor mío!

Antonio no lleva bastón, ya no le hace falta. Me besa cálidamente y me coge de la mano. ¿Por qué no hablas? Bueno, no es necesario... Te sigo, amor mío. ¿Por qué no has venido antes? ¿Sabes? Tenía la corazonada de que vendrías a por mí... Te he escrito un poema. Espero que te guste:

Quiero vivir contigo, vivir con tu recuerdo.
Vivir con tu esperanza, vivir con tu ilusión.
Con la luz misteriosa que anidaba en tus ojos...

Noticia publicada en el diario *ABC*: «La escritora Pilar de Valderrama murió el 15 de octubre. Sus hijas y su nieta la encontraron sin vida plácidamente en la cama, como esbozando una sonrisa...».

Agradecimientos

A Alicia Viladomat, por contarme el secreto de Guiomar y contagiarme de la necesidad de novelar, por primera vez, la verdadera historia de este amor entre Antonio Machado y Pilar de Valderrama. Agradecida por dejarme entrar en su vida y en su pasado, brindándome toda la información y dejándome toda la libertad para narrar esta increíble historia. Gracias por las muchas horas que me ha dedicado viendo documentos, viajando a Montilla, a Córdoba, a Palencia, a Villaldavín, a Paredes... dejándome textos únicos, cartas manuscritas, obras de teatro inéditas y poniéndome todo su archivo fotográfico familiar a mi disposición. Gracias y mil veces gracias por hacerme partícipe de esta historia de amor que superó distancias, ideologías, avatares políticos, una guerra civil... y hasta el inescrutable paso del tiempo. Hoy, Alicia ha cumplido el sueño de reivindicar a su abuela.

A Luisa Millán Valderrama, a su hermano y a su cuñada, por abrirme las puertas de su casa y ayudarme a comprender la infancia, adolescencia y madurez de Pilar.

A Visi, por contarme cómo llegaban las cartas de Machado a la finca de Villaldavín; y a Mercedes Marcos, por hablarme del día a día de la familia Martínez Valderrama en los largos estíos.

Al alcalde de Paredes de Nava, Luis Calderón Nágera, y a su tío, José Luis Nágera Sales, por tanta dedicación para enseñarnos el entorno de la protagonista, así como la botica y la casa del notario en Paredes de Nava donde se organizaban las reuniones de sociedad.

Al periodista de Radio Nacional, Antonio Rubio López, subdelegado diocesano de Patrimonio Artístico en Palencia, por mostrarme el patrimonio cultural de la zona.

A la periodista palentina Charo Carracedo, por acercarme a Palencia y a su entorno.

A la historiadora María Dolores Ramírez, por ayudarme con sus investigaciones al «Rescate de la diosa».

A Ramón Baillet por enseñarme tanto de los antepasados de Pilar y el ilustre abolengo de los Valderrama.

A Fernando Saavedra por organizar el curso sobre la figura de Guiomar en la Universidad Menéndez Pelayo y a todo el grupo, entre otros, a Fernando Valderrama, al arquitecto Ignacio Vicens, al periodista Félix Maraña, a la catedrática Pilar Nieva de la Paz y a la princesa Beatriz de Orleáns por acercarme a la personalidad de la musa de Machado.

A Alicia Chamorro por su paciencia tras organizar el archivo de Alicia Viladomat y hacerme entender las ininteligibles letras de los escritores.

A Javier Marín de Vega, fotógrafo, por su generosidad al proporcionarme información de Victorio Macho y libros antiguos del escultor; así como de Rafael Martínez Romarate.

A Juanjo Asenjo Hita de la librería La Felipa y a Raúl, por ayudarme a encontrar verdaderas joyas sobre Machado y su época; así como libros desclasificados sobre Guiomar.

A Juan Carlos Pérez de la Fuente, por su entusiasmo con el proyecto y su voluntad de adaptar este libro al teatro.

A mi agente literario, Antonia Kerrigan, que me presentó a los amigos de Penguin Random House para realizar esta novela.

Y dejo a conciencia, como colofón de todos estos agradecimientos, a la gran artífice de este proyecto, a mi editora Carmen Romero. Mil gracias por confiar en este libro y darme alas. Ninguna de las dos somos las mismas tras esta historia tan llena de amor y de sentimiento.

Y te dejo para el final a ti querido lector, querida lectora. Como decía Pilar de Valderrama: «Quiero que leas este libro con el alma en los ojos para que te penetre hondo, muy hondo... para que mis sentimientos, más que míos, sean tuyos».

Nota de Alicia Viladomat, nieta de Pilar de Valderrama

Siempre pensé que la historia de esta novela debía ser contada tal y como sucedió. Bienvenidos a formar parte de esta familia cuyos acontecimientos giran alrededor de Pilar de Valderrama, «Guiomar», musa y gran amor de Antonio Machado; su marido, Rafael Martínez Romarate, precursor del teatro de cámara en España, y sus tres hijos: Alicia, María Luz y Rafael.

Mujer importante por sí misma, adelantada a su tiempo, culta y moderna, Pilar de Valderrama fue poetisa y escritora desde muy temprana edad. Pertenecía a ese club de mujeres intelectuales, el Lyceum Club y fue precursora de interesantes reuniones literarias en su propia casa. Por todo ello, fue capaz de enamorar al más grande de todos los escritores: Antonio Machado.

Alrededor de Guiomar se va tejiendo una tela de araña en la que se ven envueltos diversos personajes del panorama artístico y literario del siglo XX. Pilar de Valderrama no tenía afán de notoriedad, y así lo recogen sus escritos: documentos hasta ahora inéditos encontrados por mí, su nieta, en estos últimos años. Son los grandes escritores y literatos de la época quienes dejan su impronta y su opinión en los documentos y en la correspondencia mantenida con ella durante aquellos años.

Esta novela es el merecido homenaje póstumo a mi abuela, que, como tantas otras mujeres de su época, contribuyó a formar en silencio el mapa político y social de su momento, abriendo así el camino a la libertad y al posicionamiento de la mujer en la sociedad actual.

Cuando Nieves Herrero se cruzó en mi camino —o yo en el suyo—, se produjo el milagro. No dudé un solo instante de que ella era la persona indicada para novelar esta historia que no se separa un ápice de la realidad. Además, era el momento perfecto para hacer llegar al mundo la vida de Pilar de Valderrama, reflejada con todo detalle.

Desde hace dos años, Nieves y yo caminamos de la mano por un sendero que cada vez se agranda más a nuevos conocimientos y horizontes, aportando datos inéditos a la apasionante historia de amor entre Guiomar y el gran poeta Antonio Machado. Es la pluma de Nieves Herrero, deslizándose con sumo cuidado, la que va dibujando las líneas que conforman esta historia, proporcionándole una veracidad capaz de sacar a la luz nuestras más profundas emociones.

Por todo ello, mi más sincero agradecimiento a Nieves por aceptar este reto tan importante con tanta sensibilidad, fuerza, cariño y profundidad. Nadie más que ella hubiera sido capaz de hacerlo. Con esta novela contribuye a mantener viva la Historia de España, pues hablamos de una historia real, con personajes verídicos englobados en una gran familia que siempre luchó por mantener muy alto el listón del arte y la cultura durante los años previos a la Guerra Civil, en los momentos más difíciles y cuando fue más necesario.

También quiero expresar mi agradecimiento a Ediciones B y a la editora Carmen Romero, por permitirme escribir estas líneas que siempre quedarán reflejadas a modo de epílogo de esta maravillosa historia.

Gracias también a todos los amigos que tanto me habéis apoyado y animado a formar parte de esta novela, y que habéis mantenido el secreto durante estos años: a los personajes de Palencia, al alcalde de Villaldavín de Campos y al diputado de Turismo y alcalde de Paredes de Navas, Luis Calderón, por recibirnos y proporcionarnos valiosa información, y al gran poeta palentino Javier Lostalé. A Merceditas y a Visi, hija del cartero que tantas satisfacciones daba a Pilar de Valderrama cuando recibía las cartas de Antonio Machado en la finca El Carrascal.

Y, por supuesto, a la Diputación de Palencia por poner en marcha la primera y magnífica exposición sobre la figura de Guiomar y la familia, incluyendo a Victorio Macho como artista excepcional.

Es un privilegio haber compartido tantos años con cada uno de los miembros de esta familia, la mía, estupendos creadores capaces de plasmar en un papel, un lienzo o en el teatro la expresión del sentimiento humano. Juntos y unidos formaron un entramado perfecto, reflejando con todo rigor la vida y la sociedad del momento. Como hija, nieta y sobrina de esta familia excepcional, me siento en la obligación de continuar con esta labor, con el objetivo primordial de recuperar, reconocer y enseñar al mundo el precioso legado de los que dedicaron su vida, su inteligencia y su creatividad al arte.

ALICIA VILADOMAT MARTÍNEZ VALDERRAMA

Bibliografía

Sí, soy Guiomar. Memorias de mi vida. Pilar de Valderrama. Editorial Plaza y Janés.

Las piedras de Horeb. Pilar de Valderrama. 1923

Huerto Cerrado. Pilar de Valderrama. 1927

Esencias. Pilar de Valderrama. 1930

Obra poética. Pilar de Valderrama. Gráficas Canales.

Guiomar. Antología poética de Pilar de Valderrama. Alderabán.

Holocausto. Pilar de Valderrama. Madrid 1943.

De mar a mar. Pilar de Valderrama. Ediciones Torremozas.

El Tercer Mundo. Drama. Pilar de Valderrama. Autopublicado.

Lo que vale más. Comedia dramática en tres actos. Autopublicado.

La vida que no se vive. Comedia dramática en tres actos. Autopublicado.

Por sendas de Occidente. Impresiones de viaje. Rafael Martínez Romarate. Editorial: Rafael Caro Raggio.

De Antonio Machado a su grande y secreto amor. Concha Espina. Editorial Lipesa.

Antonio Machado y Guiomar. Justina Ruiz Conde. Editorial Ínsula.

Guiomar. El Rescate de la Diosa. José María Luque. María Dolores Ramírez. Crea Comunicación Integral.

Antonio Machado (1875-1939). El hombre, el poeta, el pensador. Bernard Sesé. Editorial Gredos.

Últimas soledades del poeta Antonio Machado. José Machado. Ediciones de la Torre.

Vida de Antonio Machado y Manuel. Miguel Pérez Ferrero. Editorial: El carro de estrellas.

Cartas a Pilar. Antonio Machado. Edición de Giancarlo Depretis. Editorial Anaya y Mario Muchnik.

Ligero de Equipaje. La vida de Antonio Machado. Ian Gibson. Editorial Aguilar.

Guiomar, un amor imposible de Machado. J. María Moreiro. Editorial: Espasa Calpe.

La Guerra. Antonio Machado. Escritos: 1936-1939. Julio Rodríguez Puértolas y Gerardo Pérez Herrero. Editor: Emiliano Escolar.

Recuerdos de una mujer de la generación del 98. Carmen Baroja y Nessi. Editorial Tusquets.

El voto femenino y yo. Mi pecado mortal. Clara Campoamor. Editorial Renacimiento. Biblioteca histórica.

Últimos días en Colliure, 1939. Jacques Issorel. Editorial Los cuatro vientos.

Antología Comentada. Antonio Machado. Ediciones de la Torre.

Homenaje a Antonio Machado en el XL aniversario de su muerte. Universidad Complutense de Madrid.

Mujeres para la historia. Antonina Rodrigo. Ediciones Carena.

Segunda República. De la esperanza al fracaso. Miguel Platón. Editorial Actas.

Antonio Machado. José Luis Cano. Editorial Bruguera.

Historia de España dirigida por Manuel Tuñón de Lara. IX La crisis del Estado: Dictadura, República, Guerra. Editorial Labor.

Gregorio Marañón. Antonio López Vega. Editorial Taurus.

Victorio Macho. Memorias.

Camino de la Libertad. Simón Sánchez Montero. Editorial: Temas de hoy.

Vicente Rojo. José Andrés Rojo. Editorial Tusquets.

Vida y tiempo de Manuel Azaña. Santos Juliá. Editorial Taurus.

Claves de Antonio Machado. Bernard Sesé. Colección Austral.

Cristo del Otero. Segundo Fernández Morate. Ediciones Cálamo.

Julián Marías. Aquí y Ahora. Colección Austral. Crónica de Madrid. Plaza y Janés.

Índice

SEGUNDA PARTE

TERCERA PARTE

CUARTA PARTE

Lees muy bien - un poquito rápi...
elegante, que no subraya ni declama

Una confidencia - con toda reserva - Van a por
ocurrir graves sucesos políticos. Por su
trascendencia, te los anuncio. Pero de ...
bien pudiera - y yo lo pretall... - no ocu

fijo trabajando en nuestra "Lo
la última escena, para que me dej
dejó el discurso de la Academia.
mi opinión sobre la juventud litera
lo mejor ...   2 - Abril - 1931

Madrid.

Dices, niña mía, que yo no te cont...
has escrito varias veces en Fra...
no quererte, olvidarte, cansarme de
todo eso ...   ...